中國文學概論

黃麗貞　著

三民書局

國家圖書館出版品預行編目資料

中國文學概論／黃麗貞著.－－初版七刷.－－臺北市：三民，2014
面；　公分.－－(國學大叢書)

ISBN 978-957-14-3333-2　(平裝)

1.中國文學

820　　89016562

© 中國文學概論

著作人	黃麗貞
發行人	劉振強
著作財產權人	三民書局股份有限公司
發行所	三民書局股份有限公司 地址　臺北市復興北路386號 電話　(02)25006600 郵撥帳號　0009998-5
門市部	(復北店)臺北市復興北路386號 (重南店)臺北市重慶南路一段61號
出版日期	初版一刷　2001年1月 初版七刷　2014年6月
編號	S 032100

行政院新聞局登記證局版臺業字第〇二〇〇號

ISBN　978-957-14-3333-2　(平裝)

http://www.sanmin.com.tw　三民網路書店

序

方祖燊

「文學概論」，我和內子黃麗貞教授，過去在臺灣國立師範大學國文系，都曾經講授過這一門課，採用過一些學者撰寫的專著，但總覺得不夠完美，似乎也未能給學生完整的知識，而深以為憾。但要撰寫一部「中國文學概論」，的確是一件甚為費神的事；它需要採集許多資料，篩選剪裁，再組織撰著。除此之外，他還得具備淵博學識，深心體會欣賞，還得有卓越的評析的能力，才能寫出一部系統性的精要確當的文學概念。

黃麗貞教授所著的《中國文學概論》，最近終於完稿。這是她經過數年的努力，才寫成一部三十四萬字的著作。這一年來，她休假來舊金山孩子的家，住了十個月，除耶誕節前後去加拿大的落磯山看雪山冰川，一片白茫茫的山，一片冰封雪凍的路易斯湖，使她暫時忘記了塵俗與工作。其他時間，無論在佛里蒙還是苗必塔孩子的家，她一天坐在電腦前打稿的時間，總要超過八小時。工作到後來，她時常說頭痛背痛；幸而到半月前，她全稿終告完成。她可以償清這一筆多年的稿債。

我以「先睹為快」心情，把它從頭到尾讀過一遍，覺得它甚合我心，是一能給學者完整的理念的專著。她在這部著作中，論介了中國的詩歌、散文、楚辭、賦與駢文、小說、詞、散曲、戲劇八大類的文學。論析其不同的特質，分辨其類型及作法，敘述其萌生與發展的歷史，評介其重要的作家與作品。她雖繁徵博引，闡微抉怪，但卻能令人「一見便解」，既清楚又明白。文字的暢達，見解的卓犖，評析的生動切要，都教人有「豁然了悟」的痛快，深切爽利，而有情趣。這是這一部專著極其難能可貴的地方。

而今，我們回顧一下《楚辭》，這一抒情的方言文學，屈原抒寫他的牢騷憂愁的愛國之情，宋玉傾訴他懷才不遇的悲秋詩，都深深感人心魄。至於屈、宋以後的仿作者大都不是楚人，因此他們的作品便了無意味。《楚辭》雖已成為絕響，但獨特的體製卻仍在文學史中搖漾。賦，是介於詩歌與散文之間的一種混合文體，它的鋪陳由於周《詩》的六義，說理由於荀賦，形式拓宇於《楚辭》，西漢時最盛，敘事寫物都講究鋪陳堆砌，富麗辭藻，稱為「古賦」。東漢人，喜模擬，多仿作。魏晉時增添駢儷，齊梁間更講平仄，於是有「駢賦」。唐人尤喜用典故，韻律有一定規制，叫做「律賦」。「駢文」隨著駢賦律賦而盛行而沒落，王勃〈滕王閣序〉、駱賓王〈討武曌檄〉都是傳誦千古的駢文；駱檄幾乎一句一典。至唐宋的古文運動風捲文壇，這才有「散文賦」。此後，賦與散文沒有多大的不同，作品界限自然就分不清楚了。不過「鋪張揚厲」的筆調，仍時時湧現在現代散文家的筆端。

詩歌從周代《詩經》以來，體式經過好幾次變動，詩短而易寫，歷代作詩的人難以計數，作品恐怕總有幾十萬首吧，寫作範圍也非常廣泛。詩歌可以說是我國最主要的一種文學。唐詩是「詩歌的黃金時代」；宋人如蘇軾，以詩說理，則另有意味。唐詩宋詩，交迭影響後代。至民國五年（西元一九一六年），胡適倡作新詩，詩體為之丕變。臺灣詩人受西方思潮的影響，故意作晦澀的現代詩，使新詩走入了死胡同。詞即歌辭，比起詩豔麗，始於中晚唐五代，而盛於兩宋，南宋崇尚格律，又逐漸衰落。宋詞衰而散曲興，散曲亦歌詞，多用於抒寄個人的情思，文字比詞俚俗。我國的戲曲猶如西方的歌劇，有故事情節，並搭配著音樂、舞蹈，曲辭及說白，而由演員在舞臺上歌唱表演。到民國初年，輸入話劇，抗戰時最盛，常在學校裡、軍隊中與街頭演出，從電視興起之後，劇作家轉向創作電視劇，劇本不再印行，話劇跡近於死亡。

散文在我國早就產生，講實際功用，記載歷史，闡說哲理，文多平實質樸；至戰國時，漸趨華麗。代有作者，作品亦不少。魏晉崇尚駢偶，散文佳構，亦復不少；南北朝隋代唐初，駢文盛行，散文衰落。至唐韓愈、柳宗元倡導古文運動，宋歐陽脩、蘇軾繼起響應，散文又再成了我國文學的主流，一直流行至清末。民國六年（西元一九一七年），胡適、陳獨秀提倡新文學運動，以白話寫散文，散文走上嶄新的道路。散文所寫的不外人事景物情理，作家抒情寫景多以美文，文藝味濃，或稱「文藝性的散文」；一般的作家，作寫人敘事的傳記，論說道理的雜文，多未能兼顧詞采，有將這兩類散文排斥於文學之外。我們讀前代著名的散文家，亦多載道論理之作，抒情寫景的小品比較少。而今，報端論壇則多刊論政的文字。

小說，是一種綜合性的文學，以散文為主，著重故事情節，與戲劇類同。現代有著重心理與意識之描寫。我國小說的發展，由短章的神話傳說，寓言故事，志怪逸事，發展至傳奇至平話章回，至現代小說。其過程是由故事而短篇，而長篇。小說重趣味，在娛人，排閒遣悶。現在，報紙副刊仍多刊載小說，惟今，因工作繁忙，故多刊短篇小說。歷代小說當不下千百部，真正稱得傑作的作品，則屈指可數，不到二、三十部罷。

中國文學歷時如此長久，作者如此之多，作品的篇什如此眾多，自無法一一論述介紹。讀黃麗貞教授所論介辨析，覺得她都能做到「恰到好處」。這的確不是「溢美之辭」。

黃麗貞，廣東台山人，畢業於香港培英中學。民國四十七年來臺，就讀於國立臺灣師範大學國文系。民國五十一年畢業，留系為助教。我是在她大二時候認識，在她畢業這年十月，和她在臺北市結婚。

她十分能幹，性格又開朗，文筆流暢，做事有條理又得當，這就好像她寫的文章，做的學術研究。民國六十四年，她三十六歲，以研究李漁升為教授。她是臺灣研究戲劇與修辭學的專門學者，在師大講授的課程，遍及詩、詞、曲、戲劇、修辭學、文學史、歷代散文選、文學概論與國學概論，所以在這部著作中對文學各體類的論介，都有她個人獨到的心得與見解，尤以散曲、戲曲最佳。

她的著作甚多。過去，她參加編纂三民書局的《大辭典》、近代中國出版社的《中華民國文化發展史》、學生書局的《詞曲選注》等工作。她主要的著作偏於詞與戲曲，有《金元北曲語彙之研究》（商務）、《南劇六十種曲研究》（商務）、《李漁研究》（國家出版社）、《李漁》（國家）、《金元北曲詞語匯釋》（國家）、《中國的曲》（國立編譯館主編），《詞壇偉傑李清照》（國家），修辭學有《實用修辭學》等，還有《小說的創作鑑賞與批評》（中央文物供應社）、《怎樣學楷書》（中國語文月刊社）。她閒暇時還寫散文與小說，有《手裡人生》（臺灣書店）、《歲月的眼睛》（國家）與《說夢》（與我合集，文豪出版社）、《鄒魯的故事》（近代中國出版社）等散文集；短篇小說集有《幸福的女人》等，現在再加上《中國文學概論》。總計她的著作，將近三百萬字不謂不多。

自序

民國八十二年，三民書局出版了《國學導讀》，其中「中國文學概論」部分是我所寫，約一萬多字。以中國歷史的悠久，文學體製的多樣，一萬字的內容，必然讓人覺得過於簡略，所以在民國八十三年時，三民書局又策畫了《國學大叢書》的出版，以大學院校中文系的課程領域為範圍；「中國文學概論」要擴充為廿五萬至三十萬字的專書，我再度承邀為撰稿人。

我所執教的臺灣師範大學國文系，《中國文學概論》是一門選修課程，我也曾任教了若干年，閱讀過坊間不少《中國文學概論》或《文學概論》的書籍，而完全以中國各體文學為成書範圍，包含從「先秦」之「古」，到「現代」之「今」的各體文學，逐一詳加介述的，實在極少。所以當我應允了撰寫《中國文學概論》之後，就覺得撰寫的內容，應該要包含中國歷代各體文學，而且要寫到「現代」的「新文學」為止。這樣寬廣的範圍，自然要閱讀的參考材料非常多，又要在精簡中求詳盡；開始寫作之後，進度奇慢。書局不時催稿的電話，成為很大的壓力；但我用盡了本職上備課、授課之外的時間，幾年的努力，也只寫了〈中國文學的基本認識〉、〈詩歌〉、〈賦〉和〈詞〉幾章的初稿，距離全書定稿的目標總是那樣地遙遠。

終於又到了我休假進修的時候，很早就決心要在這一年完成這個工作，所以摒棄了一切瑣雜，到美國兒子家來埋頭苦幹；從去年七月中到了加州後，經過八個多月的日夜工作，終於寫完了初稿，和以前幾年所寫的舊稿一起整合，共得九章，分別是：

第一章：中國文學的基本認識
第二章：詩　歌
第三章：散　文
第四章：楚　辭
第五章：賦與駢文
第六章：小　說
第七章：詞
第八章：散　曲
第九章：戲　劇

總算按照原先的構想，包含了中國文學的各種體製，在時間上也從先秦到現代。各章的內容，因文體的發展而有字數上的多寡，如〈楚辭〉章最少，〈戲劇〉章最多，因為戲曲從北齊以歌舞演故事以來，到現代的話劇，式樣繁多，又作品篇幅長，內涵複雜，和篇幅較簡短的詩、詞、散文等作品，在介紹或討論上必有綱目細節、話題重點上的繁、簡差異。各章的內容，就各體文學的取名意義、體裁特色、發展、分類、名家作者的成就貢獻，名篇作品舉例欣賞等；希望這本書，能讓讀者因此對中國各體文學，獲得一個明晰的概念。

初稿完成，又再重閱檢核，做了若干修訂補充，以期儘量減少錯失。事實上，中國歷史悠久，文學是民族文化中最輝煌燦爛的史頁，各種文體裡的大小問題，古今都有專家學者，做了不少的研究，如大至成書年代、篇數、分類，小至篇名取義、詞句字義，可能各有仁智不同的紛紜見解，在筆者介述的行文中，當然只能擇取其中較周全合理的說法；讀者要詳知某個問題的種種討論，就要自行另作深入的探索了。

這本書雖已定稿付梓，撰寫過程中特別感到在中國文學的淵海裡，個人所知的有限，缺漏自所難免，還期方家指教是幸。

民國八十九年四月　**黃麗貞**序於美國加州密爾必達市

中國文學概論目次

方祖燊

第四章　楚　辭

第九章　戲　劇

第一章　中國文學的基本認識

第一節　中國文學的定義

古今中外的許多文學作者、文學研究者，都想給文學下一個明確、周全的定義，但都沒有一個人能做出可以成為共識的結論。因為文學的涵義，既廣泛又抽象，人人對文學的意會不同，各人的觀點也就極不一致。

> 文學好像生命一樣，是無從下定義的。……凡是把它看待得彷彿它是確切的科學似的任何嘗試，都非失敗不可。❶

這樣無結論的結論，反而被大家認同。雖然如此，許多從事文學工作、或文學研究的人，還是不斷努力要給文學下一個定義，歸納中國歷代文人學者對文學的演變過程，我們可以整理出下面的意見：

❶ 英國文學家普列查特 (F. H. Pritchard)《文學鑑賞論・序》。

一、先秦時期

「文學」兩字連用為詞，最早見於《論語・先進》篇：「文學：子游、子夏。」但這裡所說的「文學」，由歷來學者注解這段話的意思來看❷，是包括一切典章學術而言的，涵義相當廣泛❸。所以在孔子的學說中，十分注重文學。他對文學的用詞，有時也只用一個「文」字❹，或者用「文章」二字❺，意義都沒什麼分別。

孔子的「文學」觀，也可以說是當時的「時代」觀念，所以不論同是儒家的荀子，墨家的墨子，道家的老子，他們談到「文學」的內容，也都是指學問道術而言，包括刑政禮制，大致和孔子的觀念相當

❷ 范寧注：「文學，謂善先王典文。」皇侃說：「文學，指博學古文。」邢昺說：「文學，謂文章博學。」都是泛指用文字表達出來的典籍學術而言。

❸ 有關孔子的文學觀，歷來學者都認為他是偏重「學問道術」的，但劉萍《文學概論》（或題涂公遂著）認為：孔子的文學觀，其實有廣義和狹義之分，而他偏重於廣義，就是包括一切學術而言的。

❹ 《論語》中只用「文」字的，有〈學而〉篇：「子曰：弟子入則孝，出則弟，謹而信，汎愛眾，而親仁，行有餘力，則以學文。」又〈雍也〉篇：「子曰：君子博學於文，約之以禮，亦可以弗畔矣夫。」又〈述而〉篇：「子以四教，文、行、忠、信。」鄭玄注：「文，指學藝。」

❺ 《論語》中用「文章」二字的，如〈公冶長〉篇：「夫子之文章，可得而聞也；夫子之言性與天道，不可得而聞也。」又〈泰伯〉篇：「煥乎其有文章。」何晏注：「文章，謂詩、書、禮、樂。」

一致❻；只是，如何表現？則有差異。孔子認為需要內容與文采並重。他說：「質勝文則野，文勝質則史；文質彬彬，然後君子。」❼野，粗人，內在本性質實純樸；史，掌文辭的史官，會虛文浮誇，言過其實。墨家有「買櫝還珠」❽的話，說時人著重辯說辭采，人讀他們的文章而忘記它的用處，墨子怕人喜歡他的文章，所以不著重辭采修飾。老子更反對「美言」。他說「美言不信，信言不美。」❾認為華詞飾偽多空虛。而法家是持痛加詆訶的態度；韓非子說：「儒以文亂法。」「濫於文麗而不顧其功者，可亡也。」「夫貴文學以疑法，索國之富強，不可得也。」❿

❻ 孔子以後，儒家論文學的，如荀子〈大略〉篇：「人之於文學也，猶玉之於琢磨也。《詩》云：『如切如磋，如琢如磨』，謂學問也。和之璧，井里之厥休，玉人琢之，為天下寶。子貢、季路，故鄙人也，被文學，服禮義，為天下列士。」墨子〈非命〉篇：「子墨子曰：今夫天下之為文學出言談也，非將勤勞其喉舌而利其脣吻也，中實欲為其國家邑里萬民刑政也。」韓非子〈六反〉篇：「學道立方，離法之民也，而世尊之曰文學之士。」又說：「工文學者非所用，用之則亂法。」法家的〈商君書〉又做了更具體的說明：「國用詩書禮樂孝悌善修治者，敵至必削國，不至必貧國。」可見荀子、墨子、韓非子和商君，所說的文學之士、學道立方之士，都是指有學問道術的人。

❼ 見《論語・雍也》。

❽ 見《韓非子・外儲說上》。

❾ 見《老子》第八十一章。

❿ 引語分見《韓非子》〈五蠹〉、〈八說〉、〈亡徵〉等篇。

二、兩漢時代

漢代的文學觀念，除了沿自先秦，用以概括一切學術的總名外，也衍生了新的意義，就是用以指詞章文藝⓫；大致是學和文學，意義仍偏向於學術，而文與文章、文辭，則兼用指學術或非學術性的文章來說。

漢代以前，文學觀念之所以含混不清，洪炎秋《文學概論》以為是：

古代的人，無論東西（即中外），大都思想質樸，分工不精，所以對於文學的概念，也是非常含混。事實是古代文學並不具備任何獨特性，知識分子也是極少數人，有知識者大都出任官職，「文」辭、「學」識，成為干求祿位的工具，視「文學」為「學問道術」，也不過反映出當日的時代思潮罷了！不過，司馬

⓫ 如《史記・儒林列傳》說：「夫齊、魯之間於文學，自古以來，其天性也。」又〈孝武本紀〉：「上鄉儒術，招賢良，趙綰、王臧等以文學為公卿。」譬如曹丕〈典論論文〉說：「蓋文章經國之大業，不朽之盛事。年壽有時而盡，榮辱止於一身；二者必至之常期，未若文章之無窮。」這幾段文字內的文學、文章，其涵義都是學術的意思。至於《史記・曹相國世家》：「擇郡國吏木詘於文辭，重厚長者，即召除為丞相吏。」又《漢書・公孫弘傳贊》說：「文章，則司馬遷、相如。」說人是「木詘於文辭」，又以司馬遷和司馬相如二人的擅名所長，這文辭和文章，指的是文藝辭章來說，是很明確的。

相如、揚雄、張衡作辭賦，抒情寫景，鋪敘事情，特重辭采排偶，好像錦繡。至賈誼、劉安、王充、劉向仍以學術實用為主；司馬遷、班固則學術與文學兼重。

三、魏晉六朝時代

文學概念的擴展，新觀念的建立，是從魏晉六朝才產生的。因為魏晉以後，文體崇尚對偶、叶韻，就是注重文字藝術的色彩與聲律，和思想藝術的性靈情思，所以認為文章有「實用性」和「抒情性」的分別。晉代陸機的〈文賦〉，已把詩、賦、碑、銘、箴、誄、頌、論、奏、說等等，統稱為「文」，到梁朝劉勰的《文心雕龍》，更將經、史、子、詩、騷、樂府、銘、……等等，統稱為「文」了，他說：

> 今人常言，有文有筆，以為無韻者筆也，有韻者文也。夫文以足言，理兼《詩》、《書》，別目兩名，自近代耳。（〈總術〉篇）

抒情性的文字，大都有韻，就是「文」；而實用性的文字，多數無韻，就是「筆」，這種文、筆之說，就把文體區別開來了。他在〈原道〉、〈體性〉、〈附會〉等篇中，稍為「文學」提出了一些基本理論：以情理、情志、事義為內容，外加優美的形式⓬。

六朝時代的新文學觀，當以梁元帝和梁昭明太子為代表。梁元帝《金樓子・立言》篇說：

⓬《文心雕龍・附會》篇：「以情志為神明，事義為骨髓，辭采為肌膚，宮商為聲氣。」

揚搉前言，抵掌多識者謂之筆；吟詠風謠，流連哀思謂之文。……至如文者，維須綺縠紛披，宮徵靡曼，唇吻遒會，情靈搖蕩。

他用「筆」來指談論學術的實用文字，而以抒發情感的作品稱為「文」，並且明白說出合乎「文」的條件，是著重文字的辭采與聲韻之美，使人有「情靈搖蕩」的感受。六朝的文學觀，大抵都凝聚到這樣的共識來⑬，的確為後代的文學觀建立了清楚明白的說法。當時梁元帝的兄弟昭明太子蕭統，在他選集作品時，也有意的把「文學作品」界定出來。他選文的標準是「讚論之綜緝辭采，序述之錯比文華；事出於沉思，義歸乎翰藻」的詩賦文辭，而摒除了經、史、子裡的篇章。由於《昭明文選》盛傳後世，這種文學觀也就成為後世普遍的觀念了！

四、唐、宋時代

六朝明確的文學觀念，到了唐代，就被揚棄；因為六朝後來的文風，過分注重俳偶的形式，崇尚文辭的艷麗輕倩，而忽視了思想內容，流弊日深，而引發了唐代的「古文運動」，並且重新搬出先秦儒家的文學觀來，標榜出「文以貫道」、「文以明道」等說法⑭。以韓愈為首的「古文運動」，在中國文學史上，

⑬ 以文學是表達心靈情思之作的說法，還有：《北齊書・文苑傳》說：「達幽顯之情，明天人之際，其在文乎！」北齊顏之推《顏氏家訓》說：「文章之體，標舉興會，發引性靈。」又《梁書・文苑傳》說：「夫文者，妙發性靈，獨拔懷抱。」

是極為盛大而影響深遠的事。他在〈送孟東野序〉中，認為六朝的文風非常衰敗，說：

其聲清以浮，其節數以急，其辭淫以哀，其志弛以肆，其所言也，亂雜而無章。

所以他要去弊起衰，倡導文章要以「立意為宗」。這種文學觀，在當時獲得許多附和之聲，成為一種勢力非常雄厚的運動⑮，寖漸成為日後「文學道統」的主張，支配中國文壇達一千二百年之久，直到五四運動以後，西方的文學理論傳入，才轉移了這種「文以載道」的觀念。

唐代詩人白居易也是一個對文學有自己觀點的人，在〈與元九書〉中，有：「詩者：根情、苗言、華聲、實義」的譬喻，雖然只以詩為討論的範圍，也是一種不同意當時「文以明道」的時潮思想的見解，但沒有受到重視，因為並沒有關顧到文學的全面性。

到了南宋，由於理學的盛行，解釋經典，重視義理，周敦頤的「文以載道」也是這個時候喊出來的口號⑯，甚至認為過分注重文字，有害於道的發揚⑰。

⑭ 首先標舉出以文衛道的是李漢，他在《韓昌黎集·序》裡說：「文者，貫道之器也。」柳宗元〈答韋中立論師道書〉說：「乃知文者以明道。」

⑮ 據《新唐書·文藝傳》說：「韓愈倡之，柳宗元、李翱、皇甫湜等和之，排逐百家，法度森嚴，抵轢魏晉，上軋漢周，唐之文，宛然為一王法。」

⑯ 周敦頤《通書》說：「文，所以載道也。」

五、明、清時代

敢對唐以來的道統文學觀提出不同意見的，直到明末萬曆年間公安派的三袁兄弟——袁宗道、宏道、中道，和竟陵派的鍾惺和譚元春等人。他們察覺到文學的價值，就在於它要隨著時代而變遷，作者更要在文章中說自己心裡的話；寫作的目的，不是要替天宣道，不是要代聖人立說，所以提出「獨抒性靈，不拘格套」的口號。當時仍持衛道思想的人，對他們的新思想，自不免有抨擊的話，但他們對文學是有其真知灼見的想法⑱。

認為文學是用以表達情思靈感，這種觀念雖然並沒有成為文壇的運動，但也獲得不少同見識者的回響，像清初金人瑞（聖嘆），把一向被輕視的小說《水滸傳》、戲曲《西廂記》，和《莊子》、〈離騷〉、《史記》、杜甫的律詩，並列為「天下六才子書」。他甚至認為《水滸傳》還勝過《史記》，原因是：

> 其實《史記》是以文運事，《水滸》是因文生事。以文運事，是先有事生成如此，卻要算出一篇文

---

⑰ 作文害道之說，明載在《二程語錄》中，程顥、程頤都有相同之說。弟子問程頤：「作文害道否？」程頤說：「害也。凡為文不專意則不工，若專意則志局於此，又安能與天地同其大也？《書》曰：『翫物喪志。』為文亦翫物也。」

⑱ 袁中道《中郎先生全集・序》說：「至今天下之慧人才士，始知心靈無涯，搜之愈出，相與各呈其奇而互窮其變，然後人人有一段真面目，溢於楮墨之間，即方圓黑白相反，純疵錯出，而皆各有所長，以垂不朽。」

字來，雖是史公高才，也畢竟是喫苦事。因文生事即不然，只是順著筆性去，削高補低都由我。

可見他認定自由創作，不受任何因素的拘束，是文學所以獲致成功的重要條件。他在《水滸傳・序三》裡，特別指出《水滸傳》之所以佳妙的地方說：

《水滸》所敘，敘一百八人，人有其性情，人有其氣質，人有其形狀，人有其聲口，夫以一手而畫數面，則將有兄弟之形；一口而吹數聲，斯不免再映也。施耐庵以一心所運，而一百八人各自妙者，無他，十年格物而一朝物格，是以一筆而寫百千萬人，固不以為難也。

能寫一百八人寫得成功，因為施耐庵完全根據自己的構想來創作，不必去想什麼聖人的名言道統。

但清代文壇上的思想主流，仍然是被唐宋以來的載道說所統轄，由方苞、姚鼐等人所領導的「桐城派」，依舊堅守著「古文則本經術」，和韓愈「行之乎仁義之途，游之乎詩書之源」，和要「約六經之旨以成文」的規範⑲。只有曾國藩稍有不同的見解，他認為文學可分「義理的古文」，和兼合「理」與「情」的「自然之文」，他也很明白地說明了這兩者的分別：

鄙意欲發明義理，則當法經說、理窟及各語錄劄記；欲學為文，則當掃蕩一副舊習，赤地新立，

⑲ 見方苞〈答申謙居書〉。

將前此所習，蕩然若喪其所守，乃別有一番文境。(〈與劉霞仙書〉)

僕嘗謂古文之道，無施不可，但不可說理耳。(〈復吳南屏書〉)

可見他的「理」，是歸屬到「古文」之外，是「自然之文」的一部分。又說：

人心各具自然之文，約有二端：曰理，曰情，二者人之所固有。就吾所知之理，以筆諸書，而傳諸世，稱吾愛惡悲愉之情，綴辭以達之，若剖肺肝而陳諸簡策；斯皆自然之文。

但無論是古文或自然之文，他認為都必須是發自作者的思理，而不同於別人的新知見，才可以成為名家之作[20]。綜合說來，他承認文學創作的主要基本，是要說作者心裡的話，這些話，可以是得自古先聖人的名言啟發的思想，也可以是作者在日常生活中所感悟出來的情理。曾國藩其實是承認唐、宋古文家，和明末公安、竟陵兩種文學觀的，雖然世人都給他以「桐城中興功臣」的封號，他並未能自免於時代新思潮的影響。

六、現代文學新觀念

[20] 曾國藩《家訓》說：「凡大家名家之作，必有一種面貌，一種神態，與人迥不相同，若非其貌其神，敻絕群倫，不足以當大家之目。」

清朝自乾隆以後，烜赫一時的「康乾盛世」就漸漸衰敗。至於清末，西方的學術思潮漫入中國，外國武力的侵略，民族和社會情思都受到強力的衝激，文學觀念也深受西方和東洋的影響，完全擺脫了唐宋以來，為「載道、明道、貫道」而文學的想法。為了介說方便，大家都以「五四運動」作為新文學觀念的建立時期，其實新文學觀念中，何嘗不包容了中國在衛道以外的其他意念㉑？綜合中國近代的文學定義新說，有以下各家的言論：

(1)章太炎說：何以謂之文學？以有文字，著於竹帛，故謂之文；論其法式，謂之文學。㉒

(2)胡適說：語言、文字都是人類達意表情的工具，達意達得好，表情表得妙，便是文學。……文學有三個要件：第一要明白清楚，第二要有能力動人，第三要美。

(3)周啟明說：文學是用美妙的形式，將作者獨特的思想和感情傳達出來，使看的人，能因而得到一種愉快的東西。㉓

㉑ 章炳麟《國故論衡》說：「文學者，以有文字著於竹帛，故謂之文……論其法式，故謂之文學。」這和美國《韋氏大辭典》以「寫在紙上的字句」來解釋文學的意義是一樣的。

㉒ 見《文學論略》。劉麟生《文學概論》中認為章太炎這種文學觀，「超過了《文心雕龍》，而比西方亞諾爾特（按：凡用文字書寫或印成書的一切著述，就是文學）等的廣義文學定義，還要剖說得徹底。……他的定義，算是我們文學理論中最簡明扼要的定義。」

㉓ 周啟明對於愉快的解釋，是包含了光明快樂和黑暗悽慘的作品，在閱讀之後所得的「爽快」感受。

(4)羅家倫說：文學是人生的表現和批評，從最好的思想裡寫下來的，有想像，有體裁，有感情，有合於藝術的組織，集此眾長，能使人類普遍心裡都覺得他是極明瞭、極有趣的東西。

(5)劉麟生說：文學，是作者藉文字的組織，以表達其思想與情感的。㉔

(6)傅斯年說：文學之業（或曰文詞之業），為語言的藝術，而文學即是藝術的語言。以語言為憑借，為介物，而發揮一切的藝術作用，即是文學的發展。

(7)梁實秋說：文學是人性的描寫。……文學家「沉靜的觀察人生，並觀察人生的整體」，掘發人性，了悟人性，予以適當的寫照。……人性的探討與寫照，便是文學的領域，其間的資料好像是很簡單，不過是一些喜、怒、哀、樂、悲、歡、離、合。

(8)陳紀瀅說：文學乃是人類生活狀態的一種記載。或者說，文學是一種反映時代的思想結晶。

以上各說，擇取自「中國語文學會」文學班講義。從上述各人的說法，以往為明道、載道而文學的觀念，的確已經徹底排除；這是在西洋思想的影響下，提出文學革命的主張的結果，然後逐漸建立明晰的文學概念。洪炎秋《文學概論》認為文學革命後，各家所提出的文學定義，「大都是抄襲西洋的成說，或參酌西洋文人的主張，很少個人獨創的見解。」就實際情況來說，文學的本質是沒有中外之分的，只在於所用的文字和形式有不同而已。在全世界都能相互往來的今天，要接受新思想、新學說、新事物，以改進觀念，改善生活，應是每個人所必須建立的生存態度。

㉔ 見所著《文學概論》。

在人人標榜「美學」的今天，「美」是文學的本質，尤其是現代人對文學認知的基本；從內容來說，文學是作者表現他「美的情懷思想」，讓讀者分享，讓讀者感動。從形式來說，作者駕馭文字，構思語言的藝術手法，給讀者閱讀時的欣然快意。這兩者（內容和形式），對讀者都有薰陶默化的功用。

要給「文學」下定義的人，古今中外，不下百家，但都沒有獲得圓滿而一致的結論，因為文學是一個涵意極為廣泛的總名，不論從那一個角度來作界說，總是遺漏多多，也許參酌各家的見解，可以得到比較周詳的觀念。總合起來，文學的定義，可以這樣說：文學是用藝術的文字語言，寫出使人感動的情思，表現生活的美感。

第二節　中國文字與文學的特色

中國文學雖然和世界各國的文學一樣，在體裁上大分為詩歌、散文、小說、戲劇，但在形式上，完全是一種「自我的面貌」，因為中國的文學，都以漢族特有的語文形式來寫成。

一、漢字的特性——一字一形

漢字一字一形，有一些字雖然有多音讀法，但一個字在一個詞中是一個聲音，這是中國創造文字的最大特色，世人稱為「單音、孤立」字；漢語文體中的詩歌，修辭手法中的對偶、對聯等特別體製的作品，便都是建立在這種特性的條件下，才能製成；中國文字的書寫，也很早就發展成為一種「書法藝術」，尤其深受世人讚賞㉕。

在孤立、單音的字形下，構詞成句的方法，因此也非常靈活方便。《馬氏文通・界說十一》說：「凡字相配而辭意已全者曰句。」就是只要串合字，能夠成為完整意思的，就是句子了。同樣幾個字，因為配合的位置不同，便會產生不同意義的句子㉖。但有時為了某種原因，同樣的意思，又可以因應條件的需要，變化文字的位置，像近體詩中，因為遷就平仄格律的需要，杜甫就作出「紅豆啄餘鸚鵡粒，碧梧棲老鳳凰枝」，這樣「倒裝式」的句子。

中國人自古就懂得善用漢字「一字一形一音」的特色，在構詞、造句上、文體的結構上，都盡情發揮這種文字的優長，使中國文學時時呈現出它無限璀璨瑰麗的面貌。日人鹽谷溫在所著《中國文學概論》中，說：

㉕ 讚美中國文字之美的人很多，舉近代二人的說法為代表：袁修文〈中國語文將成為廿一世紀世界語文之研究〉說：「中國字的字體剛柔肥瘦，形式美妙多姿，極富於藝術性。一方面臨摹形體，一方面欣賞它的美觀，像王羲之、顏真卿、歐陽詢、柳公權、趙孟頫等名家的字體，均常被用為藝術的裝飾品，看來既雅靜又大方。所以中國文字書法巧妙，工具特殊。」又周先庚〈美人判斷漢字位置之分析〉一文中，認為漢字具有「格式道」(gestalt)特性：「每字有每字的個性，每字的結構、組織，都像一個小小建築物，有平衡、有對稱、有和諧；字與字的辨識，因此就非常有標準，特別不容易模糊。比較西洋文字，每字是多個大同小異的字母所組成，而又橫列成一平線，字與字間的個性、完整性、或格式道就少得多。」

㉖ 譬如大家時常用「讀書死」這三個字來作例子：讀書死、讀死書、死讀書，就成為三個意義完全不同的句子。

中國語底單音在孤立的特性底文學裡所發生的影響是：㈠文章簡潔；㈡便於造對語；㈢音韻諧協。

這樣簡單的概括之言，實在是遺漏太多了。

二、一字多音和字有衍義

中國語文中，一個字在基本上，可以衍讀四種聲音，就是平、上、去、入四種「聲調」，四聲又歸納為平聲（平）、仄聲（上、去、入）兩類，駢文和近體詩、詞、曲等韻文的形式和格律，都以四聲為建構基礎。除此之外，一個字還可以因為詞意的變化，和詞性的改變，可能會「破讀」為其他的音㉗。一字有多音，使漢語在聲音上產生高低不同的變化，形成抑揚而又流暢的語勢；有時把一個字重複用，形成疊字；有時也把相同的聲音，串聯起來，讓字音和字形的特長一起展現出來。如：

移椅倚桐同玩月

點燈登閣各觀書

㉗「破音」不能確定開始在什麼時候，可知在宋代已經盛行，如朱熹《四書集註》中，對《大學》「心廣體胖」一句，「胖」字要讀作「盤」。又如《漢書》「漢王解衣衣我，推食食我」中，兩個衣字和食字，都將後一個字「變讀」，衣字由陰平聲變讀為去聲（一ˋ），食字由入聲變讀為其他音的去聲（ㄙˋ）。

這樣「聲情並茂」的聯語，真的讓人忍不住喜愛這樣神妙多變的文字。

漢字在形式上雖然是孤立，但一個字常常不限一個意義。古代小學生所學「六書」中的「假借」，就是一字可以有多義的認知㉘。我們日常生活中許多字，都可能有多種意義，像「命」字，在「命令」、「生命」、「命題」、「命中」等詞中，意義都不完全一樣。又像「春」字，它的本義是一個季節的名稱，而「春風」這個詞，除了指春天的風以外，常被用來作溫和，加惠的意思，宋代朱光庭到汝州就學於程明道，回來後對人說：「在春風中坐了一月。」他用「春風」來譬喻教育使人智慧長育萌發的美好感受。又如用「春暉」來譬喻母愛，都是從一字的本義衍申出來的意義。這樣的譬喻引申詞，確實更能讓人在詞意上有更寬廣、更深刻的體會。

三、字的聲、韻和格律

漢字一字一音，但這一個音，又分為「聲」和「韻」兩部分。「聲」是一個字的前半音，「韻」是一個字的後半音，聲和韻結合起來，就是這一個字的讀音。聲、韻不但是中國學術中很重要的部門，中國文學和聲韻的關係尤其密切。雙聲、疊韻、「連綿詞」，在各體文學中，都發揮了很大的作用。

上面（二）中所說的一字有平、上、去、入四個「聲調」，和本節一個字有兩段音程，這種字的聲韻

㉘ 許慎〈說文解字敘〉：「假借者，本無其字，依聲託事，令長是也。」段玉裁說：「有假借而一字可數義也；令之本義發號也，長（ㄔㄤˊ）之本義久遠也，縣令縣長（ㄓㄤˇ）本無字，而由發號久遠之義，引申而為之，是為假借。」

觀念，在齊、梁時候昌盛起來，便成為叶韻文體，尤其是詩歌文學格律的基礎，從此作詩有詩韻，填詞用詞韻，度曲也限要用曲韻，都必須因應時代、地域和體裁的要求，不但作者要具備聲、韻的知識，讀者也會以格律是否符合規式，來評斷作品的好壞。

聲、韻、聲調在中國文學中所造成的最大特色，就是「格律」，不但在韻文中不能或缺，在散文中也有其作用。當文字串組成詞彙、句子後，字與字之間，便因平仄、聲、韻的配合，產生了「節奏」——就是音樂般的旋律，在誦讀之時，起了美聽的作用。雖然世界各國的文學，都注重這種字音上的韻律美[29]，而中國文學裡的節奏，是建立在中國文字特有的字音、聲韻的特性下，並且有一套完備的學理為基礎。

以下我就中國文學的體類：詩歌、散文、楚辭、賦與駢文、小說、詞、散曲、戲劇八類，詳細地論述其特質、起源、發展、分類、作家及其作品等，以期讓讀者能對中國各體文學有一個明晰的觀念。

[29] 韓德說：「所謂節奏，就是字音之在聲音關係上的排列。它以重音為基礎，而包含著一種流暢而悅耳的聲音的連續，按著規律的間歇而起，這種連續而起的規律性本身就是律動的。」

第二章 詩 歌

第一節 詩歌的萌芽

中國文學作品可以大略粗分為有韻文和無韻文兩大類。詩、賦、詞、曲等有格律或音樂的，注重聲韻的詩歌，都是韻文；散行不講求格律、協韻的，便是散文，所以一般人就乾脆用「韻文」、「散文」來二分文學體裁。

詩歌的產生，在文字產生之前，是古今、中外文學研究者所共認；中華民族開始用文字寫作詩歌，大概在唐堯時代❶，詩人把他們心中哀樂的感情，在咨嗟詠歎的自然節奏中抒發出來，成為真摯動人的歌謠。詩歌一直是中國文學的主流。

第二節 詩歌的特質

自古對有韻的「詩」，和無韻的「散文」，主要是從形式和內容上來區別的。詩的本質主要是「言志」❷

❶ 說見傅隸樸《中國韻文概論・緒言》的推斷。

「緣情」❸的，詩人筆下的情志，仍是人類共有感情的常態，只是他們在表達的技巧上，寫得深刻，寫得細膩，寫得美妙動人；在構成詩篇的形式上，也可以用敘事或戲劇，經由長篇的故事來抒情，這就叫做「史詩」。但一般人對詩的觀念，仍然以短篇的形式為主。

在文字產生之前，沒有音樂的歌謠，只靠口耳相傳；有了文字之後，便由口頭流傳，然後紀錄下來，就是「詩」。中國最早的詩集，就是經由孔子編選的《詩經》，也是一部足以誇耀世界文學之林的鉅著。在這本詩集裡，也讓人看到中國文字的優美特質，詩人在篇章詞句上的靈活手法。詩歌文學，也由此發源，而代代孳衍昌盛。

詩歌的創作，本來和音樂是相結合的，《詩經》中，「雅」詩是朝廷宴會時所演唱，「頌」詩是宗廟祭祀時的歌舞樂章，即使十五國風，也是能唱的歌謠。只是每個時代的歌詩，後來由於樂譜遺失，歌辭雖然經由文字紀錄了，保存下來，卻不能再「披諸弦管」來歌唱，形成文學和音樂分離，歌辭獨立發展的情況；雖然在我們誦讀文辭的時候，也還感受到它原來講求聲韻、格律的音樂特性，但這樣有限的音樂功能，便成為詩的「裝飾品」了。所以，樂府詩到了唐代，唐人近體詩的形式到了宋代，都只是詩人抒情的工具，不要求寫來歌唱了。

中國詩歌的發展，依照時代的先後，由《詩經》的四言、漢代的五言、七言，是詩篇主要的語句形式，但篇中亦時常雜入其他句形。以下分別介述。

---

❷《尚書・舜典》：「詩言志。」〈毛詩序〉：「詩者，志之所之也。在心為志，發言為詩。」

❸ 陸機《文賦》：「詩緣情而綺靡。」

第三節　四言詩——《詩經》

周朝三百零五篇的《詩經》，是中國最早的詩歌總集，各篇的句子，絕大多數都是四個字來組成，間或雜入一到九字的詩句，但不多，所以，一般都認定《詩經》是四言詩。這也是中國第一部純文學的總集。

《詩經》的內容，收集了各地的民間歌謠，和朝廷士大夫的作品，還有天子祭祀宗廟時的歌舞樂章。就時代來說，以西周的詩為主，附加了幾篇殷代的作品。這些詩的收集，據《禮記・王制》的記載，是由周代朝廷派專人到各地去收集的❹；蒐輯各地方的詩，原是朝廷藉以了解地方行政情況的一種手段，所以古籍中記載周朝有「采詩」、「獻詩」之說❺。相傳當時收集到的詩，共有三千多篇，存下來的三百零五篇，是經過孔子的刪選編纂而成的❻。

---

❹ 見《禮記・王制》：「天子，五年一巡狩。歲二月，東巡狩，至于岱宗……命太師陳詩以觀民風。」

❺ 采詩、獻詩之說，古籍中記載甚多。如《史記・孔子世家》說：「古者詩三千餘篇，及至孔子，去其重，取可施於禮義，上采契后稷，中述殷周之盛，至幽厲之缺，三百五篇，孔子皆弦歌之，以求合韶武雅頌之音。」又《漢書・食貨志》說：「孟春之月，行人振木鐸徇于路，以采詩獻之大師，比其音律，以聞於天子。」獻詩之說，如：《國語・周語》說：「天子聽政，使公卿至於列士獻詩，瞽獻曲，史獻書，師箴，瞍賦，矇誦。」《毛詩・卷阿》傳說：「明王使公卿獻詩。」等都是。

❻ 相傳孔子在周遊列國之後，在魯哀公十一年（周敬王三十六年，西元前四八四年）回到魯國，編述六經，《詩經》

古人作詩，原本沒有篇名，采詩的人，取用每首詩的頭一個字或幾個字，來做篇名，所以各篇的題目和詩篇的內容，並無必然的關係。

漢代研讀《詩經》的人，提出「六義」的說法❼：其中包含風、雅、頌三種體裁，和賦、比、興三種作法；就是把三百零五篇詩，分為風、雅、頌三類，詩人用賦、比、興的方法寫成的；這是把體裁和作法合稱為「六義」。風詩是采集自周南、召南、邶、鄘、衛、王、鄭、齊、魏、唐、秦、陳、檜、曹、豳十五國（地區）的民間歌謠，所以稱為「十五國風」，共有一百六十篇。宋代朱熹認為風詩的內容是：

> 多出於里巷歌謠之作，所謂男女相與詠歌，各言其情者也。（《詩經集注・序》）

雅詩是朝廷的士大夫所作，它的內容，是記君王施政的成敗❽。政有大、小，故雅詩又分「大雅」、「小雅」，「大雅」有三十一篇，「小雅」有七十四篇，「二雅」共計一百零五篇。頌詩是天子祭祀時，男覡女

的編纂，也在這個時候完成。孔子刪詩之說，始見於《史記・孔子世家》（參看註❺）。《論語・八佾》及〈子罕〉二篇中，也有孔子自言：「吾自衛返魯，樂舞以正，雅頌各得其所。」明人王應麟《困學紀聞》，清代顧炎武《日知錄》卷三，都對孔子刪詩問題，有所闡述。

❼「詩有六義」之說，見《毛詩・大序》。又唐孔穎達《毛詩正義疏》說：「風雅頌者，詩篇之異體；賦比興者，詩文之異辭。……賦比興是詩之所用，風雅頌是詩之成形。用彼三事，成此三事。」

❽《毛詩・大序》說：「雅者，正也，言王政之所由廢興也。政有大小，故有「小雅」焉，有「大雅」焉。」

巫載歌載舞的樂章。除了「周頌」三十一篇之外，還有「商頌」五篇，「魯頌」四篇，「三頌」共計四十篇。

「六義」中的三種作詩法，對後代文學的影響非常大。賦，是直接陳述，即後代所謂「記敘」法。比就是譬喻法。興就是聯想法❾。

《詩經》在中國文學歷史上，一直保有備受尊崇的地位，因為三百篇詩的內容，反映了周代統治者的治國理念，當代社會的生活情態，和人們的思想感情，非常富於現實性。如〈綿綿瓜瓞〉篇，敘述周文王的祖父「古公亶父」帶著周民族，從豳遷居到岐下，築造居所定居下來，在這塊肥沃的土地上從事農業生產，宗族漸漸興盛，直到文王建立周朝的政權，是一篇結構謹嚴、描寫生動的「敘事詩」；也是一段歷史的紀錄。

又如〈衛風・碩鼠〉寫人民對貪官污吏的強征濫取辛勤工作的收成，用大老鼠食光黍和黍苗為喻，不得不逃荒，去另尋樂土，以求活命，表示農民們生活的艱辛和無奈。詩說：

> 碩鼠碩鼠，無食我黍。三歲貫汝，莫我肯顧。逝將去汝，適彼樂土。樂土樂土，爰得我所。

〈小雅・北山〉寫基層小官吏忙於公務的慘慘辛勞，而上層位高權重者，卻只知安享逸樂。還有大

---

❾ 歷代對賦、比、興三作法的解說甚多，以宋朱熹所說最為簡明直接：「興者，先言他物以引起所詠之辭也；賦者，敷陳其事，而直言者也；比者，以彼物比此物也。」這也是取意於孔穎達《毛詩正義疏》的意思。

眾熟知的〈周南．關雎〉篇，寫男子慕戀他的所愛，跳動著活躍的青春。所以孔子說：「《詩》，可以觀。」就指出《詩經》的內容，很真實地反映國家政教的成敗，二千多年後的今天，我們仍可從這些詩篇中，看到西周末年和東周初期的政治、社會情況，和百姓小民的生活心情。這是《詩經》的現實精神。

在文辭的形式上，《詩經》在四言為主的句式中，雜入了各種長短不齊的句子，錯綜其間，表現出詩人自由靈活的手法。成伯瑜〈毛詩指說〉說：

> 三百篇造句大抵四言，而時雜二三四五六七八言。意已明不病其短，旨未暢則無嫌於長。短非蹇也，長非冗也。

這種視需要情況而變化、毫無拘束的創作心情，對後代詩歌形體的創作，活潑自由，不受拘束，是非常具體的啟示。

《詩經》的寫成，當然沒有後世詩歌的韻律理論，但仍讓人感覺到詩句中自然和諧的聲音，可說是成於自然的天籟❿，這種「矢口成韻」的自然和諧的歌聲，已為後世的詩歌，奠立了初步的規模⓫。

---

❿ 明人陳第《毛詩古音考》說：「《毛詩》之韻，不可一律齊也。蓋觸物以攄思，本情以敷辭。從容音節之中，宛轉宮商之外。如清漢浮雲，隨風聚散；蒙山流水，依坎推移。斯其所以妙也。總之，《毛詩》之韻，動於天機，不費雕刻，難與後世同日論矣。」清代名聲韻學家江永《古韻標準例言》也說：「里諺童謠，矢口成韻，古豈有韻書哉？韻即其時之方音，是以婦孺猶能知之協之也。時有古今，地有南北，音不能無流變。音既變矣，文人學

《詩經》中的詞語修辭藝術手法，也非常成功，為後世用詞提供了很好的啟示。如大量「疊字」的摹狀詞⑫，無論是人、物的聲音、形態，都活現如在眼前。尤善於「譬喻」的運用，如〈衛風・碩人〉寫人之美：

手如柔荑，膚如凝脂，領如蝤蠐，齒如瓠犀。螓首蛾眉，巧笑倩兮，美目盼兮。

都用日見常用的實物，來描繪出抽象之美，令人不禁心生嚮慕。又如用「語助詞」來表達感嘆口吻，使強烈的情感分外動人。〈小雅・采薇〉：

士，騁才任意，又從而汨之。古音於是益加混淆，訛如棼絲之不可理。」清人孔廣森又有《詩聲分例》，甄士林有《詩經音韻譜》，都以後人的看法來分門別類加以討論。

⑪ 清代顧炎武《日知錄》卷二十一說：「古詩用韻之法，大約有三：首句、次句連用韻，隔第三句，而於第四句用韻者，〈關雎〉之首章是也。凡漢以下詩、及唐人律詩之首句用韻者源於此。一起即隔句用韻者，〈卷耳〉之首章是也。凡漢以下詩、及唐人律詩之首句不用韻者源於此。自首至末句句用韻者，若〈十畝之間〉、〈月出〉諸篇是也。凡漢以下詩若魏文帝〈燕歌行〉之類源於此。自是而變，則轉韻矣。」很具體地說明了《詩經》協韻對後代的影響。

⑫ 劉勰《文心雕龍・物色》篇說：「詩人感物，聯類不窮。流連萬象之際，沉吟視聽之區。寫氣圖貌，既隨物以宛轉；屬采附聲，亦與心而徘徊。故「灼灼」狀桃花之鮮，「依依」盡楊柳之貌。「杲杲」為日出之容，「瀌瀌」擬雨雪之狀，「喈喈」逐黃鳥之聲，「喓喓」學草蟲之韻。」

昔我往矣，楊柳依依；今我來思，雨雪霏霏。

簡單的四句，字面上只寫昔往今來的季節氣候，但詩人內心的悽愴悲傷，深刻感人。清代王夫之《薑齋詩話》說：這是「以樂景寫哀，以哀景寫樂，一倍增其哀樂。」就是指出詩人用「反面烘托」的手法，他所要表達的情感便更見強烈。從現代修辭立場來看《詩經》的語言藝術，實在不是以往只用「賦、比、興」三個字所能概括淨盡的。

第四節 樂府詩、五言詩和古詩十九首、七言詩

漢代的文學主流是賦，西漢初，詩人寫詩，形式多數模擬《詩經》和《楚辭》，內容也貧弱。但《詩經》四言為主的句式，總覺得不足以表達繁多的情思，便多加一個字，文情思想，就更有可以發揮的餘地⓭。西漢是五言詩的醞釀時期，中葉前後，就漸漸孕育形成，到東漢末建安（西元一九六年）前後，就已經相當普遍，技巧成熟，名篇繼出了。更早興起的七言詩，發展較慢，也跟在五言詩之後成立。五、七言從此成為詩歌文體的主要形式，並普遍運用在各體文學中。

一、樂府詩

⓭ 鍾嶸《詩品・序》說：「四言文約意廣，取效《風》《騷》，便可多得。每苦文繁而意少，故世罕習焉。五言居文詞之要，是眾作之有滋味者也，故云『會於流俗』，豈不以指事形，窮情寫物，最為詳切耶！」

《詩經》和《楚辭》文學漸趨沒落，是兩漢樂府興起的主要原因。

漢朝到武帝時，經過了文帝、景帝兩朝的休養生息，國家富庶，民生經濟充裕，朝廷制禮作樂，民間絃歌，漢武帝便把周、秦時代，由樂官掌管民間歌曲的收集，發展成為一個專職的機構，叫做「樂府」⓮。這個機構的職掌有二：一是搜集民間歌曲，一是應用胡樂。所以樂府的樂歌，淵源很早，並且是先有音樂，後有樂府，然後才有樂府詩。但後來文人模作民歌，依譜製作的樂辭，也叫做樂府；甚至後來文人模仿古樂府所作的不能入樂的詩歌，也叫做樂府。所以樂府的範圍相當廣泛，界限也很混淆。樂府這個名詞，在傳遞的過程中，現在已專用來指稱詩歌了。

漢代樂府，由於政府的提倡，文人創作和擬作很多，或入樂，或不入樂；也有有聲無辭的。由兩漢至隋唐，作品極多，佚亡也不少。以往把樂府加以區分類別的人非常多，就時間、性質或個人意思而分，分類有多至數十類的。到宋代郭茂倩總括前人之說，輯錄為《樂府詩集》一百卷，他就音樂的用途，分樂府詩為十二類，是後世多數認同的意見，分別是：

郊廟歌辭　燕射歌辭　鼓吹曲辭　橫吹曲辭　相和歌辭　清商曲辭
舞曲歌辭　琴曲歌辭　雜曲歌辭　近代曲辭　雜歌謠辭　新樂府辭

⓮《漢書・禮樂志》說：「至武帝定郊祀之禮……乃立樂府，採詩夜誦，有趙、代、秦、楚之謳，以李延年為協律都尉。多舉司馬相如等造為詩賦，略論律呂，以合八音之調，作十九章之歌。」

近人陸侃如又將這十二類整合為三組：

(1)貴族樂府：郊廟歌辭、燕射歌辭、舞曲。

(2)外國樂府：鼓吹曲、橫吹曲。

(3)民間樂府：相和歌、清商曲、雜曲。

樂府詩依命題的方法，有：歌、行、歌行、引、曲、吟、辭、篇、唱、調、怨、歎、詩、弄、章、度、樂、思、愁、暢、操等二十一類，名目繁多，意義各別，姜夔、吳訥、羅根澤等都作過一一的解釋⑮。音節和諧、長短自由，而五言特多，是其語句的特色。

漢代樂府詩是完全可以合樂的，後來，除了郊廟歌辭受帝制勢力仍維持音樂功能外，士大夫階級的樂府，就漸漸和音樂脫離了關係。像魏代的名詩人曹植，便借樂府的題目來重造新詩；晉代詩壇古詩瀰漫，文人所作的樂府詩，大都是古詩的變體，像陸機的樂府就是「擬古」之作。東晉、宋、齊、梁、陳、隋六朝，民間樂府最盛行，內容大多是戀曲情歌，如南方「吳聲歌」的〈子夜歌〉、〈子夜四時歌〉等，「西曲歌」的〈烏夜啼〉、〈莫愁樂〉等。北方作品，又特顯現出豪邁、直爽的口吻，如「橫吹曲」的〈敕勒川歌〉、〈折楊柳歌〉、〈隴頭歌〉、〈木蘭辭〉等，都是歷傳不衰的名篇。

樂府詩的篇意內容，抒情、記事並重，尤其是敘事詩，是中國詩體中最具代表性的成就。抒情的，像〈上邪〉寫女子對愛情的堅貞矢誓：

⑮ 見羅根澤〈何謂樂府〉引吳訥《文章辨體》及姜夔等之說。又清王士禎《池北偶談》引《炙輠錄》說。

上邪！我欲與君相知，長命無絕衰。山無陵，江水為竭，冬雷震震，夏雨雪，天地合，乃敢與君絕！

情思的強烈、自然、真摯，令人讀之深深感動。又如〈子夜歌〉的純稚：

宿昔不梳頭，絲髮披兩肩。宛伸郎膝上，何處不可憐！

《宋書》說：〈子夜歌〉是一個名叫子夜的女子所作，自東晉至梁、陳，模擬仿作者極多，都寫得宛轉纏綿，哀艷感人。又如：

江南可採蓮，蓮葉何田田！魚戲蓮葉間，魚戲蓮葉東，魚戲蓮葉西，魚戲蓮葉南，魚戲蓮葉北。

（〈江南可採蓮〉）

這首相和曲，語句簡單，而又多重複，卻情韻自然，讓人如見一個純樸的農村採蓮場景以外，也把漢代以來樂府詩的民歌唱法，和音樂情味都寫出來了⑯。

較之西洋有長篇的敘事詩，中國尚算有稍長的敘事詩，都要在樂府詩中尋找。被推為中國敘事詩的

---

⑯ 據近人陳鐘凡說：〈江南可採蓮〉一首，前三句一人獨唱，後四句，眾人之和曲也。

第一長篇是〈孔雀東南飛〉，全詩共三百五十七個五言句，一千七百八十五字，全篇不但內容佈局剪裁細密，對白自然夾雜在行文中，修辭手法精彩，作者不詳，論者認為是來自民間之作。它的小序說：

漢末建安中，廬江府小吏焦仲卿妻劉氏，為仲卿母所遣，自誓不嫁，其家逼之，乃投江而死！仲卿聞之，亦自縊於庭樹。時人傷之，為詩云爾。

序中雖說是東漢末建安時期的作品，但據胡適《白話文學史》和馮沅君《中國詩史》的考證，以為初出於漢魏間，輾轉流傳增飾，到南北朝梁陳間才定型。我們節錄一段來欣賞：

「十三能織素，十四學裁衣，十五彈箜篌，十六誦詩書，十七為君婦，心中常苦悲。君既為府吏，守節情不移；賤妾留空房，相見常日稀。雞鳴入機織，夜夜不得息；三日斷五匹，大人故嫌遲。非為織作遲，君家婦難為。妾不堪驅使，徒留無所施；便可白公姥，及時相遣歸。」……雞鳴外欲曙，新婦起嚴妝。著我繡裌裙，事事四五通。足下躡絲履，頭上玳瑁光。腰若流紈素，耳著明月璫。指如削葱根，口如含硃丹。纖纖作細步，精妙世無雙。……入門上家堂，進退無顏儀。阿母大拊掌：「不圖子自歸！十三教汝織，十四能裁衣，十五彈箜篌，十六知禮儀，十七遣汝嫁，謂言無誓違。汝今何罪過？不迎而自歸。」……其日馬牛嘶，新婦入青廬。奄奄黃昏後，寂寂人定初，「我命絕今日，魂去尸長留。」攬裙脫絲履，舉身赴清池。府吏聞此事，心知長別離；徘徊庭樹下，自掛東南枝。兩家求合葬，合葬華山傍。東西植松柏，左右種梧桐，枝枝相覆蓋，葉葉相交通。中有雙飛鳥，自名為鴛鴦，仰頭相向鳴，夜夜達五更。行人駐足聽，寡婦起彷徨。多謝後世人，戒之慎勿忘。

以上的節錄，已含括了整個事件的始末大概。詩的開始，以新婦（蘭芝）的口吻，向丈夫述說自己在出嫁之前，已經經過長久的學習，具備了做一個稱職的媳婦的條件；但結婚之後，心裡總是悲苦，因為丈夫身任公職，時常都不在家裡，她每天雞啼就起床織布，到夜裡也沒敢休息；三天織成五匹布，婆婆故意嫌她織得慢。其實不是她真的做得慢，只是很難做你家的媳婦啊！我不配給婆婆使喚，白留也沒有用的。就可以向公婆說明，趁早打發我回娘家去吧。

節選的第二段，寫她要動身回娘家的那一天，天還未全亮就起床，仔細地打扮起來，選了最滿意的衣裙、鞋子、腰帶和耳飾，整個人都亮麗光彩，天下無雙。這段寫蘭芝儀容的美麗，和上一段的生活才能，可知她應該是內、外兼修，無可挑剔的人。節選的第三段，寫蘭芝回到娘家，入門就感到不知所措的羞愧。做母親的急得直拍手。作者讓她再重述前面蘭芝說過的教養過程，表示她被休遣回家，實在是沒道理的，那就是，蘭芝應該是個好媳婦，來凸顯出婆婆的無理。

在經過兩家的家長，都為仲卿和蘭芝安排另一段婚姻之後。作者寫到這對相愛卻被拆散的夫妻，做出了最後的決定。那天晚上，她在馬牛的嘶叫聲中，走入了準備婚禮的彩棚，暗暗的黃昏已過，在人都睡覺了的寂靜中，「我的命今天完了，留下靈魂離去了的屍體。」就提起裙子，脫下繡鞋，投身跳入澄清的池裡。府吏聽到了這事，心裡明白就這樣永別了；在院裡的樹下走來走去，最後在東南方的樹枝上上吊死了。這節寫夫妻倆真心不渝的感情，一同做了殉愛的抉擇。

兩家人這才明白他倆的真情，都要求合葬；就合葬在華山旁邊。在墳墓的周圍栽種了松柏和梧桐；樹枝和葉子都互相疊蓋，相互交纏。東西、左右，和枝枝、葉葉，都用了「互文」修辭手法，就是東西和左右都種了松柏和梧桐；枝葉都相覆蓋、交通。加上、下文的雙飛、對面鳴叫的鴛鴦，都用來象徵他倆的精魂，時刻相守在一起，死了後才能夠永不分離。他倆的真誠，感動了每一個人，後代世人，也應該引以為戒啊！

明代王世貞《藝苑卮言》說：

〈孔雀東南飛〉，質而不俚，亂而能整，敘事如畫，敘情若訴，長篇之聖也。

劉大杰《中國文學發展史》認為它：

是古典民間敘事詩中，最偉大的詩篇。它的特色，是能用通俗生動的語言，敘述那些瑣碎的家事，一點不覺得粗俚，反而顯得自然可愛。……尤其是在蘭芝的形象上，把那種反傳統的堅強意志，和為愛情犧牲的決心，寫得非常真實，非常動人！

可見其評價之高。

樂府中短篇的敘事詩，也有很成熟的技巧，如：

上山採蘼蕪，下山逢故夫。長跪問故夫，新人復何如？新人雖言好，未若故人姝。顏色類相似，手爪不相如。新人從門入，故人從閤去。新人工織縑，故人工織素；織縑日一匹，織素五丈餘。將縑來比素，新人不如故。（〈上山採蘼蕪〉）

這詩除了開頭的兩句敘述外，其餘是簡短的對話；全篇只用了八十個字，就把一對不期而遇的婚變夫妻，彼此的心情很巧妙地表現出來；在男權至上的社會中，被休棄的妻子，為生存而上山採蘼蕪，偶遇過去的丈夫，還長跪問起他的新妻，而丈夫在將新人和她做了一番比較，結論是無論容貌和本領，都是「新人不如故」；這樣的相遇談話結果，真的讓人玩味無窮，尤其對這個棄婦感到無奈又悲酸。作者用最精約的題材，高超的剪裁手法，表達出一個深沉的思想主題。

漢代樂府在中國古典詩歌史上，所展示給後人的，是高超的藝術價值，和當時社會現實情況的表現，人民生活的思想，對後代詩人都具有教育和啟發，漢末的建安詩人，唐代的李白、杜甫、白居易、元稹等代表性作家的作品，都明顯地受到樂府的影響。特別是白居易，〈秦中吟〉和〈新樂府〉等諷喻詩，廣泛地擷取平民現實生活，揭露出許多嚴重的社會問題，形成他獨特的藝術形象，都可以看出他承受了漢代樂府歌辭的影響，有意識地造成當日詩壇上一個有力的「新樂府」運動，並且努力實現，「新樂府」運動也就成為中晚唐詩歌的主流。他的〈長恨歌〉、〈琵琶行〉，是敘事詩中的傑作，至今盛傳不衰，人口膾炙，也一再被用為小說、戲曲的素材，這些都可以看到漢樂府具體、綿遠而巨大的影響力。

二、古　詩

㈠五言詩

以往對五言詩的起源，曾經有過許多討論。認為《漢書．五行志》中所載的童謠，是最早的一首五言：

邪徑敗良田，讒口亂善人。桂樹花不實，黃雀巢其顛。昔為人所羨，今為人所憐。

相傳這首流行於漢平帝（西元一～五年）時的童謠，詩意是詠嘆趙飛燕的事，由於趙飛燕嬌妒，使漢成帝（西元前三二～前七年）無子；到漢平帝即位後，趙飛燕始被廢為平民，自殺死。童謠的原始，並非為兒童而編，大致表現的是民眾的感情，諷諫意味重，用比興筆法，語調委婉雋永，反映時代情況；童謠大都是民間無名氏之作。西漢末這支流行民間童謠，已經是相當成熟的五言詩。

「五言」這一種「新體詩」，兩漢都有不少的作者與作品，像枚乘的〈雜詩〉、李陵蘇武詩、卓文君的〈白頭吟〉、班固的〈詠史〉、張衡的〈同聲歌〉、秦嘉的〈贈婦詩〉、蔡邕的〈飲馬長城窟〉、繁欽的〈定情詩〉、蔡琰的〈悲憤詩〉，都是流傳後世的名篇。西漢的枚乘、蘇、李之作，有人懷疑為後人的偽託。東漢班固的〈詠史〉詩，還運用五言詩體來記述漢文帝時的社會事件。詩說：

三王德彌薄，惟後用肉刑。太倉令有罪，就逮長安城。自恨身無子，困急獨煢煢。小女痛父言，死者不可生。上書詣闕下，思古歌雞鳴。憂心摧折裂，晨風揚激聲。聖漢孝文帝，惻然感至情，百男何憒憒，不如一緹縈。

這是一首被鍾嶸評為「質木無文」的詠史詩，歌詠孝女緹縈救父的故事，漢文帝也因緹縈的孝勇而廢了肉刑。它不但主題明晰完整，而且兼具歷史和文學的價值。東漢蔡琰的〈悲憤詩〉，是一首五言長篇，反映出一個處身在動亂時代下的婦女，身不由己的悲慘遭遇，寫得哀痛至極，所以題為〈悲憤詩〉。下面節錄一段：

有客從外來，聞之常歡喜，迎問其消息，輒復非鄉里。邂逅徼時願，骨肉來迎己。己得自解免，當復棄兒子。天屬綴人心，念別無會期。存亡永乖隔，不忍與之辭。兒前抱我頸，問：「母欲何之？人言母當去，豈復有還時？阿母常仁惻，今何更不慈？我尚未成人，奈何不顧思？」見此崩五內，恍惚生狂癡，號泣手撫摩，當發復回疑。兼有同時輩，相送告離別，慕我獨得歸，哀叫聲摧裂。馬為立踟躕，車為不轉轍。觀者皆歔欷，行路亦嗚咽。去去割情戀，遄征日遐邁，悠悠三千里，何時復交會？念我出腹子，胸臆為摧敗。既至家人盡，又復無中外。城郭為山林，庭宇生荊艾。白骨不知誰，從橫莫覆蓋。出門無人聲，豺狼嘷且吠。煢煢對孤景，怛咤糜肝肺。登高遠眺望，魂神忽飛逝，奄若壽命盡。旁人相寬大，為復彊視息；雖生何聊賴？

蔡琰是東漢末大文豪蔡邕的女兒，在兵亂之中被胡人擄去，事南匈奴左賢王，在胡十二年，生有二子。曹操和蔡邕平素友善，因蔡邕沒有後嗣，就派使者用金璧贖取蔡琰回國，並讓她再嫁給陳留人董祀。這樣的人生際遇，教她永難淡忘。後來她追記這段離亂的悲傷，寫了兩篇作品，一是五言體的〈悲憤詩〉，一是楚辭體的〈胡笳十八拍〉。

〈悲憤詩〉確定是蔡琰之作，上文所節錄的，是詩中寫她在胡地，聽到有漢人到來，就高興地去問消息，總都不是由故鄉來的人。沒想到真的有親人要接她回去了，卻又要把兒子拋下來；也知道這一別之後，便生死不知，再也不能相見了。她用兒子抱著她的脖子責問她的話，來寫自己無法言喻的悲痛。臨行哀號的送別場面，連馬兒車子都悲傷得不能行動。回來卻是家鄉杳無一人，對著一片荒涼，覺得活著已毫無意義了。藝術手法寫到這樣動人，可見五言詩已十分成熟了。

㈡古詩十九首

世人對漢代五言詩的藝術成就，共推「古詩十九首」為代表。因為這些詩的作者的姓名和時代，以往都難確切查考明白，所以統稱為「古詩」[17]。

古詩十九首的內容，主要在抒寫性靈，親切懇摯，委婉纏綿，雋秀在骨，純由天籟，在以鋪張揚厲、堆砌典故的辭賦為文壇主流的兩漢，是另闢蹊徑的成就。清沈德潛認為這十九首詩，使「西京古詩，皆在其下。」⑱梁劉勰《文心雕龍・明詩》篇，評價古詩十九首的好處是：

觀其結體散文，直而不野；婉轉附物，怊悵切情，實五言之冠冕也。

近人劉大杰《中國文學發展史》也認為：

自然美與整體美的純樸，勝過一切人工的粧抹與刻鏤，這便是古詩十九首在藝術上的特色。

古詩十九首是不同時代的人的作品，映現出他們的人生際遇，所感發的心情，如：逐臣棄婦、友誼鄉愁、愛情相思、享樂生死、神仙藥石、虛無幻滅等等，都用最平淡的文句，表述平常而濃摯的感情，

---

⑰「古詩」一詞的時代界定，早在六朝時已有不少的討論。摯虞《文章流別》用以稱周代的《詩經》，可以不談。劉勰《文心雕龍》指的是兩漢的五言詩，包括西漢枚乘、東漢傅毅的作品。蕭統《昭明文選》、徐陵《玉臺新詠》、鍾嶸《詩品》，都專指兩漢無名氏的作品。呂向注《昭明文選》特加說明：「不知時代，又失姓名，故但云古詩。」

⑱沈德潛《說詩晬語》說：「古詩十九首，不必一人之辭，一時之作。大率逐臣棄婦，朋友闊絕，遊子他鄉，死生新故之感。或寓言，或顯言，或反覆言。初無奇闢之思，驚險之句，而西京古詩，皆在其下。」

教人在吟詠中相隨悲感。鍾嶸說它「驚心動魄，一字千金」，也非溢美之辭。下面舉幾篇來看看。

行行重行行，與君生別離。相去萬餘里，各在天一涯。道路阻且長，會面安可知？胡馬依北風，越鳥巢南枝。相去日已遠，衣帶日已緩。浮雲蔽白日，遊子不顧返。思君令人老，歲月忽已晚。棄捐勿復道，努力加餐飯。（〈行行重行行〉）

這詩的主旨，寫忠臣受小人讒謗，被放逐或遠離了君主，而又苦相思念。陳沆《詩比興箋》說是漢枚乘去吳遊梁時所作。枚乘為吳王濞郎中，吳王謀反，枚乘上奏諫阻，不被接納，所以離吳遊梁。首句疊用了四個「行」字，用「重」字隔成二組疊字；一組疊字，便有前行不止的意思，「重」又「行行」，可見他無盡的行程。在文意的順序上，首、二句應該互換；就是說，我和君主生離之後，就走向這無盡的旅途。所以下接「相去萬餘里，各在天一涯。道路阻且長，會面安可知？」他離開君主，便越來越遠了，「萬餘里」是誇張距離的遙遠。途程漫長又多障礙，那能期望再相見呢？用一個「設問」句，教人深深地意會相見之難。但不管我離你多遠，我還是眷戀著故國的，就好像從北方來的胡馬，總是依戀著北風；又好像從南方來的鳥兒，總是在朝向南方的樹枝上去造窩巢。連用了兩個「譬喻」，借動物的顧戀深情，來說明他對故國的懷戀。但是這份懷戀，和實際卻又相違背，彼此一天比一天離開得更遠了（回應首句「行行重行行」），也一天比一天消瘦下來了。「衣帶日已緩」句，用了結果代原因的「借代」法，衣帶寬鬆了，是相思消瘦的結果；也呼應上面「胡馬」、「越鳥」的譬喻心情。這相連兩句，重複用「日已」兩個字，配合著上下文，乃知他「相思之苦」，隨著距離而「不斷地增加」，這份強烈的感情，真的委婉又纏綿，撼人心弦；可謂有千鈞的力道。雖然懷抱著這樣的心情，但事實又不能回去，因為「浮雲蔽白日」，又用了「譬喻」手法，委婉地說明不能回去的原因，是像白日的聖君（或賢臣），被浮雲般的佞臣（小人）所蒙蔽（障阻），讒邪壅蔽賢臣忠情的上達，所以遠遊的人便不能回去了。然而在不斷的相思下，使人因憂傷而衰老，忽然驚覺時光飛逝的迅速，人生沒有多少日子可以再蹉跎了！悟到這般境況，禁不住湧起深深的無奈，但又能如何呢？最後只好故作曠達，強自開釋：「一切都拋開不提了吧！」還是要好好地自我珍重！「加餐飯」，是用原因來「借代」結果。

中國詩人的寫作態度，自先秦即以「溫柔敦厚」為基本，並且深入人心，成為詩人下筆的自然取向。這篇作品中所透露的心情，應該是怨憤悲傷，但我們讀了，感受到的只是無奈的輕喟；對於造成他遠離的原因，也只藉著「浮雲蔽白日」的譬喻，含蓄委婉地用一個句子來表示，卻一再說相念的殷切，最後結以珍重自勉，豁達敦厚，令人感佩。

迢迢牽牛星，皎皎河漢女。纖纖擢素手，札札弄機杼。終日不成章，泣涕零如雨。河漢清且淺，相去復幾許？盈盈一水間，脈脈不得語。（〈迢迢牽牛星〉）

牽牛、織女星的愛情神話，是我民族自古相傳至今的浪漫情思，也是這首詩的思想主題。詩人抬頭仰望到牽牛、織女二星，而設想出這樣的一篇愛情故事。起首二句就用了「互文」修辭法，他看到遙遠的銀河上，牽牛和織女星是那樣的閃亮著。織女舒展著白淨的手，織布機傳出札札的聲音。但是她一整天都織不成文彩好看的布匹，只是讓眼淚像雨一樣地滴落。她為什麼傷心哭泣呢？詩人並未交代，事實也不須要指明，因為大家都知道她在想念隔著銀河的牽牛啊！看看銀河是又清又淺，兩岸相距會有多遠呢？可是就因為這一道銀河，讓他倆只能含情相望，無法交談。

詩人用擬人手法，把兩顆星星幻化為深情的愛侶，又被天河所阻隔，不能相守在一起。後人為了加強他倆愛情的阻力，又增加了天帝的嚴令，讓他們只能一年一次渡河相聚；又加上烏鵲多情，並排作成橋樑，做他們相見共聚的工具，牛、女二星的愛情想像，便越來越豐富、越哀艷了。這首詩只有十句，就由景興情，把幻設的想像，寫得就像親眼見到一般。所以李因篤說它：

> 寫無情之星，如人間好合綢繆，語語認真，語語神化，直追南、雅矣。

古人因為作者妙繪自然，更評為「千古絕筆」的佳作。在文詞上，除了起首的「互文」，達到詞簡意多的效果外，頻用「疊字」，也是很明顯的特色，十個句子中，有六個用了疊字；在六組疊字中，摹形、摹聲、摹情態，非常自如。

漢五言古詩的興起在何時？有若干不同意見⑲，經過近代各學者的推論，認為是起於西漢，而盛於

⑲ 明人徐師曾《文體明辨》說：「逮漢蘇、李，始以成篇。嗣是汪洋於漢魏，汗漫於晉宋，至於陳宋，而古調絕矣。」以西漢蘇武、李陵的〈贈答詩〉，為最早的五言古詩，梁鍾嶸《詩品》、唐釋皎然《詩式》都持相同意見。但這種

東漢末年的建安時代。但一種文體的產生，必然是一種漸進的階程。西漢時李延年的「北方有佳人，絕世而獨立」，已經是五言句子了，但純粹的五言詩，到東漢才形成風氣，才成為多數作者所共用的形式。

東漢末，曹氏父子、蔡邕父女、建安七子等等名家的五言古詩，佳作之多，不勝列舉。曹植（西元一九二～二三二年）更以他的文學天才、善感性格、人生境遇，使五言詩的範圍擴大，達到無不可寫的境地，情思和語言藝術境界更加提升。

東晉陶潛（西元三七二～四二七年），更是五言古詩的名家，詩中有他的現實生活、時事感懷、人生哲思，他不隨流俗、沖淡自然的性情風格，散發出炫目的文學光華，成就他「田園宗師」的地位。下面舉他的一篇〈飲酒〉詩：

結廬在人境，而無車馬喧。問君何能爾？心遠地自偏。採菊東籬下，悠然見南山。山氣日夕佳，飛鳥相與還。此中有真意，欲辨已忘言。

喜歡飲酒的陶淵明，常常寫詩歌頌飲酒的快樂，也在喝酒之後作詩來表現自己的情志。這首詩的主題，寫住在人境俗世之中，也自有閒遠自得的快樂。這是他二十首以「飲酒」為題中的一首，也是最受世人喜愛的一篇。他說：雖然建屋居住在人群當中，卻一點兒也感覺不到車馬喧鬧的聲音。你若問我：你是

賅括的說法，和近代學者深入研探後的結論，有所不同。

怎麼辨得到的？三、四兩句，用了「設問」修辭法，目的在於向人強調他「寄心遙遠」的心靈修養；所謂超然於宇宙之外，不滯心於物慾浮名，便無處不覺得幽閒了。「心遠地自偏」一句，平淡不過，卻深含生活的哲理。

「採菊東籬下，悠然見南山」兩句，寫情景交融，忘我忘情，是世人最愛賞的佳句；他和廬山，有一份深相契合的心靈感受，似乎彼此神會，盡在不言中。蘇東坡認為「見」字最妙，表現出無意而境會的閒趣。接下來七、八兩句再具體描寫遠望廬山的優美閒適景象：日落之時山氣是最美的景致，鳥兒成群結伴歸飛回巢。這些平常的優閒情景，其實含有生活的真意味，想要分辨，卻已經忘了該怎麼說了！

陶淵明詩在沖淡自然中流露真性情，他的哲學文藝，表現出知識分子在亂世中的清新思想，在中國詩壇中獨樹一幟，不徒然是一個田園隱逸者而已，是古今隱逸詩人的宗師[20]。唐代的王維、韋應物、儲光羲、柳宗元、孟浩然、白居易，都學陶而有名；宋代王安石、蘇軾、蘇轍兄弟，有不少擬陶之作，可見他在後世詩壇的尊崇地位。

南北朝的五言詩，注重詞句的雕琢，失去漢、魏時代的空靈矯健。較早稱為大小謝的謝靈運、謝朓，以雕章琢句為能事；後期沈約、何遜、庾信等以講求四聲平仄調配為能事；比較自然豪放的，是鮑照和蕭衍（梁武帝），又偏重艷體。到永明間，沈約、周顒又把「四聲八病」的主張用在寫作上，謂之「永明

[20] 鍾嶸《詩品》評陶淵明說：「文體省淨，殆無長語。篤意真古，辭典婉愜。每觀其文，想其文德。世歎其質直。至如『懽言酌春酒』（〈讀山海經〉），『日暮天無雲』（〈擬古〉），風華清靡，豈直為田家語耶！古今隱逸人之宗也。」田園詩的「宗師」，從此便成為定評。

體」㉑。在這種時潮風氣之下，南北朝的五言詩，只是過渡到「近體詩」的橋樑而已。

㈢七言詩

七言詩的起源在何時？究竟怎麼產生的？一直是爭議不休、難以斷定；但它的出現早在五言之前。清人王士禎《古詩選》中有〈倚瑟清歌〉一首，說是黃帝時皇娥所作，是最古的整首七言詩，已經考知是後人的偽作。七言句的應用，已屢見於先秦的典籍所引的詩歌中；《楚辭・招魂・大招》中已有不少七言的句式，如〈國殤〉中有「援玉枹兮擊鳴鼓」之句；也有像〈九辯〉中有「悲憂窮慼兮獨處廓，有美一人兮心不繹」之句，去了句中的助詞「兮」字，也是完整的七言句。又如世相傳誦的〈易水歌〉：「風蕭蕭兮易水寒，壯士一去兮不復還！」都是七言的形式。也有人認為七言是由秦漢時的歌謳演進下來，也就是先在民間歌謠出現，被運用在漢樂府中，如〈蒿里〉詩：

蒿里誰家地，聚斂魂魄無賢愚。鬼伯一何相催促，人民不得少踟躕。

全詩四句，三句是七言，可見七言句逐漸地被普遍運用。

漢初如唐山夫人的〈安世房中歌〉、武帝時的〈郊祀歌〉、〈鐃歌〉十八曲中的〈上之回〉、〈臨高臺〉、

㉑《齊書・陸厥傳》說：「永明末盛為文章，吳興沈約、陳郡謝朓、瑯琊王融以氣類相推轂。汝南周顒，善識聲韻。約等文皆用宮商，以平上去入為四聲，以此制韻，不可增減，世呼為永明體。」

〈有所思〉等篇中，已多有雜用七言句的情況。清代錢大昕認為如果把《楚辭》中的「兮」字去掉，就是七言的作品。比較具體明晰的指陳，是沈德潛在《說詩晬語》所說：「〈大風〉、〈柏梁〉，七言之權輿也。」〈大風〉歌是漢高祖所作，詩共三句：

大風起兮雲飛揚，威加海內兮歸故鄉，安得猛士兮守四方？

但這三句的七言情況，有兩種情形：第二、三句必須要把「兮」字去掉，才會變成七言句；第一句要留下「兮」字，才是七言句。〈柏梁臺〉詩是漢武帝和群臣集體的聯句，作者共二十六人，每人作一句，寫自己官位職守之事，所以是一句一個意思，但大家用同一個韻，形成全首都是七言，又句句押韻。這首雜湊而成的作品，詞意樸拙，也算是具備了七言詩的形式了。雖然以往對於這首詩的時代問題，有過爭議，但經過不少學者的仔細深究，認定是漢武帝時的作品；也就是說：七言詩在西漢中葉就粗具規模地成立了。

到了東漢獻帝建安後，魏文帝曹丕的〈燕歌行〉二首，就完全是七言詩了。下面舉一首為例：

秋風蕭瑟天氣涼，草木搖落露為霜。群燕辭歸雁南翔，念君客遊多思腸。慊慊思歸戀故鄉，君何淹留寄他方。賤妾煢煢守空房，憂來思君不敢忘。不覺淚下霑衣裳，援琴鳴絃發清商。短歌微吟不能長，明月皎皎照我床。星漢西流夜未央，牽牛織女遙相望。爾獨何辜限河梁。

這詩是寫獨守空閨的婦人，想念遠行丈夫的深情。起首，以秋景的蕭瑟悲涼起筆，與我辭別的燕兒，成群地飛向南方，教她觸景傷情，思念起客遊異地的丈夫；我想你也會殷切地在想念著故鄉吧！但又為什麼久留在外面不回來呢？你不回來，我只有孤單地守著空房；憂心地想念你！不覺就流下眼淚，沾濕了衣裳。想藉著琴來遣愁，卻不能長聲放歌，只能短歌微吟，因為憂傷哽咽啊！只有皎潔的月亮照在空床上，無人作伴！天上銀河的星星向西移去，時間在慢慢地過，但是天還未亮哩，真是長夜漫漫何時旦！只見牽牛和織女星，隔著銀河遙遙相望，你們到底有什麼過錯，要受河梁的阻隔呢？詩情哀怨含蓄，情傷意婉。

全篇句句用韻，讀來韻味優美。文意逐句轉承，一意貫串。清代王夫之說它：「傾情傾度，傾色傾聲，古今無兩；從『明月皎皎』，入『牽牛織女』，一逕酣適，殆天授，非人力。」說這首詩，「開（七言）千古絕境。」

七言詩自曹丕〈燕歌行〉二首之後，由漢末到兩晉，都難見相同的作品，醞釀到南北朝才漸漸發展起來。到唐代便成為詩人普遍作詩的體式了。

第五節　近體詩

近體詩指唐代興起的格律詩，以別於不規則的古體詩而言，唐人稱它為「新詩」或「新體詩」。近體詩包括「律詩」、「絕句」兩種。所謂律詩，是詩中講求詩句內平仄排列的次序，兩句一組的平仄要相對和文辭要對仗工整，和古詩的作法有別。絕句是四句為一首，八句一首的是律詩，八句以上的是長篇的

「排律」。絕句可對仗、可不對仗；律詩和排律，除首尾兩聯可以不對仗外，中間各聯都須兩兩對仗，限制很多。

近體詩的形成，一般說法是由齊永明間沈約和周顒的「聲律說」所引起，作詩著重四聲八病㉒、雙聲疊韻的運用。事實上聲律的注意，在漢末建安時就已出現了㉓，使得詩和散文，都逐步走向駢偶的路上去，自然演進為必須遵守一定程式的格律；在結構形式上又受六朝民間樂府吳歌、西曲的影響，造成小詩的勃興。

律詩始於初唐，盛於盛唐，當時和古詩一起流行。在安、史之亂前的七十幾年間，是律詩成立的時代，五言律詩最先成立，接著七言律詩也成為當時最重要的文體之一了。五言、七言「絕句」也跟著興盛；聯合若干韻而成為一篇長詩的「排律」，也都在這七十幾年間出現了。這是詩壇上異彩輝燦的時代。以下分別就其形式結構加以介紹。

一、律詩

作詩要嚴格遵守規定的句數形式，講求字句的平仄配置、對偶相應，就是律詩。一首律詩，各句的

㉒ 四聲八病：齊武帝永明時，周顒作〈四聲切韻〉、沈約作〈四聲譜〉。他們將四聲〈平上去入〉、八病〈平頭、上尾、蜂腰、鶴膝、大韻、小韻、旁紐、正紐〉用於作詩，於是「五字之中，音韻悉異；兩句之內，角徵不同」，叫做「永明體」。角徵指平仄聲調的變化不同。這種理論形成了唐代律絕的格律。

㉓ 謝榛《四溟詩話》：「建安之作，率多平仄穩帖；此聲律之漸，而後流於六朝，千變萬化，至盛唐極矣。」

平仄聲調、文辭對偶的規格是：

仄仄平平仄，平平仄仄平；（韻）——首聯（散句）
平平平仄仄，仄仄仄平平。（叶）——頷聯（對仗）
仄仄平平仄，平平仄仄平；（叶）——頸聯（對仗）
仄仄平平仄，平平仄仄平。（叶）——末聯（散句）

首句第二字用仄，謂之「仄起」，是五律的正格；也可以用平起，定式變成：

平平平仄仄，仄仄仄平平；（韻）——首聯（散句）
仄仄平平仄，平平仄仄平。（叶）——頷聯（對仗）
平平平仄仄，仄仄仄平平；（叶）——頸聯（對仗）
仄仄平平仄，平平仄仄平。（叶）——末聯（散句）

「逢雙（句）協韻」，是近體詩的基本規則；詩句每兩句為一組，其平仄完全相反。決定了前半的四句，後半不過是前半的重複。作詩律詩最難作，律詩最難是對仗。對仗首重平仄，自古有作對仗的歌訣：

平對仄，仄對平，虛實要澄清，一、三、五不論，二、四、六分明。（五律則是二、四分明）詩、詞、曲都是有格律的韻文，但詞、曲都有「譜」（牌調的規範），但詩沒有「譜」，因為不需要，可以自行按照規則配對出來。

五言律詩成熟在唐初，駱賓王等「四傑」的作品已經圓熟；七律成熟在開元、天寶之際。律詩在沈佺期、宋之問的廣為應用和提倡之下，造成普遍流行的風氣，而絕句詩體也在這時候盛行起來了。

二、絕　句

絕句就是四句一首的小詩，因為短小，所以也叫做斷句、短句、截句，含有「截然而止」的意思；「截然而止」指的是詩意，不是說它的體裁。清李瑛《詩法易簡錄》說：「絕句貴含蓄，所謂絃外之音，味外之味。」又說：「所謂含蓄者，固貴其不露，尤貴其能包括也。」就是要在四個句子之內，要情意酣暢，又讓人覺得餘味無窮。

絕句的盛行在律詩之後，但是絕句不出自律詩，而出自樂府詩。像庾信的集子裡，有〈聽歌一絕〉詩：

協律新教罷，河陽始學歸。但令聞一曲，餘聲三日飛。

又《南史》卷五十一，梁宗室〈蕭正德傳〉說：

普通三年，以黃門侍郎為輕車將軍。頃之，奔魏。初去之始，為詩一絕，內火籠中，即詠竹火籠曰：「楨幹屈曲盡，蘭麝氛氳銷；欲知抱炭日，正是履冰朝。」

可見絕句在梁蕭正德、和北周庾信時就已經見其名稱了。近人孫楷第認為，絕句是由漢樂府醞育出來的，他說㉔：

《樂府詩集》卷四十四至四十七所載的吳聲歌曲，幾乎完全是二十字的小樂府，便是絕句的淵源。……晉以前江東已有吳歌，……已被諸弦管。文人聽慣了這種歌謳，便模仿其體，作二十字的小詩。這種小詩，或者是南方人開頭作，不久，北方人也學起來了。這就是後人所說的「絕句」。

又說：

絕句最初只是樂府之一解。文人最初作絕句，或者要書明，當某曲第幾解，有時圖省便，便把絕句二字作題目，替代了當某曲第幾解。……到了絕句離開樂府獨立，成為一種文體時，便不管出

㉔ 以下孫楷第之說，見《學原》第一卷第四期〈絕句是怎樣起來的〉；轉引自李純勝《漢魏南北朝樂府》。

於何曲了。……一篇樂府有若干解，現在割裂其辭，只取一解，所以謂之「絕句」。

可見絕句體詩是產生在律詩之前，不是截取律詩中的四句而成；因受永明聲律說的影響，所以絕句也講究平仄。

絕句的格律，以起句押韻為正格，也可以從第二句起韻；又近體詩例用平韻，所以句末用平必押韻，非押韻處必用仄。以五絕的格律韻式為例：

仄仄仄平平（韻）　平平仄仄平（叶）
平平平仄仄　仄仄仄平平（叶）　這是仄起格

如首句不起韻，句式是仄仄平平仄。

平平仄仄平（韻）　仄仄仄平平（叶）
仄仄平平仄　平平仄仄平（叶）　這是平起格

如首句不用韻，句式是平平平仄仄。

絕句不要求對仗，散行馳騁自如，四句的文意安排，自然包含起、承、轉、合的步驟；但前人認為第三句是全詩的主要關鍵，婉轉變化得好，第四句便水到渠成，如李商隱〈登樂遊原〉：「向晚意不適，驅車登古原。夕陽無限好，只是近黃昏。」三、四兩句，千古傳誦。

唐代完成了近體詩，七言古詩也真正成立於唐代；所以唐詩在體裁上是無所不包的總結集，成為中國詩歌發展史上的黃金時期，詩家共有二千三百餘人，傳世的詩作，據清康熙時所輯錄的《全唐詩》共收錄四萬八千九百多首。後人作詩，均在它的範圍之內。「唐詩」不但是唐代文學的代表，也是中國詩壇的重鎮。

三、唐詩的分期

近體詩和古詩，是唐詩的兩大體類；唐人古詩，受漢魏六朝古詩的影響，以五、七言的形式模擬漢魏，可謂一脈相承，關係深切；但不可入樂歌唱。近體詩則是唐人的新創，而自成其偉大；新體的「絕句」和「律詩」，可以入樂來歌唱。無論古體和新體，唐代詩人都有偉大的作品。

自明高棅將唐詩分為初唐、盛唐、中唐、晚唐四期，為世人所採用。這四個階段，正也表現出有唐三百年詩體的變遷發展：初唐是齊梁的遺風；盛唐是新舊體詩燦爛發展的最高潮；中唐沿承盛唐之變，新體詩也有極輝煌的成就；晚唐是唐詩餘光閃爍的末運。這四個階段，也正好描畫出唐詩起、盛、變、衰的演變過程脈絡。

㈠初唐詩壇

初唐的詩壇，有要為國開疆闢土、建功立業的雄壯派，也有沿承南北朝、齊、梁、陳、隋的詩風。新政權漸漸安定了紛亂的局面，有了貞觀之治，加上唐太宗、高宗、武則天等，都愛好文學，造成詩壇的盛況，有號稱「四傑」的王（勃）、楊（炯）、盧（照鄰）、駱（賓王）；號稱「四友」的李（嶠）、杜（審言）、蘇（味道）、崔（融），和「應制派」的上官儀、沈佺期、宋之問、張九齡；還有陳子昂、劉希夷、張若虛等著名詩人。

初唐詩壇的發展，由四傑、沈、宋等沿承齊、梁的靡麗（亦稱為保守派），到張九齡、陳子昂的復古（亦稱為革新派）。革新派標舉摹擬漢、魏，以轉移保守的齊、梁靡麗。但這兩者所作的古詩，往往比不上清新可喜的律詩或絕句，也就是說，新詩體創作的成功，漸漸改變了詩壇的風尚。

初唐「四傑」，即王勃（西元六五〇～六七六年）與楊炯、盧照鄰、駱賓王的並稱，排名並無先後褒貶的作用。王勃的詩，以五絕為最好，明人王世貞《藝苑卮言》說他「逼近樂府」。他雖然不到三十歲就因溺水驚悸而死，但從他備受世人盛讚的〈秋日登洪府滕王閣餞別序〉并詩，可以看到他的文學才華：

滕王高閣臨江渚，珮玉鳴鸞罷歌舞。畫棟朝飛南浦雲，珠簾暮捲西山雨。
閒雲潭影日悠悠，物換星移幾度秋。閣中帝子今何在？檻外長江空自流。

這首七律，附在優美動人的序文中流傳，而簡短的八句中，已概括出滕王閣的雄偉景觀、臨眺所見，和他的今昔感懷，都渾融地結合在一起了。「四傑」詩的最大特色，是律詩占相當的數量，並有將五、七言引向長篇的趨勢。明王世貞《藝苑巵言》評說：

> 盧駱王楊，號稱四傑，詞章華麗，固緣陳隋之遺，骨氣翩翩，意象境界超然勝之。五言為律家正宗。內子安（王勃）稍近樂府，楊、盧尚崇漢魏，賓王長歌，雖極靡麗，亦有微疵，而綴玉聯珠，滔滔洪遠，故是千秋絕藝。

已把四傑的優長和缺點，簡明地點出，「千秋絕藝」，論者以為未免過譽。唐時杜甫早已為四傑詩作了批評詩，說：

> 王楊盧駱當時體，輕薄為文哂未休。汝曹身與名俱滅，不廢江河萬古流。

四傑詩在當時因保守齊梁風格，為時人所詬病，杜甫看到他們能化五言小詩為七言長篇的獨到處，認為這是一種啟發創新的風氣，所以給他們「不廢江河萬古流」的評語。

自從晉代陸機在〈文賦〉中提出：「曁音聲之迭代，若五色之相宣」之後，作詩就有聲律藻采的要求。齊梁以來，新體小詩經過不斷的試作，到初唐，加上上官儀的六對、八對說的提倡，如四傑等詩人的大量寫作，沈佺期和宋之問，終於在基礎穩固，時機成熟的條件下，在音韻之外，又加上「對偶」的規限，律詩的形式至此終於底定，而成為初唐以後的中國詩壇，奠定了一種恒久常用的體裁。確言律詩起於初唐的沈、宋，見於宋嚴羽《滄浪詩話》：

風雅頌一變而為〈離騷〉，再變而為兩漢五言，三變而為歌行雜體，四變而為沈宋律詩。

明王世貞《藝苑巵言》也說：

五言至沈、宋始可稱律。律為音律法律，天下無嚴於是者，知虛實平仄不得任情，而法度明矣。

除了八句一首的「律詩」外，「排律」也是由沈、宋所開拓起來的新局面。排律是較為長篇的詩體，原是指五、七言律詩中間，對偶句在三聯以上的作品。初唐應制已要求作排律，以六韻為限，後來文士漸有增加。排律篇幅較長，又受〈沈、宋〉近體嚴格的格律所限，不但要有弘偉的才情，更要有精工的筆力。明王世貞《藝苑巵言》說：

二君正是敵手，排律用韻穩妥，事不旁引，情無牽合，當為最勝。

胡應麟《詩藪》也說：

排律，沈、宋二氏，藻贍精工。

沈、宋排律，以五言最多也最好。到杜甫、元稹、白居易等作排律，更逐漸增長，有多至百韻的長篇。但「排律」這個名稱，到元楊士弘所編的《唐音》才見提出，明代高棅《唐詩品彙》、和徐師曾《文體明辨》才真正確立了「排律詩」的名目。沈、宋在律詩體裁的貢獻，是文學史上所共認的。

㈡盛唐詩壇

經過了初唐的嘗試涵育，近體詩的藝術技巧日見圓熟；張九齡、陳子昂等標舉「正始之音」的復古運動，也扭轉了初唐的靡麗詩風。新體、古體的交相映發，造成了唐詩的輝煌燦爛，不但是唐代詩壇的鼎盛，也是中國詩壇的黃金時期。盛唐詩的成功，除了絕句、律詩新體裁的運用技巧已極為熟練之外；天寶十四年「安史之亂」的前後，政治時局的興盛與衰亡，也為詩人提供了許多可歌可泣的題材，引發了不少歌嘯讚歎與感慨哀傷不同的情懷思想，使得李白、杜甫的詩才，各有所憑藉加以發揮，寫出內容非常豐富的偉大詩篇，而得「詩仙」、「詩聖」的尊稱，成為中國詩壇上的兩支柱石。李、杜詩的特色，是以新的形式，寫新的內容，尤其是表現出他們各自獨有的新風格。

李白（西元七〇一～七六二年），字太白。他除了三十歲以後，在唐玄宗時代有過一段顯貴的生活外，就流浪到各地，狂歌痛飲，修道求仙，又因犯罪流放夜郎，在飄泊、漫遊的生活中，足跡幾乎走遍了全國，也增廣了見聞，開拓了胸襟，豐實了他的詩作內容，涵育了豪放的詩風，加上高絕的天才，因而成就了偉大的文學生命。唐詩在體裁上雖有古體、近體，句式上主要是五言、七言，但無論是什麼詩體句法，措辭、聲律，在他筆下，都運用得生龍活虎，毫無阻滯，五、七言的歌行如〈短歌行〉、〈妾薄命〉、〈烏夜啼〉、〈灞陵行〉，都很膾炙人口，已經瀕死的古詩，也寫得氣魄雄大，尤其是新體絕句的聖手。像大眾所熟知的〈將進酒〉：

君不見黃河之水天上來，奔流到海不復回；君不見高堂明鏡悲白髮，朝如青絲暮成雪。人生得意須盡歡，莫使金樽空對月。天生我材必有用，千金散盡還復來。烹羊宰牛且為樂，會須一飲三百杯。岑夫子，丹邱生，將進酒，杯莫停。與君歌一曲，請君為我傾耳聽：鐘鼓饌玉不足貴，但願長醉不復醒。古來聖賢皆寂寞，唯有飲者留其名。陳王昔時宴平樂，斗酒十千恣歡謔。主人為何言少錢，徑須沽取對君酌。五花馬，千金裘，呼兒將出換美酒，與爾同銷萬古愁！

這詩主旨在勸人及時為樂，盡興飲酒，寫得豪情無限。起筆疊用「君不見」來提醒人，人生短促，日子一去不還，所以凡事要放寬心情，不要計較，盡情飲酒，便可無愁。全詩在行文中，好像是七言歌行，但是以十言開頭，中間忽然插入三言和五言，長短參差的字句，在不合規律中又有自然的規律，讀來只覺氣勢逼人，只覺得他磅礴的感情，必須這樣情感的抒發才淋漓盡致。他這種反傳統、反束縛的手法，反映出他的言語風格，豪放不羈，誇張、奔放、豪雄、秀雅，一切都出於自然。

杜甫（西元七一二～七七〇年），字子美。是詩人杜審言之孫。他生逢唐代由盛世轉入戰亂紛擾的時代，不但想要改造社會以建功立業的理想無法實現，又一輩子生活輾轉在窮愁困苦之中，連兒女也不免於餓死。他把自己所經歷的、所觀察到的，所感觸的情感，融入詩篇之中，孕育成為中國文學史上現實主義的偉大詩人。所以他的詩，內容真實動人，感情深沉真摯，他深入社會，了解民間的生活，並在詩篇中表達出他的觀察和感想，批評政治的腐朽，以忠愛國家的心情來反映民眾的願望，言人人所欲言，言天下人所不敢言，藉著古詩的體裁，寫成感人至深的「悲劇敘事詩」，是杜詩最特出的藝術風格。現存的詩有一千五百多首，歷代注家和研究者很多，可見世人對杜詩的愛重。〈兵車行〉是很有代表性的作品。

車轔轔，馬蕭蕭，行人弓箭各在腰，耶娘妻子走相送，塵埃不見咸陽橋。牽衣頓足攔道哭，哭聲直上干雲霄。道旁過者問行人，行人但云：「點行頻。或從十五北防河，便至四十西營田。去時里正與裹頭，歸來頭白還戍邊。邊庭流血成海水，武皇開邊意未已。君不見漢家山東二百州，千村萬落生荊杞。縱有健婦把鋤犁，禾生隴畝無東西。況復秦兵耐苦戰，被驅不異犬與雞。長者雖有問，役夫敢申恨？且如今年冬，未休關西卒。縣官急索租，租稅從何出？信知生男惡，反是生女好；生女猶得嫁比鄰，生男埋沒隨百草。」君不見青海頭，古來白骨無人收。新鬼煩冤舊鬼哭，天陰雨濕聲啾啾！

這是一首以七言為主的古樂府詩，但從詩中三言、五言甚至六言、十言的雜入，形成長短句混合的情況，是杜甫融化古樂府的形式，不重格律束縛，而重內容表現的「新樂府」精神；杜甫這種活用古樂府來敘事的事實，到白居易而有「新樂府」的名稱。

〈兵車行〉是一篇反戰詩，主旨在表達人民苦於戰爭。這時是天寶十一年（西元七五二年），杜甫在長安。全詩可分三段來了解：開頭寫出戰士要出征了，各戰士的老少家人一起到咸陽橋來送行，哀哭不捨的場景。中間長段用過路人和戰士的問答，來說明民眾為了戰爭所忍受的痛苦：有的人很年輕就被召去打仗，老了還鎮守在遙遠的邊地。朝廷連年不斷的戰爭，各地的鄉村都已田地荒蕪了，婦女只好下田去耕種，田地裡總是一片雜亂。刻苦耐勞的關內兵士，像雞狗一樣地調派到各地去，沒有人敢說心裡的不滿，男人都徵召去打仗了，縣官又急著來收稅，又那裡弄得到錢來交稅呢？因此覺得當初要是生個女兒，還可以嫁給附近的人家，生了兒子，結果是戰死沙場埋沒在雜草叢中而已。杜甫借征人之口，說明戰爭的結果不止是田地荒廢，百姓妻離子散，連社會思潮都改變了，產生「重女輕男」的思想。最後，以作者的感歎結束全詩，設想在遙遠的邊境，好像聽到許多為國戰死異域的冤魂，在相對悲哭！詩中描述戰爭所帶給人民的慘痛，可謂盡致淋漓！杜甫的古詩，寫的是新時代的面貌，脫盡了前人的窠臼，內容新，也自造新題，這是杜甫詩的最大成功，也是他不同於李白的地方。

格律甚嚴的新體律詩，在杜甫筆下靈活運用，比起當時號稱律詩聖手的沈佺期、宋之問，實在還有過之。沈宋的律詩，以工麗而善於鋪張見稱，杜甫的律詩，讓人意會到其間活躍著他自然真摯的感情。下舉五律、七律各一首：

國破山河在，城春草木深，感時花濺淚，恨別鳥驚心。

烽火連三月，家書抵萬金，白頭搔更短，渾欲不勝簪。（〈春望〉）

舍南舍北皆春水，但見群鷗日日來。花徑不曾緣客掃，蓬門今始為君開。

盤餐市遠無兼味，樽酒家貧只舊醅。肯與鄰翁相對飲，隔籬呼取盡餘杯。（〈客至〉）

〈春望〉作於唐肅宗至德二年（西元七五七年），杜甫四十六歲，人在長安。他感傷國事，又思念家人，登高遠望，看到春光美好，卻觸動了離愁傷感。起頭二句，渲染出「物是人非」的悲感主題。所以眼前春色、耳邊鳥聲，都惹人傷感。在長久的戰亂中，最盼望的是家人的信息。國事家事的憂煩，催人快速地老去啊！用最平常的話，抒發出最悲苦的處境和真情，是這詩的成功處。元方回《瀛奎律髓》給它的評語說：

此第一等好詩，想天寶至德，以至大曆之亂，不忍讀也。

〈客至〉是一首抒情詩，作於唐肅宗上元二年（西元七六一年）的春天，杜甫五十歲，這時他住在成都草堂，過著鄉居幽閒的生活。這天他的舅父崔明府來探訪他，至親的長者來過訪，所以興奮又親切的心情語氣，就洋溢在字裡行間。起頭寫他家居的外在環境，春天的碧水環繞在房子的外面，所以每天只有成群的沙鷗飛到這兒來。滿徑的落花也就不須要為了有客人來而清掃（即少有來看望他的人），今天因為迎接您，才把蓬門打開。家和市區距離遠，沒能給您多準備些酒和食物，也因家境貧寒，只有舊釀的粗酒招待您。除了努力張羅酒食之外，杜甫還想要弄得氣氛熱鬧些，便問舅舅：要不要喊隔壁的老翁過來，陪您多乾幾杯。全詩用對來客講話的方式寫出，把親人來訪的欣躍和招待的誠摯殷勤，活現出來。詞句平淡質樸，而情意深濃，是杜甫詩中另一風格的作品。

盛唐詩人，如王昌齡、高適、岑參、王翰、王之渙等，和李白的風格相近，即善用長篇古風，寫氣魄宏大的英雄懷抱，又善用七言絕句的短篇形式，寫悲壯蒼涼的邊塞景象，尤其善於刻畫閨人宮女的思想感情。邊塞詩也是盛唐最成功的作品之一。如：

秦時明月漢時關，萬里長征人未還；但使龍城飛將在，不教胡馬度陰山！（王昌齡〈出塞〉）

【出塞曲】是古時軍中的樂歌，這是王昌齡詠邊塞詩的名篇，明人李于鱗、王世貞都推許為唐人絕句的壓卷佳作。起筆首句，用了「互文」修辭法，說秦漢時的明月，依舊照在秦漢時的關塞上，就繪出一幅廣漠蒼涼的邊塞景象。但秦漢以來，到此遙遠的邊境來征戍的人，到如今都還沒有回來呢！只要像漢代戍守龍城的名將李廣還在，就一定不會讓胡人的戰馬越過陰山來。在簡短的四句中，以古比今，感慨今無名將，以致邊塞吃緊。

蒲萄美酒夜光杯，欲飲琵琶馬上催。醉臥沙場君莫笑，古來征戰幾人回？（王翰〈涼州詞〉）

首句以涼州特產的葡萄酒和白玉杯開頭，物類和色彩都給人極華美的意想。但下一句接上來，就扭轉了喝酒的原因，不是為享樂，音樂的聲音正催人要出發了。琵琶也是胡人的樂器。由前兩句可知作者是身在邊塞地方。三、四句承接前文下來，啟程之後，或許會醉臥在沙場，請勿笑我，因為自古以來，出戰能回來的人沒有幾個啊！「君莫笑」三個字，豪情、悲壯，兼而有之，要為國捐軀，是戰士的當然心情，但戰死又豈是常人都能置諸度外？所以醉臥在沙場，反能不必去想這種出戰的複雜問題，所以用旁襯的言辭來說，反覺得灑脫。末句用一個「設問」句來結束，它的答案是很明晰的：出戰而能從沙場回來的人實在沒幾個。悲壯之情，使人心駭神醉。

故園東望路漫漫，雙袖龍鍾淚不乾。馬上相逢無紙筆，憑君傳語報平安。（岑參〈逢入京使〉）

在這短短的四句中，詩人用輕描淡寫的實際行動，映現出征人不能克制的思鄉悲苦，如畫的場景，率真的感情，尤其是以傳報自己平安的訊息給家人為結語，體貼溫馨，讓人讀來低徊不已，最是千古傳誦的傑作。

王昌齡、王之渙等主要在擅寫邊塞詩，所以被稱為「邊塞派」詩人。盛唐另有王維、孟浩然、韋應物、儲光羲、綦毋潛、丘為、元結、常建等詩人，他們或是本性就愛閒散，或是因宦途失意，心靈好像完全不因時代社會的變動有所影響，才情都只從吟風弄月中表現出來，很自我地享受一己的生活。論者稱他們為「山水派」詩人。

王維（西元七〇一～七六一年），字摩詰。是這一派的代表者，他青年時期的人生也很積極，也寫邊塞詩人那種豪雄朗健如〈隴西行〉、〈老將行〉的作品，後來因為政治上的挫折，又受佛教超脫思想的影響，育成他內佛外儒，隱退怡養的人生思想，表現在詩作裡，呈現出一種靜美的藝術境界；中年以後，在田園生活裡享受了山川的佳勝，和同道好友沉醉在閒適的自然中，加上文辭語言的精煉能力，特別在山水田園的描寫上，獲得他人難以企及的畫境藝術造詣，所以蘇東坡說他：「維詩中有畫，畫中有詩。」詩如：

空山不見人，但聞人語響。返景入深林，復照青苔上。（〈鹿柴〉）

人閒桂花落，夜靜春山空。月出驚山鳥，時鳴春澗中。（〈鳥鳴澗〉）

渭城朝雨浥輕塵，客舍青青柳色新。勸君更盡一杯酒，西出陽關無故人。（〈渭城曲〉）

前二首五言四句的小詩，情景交融，神韻天然，他只用了二十個字，就活現出他霎時的躍動靈思，讓讀者悠然同醉。在他精善的五、七言詩中，五言小詩更有過人的成就。

孟浩然和王維才力相匹，風格也相近，所以並稱為「王孟」。

㈢中唐詩壇

安史之亂後，唐代的政治、社會，都陷入一片紛亂，人民為生活而奔波、飄泊，不能安居，因而行旅、餞別、登臨、懷古、感傷，是這個時期詩作最普遍的題材，明顯地感知到社會病態、民生疾苦，讓詩人激起熱情。中唐詩就內容來看，約有四種形態：

(1)李益、劉禹錫、張繼、顧況和「大歷十才子」[25]中的某幾個，以王昌齡、李白的絕句手法，用於描寫現實社會的種種情況。

(2)韋應物、柳宗元、李嘉祐、劉長卿等，則以五、七律和古詩形式，繼承王維、孟浩然的山水閒情。

(3)白居易、元稹等，承襲杜甫的作風，審察社會民生的疾苦，用更平易通俗的文辭描述出來。

(4)韓愈、李賀、孟郊、賈島等，承襲李白不屑於格律的束縛，崇尚狂放，力求描寫特殊而走入神奇險僻。

這就是中唐詩的特色，和中唐詩人的風格。其中能提振已日漸衰弱的中唐詩壇的暮氣，轉到新的發展方向的，是白居易和韓愈。

白居易（西元七七二～八四六年），字樂天。從困苦的環境中奮鬥長成，是孕育他能審察時代社會，反映到詩篇裡，並主張利用文學為改良社會的文學理論的基本動力。他對唐詩的貢獻，在文辭上，掃除當日趨向典雅的風尚，提倡用白話作詩，以期「老嫗能解」[26]；在內容上，要以社會疾苦為作詩題材，

---

[25] 據《新唐書・文藝傳・盧綸傳》：大歷十才子是盧綸、吉中孚、韓翃、錢起、苗發、司空曙、崔峒、耿湋、夏侯審和李端。後人也有以郎士元、李益、李嘉祐，取代韓翃、崔峒和夏侯審的（見江鄰幾《雜志》）。

[26] 惠洪《冷齋夜話》說：「白樂天每作詩，令老嫗解之。問曰：解否？嫗曰解，則錄之；不解則易之。故唐末之詩近於鄙俚。」

革除吟風弄月的描寫。他的文學主張，備見於〈與元九書〉一文中，他平淺而條理地提出他的文學觀念，指出文學的功能，是「以情為根，以義為實，以言為苗，以聲為華」；作詩應該學習《詩經》的興寄和諷諭，「嘲風雪、弄花草」是毫無意義的作品，「文章合為時而著，歌詩合為事而作」，文學必須有社會意義，不須講求文字聲律的奇美。劉大杰《中國文學發展史》說：

杜甫有這種意見，沒有說出來，韓愈、柳宗元有這種看法，雖是說了一些，但是說得不清楚，時時夾雜著道統聖賢的理論，反而使他們的文學主張模糊了。只有白居易說得又平淺又有條理，使人一望就可領略他的要點。

也就是說，白居易為有相同見解的人，明確地說出了大家心中的理念，在中國詩史上，也是一個重要的里程碑。

相應於他的理念，如〈琵琶行〉、〈長恨歌〉二篇敘事長詩，世代膾炙盛傳的傑作外，〈重賦〉、〈婦人苦〉、〈賣炭翁〉、〈新豐折臂翁〉、〈杜陵叟〉等，或暴露戰爭所加諸人民的痛苦，或寫朝廷的橫征暴斂，或寫人民和官吏的對立，都寫得沉痛感人，是杜甫以後才有的新樂府主題的作品。即以七言絕句的〈後宮詞〉來看：

淚濕羅巾夢不成，夜深前殿按歌聲。紅顏未老恩先斷，斜倚薰籠坐到明。

四個句子，只寫一夜的時間，一個後宮的空間，這宮中的女人，深夜裡聽到前殿的歌聲，反襯出她這邊的冷寂，她仍然是年輕貌美，但已經被君王遺棄，她終夜悲哭不成眠。作者以一夜為取樣，讀者自然明白，這就是她以後日日夜夜的生活情況。在文字上，她沒有怨言，但深深的怨懟，充塞在字裡行間。作者也沒有一字表示憐惜或批判，而憐惜批判的用意是很明顯的。

韓愈（西元七六八～八二四年），字退之。在文學史上，以散文名世，也是唐詩中的一個大家，他用散文的手法來作詩，使詩呈現出一個新的局面。他的文章主復古，但作詩卻主創新，他的天才和學力，成為唐詩中的一大家。他的散文詩又喜用奇字奇韻，並且故意造「拗句」，所以後世以「奇險」、「以醜為美」來評他的詩㉗。韓愈詩的藝術特色，是雄厚博大，務去陳言淺俗，這種風格，宋代的蘇軾、梅堯臣、歐陽脩、王安石等人，都受到他的影響。

㈣晚唐詩壇

唐詩經過中唐白居易提倡通俗，韓愈又變為奇險之後，晚唐詩壇則講求技巧和工麗，所謂唯美主義的風尚。除了杜牧、李商隱、韋莊為代表名家外，溫庭筠、段成式、張祜、趙嘏、司空圖、杜荀鶴、韓偓、皮日休、陸龜蒙等，也都是世人所知的晚唐詩人。晚唐唯美詩風，其實啟導自中唐李賀的深細纖巧、色彩冷豔的造語修辭，和張籍嫵媚活潑的情韻，進而追求極端的唯美。

㉗ 清趙翼《甌北詩話》說：「然奇險處……昌黎則專以此求勝，故時見斧鑿痕跡。」又清劉熙載《藝概》說：「昌黎詩往往以醜為美。」

杜牧（西元八〇三～八五二年），字牧之。在商業經濟發達的時代中，他的詩篇，反映出城市生活的氣息，和他才子風流的賦性。他傳世極盛的名篇，如〈遣懷〉（落魄江湖載酒行）、〈贈別〉（娉娉嫋嫋十三餘）、〈寄揚州韓判官〉（青山隱隱水迢迢），記述下他和妓女歌姬的愛情；而寫景之作，更覺清幽絕倫：

千里鶯啼綠映紅，水村山郭酒旗風。南朝四百八十寺，多少樓臺煙雨中。（〈江南春〉）

這詩表面上寫江南春景，前半直寫，聲色如聞如見；後半用「精細」的「數字」修辭法，和末句的「煙雨」用「雙關」法，使得在優美的文辭中，又含有豐富的世事感懷。

煙籠寒水月籠沙，夜泊秦淮近酒家。商女不知亡國恨，隔江猶唱後庭花。（〈泊秦淮〉）

這詩前半寫月夜的見聞，後段的感觸，使人有如聽到他的喟歎。這兩首詩「借古諷今」，意味深遠。

遠上寒山石徑斜，白雲深處有人家。停車坐愛楓林晚，霜葉紅於二月花。（〈山行〉）

這四句詩就籠括出山行所見遠近宜人的景色，一片自在悠閒，令人神往。

李商隱（西元八一二～八五八年），字義山，號玉谿生，是晚唐詩壇的大家，他技巧而工麗的抒情詩，在中國詩史上有著重要的地位。他一生糾纏在政治和愛情的痛苦中，抑鬱而感傷的情思，成為他詩作的特色；由於注重修辭，又好用冷僻典故，文字音律並美，但因修飾過度，失卻自然，甚至晦澀難懂，所以蘇雪林老師所作李商隱詩的研究，書名稱為《玉谿生詩謎》；雖然他的詩意難明，但世人又極欣賞他的美辭和幽隱的詩意，元好問就有〈論詩絕句〉，為大家說出這種心情：

望帝春心託杜鵑，佳人錦瑟怨華年。詩家總愛西崑好，獨恨無人作鄭箋。

王安石說李商隱詩是唯一「得老杜藩籬」的人，葉燮《原詩》推崇李商隱的七絕「寄託深而措辭婉，實可空百代，無其匹也。」雖然因偏愛而溢美，但也可知李商隱獲得晚唐詩人的首席的原因了。李商隱最膾炙人口的作品，是他纖巧柔細的抒情詩，如：

雲母屏風燭影深，長河落盡曉星沉。嫦娥應悔偷靈藥，碧海青天夜夜心。〈嫦娥〉

這詩寫他終夜未眠，遙想嫦娥在月宮中應是孤寂難耐。文辭精美而詩意隱晦，是李商隱詩的特色。清紀昀說它「意思藏在第一句，卻從嫦娥對面寫來，十分蘊藉，此悼亡之詩，非詠嫦娥。」也就是說，他說嫦娥寂寞，只是寄託手法，也因為他善於借用歷史典故，曲折地暗示他的感情，給人含蓄幽隱的韻趣。

君問歸期未有期，巴山夜雨漲秋池。何當共翦西窗燭，卻話巴山夜雨時。（〈夜雨寄北〉）

這是李商隱在四川的一個秋夜，在連日的雨中，思念著在河內（河南北部）的妻子，寫一首詩寄給她，訴說自己想念她的深情。首二句說明了當時他正在給她寫回信，還不能確定回家共聚的日期，這時當地是秋雨霪淋。第三句期待將來能夠共聚的那天夜裡，再把此際想念她的心情當面告訴她。在四個平淺的句子中，「示現」修辭法的靈活運用，現在、將來、過去的時空交錯，使無限想念的深情，得到淋漓的表達。

李商隱〈樂遊原〉詩中有「夕陽無限好，只是近黃昏」的名句，「夕陽」和「黃昏」並且衍成「老年時光」的借喻。這兩句詩，用來作為晚唐詩壇的寫照，也很恰當。唐代數百年的詩歌體勢，由陳子昂的始變，到李白的再變，杜甫的三變，韓愈的四變，到晚唐的柔美纖弱，已經是發展到了極處，有才情的詩人，慢慢嘗試新體歌詩的創作，開始了詞的發展機運了。

第六節　宋　詩

一、宋詩的特色

唐代詩是中國詩壇上一顆永恆閃爍的鑽石，能繼承唐詩餘緒的，是宋人。宋代是詞的黃金時代，由於宋代帝王愛詩，不少文士詞客，也同時努力作詩，所以作詩者眾，作品也多，又能自有其風格特色，迥異於唐；後人評論宋詩，雖有「不及唐人」或「遠過唐人」的兩極說法，但「過」與「不及」的詞意，都已說明了宋詩在基本上是完全不同於唐人的，就因為宋詩和唐詩各有千秋，各擅勝場，所以能一同屹立於中國詩壇。

前人談唐、宋詩之異的說法相當多，歸納起來，以表列述如下：

唐詩	宋詩
主情	主理
以詩為文	以文為詩
寄興悠遠	窮力夸奇
裁語婉，主情韻	措意深，主議論
含蓄蘊藉	踔厲發揚
虛靈	精實
流雲皓月	馳電湧泉
露蕊奇葩	霜松勁柏
如水之淵涵渟滀	如山之巉峻嶙峋
春色	秋光
以韻勝，渾雅而貴蘊藉空靈	以意勝，精能而貴深折透闢
美在情辭，故豐腴	美在氣骨，故瘦勁
如芍藥海棠，穠華繁采	如寒梅秋菊，幽韻冷香
如啖荔枝，一顆入口，則甘芳盈頰	如食橄欖初覺生澀，而回味雋永
譬諸園林，如疊石鑿池，築亭闢館	如亭館之中，飾以綺疏雕檻，水石之側，植以異卉名葩
譬諸遊山水，如高峰遠望，意義浩然	如曲澗尋幽，情境冷峭

以上比較，係併合嚴恩波〈宋詩概論〉、繆鉞〈論宋詩〉中的說法。

因為唐詩的顯盛，凡和唐詩不一致的情況，便都被認為是一種「缺失」；宋詩的主要缺點，大概是：議論多、言理而不言情、詩體散文化、俚俗不典雅。其實這也就是宋詩的基本特色，反映出宋代的社會和文學的時代思潮；宋代代表性的詩人，如歐陽脩、王安石、蘇軾、黃庭堅，和那些道學家的詩，大都不雕飾辭藻，而自能讓讀者領受到他們樸質的胸中妙趣，敘事則據事直書，寫景則宛然如畫，而且生動感人。陳延傑評宋詩說：

> 宋詩不若三百篇風人之旨，又不若楚辭之幽怨，漢魏之淒遠，六朝之綺麗，唐人之清逸，而能獨創一境界，羌無故實，而意趣幽奇，誠非前代所可及也。……雖有模擬晉唐者，然神貌盡變，不相沿襲，非皆前代語也。此宋詩所以獨稱一代也歟！（《中國文學八論・宋詩之派別》）

又引吳之振序《宋詩鈔》的話說：

> 宋人之詩，變化於唐，而出其所自得，皮毛盡落，精神獨存。

從這兩段話中，可以歸納出：宋詩在形式上是沿用唐人的詩式，但內容所寫的是宋人的情思，「舊瓶裝新酒」就是最簡要的說明。

二、宋詩的派別

(一)西崑體（北宋初）

宋詩既然沿用唐人古詩和近體詩的形式，某些詩人，在內容上就免不了仍有「尊唐黜宋」的思想；尤其是北宋初年詩壇，楊億、錢惟演、劉筠等宗法李商隱、溫庭筠，模倣晚唐的雕琢詞藻，好用典故，只重形式，而文意晦澀難懂[28]，氣格不高。楊億是宋真宗時文名很高的重臣，以他為首的館閣文人，時相唱和，成為一時的潮流。楊億把他們唱和的詩，編集為上、下二卷，收作者十七人，近體詩二百五十首，取名《西崑酬唱集》。西崑，即西方的崑崙山，相傳是古代帝王藏書的地方[29]，所謂「玉山策府」之處。

(二)沖淡派（北宋初）

在西崑風行的同時，另有王禹偁、王奇、魏野、寇準、林逋、潘閬等，要改革西崑空洞虛浮的詩風，取法白居易或賈島的現實主義，雖然沒有形成足以扭轉當時情勢的力量，亦自有其一定的影響。《宋詩鈔》

[28] 金朝元好問〈論詩絕句〉之十二：「詩家總愛西崑好，獨恨無人作鄭箋。」鄭，指漢代的鄭玄，博通群經，遍注五經，《毛詩鄭箋》盛傳於後世。

[29] 見《穆天子傳》二。

說：

元之獨開有宋風氣，於是歐陽文忠得以承流接響。文忠之詩，雄深過於元之，然元之固其濫觴矣。

王禹偁（西元九五四～一〇〇一年），字元之，可見他對宋代詩壇的啟導，受到相當的肯定。他推崇杜甫的「推陳出新」，所作詩多平易而生趣盎然，如：

宦途日日與心違，人事紛紛任是非，卻為遊山置行李，漁家船舫道家衣。（〈言懷〉）

沖淡詩人中，以隱居在西湖孤山的林逋，以〈山園小梅〉一首，膾炙盛傳：

眾芳搖落獨暄妍，佔盡風情向小園；疏影橫斜水清淺，暗香浮動月黃昏。
霜禽欲下先偷眼，粉蝶如知合斷魂。幸有微吟可相狎，不須檀板共金樽。

林逋獨居山中，梅妻子鶴是古今文壇盛傳的佳話。這首律詩的主題是詠梅，世人最愛其中「疏影橫斜水清淺，暗香浮動月黃昏」一聯，認為「疏影橫斜」、「暗香浮動」，分別寫出了梅花的姿和韻，是無人能及的妙語。但我以為，林隱士既然是以梅為妻，這詩應是寫他對妻子的摯愛深情，所以這詩的後半，才是林逋寫作的本意：當梅花開滿枝頭的時候，白鶴想要飛下來停在梅樹上，還要先窺望會趕牠的主人在不在？粉蝶兒如果曉得春寒中還有這樣迷人的梅花，牠無由得見，一定會懺恨欲死！那麼，梅花豈不太寂寞了嗎？幸虧有我在她的身邊，不需要歌樂、美酒，只要低聲吟詩跟她作伴就好了！這詩的後半，真的寫出作者對孤芳脫俗的梅花，異於常人的賞愛心態，尤其是把梅以愛妻的立場相對待，確實是遠遠地超過了上半的雪中獨妍、姿韻不凡而已。

㈢革新主力

北宋詩壇，真能積極改變柔弱華艷的西崑風氣，卓然自立的，始於中葉時期的蘇舜欽、梅堯臣，到歐陽脩而巍然大成，成為宋代詩壇的主力。蘇舜欽詩奔放，梅堯臣詩古淡深遠，他們都著意以寫實的手法，表現社會的真實面，達到「刺」與「美」㉚的「興寄」目的而合稱「蘇梅」。梅堯臣有詩論說：

> 詩家雖率意而造語亦難，若意新語工，得前人所未道，斯為善也。必能狀難寫之景，如在目前；含不盡之意，見於言後，然後為至矣。

歐陽脩（西元一〇〇七～一〇七二年）也有相同的觀念㉛，所以也合稱二人為「歐梅」，認為他們共

㉚ 刺、美的說法，見梅堯臣〈答韓三子華〉、〈韓五持國〉、〈韓六玉汝見贈述詩〉。

㉛ 宋胡仔《苕溪漁隱叢話》說：「歐公作詩，蓋欲自出胸臆，不肯蹈襲前人，亦其才高不見牽強之跡。」

同革新了宋初以來「西崑體」的文風，並樹立起宋詩的骨幹。歐陽脩繼承了唐代韓愈以散文寫詩的作風，卻沒有韓愈故用奇文怪字的險硬艱澀；清新、雄健、平易又重視氣格，是歐陽脩詩的藝術特色。

春風疑不到天涯，二月山城未見花。殘雪壓枝猶有橘，凍雷驚筍欲抽芽。
夜聞歸雁生鄉思，病入新年感物華。曾是洛陽花下客，野芳雖晚不須嗟。〈戲答元珍〉

這詩寫在他貶謫夷陵（今湖北省宜昌縣）的時候。起筆兩句，是他所自負的名句，因為用了「雙關」修辭法，字面上寫自然的季候，雙關到他被貶到遠方，皇帝如春風的溫情，好像沒吹到這裡來。順著這樣的方向思考，其他各句和全詩篇旨，便都清楚明晰了。

歐陽脩的《六一詩話》，在文學批評史上，開創了「詩話」這種文學的新體裁，對後世詩歌理論的發展，奠立了一種簡便而靈活的論述形式。

經過了歐陽脩、梅堯臣、蘇舜欽等人的努力，已經革新北宋詩壇風氣。接著同出於歐陽脩門下的王安石、蘇軾，使宋詩呈現出更上層樓的表現。

王安石（西元一〇二一～一〇八六年），字介甫，晚號半山。他的文學觀念，和歐、蘇、梅相同，強調它的社會服務功能，認為形式之美只是從屬的目的。他的詩作中，有不少內容充實的寫實、詠史和寫景的動人之作，所以詩的藝術成就，勝過他的散文。雄健峭拔的風格，修辭精煉的手法，和運用散文句法，是他詩歌的特色。所作〈明妃曲〉二首，刻畫細緻，感情真摯動人，是他傳世的名作。

明妃初出漢宮時，淚濕春風鬢腳垂。低佪顧影無顏色，尚得君王不自持。歸來卻怪丹青手，入眼平生曾幾有？意態由來畫不成，當時枉殺毛延壽。一去心知更不歸，可憐著盡漢宮衣。寄聲欲問塞南事，祇有年年鴻雁飛。家人萬里傳消息，好在氈城莫相憶。君不見咫尺長門閉阿嬌，人生失意無南北。（其一）

明妃初嫁與胡兒，氈車百兩皆胡姬。含情欲說獨無處，傳與琵琶心自知。黃金捍撥春風手，彈看飛鴻勸胡酒。漢宮侍女暗垂淚，沙上行人卻回首。漢恩自淺胡自深，人生樂在相知心。可憐青塚已蕪沒，尚有哀絃留至今。（其二）

王昭君從在漢宮中備受忽視冷落，到出塞和番的悲慘故事，成為文人筆下的題材，早已不勝枚舉，王安石這兩首〈明妃曲〉，不但他所自負，也受當時詩壇所讚賞，歐陽脩就和作了二首。王安石是寫明妃完全是「象徵」手法，「言在此而意在彼」，寫得淒婉而深刻；第一首著意在「意態由來畫不成」和「人生失意無南北」兩句，第二首著意在「漢恩自淺胡自深，人生樂在相知心」兩句，文辭中又藉種種的對比：失寵和承恩，南和北，今和昔，明妃的意態是畫工畫不出來，而琵琶卻能為她留下了思想感情。這樣的謀篇主題和手法，對照著他的人生境遇，的確是別出心裁，又有深意的成功佳作。王安石的詩，無論那一種體裁形式，辭藻、音節，都有迥異於他人的特色，他的六言絕句：

柳葉鳴蜩綠暗，荷花落日紅酣。三十六陂春水，白頭相見江南。

都使他人嘆服，蘇東坡也戲稱他是「老野狐精」。

蘇軾的天才表現在詩作上，獨成一家，呈現出新的境界，因而成為宋代詩壇的領導者。蘇軾有四千多首詩保存下來，比詞和散文的內容更為豐富。因為他反對王安石的新法，所以擷取現實的民生疾苦，反映出他真心希望民眾的生活有所改善；對起伏不定的政治失意，有「一肚皮不合時宜」的自嘲，和對人生理想的執著；在他遷移不定的生活情況中，他的紀遊詩、安然淡泊的生活心情，常用輕鬆、幽默或帶些禪偈的妙語出之，表現出他橫溢無礙、揮灑自如的才思。蘇軾詩最大的特色，是擴展了韓愈的「以文為詩」的手法，以「議論」為詩，形成「宋詩說理」、和「詩體散文化」的時代特色。但他詠物寫情，也有極佳的詩篇：

黑雲翻墨未遮山，白雨跳珠亂入船。卷地風來忽吹散，望湖樓下水如天。（〈六月二十七日望湖樓醉書〉其一）

水光瀲灩晴方好，山色空濛雨亦奇。欲把西湖比西子，淡妝濃抹總相宜。（〈飲湖上初晴後雨〉其一）

這兩首詩都寫他在遊西湖時，晴雨不定的天候變幻，前者由濃雲而驟雨，忽又轉晴；後者寫由晴轉雨，各有奇觀美景；詩人捕捉住剎那的景象，好像不經意的幾句，就點染出圖畫般的新鮮奇景。

竹外桃花三兩枝，春江水暖鴨先知。蔞蒿滿地蘆芽短，正是河豚欲上時。(〈惠崇春江晚景〉其二)

荷盡已無擎雨蓋，菊殘猶有傲霜枝。一年好景君須記，正是橙黃橘綠時。(〈贈劉景文〉)

前者寫冬去春來，萬物欣榮景象；後者寫秋冬之交，物類豐盈的喜悅，都貼切地抓住季節轉換的景物特徵，予人以生意盎然的意趣。

蘇軾門下，有「蘇門四學士」的黃庭堅、秦觀、張耒、晁補之，或「蘇門六君子」，即四學士外加陳師道、李廌，這些門生，不但受到他的影響，又各自有其特殊風格，能自闢門戶，形成自己的派別。

(四)江西詩派

蘇軾的影響，及於北宋後期的詩壇，散文化的詩，專主意境清新，不講究字句的雕琢，卻因矯枉過正，成為生澀拗拙的，是以黃庭堅為領袖的「江西詩派」。

黃庭堅(西元一〇四五～一一〇五年)，字魯直，號山谷，又號涪翁。洪州分寧(江西分寧)人。他雖然在蘇軾門下，也受到老師的影響，但能另闢天地，自成宗派，和乃師「蘇黃」齊名。蘇軾詩和西崑、蘇舜欽、梅堯臣不相類似，而波瀾壯闊，無所不可寫的多方面風格，才華出自天賦，不是可以學得到的，所以蘇軾門下的詩人，各有各的風格面貌；黃庭堅是用刻苦強力的鍛鍊功夫，以險峻、晦澀、奇而無妙[32]而為一派的領袖。他所提出的創作主張是：

---

[32] 金王若虛說：「山谷之詩，有奇而無妙。」

老杜作詩，退之作文，無一字無來處；蓋後人讀書少，故謂韓、杜自作此語耳。古之能為文章者，真能陶冶萬物，雖取古人之陳言入於翰墨，如靈丹一粒，點鐵成金也。(〈答洪駒父書〉)

南宋劉克莊〈江西詩派小序〉中，也指出江西詩派的作詩態度是「搜獵奇書，穿穴異聞，……雖隻字半句不輕出」。即變化古人的詞句和詩意，成為自己的作品；又故作拗律，達成標新立異的目的。風從這種主張的詩人，呂本中說有二十五人[33]，但有作品傳世的，只有苦吟的陳師道、幽淡的韓駒、閒遠的晁沖之幾個而已。而確立「江西詩派」這個名稱，即始於呂本中所作的〈江西詩社宗派圖〉，他出生較晚，和黃庭堅不曾謀面，也是受江西詩派影響的人。但在當日聲勢浩大的情況之下，江西詩派只是講求形式與技巧，不注重文學的實質內容，為後人所詬病。

(五)中興四大家

汴京失陷，皇室南遷，南宋初期的文壇，洋溢著一片愛國熱情。方回《尤袤詩・跋》說：「中興以來，言詩必曰尤、楊、范、陸。誠齋（楊萬里）時出奇峭；放翁（陸游）善為悲壯；公（尤袤）與石湖

[33] 宋胡仔《苕溪漁隱叢話》說：「呂居仁近時以詩得名，自言傳依江西，嘗作〈宗派圖〉，自豫章以降，列陳師道、潘大臨、謝逸、洪芻、饒節、僧祖可、徐俯、洪朋、林敏修、洪炎、汪革、李錞、韓駒、李彭、晁沖之、江端本、楊符、謝薖、夏倪、林敏功、潘大觀、何顗、王直方、僧善權、高荷，合二十五人以為法嗣，謂其源流皆出豫章也。」豫章即洪州，此指黃庭堅。

（范成大），冠冕佩玉，端莊婉雅。」後世對這四人的實際成就來作評斷，陸游無愧大家；楊萬里（西元一一二四～一二〇六年）因在詩風上脫出了江西詩派的摹擬工巧，而以口語入詩，形成平淺、通俗，新鮮、活潑，雅俗共賞，充滿生機的「誠齋體」。他曾說自己作詩的過程：

始學江西，繼學后山（陳師道）五字律，又學半山（王安石）七字絕，晚乃學唐人絕句。後官荊溪，忽若有得，遂謝去前學，而後渙然自得。（《誠齋集・自序》）

沈德潛《說詩晬語》說他曾作詩二萬多首，現存的《誠齋集》也有四千多首，確實是個多產的詩人。

范成大（西元一一二六～一一九三年），字致能，號石湖。也是從江西的拗峭脫離出來的詩人。早年出使金國，反映在詩中的是不能遏止的愛國情緒；晚年隱居石湖別墅，把成敗都置之度外，所寫農村生活苦樂的六十首〈四時田園雜興〉，自然清新，詞句通俗有民歌風格，在田園小詩上得到後人的佳評，是宋代詩人中唯一能寫田園景色的代表詩人。

陸游（西元一一二五～一二一〇年），字務觀，號放翁，是南宋詩壇最偉大的愛國詩人。他早年作詩得之江西詩派的呂本中，務求奇巧；中年從軍，親歷了亂世的真實艱危，詩中就表現出豪放的氣概，憂國的熱情；晚年退居山陰，心境轉為清淡閒適，內心仍充滿著對家國同胞的關切。陸游一輩子辛勤地作詩，年老時還有「無詩三日卻堪憂」之句，成為我國文學史上作品最多的詩人，在詩集《劍南詩稿》中共有詩九千三百多首，還不包括自己刪汰和散佚的作品。他的詩作內容主題，可用「愛國感情」來概括，他對國家的熱愛，除了直接表現於恢復中原國土的雄心壯志外，也透現出對同胞、對山水花草風物的觀賞中，不愧「愛國詩人」的尊號。

三萬里河東入海，五千仞嶽上摩天。遺民淚盡胡塵裡，南望王師又一年。（〈秋夜將曉，出籬門迎涼有感〉）

死去原知萬事空，但悲不見九州同。王師北定中原日，家祭毋忘告乃翁。（〈示兒〉）

〈太息〉詩又有「死前恨不見中原」之句，可見他無時無刻的心思所念，期望大宋江山的收復統一；遺囑般的〈示兒〉詩，還讓人讀來倍感悲愴。陸游的多情，尤其見於他和元配唐琬的婚變事件上：他和表妹唐琬婚後十分相愛，但不為母親所容，被迫分離。後來唐琬改嫁趙士程，他也另娶了王氏。在陸游三十一歲（西元一一五五年）的春天，他和唐琬在沈園相遇，他在園壁上題寫了世人盛傳的【釵頭鳳】詞，唐琬不久就死了。到一一九九年，陸游七十五歲的時候，又來到沈園，懷思往事，又寫了兩首〈沈園〉詩：

城上斜陽畫角哀，沈園非復舊池臺。傷心橋下春波綠，曾是驚鴻照影來！（其一）

夢斷香消四十年，沈園柳老不吹棉。此身行作稽山土，猶弔遺蹤一泫然！（其二）

舊地重遊，事隔四十多年了，伊人往事，彷彿如見，懷想淚下，令人感傷。讀他的詩，可以勾畫出他的人生和生活心情，他的手法風格，《四庫全書總目》作了很具體的批評：

> 游詩清新刻露而出以圓潤，實能自闢一宗，不襲黃（庭堅）、陳（師道）之舊格。……其託興深微，遣詞雅雋者，全集之內，指不勝屈。

也就是說，江西詩派在南宋初仍有其影響淵源，但他們都能融通變化，自成體格，散文化的詩，到南宋已經發揮盡致，趨向圓潤的陸游詩，便卓然成家。尤、楊、范、陸四大詩人，都有「放翁體」、「石湖體」、「誠齋體」的尊稱，可見他們在南宋詩壇的地位了。南宋末，有徐照、徐璣、翁卷、趙師秀以效法晚唐的清新工緻，矯正江西派粗獷之弊，稱為「永嘉四靈」；又有臨安愛作詩的書商陳起，搜集了江湖間和他交往而稍有詩名的文士六十二家的詩，刊印了《江湖小集》，號稱「江湖派」，劉克莊（字後村）也列名其中，以質俚瘦淡，有清新獨到的意趣，為世人所肯定，其他都徒有虛名，作品價值不高㉞。現存《江湖集》計收一〇九家，姜夔、戴復古、方岳也在內，但未收入劉克莊的作品。

南宋滅亡前後，詩人感傷於宗社淪喪，自然又產生了表現愛國熱情的「遺民詩」，謝翶、文天祥、謝枋得、許月卿、林景熙、真山民、汪元量、鄭思肖等，寫沉鬱悲憤的真情，都有錚然的聲響。

㉞《四庫全書提要》說：「四靈一派，摭晚唐清巧之思；江湖一派，多五季衰颯之習。」

三、宋代的詩話

中國第一部「詩話」，是歐陽脩的《六一詩話》，專以詩為範圍的文學批評，用「軼事類小說」的形式為體裁，宋許顗《彥周詩話》第一條說：

詩話者，辨句法，備古今，記盛德，錄異事，正訛誤也。

可見作者是用拉雜的記錄方式，以評論古今的作家和作品，考訂或詮釋名篇佳句，記述有關詩文的掌故和言論。歐陽脩也就用「居士退居汝陰而集以資閒談也」一句，作為卷首語。可見作者寫作詩話的宗旨，簡單而平凡；也就因為它不是嚴肅的閎論，只是輕鬆平易地親切漫談，順手拈來，信口說去，意盡就收止，給人不拘形跡的趣味。這種詩評方式，北宋以後，漸漸發達成為中國文評的一種主要形式，和唐人講論詩法的專書，如齊己《風騷旨格》、釋皎然《詩式》相比，北宋的詩話顯然有「後出轉精」的進步。

歐陽脩的《六一詩話》，是「以資閒談」而寫成，繼起的司馬光的《續詩話》、劉攽的《中山詩話》，是以「記事」為主，大都敘述些小掌故，偶及一些考訂，很少有所議論。到了蘇軾、黃庭堅，詩壇起了極大的變化，詩話的內容也就針對他們的作詩主張，如用事、造語的「出處」問題，加以討論，吳幵的《優古堂詩話》、魏泰的《臨漢隱居詩話》、葉夢得的《石林詩話》、吳可的《藏海詩話》、曾季貍的《艇齋詩話》等，增添了文字詞句上技巧的議論和學問，對詩歌寫作做了具體的提示。

發展到南宋張戒的《歲寒堂詩話》、姜夔的《白石道人詩說》，尤其是嚴羽的《滄浪詩話》，詩話的內容就看到有系統、有綱領的文學見解了。

嚴羽，字儀卿，一字丹丘，自號滄浪逋客。他尊崇盛唐詩人的「妙悟」，反對江西詩派，和專學晚唐的「四靈派」，弄得詩風日趨萎靡。他說：

詩者，吟詠情性也。盛唐諸人，惟在興趣，羚羊掛角，無跡可求。故其妙處，透徹玲瓏，不可湊泊。如空中之音，相中之色，水中之月，鏡中之象，言有盡而意無窮。近代諸公，乃作奇特解會，遂以文字為詩，以才學為詩，以議論為詩。夫豈不工，終非古人之詩也。蓋於一唱三歎之音，有所歉焉。（《滄浪詩話・詩辯》）

他所強調的是興趣，是純藝術的透徹玲瓏的妙處，而忽視了盛唐詩歌現實意義的思想內容。他又以「禪」喻詩，來說明「詩道亦在妙悟」。這都是他的文學理論，而對後世影響最大的是他的《滄浪詩話》。

《滄浪詩話》共分〈詩辯〉、〈詩體〉、〈詩法〉、〈詩評〉、〈詩證〉五門，末附錄〈答吳景仙論詩書〉一篇。〈詩體〉列舉從建安到宋代各種不同的詩體；〈詩法〉敘述作詩的方法；〈詩評〉雜論六朝、唐、宋各詩人的得失；〈詩證〉雜錄關於詩篇的考訂的話。〈詩評〉和〈詩證〉和其他宋人詩話的體裁相同。〈詩辯〉探究了詩歌原理，和附錄是全書精華所在，他的批評見解，都集中在這兩個部分。《滄浪詩話》以禪評詩也受到世人的批評，但它在明、清兩代的詩壇上，都有極高影響；像清代王士禎論詩的「神韻說」，受到他的思想啟發，和袁枚的《隨園詩話》，成為清詩壇上最具權威的詩話。

第七節　元、明、清詩

宋代以後，金亡不仕的元好問（西元一一九〇～一二五七年），他的處身環境是金、元、南宋三朝，可說是個「遺民詩人」，是金代文壇的代表，所編的《中州集》，保存了金代的詩作。他的詩，清人沈德潛《說詩晬語》、趙翼《甌北詩話》都予以佳評；所作〈論詩三十絕句〉，從漢、魏的古詩，到宋代的詩人，都作了很有系統的批評，是文學批評史上重要的資料。他認為最好的詩，要掃除兒女私情，要寫風雲悲壯之氣，要有風骨，要高古，才是上品詩格的好詩。

元代詩人以虞（集）、楊（載）、范（梈）、揭（傒斯）四大家為最著。虞集批評楊詩如百戰健兒，范如唐人臨晉帖，揭如美女簪花，他自己如漢廷老吏作譬喻。此外，方回、趙孟頫、王冕、張養浩、薩都剌（蒙古人）等，都有名於當時。

明代二百七十多年的國祚中，據清朱彝尊《明詩綜》所收詩人有三千四百多家，但可稱為第一流的詩人，只有高啟和陳子龍二人，而且多門戶之見，又好以若干「子」相結合。除了明初時人比之唐初四傑的高啟等的「吳中四傑」之外，又有「北郭十子」、「閩十子」、「南園五子」等等，而以「前七子」、「後七子」是明代詩壇的極盛時代。「前七子」是明孝宗弘治時的李夢陽、何景明、徐禎卿、邊貢、康海、王九思、王廷相，又號稱「弘治七才子」，以李、何為領袖。提出「擬古」的主張，以糾正臺閣體的空洞無物；又提出「高古者格，宛亮者調」的「格調說」。認為經由句擬字摹，可以獲得古人的神髓，缺乏創作精神，受到後人的指責。當時也有反對擬古，崇尚自然清新有情趣的創作，如楊慎、祝允明、文徵明、唐寅、沈周、王守仁、唐順之等的浪漫派。

後七子是明世宗嘉靖時的李攀龍、王世貞、謝榛、宗臣、梁有譽、徐中行、吳國倫，又號稱「嘉靖七才子」，以李、王為領袖。他們更發揮前七子的主張，互相標榜，時人莫不風從，聲勢極盛。前、後七子都以摹擬刻鏤為主，主張「詩必盛唐」。這時的反對者是歸有光。

晚明萬曆（明神宗）時，反對擬古的有二：一是公安人三袁兄弟（宗道、宏道、中道）標榜清新自然，主張獨抒性靈，不拘格套，而失之俚俗俳諧；二是竟陵人鍾惺、譚元春，主張幽深孤峭，而流為詭怪。明思宗崇禎時，有陳子龍汲取前、後七子的精神，力求詩的復興。

綜觀元、明、清三朝，元代作家最少，作風平正而失之纖弱；明代作家粗豪怪僻，模仿氣太甚，也未能超過元代；清代能稍加變化，較有可觀的表現。

清代詩壇，沿承明詩壇的風尚，也講究門戶宗派，但都未能脫離魏晉唐宋的樊籠，到清末才有改革的行動；而全清詩壇，主要是尊唐、宗宋兩大派。

清初詩壇錢謙益（字牧齋）、吳偉業（字梅村）。龔鼎孳（字孝升），三個明季的遺老，合稱「江左三大家」；他們的貳臣的際遇，無關他們的詩格，錢謙益詩格高古，沉鬱藻麗，託體遙深，音節和雅，宗奉宋代的蘇軾和元好問。吳偉業才藻艷發，清麗芊綿，情韻深婉，深得世人肯定，所作歌行體的七言敘事詩，如〈圓圓曲〉、〈永和宮詞〉、〈鴛湖曲〉、〈拙政園山茶花〉等，音調鏗鏘、筆法流轉，都寫當時的事實，所以有「詩史」之稱。

錢、吳之後，從錢謙益學詩，卻成為尊唐的大家是王士禎（西元一六三四～一七一一年），字貽上，號阮亭，又號漁洋山人。他從唐司空圖與宋嚴羽的詩論，創立「神韻說」，認為「為詩先從風致入手，久之要造於平淡。」㉟詩的最高境界是神情韻味，仿效王維、孟浩然的古淡蘊藉，清新自然；缺點是規模小、氣勢弱。如：

危棧飛流萬仞山，戍樓遙指暮雲間。西風忽送瀟瀟雨，滿路槐花出故關。（〈雨中渡故關〉）

江鄉春事最堪憐，寒食清明欲禁煙。殘月曉風仙掌路，何人為弔柳屯田？（〈真州絕句〉）

很吻合他詩論中清新蘊藉、有言外之意的見地。當時還有施閏章、宋琬、朱彝尊、趙執信、沈德潛、翁方綱等，都是尊唐派的名詩人。其中翁方綱覺得神韻說容易流於膚淺，所以另倡「肌理說」以為補救；就是提倡以學問為根柢，使詩能外表空靈，而內容實質充實。這種理論也獲得支持迴響，翁氏也成為一派的代表，但都沒有人落實這種理論，淪為一種理論而已。

康熙以後，宗宋的人漸多，如特崇蘇軾的宋犖，縱橫奔放，足以和王士禎爭名。還有查慎行、厲鶚、趙翼等，都反對神韻說，或喜用冷字僻典，或用諷謔詼諧，發表議論，用說話的方式作詩，就像宋詩的意味。

袁枚（西元一七一五～一七九七年），字子才，號簡齋，反對格調派的擬古雕琢，創立「性靈說」，

㉟ 見所著《帶經堂詩話》。

認為作詩要表現真實的個性和感情，他也未能實踐這個理論。風從者有鄭燮、黃景仁、張問陶。此說的好處是清新流麗，缺點是流於浮淺與油滑，所以得到毀譽參半的批評。

尊唐、宗宋一直主宰著清代的詩壇，直到晚清因受帝國主義的侵略，國勢艱危，政治上也有太平天國、戊戌變法等的刺激，加上西學東漸，詩風也當然隨著時局、人心而起了變化，舊的工具，已不足以表現新的事物，詩學革命，便在黃遵憲（西元一八四八～一九〇五年），字公度，提出「我手寫我口」的新觀念下展開。他反對崇古擬古，認為作詩應有個性和自我的面目，他也用詩來寫出這種見解，說：

我手寫我口，古豈能拘牽。即今流俗語，我若登簡編，五千年後人，驚為古斕斑。（〈雜感〉）

他的詩集名叫《人境廬詩草》，很能體現自我的主張，富有開放創新精神，在內容上，具有反映現實的詩史功能，特別對他所處身的清帝腐敗無能，洋溢著憂憤時艱的愛國情懷；在形式上，在舊詩體中，寫入新時代的語言、事物、思想，因而表現出新意境、真感情，不但別開生面，並且渾然天成。梁啟超《飲冰室詩話》給他的批評說：

近世詩人能鎔鑄新理想以入舊風格者，當推黃公度。

簡單的評語，卻是最高的肯定。陳子展《中國近代文學之變遷》中也說他：

是新舊過渡時代的一種成功。他能討得新派舊派雙方的贊頌。

以下來看看他用流俗語、新事物作詩的情形：

一家女兒做新娘，十家女兒看鏡光。街頭銅鼓聲聲打，打著心中只說郎。（〈山歌〉）

移桃接李盡成春，果碩花濃樹愈新。難怪球西新闢地，白人已盡換紅人。（〈己亥雜詩〉）

在平易的敘述中，其實深有寄意。當時和黃遵憲主張相似的，有譚嗣同、夏曾佑、梁啟超等人，論者以為都失之粗獷。清末這種詩體革命，只不過是一個起頭，詩體真正的革命，這時還未正式開始。

第八節　新　詩

一、新詩的發端

黃遵憲「我手寫我口」的作詩觀念，對民國建立後的新文學運動，有著啟導的作用。民國六年（西元一九一七年）一月，胡適在「新青年」發表了〈文學改良芻議〉，為中國新文學運動揭開了序幕，他也是中國新體詩的開山祖，並且早在民國五年（西元一九一六年）二月，就在〈答任叔永書〉中，提出了他的「詩界革命的方法」：

第一，須言之有物；第二，須講求文法；第三，當用文言之時，不可故意避之。

他也提出了配合理論的實驗作品。民國九年（西元一九二〇年）三月，他出版了中國第一部新詩集，叫做《嘗試集》。這本詩集中，在句法上，仍舊使用五、七言的句法；在音節上，仍受舊詩聲韻的影響。如〈答梅覲莊〉：

一

「人閒天又涼」老梅上戰場！
拍桌罵胡適，「說話太荒唐！
說什麼『中國要有活文學！』
說什麼『須用白話做文章！』
文字豈有死活！『白話俗不可當』
把《水滸傳》來比《史記》，
好似麻雀來比鳳凰。
說『二十世紀的活字
勝於三千年的死字』
若非瞎了眼睛，

定是喪心病狂！」

二

老梅牢騷發了，老胡呵呵大笑。

…………………………

（民國五年七月二十二日）

所以，後來他又先後再重新修正，提出了「詩體大解放」，就是要「充分採用白話的字，白話的文法和白話的自然音節」，句子也要長短不定。《嘗試集》雖然受到負面的批評，但大大啟發了寫作新詩的風氣，原本寫作舊詩的人，像沈尹默、劉半農、魯迅、周作人、傅斯年、俞平伯、康白情、陳衡哲等，都努力嘗試新詩的寫作，可見大家對新體詩的愛好與風從，也是胡適創新倡導的成功。新詩集相繼出版的，有康白情的紀遊詩《草兒》，汪靜之的戀愛抒情詩《蕙的風》，徐玉諾對人生苦悶感的《將來的花園》，到宗白華的《流雲》，新詩也漸漸有意境和情緒的流動，由發軔到萌芽。

二、新詩的名稱和特質

新詩也叫做「白話詩」、「自由詩」、「現代詩」。

民國八年（西元一九一九年），胡適發表了〈談新詩〉一文，其中談到新詩的出現，是民國成立以來「八年中一件大事」，並且說：

新詩發生，不但打破五言七言的詩體，並且推翻詞調曲譜的種種束縛，不拘平仄，不拘長短，有什麼題目做什麼詩，詩該怎麼做就怎樣做，這是第四次的詩體大解放。

當時又有劉半農在〈我之文學改良觀〉中，提出對韻文改革的三項主張：

⑴破壞舊韻，重造新韻。

⑵要增多詩體。

⑶於韻詩之外，增加無韻詩。

這兩種見解，都只提出舊形式的破壞，而未涉及到新形式的建立；這是新詩初起時期的說法。到民國四十九年（西元一九六〇年），詩人覃子豪在《論現代詩・形式》一節的專論中，先說「詩沒有一定的形式」，又說：

在五四運動期中，中國新詩的產生，主要的就是詩在形式上的一個革命，就是打破固定的形式和格律的束縛，求詩的自由發展。

葛連祥在《中國詩論・論新詩》中予以批判說：

所謂新詩應打破格律、平仄、長短，似乎是匹無韁之馬，這種新詩，我不曉得將何以名之。而新詩之所以經過四十年而無成就，我想其故即在此，藝術絕不是那麼自由的東西，假如那麼自由，則藝術的可貴性也便喪失了。

因為一直沒有人能在打破舊詩的形式外，為中國的新詩建立一個大家所能接受的形式，所以經過幾十年的歲月，新詩也還是保持著最初的隨人自由形式來寫作。

徐志摩、朱湘、聞一多、于賡虞等「新月派」詩人，採用西洋詩的格律、寫作「十四行」等各體詩，因為形式整齊得像刀切一般，所以叫它做「豆腐乾式」的「方塊詩」，表示譏諷的意思。葛連祥又批評這種自相矛盾的行為，說：

這無異是脫去了中國詩的約束，又去戴上西洋詩的枷鎖。

覃子豪在《論現代詩・形式》中，也有同樣的批判。嚴格說來，這種套用外國的形式，畢竟不能算是中國新詩體的形式，而且也不曾普遍盛行。

三、新詩的分期

新詩是五四運動以來，一切白話文學的首生子，也是當今韻文的主流；經過將近一個世紀的發展之後，也已成為文學史上的研究對象，將各種作品按發展過程，加以分期或分派，大都依個人的觀點來作判定，如趙景深在《現代詩選》中分為「草創」、「無韻詩」、「小詩」、「西洋律體詩」、「象徵派」五個時期。民國二十四年（西元一九三五年），朱自清編選《中國新文學大系》中，詩集部分，分為「自由詩」、「格律詩」、「象徵詩」三派。葛連祥《論新詩》中，分為五個時期：

⑴嘗試時期：以胡適《嘗試集》為代表。劉復、沈尹默、劉大白都歸屬到這一派。他們大都有舊詩詞的根柢，所作的新詩，未能擺脫舊詩詞的影響。

⑵無韻詩時期：寫新詩的風氣很盛，詩集出版很多。康白情、俞平伯、朱自清、汪靜之、周作人、王統照、劉延陵、焦菊隱等，都是這時期的詩人。

⑶小詩時期：指一行或數行的短小形式，認為是受日本的短歌和俳句、印度泰戈爾《飛鳥集》的影響。以冰心的《繁星》和《春水》為代表。孫席珍、何植三、劉大白、何心冷、宗白華、汪馥泉、梁宗岱等，都屬於這一派。

⑷譯詩：起初有王韜、馬君武、蘇曼殊等，用舊體詩的形式，譯介英國、法國、德國的名詩，如拜倫、濟慈、雪萊、雨果、繆塞、歌德、席勒、海涅等詩人的作品。新詩興起後，就有用白話體來作翻譯了。

⑸西洋體詩時期：間接受了譯詩的影響，徐志摩、朱湘等，或多或少的採用西洋詩的格律來作詩；因為作品經常在《新月》雜誌上發表，所以也被人稱為「新月派」。

臺灣師範大學邱燮友教授，在《六十年來的新詩發展》中，又「依新詩的發展，作品的風格」，分為五個階段：

㈠自由詩時期（西元一九一二～一九二五年）

發揮清代黃遵憲「我手寫我口」的詩體革新主張，胡適等人用白話寫作新詩，擺脫格律韻協等形式的束縛，自然質樸，但仍受舊詩詞彙造境的牽絆，被譏為「小腳放大」，或「散文分行寫」的詩。胡適、康白情、汪靜之、冰心、俞平伯、朱自清、劉大白、劉半農，都是這個時期的詩人。

㈡韻律詩時期（西元一九二五～一九三七年）

完全沒有規限的自由形式，又讓人覺得詩還是應該有聲韻格律的，徐志摩是第一個講求新詩體製的人，朱湘、汪靜之、趙景深、劉夢葦、于賡虞、謝采江、聞一多、宗白華、梁宗岱、馮至、王獨清、盧冀野、陳夢家、邵洵美、卞之琳等，都有相同的觀念。他們認為「形式是感官賞樂的外助。格律在不影響於內容的程度上，……格律便是在形式給與欣賞者的貢獻。……詩有格律，才不失掉合理的相稱的度量。」因為講求形式，音韻和諧，字數又比較齊整，便形成「方塊」、「豆腐干」的形狀，內容以寫景、抒情為主。像徐志摩的〈愛的靈感〉、〈再別康橋〉，朱湘的《草莽集》，聞一多的〈死水〉，孫大雨的〈自己的寫照〉等，都寫得很出色。

㈢朗誦詩和寫實詩時期（西元一九三七～一九四九年）

民國二十六年（西元一九三七年），全國投入對日抗戰，任何文學作品自然都反映出作者激憤顫慄的感情，摒棄了浪漫、神祕、象徵主義的雕琢，新詩也響應「文章下鄉，文章入伍」的號召，以寫實和朗誦為主要功能，以鼓舞民心士氣，描述家園破碎的悲憤，呼喚大家來抗日救國；這個時期，詩是全民抗日共同戰鬥的心聲，樸素自然、音律改進，句語散文化是這時期的特色，重要的詩人如臧克家、何其芳、卞之琳、曹葆華、番草（鍾鼎文）、艾青、高蘭、王平陵、韓北屏等。韓北屏的〈保衛武漢〉，轟動一時，趙友培把文天祥的〈正氣歌〉翻譯成白話詩，臧克家的《向祖國》、《古樹的花朵》、《國旗飄在鴉雀尖》、《泥土的歌》等詩集，都在這期間完成，使許多青年掀起了報國的熱情。

(四)韻律詩延展時期（西元一九四九～一九五九年）

民國三十八年（西元一九四九年），國民政府遷臺，跟隨著政府來臺的忠貞詩人，和臺灣的詩人結合，共同創作新詩，作詩的方向有二：一是沿襲著新月派重韻律的路子，吸取西洋詩的風格，作抒情詩；有鍾鼎文、彭邦楨、陳慧、鄧禹平、童山（邱燮友）、鄭愁予、李莎、余光中、夏菁、覃子豪等。一是沿承抗戰時期朗誦詩的路子，寫反共抗俄的朗誦詩；作家有上官予、鍾雷、張自英、何志浩等。

(五)現代詩時期（西元一九五九～一九七一年）

現代詩的寫作方式，是受西洋文藝思潮所影響而產生，如本世紀初，美國心理學家威廉・詹姆斯的「意識流」之說，奧地利心理學家佛洛伊德的《夢的解析》、《精神分析》等思想的影響，產生專寫人的心理與潛意識的作品，形成西方現代一種文藝思潮的風尚。因為所寫的是一種不易覺察的心理活動和狀態；這種文藝思潮，影響及於繪畫、小說、新詩各種文藝的創作，而產生了抽象畫、意識流小說、現代詩。故現代詩在文字和意義上，讓人覺得不易於把握的神祕朦朧，不合邏輯，凌亂無序，晦澀難懂。民國四十二年（西元一九五三年），臺灣《現代詩》創刊。民國四十八年（西元一九五九年）以後，詩壇現代詩最為盛行，詩人有紀弦、余光中、王渝、周夢蝶、王祿松、瘂弦、王憲陽、葉珊、敻虹、蓉子、羅門、楊喚、洛夫、張健、白荻、夏菁、趙天儀、張默等。[36]

臺灣新詩從民國四十六年至五十八年（西元一九五七～一九六九年），有一段低迷時期，蓋由於現代詩的詩意朦朧晦澀，為人所詬病。

現代詩由於難懂，遭受到各界的非議，也引起了各界的討論和筆戰，詩人的重新反思。民國七十四年（西元一九八五年）以後，新生代詩人崛起，實踐本土意識，臺語方言寫入文學作品中；大報的副刊設置長篇敘事詩獎，長篇的敘事詩，改變了現代詩的晦澀，稍為平易可讀。新世代的新詩人，如席慕蓉、夏宇、羅青、杜十三、羅智成、蕭蕭、林煥彰等等。在鄉土文學論爭之後才跨入詩壇的新生代詩人，如簡政珍、馮青、白靈、渡也、陳義芝、向陽、苦苓、林燿德等等，在太平時代長大，受了完整的高等教育，不但作品中表現出富於實驗精神的後現代文化色彩，在鄉土和時代、政治上，也表現了強烈的批判意識。

[36] 此節有些文字，係據方祖燊〈詩歌的分類〉補充。

四、兩岸分治時期的大陸新詩壇

民國七十七年(西元一九八八年)九月臺北市出版,高準撰《中國大陸新詩評析》,收錄了一九一六～一九七九年大陸的新詩,以十年為一分期,做了比較詳細的分期,初期及二十年代分為五派:白話派、浪漫派、新格律派、象徵派、革命派。三十年代分四派:現代派、抒情派、現實派、朗誦詩派。四十年代在抗日勝利,臺灣光復之後,國共紛爭日趨嚴重,整個大陸政權轉移到共產黨手中,形成臺灣海峽兩岸政權長期分治的局面,詩壇在不同政治制度下,詩人各寫不同的生活和心情,自然也就呈現出不同的面貌內涵。

從一九四九年底起,整個大陸由中共所統治,大陸詩壇基本上仍是三十年代的繼續,就是現實派和抒情派,而稍加改進,力揚、艾青、臧克家和辛笛、穆旦、綠原等為代表;還有吸取民歌精華的新民歌派,開五十年代新民歌體的先河,主要作者有李季、阮章競。

五十年代,中共強力統制文藝思想,只有「革命浪漫主義」一派,詩作的主要內容限於粉飾現實的理想化的「歌頌」。其形式有繼承二十年代的「新格律體」,大致每段四行,每行字數基本相近,逢雙句末字押韻,有整齊謹嚴之美,聞捷、嚴辰、梁上泉為代表;又有繼承四十年代的「新民歌體」,光未然、阮章競作品較有藝術成績。

六十年代的前期,繼續五十年代的詩風,而在技巧上有所改進,鼓吹響應毛澤東的政治口號和運動,形成了「政治抒情詩」的詩歌樣式,郭小川、賀敬之、嚴陣是主要代表。六十年代後期,「文化大革命」

展開後，文化界人士大都遭受到殘酷鬥爭，文化性刊物更全面停刊。直到七十年代後期，「四人幫」被打倒後，新詩才以完全拋棄長期的黑暗束縛，重新展現新生代的光芒，呈現出風格多樣、佳作迭出的繁榮景象，劉祖慈、雷抒雁、葉文福、黃翔、北島、駱耕野、孫紹振、舒婷等，都在這個時期嶄露頭角，以平淡清新的風格，表現自我對時代的關心，獲得廣大的迴響和海內外的注目，帶動了八十年代新的詩風，新詩也走向一個新的旅程。

五、新詩舉例欣賞

民國七十六年（西元一九八七年）以後，兩岸民間可以來往，文化交流日漸頻繁，彼此在新詩的交流上，可以看到在不同的政治、經濟、地理環境、和社會情勢生活之下，詩作所寫的思想內容，表達的藝術手法，作者的風格，或許都有所差異，但無論是社會寫實派、後現代派、或臺灣本土的寫實派，詩的形式都以分行書寫為主，節奏或韻律，亦由詩人以自己的思想及情緒為依據，散文化、自由詩的節奏，仍是新詩的寫作基本；除了在分行、切連、分段、是否要用標點符號、或用斜線、空格代替標點符號，作者自由隨意使用，不斷嘗試實驗之外，分類仍用新月派、現代主義、現實主義，使用「隱喻」為表達手法等[37]，因隨時代內容的改變，而稱為「新現代主義」、「超現實主義」、「後現代主義」等。詩人紀弦說：

[37] 這些用詞，均常見於各種論新詩的作品中，如游喚的〈幽人意識與自然懷鄉——論臺灣新世代詩人的詩〉、李元貞〈臺灣現代女詩人作品中的語言實踐〉（一九九九年七月四日「兩岸女性詩歌學術研討會」論文）等。

人們說，新詩復興運動的火種，是由紀弦從上海帶到臺灣來的。這句話，我從不否認。一九四八年十一月，離滬赴臺。……一九五三年二月，由我獨資創辦的詩刊《現代詩》之創刊號問世了。……一九五六年一月，我組成「現代派」，領導「新詩的再革命運動」，提倡「新現代主義」或「中國的現代主義」，……除大陸、香港、中南半島外，凡有華僑居留之各國各地區，一般文藝青年，無不改寫「自由詩」，而不再寫「格律詩」了。㊳

除了派別名稱的沿用外，這段話亦可闡明臺灣新詩和大陸新詩的脈絡沿承。新詩在臺灣，近二十年來，新詩雖然仍有一些隱晦的詬病㊴，但也有自然明晰易懂的作品，舉兩首短詩來看看：

榴花照眼
雲雀呢喃
又是叮嚀聲滿天

㊳ 紀弦〈三個關於——關於「故鄉」〉（民國八十八年（西元一九九九年）六月十八日「聯合報」副刊）。

㊴ 民國八十八年六月二十一日「聯合報」楊子專欄〈京劇形象化的啟示〉文中說：「假如有一篇文章、一首詩、一幅畫、一曲歌，讓人有看不懂、聽不懂的反應；那與其責怪『曲高和寡』，毋寧說曲之『高』缺乏激發『和』的誘因，……現在有許多人埋怨讀不懂一些『新潮』的新詩、散文和小說，卻常招來『不識貨』或秉賦太差的譏諷。」

驪歌四起
木棉風吹
離情無處不紛飛

執手相看
如癡如醉
滿園芳菲都是淚

青青子衿
悠悠我心
長風萬里送君歸

少年豪情
青春盟誓
莫負天涯赤子心
花朝月夕

相思相憶

勿忘共數繁星時

（高大鵬〈叮嚀——寫給畢業同學〉）

這是一首形式整齊的格律詩，各段的句數、字數都相同，而且引用了不少古詩的成詞成句，用分行來斷句，完全不用標點符號，各段又刻意押韻。為年輕的畢業生賦離情，文意自然清晰。再看寫成人情思的一首：

手指

沾一點點唾液

剛翻到

莊子乘大鵬而飛的那一頁

隔著一層薄板

鄰室大聲傳來

電視中的廣告

　　威

鋼

而

（洛夫〈性騷擾〉）

這也是不用一個標點符號的作品，也以空行來分段，前段各句字數很參差；後段前三句字數一致，後面一字一行，也是一字一段。作者不但在形式上刻意佈置，文辭也特意安排：前段末句用莊子〈逍遙遊〉篇中鯤鵬變化，飛翔天際的典故；後段用一個時下最流行的壯陽藥名「威而鋼」，不但把一個藥的譯名分列為三行、三段，並且位置由低往上排，呼應電視廣告的聲音，非常喧嘩；誦讀這三個單字行時，應該由低往高慢慢地一字一字讀。而古代的典故，和現代的熱門話題，都是他著意傳達給讀者的詩旨，是一個很深廣的想像空間，這詩的主題「思」，是要思而後得知。

「組詩」是大陸五十年代以後常見的一種新詩創作形式，就是組合若干個短篇，來表達一個共同的主題；這應該是從舊詩歌「散曲」的「重頭小令」變化出來。下面節選流沙河的〈草木新篇〉為例：

不幸的紅顏，
有幸的紅花。
從來無花名呂后，

百姓愛憎分明。——虞美人

葉出聽夜雨，
葉落舞秋風。
何必枝棲鳳凰，
但願身經斧鋸。
化作一張張的薄板，
嫁與一條條的直弦，
好將陽春的回憶，
去向人間彈奏。——梧桐

左旋左旋左旋，
爬高爬高爬高。
種子入藥，
又名黑丑。——牽牛花

一個說秋天是紅色的，
一個說秋天是金色的。
畫家說秋天有各種色彩，
秋天說我沒有任何顏色。——楓與銀杏

流沙河在一九五七年因作了〈草木篇〉五則的一篇組詩，被打成「右派」，經過二十二年的鎮壓，到一九七八年才平反，再重拾詩筆。〈草木新篇〉作於一九七九年夏天，全詩共八則，每則都可以獨立，都是託物寄意的諷諭之作。

〈虞美人〉就是楚項羽所愛的美人虞姬，除了被用為一種花的名稱外，也是詞曲的牌調名。作者前半說，就人名來說，虞姬的人生非常地不幸，但以花名來說，是許多人所愛的花朵，所以說是有幸的。虞美人雖然不幸，卻被人們用作花名來紀念她，和她同時代的呂后，從來沒有人用作花的名字，原因就在末句「百姓愛憎分明」，一語「雙關」道破，教人為之會心而笑！作者對呂后與虞美人兩人，做了簡明的諷刺與贊美。大陸以「呂后喻江青」。

〈梧桐〉是借物言志，頭二句寫梧桐是隨季節的自然變化，夜雨有聲，秋風起舞，原就有自然情韻。第三句以後，寫出生命的志願，不要成為鳳凰的棲所，寧願經歷斧鋸的切割，成為製琴的材料，把生命中青春美好的回憶，告訴世人。詩中以第三句轉入主題，「化引」杜甫〈秋興八首〉：「碧梧棲老鳳凰枝」一句，借鳳凰來棲身樹上，來顯示它依附的權貴。但生命的意義，應不是藉權貴者來提高身價，他要把生命為世人作實質的貢獻。

〈牽牛花〉以四行「小詩」的簡短形式，就寄託了諷刺的用意。前半兩句，把「左旋」、「爬高」兩個詞著意重疊為句子，對於那些憑著「左旋」而「爬高」的人，表明了他的鄙視；後半提出牽牛花還有種子可以入藥，是一種清熱解毒的瀉劑，藥名也叫做「黑丑」，這也用了意義「雙關」的修辭手法，使全詩非常統一和諧。牽牛花是一種軟枝攀緣植物，卻能攀附在任何物體上往上爬升，開出花朵來；用「黑丑」這個名稱收結全詩，實在是神來一筆。

〈楓與銀杏〉也是四行的「小詩」，用主觀的自我表述手法，其實詩旨不在楓和銀杏這兩種植物，作者要表達的是秋天的「本色」。前兩句用「一個」開頭，有承詩題的作用，就是楓和銀杏：楓在秋天變紅了，銀杏在秋天是金色的，所以各以自己的立場為判斷；畫家畫秋色要用各種色彩，也以他的立場來論斷。其實秋天是大自然的一個季節變換，物類各以不同的色彩，呈現它們的特性，所以秋天說它本身並沒有任何顏色。這詩雖然只有四句，卻是一篇富含哲思的佳作，所以以往有不同的解說。

就高準《大陸新詩評析》所收由一九一六年到一九七九年的作品，詩作的形式絕大多數都是分行平頭排列，低格也在一兩字的高低；也多數使用標點斷句，有時分行而意思相連的，則不用標點。下面節選寥寥所寫的〈我們無罪〉組詩，看看詩作在形式上的變化。

我們這一代青年
（怎麼劃分呢？）
從二十歲到三十歲吧
真可憐。
畸形和變態嗎？
請原諒

十年前
　還是兒童和少年的
　　我們自己
讀過了林彪、「四人幫」的絞肉機
　至今
身上還留著
恥辱的傷痕。

我們把幻想
　從心中拋棄
像是舊日的孤兒院
　扔出死嬰。

尾　聲

十年來
我一直想要有一支槍

用它殺死那些
扼殺了青年靈魂的「人」
現在我仍然想要一支槍
用它打碎攫住我們不放的
十年來的
陰影。

這是一首大約有長短十五段的長詩，作者以一個曾經做過「紅衛兵」的立場，充當過鬥爭殘殺破壞的工具，經歷過文化大革命的十年動亂，為他的同類寫出深沉的懺悔與回憶，他們是動亂的主導者，因為年少無知成為暴行的工具，實在也成為犧牲的受害者，所以以〈我們無罪〉為詩題。

第三章 散文

第一節 散文的古今界義

從文體分類來看散文這個名稱，在以往是和韻文、或者和駢文相對來作區分的；和世界各國的文體相比較，文學大抵都只能分為「韻文」和「散文」兩大類，而「駢文」是中國文學所特有的一種體裁，因為它的性質，既重聲調的諧婉鏗鏘，在形式上又講求字句的整齊勻稱，這種形式特色，又和韻文較為接近；但散文完全不受一切句調聲律的羈束，只求散行以達意，完全出於自然。所以「散文」這個名詞，到宋代羅大經的《鶴林玉露》才出現，他引用周益公的話說：

四六（駢文）特拘對耳，其立意措詞，貴渾融有味，與散文同。

散文也跟韻文不同，韻文包括詩歌、詞曲、辭賦等，講求句子的形式律調、平仄、押韻、對偶，散文不講聲律，也沒有押韻、對偶的規定，完全以「自然」為主。

中國歷代文學，除了詩歌辭賦之外，其他包括經傳史書，一切散體的文章，概稱為散文。隨著文學本身的發展，散文的概念不斷演變，範圍也日漸擴大，現代的散文觀念，是和詩歌、戲劇、小說並列的一種文學樣式。散文的特點是：沒有戲劇、小說的曲折情節，沒有詩歌的形式、節奏，現代散文學者給它所下的新界義是：

散文，就是無韻而句式不整齊的文章；除小說、戲劇外，議論、抒情、說理、敘事、記物、寫景、傳人、應用等文字，都可以說是散文。這種散文，從寫法上，又可分為二種：一種是文章性的散文，一種是文學性（即文藝性）的散文。它們的作法各有所偏。文章性的散文，必須做到「言之有物」、「載有道理」，有實用的價值；文學性的散文，必須求臻於「有欣賞價值，能使人產生美感的最高境界」❶。

散文的最大特性，篇幅可長可短，結構自由靈活，能真切地、迅速地反映現實生活中的事件和問題，直接表達作者的思想感情。

第二節　散文的分類

除了上述引文中在「作法」上所作的分類外，散文一般就寫作目的分為敘事性散文、抒情性散文、

❶ 引自《方祖燊全集㈩・散文理論叢集・散文結構》。

和議論性散文三大類。

⑴敘事散文：主要在記述具體的事件，或描寫人物，題材可以是作者的生活見聞，也可以是憑想像的創作；其中也可以結合議論和抒情。敘事散文又包括不少體裁，如：傳記、報告文學、遊記、回憶錄、特寫、速寫、筆記、寓言、日記等等。

⑵抒情散文：主要為抒發作者的主觀情感，對客觀事物的描寫。感情濃烈、色彩鮮明、形象優美生動、富有詩情畫意，易於觸發讀者的想像而起共鳴。

⑶議論散文：一般稱為「論說文」；主要在說明事理、發表議論，前人有「論說」、「論辯」或「論著」等名稱；也有把它分為「說明文」和「議論文」兩類。論說文主要是運用概念、判斷、推理的邏輯論證方法，來闡明事理原則，表明作者的觀點，使人信服贊同為目的。

以時代來分，又可分為「古文」和「現代散文」兩種：

⑴古文：用以統稱前人（新文學運動之前）用文言文所寫的散文；但也用來專稱唐代韓愈、柳宗元等提倡散文革新，以先秦漢代質樸自然的文章為學習楷模的散文，內容主要在宣揚儒家的思想，所謂「文以載道」的觀念。

⑵現代散文：除了使用白話語體來寫作之外，作者所要表達的題材內容，完全沒有規限，如前述的界義。

第三節　歷代散文的特色

先秦時期，史官記載歷史事件，諸子宣揚思想學說，都是以散文來撰寫，成為中國古代文化的珍貴文獻。

一、先秦散文

㈠歷史散文——《尚書》、《春秋》、《左傳》、《戰國策》

記載唐、虞、夏、商、西周五個時代歷史的《尚書》，是中國最古的一部歷史、最古的散文，內容分為典（治國的常道）、謨（治國的謀略）、訓（長上教導的言語）、誥（首長告示下屬和民眾的話）、誓（軍隊出戰前誓師的話）、命（上級發下的命令）。《尚書》相傳是孔子從古代三千多篇的文書檔案中刪節下來，作為授課的教材，原本節錄了一百篇。秦火之後，分別有今文《尚書》二十八篇，和古文《尚書》四十五篇的出現，雖然內容有許多真偽的爭議，而且文辭佶屈難懂，但對古代政治社會和散文形式，留下了珍貴的紀錄。

《春秋》是一本有系統的編年史，孔子以春秋時代魯國的歷史為中心，旁及當時各國的事情，從魯隱公元年開始，到魯哀公十四年止，共記錄了十二代國君，二百四十二年的史事；因為寫的是一個歷史的大綱，語句簡短，文辭精簡粹要，前人因讀來費解，而有「斷爛朝報」的譏評。但從史事的編排和文詞的運用上看，的確比《尚書》有明顯的進步。

相傳為了解釋《春秋》而作的《左傳》，尤其被推崇為一部傑出的散文。作者左丘明，以《春秋》為大綱，參考當時的其他史籍，用優美的散文，寫成幫助人讀懂《春秋》的史料意義，而被認定為《春秋》的「傳」。它除了史學價值之外，更以文學價值盛傳於世。作者用簡鍊的文辭，動人的敘事手法，把當時政壇上各式各樣的人物，活躍在複雜環境中的思想言行，很鮮明生動地呈現出來；許多片段的記載，如〈燭之武退秦師〉、〈季札觀樂〉、〈鄭伯克段于鄢〉、〈秦晉殽之戰〉、〈曹劌論戰〉等等，時常被選作青少年的國文教材。這本歷史散文的各個角度、各方面的問題，更是歷代文學研究者一再作專題研究的對象，都給它好評；比起其他兩本《春秋》傳——《公羊傳》和《穀梁傳》，《左傳》是最受到肯定的。唐代劉知幾《史通・雜說上》評《左傳》中各種動人的描繪手法說：

或腴辭潤簡牘，或美句入詠歌。跌宕而不群，縱橫而自得。若斯才者，殆將工侔造化，思涉鬼神，著述罕聞，古今卓絕。

《國語》和《戰國策》，也是優秀的歷史散文，尤其是《戰國策》寫戰國時期策士們為了宣揚自己的謀略，竭力盡鼓舌搖唇之能事，極縱橫捭闔的語言藝術，像〈鄒忌諷齊王納諫〉，借齊國的宰相鄒忌，自認是個美男子，妻、妾、朋友為了討好他，讚美他的容貌，現身說法，來諷勸齊威王要知道自己的過失，多多採納臣下的諫言，幽默諷刺的文辭，讓人讀來津津有味。又如寓言〈畫蛇添足〉比喻無中生有的多事，沒有好處；〈狐假虎威〉比喻藉他人威權來嚇唬別人的可笑可憐；〈鷸蚌相爭〉比喻意氣相爭，會兩敗俱傷，反而讓第三者得利：顯現出散文藝術的進步。

(二)哲理散文──諸子學說

春秋戰國時代，諸侯以武力掠奪土地和政權，戰亂兼併的結果，貴族沒落，降為平民，原本為貴族所專有的學術知識，也因此流入民間，尤其是孔子以教書為業，使學術文化流傳廣遠；商業繁榮的結果，大都市產生，交通日益便利，文人會集，知識自然交流，思想觀念也在不斷的相互刺激而更新。面對繁華複雜多變的政治社會，有思想的人，都想對某些問題，特別是政治觀點，心靈修養，大家都想發表自己所認為獨到的意見；要把理念作精詳解說，促使說理散文的繁興進步。

留存至今的最早的說理散文，像《老子》是老子出關的時候應關令尹喜要求而寫的；《論語》是孔子的學生以「語錄體」記錄下來的，他們的文字都極簡略。《論語》是大綱式的結構，三言兩語就是一個思想的段落，所以二十篇的篇名，其實和篇的內容並沒有密切的關聯，清楚地呈現出文體興起初期，意繁詞少的文辭貧弱現象；但這也為後代語錄體奠下了形式的雛型。孔子在《論語》中提出他讀《詩》的見解：「《詩》可以興、可以觀、可以群、可以怨」，「《詩》三百，一言以蔽之，思無邪」，和「辭達而已矣」，為人啟示了讀書如何意會其內容功能的思考，和言文表達的目的，有助於後世文學創作和審美觀念的建立。

《老子》的思想比《論語》複雜，文句形式也較整齊，又有許多用韻的地方；內容也混雜了陰陽家和法家的思想，成書的時代有相當的爭議，也有人認為可能是戰國末葉的作品。

首先具備了論辯形式的散文，是《墨子》，它不同於《論語》的語錄體，也不像《老子》那樣多韻語。墨子在世的時期不能確考，但從《墨子》論說事理的邏輯和條理，和孟子很有近似之處，認為應是戰國初期，孔、孟之間的人，他出身庶民，是著名的思想家、活躍的政治家，學說在當時有很廣泛的影響力，和儒家並稱「顯學」。墨子學說，崇尚節約愛人，講兼愛非攻，主張非樂薄葬，而他所要宣導的對象，主要是一般中等階層的民眾，所以措辭淺易，不避重複，以求容易清楚，和其他諸子的散文有所不同。舉〈兼愛〉中的一段為例：

當察亂何自起，起不相愛。臣子之不孝君父，所謂亂也。子自愛，不愛父，故虧父而自利；弟自愛，不愛兄，故虧兄而自利；臣自愛，不愛君，故虧君而自利：此所謂亂也。雖父之不慈子，兄之不慈弟，君之不慈臣：此亦天下之所謂亂也。父自愛也，不愛子，故虧子而自利；兄自愛也，不愛弟，故虧弟而自利；君自愛也，不愛臣，故虧臣而自利。是何也？皆起不相愛。

這段文字，實在只講了一句話：「天下之亂起於不相愛。」但墨子分別列出各種關係的人：君臣、父子、兄弟之間，不相愛、虧人而自利，所以產生了亂事；並且以相同的句子，一再分列不同關係的同樣問題，所產生的相同結果。讀來讓人明顯地感受到這種故意的重複。《墨子》的文辭特色，質樸而不尚雕飾，引《詩》多改為散文，引古書多改為當代語詞，並且常用俗語入文，這都顯著地看出墨家注重實質與實用的文學觀。

墨家論辯，在詳盡析明之外，做到條理明暢又講究方法，邏輯觀念相當細密，開名家學說的先河，是古代最完密的哲學思理，為後世論辯文奠下了形式與方法。〈非命下〉篇中，提出「先立儀而言」、「言有三法」，認為說話要有一個準則和要旨，要以層次分明的論理方法來論證❷。〈公孟〉篇裡有一段墨子問儒者「何故為樂？」的話，不滿意儒者「樂以為樂也」的回答，可以看到他和儒家不同的論辯方法，說：

> 子未我應也。今我問曰：「何故為室？」曰：「冬避寒焉，夏避暑焉，室以為男女之別也。」則子告我為室之故矣。

〈非樂〉是墨子的治國主張之一，他認為音樂對人沒有什麼實際的好處；儒家主張以禮樂為教化，說「音樂的好處可以娛樂人」，其實並未回答了問題，所以特別舉「何故為室」的實際事情為例，正確的回答應該說：「有了房子，冬天可以在裡頭避寒，夏天可以避暑，又可以用來分別男女的居所」。要這樣把問題

---

❷《墨子．非命下》說：「凡出言談，則不可不先立儀。……是故言有三法。何謂三法？曰：有考之者，有原之者，有用之者。惡乎考之？考先聖大王之事。惡乎原之？察眾之耳目之請。惡乎用之？發而為政乎國，察萬民而觀之。此謂三法也。」考之者是要求證於古事，原之者是說要求證於現實，用之者是說要求證於實際的應用。這是《墨子》各篇中常常使用的論辯法。

的內容交代清楚，才是完整的表達；可說是最具有科學精神的論辯方法。

孟子是儒家中最有文采的散文家，而且《孟子》是他晚年退居講學時，和弟子萬章等共同的著作，他的思想和散文，是孔子以後儒家的重要代表；他強調人的主觀精神，在儒家哲學中形成一個理論體系。他生在戰國紛爭的時代，各國都講求變法革新，富國強兵，合縱連橫，互相攻伐，孟子卻講「唐虞三代之德」，所以他非對周圍的異見大加抨擊不可，而成為一個著名的雄辯家，還得要為自己辯解：「予豈好辯哉，予不得已也！」孟子的文章，文采華贍，氣勢磅礴，感情強烈，辭鋒犀利，清暢流利，引人入勝，又有說服力。雖然是議論文字，善用比喻，生動而貼切；又如〈公孫丑上〉篇「揠苗助長」的寓言，以小事見大道理的新奇設想，寓意深刻又幽默風趣；「齊人有一妻一妾」章的諷世譏刺，入木三分，發人深省。

莊子（約西元前三九六～前二八六年），名周，是戰國著名的思想家、最傑出的散文家。他的哲學思想，涉獵了當時各家的學說，而以老子為依歸；他著書攻擊儒家、墨家，是老子以後的道家學派的代表人物，所以世人以「老莊」來並稱他們。但是，他所注目思維的，比較偏向個人內在心靈的修養，和老子著眼於民生社會稍有不同，而同以追求清靜無為的太古社會為學說基本；莊子認為一個人身處亂世，也要順乎自然，做自己所應做的事，和保存自己的性命，所以反對儒、墨和名家的是非之爭：這些思想，在親手所作的〈內篇〉七篇中，有系統性地表達。

《莊子》的文章，在先秦諸子中最富有想像力，充滿浪漫色彩。他奇幻的想像，如天馬行空，妙趣天成，善於把各種事物人格化，來寄託他幽微深遠的思想。在篇章的手法上，語言活潑，詞彙豐富，善於運用比喻、誇張等修辭法，而尤以寓言故事的靈活運用，獨步古今，像「庖丁解牛」、「螳臂擋車」、「東施效顰」、「匠石運斤」、「濠上觀魚」等等，繪聲繪影，膾炙人口，都寓意深刻而富有教育意義。像〈逍遙遊〉、〈齊物論〉、〈養生主〉、〈秋水〉等篇，情境妙語，如萬斛泉源，汪洋恣肆，給人以開朗透徹的藝術意境；不像《墨子》的沉滯，《孟子》的顯露，他靈變新奇的筆致，是後人所追蹤不及的。

荀子（約西元前三一三～前二三八年；一說前三三〇～前二三〇年），名況。在《荀子》一書中，可見他以儒家為基本立場，批評和總結了先秦諸子的學術思想。他反對天命鬼神迷信之說，提出「人定勝天」、「制天命而用之」的理念，和儒家「天人合一」的說法大相逕庭；又提出「性惡論」，反對孟子的「性善論」，強調後天的社會環境教育所起的重要作用。他重質尚用的觀念反映在散文中，顯現出論題鮮明，結構嚴密，析理細微，詞藻豐沛而質樸，多用排比和比喻修辭。又有〈禮〉、〈知〉、〈雲〉、〈蠶〉、〈箴〉五篇賦流傳下來，是最早以賦名篇的人，用問答體作賦的形式，也為漢代賦家普遍所跟從。

荀子的學生韓非（約西元前二八〇～前二三三年），是戰國後期法家思想的集大成者，他觀察了戰國時期社會劇變的時代特點，由前期法家商鞅、申不害和慎到三家對法、勢、術的理論和實踐，總結出君主統治國家，必須「集勢」（高度集中權力）、「任法」（依據法律）、「用術」（使用權術來統治國家）的政治觀；他的哲學思想是從荀子的思想衍化出來。他口吃不善言談，但能以文辭來記述，所作說理散文，邏輯謹嚴，結構精密，說理透闢，筆鋒犀利，善用寓言，巧設比喻，以具體的故事，說明抽象的道理。「守株待兔」、「自相矛盾」、「濫竽充數」，都是形象生動的優秀寓言。又提出重質輕文，反對浮詞藻飾的「尚用」文論，對後代的文論有相當的影響。

㈢先秦散文的評價

先秦散文的發展，是隨著時代社會的改變，和知識思想的更迭而進步，為民族文化植下了精良的種子，清代章學誠在《文史通義．詩教上》，便已明白指出先秦散文對後世的影響：

> 周衰文弊，六藝道息，而諸子爭鳴。蓋至戰國而文章之變盡，至戰國而著述之事專，至戰國而後世之文體備。……後世之文，其體皆備於戰國……後世之文集，舍經義與傳記、論辯之三體，其餘莫非辭章之屬也。而辭章實備於戰國，承其流而代變其體制焉。

章氏擺開了前人看重六經諸子的哲學思想，完全著眼於文章的淵源來論斷先秦散文的價值，確實是真知灼見。

二、兩漢散文

漢朝初期的散文，沿延著戰國諸子著述的餘波，直到漢武帝建元元年（西元前一四〇年）統一思想——罷黜百家，獨尊儒術，才告結束。在這之前六、七十年，在政治上反映的是黃老思想，寬容各家思想指陳治國的激切意見；至此形成儒者一尊。東漢末，華麗的抒情與議論，漸成散文主流。兩漢散文的最大成就，是史傳文學——《史記》和《漢書》。

漢代司馬遷（西元前一四五～前八六年）是中國最偉大的歷史家，是紀傳體通史的開山祖；也是最傑出的散文家，是傳記文學總集的創始者；所作《史記》，在史學史和文學史上，都有極重要的地位，是中國文化上不朽的著作。《史記》的寫成，在時間上經過十七、八年之久，司馬遷寫作這部歷史的原因，一是繼承他父親司馬談身為史官的職志，又因他自己為李陵敗降匈奴辯護，遭受了深以為恥的宮刑，而後為完成生平志業來鼓起活下去的勇氣。所以《史記》是一部表徵生命理想的著作，是在「實錄」❸中寄託理想的作品。司馬遷對於從傳說中黃帝以來，到漢武帝為止，共二千六百年左右的古代歷史，做了偉大的總結，內容既不違背史實客觀，又能以「微言刺譏」、「以舒其憤懣」的主觀立場，在歷史的真實中，滲透以作者的感情思想，締造出史學、文學兼顧的價值。

司馬遷寫作《史記》時是漢朝辭賦最興盛的時代，講求鋪張堆砌，辭藻華美，但他卻能以「辨而不華、質而不俚」的文辭手法，建立不隨時俗的自我風格；又善用口語，使文字生動活潑，對後代文學語言有很大的啟發。在思想內容上，他展示出廣角度的社會視野，記載了許多為世俗所卑視的下層人物的活動，肯定了陳勝等人起義領袖的歷史功能；通過人物的言行來表現他的性格特徵，結合主要的事件和細節描寫，讓人對人和事有不同層面的評斷，如叱吒風雲的項羽，完璧歸趙的藺相如，禮賢下士的信陵君，苦戰不休的「飛將軍」李廣，邪正之間的遊俠郭解，都寫得栩栩如生，躍然紙上。《史記》的文學藝術，對後代的散文、小說、戲劇等文學的影響，是直接而廣大的。

❸ 歷史的法則，是求事實的真相。《史記》之為實錄，見於班固《漢書．司馬遷傳》，說：「自劉向、揚雄博極群書，皆稱遷有良史之材，服其善敘事理，辨而不華，質而不俚；其文直，其事核，不虛美，不隱善，故謂之實錄。」

司馬遷死後一百四十五年而有班固（西元三二～九二年）開始撰寫《漢書》，他也是繼承父親班彪的志業來寫《漢書》❹。所記史實，起於高祖元年（西元前二〇六年），終於王莽之誅（西元二三年），共二百二十九年，是我國第一部紀傳體的斷代史，影響甚大。《漢書》的體製，大略和《史記》相同，武帝以前的紀、傳、表，也採用《史記》的文字而稍加改易；班固所撰寫的，僅昭、宣、元、成、哀、平、王莽共七朝的君臣事蹟，也花了三十多年的時間才完成。世人對這兩部史傳名著，並稱為「史漢」。

《漢書》也是著名的史傳文學，不少傳記寫得十分成功，如頌揚堅貞不屈的民族氣節的〈蘇武傳〉；反映宮廷淫佚生活，活現人物諧謔性格的〈東方朔傳〉；諷刺世態炎涼，刻畫士人在貧富貴賤不同環境中的精神面貌的〈朱買臣傳〉；〈霍光傳〉對外戚專橫暴虐行徑有深刻的描述。《漢書》因為是受皇帝命令而作❺，站在儒家正統思想立場上，為朝廷服務，在批評精神來說，不及私撰的《史記》是自成一家之言的創作。在描寫手法上也沒有《史記》那樣奇譎和富有變化，而且運用平淺易明的通俗口語；《漢書》的語言較尚藻飾，而喜用排偶句法和古字，稍覺艱深，但敘事詳明，結構嚴密，文辭典雅。後漢范

❹《後漢書・班彪傳》：「武帝時，司馬遷著《史記》，自太初以後，闕而不錄，後好事者頗或綴集時事，然多鄙俗，不足以踵繼其書；彪乃繼採前史遺事，傍貫異聞，作後傳數十篇。」

❺班固二十餘歲時，繼承父志，繼續撰寫《史記後傳》（《史記》以後的歷史），後來被人檢舉「私改國史」，被捕入獄，他的弟弟班超上書辯解，才得釋放。漢明帝十分讚賞他的才能，任命他為蘭臺令史（治理文書、典校圖書的官），自永平中奉詔修史，經過二十多年，還未完全定稿。後來受到竇憲事件的牽連，死於獄中。他的妹妹班昭和馬續先後奉詔續補，《漢書》才告完成；前後經過四人之手，但班固是最主要的編撰人。

曄早就指出了二者行文手法的不同特色：「遷文直而事覈，固文贍而事詳。」覈，就是核實深刻。

漢代在史傳散文之外，還有沿承戰國諸子的政治或思想的散文，除劉安的《淮南子》之外，還有賈誼的〈論積貯疏〉、〈過秦論〉，鼂錯的〈論貴粟疏〉，桓寬的《鹽鐵論》，王符的《潛夫論》，用樸實的語言，直抒己見，指訐現實時政，不著意為文，而文章都渾厚豐饒，氣勢磅礴，耐人尋味。又有從以往的政論或哲理中蛻變出來，而以抒寫個人的情感，完全以純文學的作品見稱於一時的「文士文」，如漢初的鄒陽，獄中上書自明，以婉麗之筆，寫心中無限煩冤；又如東方朔的〈答客難〉，因上書陳農戰強國之計而不見用，假為與客問答，表明不見知而不怨；以詼詭之筆，寫牢騷之想。這種抒情作品，東漢以後，極為發達。也有由史傳文蛻變成的碑傳文，劉勰《文心雕龍‧誄碑》篇，讚許東漢蔡邕在碑傳文的獨到成就。蔡邕作碑文，能鎔鑄經典而自然渾成，通篇結構謹嚴，轉折處不用虛字而不見痕跡，敘事能以簡馭繁，夾敘夾議，讀起來聲調和平，雖說他著重於形式，但行文造語和人物的事蹟，無不確切允當。至後人作誄碑，則常無視於內容的真實，第求浮詞虛美。到了東漢末，散文漸漸講求辭藻駢儷的形式美。

對於當時文學學術虛妄荒誕的謬誤風尚，提出駁斥批評的是王充（西元前二七～？年），他吸收了當時天文、醫學方面的知識，闡述了自己的見解。王充所在的時代，還未有明確的文學觀念，他只是不滿意於當時文學的風尚，提出了由哲學衍生、和文學相關的廣泛意見，見於他以畢生精力、歷時三十多年、寫成的《論衡》一書內。《論衡》的基本精神是「疾（憎恨）虛妄」，他的文學理論，注重它的實用功能和教育效果，內容要有真實性，要「載人之行，傳人之名」，要「勸善懲惡」。他要求文章的內容與形式統一，並認為二者的關係的密切，就像：

人之有文也，猶禽之有毛也。毛生五色，皆生於體。苟有文無實，是則五色之禽，毛妄生也。

又反對「造生空文，為虛妄之傳」。又主張為文應通俗易曉，重視當時口語，反對搬用古代語言，追求華麗詞藻；認為後代的文物比前代豐碩，沒有根據說「今不如古」。他在《論衡》的各篇中，對漢賦「不切實用」、「模擬因襲」、「辭藻虛美」、「文字艱深」等缺點，作了嚴重的批判。

王充的文學觀，突破了他所處的時代潮流；但既然是時代的潮流，也就是社會形勢的主力，絕不是一二人的「銳眼」所能轉移過來的，所以《論衡》在當時並不受到重視流傳；但他的先見之明，對後世文學理論深具啟發作用，也可以說是「散文學」的先鋒。

三、唐代的散文──「古文運動」和「散文學」的發軔

從先秦到魏晉南北朝，人們對文學逐漸建立起明確的概念。到六朝時代，在文學發展越來越繁榮的形勢下，文學體製、文學性質、文學功能等等問題，漸漸加以注意探討，最特出的是「文」、「筆」說的興起。劉勰《文心雕龍‧總術》篇說：

今之常言，有文有筆。以為無韻者筆也，有韻者文也。

這幾句話很簡明地說明了「文」、「筆」的不同，在於寫的文章是否有韻。從體製來說，文是韻文，筆是

散文；只是讓人明白散文的特質而已。

自曹魏時候李登作《聲類》十卷，晉代呂靜倣《聲類》作《韻集》五卷，分宮、商、角、徵、羽各為一篇。宋、齊以來，佛經轉讀盛行，誦經又講求節奏和暢的聲調之美，周顒（作《四聲切韻》）、沈約（作《四聲譜》），又創為「四聲八病」之說，把這種聲律的理論應用到文學上，形成講求韻律形式的華靡文風；加上政治黑暗，社會混亂，隱居避世的田園山水文學盛行，君主貴族筆下以描寫女人容色心靈為主的「宮體文學」，合成六朝柔靡浮艷的文學特色。雖然當日也有梁劉勰、鍾嶸、裴子野，西魏、北周之際蘇綽，隋李諤等人的批評反對，但正當時潮盛行當頭，少數人的諍言，並不受到重視。直到唐代，才顯現出真正改革的成效。韓愈、柳宗元的散文運動，是唐代文學改革的偉大貢獻。

唐代散文改革其實先驅自初唐的陳子昂盛唐至中唐的蕭穎士、李華、獨孤及、元結、梁肅、柳冕等人，他們輕視詩文辭賦，提出「以儒道來指導文學」的觀念，不僅是韓愈、柳宗元「宗經明道」文論的根據，也成為此後中國道統文學的定論。但因為創作能力不足，文論觀念沒能獲得世人的信仰認同：像元結的散文，樸實雄健，文辭簡潔，不同時俗，可惜文彩稍遜；柳冕在〈答荊南裴尚書論文書〉中也自言：「小子志雖復古，力不足也。言雖近道，辭則不文。雖欲拯其將墜，末由也已。」而後由韓、柳竟其功。

韓愈（西元七六八～八二四年），字退之，又以籍貫稱為「韓昌黎」，流傳下來的作品叫《韓昌黎文集》。他是唐代繼司馬遷之後最傑出的散文家，他的學術思想是尊儒排佛，排斥駢文、提倡散文是他的文學觀；主張要回復古代儒家的思想，也要恢復秦漢時代質樸的散文，他稱之為「古道」和「古文」❻。

所謂「古道」，就是韓愈〈原道〉一文中所揭櫫的堯、舜、禹、湯、文、武、周公、孔子、孟軻等一線相承的儒家之道；所謂「古文」，就是先秦兩漢時代通行的散體文。他認為文章的形式應該服從於內容，即〈送陳秀才彤序〉所說：「學所以為道，文所以為理。」他要提倡古道和古學，所以要竭力提倡表現古道和古學的古文。他讚美孟子能夠用言辭來攻擊異端的楊朱、墨翟學說，保衛儒家之道；他吸取孟子的學說，結合唐代的現實情況，強調反對佛、老。這樣的思想途徑，使他的主張在當時更顯示出鮮明的時代色彩。

韓愈「古文運動」的行動是非常積極的，他不但有清楚的理念，而且有具體的途徑和方法。他很注重作者的道德修養，認為要寫出好文章，提高道德修養是必須的根本條件。他說：

> 將蘄至於古之立言者，則無望其速成，無誘於勢利，養其根而俟其實，加其膏而希其光。根之茂者其實遂，膏之沃者其光曄；仁義之人，其言藹如也。（〈答李翊書〉）

道德修養的最高境界是養氣，氣盛發為文辭，則無論大小都相宜了。

韓愈也提出了具體的散文學習對象，就是「非先秦兩漢之書不敢觀」（〈答李翊書〉），在〈進學解〉中有很具體的說明：

---

❻ 韓愈〈題歐陽生哀辭後〉說：「愈之為古文，豈獨取其句讀不類於今耶？思古人而不得見，學古道則欲兼通其辭；通其辭者，本志乎古道者也。」又〈答李秀才書〉說：「然愈之所志於古者，不惟其辭之好，好其道焉爾。」

沉浸醲郁，含英咀華，作為文章，其書滿家。上規姚姒，渾渾無涯，周誥殷盤，詰屈聱牙。《春秋》謹嚴，《左氏》浮誇，《易》奇而法，《詩》正而葩。下逮《莊》、《騷》，太史所錄，子雲相如，同工異曲。先生之文，可謂閎其中而肆其外矣。

文中所述，除了儒家的《五經》之外，還有《莊子》、《離騷》、《史記》和漢代司馬相如、揚雄等名家的賦，可見他的學習範圍是很寬廣的。

在創作的語言上，他也提出很具體的見解，除了「師古宗經」之外，又特別重視創新，要「惟陳言之務去」（〈答李翊書〉）；「師其意而不師其辭」（〈答劉正夫書〉）、「能自樹立不因循者是也」；「惟古於詞必己出，降而不能乃剽賊。……文從字順各識職。」（〈樊紹述墓誌銘〉）所以讚美樊紹述的文章：必出於己，不蹈襲前人一言一句。他的散文，用詞造句，在多方面吸取、鎔鑄前人作品語言的基礎上，又自有其自我的創造特色，正是他實踐自己的主張的表現。總的來說，韓愈在散文史上的貢獻，可歸成以下幾方面：

(1)以儒家正統思想來涵養作品的主題。

(2)打通韻文、散文疆界，用平易疏散的語言來革新文體。

(3)講求行文的氣勢，以文為詩。

韓愈才情如淵海，文章雄渾剛健，對當時的文壇和後世散文的發展，都有巨大的影響。下面舉他〈原道〉中的一段，來看看韓愈的表達思想的手法。

博愛之謂仁，行而宜之之謂義；由是而之焉之謂道，足乎己無待於外之謂德。仁與義為定名，道與德為虛位。故道有君子小人，而德有凶有吉。老子之小仁義，非毀之也，其見者小也。坐井而觀天，曰天小者，非天小也。彼以煦煦為仁，孑孑為義，其小之也則宜。其所謂道，道其所道，非吾所謂道也；其所謂德，德其所德，非吾所謂德也。凡吾所謂道德云者，合仁與義言之也，天下之公言也。老子之所謂道德云者，去仁與義言之也，一人之私言也。……

夫所謂先王之教者，何也？博愛之謂仁，行而宜之之謂義，由是而之焉之謂道，足乎己無待於外之謂德。其文《詩》《書》《易》《春秋》，其法禮樂刑政，其民士農工賈，其位君臣父子師友賓主昆弟夫婦，其服麻絲，其居宮室，其食粟米果蔬魚肉。其為道易明，而其為教易行也。是故以之為己，則順而祥；以之為人，則愛而公；以之為心，則和而平；以之為天下國家，無所處而不當。是故生則得其情，死則盡其常，郊焉而天神假，廟焉而人鬼饗。曰：「斯道也，何道也？」曰：「斯吾所謂道也，非向所謂老與佛之道也。」堯以是傳之舜，舜以是傳之禹，禹以是傳之湯，湯以是傳之文、武、周公，文、武、周公傳之孔子，孔子傳之孟軻。軻之死，不得其傳焉。荀與揚也，擇焉而不精，語焉而不詳。由周公而上，上而為君，故其事行；由周公而下，下而為臣，故其說長。然則如之何而可也？曰：「不塞不流，不止不行。人其人，火其書，廬其居；明先王之道以道之，鰥寡孤獨廢疾者有所養也。其亦庶乎其可也。」

這是這篇文章的首尾兩段，正可以看到他首尾呼應的章法佈局；中間所省略的，是在首段說明了「仁義道德」的界義，指明儒家所謂的道德，是和老子道家的道德是完全不同的題旨觀念後，所作的詳細推論。首段一開始用層遞、排比、對襯的修辭法，逐步推論出儒家「道」的原義，簡潔地釋明了儒家仁義道德的意義；末段先再重複這幾個主題意義，然後提出要如何因應當時流行的佛、老思想，也用了大量排比法、層遞法，加上設問法，闡明了儒「道」的所在、傳遞過程，與實踐方法和效能，來總結全文。讀來但覺理念明晰，文氣極其暢盛，不禁頷首認同他的意見。

柳宗元（西元七七三～八一九年），字子厚，和韓愈共同領導唐代的古文運動，他的文論主張，和韓愈的見解互相聲援呼應，有力地指導了當時古文運動的創作與實踐，流傳下來的作品是《柳河東集》。是韓愈古文運動有力的支持者、宣傳者❼，世人將他們並稱為「韓柳」。韓愈偏重「道」的思想，柳宗元較為重「文」；共同的主張是倡導散文、排斥駢文。

韓愈闡述儒「道」為寫作散文的目的，世人稱他為「文以載道」；柳宗元〈答韋中立論師道書〉中則說：

> 始吾幼且少，為文章，以辭為工。及長，乃知文者以明道，是固不苟為炳炳烺烺，務采色夸聲音而以為能也。凡吾所陳，皆自謂近道。

---

❼ 柳宗元推重韓愈的文章，如：「退之所敬者，司馬遷、揚雄。遷於退之固相上下。若《太玄》、《法言》及四賦，退之特未作耳；決作之，加恢奇。至他文過揚雄遠甚。雄之措意，頗短局滯澀，不若退之猖狂恣睢，肆意有所作。」（〈答韋珩示韓愈相推以文墨事書〉）

「文以明道」便成為柳宗元的文學主張。又說：

本之《書》以求其質，本之《詩》以求其恆，本之《禮》以求其義，本之《春秋》以求其斷，本之《易》以求其動，此吾所以取道之原也。參之《穀梁》以厲其氣，參之《孟》、《荀》以暢其支，參之《莊》、《老》以肆其端，參之《國語》以博其趣，參之《離騷》以致其幽，參之《太史公》以著其潔：此吾所以旁推交通，而以為之文也。

可見柳宗元對於「道」的取義，是包含古人「品德」的「道德」之道，和古人文辭的「藝術」之道，在意念上是比較廣闊的。

《唐書・柳宗元傳》說柳宗元的文章「精裁密致，璨若珠貝」；他的說理散文，結構嚴密，筆鋒犀利，思想深刻，情感的愛惡分明。像〈封建論〉從社會進化史的立場闡明封建制度的本質。說殷、周行封建，跡似公而實是私；秦廢封建，心雖私而實有益於公。推述到選賢與能，與封建世襲不能並存的結論。蘇軾給這篇文章的評語說：「宗元之論出，而諸子之論廢矣。雖聖人復起，不能易也。」可見他思想的嚴密。

柳宗元用「寓言」來寄託事理和教訓的散文，也被認為是《莊子》、《韓非子》、《戰國策》以後少見的好寓言。像〈捕蛇者說〉，改編自《禮記・檀弓・孔子過泰山側》一段故事，真實地揭露當時賦稅的嚴苛，文中寫第三代的捕蛇者，寧可冒著生命危險，以求避免苛捐雜稅的迫害，用當事人的直接對話，強化了捕蛇者的控訴，分外悽愴動人。此外如〈蝜蝂傳〉、〈梓人傳〉、〈黔之驢〉等，都把經邦濟民的大道理，借一個新故事來說明。他的寓言，篇篇有湛深思想，辛辣的諷刺，而以詼詭的外衣為裝飾，所以成為前無古人的傑作。

柳宗元最受世人讚賞的，是他的山水「遊記」。他三十三歲時，因坐王叔文黨被貶為永州（今湖南零陵）司馬，一住十年，這是地當湘水、瀟水合流的地方。唐朝時還非常荒涼，蠻夷雜居，風俗鄙野，文化落後。司馬又是個低微的閒官，他除了讀書、研究文學、教授學生之外，也種樹栽花，禮佛友僧，到處遊山玩水來排遣閒愁，著名的遊記散文「永州八記」，是唐代古文運動中的示範之作，為世代人人所愛賞。下面舉他的〈小石潭記〉為例：

從小丘西行百二十步，隔篁竹，聞水聲，如鳴珮環，心樂之。伐竹取道，下見小潭，水尤清冽。全石以為底，近岸，蜷石底以出。為坻，為嶼，為嵁，為巖。青樹翠蔓，蒙絡搖綴，參差披拂。潭中魚可百許頭，皆若空游無所依；日光下澈，影布石上，佁然不動；俶爾遠逝，往來翕忽，似與遊者相樂。

潭西南而望，斗折蛇行，明滅可見，其岸勢犬牙差互，不可知其源。

坐潭上，四面竹樹環合，寂寥無人，淒神寒骨，悄愴幽邃。以其境過清，不可久居，乃記之而去。

同遊者：吳武陵、龔古、余弟宗玄；隸而從者：崔氏二小生：曰恕已，曰奉壹。

這篇遊記只有兩百多字，繪聲繪影地寫出了潭水、巖石、蔓藤、游魚、竹樹的生動景致，透現出小潭四周淒寒的景況，景中寓情，暗示了作者失意抑鬱的心情。他的遊記，都像這樣的寥寥幾筆，就給人以清新活現的印象。宋黃震說他：「模寫山水，以舒其抑鬱，則峻潔精奇，如明珠夜光，見輒奪目。此蓋子厚放浪之久，自寫胸臆……所謂大肆其力於文章者也。」清劉大櫆說：「山水之佳，必奇峭，必幽冷。子厚得之以為文，琢句鍊字，無不精工，古無此調，子厚創為之。」「工緻穎異，可作為柳宗元遊記的總評。劉大杰《中國文學發展史》歸納出柳宗元山水遊記有兩個特色：

(1)柳宗元把自己的生活遭遇和悲憤的感情，寄託到山水裡面，去使山水人格化、感情化；他的山水遊記裡仍反映出他一貫的思想內容。

(2)運用最精煉的筆鋒，清麗的語言，真實、細緻地刻畫出山水的詩情畫意。

由於韓、柳努力宣傳他們的理論，作品也優美動人，朋友、門生彼此呼應，形成一股散文運動的力量，像李翺、皇甫湜等，唐末的羅隱、皮日休、陸龜蒙等，都有不少精采的短篇散文。也由於韓、柳的古文運動，從寫作的目的、主題思想的確立、寫作的規法等等，作具體的指述，讓人有明確的途徑可循，而成為後世散文的宗主；到了宋朝，歐陽脩等又以韓、柳的思想理論，提倡古文來改革五代的文風，散文之學的軌跡，漸漸確立而日愈昌盛。

四、宋代的散文——「古文運動」的成功、唐宋八大家的產生

韓愈的朋友李翺、弟子皇甫湜、三傳弟子孫樵等，雖承繼韓愈的文學主張，也有創作上的成就，而

更明顯地表現出韓愈喜歡在某些語言方面的「怪怪奇奇」的作風，如皇甫湜為文「有意為奇」；孫樵更「刻意求奇」，古文運動因而也阻滯不前，不能夠普遍和深入。到了晚唐，由於李商隱、段成式等人興起了駢儷的文風，重視華美辭藻的四六駢文，發展到宋初，形成形式主義的「西崑體」。西崑體的領袖是楊億、劉筠和錢惟演，以位居館閣，成為文壇盟主。以艷麗雕鏤的形式來作詩文，而忽略其內容，是臺閣體的典型。於是有石介、柳開、孫復、穆修、尹洙等人，鼓吹「復古運動」的主張，就是「明道」、「致用」、「尊韓」、「重散體」、「反西崑」；將《尚書》、《周易》和《詩經》列為文學的正統，將堯、舜、周、孔都視為文學家的典範，建立了宋代的「道統文學」的基礎觀念；可說完全繼承韓愈的文學思想。但這些強力反對西崑的道學家，在創作上沒有表現，敵不過聲勢浩大的西崑臺閣；直到歐陽脩出來，才掃清了迷霧，發揚了韓、柳古文運動的理想，確立了古文運動在中國文學史上的地位。

歐陽脩（西元一〇〇七～一〇七二年），字永叔，著有《歐陽文忠公全集》。他是宋代詩文革新運動的主將，在詩、詞、駢、散等文學上，都呈現出巨大的成就。「文道並重」、「道先文後」，是他重視內容，反對西崑形式主義的文論觀點。在藝術形式和思想內容關係上，他反對「務高言而鮮事實」，認為各人的作品，應有其個人的個性特色；繼承韓愈文學是「不平則鳴」❽的觀念，進而提出「窮而後工」說，闡

❽ 韓愈在〈送孟東野序〉中，繼承了司馬遷「發憤著書」的精神，提出了「不平則鳴」的說法：「大凡物不得其平則鳴：草木之無聲，風撓之鳴。水之無聲，風蕩之鳴；其躍也，或激之；其趨也，或梗之；其沸也，或炙之。金石之無聲，或擊之鳴；人之於言也亦然，有不得已者而後言，其歌也有思，其哭也有懷。凡出乎口而為聲者，其皆有弗平者乎！樂也者，鬱於中而泄於外者也，擇其善鳴者而假之鳴。……其於人也亦然，人聲之精者為言，文

明了文學是為反映現實而產生，作家以作品來呈現他在實際環境中的遭遇，表述他的被觸發的思想感情，文藝作品便自然具有時代的精神意義。所以，從大致的觀點來說，歐陽脩的文學思想，遠宗韓、柳，近承石介、穆修，卻自有他道先文後、重道又重文，強調內容重於形式的特色。經過他堅持的努力，加以他在政壇和學術界的崇高威望，朋輩尹洙、梅堯臣、蘇舜欽的切磋，門下三蘇父子、曾鞏、王安石等的共同推動，一個強而有力的集團，使得革新運動，在衰微之際，重新蓬勃地發展起來，創造出宋代散文繁盛的新局面，他也就成為北宋中葉文壇上的領袖，並奠立了他在中國文學革命中的地位，教人注目於他的成就。

歐陽脩傳世的散文名篇不少，如長久以來被選為國文教材的〈秋聲賦〉、〈醉翁亭記〉、〈瀧岡阡表〉等等，都可以感受到他散文的平易流暢，婉麗多姿，簡而有法、神韻綿遠、抒情真摯、說理剴切，被推為兩宋第一大作家。王安石批評他：

> 形於文章，見於議論，豪健俊偉，怪巧瑰琦。其積於中者，浩如江河之停蓄；其發於外者，爛如日星之光輝；其清音幽韻，淒如飄風急雨之驟至；其雄詞閎辯，快如輕車駿馬之奔馳。

現舉歐陽脩的〈醉翁亭記〉第一段的文字：

辭之於言，又其精者也，尤擇其善鳴者而假之鳴。」

環滁皆山也。其西南諸峰，林壑尤美；望之蔚然而深秀者，瑯琊也。山行六七里，漸聞水聲潺潺，而瀉出於兩峰之間者，釀泉也。峰回路轉，有亭翼然，臨於泉上者，醉翁亭也。作亭者誰？山之僧智僊也。名之者誰？太守自謂也。太守與客來飲於此，飲少輒醉，而年又最高，故自號曰醉翁也。醉翁之意不在酒，在乎山水之間也。山水之樂，得之心而寓之酒也。

〈醉翁亭記〉，是歐陽脩在宋仁宗慶曆五年（西元一〇四五年），因支持范仲淹革新主張，遭到舊勢力的陷害，被貶為滁州太守，次年寫下這篇遊記。醉翁亭在滁州（今安徽省滁縣）西南七里。亭由智僊和尚主管建造，歐陽脩命名。全文以亭為中心對象，以醉翁為中心人物，以樂字為貫串線索。他在第二段先寫滁州城外四周諸峰環抱，林壑幽美；然後寫山間景物變化之可樂，朝暮四時景色各異，風光宜人，真如人間仙境。第三段以下又以遊人絡繹往來、山歌互答，和賓客宴會之盛，作者在這樣全民共樂的境況中頹然而醉；忘懷得失的樂觀心情，令人感動。在修辭手法上，層層遞進，句法錯綜，點染分明，前後呼應，由全景、近景、組景、變景，構成一幅色彩明麗多變的風景畫。行文氣勢暢達，音調和諧優美，文中用了三十一個「也」字貫聯，文筆生動，語句駢散兼雜，宜於諷誦，真像是一篇美妙的散文詩，是歷代山水遊記的精美佳作。

蘇軾（西元一〇三七～一一〇一年），字子瞻，號東坡居士，著有《蘇東坡全集》。他是歐陽脩門下，卻能和他的老師並稱為「歐、蘇」的散文大家；是繼歐陽脩之後，北宋文壇的領袖，而更受到世人的愛重。他從熟讀《莊子》中獲得自由超脫的人生觀，呈現在文章中的，便是妙緒泉湧，常有出乎人意外的境界。他評說自己的文章：

吾文如萬斛泉源，不擇地皆可出，在平地滔滔汩汩，雖一日千里無難。及其與山石曲折，隨物賦形，而不可知也。所可知者，常行於所當行，常止於不可不止，如是而已矣。

又說：

大略如行雲流水，初無定質，但常行於所當行，常止於不可不止，文理自然，姿態橫生。孔子曰：「言之不文，行之不遠。」又曰：「辭達而已矣。」夫言止於達意，疑若不文，是大不然。求物之妙，如繫風捕影，能使是物了然於心者，蓋千萬人而不一遇也，而況能使了然於口與手者乎？是之謂辭達，辭至於能達，則文不可勝用矣。

平生無快意事，惟作文章，意之所到，則筆力曲折，無不盡意。自謂世間樂事，無踰此者。

他的散文理論，雖然和歐陽脩的「明道致用」相一致，但很明顯地比較傾向於重文的藝術境界，就是文章的真正生命，是基本於作者的真知灼見，毫無顧慮、毫不矯飾、自然真摯地表現出來。所以，宋孝宗為他文集作序說：

節也氣也，合而言之，道也。以是成文，剛而無餒，故能參天地之化，關盛衰之運……元氣淋漓，窮理盡性，貫通天人，山川風雲，草木華實，千彙萬狀，可喜可愕，有感於中，一寓於文，雄視百代，自作一家。渾涵光芒，至是而大成矣。

除了皇帝的讚譽，舒亶彈劾他的劄子裡說他：

識切時事之言，流俗翕然，爭相傳誦。……小則鏤板，大則刻石，傳播中外，自以為能。

可見他文章的內容和影響。

蘇軾的散文，汪洋恣肆，波瀾迭出，變化無窮，又平易爽朗，以詼諧風趣引人入勝。如〈石鐘山記〉，寫世人對酈道元《水經注》所記彭蠡（今江西鄱陽湖）湖口有石鐘山的得名，是因為「下臨深潭，微風鼓浪，水石相搏，聲如洪鐘」的說法，感到疑惑；唐代李渤在水邊找到兩塊石頭，敲著聽，以為得到石鐘山命名的本意了；蘇軾也不能相信。後在元豐七年（西元一〇八四年），他到了這個湖口，在月夜裡親眼看到了山崖的奇異形狀，又在水面上親耳聽到噌噌聲聲的鐘鼓聲，慢慢研究的結果，才知道是因為山下都是石頭窟窿和縫隙，小波浪灌進去，搖動衝撞，所發出的聲音；又在兩山的中間，有一塊中空的大石頭，許多洞和進去的風浪相撞，發出咄咄聲聲的聲音。兩種聲音相應和，好像是音樂奏起來。因此他悟出了事情的道理：

> 事不目見耳聞而臆斷其有無，可乎？酈元之所見聞，殆與余同，而言之不詳。士大夫終不肯以小舟夜泊絕壁之下，故莫能知；而漁工水師，雖知而不能言；此世所以不傳也。而陋者乃以斧斤考擊而求之，自以為得其實。余是以記之，蓋歎酈元之簡，而笑李渤之陋也。

這篇短文，他記下追求一種傳說的真相的經過，生動地描繪出他所看到的情況，和悟出道理、解開疑竇的原因；又用輕鬆平易的文辭，解說嚴肅的事理，都是他所「獨到」的境界。蘇軾的散文，有談史議政的論文，如〈留侯論〉、〈教戰守策〉等；有敘事遊記散文，如〈方山子傳〉、〈潮州韓文公廟碑〉、〈石鐘山記〉等；有書札、題記、序跋，和不少雜文、小品，如〈日喻〉、〈稼說〉、〈記承天寺夜游〉等。

蘇軾和他父親蘇洵、弟弟蘇轍，都以文章名世，合稱為「三蘇」。明代楊慎《丹鉛總錄》說：「李耆卿評之云：韓如海，柳如泉，歐如淵，蘇如潮。」世人卻特別推崇韓和蘇，擷取二人稱為「韓海蘇潮」，作為唐代和北宋的散文最大成就的代表。明代朱右又選韓愈、柳宗元、歐陽脩、三蘇父子、和曾鞏、王安石的作品，編為《八先生文集》，開始了「八家」之名；明代中葉時唐順之編《文編》，唐宋部分，八家之外，一律不選；稍後，茅坤根據朱右、唐順之的選本，選輯《唐宋八大家文鈔》一百四十四卷，「唐宋八大家」之名，從此確定流行。

歐陽脩、三蘇、曾、王散文的共同特點是：語言流暢，邏輯清晰，議論透闢，敘事生動，寫景自然，抒情真實，實踐和發揚了韓、柳的理想，留下了很多出色的作品。

五、宋代的道統文學觀

「理學」是宋代學術思想的主流，他們重視儒家「聖道」和經學的觀念，也用於文學上，建立起「道統文學」的權威。周敦頤提出了「文所以載道」的說法，比起韓愈「道至而文亦至」的話，更偏於道；而二程子（程顥、程頤）、朱熹，都認為「學文害道」、「道德是本，文章是末」❾。《朱子語類》中以韓愈之言是「裂道與文為兩物，未免於倒懸而逆置之也」；又說歐陽脩晚年自號六一居士，自傳中「卻只說有書一萬卷，《集古錄》一千卷，琴一張，酒一壺，棋一局，與一老人為六，更不成說話」；又說蘇軾的〈過化峻靈王廟碑〉，「不成議論，似喪心人說話」。朱熹這些話，是因為當時道學勢力風靡天下，「道統文學」也成為當代文化教育的主流，年輕人要是作詩填詞，閱讀戲曲小說，都被認為是輕薄惡劣行為，為師長家庭所不許。

六、明代的復古與模擬

蒙古人主政的元朝，由於長期廢行科舉，文學觀念與形式，因此得到完全的解放，新興的戲曲文學是文壇主流，作家不以散文名世。明太祖努力恢復漢制的文教，皇族也時有詩文歌曲的創作，但因為科舉考試的規定，要限定體製、字數、代古聖人立言的八股文，讀書人都為功名俸祿，在八股上下死功夫❿。

---

❾ 朱熹《朱子語類》說：「文皆是從道中流出，豈有文反能貫道之理？文是文，道是道，若以文貫道，卻是把本為末，以末為本，可乎？」

所以，前人評論明代的古文、詩、詞，作品數量不可謂少，但本質精神，實遠遜於唐、宋⓫。一方面，各種新形式的戲曲、小說，因商業經濟的發展，城市漸趨繁榮，受到民眾的喜愛而生氣勃勃地成長擴大；舊體的詩、詞、散文，也已經過了長時間的革新改進，無論內容、形式、風格、技巧，都已到登峰造極，難有突破，加上「唐宋八大家」的流行，自明初便產生了的復古、擬古思潮，到前、後七子倡導「文必秦漢，詩必盛唐」，便確定了明代文學的模擬特色。

《四庫全書提要》批評明初的名詩文家高啟說：「啟詩才富健，工於摹古，為一代巨擘。」到了中葉以後，稱為前七子的李夢陽、何景明、徐禎卿、邊貢、王廷相、康海和王九思，正式提出擬古之說相號召。李夢陽（西元一四七二～一五二九年），字獻吉，有《空同集》；何景明（西元一四七二～一五二九年），字仲默，有《大復集》，二人雖然並沒有討論復古的專文，卻是這七子的領袖，和他們的門徒、同道，彼此互相鼓吹，造成潮流，一時天下風從，萬人景仰，被奉承比作唐朝的韓、柳，和宋朝的歐、蘇。他們認為秦漢以後沒有散文，摹擬是創作唯一的途徑，用學字臨帖的方法，一字一句地摹擬，漸漸得到古人的神髓，自然可以成為名家。這樣惟形式以求的作品，摹擬別人的修辭技巧，漠視內容，當然沒有自己的神思風格，是沒有生命的作品。前七子活躍於弘治末年至武宗正德的二十年間（約當於西元

---

❿ 近人吳梅《詞學通論》說：「明人科第，視若登瀛。其有懷抱沖和，率不入鄉黨之月旦，聲律之學，大率扣槃。迨夫通籍以還，稍事研討，而藝非素習，等諸面牆。」

⓫ 清初黃宗羲《明文案・序》說：「（明）三百年人士之精神，專注於場屋之業，割其餘以為古文，其不能盡如前代之盛者，無足怪也。」

一五〇〇～一五二〇年）。

從嘉靖二十五年以後，又再出現復古的後七子，活躍時期直到神宗萬曆初，共歷四十多年（約當西元一五四八～一五九四年），擬古思潮的復興，氣燄聲勢比前更為盛大。後七子是：李攀龍、王世貞、謝榛、宗臣、梁有譽、徐中行、吳國倫，以李攀龍、王世貞為首，互相唱和、鼓吹，盛極一時。李、何、李、王，成為當日文壇的四大偶像。

王世貞（西元一五二六～一五九〇年），字元美，有《弇州山人四部稿》；李攀龍（西元一五一四～一五七〇年），字于鱗，有《滄溟集》。後七子反對唐順之的理論，發揮前七子的主張，他們結社宣傳，各都努力爭取文壇的主導地位，要做領袖，甚至因狂傲偏激，而彼此互相攻訐⓬，互抬聲價，而忽視作品的缺失⓭；文壇也就在這樣運用集團聲勢的操控下，李攀龍死後，王世貞獨力操持了二十年。有明一代的散文，因為前、後七子的相繼呼應，復古摹擬在明代文壇風行了接近一個世紀，並且強迫一般人順從他們的意見，捨此則別無正統的創作之路；只因創作理論與寫作態度的誤導，造成長時間的浪費。

⓬《明史・文苑傳・謝榛傳》說：「李攀龍、王世貞輩結詩社，榛為長，攀龍次之。及攀龍名大熾，榛與論生平，頗相鐫（薄）責，攀龍遂貽書絕交，世貞輩右攀龍，力相排擠，削其名於七子之列。」

⓭《明史・文苑傳・李攀龍傳》說：「諸人多少年，才高氣銳，互相標榜，視當世無人，七才子之名播天下……。攀龍調文自西京、詩自天寶而下，俱無足觀。於本朝獨推李夢陽，諸子翕然和之，非是則詆為宋學。攀龍才思勁鷙（猛），名最高，獨心重王世貞，天下並稱王、李；又與李夢陽、何景明並稱何、李、王、李。其為詩務以聲調勝，所擬樂府，或更古數字為己作，文則聱牙戟口，讀者至不能終篇，好之者推為一代宗匠。」

七、明代的「反擬古」與晚明的小品文

在擬古思潮風靡之際，先有王守仁、楊慎、沈周、文徵明、唐寅等，不隨風偃仰，寫出自我特色的清新有情趣的作品。而唐順之、王慎中、歸有光等，更明白地提出反抗的聲音，以「變秦、漢為歐、曾」的口號，要以宋代歐陽脩、曾鞏等通順的行文體法，矯正何景明、李夢陽的詰屈聱牙無生氣。

唐順之（西元一五〇七～一五六〇年），字應德，學者稱為荊川先生，著有《荊川集》。對於文章，他主張從見識做人上努力，只要「心地超然，所謂具千古隻眼人」，直書胸臆，信手寫出，便是宇宙間絕好文章；如果生活思想庸俗，寫文章只會在聲律、雕琢文句上著眼，絕不會有好的作品寫出來。在〈答茅鹿門知縣論文書〉中，說明秦、漢以前，儒家、老莊、縱橫、名、墨、陰陽各家都自有本色，不肯勦襲他家的言談，精光注耀，分別留下了千古不可磨滅的見解；這種文學觀，在當時具有清流的意義，論者稱為「復古的反響」。

歸有光（西元一五〇六～一五七一年），字熙甫，號震川，著有《震川文集》四十卷。他一生不得志，專力於文學，以散文的成就最高，對前後七子的擬古主義深惡痛絕，和唐順之、茅坤並稱「嘉靖三大家」，抵制復古派「追章逐句，模擬剽竊」的形式風尚，以唐、宋文從字順的散文為學習楷模，因之被稱作「唐宋派」[14]。歸有光喜讀《史記》和韓愈、歐陽脩的文章，論者以為他上承司馬、歐陽，下啟方（苞）、姚

[14] 唐宋派散文產生於明代嘉靖、隆慶年間，以「文從字順」為寫作標的，主張文章應「道其中之所欲言」、「直寫胸臆，信手寫出」，不受形式束縛，有自己的面目；並編選唐、宋文供人們學習，如唐順之的《文編》和茅坤的《唐

〈鼐〉，是清代桐城派的遠祖。他的散文，清淡自然，能用簡約平凡的字句，表現真摯的感情，抒情散文別具一格，善於捕捉生活中的典型細節，寥寥幾筆，就給人以深刻的印象；尤其善於從家人、朋友和身邊瑣事中，選取寫作素材加以提煉，簡潔平淡地就勾畫出人物的聲容笑貌，和內心深摯的感情。才把明朝散文帶入自由創作的境界。

〈項脊軒志〉是歸有光散文的代表作，以他幼年讀書時所居住的一間小室——一丈見方的項脊軒為背景，回憶家庭的人事變遷。文章由經過修葺後的項脊軒開始，先借老奶奶口述母親的溫柔慈愛，又記述祖母對自己的勉勵和期待；感嘆自己處身百年老屋中想揚名天下，最後補敘亡妻在庭中手植的枇杷樹，已長得亭亭如蓋。全篇洋溢著人亡物在的感傷，令人不勝低徊。又如〈思子亭記〉，寫他對亡兒翻孫無盡的懷思，寫來往事歷歷如在目前，揮之不去，也使人愴然悲嘆。類此寫家庭骨肉瑣事，委婉傳神，情韻洋溢，最是動人。其他如〈先妣事略〉、〈寒花葬志〉、〈滄浪亭記〉、〈吳山圖記〉等，都是世人熟識的名篇。歸有光死後，王世貞也給他很高的評價，說他是「繼韓、歐陽」的人，又說：

> 先生於古文辭，雖出之於《史》、《漢》，而大較折衷於昌黎、廬陵。當其所得意，沛如也。不自雕飾，而自有風味超然，當名家矣。（〈歸太僕贊序〉）

清黃宗羲《明文案・序》說：「議者以震川為明文第一，似矣。」姚鼐說他「於不要緊之題，說不要緊

宋八大家文鈔》，對確立唐宋古文運動的歷史地位有積極的作用。

之語，卻自風韻疏淡，是於太史公有深會處。」但他身處八股文為科舉主力的時代，所以他也是八股文大家，散文中就免不了會帶著些八股文的氣味。

由於王陽明（西元一四七二～一五二八年）「唯心派」的理學思維，倡言「學貴得之心；求之心而非也，雖其言之出於孔子，不敢以為是也。」（《傳習錄》）為長久困縛於模擬擬古的明代文壇，啟動了追求自由獨立的新思想方向。

到了晚明，「公安派」的三袁⑮，繼承他們的老師李卓吾的反傳統道德的思想⑯，表現在文學理論中，便成為強力的反擬古革新運動。其中成就最大的是袁宏道（西元一五六八～一六一〇年），字中郎，著有《袁中郎全集》。公安派的文學觀，認為文學是隨著時代發展的，各個時代的文學都有其自己的特色，不應該厚古薄今，不必模仿古人，強烈批評復古其實就是抄襲，大家都「剽竊成風，萬口一響」；只會「棄目前之景，摭腐濫之辭」。他們的創作口號是「獨抒性靈，不拘格套」：就是要求文學要充分表現作者的

⑮ 三袁是袁宗道（西元一五六〇～一六〇〇年），字伯修，著有《白蘇齋集》、袁宏道、袁中道（西元一五七五～一六三〇年），字小修，著有《珂雪齋集》三兄弟，湖北公安人，因此稱為「公安派」。三袁中袁宏道的成就最大。

⑯ 李卓吾（西元一五二七～一六〇二年），名贄。在〈答耿中丞書〉說：「夫天生一人，自有一人之用，不待取給於孔子而後足也。若必待取足於孔子，則千古以前無孔子，終不得為人乎？」又說：「咸以孔子之是非為是非，故未嘗有是非耳。……夫是非之爭也，如歲時然，晝夜更迭，不相一也。昨日是而今日非矣，今日非而後日又是矣，雖使孔子復生，不知作如何是非也？」認為事理是非，都必隨著時代而變異；文學作品也並非愈古愈好，新的好會在發展中出現。

個性；在文詞運用上，要平易近人，「寧今寧俗，不肯拾人一字」。打破了文壇上沉沉的擬古死氣，但也因內容貧弱，和狂放輕佻的人生態度受到批評。

稍後又有號稱「竟陵派」⑰的鍾惺和譚元春，也提出反擬古的理念；但又嫌公安的作品過於浮淺，要用「幽深孤峭」為補救手段，就是故意使用怪字、押險韻，顛倒文字的順序，造成文氣苦澀，文意支離破碎的弊病，把創作引向更偏窄的道路上去，清代錢謙益說竟陵派的文章：「無字不啞，無句不謎，無一篇章不破碎斷落。」可謂「矯枉過正」至極了。而公安派的理念風格，清代鄭燮的散文也受到影響，尤其是袁宏道的遊記小品，如〈虎丘〉、〈天地〉、〈滿井遊記〉、〈西湖雜記〉等，深受後人所喜愛。下面舉〈西湖雜記．晚遊六橋待月記〉一段來賞讀：

西湖最盛，為春為月；一日之盛，為朝煙，為夕嵐。今歲春雪甚盛，梅花為寒所勒，與杏桃相次開發，尤為奇觀。石簣數為余言：「傅金吾園中梅，張功甫玉照堂故物也，急往觀之。」余時為桃花所戀，竟不忍去湖上。由斷橋至蘇隄一帶，綠煙紅霧，彌漫二十餘里。歌吹為風，粉汗為雨，羅紈之盛，多於隄畔之草，豔冶極矣。然杭人遊湖，止午、未、申三時，其實湖光染翠之工，山嵐設色之妙，皆在朝日始出，夕舂未下，始極其濃媚。月景尤不可言，花態柳情，山容水意，別是一種趣味。此樂留與山僧遊客受用，安可為俗士道哉！

---

⑰ 鍾惺（西元一五七四～一六二五年），字伯敬，和譚元春，都是竟陵（今湖北天門）人，繼公安派之後，極力反對擬古派。

這段只有二百多字的短文，細緻地描寫了去遊賞西湖的始末。而在「主題」——月夜美景的描繪上，精簡貼切，優美動人。他起筆先交代出西湖最美的時刻，是春天、是月夜、是一天裡的早晨和傍晚，明確地點出了題旨。當時正是春花盛放的時候，真教人無法下定去何處的決心。他終於先去了六橋：由斷橋到蘇隄，他各用一個「譬喻」，就寫出六橋上桃紅（如霧）、柳綠（如煙）的紛繁叢聚；再又用「譬喻」寫處處飄揚的歌樂聲（為風）、脂粉和汗味（為雨），便見得遊客之多。但真正的美景，卻是在朝暉夕陽裡，才是西湖色彩最濃豔迷人之際；而月夜的景色又比這朝、夕更勝一籌，簡直是沒法子形容的。他雖然說「月景尤不可言」，事實是說出來了，就是把西湖月色下的花、柳、山、水，擬化為人，好像這些景物都情意殷殷地向人展現它們的可愛；而這種夜的情味，是無法告訴一般止在午、未、申三個時辰來遊湖的世俗人的。讀來但覺文筆秀逸清新，語意自然，情思欣悅真摯，文學的韻趣流轉在字裡行間。

李贄、三袁的公安派和竟陵派的反擬古革新風潮，使晚明的散文呈現出新氣象，其中以明末的張岱，兼有各家之長，而形成他自我的特色⓲，可稱為晚明散文的代表。張岱（西元一五九七～一六八九年），字宗子，又字石公，號陶庵。他生長在富貴之家，一直過著奢靡的生活，五十歲時明朝亡國；清順治三年（西元一六四六年），避亂住在剡谿山裡，從事著述，作《陶庵夢憶》，追述往日見聞盛事，以抒國破家亡的感慨。他前半生享受了富貴的生活，因國破而突然墮落到衣食不足，披髮如野人的貧困環境裡，心靈所受的衝擊是何等巨大？但他能坦然改變心情，從容以讀書著作來掩抑內心的苦痛，把往事看作一

⓲ 劉大杰《中國文學發展史》說張岱的散文，「有公安的清新，有竟陵的冷峭，又有王謔菴的詼諧。在晚明的新散文中，張岱是一個成就最高的作家。」

場夢。他記平生的見聞，發深沉的感慨，寫成《石匱書》、《陶庵夢憶》、《西湖夢尋》、《瑯嬛文集》等作品。題材廣泛，包括歷史的、個人的經歷、日常生活、山水景物等，甚至於序跋、像贊、碑銘等嚴肅的應酬文字，他也能以滑稽詼諧寫得情趣躍然。他的散文，清新峻拔，拗曲詼詭中情趣盎然，抒情記事，委婉動人：造詣極高。以下賞讀《陶庵夢憶．湖心亭看雪》一段：

崇禎五年十二月，余住西湖。大雪三日，湖中人鳥聲俱絕。是日更定矣，余拏一小舟，擁毳衣爐火，獨往湖心亭看雪。霧凇沆碭，天與雲與山與水，上下一白。湖上影子，惟長隄一痕，湖心亭一點，與余舟一芥，舟中人兩三粒而已。到亭上，有兩人鋪氈對坐，一童子燒酒，爐正沸，見余大喜曰：「湖中焉得更有此人？」拉余同飲。余強飲三大白而別。問其姓氏，是金陵人，客此。及下船，舟子喃喃曰：「莫說相公癡，更有癡似相公者。」

這一段二百字不到的短文，張岱寫他在雪夜的初更（晚上八點過後），心血來潮，要去看西湖的湖心亭的雪景。只見西湖被茫茫的寒霧所籠罩著，天色、雲色、和山色、水色，整個天地都是一片白色。湖上所能看到的，只有蘇隄像一道痕影橫亙在湖中，湖心亭跟他的小船和船中的人，都細小得很，作者分別用「點」、「芥」、「粒」三個字作譬喻來形容，和蘇隄的一「痕」，就把這些人、物在雪夜裡的西湖，作了最簡明的描繪和對比；雖然只用最簡單的方式來寫景，就讓讀者也彷如置身在那一片濛昧無垠的寒夜裡，當時的場景如在眼前。後半寫他到了湖心亭，就不再寫從亭上去看雪景，寫他在亭上遇到兩個先來的人，拉著他一同喝了三杯酒就告別。最後記明在亭上喝酒的是金陵人，來杭州作客的；又以船夫說雪夜裡要到湖心亭來的人，都是「癡人」作結：給讀者留下可以細思餘味的空間。這篇作品是張岱追記明亡之前，他三十五歲時的一件生活小事，他會在雪夜裡乘船去湖心亭，不為什麼，也沒做什麼，只是想去就去，這是多麼逍遙自在的生活環境啊！這才是他寫這段短文的本意。

八、清代散文——重回復古路上的「桐城派」

清初領導學術界的顧亭林、黃宗羲、王夫之等思想家，對於明代七子的摹擬，公安、竟陵的虛浮、冷峭，皆所輕視，因為他們的人生理想是要做聖賢，文學的功能是要為聖賢立言，要明道載道；這種學術思想，也反映在文學上。所以，有清一代的散文，又回到復興古文運動的道路上。

號稱清初散文三大家的侯方域、魏禧、汪琬，作品都缺少生活內容。直到方苞、劉大櫆、姚鼐的「桐城派」出來，才形成清代散文的代表理論。方苞（西元一六六八～一七四九年），字靈皐，號望溪，著有《方望溪先生全集》。他繼承唐、宋古文運動所提出的「文道合一」的主張，以為作文的目的，是要「通經明道」，但唐、宋八大家的文章，在「明道」方面做得還不夠，應要以六經、《論語》、《孟子》為最早的根源，其次是《左傳》、《史記》，再其次是唐、宋八大家，於明朝只取歸有光一人：這是他所謂的「文統」。而達到文章的最高境界，就要有「義法」：「義」即「言有物」，就是文章要有內容，基本是「本於經術」的「聖道倫常」；「法」即「言有序」，就是寫文章要講求結構條理的法則，他所謂「一篇之中，脈相灌輸而不可增損，然其前後相應，或隱或顯，或偏或全，變化隨宜，不主一道」⑲，與八股文的「起承轉合」的格式互為表裡。而「法」要服從「義」。又反對在散文裡摻雜宋人語錄中的口語、魏晉六朝藻麗的俳語、詩歌的雋語、南北史的佻巧語，也反對柳宗元、蘇軾那樣引用佛家語，不可在文章裡面「雜小說」，以追求語言的「雅潔」。他這種強調形式的散文理論，後來成為桐城派古文的指導思想，他也因此被尊為桐城派的始祖。因為先設下了許多限制，所以方苞的散文，以序跋碑志之類的應酬文為多，內容也以通經明道為主。內容比較好的作品，像記述清代監獄種種黑幕的〈獄中雜記〉，栩栩如生地描述他親身經歷的獄中見聞，官吏貪贓枉法，壞人逍遙法外，無辜者負屈含冤的情況。文章的結構謹嚴，語言洗鍊。又如經常被選為教材的〈左忠毅公軼事〉，寫左光斗和史可法的愛國精神，不計較個人生死榮辱的慷慨激昂，凜然浩氣，極為感人，而因此讓人忽略了他文中有不符合事實，和過度誇張的毛病⑳；但因內容語言的充實動人，世人莫不肯定它是很優秀的散文。

方苞在康熙時提出了古文義法的理論，經劉大櫆和姚鼐的發揚，到乾隆時才形成一個散文的流派；因為他們三人都是安徽桐城人，所以以「桐城派」為名。方以理勝，劉以才勝，鼐則理與文兼至。

姚鼐（西元一七三一～一八一五年），字姬傳，世稱惜抱先生，劉大櫆的學生，作有《惜抱軒文集》、《後集》、《詩集》、《九經說》等。他繼承了方苞與劉大櫆的文論，並且寫作雅正嚴謹的散文，是桐城派的集大成者。又選錄了從戰國至清代的古文選本，以《戰國策》、《史記》等先秦兩漢的散文，和唐宋八

⑲ 引文見方苞〈書五代史安重海傳後〉。

⑳ 梁容若〈讀左忠毅公軼事〉，認為方苞這篇文章，「有的地方不合於事實，有的地方不近乎情理」。請參閱國語日報社出版《古今文選》正編第一九三期。

大家、明代歸有光、清代方苞、劉大櫆的作品為主，定名為《古文辭類纂》，共七十五卷，六百多篇文章。全書按文章體裁，分為十三類：論辨、序跋、奏議、書說、贈序、詔令、傳狀、碑誌、雜記、箴銘、頌贊、辭賦、哀祭，每類前有小序，介紹各類文體的特點、源流及義、例。文內又加以評點，來顯示桐城派的文學主張。這個選本流行於社會直到民國初年，並且是一本青年人學習古文的經典，可見其影響之大。

姚鼐在《古文辭類纂》的卷頭上，發表了他的文論見解說：

> 凡文之體類十三，而所以為文者八，曰神、理、氣、味、格、律、聲、色。神理氣味者，文之精也；格律聲色者，文之粗也。然苟捨其粗，則精者亦胡以寓焉。

神理氣味，是文章的內容要素；格律聲色，是文章的形式要素；形式要為內容服務，道理具體也簡單。又提出文章必須要「義理、辭章、考據」三者合一，以「考據、辭章」為手段，來為「義理」服務。又提出「陽剛」和「陰柔」作為區分文章風格的兩大範疇㉑。桐城派發展到姚鼐，理論體系才告完整，並在實際上成為文壇的統治者，桐城文派也確實形成了一個有力的運動；姚鼐晚年，主講鍾山書院，蔚然成為一代文宗。姚鼐的散文，為應酬而寫的序、跋、碑、銘之類不少，內容多為宣揚程、朱的理學；但所寫遊記，用簡潔精煉的文字，描繪山河景物，頗有特色。如〈登泰山記〉，寫他在冬天十二月二十九日，

㉑ 陰陽剛柔之說，見姚鼐〈復魯挈非書〉。

登上了泰山，和三十日天未亮等在日觀亭裡看日出，寫所看到的瑰麗景色，壯觀動人，下面節取中間一部分來看看：

余始循以入，道少半，越中嶺，復循西谷，遂至其顛。古時登山，循東谷入，道有天門。東谷者，古謂之天門谿水，余所不至也。今所經中嶺及山顛崖限當道者，世皆謂之天門云。道中迷霧，冰滑，磴幾不可登。及既上，蒼山負雪，明燭天南。望晚日照城郭，汶水、徂徠如畫，而半山居霧若帶然。戊申晦，五鼓，與子穎坐日觀亭待日出。大風揚積雪擊面。亭東自足下皆雲漫，稍見雲中白若樗蒱數十立者，山也。極天雲一線異色，須臾成五采，日上正赤如丹，下有紅光動搖承之；或曰：「此東海也。」回視日觀以西峰，或得日，或否，絳皜駁色，而皆若僂。

前半寫他順著酈道元所說的環水走到了山頂。天門的山崖擋住了路，路上又有霧又有冰滑；到了山頂，卻看到了像圖畫一樣的山川和夕陽，剛才迷路的霧，像帶子般繞在半山上。後半寫次日在風吹積雪拍面的寒風中去等待日出，日出之際，由近到遠的幻象奇彩，陽光或顯或晦的瑰麗，讓人意動神懸，使這篇短文深受世人所喜愛。此外，像為朋友左仲郛寫的〈左仲郛浮渡詩序〉，借左氏的詩作，暢述自己的旅遊經歷，和對美麗山河的嚮往，筆勢奔放，文辭典雅，和〈快雨亭記〉、〈遊媚筆泉記〉、〈復魯挈非書〉等，都是很成功的作品。

後來又有黎庶昌輯編了二十八卷的《續古文辭類纂》，補充並擴大了姚鼐選材的範圍和原則，選錄先秦以來經部、子部、及史傳類代表性的作品二百多篇，特別是清代的作品，在方苞、劉大櫆之外，又增加了二百多篇，所以共選錄了四百四十九篇，全書分三編：上編經子，中編史傳，下編清文；分類體例參考姚鼐和曾國藩的見解。又另有王先謙編的一部《續古文辭類纂》，嚴守桐城派的編輯原則，選錄乾隆至咸豐年間三十九家的古文四百餘篇。桐城派的文學理念，主導著有清一代的文壇，於此可見一斑。

稍後劉大櫆的再傳弟子張惠言[22]，和朋友惲敬，都以文章名世，因同是陽湖人，而稱為「陽湖派」；因為他們同時都作古文和駢文，取法六經、八家之外，也兼取子史雜家，所以後人稱他們為「桐城派的旁支」。陽湖派思想較自由活潑，文風較恣肆，而典雅凝重則不及桐城派。惲敬（西元一七五七～一八一七年），字子居，號簡堂，一生致力於散文，著有《大雲山房集》。張惠言（西元一七六一～一八〇二年），字臯文，著有《茗柯文編》等。

九、「桐城派」的推進與革新——曾國藩的「湘鄉派」

桐城派在姚鼐和他遍佈各地的友人、弟子如梅曾亮、方東樹等的聲援倡和之下，成為江南各省文壇上一股強勁的勢力，理論上雖講一些文字技巧義法，可是後起者作品的內容多脫離時代實際，文章也沒有特色，予人以「浪得虛名」之感。直到咸豐年間，曾國藩出來，才糾正了桐城流派的窳弱，擴大了文章的思想內容，才又使桐城派宏揚光大起來。

曾國藩（西元一八一一～一八七二年），字伯涵，號滌生，著有《曾文正公全集》。他在清代的政治

---

[22] 張惠言〈書劉海峰文集後〉說：「余學為古文，受法於摯友王明甫；明甫古文法，受之其師劉海峰。」

和文學上，都有「中興功臣」的地位。他組織湘軍，為清廷平定太平天國之亂。曾國藩原本信奉桐城派，遵行姚鼐須「義理、考據、詞章」並重的理論，但他又注重「經濟」以求應時實用，強調文章應能反映政治、社會問題，矯正桐城派古文內容空疏的弊病；行文也少禁忌，奇偶並用，使文章氣勢雄厚，創為「湘鄉派」。他又親自編選了二十六卷的《經史百家雜鈔》，雜取經、史、百家的作品，來顯現他著重「經世致用」的文章新觀念。曾國藩在〈致劉孟容書〉中，很清楚地說明他的改進觀念：

聞此間有工為古文詩者，乃桐城姚郎中鼐之緒論，其言誠有可取。司馬遷、韓愈、歐陽脩、曾鞏、王安石及方苞之作，悉心而讀之，其他六代之能詩者，及李、杜、蘇、黃之徒，亦皆泛其流而究其歸。……於漢、宋二家構論之端，皆不能左袒，以附一閧，於諸儒崇道貶文之說，尤不敢雷同而苟隨。……僕竊不自揆，謬欲兼取二者之長，見道既深且博，而為文復臻於無累。

他的觀念，也為當時人所肯定，薛福成《寄龕文存・序》說：

桐城派流衍益廣，不能無窳弱之病。曾文正公出而振之。文正一代偉人，以理學經濟發為文章，其閱歷親切，迴出諸先生上，早嘗師義法於桐城，得其峻潔之旨。平時論文，必尊源六經、兩漢，故其為文，氣清體閎，不名一家，足與方、姚諸公並峙。其尤嶢然者，幾欲跨越前輩。

黎庶昌《續文辭類纂・序》也說他變化桐城「以臻於大」，是「自歐陽氏以來，一人而已」。曾國藩在清代功高望重，文章為一代之冠，又招攬賢才，獎掖後進，一時為文者幾無不是他的學生，他的幕僚也大多是知名的文士，像俞樾、吳汝綸、黎庶昌、薛福成等，都有著作傳世；曾氏死後，直到新文學運動之前，文壇上的名家，如嚴復、林琴南是吳汝綸的學生，嚴復用桐城古文來翻譯〈天演論〉、〈原富〉等西方哲學思想；林琴南根據他人口述，用桐城文來譯述西方小說一百七十一部。持新思想的梁啟超、譚嗣同等人，在初期也受到影響，而漸漸走向「文言淺顯化」。

總的來說，曾國藩是古體散文衰落之前，奠立了散文要配合時代進步時潮的需求，以實用為主的革新觀念。

十、現代散文

㈠新文學觀念的建立

雖然世人都以民國六年（西元一九一七年），由胡適、陳獨秀等人提倡的「白話文運動」，為新文學運動的界線，但以白話文來寫作的要求，從清末就已經在各地醞釀，並且出現了不少的「白話報」㉓。

㉓ 清末所見有「中國白話報」、「杭州白話報」、「安徽俗話報」、「寧波白話報」、「潮州白話報」、「國民白話日報」、「安徽白話報」等。光緒三十二年（西元一九〇六年），上海競業學會，以白話文創辦了「競業旬刊」，仍在中國公學就讀的胡適，就開始在這個刊物上用白話文撰稿，奠定了他對白話文學運動的基本觀念。請參閱方祖燊《方

胡適的〈文學改良芻議〉，是一篇醞釀成熟的宣言，他深深體會出「古人造古人之文學，今人造今人之文學」，文學表達方式的改變，是順應時代潮流的行動而已，說：

文學者隨時代而變遷者也。一時代有一時代之文學，因時進化，不能日止。

他在〈文學改良芻議〉文中，提出八件事情，原先叫做「八事」，後來在〈建設的文學革命〉，改為「八不主義」：

一曰須言之有物。二曰不模倣。三曰須講求文法。四曰不作無病之呻吟。五曰務去爛調套語。六曰不用典。七曰不講對仗。八曰不避俗字俗語。

這些主張，可說是綜合了前人寫作的主要弊病和革新的言論，又特別著重「言之有物」，就是作品必須有「思想和情感」。接著，陳獨秀發表〈文學革命論〉㉔，也提出三大主張：

祖燊全集(十)第一輯——中國散文小史》。

㉔ 胡適的〈文學改良芻議〉，發表於民國六年（西元一九一七年）一月，陳獨秀的〈文學革命論〉發表於同年的二月。

1. 推倒雕琢的、阿諛的貴族文學；建設平易的、抒情的國民文學。

2. 推倒陳腐的、鋪張的古典文學；建設新鮮的、立誠的寫實文學。

3. 推倒迂晦的、艱澀的山林文學；建設明瞭的、通俗的社會文學。

他反對缺乏獨立自尊精神的貴族文學，缺乏實際抒情寫實的古典文學，和對大多數人無益的山林文學，和「抄襲孔、孟門面語」的「載道」之文。贊同應和他們意見的人很多，形成一股潮流。民國八年（西元一九一九年）一月，北京大學學生傅斯年、羅家倫、汪敬熙出了一個「新潮」月刊，在提倡白話，反對文言之外，更反對孔、孟，打倒孔家店，反對舊思想，攻擊舊倫理、舊道德。陳獨秀更強調要擁護德先生（德謨克拉西——民主）和賽先生（賽因斯——科學），這就是新文化運動。

同年第一次世界大戰結束，我國在巴黎和會上，以戰勝國要求收回戰敗者德國在我國山東的權益，但卻讓日本繼承接收了，消息傳回，全國震驚。五月四日，北京各大學學生三千多人，發動遊行示威，表示抗爭。這個愛國運動，後來和新文學運動、新文化運動結合，各地學生團體用白話文發表各種言論，倡導革新；白話文和新文化運動、新文學運動，自然匯聚成了澎湃洶湧的潮流，無法阻遏，散文和各種文體，都在革新聲中走上了新方向，後來世人把這段時期的各種革新，統稱為「五四運動」。

㈡現代散文的新發展

胡適等的新文學運動，到五四新文化運動時，才從舊作家的反對中獲得普遍的成功；但在各種體裁中，白話詩、戲劇、翻譯，都比白話散文早出現㉕。初期的白話散文，接觸了西洋文學，形式和內容，都走向了世界文學的潮流裡，從以往為聖賢立說的「明道」、「載道」的寫作目的，發現了「個人」，和作家所處身的時代、社會與大自然，走上了「人道主義」和「寫實主義」，在作品中增加了幽默的趣味，呈現出新穎、勇敢的革命精神。

初期白話散文的作家們，除了嘗試創作之外，也提出他們對新散文的觀念，如上述胡適的「八不主義」、陳獨秀的「三大主張」，常為後人所引述外，還有周作人（西元一八八五～一九六七年）在五四運動中，提倡「個性的文學」，民國十年（西元一九二一年）又提出創作具有藝術性的「美文」觀念，對推動散文的創作產生積極的影響。民國十二年（西元一九二三年），王統照認為散文應該都具有「文學成分」，提出「純散文」一詞；又根據英國文學批評家韓德（Hunt）的說法，把散文分為五類：

(1)歷史類散文：歷史事實的敘述，又叫「敘述的散文」。

(2)描寫類散文：融和想像和實際的事物和風景來描寫，特別注重美感。

(3)演說類散文：這是舊散文中所沒有的。特別注重語勢、情感，要能鼓勵、激發人的意志，使人接受、遵從作者的意見去做；又叫做「激動性散文」。

(4)教訓類散文：表現作者的知識與思想、理念，要能使人心悅誠服，又叫做「說明散文」。

(5)時代類散文：指發表在雜誌、報紙上，富有文學意味的政論文、諷刺文，由英國人笛福（Defoe,

㉕ 尹雪曼編纂的《中華民國文藝史．散文》裡說：在民國九年以前，白話散文還未特別標示為獨立的一類，作者的短篇小品，都在「試作階段」。《中華民國文藝史》，臺北正中書局出版。

1659～1731）所創造，也叫做「雜散文」，簡稱雜文。這類雜文，在我國文壇大為風行，並涵括到以往的筆記、雜錄、漫鈔等舊時代的作品。

以上五類，是就散文的功能來區分。但現代散文在發展中，以某種體裁的凸出為最大特色，如小品文、雜文、報告文學，以下特就這三類來稍作介紹。

1. 小品文

「小品文」是現代散文討論較多的問題，因為周作人在民國八年（西元一九一九年）三月，在「新青年」雜誌發表了一篇題為〈祖先崇拜〉的小文，是被認為是新文學運動後的新形式散文。後來胡適在〈五十年來中國之文學〉中，特別推許是散文進步現象的「小品文」㉖。民國十三年（西元一九二四年），由魯迅、林語堂、俞平伯、周作人、孫伏園等人組成的「語絲社」，出版「語絲」週刊，專刊載散文和雜文。林語堂特別說明「現代小品文」的特質，與古人漫錄野老談天，避免涉及經世禁忌的筆記，絕不相同；現代人以小品文來抒情、說理、描繪人物、評論時事，凡是眼有所見、心有所感，無論牢騷美意，都可以寫成一篇小品文。民國十七年（西元一九二八年），朱自清發表了〈論現代中國的小品散文〉，指出小品文是散文的一大進步㉗。像民國十四年（西元一九二五年）「五卅慘案」發生了後，像周作人等專

㉖ 胡適在「申報」寫〈五十年來中國之文學〉第十節中，講到白話文學的成績，說：「白話散文很進步了。……散文方面最可注意的發展，乃是周作人等提倡的小品散文，這一類的小品，用平淡的談話，包藏著深刻的意味，有時很像笨拙，其實卻是滑稽。這一類作品的成功，就可徹底打破那美文不可能用白話的迷信了。」

㉗ 朱自清說：「這幾年來，散文最可注意的發展，乃是周作人等提倡的小品散文，打破了美文不能用白話寫的說法。」

寫茶食、酒、鳥聲、野菜蟲魚之類，以風花雪月為主題的消閒趣味性的美的小品散文，得到很大的發展；而到民國二十年（西元一九三一年），九一八事變之後，散文小品在質和量上都有了開展，內容明快短小而強悍有力，文字彎曲而晦澀的新風貌；阿英並就這種發展情況，寫了〈現代十六家小品序〉。民國十九年（西元一九三〇年）以後，小品文成為流行風尚，以小品文為話題對象的討論也不少，如一九三六年，郁達夫有〈清新的小品文字〉㉘一文，認為小品文要寫得「細、清、真」，「以景述情，緣情敘景，情景兼到。既細且清又真切靈活的小品文，卻是不容易做到學得。」一九三四年，魯迅有〈小品文的危機〉㉙，認為散文不能像以往那樣，只是士大夫的「清玩」物，「必須是匕首，是投槍，能和讀者殺出一條生存的血路的東西」；林語堂在《人間世》發刊詞，高標專刊小品文，以為小品文「特以自我為中心，以閒適為格調」，善治情感與議論於一爐，而成現代散文之技巧。類此談論小品散文的各家說法，仍見於現今的文壇上。㉚

2. 雜　文

「雜文」也是現代散文的特別成就。雜文源起於戰國以後諸子百家的著述，是一種把精闢見解，寓寄於形象之中的文藝性論文，熔鑄邏輯力量與激情於一體，既有政論性質，又有文藝的特點；而以議論為主，結合抒情、敘事：形式短小精悍，辭鋒尖銳潑辣，能直接、迅速地反映各種社會事變、社會傾向；

㉘ 收入良友圖書公司出版的《閒書》中。

㉙ 收入同文書店出版的《南腔北調集》中。

㉚ 有關散文小品的各家說法，請詳參《方祖燊全集㈩中國散文的歷史與類型・現代作家的散文觀》。

題材廣泛，形式多樣，有思想雜談、社會雜感，以及有關政治經濟、文化等方面的雜論等。常用譬喻、諷刺、反語等手法，語言生動，含蓄雋永，說服力非常強。魯迅是新文學雜文散文的提倡者和實踐者，在現代散文雜文具有代表性地位。他對現代散文雜文的觀感是：

> 雜文這東西，我卻恐怕要侵入高尚的文學樓臺去的。……雜文中之一體的隨筆[31]，因為有人說它近於英國的Essay，有些人也就頓首再拜，不敢輕薄。……雜文發展起來，倘不趕緊削弱，大約也未必沒有擾亂文藝的危險。……我是愛讀雜文的一個人，而且知道愛讀雜文還不只我一個，因為它「言之有物」。我還更樂觀於雜文的開展，日見其斑斕。第一是使中國的著作界熱鬧，活潑；第二是使不是東西之流縮頭；第三是使所謂「為藝術而藝術」的作品在相形之下，立刻顯出不死不活相。

雜文「言之有物」，日見斑斕的開展，使文壇活潑起來，都說明了雜文在現代散文所呈現出來的生命力。

總的來說，目前對現代散文的發展歷程和分類是：

---

[31]「隨筆」是指隨手筆錄，不拘一格的文字。宋代以來即用以稱一些雜記見聞，五四運動後，成為現代散文中一種發展迅速的體裁。用活潑的夾敘夾議手法，表現真切的感受；流暢自然，質樸雋永。魯迅文中說：「雜文中之一體的隨筆」，是新文學初期時，二者尚未釐清的說法。

初期的界限並不嚴密，文藝性和雜文性並沒有分開；這時散文以論事居多，餘便說理，題材多半對政治、社會、經濟種種黑暗現象，加以抨擊。很多是現在的雜文，那時卻一概看做散文，抒情的極少。後來散文和雜文分家，範圍便窄小了一點，論說部分多半讓給了雜文，餘下的就只有敘事和抒情的了……這幾年來，對散文的研究與分類，已逐漸趨於完密，觀念已不像過去的糢糊，分類也比較謹嚴。我在〈中國散文小史〉中，把現代散文分做：文藝性散文，雜文性散文，報告性散文，實用性散文四大類。（方祖燊《方祖燊全集㈩・中國散文的歷史與類型》）

這是經過專家學者的整理研究所得的結果，可為目前散文發展的階段性定論。

3. 由「報告文學」到「報導文學」

「報告文學」也是現代散文中一種發展迅速的樣式，是文藝通訊和特寫的總稱，原是德國新興的一種文體，由一名叫做基希的捷克新聞記者，用文學的筆調，在報紙上報導資本家剝削工人的罪惡，他在民國二十一年（西元一九三二年）來到中國，查訪中國政治、社會的情況，寫了〈南京〉、〈紗廠童工〉等反映現實陰暗面的報告文學作品二十三篇，後來結集成《秘密的中國》一書。「報告文學」後來成為共產主義作者的利器，被蘇俄列寧大力推崇，迅速發展，主要的用途是新聞記者把他所看到的事情，用生動簡潔的文字報導出來。「報告文學」在我國雖然是個外來語，但也是早已存在的一種體裁，如宋代孟元老的《東京夢華錄》，追記他遊宦東京（河南開封）所見的風俗人事；清王秀楚的〈揚州十日記〉寫清兵屠殺揚州八十萬人的慘況；劉鶚《老殘遊記》中用很文學的手法寫「明湖居」聽白、黑二妞的歌唱技巧，在性質上應屬於「報告文學」。

但「報告文學」是在新文學運動之後才出現的術語，所以《中國散文辭典》認為：

> 我國最早出現的報告文學是作於「五四」初期的瞿秋白的〈餓鄉紀程〉。到了三十年代，由於左翼作家聯盟的大力提倡，這一文體獲得了迅速發展，成為文學戰線上的一支「輕騎兵」。

這也說明了報告文學引入到現代散文之初，所發揮的效能，也成為報導、宣傳、批評、鬥爭的一種利器，但它原本具有的特性：是取材於現實生活中具有典型意義的「真人真事」，專為迅速地報導社會生活中人們關心的事件，既有新聞性，又有文學性，也有政論的功能，所以在抗日戰爭前後非常活躍，在民族救亡圖存做出了很大的貢獻。

「報告文學」在中國現代散文的發展可分五個時期㉜：

(1)初　期：「九一八」事件前後。因為篇幅短小，也被稱為「速寫」㉝。

(2)漸盛期：民國二十五年（西元一九三六年）下半。成為流行的新體式，形式範圍都寬闊，作者用

㉜ 五個分期係參取《方祖燊全集(十)散文理論叢集・論「報告文學」》。

㉝ 「速寫」是借用繪畫的用詞，作為一種散文的樣式，是一種文藝性的紀事。其特點是篇幅短小，成篇較快，能迅速反映現實生活中的一人一事、一個片段、一個場面。胡風把「速寫」和「雜文」並稱，他所指陳的「速寫」，就是初期的「報告文學」。

以批評反映時刻變動的社會、政治問題，受到普遍歡迎。

⑶蓬勃期：民國二十六年（西元一九三七年）七七事變後，因報導抗日戰爭而蓬勃發展。

⑷疲乏期：民國二十九年（西元一九四〇年）以後，過多的戰爭或新聞紀事，成為抗戰八股，漸漸失去藝術效果。

⑸沒落期：抗戰後期漸漸衰微，民國三十四年（西元一九四五年），抗日戰爭結束，報告文學也就消沉，跟著國共內戰，又受檢查制度的打擊，報告文學自然沒落了。

文體的盛衰只是它的發展過程，對於這種樣式的存廢其實並無太大的影響。報告文學在抗日戰爭中興起、衰退，但可以運用這種體裁來報告的層面其實有無限可能，不必把它限在「新聞文藝」的框格內；社會、人生時刻都在變幻莫測，只要是「真人真事」，範圍多元化應是自然的走向。行政院文化建設委員會在民國八十四年（西元一九九五年）三月出版的《中華民國作家・作品目錄新編》中，散文集後特別註明是「報導文學」的不在少數，如劉克襄的《橫越福爾摩沙》等七本散文，都附加了「報導文學」，又古蒙仁的九本散文，有六本註明了「報導文學」，獻身於臺灣史蹟研究、致力於民族文化的尋根工作的林衡道，所寫有關於他這方面的文章，如《臺灣古蹟概覽》、《鯤島探源》等，雖然沒有注明，內容必然是把他的探尋真相「報告」出來：類此「報導文學」都可視為「報告文學」的衍伸。正如方祖燊談到「報告文學寫作範圍要多元化」裡說：

報告文學寫的是大眾所深切關心的事情，題材應該非常多，像音樂、美術、建築、科技、醫療、災禍（空難、沉輪、地震）、宗教、風俗、自然和宇宙，無不可寫成報告文學，而不要只限於旅行、戰爭與社會。在知識落後的時代裡，也可能只有戰爭與社會值得一記；而今則不然，報告文學可寫的題材，可以說林林總總。

也就說明了報告文學要走上新途徑。其實，現代散文所呈現出來的正是這樣；也許，用「報導文學」這個詞，正是表明了這種體裁的擴展。在社會越來越多元發展的情況，「報導文學」的另一個春天已經到來。

㈢現代散文名家和作品例析

五四運動前後，白話文已漸漸蔚成文學主流，經歷了一個世紀，現代散文已然是名家輩出，名作如林。以下順著時代先後，來看看一些代表性的作家和他們的名作。

⑴梁啟超（西元一八七三～一九二九年），字卓如，號任公，又號飲冰室主人。他的論理散文，條理分明，文辭流利，氣勢奔放，雄辯有力，筆鋒又帶有感情，具有很強的說服力，當時人稱為「新民叢報體」㉞。從《飲冰室合集》可以看到他豐富的著作。以下節錄兩段〈學問之趣味〉來看看。

㉞ 梁啟超在報章雜誌上創立的新散文體裁，因形成於「新民叢報」而得名，又稱「新文體」或「報章體」。梁啟超戊戌政變後逃亡日本，一九〇二年，主辦「新民叢報」，宣傳改良主義和愛國主義，並對舊文體進行改革。其文字特點是：平易暢順，條理明晰，雜入俚語、韻語和外國語法，筆鋒常帶感情，富感染力和鼓動性，使中國的散文從桐城派的傳統文言文中解放出來，是文言文過渡到白話文的橋樑。

凡趣味總要自己領略，自己未曾領略得到時，旁人沒法子告訴你。佛典說的：「如人飲水，冷暖自知。」你問我這水怎樣的冷，我便把所有形容詞說盡，也形容不出給你聽，除非你親自喝一口。……諸君要嘗學問的趣味嗎？據我所經歷過的，有下列幾條路應走：第一，無所為，……為學問而學問。……第二，不息，……我勸你每日除本業正當勞作之外，最少總要騰出一點鐘，研究你所嗜好的學問。……第三，深入的研究，……不怕範圍窄，越窄越便於聚精神；不怕問題難，越難越便於鼓勇氣。你只要一層一層的往裡面追，我保你一定被他引到「欲罷不能」的地步。第四，找朋友，……共事的朋友，用來扶持我的職業；共學的朋友，和共頑（玩）的朋友同一性質，都是用來摩擦我的趣味。……我說的這四件事，雖然像是老生常談，但恐怕大多數人都不曾會這樣做。……我是嘗冬天晒太陽的滋味嘗得舒服透了，不忍一人獨享，……太陽雖好，總要諸君親自去晒，旁人卻替你晒不來。

這篇散文的寫作目的，在於告訴人如何培養研究學問的興趣。但學問和趣味，兩者都是很抽象的觀念，要怎樣給人提示簡單明晰的理解，是作者下筆時的思考途徑。由上面的節取，他「引用」了大家熟知的佛典的話為譬喻，來說明趣味必須要由各人親自去體會出來。然後列舉自己的四項經驗，便說明了主題；最後又用一個晒過太陽者的感受為「譬喻」作結，也和前面引用佛典的譬喻遙相呼應，論述的條理和修辭手法，都極活潑自然。

(2)魯迅（西元一八八一～一九三六年），原名周樹人，字豫才。被稱為現代文學的奠基人。散文集有

《熱風》、《墳》、《野草》、《朝花夕拾》，和雜文集《華蓋集》、《華蓋集續編》、《而已集》、《南腔北調集》、《偽自由書》、《准風月談》、《花邊文學》、《且介亭雜文》、《且介亭雜文二集》、《且介亭雜文末編》，雜文的數量共有六百多篇，他這些作品被評為「中國現代社會生活的百科全書」，他用尖銳潑辣的語詞，勾勒形象、剖析事理、針砭時弊、評騭是非，耐人咀嚼玩味，以凝鍊含蓄的言語，幽默風趣的筆調來諷刺社會。他的雜文充滿戰鬥意味，說：「生存的小品文必須是匕首，是投槍，能和讀者一同殺出。」㉟是三十年代獨具個人風格的雜文流派㊱，對現代散文雜文的創作有極深遠的影響。以下舉他的〈雪〉為例：

暖國的雨，向來沒有變過冰冷的堅硬的燦爛的雪花。博識的人們覺得他單調，他自己也以為不幸否耶？

江南的雪，可是滋潤美艷之至了；那是還在隱約著的青春的消息，是極壯健的處子的皮膚。雪野中有血紅的寶珠山茶，白中隱青的單瓣梅花，深黃的磬口的蠟梅花；雪下面還有冷綠的雜草。蝴蝶確乎沒有；蜜蜂是否來采山茶花和梅花的蜜，我可記不真切了。但我眼前彷彿看見冬花開在雪野中，有許多蜜蜂們忙碌地飛著，也聽得他們嗡嗡地鬧著。

孩子們呵著凍得通紅，像紫芽薑一般的小手，七八個一齊來塑雪羅漢。因為不成功，誰的父親也

㉟ 語見魯迅《南腔北調集．小品文的危機》。

㊱ 魯迅《偽自由書．前記》裡自言：「論時事不留面子，砭錮弊常取類型。」是他雜文的主要特點。又說：「好用反語，每遇辯論，輒不管三七二十一，就迎頭一擊。」是他的文字表現的風格。

來幫忙了。羅漢就塑得比孩子們高得多，雖然不過是上小下大的一堆，終於分不清是壺盧還是羅漢，然而很潔白，很明艷，以自身的滋潤相粘結，整個地閃閃地生光。孩子們用龍眼核給他做眼珠，又從誰的母親的脂粉奩中偷得胭脂來塗在嘴唇上。這回確是一個大阿羅漢了。他就目光灼灼地嘴唇通紅地坐在雪地裡。

第二天還有幾個孩子來訪問他；對了他拍手、點頭、嘻笑。但他終於獨自坐著了。晴天又來消釋他的皮膚，寒夜又使他結一層冰，化作不透明的水晶模樣。……

但是，朔方的雪花在紛飛之後，卻永遠如粉、如沙，他們決不粘連，撒在屋上，地上，枯草上，就是這樣。屋上的雪是早已就有消化了的，因為屋裡居人的火的溫熱。別的，在晴天之下，旋風忽來，便蓬勃地奮飛，在日光中燦燦地生光，如包藏火焰的大霧，旋轉而且升騰，彌漫太空，使太空旋轉而且升騰地閃爍。

在無邊的曠野上，在凜冽的天宇下，閃閃地旋轉升騰著的是雨的精魂……是的，那是孤獨的雪，是死掉的雨，是雨的精魂。

這篇散文全文不足八百字，是魯迅在一九二五年一月發表在「語絲」㊲的一篇抒情散文，細膩的描寫，

㊲ 民國十三年（西元一九二四年），魯迅、林語堂、俞平伯、周作人、孫伏園等人創辦「語絲社」，出版「語絲」週刊，專刊登散文和雜文，逐漸形成「任意而談，無所顧忌，要催促新的產生，對於有害於新的舊物，則竭力加以排斥」的特色，稱為「語絲文體」。

溫馨的感情，是他「投槍」「針砭」的議論性雜文之外的另一種風格意味的作品。

自古寫雪的作品實在難以指屈，也各有不同的立意主題和謀篇角度。本文是以南北地域為背景，寫同是雪而有不同的際遇。起筆用淡淡幾句，說溫暖地方的雨，沒有變成堅硬燦爛的雪花的機會，會使人覺得單調。接著寫江南的冬雪，「滋潤美艷之至」，隱約有著青春的處子那樣壯健的皮膚；和血紅的山茶、隱青的梅花、深黃的蠟梅花、雪下冷綠的雜草，還有嗡嗡紛飛的蜜蜂相映照，形成一個色彩繽紛，有聲有色的景象。進一步寫下雪帶給孩子甚至大人玩耍的歡樂，裝扮起來的大雪人，站在雪地裡，能夠經受暖日和寒夜不同溫差的變化，成為不透明的水晶模樣。再轉筆寫朔方的雪，只在太空中旋轉升騰，在日光中燦燦生光之外，就再也沒有情韻可言了。

全文的層次很清楚，篇幅的安排上，偏多對南方的描述，讓讀者感會到江南的雪，會和人們的生活結合成戶外的特景；但朔方的雪，只是曠野中孤獨的雨魂。作者並沒有說雪的可愛與否，但經由這樣的對襯手法，雪之可愛與否的道理，讀者就能各自領會於心，而自能判斷了。而結語寫朔方飛雪的孤獨，是死掉的雨的精魂，和起筆暖國的雨呼應，統一和諧的篇章修辭手法，十分成功。對不同地域的雪景描寫，不著痕跡的寄託了濃烈的感情，也很動人。

(3)許地山（西元一八九三～一九四一年），原名贊堃，乳名叔丑，筆名落花生。五四運動後和沈雁冰等創立「文學研究會」，從事散文和小說創作，以散文名傳於世，散文集叫做《空山靈雨》，作品多刻畫山水花卉蟲鳥，寄寓人生愁苦嘆息，交雜著消極解脫和積極進取的感情；樸素俊逸，構思精巧，立意新穎，富有浪漫主義色彩，是他的散文風格。常被選為國文教材的名篇〈落花生〉，正表現出他淳厚的思想性格。下面節取〈落花生〉的主題部分來看看：

我們屋後有半畝隙地，母親說：「讓它荒蕪著怪可惜，既然你們那麼愛吃花生，就闢來做花生園罷。」我們姊弟和幾個小丫頭都很喜歡──買種的買種，動土的動土，灌園的灌園；過不了幾個月，居然收穫了。

媽媽說：「今晚我們可以做一個收穫節，也請你們爹爹來嘗嘗我們底新花生，如何？」我們都答應了。母親把花生做成好幾樣食品，還吩咐這節期要在園裡底茅亭舉行。那晚上底天色不大好，可是爹爹也到來，實在很難得！……爹爹說：「花生底用處固然很多，但有一樣是很可貴的，這小小的豆不像那好看的苹果、桃子、石榴，把它們底果實懸在枝上，鮮紅嫩綠的顏色，令人一望而發生羨慕的心。它只把果子埋在地底，等到成熟，才容人把它挖出來。你們偶然看見一棵花生瑟縮地長在地上，不能立刻辨出它有沒有果實，非得等到你接觸它才能知道。……所以你們要像花生，因為它是有用的，不是偉大、好看的東西。」我說：「那麼，人要做有用的人，不要做偉大、體面的人了。」爹爹說：「這是我對於你們的希望。」……父親的話現在還印在我心版上。

這篇作品全文四八五字，記錄在一次親子活動，父親把握住「隨機教育」的機會，以花生為喻，為孩子們闡釋平實無華的人生哲理，是這篇短文的主題思想。主題的表達，以人物對話來進行，文辭質樸口語化，自然親切，沒有藻飾，富有兒童情趣，很適合做兒童的讀物教材。許地山的父親許南英，是清光緒十六年的進士，很注重孩子的教育，在他的《窺園留草》詩集中，可以讀到他的教兒詩㊳，勉勵訓誨，語重心長，對孩子的期望很深。從這篇短文中，也可以讓人真切地意會得到；而舊日社會「父權為主」的時代思潮，也在這篇作品中明晰地反映出來。「落花生」成為他的筆名，也可見這篇短文對他的意義了。

(4)朱自清（西元一八九八～一九四八年），原名自華，字佩弦，號秋實，筆名有余捷、柏香、知白、白暉、白水等，創作由詩歌轉向散文；早期的散文有偏向社會人生的描寫，如〈背影〉、〈白種人——上帝的驕子〉、〈航船中的文明〉等；寫景抒情的〈綠〉、〈荷塘月色〉、〈槳聲燈影裡的秦淮河〉等，更為盛傳膾炙。後期的散文，偏重議論的雜文，如《標準與尺度》、《論雅俗共賞》等文集，所表現出的嫻熟技巧，和縝密思想，更顯見他雋永的藝術風格，被認為是新文學運動中成績卓著的現代散文家。著有《朱自清文集》。下面舉〈荷塘月色〉一文為例：

這幾天，心裡頗不寧靜。今晚在院子裡坐著乘涼，忽然想起日日走過的荷塘，在這滿月的光裡，總該另有一番樣子吧。……荷塘四面長著許多樹，蓊蓊鬱鬱的。路的一旁，是些楊柳和一些不知道名字的樹。沒有月光的晚上，這路上陰森森的，有些怕人。今晚卻很好，雖然月光也還是淡淡的。

路上只我一個人，背著手踱著。這一片天地，好像是我的；我也像超出了平常的自己，到了另一

㊳ 民國二年（西元一九一三年），許地山二十一歲，去緬甸，許南英〈示四兒叔丑〉五言古詩送行：有「汝須澡汝身，尤宜浴汝德。反躬既無慚，即以身作則。勿貪過量酒，勿漁非分色。臨財慎操持，動氣自遏抑。」等句。

世界裡。我愛熱鬧，愛群居，也愛獨處。像今晚上，一個人在這蒼茫的月下，什麼都可以想；什麼都可以不想，便覺是個自由的人。白天裡一定要做的事，一定要說的話，現在都可以不理。這是獨處的妙處；我且受用這無邊的荷香月色好了。

曲曲折折的荷塘上面，彌望的是田田的葉子。葉子出水很高，像亭亭的舞女的裙；層層的葉子中間，零星地點綴著些白花，有嫋娜地開著的，有羞澀地打著朵兒的；正如一粒粒明珠，又如碧天裡的星星，又如剛出浴的美人。微風過處，送來縷縷清香，彷彿遠處高樓上渺茫的歌聲似的。這時候，葉子與花，也有一絲的顫動，像閃電般霎時傳過荷塘的那邊去了。葉子本是肩並肩密密地挨著，這便宛然有了一道凝碧波痕。葉子底下是脈脈的流水，遮住了，不能見一些顏色；而葉子卻更見風致了。

月光如流水一般，靜靜地瀉在這葉子和花上。薄薄的青霧浮起在荷塘裡，葉子和花彷彿在牛乳中洗過一樣，又像籠著輕紗的夢。雖然是滿月，天上卻有一層淡淡的雲，所以不能朗照；但我以為這恰是到了好處——酣眠固不可少，小睡也別有風味的。月光是隔了樹照過來的，高處叢生的灌木，落下參差的斑駁的黑影，峭楞楞如鬼一般；彎彎的楊柳的稀疏的倩影，卻又像是畫在荷葉上。塘中的月色並不均勻；但光與影有著和諧的旋律，如梵婀玲上奏著的名曲。

荷塘的四面，遠遠近近，高高低低都是樹，而楊柳最多。這些樹，將一片荷塘重重圍住，只在小路一旁，漏著幾段空隙，像是特為月光留下的。樹色一例是陰陰的，乍看像一團煙霧；但楊柳的丰姿，便在煙霧裡也辨得出。樹梢上隱隱約約的是一帶遠山，只有些大意罷了。樹縫裡也漏著一兩點路燈光，沒精打彩的，似乎是渴睡人的眼。這時最熱鬧的，要算樹上的蟬聲與水裡的蛙聲；但熱鬧是牠們的，我什麼也沒有。……

這篇描寫性的散文的最大特色，是想像豐富，和修辭法的多樣而自然。以上節取的部分，由開始他因心裡不寧靜，想到荷塘去散心。先從四周的環境寫起，漸漸進入主題——荷塘的範圍，終於找到他所期待的獨處的寧靜，並且享受「無邊的荷香月色」。

荷香和月色，是嗅覺和視覺的領受，都是很抽象的感覺，朱自清要如何傳達給讀者？必須運用修辭的技巧。因為這是一篇寫景文，「摹狀」當然是主要手法，如使用「疊字」和「鑲疊詞」㊴，「聯綿」詞㊵等，因聲音連續而產生聲情的效果；而更深刻的描述，直接的形容還是會有不足之感，便必須借助於其他修辭方法。所以作者這篇散文動人之處，特別在「移覺」和「通感」㊶修辭法的運用上，讓人覺得新

㊴「疊字」就是連用同一個字所構成的詞，如本文中「田田」、「亭亭」、「縷縷」、「密密」、「脈脈」；甚至連用兩個疊字如「蓊蓊鬱鬱」、「迷迷糊糊」、「遠遠近近」、「高高低低」、「隱隱約約」等等。「鑲疊詞」是在疊字的上面鑲上一個不同的字所構成的詞，如「峭楞楞」、「陰森森」等。

㊵「聯綿」詞是利用不同字而有雙聲、疊韻的關係來構成的詞，如文中「嫋娜」、「羞澀」、「酣眠」、「參差」、「斑駁」等等。

㊶「移覺」就是把屬於甲感官的功能移用到乙感官上，「通感」就是用其他感官來寫心情的感受。也有人把這二者混結為一，或稱通感，或稱移覺。

穎別緻，如用聽覺來寫嗅覺和視覺：

微風過處，送來縷縷清香，彷彿遠處高樓上渺茫的歌聲似的。

彎彎的楊柳的稀疏的倩影，卻又像是畫在荷葉上，塘中的月色並不均勻，但光與影有著和諧的旋律，如梵婀玲上奏著的名曲。

寫景、抒情，也不能光是用直接的形容描寫，還必須兼用其他的手法，如上面用歌聲來寫荷香，用樂聲寫月色，作者都結合了「譬喻」法；本文中使用到譬喻的地方，真的是俯拾即是；又用了不少「擬人」法。這種種藝術技巧，使得全文洋溢著詩情的美境，真的讓讀者分享到他月光下的幽情。

(5)梁實秋（西元一九〇二～一九八八年），原名梁治華，字實秋，筆名希臘人、子佳、秋郎、程淑等。著作、翻譯極為豐富，翻譯了三十七卷本《莎士比亞》戲劇全集，受到稱道。文學評論有《浪漫的與古典的》、《文學的紀律》、《文藝批評論》等。幽默風趣是他的散文風格，文筆活潑灑脫，散文集有《罵人的藝術》、《雅舍小品》、《秋室雜文》、《偏見集》等。以下節錄〈中年〉這篇的部分來看看：

年青人沒有不好照鏡子的，在店鋪的大玻璃窗前照一下都是好的，總覺得還有幾分姿色。這顧影自憐的習慣逐漸消失，以至於有一天偶然攬鏡，突然發現額上刻了橫紋，那線條是顯明而有力，像是吳道子的「蒓菜描」，心想那是抬頭紋，可是低頭也還是那樣。再一細看頭頂上的頭髮有搬家到腮旁頷下的趨勢，而最令人怵目驚心的是，鬢角上發現幾根白髮，這一驚非同小可，平夙一毛不拔的人到這時候也不免要狠心的把它拔去，拔毛連茹，頭髮根上還許帶著一顆鮮亮的肉珠。但是沒有用，歲月不饒人！……一般的女人到了中年，更著急。哪個年青女子不是飽滿豐潤得像一顆牛奶葡萄，一彈就破的樣子？哪個年青女子不是玲瓏矯健得像一隻燕子，跳動得那麼輕靈？到了中年，全變了。曲線都還存在，但滿不是那麼回事，該凹入的部分變成了凸出，該凸出的部分變成了凹入，牛奶葡萄要變成為金絲蜜棗，燕子要變鵪鶉。……女人的肉好像最禁不起地心吸力，一到中年便一齊鬆懈下來往下堆攤，成堆的肉掛在臉上，掛在腰邊，掛在踝際。

西諺云：「人的生活四十才開始。」好像四十以前，不過是幾齣配戲，好戲都在後面。……我見過一些得天獨厚的男男女女，年青的時候愣頭愣腦，濃眉大眼，生僵挺硬，像是一些又青又澀的毛桃子，上面還帶著挺長的一層毛。他們是未經琢磨過的璞石。可是到了中年，他們變得潤澤了，容光煥發，腳底下像是有了彈簧，一看就知道是內容充實的。他們的生活像是在飲窖藏多年的陳釀，濃而芳洌！對於他們，中年沒有悲哀。四十開始生活，不算晚，問題在「生活」二字如何詮釋。……中年的妙趣，在於相當的認識人生，認識自己，從而作自己所能作的事，享受自己所能享受的生活。……

中年來到，在人生的階段中，是一個嚴肅的問題，正如作者在文中所指陳的種種見於形體上的生理變化，和對心理所產生的影響，真的叫人感到是相當沉重的壓力。這樣的篇題思想，當然是一篇議論文；但梁實秋卻發揮了他一貫的幽默作風，用很輕鬆的言辭筆調，來化解讀者對中年到來的心理困惑。他的修辭藝術，除了毫不掩飾的把一般中年的形貌改變、無可奈何的心情轉變，和對付的行為，用相當誇張的言語描述出來外，又用了很新穎俏皮的譬喻，讓人不自覺間就減輕了對主題實際情況的晦暗心情，而接受他漸漸導入的結語觀點：中年是內容充實，是濃而芳冽的陳釀，沒有悲哀，不需要「偷閒學少年」。

《雅舍小品》在臺灣先後銷行了三十多版，是現代散文最受讀者歡迎的暢銷書，這篇〈中年〉的若干節段，因為幽默風趣，情味盎然，常被文學研究者引述為研究的資料。如寫一般人要拔除白髮，說：「最令人怵目驚心的是，鬢角上發現幾根白髮，這一驚非同小可，平夙一毛不拔的人到這時候也不免要狠心的把它拔去，拔毛連茹，頭髮根上還許帶著一顆鮮亮的肉珠。但是沒有用，歲月不饒人！」這幾句話，幽默風趣又充滿誇張的意味；但又實在是真有那麼一回事，也許讀者自己就拔過連著肉珠的白髮呢！於是，在忍俊不禁的同時，也會興起「心有戚戚焉」的感覺。這就是梁實秋散文的超人魅力。正如諸天寅評析這篇作品中說：「有人認為在現代散文作家中，論幽默的才能，首推梁實秋，其次是錢鍾書，這話頗中肯綮。」㊷就指出他無人能及的特殊風格。

(四)現代散文學

現代散文從民國六年（西元一九一七年）胡適、陳獨秀等人提倡白話文運動以來，已經經歷了將近一世紀的發展，在這約近百年的歲月裡，許多人對現代散文提出了他們的意見，如周作人以「美」為散

㊷ 語見《中國散文鑒賞文庫．現代卷》，天津市百花文藝出版社。

文的特色，王統照的五種分類，林語堂的「小品文」說，胡夢華提倡浪漫的「絮語」，梁實秋說「散文是心聲」的翻譯，認為寫作散文要注意「字的聲音，句的長短」，散文之美在文辭的自然適當等。早期的散文理論，絕大多數是引進外國的思想，內容也多數用來作啟蒙思想的工具；國立臺灣師範大學國文系最早開設了現代散文的專門課程，以往眾人零散的意見，才被匯聚整理，綱分目舉，成為專門的學術理論，走上「學術化」的道路；並且一年年引領許多青年，鑒賞名家作品，探討寫作技巧，以及配合著文壇上現代文學的時潮風氣，現代散文的人才輩出，作品日益豐盛，但在教學應用和學術研究上的著作仍極有限，蓋系統性的理論文字，自來即極難寫。如方祖燊教授和邱燮友教授就在民國五十九年（西元一九七〇年）寫成了《散文結構》，先後印行了好幾版；以後方祖燊又有《散文的創作鑑賞與批評》、《中國散文的歷史與類型》等著作（一九九九年，臺北文史哲出版社把這三部有關散文理論的專著合刊一起，叫做《散文理論叢集》，收在《方祖燊全集㈩》中）。他的學生鄭明娳教授有《現代散文類型論》、《現代散文縱橫論》等著作。

方祖燊在學術理論鑽研之餘，他也從事現代散文的創作，結集的散文集有《春雨中的鳥聲》、《說夢》、《生活藝術》、《中國文學家故事》、《三湘漁父》、《散文、雜文選集》、《梁容若老師傳》、《方祖燊自傳》等數種。他的文筆精緻雅潔，富有哲理思想，敘事繁簡切要，論理明睿恰當，詠物寫景亦清麗，受到肯定。

散文是現代文壇的重鎮，民國八十四年（西元一九九五年）三月，由行政院文化建設委員會編印《中華民國作家作品目錄新編》四大冊，收集了臺灣現代文學的作家共一千三百五十三人，散文幾乎是絕大部分作者的所愛，所收錄的散文作家及散文集，除了早享盛名的林語堂有《剪拂集》等二十二本、趙滋藩有《藝文短笛》等二十本、謝冰瑩有《從軍散記》等三十六本、林海音有《冬青樹》等九本、易君左有《祖國江山戀》等十四本、思果有《私念》等十七本、人稱「老蓋仙」的夏元瑜有《老生閒談》等二十本、王鼎鈞有《開放的人生》等十五本、薇薇夫人有《短言集》等二十三本、柏楊有《大男人沙文主義》等四十八本、宋瑞有《宋瑞勵志文集》等二十七本、張曉風有《地毯的那端》等二十三本、李敖有《傳統下的獨白》等二十本等等，在文壇開出瑰麗的花朵外，後來輩出的作家，日有新進，如胡品清有《水晶球》等十四本、三毛有《撒哈拉故事》等十六本、小民有《紫色的毛線衣》等十九本、丘秀芷有《小白鴿》等十三本、林清玄有《蓮花開落》等四十五本、羊牧有《牧羊集》等十八本、心岱有《萱草集》等十九本、苦苓有《少年心事》等二十三本、阿盛有《唱起唐山謠》等十三本、殘障作家杏林子有《喜樂年年》等十八本等等，不勝盡舉。也有許多人的散文成果，或許並不為人普遍熟知，卻始終默默耕耘，在散文天地中自得其樂的作者，如林藜有《江南江北是故鄉》等二十九本、林文義有《諦聽》等二十本；或專力的創作不在散文，在小說、新詩、兒童文學、戲劇寫作的同時，也寫作散文的人也很多。像筆名子敏的林良，除了六十三本兒童文學作品之外，又有十冊《茶話》和其他八本散文集；尹雪曼在二十多本小說和論述之外，又有《小城風味》等十三本散文。至於像筆者那樣在專業的學術研究著作之外，也因對散文創作的熱愛，結集出像《手裡人生》、《歲月的眼睛》等幾本集子的人，更是平常之事。細讀各人的散文，也有很高妙的藝術水準。由上面略述臺灣現代作家作品的情況，可見散文是現代文壇的主流，是有目共睹的事實。

總而言之，現代散文的發展，正在日之中天，內容和技巧，都跳躍著時代的脈動。

第四章 楚辭

第一節 《楚辭》特色與《楚辭》注本

「楚辭」之名，最早見於《史記・張湯傳》：「買臣以楚辭與助俱幸。」《漢書・藝文志》載有朱買臣和莊助的賦，所以《史記》所說的楚辭，其實是《漢書》的賦，因為在西漢司馬遷的時候，稱楚騷為賦，是一種「文體」的名稱。西漢末年，劉向輯集戰國楚國人屈原、宋玉、景差，及西漢賈誼、淮南小山、東方朔、嚴忌、王褒等人作品，和他自己的〈九歎〉，為《楚辭》十六篇（一說僅十三篇），「楚辭」從此成為一種獨立文體，和「賦」劃分清楚了領域。宋朱熹《楚辭集註》，指出楚辭作品的內容特色說：

> 必其出於幽憂窮蹙，怨慕悽涼之意，……而宏衍鉅麗之觀，懽愉快適之語，宜不得而與焉。

說明了這種文體只限於表述憂傷的情思，所以賦中不合於這個規限的作品，便不能列入楚辭的範圍；而楚辭的作品，卻可列入賦的範圍內。

今所傳的《楚辭》一書，是東漢王逸據劉向所編十六篇，再增入他自己所作的〈九思〉一篇，編成十七卷《楚辭章句》，並採擇古說，注解詮釋，對屈原及其他作者事蹟的考訂，都有參考的價值，是《楚辭》最早的一個注本。

南宋洪興祖又為作《楚辭補註》十七卷，係依據王逸的章句而作補注。他列王逸注於前，他自己的補注於後，疏通證明，多加闡發，是《楚辭》諸注中最好的注本。其後，朱熹刪去東方朔〈七諫〉、王褒〈九懷〉、劉向〈九歎〉、王逸〈九思〉四篇，增加兩篇賈誼的作品，編成八卷本的《楚辭集註》，多採洪興祖的說法；他末附《辨證》二卷，訂正舊注錯誤。

清王夫之又作《楚辭通釋》十四卷，除收屈原等人作品外，又增收江淹的〈山中楚辭〉、〈愛遠山〉和他自己的仿制〈九昭〉一篇。他生當明末清初，藉注釋《楚辭》來抒發他的民族感情和志節操守，多能發前人之所未發。此外還有明汪瑗的《楚辭集釋》，清陸時雍的《楚辭疏》、屈復的《楚辭新註》、林雲銘的《楚辭燈》、俞樾的《讀楚辭》，今人游國恩的《屈賦考源》和繆天華的《離騷淺釋》、《九歌九章淺釋》等。

《楚辭》經過這些著名的作家學者的編輯章句，注解詮釋之後，就漸漸被公認為中國韻文史中的一種重要的體製。

屈原和宋玉是戰國時代楚國的詩人。他們的作品之所以被稱為「楚辭」，是因為它具有濃厚的地方色彩。宋陳振孫《直齋書錄解題》引宋黃伯思《翼騷・序》說：

屈、宋諸騷，皆書楚語，作楚聲，紀楚地，名楚物，故謂之《楚辭》。若些、只、羌、誶、蹇、紛、侘傺者，楚語也。悲壯頓挫，或韻或否者，楚聲也。沅、湘、江、澧、修門、夏首者，楚地也。蘭、茝、荃、藥、蕙、若、芷、蘅者，楚物也。

這樣詳實的釋名，使我們瞭解到他們作品的鄉土味。這當然是由於屈原和宋玉這些《楚辭》的初期作家，都是楚國人的緣故。除此之外，我們還可以從他們的作品中，看到楚人信鬼神、重淫祀的習俗，美麗的山川風物，豐富的神話傳說，動人的樂舞歌曲，楚語助詞特殊的情味。

當然，劉向輯錄的在宋玉之後一些漢朝作家：賈誼是洛陽人、嚴忌是吳人、東方朔是平原厭次人、王褒是蜀人，他們都不是荊楚之人，只不過仿效其體罷了；所以北宋晁補之重輯「楚辭」時，把屈原的作品稱做《楚辭》，宋玉以下到宋代二十六人的作品，稱做《續楚辭》，又編選荀卿以下到宋代三十八人九十六篇的作品，則稱做《變楚辭》。其後，朱熹又刪定晁補之所編的《續楚辭》與《變楚辭》二書為《楚辭後語》六卷，遂把屈原二十五篇稱為《離騷》，宋玉以下的二十六篇稱為《續離騷》，荀卿到呂大臨的五十二篇稱為《後語》。《騷》也就成為屈原的著作的代稱詞。後人常把《騷》和《詩經》合稱為「詩、騷」。由此，可以看出屈原在楚辭體文學絕對的代表地位。

第二節　屈原的生平事蹟

屈原（西元前三四三～前二七八年前後），名平，戰國時楚王的同族，學問淵博，思識深遠，口才好，文采絢麗，想像力豐富，二十幾歲就任職楚廷，為懷王的左徒，猶唐之拾遺、今之資政，備君王的諮詢，諷諫其過失。他年輕又位高權重，又深得懷王信任，入則規擬政令，出則處理外交，又擔任三閭大夫，掌管宗族譜序與薦拔族人的事務。這是他生命中極輝煌得意的時期，也因此招致同僚的嫉妒。同列中有上官大夫靳尚，想將他起草的憲令據為己有，被他拒絕。上官大夫羞惱之下，就聯合子蘭，在懷王面前讒譭他，說他常把起草的政令先行洩露，又以此自矜。楚懷王因此疏遠他，又聽信小兒子子蘭和寵姬鄭袖的話，免他官職，貶居於漢北。

這時正當戰國合縱連橫的時代，七國中最強的是秦、楚、齊三國。齊、秦兩國都爭取楚為與國；楚國內因此有親秦、聯齊兩派：上官大夫、令尹子蘭和鄭袖為親秦派，屈原主張聯齊抗秦。起先，楚齊許親結盟。起先六國用蘇秦合縱聯盟之策，秦遂派張儀以連橫策游說各國，分化齊楚，脅誘三晉。張儀賄賂楚國親秦派，並許以土地，誘使懷王跟齊國斷絕邦交。齊國因楚背約，反過來連合秦國攻楚。楚國屢戰屢敗，國勢遂衰。懷王受秦欺騙，戰敗又失地，又召回屈原，派他出使齊國。秦昭王又約楚懷王到秦國會談；屈原以「秦為虎狼之國，不可信，不如不去。」子蘭卻說：「不可絕秦歡。」楚懷王終被騙到了秦國，因不肯答應割地的要求，就被扣留三年，終死於秦國。懷王的長子繼位，就是楚頃襄王；不久復任子蘭為令尹，親秦派勢力復活，頃襄王又跟秦國和好，並做了秦王的女婿。令尹子蘭又向頃襄王讒謗屈原；屈原又被放逐江南。他在湖南的沅、湘之間，流浪了不少歲月。他懸念國事，繫心王室，已不可能再回到郢都，他在深沉的憂傷憤恨中寫下了許多詩篇，抒洩鬱積無奈的感情，為自己悲劇的命運嘆息，最後作〈懷沙〉之賦，就在這一年（西元前二七八年）的初夏，跳入長沙附近的汨羅江自殺，結束了他愁苦不斷的人生。後人遂以五月五日的端午節紀念這一位愛國的詩人。屈原的離世，下距楚國滅亡（西元前二二三年）只不過五十五年❶。

第三節　屈原作品的內容

屈原是「楚辭」這種文體的創始者，也是中國文學史上第一位有詩集著名的大詩人。《漢書．藝文志》載有屈原賦二十五篇。王逸《楚辭章句》收錄有屈原的〈離騷〉，〈九歌〉十一篇，〈天問〉，〈九章〉九篇，〈遠遊〉，〈卜居〉，〈漁父〉等共二十五篇，與〈藝文志〉的篇數相符。但司馬遷《史記．屈原傳》另有〈招魂〉一篇。連〈招魂〉在內，則為二十六篇。

屈原的作品寫成的時間，應是在西元前三一三年（前）至前二七八年之間❷，是中國詩歌史上第二個春天。它的篇章組織，語句文辭，有上承於《詩經》的痕影。屈原是用南方的音樂、楚地的方言、楚地的風物，歌唱其自我的情感思想。散文化的韻語，長短參差的句子，口語助詞夾雜其中，都有助於他感情的加強與表達；自然的對仗與押韻，對後世的韻文，也都有他一定的影響。還有篇章結構，由他自傳式的〈離騷〉，對話體的〈漁父〉，頭尾用散文中間用韻文對仗來抒情的〈卜居〉，由這些都可以看見楚辭體的文學特色。

---

❶ 據司馬遷《史記．屈原列傳》、劉向《新序》、屈原〈漁父〉與〈懷沙〉及王逸《楚辭章句》寫成。

❷ 按楚懷王聽信張儀游說而與齊絕交是在周赧王二年（西元前三一三年）。秦昭王在西元前三〇六年即位。屈原卒於西元前二七八年。

在屈原二十六篇的作品中，能夠稱得上是他早期作品的，恐怕只有〈九章〉中的〈橘頌〉一篇。他以「橘」象徵自己，說：

蘇世獨立，橫而不流兮。閉心自慎，終不失過兮。

以橘能獨立橫遮不隨波逐流，能窒欲謹慎而終無過失，表現他年輕時自我的期許。

屈原其他的作品，大都是在他放逐之後所寫的。現在分介如下：

一、〈離騷〉

是屈原在流放中的代表作，是他在政治的逆境中沉鬱苦悶心情的傾訴，全詩充滿著「牢騷憂愁」，共三百七十三句，二千四百九十字，抒述他的身世歷史，他的志業理想，他對昏庸王室和腐敗貴族的憤恨，他對國家人民的摯愛感情，都透過高度的藝術手法、綺麗的文辭，細細地傾吐了出來，抒發出他內心追求光明，卻幻滅的無助與苦悶。全詩分三段：第一段敘述他高貴的本質和放逐的歷史，並從古代史事來評判楚國當前的政治危機。第二段用極豐富的想像，以超現實的手法，織造許多神話傳說，入微地表述自己的願望和痛苦的心情。末段寫他向靈氛問卜，向巫咸請示，為陳志無路的行止作決定，神靈告訴他天下何處無芳草，何必眷懷楚國？於是他乘龍駕鳳，飛翔於天際，忽然在陽光中望見了楚國，他的僕人悲傷起來，馬也不肯前行，於是他決心殉國。〈離騷〉的成功，劉大杰《中國文學發展史》給予極高的評價，說：

在這一篇詩裡，真實地反映出屈原思想發展的道路，集中的表現了他全部創作的特徵。篇幅之長，文采之美，想像的豐富，象徵的美麗，愛國懷鄉之情，憤世嫉俗之感，再加以神話奇聞，夾雜交織，在現實生活的基礎上，發揮了積極的浪漫主義精神。這一詩篇成為中國詩歌史上的傑作，放射出永久不滅的光輝。

劉大杰是從文學立場來作批評。漢代司馬遷以為「〈國風〉好色而不淫，〈小雅〉怨誹而不亂，若〈離騷〉者，可謂兼之矣。」劉向因此有尊〈離騷〉為「經」的提議，王逸也有「夫〈離騷〉之文，依托五經以立義焉」的說法，朱熹《楚辭集註》卷一就列「離騷經」，可見古人對這篇作品的推崇。就內容本質而言，〈離騷〉只是屈原個人失意於當時，抒發他憂國憂民的作品，跟經書足以化民成俗的典要作用，有所距離，世人仍應把它歸存到文學的範疇吧。

二、〈天問〉

是屈原作品中第二長的詩篇，全詩三百七十多句，一千五百多字，共發了一百七十二個問題。自古以來，這篇作品即以文字艱深、組織次序紊亂，沒有一致的解說，但都認為是屈原在放逐期間，思想陷於懷疑破滅，憂傷彷徨，心靈煩苦的傾訴。所問如：天地是誰人開闢？日月、陰陽、晦冥、十二時的區分和佈置，是誰所主持？善惡的報應何以常有顛倒？禍福的降臨何以常有失當？還有對山川神怪、奇異傳說、古代史事等的疑問，都充滿了憤懣不平的怨懟。自王逸至唐代柳宗元和宋代朱熹都曾就所問來作「條對」，但一般研究者都認為所答「非屈子之本趣」❸。

〈離騷〉是屈原尤人之作，〈天問〉是屈原怨天之作，這兩篇最足以代表屈原人生際遇的心情。

三、〈九歌〉

包括〈東皇太一〉、〈雲中君〉、〈湘君〉、〈湘夫人〉、〈大司命〉、〈少司命〉、〈東君〉、〈河伯〉、〈山鬼〉、〈國殤〉、〈禮魂〉等十一篇。屈原在〈離騷〉中有「啟九辯與九歌兮，夏康娛以自縱。」〈天問〉中又有「九辯九歌。」可見「九歌」是夏朝傳下來的樂曲。它是一整套舞曲，綜合了歌辭、音樂和舞蹈。王逸說：

> 昔楚國南郢之邑，沅湘之間，其俗信鬼而好祀；其祠必作歌樂鼓舞，以樂諸神。屈原放逐竄伏其域，……出見俗人祭祀之禮，歌舞之樂，其辭鄙陋，因為作〈九歌〉之曲。❹

屈原所作的〈九歌〉，是就當時民間粗陋俚俗的歌辭潤色改寫，並且將自己優美的想像，思君的情懷，

---

❸ 馮開《讀楚辭》評王逸《楚辭章句》之語。

❹ 說見王逸《楚辭章句》。

寄寓其中。因它是祭神的舞曲，原作的基本精神必須保留，〈九歌〉的情致和屈原的其他作品也稍有不同。王逸說它是「上陳事神之敬，下以見己之寃結，託之以風（諷）諫。」朱熹說它寄託「忠君愛國，眷念不忘之意。」葉樹藩說：

〈九歌〉之作，本以祭神，其於事君，特隱寓其意爾；必實指其孰為君，孰為臣，恐亦太泥。

現在我們讀這些情辭美麗的〈九歌〉，實在不必再過於拘泥「君臣」之義。〈九歌〉各篇因所迎祭的神靈不同，所以所表現的情韻也不一樣：東皇太一是天神，雲中君是雲神，東君是日神，湘君、湘夫人是女神，大司命、少司命是命神，河伯是河神，山鬼是山妖。對天上的尊神，措辭雍穆莊重；對女神就用旖旎的筆調，寫男女戀慕的私情；寫山的妖怪，就覺情調陰森幽暗，雷雨風號，鬼氣逼人。〈國殤〉寫追悼為國陣亡的將士，全篇用「賦」的筆法，鋪敘戰爭的激烈，一氣呵成而殺氣騰騰，最後以身「死為神靈、為鬼雄」結束，來讚揚楚人至死不屈的精神，不同於其他篇章的悲悽哀苦；最後的〈禮魂〉，也是用合樂、合唱、合舞的表演來完成典禮的收場。各篇的主題不同，就有不同的藝術手法，最能顯示屈原活潑無礙的才情，所以朱熹說：「楚騷之美，〈九歌〉為最。」我們來看看他寫愛情的手法：

揚靈兮未極，女嬋媛兮為余太息。橫流涕兮潺湲，隱思君兮陫惻。桂櫂兮蘭枻，斲冰兮積雪。采薜荔兮水中，搴芙蓉兮木末。心不同兮媒勞，恩不甚兮輕絕。（〈湘君〉）

帝子降兮北渚，目眇眇兮愁予。嫋嫋兮秋風，洞庭波兮木葉下。登白薠兮騁望，與佳期兮夕張。鳥何萃兮蘋中，罾何為兮木上。沅有芷兮澧有蘭，思公子兮未敢言。荒忽兮遠望，觀流水兮潺湲。

（〈湘夫人〉）

湘君和湘夫人都是湘水之神，據說分別是堯帝的女兒娥皇、女英，嫁給舜帝為妻，死葬於湘水，即今湖南湘陰北，有黃陵廟，就是《史記》裡的湘山祠。〈湘君〉寫迎女神，有人神戀愛的情味，流淚相思，纏綿悱惻，要是兩心不合，徒勞媒人，恩情不深，輕易決絕；這可能由女巫扮湘君，男巫扮迎神者。〈湘夫人〉這一段寫風景也寫感情。飛鳥不當飛集水蘋中；魚網不該張掛樹木上；迎神不當神就不來了！其實，我心裡非常想念妳，只是未敢說了出來啊！這裡描寫等待女神眷臨的心理，是多麼的婉曲纏綿，綺麗動心。因此，現代也有些研究者認為作於放逐之前，僅供祭祀之用。

四、〈九章〉

包括〈惜誦〉、〈涉江〉、〈哀郢〉、〈抽思〉、〈懷沙〉、〈思美人〉、〈惜往日〉、〈橘頌〉、〈悲回風〉等九篇。除〈橘頌〉外，其他各章大都是作於被放逐之後。王逸說：「屈原放於江南之野，思君念國，憂心罔極，故作〈九章〉。」由出發前為自己作辯護的〈惜誦〉開始，到〈懷沙〉的絕命之辭。我認為〈抽思〉應該是屈原被懷王流放漢北時的作品。劉大杰說：「可能是他流放期中最早寫成的一篇。」以佳麗的鳥自喻，說：

有鳥自南兮，來集漢北。好姱佳麗兮，胖獨處此異域。

惟郢都之遼遠兮，魂一夕而九逝。

用誇張之辭，描抒心中的沉痛。〈思美人〉也是思念懷王之作，說只好「寄語於浮雲，致辭於歸鳥」。至〈哀郢〉、〈涉江〉、〈懷沙〉都是放逐江南時所作。從〈涉江〉中，我們可以知道屈原從湖北進入湖南的經歷，由鄂渚，濟長江，入洞庭，上沅湘，經枉陼，宿辰陽，至溆浦，一路或騎馬，或乘車，或坐船，到了僻遠的南夷地方。

「郢」，楚都（今湖北江陵）。王夫之說：〈哀郢〉，當作於「秦將白起破郢，楚王遷陳」之年（西元前二七八年），寫郢都的破滅。他開始說「皇天之不純命兮，何百姓之震愆，民離散而相失兮！」接著似回想追述他：仲春東遷，去鄉離郢，流亡江南，不得見君，嘆息涕淚，東來江南，時時遠望，聊舒憂心，「曾不知夏之為丘兮，孰兩東門之可蕪！」「至今九年而不可復，慘鬱鬱而不通兮，蹇侘傺而含慼！」其中寫百姓震愆，人民離散，大夏為丘，東門荒蕪，劉大杰說：「確實有國破家亡之痛。」

〈懷沙〉，屈原寫他從溆浦到汨羅江，投江自殺。他怨恨國家衰敗都是那些小人妒賢誤國所造成，所以他在〈懷沙〉中極憤慨地道：

變白以為黑兮，倒上以為下；鳳凰在笯兮，雞鶩翔舞！

夫惟黨人之鄙妒兮，羌不知余之所臧。（妒，據《史記》改定。臧，善。）

〈惜往日〉亦絕命之詞。今人或疑〈惜誦〉、〈思美人〉、〈惜往日〉、〈悲回風〉四篇不是屈原的作品，但乏確據。

五、〈遠遊〉、〈卜居〉、〈漁父〉

屈原寫他與仙人遊戲，周歷天地，欲超越塵世的思想。〈卜居〉、〈漁父〉都是用「問答體」來寫。〈卜居〉是屈原放逐之後，心煩慮亂，乃往見太卜以決疑惑。〈漁父〉寫屈原於江濱與漁父相遇；其中最膾炙人口的一些句子是：「舉世混濁而我獨清，眾人皆醉而我獨醒。」由此可見屈原的識見與人格。

六、〈招魂〉

王逸認為它是宋玉的作品，招屈原之魂；清林雲銘與劉大杰都認為是屈原的作品，林認為是「屈原自招」之作，劉認為是「屈原為招懷王之魂」而作的❺。招魂原是流行南方農村的一種風俗，至今仍有。

---

❺ 王逸說：「〈招魂〉者，宋玉之所作也。宋玉憐哀屈原忠而斥棄，愁懣山澤，魂魄放佚，厥命將落，故作〈招魂〉，欲復其精神，延其年壽。」前人多從王說。清林雲銘《楚辭燈》卻認為是「屈原自招」之文，故「玩篇首自敘，篇末亂辭，皆不用『君』字，而用『朕』字，『吾』字；斷非出於他人口吻。故余決其為『原』自作者；太史公傳贊之語，確有可據也。」劉大杰在《中國文學發展史．第四章屈原與楚辭》中，贊同林雲銘的「朕」「吾」為作者自述之辭，但其中「其他的或『君』或『王』是指死者，中間一大段『招』詞，是作者託巫陽之口，表現招魂本意。中間的『君』都是指『懷王』而言；觀其言宮室之偉，陳設之美，女樂的富麗，餚饌的珍奇，這都符合

游國恩在《屈賦考源》說：〈招魂〉叫魂魄趕緊歸來，他把四方上下寫得非常可怕。如：東方有千仞長人，十個太陽，南方有封狐千里，雄蛇九首，西方有流沙雷淵，赤蟻若象，黑蜂若壺，北方有增冰峨峨，飛雪千里，……呼喚人的魂魄不要東西南北亂跑，也不要到天堂地獄裡去，最好還是回到自己的故鄉，所以下半篇接著描寫楚國宮廷生活之美麗，呼喚「魂兮歸來！」。屈原的作品無論其內容與形式，其寫作的技巧，對後代都有深遠的影響。

第四節　其他楚辭家——宋玉、唐勒和景差與漢代作者

戰國時楚國的楚辭作者，還有宋玉、唐勒、景差。古人詩文中也常見「屈宋」並稱。宋玉的生平資料不多。根據現代學者的研究，他是戰國楚頃襄王時人（西元前二九〇～約前二二三年）❻。或稱是屈原的弟子，曾為頃襄王小臣。《漢書・藝文志・詩賦略》著錄賦十六篇，流傳至今的僅有十一篇❼。一般

國王的身分。若作屈原自招，反而缺少統一性。」而認為屈原是「因懷王客死異域，雖歸葬楚國，但恐其魂，流落國外，故有〈招魂〉之作。」

❻ 請參陸和樂〈宋玉評傳〉，收入《中國文學論叢》，臺北明倫出版社。

❼ 宋玉的賦分別見於《文選》五篇：〈風賦〉、〈高唐賦〉、〈神女賦〉、〈登徒子好色賦〉、〈對楚王問〉；見於《古文苑》六篇：〈笛賦〉、〈大言賦〉、〈小言賦〉、〈諷賦〉、〈釣賦〉、〈舞賦〉。

學者認為這些賦中的散文體製，是宋玉時代還未能產生的，多認為有偽託之嫌。王逸在《楚辭章句》中收有宋玉作楚辭二篇：〈九辯〉、〈招魂〉。〈招魂〉後人已確定是屈原所作，確認是宋玉的作品，便只有〈九辯〉了。王逸〈九辯・序〉說：

〈九辯〉者，楚大夫宋玉之所作。辯者變也，謂陳道德以變說君也。九者，陽之數，道之綱紀也。故天有九星，地有九州；……屈原作〈九歌〉、〈九章〉之頌，以諷諫懷王。……宋玉，屈原弟子，閔其師忠而放逐，故作〈九辯〉，以述其志。至於漢興，劉向、王褒之徒，咸悲其文，依而作辭，亦承其九（之數），以立義焉。

依朱熹《楚辭集註》本所收宋玉的〈九辯〉，共有九篇作品。清王夫之《楚辭通釋》說：「辯猶遍也。一闋謂之一遍，蓋效夏啟〈九辯〉之名，紹古體為新裁，可以被之管弦。」可知宋玉是用古樂章，另作新辭來抒寫情懷。今讀〈九辯〉的內容，不外「悲秋與思君」。「一、三、七」三篇寫「悲秋」，其他六篇寫「思君」，在抒發一個貧士不遇的情思，表面和屈原相似，許多地方還可以看到模仿屈原的痕跡❽，但從精神的深度來說，卻是很不相同的。近人陸侃如的《中國詩史》就明確地指出屈、宋之間的差別，說：

❽ 陸和樂在〈宋玉評傳〉論述宋玉在「思君」這個主題上，受到屈原的影響很大，特別指出抄襲的地方，共有十三條。該文收在《中國文學論叢》中，臺北明倫出版社。

宋玉的牢騷，與屈原絕不相同。屈原是楚之同姓，休戚相關，突然遭讒而去，不得發展他的政治才華，自然是悲憤不能自已。宋玉卻是一個窮鄉僻野的貧士，間關跋涉，謀個溫飽，不能如願，所以發之於詩歌。

這就是說，失敗的政治家和落魄的文人，寄託在文學裡的理想境界，當然有公私、高低、強弱的分別。但是，在舊社會裡，畢竟多的是失意落魄的貧士，而出身貴族又堅持政治理想，甚至以生命相殉的人沒幾個。〈九辯〉中「宋玉悲秋」的情思，特別顯露出他感人的魔力，成為人人熟知的一條成語。杜甫也早有「『搖落』深知宋玉悲，風流儒雅亦吾師」的詩句。「搖落」就是宋玉〈悲秋〉中的句子，杜甫用的是「借代」修辭。我們引述〈九辯〉中第一篇描寫「悲秋詩」的部分：

悲哉，秋之為氣也！蕭瑟兮草木搖落而變衰，憭慄兮若在遠行，登山臨水兮送將歸。泬寥兮天高而氣清，寂寥兮收潦而水清。憯悽增欷兮薄寒之中人，愴怳懭悢兮去故而就新。坎廩兮貧士失職而志不平，廓落兮羈旅而無友生，惆悵兮而私自憐！

燕翩翩其辭歸兮，蟬寂漠而無聲。雁廱廱而南遊兮，鵾雞啁哳而悲鳴！

獨申旦而不寐兮，哀蟋蟀之宵征。時亹亹而過中兮，蹇淹留而無成！

他感受到秋天所造成大自然的蕭涼的情景，覺得寒意侵人，內心悽愴。除了細緻地描繪出秋天的聲態之外，又刻意運用雙聲疊韻，如「蕭瑟」、「憭慄」、「愴怳懭悢」、「憯悽增欷」、「廓落」、「惆悵」的「聯綿詞」，重複的聲韻去強化那些含意哀傷的意義。清人王夫之尤其讚賞開頭四句為「千秋絕唱」。研究《楚辭》的人，雖然覺得宋玉〈九辯〉中，在「思君」這個思想主題上的詞句，和屈原有不少雷同與變化，但也自有他技巧精細的藝術成就，獲得世人的佳評。

劉勰在《文心雕龍．辨騷》中評論屈原與宋玉的作品說：

> 屈、宋逸步，莫之能追；故其敘情怨，則鬱伊而易感；述離居，則愴快而難懷；論山水，則循聲而得貌；言節候，則披文而見時。是以枚（乘）賈（誼）追風以入麗，馬（司馬相如）揚（雄）沿波而得奇。其衣被詞人，非一代也。

《史記．屈原、賈生傳》說：屈原死後，楚有宋玉、唐勒、景差之徒，都以辭賦見稱。《漢書．藝文志》著錄唐勒賦四篇，未著錄景差賦。唐勒與景差的作品都早已佚亡。無法評介。朱熹把王逸《楚辭章句》中〈大招〉這一篇，由王逸的「存疑」定為景差所作。近世學者已經考證為戰國以後，模擬〈招魂〉之作。

漢代「楚辭」的作品，有賈誼的〈惜誓〉、〈弔屈原賦〉，淮南小山的〈招隱士〉（感傷屈原而作，文字清麗，託意深遠），嚴忌的〈哀時命〉（哀屈原忠貞，不遇明主），東方朔的〈七諫〉，王褒的〈九懷〉等。

第五章　賦與騈文

第一節　賦的意義、沿承與興起

「賦」是中國文學上一種特殊的體裁，是代表漢代的主流文學。劉勰在《文心雕龍・詮賦》中說：「《詩》有六義，其二曰『賦』。賦者，鋪也，鋪采摛文，體物寫志也。」❶再據前人詮釋《毛詩・關雎序・六義》說：「詩有六義，直陳政教之善惡，而不用譬喻，並寄以美刺，都是賦辭。」據此可以給「漢賦」這種文體下一定義：漢賦，就是採用鋪張的手法，華麗的文彩，去描敘與政教有關的事物，並寄以作者的雜感及諷喻。劉勰又說：

賦也者，受命於《詩》人，拓宇於《楚辭》也。

賦體的形成和《詩經》、《楚辭》都有些關聯，而衍成「散行也有韻，不能歸入散文，又不能列於詩歌，

❶ 摛，舒也，鋪敘也。

是散文與詩歌的一種混合體」。

過去常把漢賦和漢以前的《楚辭》合稱為「辭賦」。專門研究賦的學者，也就給它一個「騷賦」的名稱，目的應在揭示它的歷史沿承。〈騷〉，是《楚辭》中〈離騷〉的簡稱，這也就說明賦和《楚辭》的關聯性❷。其實，辭與賦應明確分為兩種文體❸；漢賦雖是《楚辭》的變體，但無論內容、風格、和表達手法，二者都極不相同。以內容來說，《楚辭》主要在抒發作者個人的情感思想，描述楚國的自然環境與神巫習俗，予人以浪漫、神祕的感情色彩。漢賦則多用於詠物說理，歌頌大漢帝國的聲威，統治者的威權，和物產的富庶，氣魄雄偉。又「騷賦」指的是戰國時代，屈原、宋玉的作品，他們所用「賦」字，都不是稱文體❹，直到漢代才把辭和賦統稱為「賦」。

漢代因政治、經濟的強盛發展，民生富足，帝王貴族的享樂，也就極其奢侈，雄偉壯麗的宮殿建築，華麗器物的陳設，珍禽異物的搜羅，神仙長壽的追求，成為文士們執筆時「邀寵逞才」的主要題材，在

---

❷日人鈴木虎雄《賦史大要》說：「賦史時期之區分，凡得六期：第一，為騷賦發生成立時期，自周末屈原、宋玉前後，至漢文帝、景帝之期間屬之。第二，為騷賦變化為漢之辭賦，產生漢代特有之賦之時期，自漢武帝時代至魏晉之交之期間屬之。」

❸朴現圭《漢賦體裁與理論之研究》說：「楚辭為賦之祖，賦即楚辭的變體。……其實，辭賦均源於〈離騷〉。」（國立臺灣師範大學國文研究所碩士論文）

❹朴現圭《漢賦體裁與理論之研究》：認為「在屈原、宋玉等人的作品中，「賦」字都是作「鋪陳」、「吟誦」的動詞用，沒有作「文體」解的。」

歌功頌德的篇辭裡，作者得意，貴主開心，是造成貴族化的漢賦興盛的原因。

「賦」原是周人作《詩》的一種方法，它應該是由《詩經》衍流出來的，到漢朝成為一種獨立的文體，所以劉勰說它「六藝附庸而蔚成大國」❺；又因「極聲貌以窮文」，所以賦與詩遂成兩種不同的文體。

第二節　駢文和賦的關聯

各國文學體裁的分類，大都分為韻文和散文兩種；至於像我國的駢文，既重聲調的和諧鏗鏘，也講究文字的整齊勻稱，既不能算散文，也不能歸屬到韻文的範圍裡，在中國文體中自成一種獨特的體裁，是其他國家所沒有的一種文體。

一般人認為駢文是和散文相對的名稱。自古以來，人就常用駢句儷詞於寫作，藉以增強詩文中聲調與形式的美感。

「駢文」的文辭偏重「對偶」，多作四字六字句，亦叫「四六文」；並講究聲律的調諧，用字的綺麗，甚至通篇使用典故。駢文的產生，受辭賦的引導，醞釀於東漢末，成熟於南北朝。賦和駢文的關係很密切。劉麟生在《中國文學概論・文體的分析》中說：

駢體文的大宗作品，便是賦；賦當然是駢體文。

---

❺ 劉勰《文心雕龍・詮賦》篇說：「詩序則同義，傳說則異體，總其歸塗，實相枝幹。」班固〈兩都賦序〉也說：「賦者，古詩之流也。」可知：賦自《詩》出來，因作法偏重平鋪直陳，遂成新體。

事實上，駢文早已和散文和韻文密切地結合，成為詩、詞、歌、賦、小說、戲劇等作品中一些組成零件。駢文，從魏晉後漸漸興盛，南北朝時幾成獨霸文壇的主流文學。東漢蔡邕的〈郭有道碑〉是第一篇純以駢文寫成的作品，被推為駢文的正宗。晉陸機也被後代駢文家奉為祖師。齊永明間，沈約、周顒的「聲律」研究成熟，作家寫作駢文的音調也日趨完美，賦的異彩也到了極軌，有了所謂「駢賦」。南北朝庾信、徐陵等號稱駢文大家。庾信〈哀江南賦．序〉哀梁的亂亡，徐陵為他選編的十卷《玉臺新詠》所作序，都是駢儷工整的駢文代表作，世稱「徐庾體」。以後，駢文與賦一體發展，一直到清朝，歷代都有名家。

陸機〈文賦〉、劉勰《文心雕龍》，都是用駢文寫成的論文巨著。齊梁時，丘遲〈與陳伯之書〉，徐陵〈與楊僕射書〉，都以駢文寫下委婉纏綿、動人心弦的書信。駢文的名作可在南北朝駢賦中看得到。這裡不再另立專章論介了。

第三節　先秦的賦——荀子賦的特色

賦雖然是大成於漢代的文體，但現存最早的「賦」，卻是戰國時荀況所作。荀子，西元前二三八年為楚國蘭陵令，時人稱之荀卿（或孫卿），為儒家著名思想家，主張正名、性惡，著有《荀子》三十二篇，文字樸實簡潔，長於說理；《漢書．藝文志》著錄有〈孫卿賦〉❻十篇，現存只有〈禮〉、〈知〉、〈雲〉、〈蠶〉、〈箴〉五賦。班固說：

❻ 漢宣帝名劉詢，所以〈漢志〉避諱改「荀卿」為「孫卿」。

大儒孫卿及楚賢臣屈原，離讒憂國，皆作賦以諷，咸有惻隱古之義。

這是把屈原和荀子同視為「辭賦之祖」。屈原並無以賦名篇的作品，真正用賦為篇名的，從荀子開始；屈原的〈離騷〉是寫他生命的不幸際遇，具有非常高的文學價值；荀子的賦，藝術價值雖比不上《楚辭》，但在賦的發展史上，卻有肇端前導的重要地位。

荀子的五篇賦大抵是詠物論理之作。如〈禮賦〉就是闡說「禮」是怎麼樣的一種東西呢？

爰有大物，非絲非帛，文理成章；非日非月，為天下明。生者以壽，死者以葬，城郭以固，三軍以強。粹而王，駁而伯，無一焉而亡。臣愚不識，敢請之王。王曰：此夫文而不采者與？簡然易知而致有理者與？君子所敬而小人所不者與？性不得則若禽獸，性得之則甚雅似者與？匹夫隆之，則為聖人；諸侯隆之，則一四海者與？致明而約，甚順而體，請歸之禮。

他先說「禮」是很偉大的東西，又文采彰顯，非常明亮。但對一般人來說，「禮」是很抽象的概念，他無法為人具體說明它，只好從它的作用功能來介紹，並且得去請教「王」：這是運用「訴諸權威」的論理，來強化它的可信度；也顯示它是治國者所重視的法度。王又連用「設問」，以彰顯所要表述的內容意義。很清楚的，這篇「賦」是以「說理」為目的，行文完全是散文的形式，沒有情感和韻律意味。對於漢賦有明顯的淵源作用❼。宋玉有〈風賦〉、〈釣賦〉之作。漢代的賦家，從荀子賦的哲理說教蛻變出來，逐漸著重文藻辭彩。

荀子賦的特色：詞必類物，語皆徵實，事竅理舉，偏於詠物說理，又多用散文句法，不求整齊形式，為後人創造散文賦的形式。

第四節　賦的發展和分類

前人對賦的分類有不同的意見，若追溯漢賦的源頭，把《楚辭》也一起列入，可分做：短賦、騷賦、辭賦、駢賦、律賦、文賦六類❽。世多以完全獨立的「漢賦」為賦之起始，以形式作分類，則有：古賦、駢賦、律賦、文賦四類。現在分別說明如下。

一、漢賦的特色

我們從前面的論述，已知道「賦」這種文體是「介於詩、文之間的一種混合文體」❾。但由《詩》而《楚辭》至漢賦，可歌、抒情成分逐漸減少，詠物、說理的成分加強，到漢代終於擺脫了《楚辭》與

❼ 劉大杰《中國文學發展史》說：「漢賦的形體是源於荀子，辭藻是取於《楚辭》，……可知道荀子在賦史上的地位。……」

❽ 見郭紹虞〈「賦」在中國文學史上的位置〉。

❾ 劉大杰《中國文學發展史》說：「由外表看去，是非詩非文，而其內容，卻又有詩有文。無論從其形式或其性質方面觀察，賦是一種半詩半文的混合體。」

《詩經》的氣味，終成為一種完全獨立的體製。完全獨立的漢賦形式，文字華艷富麗，珍禽怪獸，奇花異草，時時湧現鋪列，正如漢賦名家司馬相如所說，作賦不但文字要華麗，內容也要像鋪錦列繡，文章組織要縝密，聲律也要變化和諧⑩。但賦發展到後代，演變成為詞藻堆砌，好用偏僻字詞，弄得晦澀難懂，而得劣評。

二、古賦——漢代的作品

㈠漢賦的形成期

漢賦的發展，從漢高祖到漢武帝初年（西元前二〇六～前一四〇年），是漢賦的形成期。初期的漢賦，大多模仿《楚辭》，詩的成分多於散文，也叫做「辭賦」；到漢中葉以後，採用荀賦的形式，散文的成分較多。漢初有名的賦家，以賈誼、枚乘為最著。

賈誼（西元前二〇〇～前一六八年），漢文帝時為太中大夫，遭人妒忌，外放為長沙王太傅，經過湘水時，因感他的人生境遇和憂鬱心情，和屈原相類似，作〈弔屈原賦〉和〈惜誓〉來寄託苦悶哀怨的心情。這兩篇作品，其形式和情調都出於《楚辭》，仍保持著他特有的個性和真實的感情，這是賈誼所以超過其他賦家的地方。他又作〈鵩鳥賦〉，用問答的形式，流動的韻律，表達道家達觀的思想，是荀賦的繼承者，是一篇說理的作品，闡明「達人知命」之理，不必為壽夭窮通而或憂或喜呀。如說：

⑩《西京雜記》司馬相如說：「合纂組以成文，列錦繡而為質，一經一緯，一宮一商，此賦之迹也。」

禍兮福所倚，福兮禍所伏。憂喜聚門兮，吉凶同域。
斯游遂成兮，卒被五刑。傳說胥靡兮，迺相武丁。（斯指李斯）

枚乘，漢景帝時為弘農都尉，繼承賈誼〈鵩鳥賦〉，以問答體敘事寫物，演成一篇故事〈七發〉⓫。內容說楚太子有疾，吳客去問病，藉病以啟示治理天下的道理。全篇共有八段，太子與吳客反覆問答：先鋪陳太子致病原因，接著先鋪陳音樂之妙，二陳飲食之豐，三陳車馬之盛，四陳巡遊之樂，五陳田獵之壯，六陳觀濤之奇，但太子俱以病辭；最後吳客說以聖賢方術之要言妙道，太子翻然醒悟，出了一身大汗，霍然病癒。前人說枚乘寫作〈七發〉，在於諷刺當時貴族越權自矜與任性恣縱的生活，在兩千多字的敘說中，說明聲色犬馬之樂，不如聖賢之言的有益；他所論的道理，其實也很膚淺，但這種散文氣重，鋪陳事物，雕飾詞藻，使漢賦完全脫離了《楚辭》的形味，其敷陳、諷諭、問答、用華美的詞藻與形式的誇張，引領漢賦邁入了新境地。自此之後，模擬的作者極眾，寖漸形成了賦史中的「七體」⓬。可見

⓫ 枚乘的賦，現存者有〈七發〉、〈柳賦〉、〈菟園〉三篇。〈七發〉確信為枚乘所作，其餘二篇，前人疑為偽作。

⓬ 傅玄〈七撰序〉說：「昔枚乘作〈七發〉，而屬文之士，若傅毅、劉廣、崔駰、李尤、桓麟、崔琦、劉梁、桓彬之徒，承其流而作之者紛焉。〈七激〉（傅毅）、〈七興〉（劉廣）、〈七依〉（崔駰）、〈七說〉（桓彬）、〈七諷〉（崔琦）、〈七舉〉（劉梁）之篇，于通儒大才，亦引其源而廣之。」還有崔瑗作〈七厲〉（或叫做〈七穌〉）、李尤作〈七歎〉（或叫做〈七款〉、〈七難〉或〈七疑〉）、東方朔作〈七諫〉、張衡作〈七辯〉（或叫做〈七辨〉）、馬融作〈七厲〉等等。後來晉代謝靈運有《七集》十卷、卞景有《七林》十卷、顏之推有《七悟》一卷，都是鳩集「七體」編成

〈七發〉對賦甚至中國文學的深遠影響了。賈誼和枚乘在漢賦醞釀期的重要地位，是不待贅言的。

此外，像陸賈（作品都已失傳），還有像作〈哀時命〉的嚴忌、作〈招隱〉的淮南小山、作〈七諫〉的東方朔等等，也都是這個時期的賦家。

(二)漢賦的全盛期

從漢武帝、宣帝、元帝至成帝初年（西元前一四〇～前三二年），是漢賦的全盛期。《漢書・藝文志》記載，漢賦的作者有六十多人，所作九百多篇賦，十分之九是這個時期的作品。著名的賦家有司馬相如、淮南群僚、嚴助、枚皋、東方朔、朱買臣、劉向、王褒、張子僑等，其中司馬相如是漢代最具代表性的賦家。

司馬相如（約西元前一七九～前一一八年），字長卿，是漢賦大家，以鋪張揚厲，詞藻瑰麗，氣韻排宕，為賦家所宗。傳世的作品以〈子虛〉、〈上林〉、〈大人〉、〈長門〉、〈美人〉、〈哀二世〉六篇最著名；尤以〈子虛〉、〈上林〉二篇為相如賦的代表，也是漢賦的典型。〈子虛賦〉敘遊獵的盛況，後來武帝看了，極為讚賞，至於「恨不與此人同時」。司馬相如因同鄉狗監楊得意的引介，得到武帝的召見，他說〈子虛賦〉寫的只是諸侯的遊獵還不足觀，請求為賦天子遊獵之事，寫成了〈上林賦〉。漢武帝讀了，非常高興，擢為中郎將。〈子虛賦〉的內容，假託楚子虛出使齊國，與烏有先生、無是公談論田獵的盛況，他用美麗

的專書。昭明太子編《文選》，也在賦、辭、騷之外，另設「七體」。但「七體」的成篇形式和手法，都是賦體的特徵，所以，「七體」仍被認定是賦體之流。

的字句，極度誇張的描寫，華艷的外表，粉飾了空虛的內容，人和物完全都是作者所幻設，無論什麼奇花異草、珍禽怪獸，只要想得到的，都盡量排列鋪陳其中。清袁枚認為這類賦，可作「類書」來看⑬。

司馬相如的〈長門賦〉在文學史上最盛傳。長門，漢代宮殿名，在今陝西長安縣東北。漢武帝時，陳皇后阿嬌失寵，讓她另住在長門宮（事見《漢書・外戚傳》），她聽說司馬相如的盛名，叫人送給他黃金百斤，請他作賦。司馬相如就寫〈長門賦〉。序說：武帝讀了，深受感動，陳皇后因此復得寵幸。後人疑序為後人所作解題，非相如本文；陳后復幸，亦無其事，侈言以見文章影響力。不過由這一事件，對於賦體的發展，自必起了推波助瀾的作用。

〈長門賦〉的內容，以第三者的觀察立場，寫失寵的陳皇后從白天到次日的清晨，獨自惶惶然地守著空曠的皇宮裡，想念著君王的悲傷心情。這種表現失寵宮人的典型複雜心理，對後世「宮怨詩」實有相當啟發的作用。司馬相如寫陳皇后終夜不眠的一段情景是：

懸明月以自照兮，徂清夜於洞房。援雅琴以變調兮，奏愁思之不可長。案流徵以卻轉兮，聲幼妙而復揚。貫歷覽其中操兮，意慷慨而自卬。左右悲而垂淚兮，涕流離而縱橫。舒息悒而增欷兮，蹝履起而彷徨。揄長袂以自翳兮，數昔日之諐殃。無面目之可顯兮，遂頹思而就床。摶芬若以為

⑬ 袁枚《隨園詩話》說：「古無類書，無志書，又無字彙。〈三都〉〈兩京〉賦，言木則若干，言鳥則若干，必待搜輯群書，廣採風物，然後成文。果能才藻富艷，便傾動一時，洛陽所以紙貴者，直是家置一本，當類書類志讀耳。……使左思生於今日，必不作此種賦。」

枕兮，席荃蘭而茝香。忽寢寐而夢想兮，魄若君之在旁。惕寤覺而無見兮，魂迋迋若有亡。眾雞鳴而愁予兮，起視月之精光，觀眾星之行列兮，畢昴出於東方。望中庭之藹藹兮，若季秋之降霜。夜曼曼其若歲兮，懷鬱鬱其不可再更。澹偃蹇而待曙兮，荒亭亭而復明。妾人竊自悲兮，究年歲而不敢忘。

在月夜裡的空閨中，惶然悲傷不知如何自處，宮女們陪著她流淚。昏沉的夢裡覺得君王就在身旁；驚醒了更惶惶若失。聽著雞叫、望著星和月熬到天快亮了，院子裡灰白的月光像秋霜一樣寒涼，漫漫長夜好像一年那樣長。天亮了又是另一天到來，她經年累月悲傷，永遠不敢忘記君王。全篇真是情殷意切，情景交融，讀來叫人為她心疼。

下面再引述一段〈子虛賦〉和〈上林賦〉裡，同樣描寫婦女的文字，可以看到司馬相如對同一題材，在不同篇章中，取材如何變化。也可藉此稍見漢賦的鋪陳情況。

於是鄭女曼姬，被阿錫，揄紵縞，雜纖羅，重霧縠，襞積褰縐，紆徐委曲，鬱橈谿谷。衯衯裶裶，揚袘卹削，蜚襳垂髾。扶輿猗靡，翕呷萃蔡；下靡蘭蕙，上拂羽蓋；錯翡翠之威蕤，繆繞玉綏，眇眇忽忽，若神仙之彷彿。（〈子虛賦〉）

這段文字，寫楚王身邊的侍女，止於描寫她們的服飾：衣裳華貴的質料、長垂摺疊、配合身材體態，佩帶的飾物等等，奇艷美麗，極盡奢華，無不曲盡其美，彷彿神仙，令人目眩。〈上林賦〉是專為天子而作，那麼天子身邊的侍女的裝扮又如何呢？

若夫青琴宓妃之徒，絕殊離俗，妖冶嫺都，靚粧刻飾，便嬛綽約，柔橈嫚嫚，嫵媚纖弱；曳獨繭之褕絏，眇閻易以卹削，便姍嫳屑，與俗殊服。芬芳漚鬱，酷烈淑郁，皓齒粲爛，宜笑的皪，長眉連娟，微睇緜藐，色授魂與，心愉於側。

寫天子身邊的侍女，體態、容貌、氣質、服飾等等，都是絕世離俗，非同凡人的美艷，神情意韻，自非楚王身邊的侍女所可比擬。當然，在這二賦中，寫貴族的奢華，侍女只不過是其中的極小部分而已，其他還有對山水、草木、禽獸、宮殿、儀行、畋獵、音樂等等，都有極盡鋪陳的描寫。

漢宣帝時，王褒作〈洞簫賦〉，以擬楚辭的調子寫成，他在修辭上的細密精巧，有別於司馬相如的堆砌誇張，駢儷對偶的句子充滿篇中。〈洞簫賦〉的特色，在於把一件小小的物品，用優美的、長篇的文字，來描繪它的聲音、形貌、本質、功用，成為一種新體製，「詠物賦」和六朝的「駢儷」文學，從此奠基。

㈢漢賦的模擬期

從漢成帝至漢和帝初年（西元前三二～後八九年），為漢賦的模擬期。司馬相如和王褒的成功，為漢賦樹立了形式格律的典型，他們也就成為其後作賦者模擬的對象，由西漢末到東漢，賦家都盛行模擬，這時期著名的賦家有揚雄、崔駰、李尤（〈函谷關賦〉、〈東觀賦〉）、馮衍（〈顯志賦〉）、傅毅、班固等，以揚雄和班固為代表。

揚雄（西元前五八～後一八年），以他經學、小學、辭章兼擅，加上淵博的學養，受到漢成帝的賞識。司馬相如和屈原，是他所最崇拜的人，作賦也就以他們為模擬的對象。模仿司馬相如的〈子虛〉、〈上林〉賦，寫成〈甘泉〉、〈羽獵〉、〈長楊〉、〈河東〉四賦；做效屈原，作〈廣騷〉和〈畔牢愁〉。但他以本身過人的學養，模仿《易經》作《太玄》，模仿《論語》作《法言》；這一類廣及儒家的著作，在模擬中也有個人的思想，獲得時人的好評。但在長期模擬下，到了晚年，他真正意會到：這種按照一定形式堆砌詞藻的賦，在鋪陳事物的華美之外，原以為可以藉此達到諷諫之目的，因內容的空洞，而完全沒有一點成效，這才深切地體會到漢賦的缺失，便不再作賦了。

以《漢書》名垂不朽的史學名家班固（西元三二～九二年），亦以〈幽通賦〉、〈兩都賦〉等，和司馬相如、揚雄、張衡合稱「漢賦四傑」，可以想見他在賦史上的地位。〈兩都賦〉描寫西漢京都長安與東漢京都洛陽，和西漢流行的游獵、宮殿賦不同，但其形式組織和司馬相如的〈子虛〉、〈上林〉沒有什麼差別。

(四)漢賦的轉變期

從漢和帝至漢獻帝建安初（西元八九～一九六年），是漢賦轉變期。劉大杰在《中國文學發展史．漢賦的發展及其流變》中說：東漢中葉以後，宦官外戚爭權，國勢衰弱，民生貧困，道家思想又發展起來，漢賦也開始轉變。這時期的賦家有張衡、崔瑗、馬融、崔琦（〈白鵠賦〉）、王逸、王延壽（〈靈光殿賦〉、〈夢賦〉）、趙壹、蔡邕等人。

張衡（西元七八～一三九年），他是和班固齊名的東漢賦家。他生逢政治紛爭，民生困苦時代，對國事時政，頗思有所建言，但為宦官所阻，鬱鬱不得志，乃作〈思玄賦〉、〈髑髏賦〉和〈歸田賦〉等短賦。這和過去為歌頌宮室華美，帝王游獵盛況，貴族奢侈生活，而鋪采摛文之賦自然不同。張衡除了構思十年的〈兩京賦〉，仍然是模擬風尚下的作品之外，而受到後人讚賞的卻是這類短賦。他在這些短賦中，用平易淺明的文辭，寫自己的人生理想，寫自己道家哲學的思想，寫田園生活的情趣，讓人排除了賦與生活的疏離，而感到和實際人生的親切。他為長久僵化的賦注入了新生命的活力，形式和內容都起了大變化，掃除了鋪摛、堆砌、模擬的惡習。我們來看看〈歸田賦〉的內容。

遊都邑以永久，無明略以佐時。徒臨川以羨魚，俟河清乎未期。感蔡子之慷慨，從唐生以決疑。諒天道之微昧，追漁父以同嬉。超埃塵以遐逝，與世事乎長辭。（戰國時蔡澤周遊列國，久無所遇，請術士唐舉相面。）於是仲春令月，時和氣清。原隰鬱茂，百草滋榮。王雎鼓翼，倉庚哀鳴。交頸頡頏，關關嚶嚶。於焉逍遙，聊以娛情。爾乃龍吟方澤，虎嘯山丘。仰飛纖繳，俯釣長流。觸矢而斃，貪餌吞鉤。落雲間之逸禽，懸淵沈之鯋鰡。

于時曜靈俄景，繼以望舒。極盤遊之至樂，雖日夕而忘劬。感老氏之遺誡，將迴駕乎蓬廬。彈五絃之妙指，詠周孔之圖書。揮翰墨以奮藻，陳三皇之軌模。苟縱心於物外，安知榮辱之所如。

這篇賦疑作於漢順帝永和中（西元一三六～一三九年），旨在寫他有感於天下局勢越多弊病，又無力撥亂反正，心中鬱鬱不得志，很想辭職還鄉，過漁獵郊遊的日月，享受彈琴讀書寫作的優閒的生活。這樣精約地抒寫個人的情思，和長篇地描述帝王宮殿的華美，貴族生活的奢靡豪華，是非常大的改變。

風從這種作賦新氣象的作家，還有趙壹的〈刺世嫉邪賦〉，蔡邕的〈述行賦〉，和禰衡的〈鸚鵡賦〉，各寫自己對東漢末季的昏暗腐敗的憤懣心情，或借小物來寄寓思想，都紀錄下漢賦轉變的歷程。

三、駢賦——魏晉南北朝的作品

到了魏晉六朝，賦的文學聲勢已不如兩漢，古詩與樂府詩取而代之，但作賦仍是一種風氣，惟作者對於漢賦家以長篇堆砌詞藻，意義晦澀，內容又空洞的作風，深感厭惡，而改用淺顯平易的字句，細加精鍊琢磨，成為清麗細密而短小的篇章。再加東漢末蔡邕作碑文，建安七子、曹氏父子⑭寫作詩文，喜歡用駢詞俳句；齊梁時代，沈約、周顒等人，創立「四聲」、「切韻」的方法，將平仄和押韻用於作詩，也用於作文；講究對偶與聲律的「駢文」，就成為魏晉南北朝的文學主流。這時的賦也就特別注重：對偶的工整和音調的和諧，所以叫做「駢賦」，也叫做「俳賦」。清人孫梅《四六叢話．述賦》說：

兩漢以來，斯道為盛，承學之士，專精於此，賦一物則究此物之情狀，論一都則包一朝之沿革，

⑭ 漢末孔融、劉楨、陳琳、阮瑀、徐幹、應瑒、王粲七人，同以文學著名於當時，稱為「建安七子」。曹氏父子，指曹操和其子曹丕、曹植，以提倡文學，領導文壇。

輟翰傳誦，勒成一子。左（思）、陸（機）以下，漸趨整鍊，齊、梁而降，益事妍華，古賦一變而為駢賦：江（淹）、鮑（照）虎步於前，金聲玉潤；徐（陵）、庾（信）鴻騫於後，繡錯綺交：固非古音之洋洋，亦未如律體之靡靡也。

已把兩漢古賦（辭賦）的特色，及演變到魏晉六朝的駢賦（俳賦）的大體情況，做了簡要的說明。劉大杰《中國文學發展史》歸納出漢賦發展到魏、晉，有四個明顯的特徵：

(1)篇幅短小：張衡、王逸短賦的新嘗試，成為魏、晉的主體。
(2)字句清麗：造句趨向駢儷排比，但用字通俗平淺，注重琢鍊技巧。
(3)題材擴大：有抒情、說理、敘事、詠物各種題材，詠物賦更是各賦家所共有的作品。
(4)個性化與情感化：作賦不再只重鋪陳事物，而以抒寫自己的思想情感，充分地表現作者的個性。

(一)曹魏時代的賦家

漢獻帝建安初至魏文帝黃初末（西元一九六～二二六年），曹植和王粲為代表。

曹植（西元一九二～二三二年），字子建，可稱為建安文壇的領袖，所作〈洛神賦〉盛傳今古。我們也節舉一些好句子來看看：

翩若驚鴻，宛若游龍。榮曜秋菊，華茂春松。彷彿兮若輕雲之蔽月，飄颻兮若流風之迴雪。遠而望之，皎若太陽升朝霞；迫而察之，灼若芙蕖出淥波。……於是：越北沚，過南岡。紆素領，迴清揚。動朱脣以徐言，陳交接之大綱。恨人神之道殊兮，怨盛年之莫當。抗羅袂以掩涕兮，淚流襟之浪浪。

《文選．洛神賦序》說：曹植在黃初三年（西元二二二年），在朝京師後的回程上，經過洛川，記起古人說洛水之神名叫宓妃，他有感於宋玉賦中寫神女和楚王之事，寫下了這篇賦。這裡寫他所看到的女神，神光四射的美艷，飄飛若風的行動，令人神迷。從這些工麗的對偶句，可見這個時期的賦體，在形式上已走向駢儷的特色。

王粲（西元一七七～二一七年），字仲宣，山陽高平（山東鄒縣西南）人，是漢末「建安七子」之一。他的父親謙為大將軍。東漢末動亂，董卓挾持漢獻帝遷都長安。王粲遷徙長安。至王允誅卓，卓將攻破長安，王粲遂去荊州，投靠劉表。漢獻帝建安中，在荊州十五年，因相貌不揚，不被器重。在荊州時，作有〈登樓賦〉。據劉宋盛宏之《荊州記》：「當陽城樓，王仲宣登之而作賦。」當陽，今湖北當陽縣。現舉第一段：

登茲樓以四望兮，聊暇日以銷憂。覽斯宇之所處兮，實顯敞而寡仇。挾清漳之通浦兮，倚曲沮之長洲。背墳衍之廣陸兮，臨皋隰之沃流。北彌陶牧，西接昭丘。華實蔽野，黍稷盈疇，雖信美而非吾土兮，曾何足以少留！

他登上荊州當陽城樓遠望，觸景懷鄉，感傷身世，作賦抒發他憂煩悲苦之情。「王粲登樓」，便成為後世文人「遠離故鄉、懷才不遇」最常用的典故。他在賦中抒發鄉土之思，亂離之感，並寄望天下太平，以發揮他的才幹。這正是當日動亂現實的反映，感情真切動人，文字明白曉暢，開其後抒情短賦的先河。許世瑛老師說：王粲因要一吐牢騷鬱思，在這篇賦裡不知不覺模擬了屈原的句法筆調，每句用《楚辭》的語氣詞「兮」字，因此成為《楚辭》味十足的賦（說見許世瑛〈登樓賦與楚辭的關係〉）。我認為：也因為他的六言句，採用《楚辭》的句法：「〇〇〇兮〇〇」，自然而然形成了對偶句的形式；這種駢辭儷句的技巧，更是時人效法的對象。

㈡兩晉時代的賦家

東西兩晉（西元二六六～四二〇年）著名賦家很多。西晉陸機所作的〈文賦〉等篇，完成了「駢賦」的駢四儷六的雛形。左思要跟班固的〈兩都〉、張衡的〈兩京〉競賽，作〈三都賦〉寫三國時蜀都成都，吳都建業，魏都鄴，歌頌晉朝的強大，他模倣漢賦的形態，費十幾年工夫寫成，一寫好「豪貴之家，競相傳寫，洛陽為之紙貴」。潘岳的〈西征賦〉、木華的〈海賦〉、張翰的〈首丘賦〉、郭璞的〈江賦〉、孫綽的〈天台賦〉等作亦頗有名。

還有向秀和嵇康、呂安是好朋友；安兄巽，淫安妻，嵇勸安「家醜不可外揚」，巽誣安不孝；嵇為安作證，與安同時被殺。向秀作〈思舊賦〉懷念朋友之情，寫嵇康捨生取義，視死如歸；他在序中說：

嵇博綜技藝，於絲竹特妙，臨當就命，顧視日影，索琴而彈之。

猶可見嵇康臨死前意態的從容。

陶潛（西元三七二～四二七年），字淵明，是東晉時田園詩人、文士和辭賦家，他無論寫那一種作品，都能表達出他平淡自然的特色。他的〈歸去來辭〉，完全在抒發一己辭官歸隱的情思，是盛傳古今的名作。又有〈閑情賦〉一篇，寫對所愛者刻骨的思慕，文辭委婉，讀來教人深為感動。下面節錄其中一段，是以整齊排比的形式，鋪陳他相思之苦：

願在衣而為領，承華首之餘芳；悲羅襟之宵離，怨秋夜之未央。
願在裳而為帶，束窈窕之纖身；嗟溫涼之異氣，或脫故而服新。
願在髮而為澤，刷玄鬢於頹肩；悲佳人之屢沐，從白水以枯煎。
願在眉而為黛，隨瞻視以閒揚；悲脂粉之尚鮮，或取毀于華妝。
願在莞而為席，安弱體於三秋；悲文茵之代御，方經年而見求。
願在絲而為履，附素足以周旋；悲行止之有節，空委棄於床前。
願在晝而為影，常依形而西東；悲高樹之多蔭，慨有時而不同。
願在夜而為燭，照玉容於兩楹；悲扶桑之舒光，奄滅景而藏明。
願在竹而為扇，含淒飆於柔握；悲白露之晨零，顧襟袖以緬邈。

願在木而為桐，作膝上之鳴琴；悲樂極以哀來，終推我而輟音。

方祖燊說：「這好像是由『四句構成一組』的抒情曲，他一疊連反覆地唱了十次，於是熱烈的愛情就迎著妳的心噴湧而來，就好像漂滿了花兒的春泉，流過妳的心靈，一波一波地，在妳的心中回蕩輕漾，自然教妳為愛情而心醉！」（說取方祖燊《陶淵明》）許多人認為〈閑情賦〉是陶淵明另具一格的作品，這是把原作的「閑」字，誤傳為「閒」的誤解⓯，其實他的作品風格始終是一貫的，都是那麼優美自然。

㈢南北朝時代的賦家

南北朝時代（西元四二〇～五八九年）。這時，南方仍為漢人所統治，相繼為宋、齊、梁、陳四朝，都建康（今南京）。北方自五胡亂華，西晉滅亡，為異族所盤據，北魏太武帝時才告統一；北魏後又分裂為東魏、西魏，又為北齊、北周所滅。南北的這些國家先後亡於隋。史稱這一段時期為「南北朝」。

南北朝的文壇瀰漫著唯美的思潮，賦又恢復詩的浪漫色彩，由詠物走向言志抒情。作家善用賦體，抒寫一己的思想情懷，開始創造出不同於前代的新格調的作品，洋溢著感情韻趣。在形式上，除對偶句、長短句、隔句對之外，也常用五言句七言句。像梁簡文帝的〈箏賦〉與〈對燭賦〉，都很自然地運用一連

⓯ 陶淵明在〈閑情賦〉的本文前有原序，說：「初張衡作〈定情賦〉，蔡邕作〈靜情賦〉，檢逸辭而宗澹泊。始則蕩以思慮，而終歸閑正，將以抑流宕之邪心，諒有助於諷諫。」說明寫作本篇的原意，是要防範情感的氾濫。他用的是防閑的閑，不是幽閒的閒。請參閱國語日報《古今文選》新第一一二五期，黃麗貞所寫的題解及註譯。

串的五、七言句，如：

> 年年花色好，足侍愛君傍。影入著衣鏡，裾含辟惡香。鴛鴦七十二，亂舞未成行。（〈箏賦〉五言六句）

> 雲母窗中合花氈，茱萸幔裏鋪錦筵。照夜明珠且莫取，金羊燈火不須然。下弦三更未有月，終夜繁星徒依天。……銅芝抱帶復纏柯，金藕相縈共吐荷。……菖蒲傳酒坐欲闌，碧玉舞罷羅衣單。（〈對燭賦〉七言共十句）

又如庾信〈蕩子賦〉：

> 蕩子辛苦逐征行，直守長城千里城。隴水恆冰合，關山惟月明。……手巾還欲燥，愁眉即剩開。逆想行人至，迎前含笑來。（前面七言，後面五言，合用）

這種詩、賦句式的混用，表現詩賦合流的情味，是俳賦變形的新體裁，是南北朝賦的一個重要的特徵，也是初唐五、七言古詩興起的催動力。

齊梁時，沈約、謝朓、王融等人創立了四聲、八病之說，在駢辭儷偶之外，又加上了聲律的束縛，形式主義達到了全盛[16]，無論詩文辭賦，下筆之時，都要注意駢儷，也要注意韻律音節，文人努力在修辭琢鍊上下工夫：鍊字、鍊句、鍊章，成就了纖密雕鏤的文采藝術，而失去了篇意內容，失去了往日平淡自然的作風，也失去了激昂慷慨的氣勢。

南北朝時著名的賦家很多，佳作也不少。謝惠連的〈雪賦〉，鮑照的〈蕪城賦〉，江淹的〈別賦〉、〈恨賦〉，庾信的〈哀江南賦〉、〈春賦〉、〈小園賦〉都足為代表之作。

鮑照的〈蕪城賦〉，寫南朝宋孝武帝大明三年（西元四五七年），竟陵王劉誕據廣陵（今江蘇江都）叛變，沈慶之率兵攻下之後，宋孝武帝命令屠城，沈請求把年青的男子留下，女子賞給官兵，結果還有三千人被殺。這一座極繁榮的名城也遭到破壞。鮑照目睹戰亂之後，一片荒涼殘破，而作〈蕪城賦〉，描寫它昔日的盛況與亂後的慘狀，說：

當昔全盛之時，……廛閈撲地，歌吹沸天，孳貨鹽田，鏟利銅山，才力雄富，士馬精妍。……若夫藻扃黼帳，歌堂舞閣之基；璇淵碧樹，弋林釣渚之館；吳蔡齊秦之聲，魚龍爵馬之玩，皆薰歇燼滅，光沉響絕。東都妙姬，南國麗人，蕙心紈質，玉貌絳唇，莫不埋魂幽石，委骨窮塵。

他描寫盛時，遍地房屋，歌吹沸天，有鹽田銅山，過去精雕的門窗，彩繡的帳幕，歌廳舞榭，林園釣館，歌女歌聲，雜耍游藝，現在都已煙消灰滅。他的文字蒼涼駿邁，工麗而動人，讀來令人感慨不已。現再

⑯《宋書．謝靈運傳論》說：「五色相宣，八音協暢。由乎玄黃律呂，各適物宜。欲使宮羽相變，低昂舛節，若前有浮聲，則後須切響。一簡之內，音韻盡殊；兩句之中，輕重悉異。妙達此旨，始可言文。」

舉庾信的〈小園賦〉的一段：

一寸二寸之魚，三竿兩竿之竹，雲氣蔭於叢著，金精養於秋菊。棗酸梨酢，桃榹李薁，落葉半床，狂花滿屋，名曰野人之家，是謂愚公之谷。

描寫他小園中的景物，有小魚，竹子，蓍草，金菊，小棗，酸梨，山桃，郁李，落葉落了半床，花片滿屋亂飛，這正是名副其實的野人之家，這地方正好叫做愚公之谷。他的文字極清麗，正如杜甫所說「清新庾開府」。他作賦與徐陵都喜用四六句，尚俳偶，重對仗，已漸由駢賦、開唐之後律賦之端。但他有時不免有「因辭害意」的毛病。

四、律賦——由唐至宋的作品

六朝駢偶、聲律的浪潮，到唐代使古詩變成律詩，賦也變成了「律賦」。駢賦和律賦同樣講求「音律諧協，對偶精切」，二者最大的差異，在於押韻的設限，又由於朝廷「以賦試士」，讓律賦從唐代衍流到宋、明、清。也成為後世八股文的階源。

隋文帝開皇十五年（西元五九五年），把作賦列入考試，以賦取士從此成為國家定制，士子為了應付考試，作賦只求音律和諧，對偶精切的文字形式，不顧思想內容，衍生了後來毫無情味的「律賦」。唐代大約在高宗麟德、乾封年間（西元六六四～六六七年）起，科舉試賦，除了試題，還加上用韻的限制。

今所知最早的限韻試賦辭，是王勃集子裡，有對策賦〈寒梧棲鳳賦〉，下注「以孤清夜月為韻」。即如極力作詩要做到平易，使「老嫗能解」的名詩人白居易，所作〈性習相近遠〉賦，題韻限用「君子之所慎焉」。他用題韻所作的句子，分別是：

俾流遁者返迷途於騷人，積習者遵要道於君子。

德莫德老氏，乃曰道是從矣；聖莫聖於宣尼，亦曰非生知之。

稽古於時習之初，辨惑於成性之所。

聖與狂由乎念與罔念，福與禍在乎慎與不慎。

得之則至性大同，若水濟水也。失之則眾心不等，猶面如面焉。

這是在一篇五十二個句子中，要努力湊合限韻的句子。這些限韻，還有「依次用（即必須按照限韻原句所排列的先後次序來使用）」和「任用（即不依次用，可讓作者任意更換次序用）」兩種，依不依次用，由考試官來決定。又限韻從唐文宗太和（西元八二七年）年間起，還有限韻用八個字的通例；像唐代李程在題目〈金受礪賦〉之下，所限的八個韻字是「聖無全功必資佐輔」。他在全篇六十二個句子中，不依次用韻而湊成題韻的句子是：

惟礪也，有克剛之美；惟金也，有利用之功。

不然，何以興喻般鑒，譬后之聖。
利器久翳，銛鋒不全。
非夫忠臣之扶危持顛，英俊之左弼右輔。
故為臣也光乎九牧，為君也配彼三無。
是以工必利其器，君先擇其佐。
然後乃知別重乎磨，損之又損為貴；加宜乎諫，善人不善之資。
宜乎哉！越（超）義（義）而越夔，勗而自必。

現在一般選本所選的律賦，依韻的實不多見，可以想知其難。又駢賦注重對偶音律和諧的要求，在律賦仍然重視，又加上限題、限韻的束縛，在有限的考試時間內（入夜後准燒三支蠟燭），可知考生無暇認真考慮到作品的內容。賦體發展到這個階段，深受後人的抨擊。相傳在唐德宗（西元七八〇～八〇四年）時，權德輿主試，作有戲考生的上聯「三條燭盡，燒殘舉子之心」，考生所對的下聯是：「八韻賦成，驚破侍郎之膽」⑰，這副對聯，可略見當時以賦取士的情形。

自唐迄宋，賦在國家限題限韻的考試制度下生存，只是士子應付考試，求取功名的手段，自然奄奄無生氣，正如郭紹虞在〈賦在中國文學史上的位置〉一文中，認為律賦「只以音律諧協，對偶精切為工，情韻既置諸不顧，詞藻亦完全是一些遊戲的技巧，此可與後世八股文等觀，不足以與文學之列了。」

⑰ 見清李調元《賦話》卷九。

五、文賦——宋代的作品

宋代仍以律賦取士，但受宋代散文潮流的影響，用散文的手法來作賦，而形成了「散文賦」。文賦的形式，是「有韻的散文」；文賦的內容，議論、敘事、寫景、抒情，都自然有味，像歐陽脩的〈秋聲賦〉，蘇東坡的〈赤壁賦〉、〈後赤壁賦〉，至今仍是大家琅琅熟讀的名篇。歐陽脩在〈秋聲賦〉裡所寫的秋聲、秋景：

初淅瀝以蕭颯，忽奔騰而砰湃；如波濤夜驚，風雨驟至。其觸於物也，鏦鏦錚錚，金鐵皆鳴；又如赴敵之兵，銜枚疾走，不聞號令，但聞人馬之行聲。……蓋夫秋之為狀也，其色慘淡，煙霏雲斂；其容清明，天高日晶；其氣慄冽，砭人肌骨；其意蕭條，山川寂寥。故其為聲也，淒淒切切，呼號奮發。豐草綠縟而爭茂，佳木蔥蘢而可悅，草拂之而色變，木遭之而葉脫。其所以摧敗零落者，乃一氣之餘烈。

全文藉作者和童僕的問答，描述當秋季到來，大自然所發出令人悚然的聲響，又看到秋容的慘淡，感到秋氣的寒慄，種種蕭殺悲涼的景象，都會觸發人內心的悲傷，教人體會人的生命也同樣脆弱，應知珍惜生命的道理。

文賦雖然盛行於宋代，但它的源頭先聲，實可上溯到唐代⑱，但經過漫長的年代，在律賦奄無生氣的桎梏下，文賦的興盛，也有矯弊和順應時潮的雙重因素，也可以說是一種「復古的革新」。

由漢賦發展到宋代的文賦，賦的形式、內容、技巧，已經變到無可再變了，明、清二代，一仍宋制。日人鈴木虎雄《賦史大要》又把清代的文賦另稱為「八股文賦」，但這只是清人作賦，免不了受到時潮的八股文的影響，在結構上帶有「八股」的色彩而已，一般文學理論者，多不採用這個觀點。

---

⑱ 日人鈴木虎雄《賦史大要》說：「余以為文賦近祖，推唐杜牧〈阿房宮賦〉者為得當。」劉大杰《中國文學發展史》則認為杜甫和白居易的若干篇賦裡，已經具備了說理散文的形態。

第六章 小說

第一節 小說的名稱、興起與地位

「小說」一詞雖早見於《莊子・外物》篇：「飾小說以干縣令，其於大達亦遠矣。」小說指的是「小道」，自然無法希求高名，達到大道；不全等今天我們所謂小說的概念。東漢班固在《漢書・藝文志・諸子略》中，和先秦以來的儒、道諸家並稱為十家，並說：小說有《伊尹說》、《鬻子》……《虞初周說》、《百家》等十五家，一千三百八十篇，附小注，並給它作了學術性的定位，說：

小說家者流，蓋出於稗官。街談巷語，道聽塗說者之所造也。孔子曰：「雖小道，必有可觀者焉，致遠恐泥，是以君子弗為也。」然亦弗滅也，閭里小智者之所及，亦使綴而不忘。如或一言可采，此亦芻蕘狂夫之議也。

這說明了古代曾設稗官來採集，以瞭解風俗，以助施政。他們的作品都早已佚亡。魯迅在《古小說鉤沉》

中輯得《青史子》三則。還有像《玉函山房輯佚書》之類的著作輯有《伊尹書》一卷、《宋子》一卷，《全上古三代秦漢三國六朝文》也輯有伊尹遺文十七則、《鬻子》一卷。不過，據班固小注，後人考據，可知這些作者都是著名的人物，如：伊尹，商湯大臣；鬻子，楚先祖；青史子，史官；師曠，春秋時晉樂師；宋子，戰國時哲學家；虞初，漢武帝侍郎；並不是什麼出身民間的無名氏。由《漢志》的記載，已為「小說」這種文體奠下一個較具體的觀念。

小說在世界各國都是文學的一大體類。我國小說的興起雖較詩、散文、辭賦等體為晚，但因班固把小說附諸子後，孔子又說：「君子弗為」，他們對小說的定位比較低，前人對小說的評價自然有不良影響，歷代雖都有不同形式與內容的小說產生，但在中國文壇上卻一直受到貶抑，遠不如西方小說崇高的地位。直到清末（西元一八九八年）梁啟超作〈論小說與群治之關係〉，從社會人生政治種種意義上，闡發小說的重要性，以及民國六年（西元一九一七年）「新文學運動」之後，受西方文學思潮的影響，小說才迅速發展，受到社會的重視。

第二節　小說特質與小說分類

小說的主要特質是通過複雜多樣的故事情節，和具體獨特的環境描寫，深入細致地刻畫各種各樣的人物性格，反映人類的情思、社會與生活。比起其他文體，小說表現的手法更見靈活。現代的心理小說、意識流小說，專以探索人物的心靈與意識；這一類小說就不著重故事情節了。

由於歷來小說作品的繁富多樣，自然形成各種不同的分類方法：有按小說形式演進來分，有按題材內容來分，有按偏重故事與偏重心理來分；最常用的分法，是按篇幅的長短，分做：長篇小說、中篇小說和短篇小說。這種分法，比較能反映出寫作小說，在藝術構思，情節安排，人物塑造，心理刻畫，環境描寫與文字分量各方面的特點，應該是比較合理的一種分類法。現略述如下：

短篇小說，字數大約由幾百字至一萬多字，因篇幅短小，多用寫一個人物的生活小故事，情節要簡明，結構要緊湊，環境描寫也較簡略，大都截取生活中富有典型意義的一個橫斷面作題材，著力刻畫人物的性格特點，反映社會與生活的某一情況。以小見大，見微知著，這是短篇小說最大的效能。

中篇小說，字數大約四萬字上下，人物可以多到十幾個人，但仍以描敘一兩個主要人物為主，寫他在較長時間內，較複雜的境遇，甚至寫他一生命運。

長篇小說，字數大約由十萬字至一兩百萬字，因為字數多，可以細膩刻畫各種人物，塑造人物的性格，表現錯綜複雜的矛盾與衝突，可以充分展現社會的情況與人類的生活。傑出的作家往往能利用它時間跨度之長和空間幅度之廣，羅列眾多的人物，寫成情節曲折、結構宏偉的小說，以描述一定時期的社會與歷史的面貌，魯迅給予它「巍峨燦爛的巨大紀念碑」的評價。

第三節　中國小說的發展與成就

中國的小說單從形式的演變來看，是由筆記小說、短篇小說到長篇小說。若從時代來看，可分古代小說和現代小說兩種；清末以前的小說是古代小說，民國以後的小說是現代小說。

一、古代小說

㈠神話與傳說

神話和傳說，是世界上任何一個民族國家所必有的原始文學。它只能說是小說的濫觴。中國神話與傳說，像徐整《三五歷記》所載盤古開天闢地，《列子・湯問》所載女媧補天，《淮南子》所記后羿射日、嫦娥奔月，這都是神話。今所傳的《山海經》，是戰國、秦的神話，今傳十八卷，記述海內外山川神祇異物及部族物產，保存了不少遠古的神話傳說，像精衛填海，夸父逐日，西王母等。《穆天子傳》，今傳六卷，記周穆王駕八駿西征，會見西王母；西王母，已由《山海經》中的獸形變為人相。還有屈原作的〈天問〉、〈九歌〉也有許多神話傳說。對於後代文學的影響很大。古代神話只是人們的一種幻想，經過不自覺的藝術加工，呈現的是古人對大自然形態的認識與想像，這和後代小說家著意以神話與傳說為題材，刻意寫作的「神話小說」是有所分別的。以後託名漢人模仿《山海經》的小說，如稱東方朔作的《神異經》、《海內十洲記》等是。

《神異經》述四荒怪誕不經之事，並創造一個住在「東荒山」上的東王公，和西王母，配成一對仙人。《海內十洲記》，記漢武帝聽見西王母說八方巨海中，有祖洲、瀛洲、玄洲、炎洲、長洲、元洲、流洲、生洲、鳳麟洲、聚窟洲，是人跡罕至之處。

㈡寓言與記史

在先秦的經史諸子中有許多寓言故事，用來發揮思想，討論道理，游說君王，寄喻教訓。像《孟子》記齊人一妻一妾故事、《禮記．檀弓》記孔子「苛政猛於虎」、《戰國策》的狐假虎威、《莊子》的莊周夢蝶、《列子》的愚公移山、《韓非子》的狗猛酒酸，像這類的寓言故事更是不勝盡舉。此外專記古代歷史的小說，像《永樂大典》收有〈燕丹子〉，敘述燕太子丹和秦王結怨、報仇事，末段寫荊軻刺秦王，十分出色。清人孫星衍以為「其書長於序事，嫻於詞令，審是先秦古書。」漢趙曄的《吳越春秋》和吳平、袁康的《越絕書》都是記述春秋時吳、越兩國的興亡，為後世「演義小說」的鼻祖。現存所謂漢人的記史小說，如班固的《漢武故事》、《漢武內傳》等，大概都是後人依託之作。《飛燕外傳》，舊題漢伶玄撰，專寫漢成帝的皇后趙飛燕和她妹妹昭儀趙合德爭寵之事。劉歆的《西京雜記》記西漢人的瑣事遺聞，為後代「掌故小說」的濫觴。

㈢志怪與逸事

我國道、釋的宗教到了魏晉南北朝更加盛行。蓋神仙可以長生不死令人嚮往，如秦始皇求不死藥，漢武帝對神仙的憧憬，迷信神仙到東漢末已蔚成時潮，巫風淫祀，蠱惑人心；佛教自漢明帝時傳入中國後，自晉到隋也漸漸流行，翻譯佛經，興建寺廟，也盛極一時。因此描敘神佛鬼怪、幽明怪異之事，便自然成為小說題材，於是志怪小說風行一時，而且作者都是當時著名的文人，像魏曹丕作《列異傳》、晉祖台之《志怪》、干寶《搜神記》、葛洪《神仙傳》、陶潛《後搜神記》、宋劉義慶《幽明錄》、東陽無疑的《齊諧記》、齊祖沖之《述異記》、梁任昉《述異記》、吳均《續齊諧記》、隋顏之推《冤魂志》，都是寫志怪搜神，人物變化，應驗報冤，悟道出家的故事。

干寶，東晉元帝時為佐著作郎，著《晉紀》。他所著《搜神記》有二十卷、八卷兩種版本。相傳干寶父親有寵婢，為他生性妒忌的母親所惡，父親死了，母親把寵婢推入父親的棺材裡，後來葬了父親，婢還活著，能說鬼怪事；他的哥哥也病死復活，也能說鬼怪事。這都使他覺得事情太不可思議，所以收集古今神祇、靈異、人物、事物變異，作《搜神記》。其中多摻入佛家講慈悲、輪迴，和降妖伏怪之說；文字簡潔，是六朝小說中的突出之作。日本漢學家鹽谷溫《中國小說概論》說：日本小說家曲亭馬琴作名著《八犬傳》的卷頭伏姬的話，就完全是根據《搜神記》的盤瓠故事。盤瓠故事在《搜神記》卷三：

昔高辛氏時，有房王作亂，憂國危亡，帝乃召募天下，有得房氏首者，賜金千斤，分賞美女。群臣見房氏兵強馬壯，難以獲之。辛帝有犬，字曰盤瓠，其毛五色，常隨帝出入。其日忽失此犬，經三日以上，不知所在，帝甚怪之。其犬走投房王。房王見之大悅，謂左右曰：「辛氏其喪乎！犬猶棄主投吾，吾必興也。」房氏乃大張宴會，為犬作樂。其夜房氏飲酒而臥，盤瓠咬王首而還。辛見犬啣房首，大悅，厚與肉糜飼，竟不食。經一日，帝呼犬亦不起。帝曰：「如何不食？呼亦不來，莫是恨朕不賞乎？今當依召募賞汝物，得否？」盤瓠聞帝此言，即起跳躍，帝乃封盤瓠為會稽侯，美女五人，食會稽郡一千戶。後生三男六女，其男當生之時，雖似人形，猶有犬尾。其後子孫昌益，號為犬戎之國，周幽王為犬戎所殺。只今吐蕃乃盤瓠之胤也。

盤瓠的傳說，甚至收入南朝宋范曄《後漢書・南蠻傳》中，說長沙武陵蠻，就是盤瓠的子孫；又有學者考證，說浙江處州有叫做畬客的民族，自稱是盤瓠的遺族，可見這本小說的深遠影響。

葛洪，自號抱朴子，好神仙導養之術，為晉代著名的道家，著有《抱朴子》二十卷，所撰《神仙傳》十卷，錄神仙八十四人，專記文人化的神仙故事，和干寶《搜神記》兼說妖怪、鬼魅的不同。

魏晉人愛好清談，思想浪漫，行為放狂，言語佳妙，因此時人又有摭拾歷代名流才士的雋言嘉語，趣聞逸事的小說產生。像晉裴啟《語林》、南朝宋劉義慶《世說新語》、梁沈約《俗說》、顧協《瑣語》等。

劉義慶，宋武帝劉裕的嗣子，襲封臨川王，門下有許多文士，編著很多。《世說新語》可能是他和門下文人集體編寫的，分為德行、言語等三十六門，今存一千一百三十六條，記漢末至晉宋間名流逸事，短的寥寥數語，長的七八行，就把他們的言語舉止描繪得唯妙唯肖，風趣雋永，流傳甚盛，確是一部名著。如：

王子敬云：「從山陰道上行，山川自相映發，使人應接不暇。」

桓公北征，經金城，見前為琅琊時種柳，皆已十圍，慨然曰：「木猶如此，人何以堪？」攀枝執條，泫然流淚。

桓公就是桓溫，東晉人，官至大司馬。寫他手種柳已長大十圍，中原失土尚未收復，見柳而感慨：自己已年老體衰，北伐能不能在有生之年完成，還不知道！所以說「人何以堪？」結以「泫然流淚」。僅三十八字就將他當時感傷的心理含蓄地襯托了出來。這就是小說家常從人物外在的言語動作、表情神態，去刻畫人物內在的情感思想的一種手法。

這個時期記錄荒誕傳說的作品很多，想像豐富，饒有趣味，除上述所舉外，苻秦王嘉撰《拾遺記》十九卷，後亂亡殘缺，梁蕭綺整理為十卷，記從庖犧氏到晉時的珍聞奇事，盡是一些荒誕妖妄之言，而文章綺麗，是融會了志怪、軼事與掌故三者的作品。

論者以為，從先秦到隋的小說，只是一般記事文而已，和後代小說自成一種體製不同❶，認定中國小說成熟的時代，是唐代的《傳奇》。

㈣傳奇小說

1. 傳奇小說的名稱和特質

「傳奇」本是唐人裴鉶所作的一部小說名。梁紹壬說：「《傳奇》者，裴鉶著小說，多奇異可以傳示，故號傳奇。」（見《兩般秋雨盦隨筆》）。後來遂成為唐、宋兩朝文言體的短篇小說的代稱詞。他是唐懿宗咸通、僖宗乾符（西元八六〇～八七九年）時人，曾經為高駢掌書記。《傳奇》共三卷，已失傳，現在看到的是《太平廣記》收〈崑崙奴〉、〈聶隱娘〉、〈裴航〉、〈崔煒〉數篇，都是寫劍俠異事，情節詭幻，文

❶ 見胡懷琛《中國小說概論》。

辭絢麗。

唐代傳奇小說的作者，一面沿承東晉、南北朝的搜奇記逸，一面受當日「古文運動」與科舉制度要考「賦、判、傳」的影響，特別講究文辭華艷，敘事曲折，夾雜詩賦入文，以表現他們高水準的「史才、詩筆與議論」的文采；正如明胡應麟說：

變異之談，盛於六朝，然多是傳錄舛訛，未必盡幻設語，至唐人乃作意好奇，假小說以寄筆端。

（《少室山房筆叢》三十六）

「幻設為文」早已流行於晉代，像陶潛作〈桃花源記〉、〈五柳先生傳〉等都是，但多作寓言以寄意，並不著重文辭。唐人傳奇常把現實的社會所發生的故事，作為寫作的題材，由幻設想像而發展為寫實，又用較長的篇幅細加描繪，明顯呈現出作者「有意識的創作」，和六朝時的「粗陳梗概」相較，演進的痕跡甚為明晰。他們無論是志怪奇談，寫情諷諭，禍福勸懲的抒發，都施展出文藻描繪的手法，擴展故事情節的曲折波瀾，藉仙俠、艷情之類的題材，來吐露無奈不平的感情，故其事新奇，其情悽惋，其文雅麗而富於風韻。這種匠心究思、自具特色的體製，又有眾多文人共同參與創作，形成一種時代潮流，所以結聚出大量的作品，有單篇，也有叢集，成為唐代文壇上的一項傑出的成就。宋洪邁《容齋隨筆》說：

唐人小說，不可不熟，小小事情，悽惋欲絕，洵有神遇而不自知者，與律詩可稱一代之奇。

唐人傳奇小說的特色，大抵有下面幾點：

⑴文言文體，大多是一兩千字的短篇。

⑵一篇一個獨立故事，有幻設，有寫實。

⑶寫作的範圍很廣，有寫神仙釋道及軼談異聞，有寫人神的豔遇綺情，有寫悲歡離合的愛情，有寫傳聞逸事，有寫人生覺悟，有寫俠義劍客，有寫報仇，有寫誣衊構陷，有寫狎遊宴飲，還有集俚語鄙事，特重歌詠，多記世務，專敘狹邪優樂，雜錄時事史蹟與名言嘉語的（此據方祖燊《小說結構．第三章中國舊小說》）。

⑷文辭華美，描寫深切細膩，結構相當精密。

2.傳奇小說的作家與作品

唐人傳奇小說，以作品內容看可分為五類來論介：

⑴別傳（正史之外的逸聞）

即歷史小說，主要是取材於史料，多數演述真實人物的逸事奇聞。如韓偓的〈海山記〉、〈迷樓記〉、〈開河記〉，都記錄隋煬帝的逸事，收入《四庫全書提要》的存目中，因文詞鄙俚，有人斷為宋人所依託。〈李衛公別傳〉作者佚名，寫李靖顯達之時龍王降雨成災故事。〈李林甫外傳〉作者佚名，是道教宣教之作，把陰險的宰相李林甫寫作神仙轉世。陳鴻的〈長恨歌傳〉寫唐玄宗和楊貴妃事，〈東城老父傳〉寫鬥雞童賈昌見寵於唐玄宗，而有「生兒不用識文字，鬥雞走馬勝讀書」的歌謠，反映了當時社會的享樂面。郭湜的〈高力士外傳〉、曹鄴的〈梅妃傳〉和宋人樂史的〈楊太真外傳〉也都是記錄唐玄宗宮闈隱祕逸聞。

現在以陳鴻〈長恨歌傳〉為例，內容記唐玄宗和楊貴妃的愛情事。白居易的〈長恨歌〉詩末句說：「天長地久有時盡，此恨綿綿無絕期。」所以以〈長恨歌〉為詩篇名，而陳鴻是為敘述白居易的〈長恨歌〉詩的本事而作，因此小說篇名就叫〈長恨歌傳〉；也可以省去歌字作〈長恨傳〉。這段宮闈愛情，原是唐人所樂道，陳鴻所作最條貫秩然，和白居易的詩一同流傳下來。而小說寫得更細膩動人，如：

昔天寶十載，侍輦避暑於驪山宮；秋七月，牽牛織女相見之夕，秦人風俗，是夜張錦繡，陳飲食，樹瓜果，焚香於庭，號為乞巧，宮掖間尤尚之。時夜殆半，休侍衛於東西廂，獨侍上。上凭肩而立，因仰天感牛女事，密相誓心，願生生世世為夫婦；言畢，執手各嗚咽：此獨君王知之耳。

這段寫貴妃死後，方士為苦苦思念的玄宗皇帝，上天入地去尋覓，終於在蓬壺仙山上找到她，她為方士憶述當日和皇帝在七夕夜的盟誓密語，以為尋訪到的證明。比起白居易詩中「臨別殷勤重寄詞，詞中有誓兩心知，七月七日長生殿，夜半無人私語時。在天願作比翼鳥，在地願為連理枝」的話，意思更明確，情思更委婉動人。

(2)豪俠（男女武俠的勇義）

也叫做豪俠小說，以俠士的義烈行為，穿插以政事和愛情，故事情節便形複雜。豪俠小說的產生，導因於唐代中葉以後，藩鎮跋扈，私蓄游俠，擁權自重，仇殺異己，俠士風氣盛行一時。如元和十年，宰相武元衡被刺。開成三年宰相李石被刺，是明記於正史上的事；但俠義小說的內容，全屬虛構，或可窺見時代的風氣，並成為唐代小說的一個特色。如李公佐的〈謝小娥傳〉，薛調的〈無雙傳〉，裴鉶的〈崑崙奴傳〉、〈聶隱娘傳〉，袁郊的〈紅線傳〉，杜光庭的〈虬髯客傳〉，許堯佐的〈柳氏傳〉。其中以杜光庭的〈虬髯客傳〉最得佳評，寫隋末紅拂女私奔，和李靖創業的故事，其實是借隋末的背景，寫在晚唐的離亂局勢之下，夢想新英雄形象的人物的出現。因為剪裁得當，敘事得宜，佈局嚴整，紅拂女、李靖、虬髯客三個主角人物的刻畫都十分成功，情節曲折，引人入勝，使小說的藝術價值大為提升。

(3)愛情（才子佳人的風流韻事）

中國專寫愛情小說，自唐人傳奇開始。才子佳人的離合，又多數是悲劇，經由文士細膩的描繪，格外悽婉動人。這類作品頗多，是唐人傳奇小說的精粹，以白行簡的〈李娃傳〉、蔣防的〈霍小玉傳〉、元稹的〈鶯鶯傳〉最為代表性的傑作。

〈李娃傳〉寫滎陽刺史鄭家公子在上京應試時，在長安邂逅妓女李娃，沉迷美色，因金錢費盡，被李娃所棄，淪落為人唱輓歌，父親因他玷辱門楣，鞭撻將死而拋棄在路旁，終至於淪落為乞丐。後來被李娃所救，並輔佐他重新努力讀書，得登科第任官職，又和父親和好；老父也被李娃的義情所感動，迎娶為愛兒媳婦。在作者高妙的文筆下，把這段變化複雜的情節，敷演得曲折動人。在情節由極度困窘，扭轉到順遂的地方一段，最是感人：

> 一旦大雪，生為凍餒所驅，冒雪而出，乞食之聲甚苦。聞見者莫不悽惻。時雪方甚，人家外戶多不發。至安邑東門，循理垣北轉第七八，有一門獨啟左扉，即娃之第也。生不知之，遂連聲疾呼

「饑凍之甚。」音響悽切，所不忍聽，娃自閣中聞之，謂侍兒曰：「此必生也，我辨其音矣。」連步而出。見生枯瘠疥厲，殆非人狀。娃意感焉，乃謂曰：「豈非某郎也。」生憤懣絕倒，口不能言，頷頤而已。娃前抱其頸，以繡襦擁而歸於西廂，失聲長慟，曰：「令子一朝至此，我之罪也！」絕而復甦。

這一段寫鄭生窮途末路，在大雪中行乞，故事發展到必須轉捩，男女主角在自然而感人的情況下復見重逢，是一個十分成功的場面；後段情節的發展，從此迥異於前面，愛情、人性的表現，在此亦見細膩淋漓。明代薛近兗把這個故事改編為傳奇戲曲，就著眼這個場面，取名為《繡襦記》。

〈鶯鶯傳〉又名〈會真記〉，寫遊學赴試的張生，和故崔相國的小姐鶯鶯，在佛殿邂逅，彼此一見鍾情，暗相私戀，踰禮幽歡，而終至訣絕；張生赴京應考之後，忽然絕情相棄，私戀以悲劇收場，但因文筆美麗，受到肯定。日人鹽谷溫評說：

〈會真記〉記私期密約的歡會，情節並不如何有趣，文章不如何出色，不過因為作者元才子之名，豔稱藝苑，要在後世，也不會那樣頌揚了。❷

這個「始亂終棄」的故事，在寫作目的上確實是叫人不能苟同的，所以金代的董解元和元代的王實甫，

❷見所著《中國小說概論》，君左譯。

把它改編為名劇《西廂記》，結局改為團圓，表揚年輕人為追求愛情婚姻幸福而奮鬥，成為戲曲經典名作，讓這篇小說獲得新的意義而流傳下來。

⑷神怪（神仙道佛妖怪的詭異）

這類作品是直接由六朝鬼神志怪演變而來，所以產生的時期在傳奇中為最早；但唐人筆下的神怪，事跡有趣，文章華麗，比前人大有進步。新近在日本發現的隋末唐初王度的〈古鏡記〉、作者佚名的〈補江總白猿傳〉，在技巧上都比不上唐中葉以後的作品，如李朝威的〈柳毅傳〉、李復言的〈杜子春傳〉、李公佐的〈南柯太守傳〉、沈既濟的〈枕中記〉、陳玄祐的〈離魂記〉等，都受世人所喜愛。〈南柯太守傳〉寫失意的淳于棼，在夕陽中夢入槐安國，娶該國的公主為妻，做南柯太守二十年，享盡榮華富貴，後因戰敗，公主病死，他被遣送回家，於是夢醒，原來夢中的槐安國，竟是園中大槐樹下的蟻穴，他因此感悟人間富貴虛浮，就遁世去修道。〈枕中記〉敘述姓盧的落第書生，在邯鄲路上的旅舍中，遇到道士呂翁，給他一個枕頭入夢，在夢中歷盡榮華富貴和宦途風波，子孫榮顯，年登高壽而死；醒後旅店主人所蒸黃粱還未熟，他因此感悟人生如夢，富貴無常。這兩個故事，明代戲曲家湯顯祖分別改編為《南柯記》、《邯鄲記》傳奇。

唐人傳奇中，也有不少寫動物妖怪變化的故事，如李景亮〈人虎話〉寫人變老虎，佚名的〈白猿傳〉寫治退怪猿的事，沈既濟的〈任氏傳〉、孫恂的〈獵狐記〉，二篇都寫人被狐精所迷的事。託名牛僧孺的〈周秦行紀〉、陳鴻的〈睦仁蒨傳〉，都寫碰見鬼的事。羅鄴的〈蔣子文傳〉，寫子文死後成為土地菩薩。

宋代雖然崇儒，但佛、道二教仍極盛行，巫鬼的信仰仍是民間所尚，所以神仙鬼怪的幻誕小說也不少，北宋末的徽宗皇帝，篤好神仙，自號為「道君皇帝」；南渡後宋高宗也有同好。洪邁收錄的神仙鬼怪故事和異聞的《夷堅志》，達四百二十卷，即曾呈御覽。《夷堅志》為當時「說書人」所重視。明末淩濛初作《拍案驚奇》有許多故事即自其中取材。

宋代已是平話小說的時代，仍有不少傳奇小說的作品，比較著名的有樂史的〈楊太真外傳〉和〈綠珠傳〉，秦醇的〈趙飛燕別傳〉、〈譚意歌傳〉等，都是薈萃稗史而成。吳淑的《江淮異人錄》三卷，記當時的俠客術士的故事。

現代編輯唐宋傳奇小說的，有周樹人（魯迅）校錄的《唐宋傳奇集》，汪國垣編《唐人小說》，都值得參考。

3.宋以後擬作的傳奇

傳奇小說在唐、五代鼎盛，到宋已經衰微，仍有樂史所作的〈楊太真外傳〉《說郛》誤題為唐人）等，但詞藻，結構，都遠遜唐人。明、清二代，亦有一些傳奇小說，如瞿佑《剪燈新話》、李昌期《剪燈餘話》、宋景濂〈秦士錄〉、侯朝宗〈馬伶傳〉、魏禧〈大鐵椎傳〉等，都很有趣味性。蒲松齡的《聊齋誌異》亦深受六朝志怪與唐人傳奇的影響。

4.有關志怪與傳奇的文言小說的總集

從古代流傳下來的許多神話、傳說、寓言、掌故、志怪、軼事、傳奇的故事與小說，在文言文盛行時代產生，作家當然也是運用文言來寫，但因它是故事，是小說，讀來都饒有「趣味」，為大眾所喜愛，也成文人案頭的創作，流傳作品自然也很多。像南唐翰林學士徐鉉，南宋端明殿學士洪邁兩人，本身就是小說迷。宋初太平興國二年，李昉奉敕編輯《太平廣記》時，徐鉉就參加編輯工作。他自己也撰寫小說《稽神錄》。《太平廣記》五百卷，輯錄漢晉至五代各種小說野史與傳記，用書達三百四十五種，分五十五部，是我國第一部小說叢刊總集。其中也搜錄傳奇小說。

宋洪邁的《夷堅志》四百二十卷。取《列子》：「夷堅聞（怪異）而志之」語，作他的書名，專收錄六朝以來志怪記異的作品，及《太平廣記》中故事，並及當時一些市民生活故事。宋陳振孫在《直齋書錄解題》中評《夷堅志》說：

世傳徐鉉喜言怪，賓客之不能自通與失意而見斥絕者，皆詭言以求合。今（洪）邁亦然，晚歲急於成書，妄人多取《廣記》中舊事，改竄首尾，別為名字以投之，至有數卷者，亦不復刪潤，徑以入錄。

元陶宗儀編輯的《說郛》，書名取自揚雄《法言·問神》：「天地之為萬物郭，五經之為眾說郛。」郭、郛都是外城。取經史傳記諸家雜說編纂而成一百卷，凡數萬條，搜神記怪，蟲魚草木，山川風土，古語諺談，謔浪調笑等等。

明王圻編輯《稗史滙編》一百七十五卷，搜採說部，分類編次，分二十八綱，三百二十個細目，亦多評介之語。

清乾隆時陳世熙（蓮塘居士）編有《唐人說薈》（一名《唐代叢書》），是依採《太平廣記》、《說郛》

等說部增補為十六集，分一百六十四種。其中搜集唐人的傳奇和筆記數量很多，因未加審慎考訂，或妄題作者，或擅改篇名，又大都僅摘錄部分文字，並非全本，所以價值不高。

5. 唐人傳奇小說對後代文學的影響

「傳奇」這個名稱，除了用稱唐人小說之外，也是明清二代戲曲的名稱。相隔甚久的時代，體製又迥異的文學，之所以用同一個名稱，因為由金、元時代，戲曲發煌之後，唐代傳奇小說的故事，被改編為戲曲來演唱流傳者不少：如以元稹的〈鶯鶯傳〉來改編的有金董解元的《西廂記諸宮調》、元王實甫的《西廂記》雜劇；元代馬致遠的《黃粱夢》雜劇、明代湯顯祖的《邯鄲記》傳奇，都根據沈既濟的〈枕中記〉改編；元代鄭光祖的《倩女離魂》雜劇，以陳玄祐的〈離魂記〉為根據；明代傳奇戲曲名家湯顯祖的「玉茗堂四夢」，除了《牡丹亭》之外，其他《邯鄲記》、《南柯記》、《紫釵記》三部，分別根據沈既濟的〈枕中記〉、李公佐的〈南柯太守傳〉、和蔣防的〈霍小玉傳〉來編撰；陳鴻的〈長恨歌傳〉，元白樸改編為《梧桐雨》雜劇，清洪昇編成《長生殿》傳奇，也都是文學的名著。由唐傳奇而衍為戲曲，其實不限於戲曲的傳奇，元人即據以編為雜劇的也不少，其中最重要的原因，應該是小說和戲曲都要有故事、情節、人物等共同的基本因素，而唐人傳奇的故事又世所熟知，拿來做戲曲的藍本，最方便不過了。

㈤平話小說

1. 平話小說的名稱、起源和特色

唐人傳奇漸衰，代之而起的是宋代的平話，就是現在所謂「白話小說」。平話是宋代小說的通稱，是

宋人文學的一種特殊體裁。它不是寫給人閱讀的，是由「說話人」寫下來「說給大家聽的」，是「說話人」用的藍本，所以叫做「話本」；因為用口語講述，所以稱為「平話」，也叫做「評話」。

平話起源在何時？雖然沒有明確的時期，據魯迅《中國小說史略》和胡懷琛《中國小說概論》，都認為平話的源頭在唐代❸。宋代蘇軾〈記王形論曹劉之澤〉，記述北宋時候民間兒童聽「說話」的情形：

塗巷小兒薄劣，為其家所厭苦，輒與泉（即錢）令聚坐，聽說古話。說三國事；聞玄德敗，則顰蹙，有出涕者；聞曹操敗，則喜躍暢快。以是知君子小人之澤，百世不斬。

由此可知當時說話叫做「說古話」。但真正普遍形成社會風氣的創作，則在宋代。所以明郎瑛《七修類稿》有「小說起宋仁宗時」的說法，雖經後世學者所批駁，可能以其正當流行時期來說。元陶宗儀《輟耕錄》有「宋有戲曲，唱諢詞小說」的話，所以也有以「諢詞小說」來稱它❹。

---

❸ 魯迅指出清光緒中敦煌千佛洞發現的宋初人的藏經，內有俗文體的故事數種，是唐末五代人的鈔本，如《唐太宗入冥記》、《孝子董永》、《秋胡小說》、《伍員入吳故事》。胡懷琛舉李商隱〈驕兒詩〉：「或謔張飛胡，或笑鄧艾吃。」所說張飛和鄧艾，即講說三國故事；及元稹〈寄白樂天代書一百韻〉詩中有：「翰墨題名盡，光陰聽話移。」之句，並自注云：「樂天每與余同遊，常題名於屋壁。顧復本說一枝花自寅至巳。」據《異聞錄》，「一枝花」就是唐傳奇中李娃的別名。可見唐代已有專門「說話」的「說話人」了。

❹ 郭箴一《中國小說史》在第五章，介述宋元時代，就叫它做「諢詞小說」。

2.平話的種類及作品

「平話」在宋代也不是一個統一的名稱，這也是每一種文體在興起和發展的過程中的必然現象。就宋人記述宋代事情的書，如孟元老《東京夢華錄》、吳自牧《夢粱錄》、灌園耐得翁《都城紀勝》、周密《武林舊事》等書中，所記當時平話及相關的藝術，綜合起來，共有十七個名目：

小說、銀字兒、鐵騎兒、公案、說公案、談經、說經、說諢經、說諢話、說參請、講史、講史書、演史、說三分、賣五代史、合生、合笙。

這些名目顯然多有重複，可以合併。宋人耐得翁《都城紀勝》已把說話分為四類，說：

說話有四家：一者「小說」，謂之「銀字兒」，如煙粉、靈怪、傳奇。「說公案」，皆是朴刀桿棒及發跡變態之事。「說鐵騎兒」，謂士馬金鼓之事。「說經」，謂講說佛書。「說參請」，謂賓主參禪悟道等事。「講史書」，講說前代書史文傳興廢戰爭之事。

這段文字，並不能讓人明白所謂「四家」的項目，魯迅《中國小說史略》和胡懷琛《中國小說概論》各作不同的歸納；這是由於古人行文，沒有標點符號，項目的排列不盡明晰，我較認同胡懷琛在「說話」之下的四類整理：

小說：A.銀字兒——相當於後世才子佳人的小說及神怪小說。

B.說公案——相當後世施公案等書及近日偵探小說。

C.說鐵騎兒——相當後世武俠小說。

說　經：說佛經中的故事。

說參請：據《都城紀勝》的解釋：「謂賓主參禪悟道等事。」就是聽眾和說話人「參禪問道」的問答❺。

講史書：相當後世歷史小說。

劉大杰《中國文學發展史》又指出羅燁《醉翁談錄》裡，把小說分為八目：

靈怪、煙粉、傳奇、公案、朴刀、桿棒、神仙、妖術。

這些分類也只是根據前人資料，而都有所質疑；因為宋人的話本，為宋以後的文人所輕視，保存在民間的又未被注意而漸漸散失❻，作品既未能看到，是否是小說的體裁也就不能確定，譬如「說參請」是聽眾和說話人問答；「合生」也是兩人對答，但都各說紛紜❼，所以，能夠符合後人所謂小說的，只有兩

❺ 胡懷琛《中國小說概論》認為魯迅《中國小說史略》把「請」字改為「講」字是沒有根據的，並解釋說：「因為佛家有「參禪問道」等語，「問」俗語又作「請問」，……因請問而後答，故云「請」。」

❻ 語見胡懷琛《中國小說概論》。

大類：

(1)小說：包括「銀字兒」(後世戀愛及神怪小說)、「說公案」(後世公案及偵探小說)、「說鐵騎兒」(後世武俠小說)。

(2)講史(後世歷史小說)。

其他「說經」、「說參請」、「合生」都不能列入；而且全無片言隻字可以論述。而小說和講史的分別，郭箴一《中國小說史》引述他人的話：「有人以為講史之體，在歷敘史實而雜以虛辭；小說之體，在說一故事而立知結局。」

宋人的話本，是在說話人為謀生的實用目的而創作，除了使用白話寫作外，內容都要迎合市民的趣味，也要以民眾熟識的事情為題材，滿足他們心理的需求，所以是一種新內容、新形式的通俗文學，反映時代社會的面貌，為廣大民眾表達他們對幸福生活的渴求，在寫作技巧上特別注重人物性格和心理的刻畫，是話本文學的創作特色。

現存的宋代平話，有短篇和長篇兩種形式。短篇的已經是技巧成熟的白話文；長篇的多為淺易的文言文，或文白夾雜的新風格作品，內容以講史為主。現在能看到的宋代話本，有以下四種：

(1)《大宋宣和遺事》：簡稱《宣和遺事》，中篇歷史小說，宋、元間人所作，分元、亨、利、貞四集。因係節抄舊籍而成，組織不嚴密，有典雅的文言文，也有流利的白話，不是說話人的底本。從王安石變法，蔡京掌權，梁山泊英雄，寫到宋徽宗戀李師師故事，林靈素道士的進用，汴京失陷，徽、欽二帝被

❼ 請參閱胡懷琛《中國小說概論》中的考證討論。

擄，結於宋高宗建都東南，具有強烈的時代意義。書中敘述梁山泊的故事，演為後來的《水滸傳》。

(2)《新編五代史平話》：為清末曹元忠❽所發現講史平話，敘述梁、唐、晉、漢、周五代的歷史，每代分為上、下二卷，梁、漢二史都缺失下卷。以淺近文言間雜白話寫成，對後代歷史演義小說影響很大。

(3)《京本通俗小說》：南宋話本，短篇小說，民國四年（西元一九一五年），繆荃孫（江東老蟫）所發現，不知原本共有幾卷，當時只有殘本（十至十六卷，其中有話本七種），後來經過搜集，輯為《宋人話本》八種，即：〈碾玉觀音〉、〈菩薩蠻〉、〈西山一窟鬼〉、〈志誠張主管〉、〈拗相公〉、〈錯斬崔寧〉、〈馮玉梅團圓〉、〈金虜海陵王荒淫〉。每篇首尾完備，材料多取自當時史料或其他小說，如〈拗相公〉寫王安石施行新法之害，他罷相被貶到江寧（南京）的路上，所到之處，老百姓痛恨新法的情形，作者把他當時的困窘，描寫得相當有趣。〈菩薩蠻〉寫書生陳守常多才薄命，入靈隱寺為僧，好作【菩薩蠻】詞，很得某郡王的寵愛。後來被誣和王府的侍女新荷私通，又因他所作詞中有「新荷」這個詞，被鞭打，等到事情真相大白，他已經死了。這篇亦見《警世通言》卷七，題作〈陳可常端陽坐化〉。

(4)《大唐三藏取經詩話》：又名《大唐三藏法師取經記》。這書中國失傳，經羅振玉從日本借取影印，復傳回中國。全書三卷十七章（缺第一章），是第一本章回長篇小說，每章末必以詩結，所以叫做「詩話」。全書敘述玄奘法師和猴行者相遇，自稱為「花果山紫雲洞八萬四千銅頭鐵額獮猴王」，來助和尚同往西天

❽ 胡懷琛《中國小說概論》說，此書是清光緒時曹元「直」得宋「巾箱本」於杭州，武進董康據以影印，才流傳於文藝界。

取經。於是藉行者神通，相偕入大梵天王宮，得賜隱身帽、金鐶錫杖和缽盂，復返下界，靠行者法力，安全渡過許多危險。故事情節充滿了浪漫情調，意想豐富；已為後來《西遊記》中神通廣大的猴王，擬備了基本的形象。

3. 平話文學的結構形式

平話除了在行文上使用白話、淺易文言或文白夾雜外，在成篇的結構上，也有其特別的形式：

(1)入話：正文之前的一段開場，以「引子」的形式用於話本的起頭。當時說話人叫做「得勝頭迴」，或「得勝利市頭回」，因為當時聽說話的人多數是軍人、市民，所以用吉祥語「得勝」、「利市」來開頭，正是生意人的手段。魯迅說：「頭回當即冒頭的一回之意。」其作用應是「墊場」，以等待晚來的聽眾的一段前奏曲，以免晚來的人沒聽到故事開始的情節；話，即故事，入話，就是由閒話轉入故事正題。入話的體裁很自由，或用詩、詞，或用故事，內容要和正文的情節相似或相反，以「相互映照」的趣味來點明題旨。這種開頭引子的形式，變為後代小說的公式。

(2)正文分回：由於「說話」是一種謀生職業，每一個故事往往不是一次說完，說話人逢到一段關鍵性或緊張的情節，就暫時結束，留讓聽眾下次來聽，是一種營業手段；這種形式，衍為後代「章回小說」的分章。

(3)使用詩、詞：話本在開頭、結尾附用詩、詞之外，中間有細膩描寫之時，也用詩、詞來點綴，是平話小說的特殊形式，所以又叫做「詩話」、「詞話」。

下面節錄〈碾玉觀音〉為例，上卷開頭就是一首詞：

山色晴嵐景物佳，煖烘回雁起平沙。東郊漸覺花供眼，南陌依稀草吐芽。堤上柳，未藏鴉，
尋芳趁步到山家。隴頭幾樹紅梅落，紅杏枝頭未著花。

這首【鷓鴣天】說孟春景致，原來又不如〈仲春詞〉做得好：

每日青樓醉夢中，不知城外又春濃。杏花初落疏疏雨，楊柳輕搖淡淡風。浮畫舫，躍青驄，
小橋門外綠陰籠。行人不入神仙地，人在珠簾第幾重？

這首詞說仲春景致，原來又不如黃夫人做著〈季春詞〉又好：

先自春光似酒濃，時聽燕語透簾櫳。小橋楊柳飄香絮，山寺緋桃散落紅。鶯漸老，蝶西東，
春歸難覓恨無窮。侵階草色迷朝雨，滿地梨花逐曉風。

這三首詞，都不如王荊公看見花瓣兒片片吹下地來；原來這春歸去，是東風斷送的；有詩道：

接著又引了蘇東坡等八首詩為「入話」，然後導入正文：

說話的因甚說這春歸詞？紹興年間，行在有個關西延州延安府人，本身是三鎮節度使咸安郡王。當時怕春歸去……只見橋下一個人家，門前出著一面招牌，寫著「璩家裝裱古今書畫」。鋪裡一個老兒，引著一個女兒，生得如何？

雲鬢輕籠蟬翼，蛾眉淡拂春山。朱唇綴一顆櫻桃，皓齒排兩行碎玉。蓮步半折小弓弓，鶯囀
一聲嬌滴滴。

然後發展故事，寫郡王看上這璩家裱褙店的十八歲女兒璩秀秀，到王府去做繡工，和府中的碾玉待詔崔寧的愛情。秀秀愛上了崔寧，迫他私奔到潭州生活。一年多後，在路上碰到一個漢子，尾隨盯著他，上卷就以「誰家稚子鳴榔板，驚起鴛鴦兩處飛」兩個詩句暫作結束。

下卷開頭又是一首【鷓鴣天】詞開始：

竹引牽牛花滿街，疏籬茅舍月光篩。琉璃盞內茅柴酒，白玉盤中簇荳梅。休懊惱，且開懷，平生贏得笑顏開。三千里地無知己，十萬軍中掛印來。

又有一小段入話，才點明這個漢子就是王府的粗漢郭排軍。故事繼續下來：郭排軍回去告訴了郡王，郡王派人來把崔寧夫婦逮回去，把秀秀打死，埋在後花園；崔寧杖罪發配在建康府居住，差人押送；不知秀秀已死。秀秀的鬼魂趕來跟崔寧一同去建康，依舊開舖碾玉謀生。後來因為玉觀音需要修理，又回到行在居住。沒幾天又被郭排軍看到秀秀，又回去告訴郡王。秀秀說明真相，也把崔寧扯去一同做鬼夫妻。故事結束後又有四個句子：

咸安王捺不下烈火性，郭排軍禁不住閒磕牙；璩秀娘捨不得生眷屬，崔待詔撇不脫鬼冤家。

這種結束方式，亦為後來傳奇戲曲所襲用。

㈥元、明章回小說的名著——四大奇書

平話和講史是宋代小說的主流，到元、明而產生「四大奇書」，即稱為元代小說雙璧的《三國志演義》和《水滸傳》，和明代的小說二大傑作《西遊記》和《金瓶梅》。

1.《三國演義》

《三國志演義》簡稱《三國演義》，也是產生在元、明之間，相傳是羅貫中所作。羅貫中名本，錢塘人，約（西元一三三〇～一四〇〇年）在世，是一個小說作家，傳說所著有數十種，現存的除《三國志演義》之外，還有《隋唐志傳》、《殘唐五代史演義》、《三遂平妖傳》，又有作《水滸傳》之說。三國故事在唐、宋時已為說話人的材料，由李商隱〈謔兒詩〉：「或謔張飛胡，或笑鄧艾吃」二句可證。但直到《三國志平話》出世，才有文字的刻本，所以《三國志演義》是由平話擴充而來。最古的羅貫中《三國志通俗演義》本，共二十四卷，每卷十節，每節以七言一句為題目，繼承話本的形式；是明弘治甲寅（西元一四九四年）刊本。故事起於漢靈帝中平元年（西元一八四年）「祭天地桃園結義」，終於晉武帝太康元年（西元二〇八年）「王濬計取石頭城」，首尾共九十七年的史事。而擷取陳壽《三國志》及裴松之注，間取平話所說，又加以推演而成。羅貫中改編史實和平話，除了增長篇幅，肆力描寫，也增強正確的歷史材料，刪減平話中過於荒誕的言談，刪除了開卷因果報應之談，使它成為純粹的歷史小說。文字也活潑健勁，人物的神貌個性都生動可愛。他所不同於前人作品的寫作目的，是「要把那些言辭鄙謬，士君子看不起的平話，改編為『文不甚深，言不甚俗』，又不完全違背正史的通俗演義，上可給士君子們讀，

下可給民眾看的一種雅俗共賞的讀物。一方面可以普及歷史知識，同時又要合乎里巷歌謠之義。他是有意的要為民眾創作通俗文學，將那些歷史知識用演義體裁灌輸到民間去。」❾今人稱為「第一才子書」的一百二十回本，係清康熙年間毛宗崗所改作，加上了批評和改作的詳細說明，不但文字結構比較進步，內容也較為完整，而取代了羅本原作的地位。

《三國演義》的文學歷程，是由正史改為通俗故事入於民間，再由話本重回文人文學的改作。它很真實地反映出東漢末年的政治紊亂，時局動盪中人民顛沛流離的歷史真相。經由文學手法的處理，人物和歷史材料，內容豐富，變化多端，顯得機趣橫生，尤其是人物的凸出造型，是它最大的成就。諸葛亮成為中國人心目中具有神機妙算、道通陰陽八卦的智慧超人。關羽是儒家思想的典範楷模，忠烈勇敢，豪義干雲，為中國社會所普遍崇拜，化作神明，各地都有「關帝廟」，都是受《三國演義》所影響。曹操處身亂世之中，一本胸懷大志，展現他的軍、政長才，又兼擅文學，實際是個文武雙全的英雄，卻因《三國演義》的尊漢思想，使他成為奸詐權術的典型，被世人所詬病。除了上述三個人物塑造的凸出成就，其他如張飛的粗暴善良，劉備的仁慈溫厚，周瑜的機智猜疑，魯肅的外愚內智，性格都明顯生動。

2.《水滸傳》

《水滸傳》作者施耐庵，相傳是元人或元、明間人，生平事蹟記載甚少。但據楊蔭深新引的資料：

施耐庵亦為元末大小說家，名子安，淮安人，元末順帝時賜進士出身，後在江陰曾為徐姓塾師；

❾ 引自劉大杰《中國文學發展史》。

又曾官錢塘，不得志而去。那時張士誠割據高郵，徵他不起，後士誠敗，他也死了，年七十五歲。他的大著《水滸傳》，就在徐府做塾師時，概據《宋史・張叔夜傳、侯蒙傳》及《宣和遺事》潤飾而成的。⑩

以內容來看，全書應係根據民間傳說、話本與雜劇等為底本，加工增飾而成，故事描寫北宋末年，以宋江為首的一百零八人，佔據著山東梁山泊，行劫富濟貧的英雄故事。宋江是真有其人，在《宣和遺事》元集末至亨集，記他帶領三十六個好漢橫行一時，無人可敵，後來受到朝廷招安，宋江因征方臘有功，做到節度使；擴充到一百零八人，是後來的傳說。南宋處在蒙古民族的高壓統治下，人民希望有宋江這樣的英雄豪傑來恢復國土，所以《水滸》故事十分盛行，自然是說書人和好事文人筆下的好題材。

《水滸傳》的祖本出現在元末明初，經過了多次的演變，有繁本、簡本、百回本、一百二十回本、余氏本、郭氏本……，到明末清初，金聖嘆批評的七十回本出來，改造了不少地方，盛傳於世⑪。

宋江雖然是歷史人物，梁山好漢的強橫和招安討賊，也見於信史，但《水滸傳》只取史實中的點滴，作者主要以自由想像來擴充鋪寫，是獨出心裁的小說創作，尤其在人物性格的描繪上，很多不是用心理直接的抽象剖析，而是透過事件細節的敘說，人物的性格特徵，也就隨著事件的發展顯現出來。如武松

⑩ 據楊蔭深《中國文學史大綱》引胡端亭曾親訪東臺白駒橋，向施姓族譜查證到的資料，證實施耐庵確有其人，並非如胡適之《水滸傳考證》中所說：「施耐庵是明朝中葉一個文學大家的假名。」

⑪ 請參閱臺北明倫出版社《中國文學研究新編・水滸傳的演化》，有詳細的研究。

殺嫂事件中，在殺嫂以前，作者很細緻地描寫武松邀請四鄰謝酒的生活細節，其中潘金蓮、王婆、姚文卿、胡正卿等人對這件事的不同情緒反應，營造起武松殺人的緊張氣氛，武松豪壯勇義的英雄形象，便明晰地呈現出來。

又如魯智深的性情，戆直無城府，是以行俠仗義為樂的好漢，為「義」而不計利害、不顧生死，也因為遇事就挺身而出的莽撞殺人，陷落到逃亡而削髮當和尚。作者寫他纔一見史進，就挽手去吃酒，路遇曾教過史進的李忠，也拉去一同吃酒；吃酒之間，聽了金姓賣唱婦人遭鄭屠戶的迫害，便氣憤填膺，找到鄭屠戶，三拳就把他打死了。逃亡當了和尚，又因酒醉鬧了佛殿，被趕了出來；路過桃花村，為救劉太公的女兒打了小霸王周通，……終至落草為寇。讀者從這些事件中，很自然就了然這個漢子的粗莽性格。

其他如寫晁蓋、宋江的智量各別，潘金蓮、潘巧雲的淫性不同，王婆的誘姦方法，吳用的賺將技術，石秀的狠，作者都以現實手法，明晰地呈現出不同環境中各種人物的形象性格。而每個人物的行事、身分和地位，都和他們的性格密切符合，生動特出。武松、魯智深和李逵三個粗獷漢子，教人不禁喜愛他們的純樸善良，和正義氣概，是《水滸傳》塑造得最成功的人物。

施耐庵用豐富多彩的語言，精妙的修辭技巧，濃烈的思想感情，使《水滸傳》英雄們的氣概精神，活躍在社會人心之中。但這些人物，以中國傳統思想來看，他們是一夥打家劫舍的匪盜，應該加以口誅筆伐，以免誨盜誨淫，流毒社會，所以清人俞萬春便寫了一部小說《蕩寇志》，以梁山泊的賊寇之徒，應予剿滅。但肯定梁山泊英雄的人較多，明末人陳忱，入清後作有《水滸後傳》上、下冊共四十回，寫宋江、李逵等在宋天子賜宴時，被奸臣童貫、高俅毒死，三十餘人脫逃，後來又漸漸聚眾南向發展，以李俊為首，入暹羅境內，參與治理暹羅政事，做了國王，並救了南宋沿海逃亡的康王構，護送到臨安，接了皇位，他們年年朝貢，補救了前傳強盜亂世的缺憾，回到忠君愛國的傳統思想範圍，真正為《水滸傳》做了圓滿的結尾。

3.《西遊記》

《西遊記》是一部神話小說，共一百回，明代吳承恩作。全書大致可分三個部分：前七回寫孫悟空出世及大鬧天宮事。第八回至第十二回，寫唐僧出世和取經的原因。第十三回以後，寫孫悟空保護唐僧去西天取經，沿途續收豬八戒、沙僧，師徒四人跋涉萬里，經歷了八十一難，終於排除險阻艱難，掃除妖魔，取得了真經回國。這部作品中的神奇幻變故事，也和《三國志》、《水滸傳》一樣，原是宋、元間一直流行於民間的唐僧取經故事與戲劇，到吳承恩才以他傑出的文學才華寫成一部偉大的文學創作。

吳承恩是明代有名的作家，敏慧博學，《西遊記》是他晚年所作，取材廣泛，在原有的西遊取經的故事基礎上，注入他無限豐富的想像力，創造出許多離奇變幻的故事，和賦予人情世故的各形各色的神靈妖魔，寄託不畏困難的生活精神，和鋤強扶弱、誅暴安良的救世思想。它的寫作目的和結構手法，魯迅《中國小說史略》引胡適之〈西遊記考證〉說：

> 然作者構思之幻，則大率在八十一難中。……又作者稟性，「復善諧劇」，故雖述變幻恍惚之事，亦每雜解頤之言，使神魔皆有人情，精魅亦通世故，而現世不恭之意寓焉。

在人物的塑造來說，吳承恩在《西遊記》裡集中全力來寫孫悟空，在他高超的文辭技巧之下，這個神通廣大的美猴王，不但具有人的思想情感，正直善良，全書洋溢著他光輝的智慧性情，使每一個讀者都深心喜愛他，成為典型的英雄人物。其次如豬悟能的貪饞好色又懶惰，唐僧的單純沒主見，都活現出個性的特色，卻遠不如孫悟空的成功動人。

因為《西遊記》的盛行，明代就有《西遊記》的續作：如《續西遊記》沒有傳本、《後西遊記》四十回，仿傚《西遊記》稍加改寫，都沒什麼價值；明末遺民董說（西元一六二〇～一六八六年）所作的《西遊補》十六回，演述孫悟空被妖迷入夢境，迴轉在過去、未來，忽而美女、忽而閻王的幻象，中得虛空主人呼喚回來，是自成體系的作品。劉大杰《中國文學史》以為董說寫作《西遊補》的目的，是寄託他對明末政治腐敗、權臣誤國、文士輕浮等社會風氣的抨擊，也就是借神話來諷刺現實，也是一部充滿詼諧風趣的作品。

4.《金瓶梅》

《金瓶梅》是借《水滸傳》中西門慶和潘金蓮的故事為線索，以西門慶的家庭瑣事為題材，鋪演成一百回的長篇小說，寫武松為兄報仇，誤殺他人；西門慶仍和潘金蓮、李瓶兒、春梅等肆情淫樂，這書就以這三人的姓名中各取一字來命名。現存《金瓶梅》的版本，有明萬曆年間刊印的《金瓶梅詞話》，和天啟年間刻印的《原本金瓶梅》兩種。《詞話》本署名「蘭陵笑笑生」作；「蘭陵」是山東嶧縣（今棗庄市境內），所以書中有許多山東方言；「笑笑生」自然是個筆名，也有指為明人王世貞作的傳說。《金瓶梅》是我國第一部由文人獨立創作的長篇小說，內容描寫西門慶橫行鄉里，一生蹂躪婦女種種不法行為，和他由發跡到滅亡的罪行。是一本富有時代性的小說，暴露了明代社會的黑暗面貌，和官商惡霸的殘暴荒淫。作者在人物刻畫上細膩而大膽，有高度藝術成就，各種類型人物的性情、言語、神貌，都描繪得入微而生動；在二百多個人物中，西門慶、潘金蓮、應伯爵、吳月娘等，都見到明顯的個性。全書的佈局也極有技巧，由一個暴發戶的家庭中妻妾間的生活情形，映現出社會上的骯髒罪惡，和人性的齷齪。所以東吳弄珠客在序中說：

借西門慶以描畫世之大淨，應伯爵以描畫世之小丑，諸淫婦以描畫世之丑婆淨婆。

也就是由小見大，以微見著，結構大而不亂。文字尤其流暢圓熟，方言、諺語、歇後語都自然運用，雜入詞曲也頗精妙。

但在上述的藝術成就以外，世人也批評作者其實沒有寫作的理想，書中只是實寫當時社會的糜爛腐朽，最後提出因果報應的宿命思想，缺乏具體的嚴肅批判，又好像帶有欣賞的目光來下筆，有失社會教育功能；尤其是在明代性觀念開放的時潮影響之下，對性慾作過於誇張的描寫，容易使讀者受到煽情的蠱惑，士子不以談性事為羞，養成不健康的寫作風氣，為後來淫穢小說開了先例，不能不說是《金瓶梅》的缺失，被列為禁書。此後，和《金瓶梅》相同作風的作品不少，明代就有《金瓶梅》的續作《玉嬌李》⑫，

⑫ 日人鹽谷溫《中國小說概論》中說：「《金瓶梅》的續編，即《玉嬌李》，這是根據前書說報應因果之理的。此書今名《隔簾花影》，現在也有通行的《玉嬌李》別本。」但劉大杰《中國文學發展史》卻說是書已「失傳」。

清初木雞道人（本名丁西生，號野鶴）又作有《續金瓶梅》六十四回。

明人長篇的章回小說還有許多作品，一類是歷史小說，一類是神魔小說，流傳至今，仍有幾十種。神魔小說除《西遊記》外，著名的還有許仲琳《封神演義》等作。歷史演義小說有紀振倫《楊家將通俗演義》敘宋初名將楊業一門忠勇為國犧牲的事蹟，寫得比較動人；余邵魚的《列國志傳》，馮夢龍改撰為《新列國志》，清蔡奡刪訂為《東周列國志》，記周幽訖秦政的史事，是一本普及歷史教育極好的小說。

㈦明代的短篇小說

明代小說除長篇之外，短篇亦甚風行，而且很有成就。小說家除了創作外，對宋、元以來的話本也加以收集刊行，最早刻印的話本，是嘉靖年間刻刊的《清平山堂話本》十五篇，因作品包括宋、元、明時代，又保存原作樣式，內容體例也因而有異，用文言白話，或以韻語為主，都仍其舊。舊作刊行，文人也漸漸起而擬作，短篇小說因此盛行起來，至天啟、崇禎年間，短篇小說大量刊行，特別是當時名作家馮夢龍，無論在短篇小說的刊印和創作上，都做出了嘉惠世人的偉大貢獻。

馮夢龍（西元一五七四～一六四六年），字猶龍、耳龍、子龍，別署猶子龍，自號顧曲散人、墨憨子、墨憨齋主人、姑蘇詞奴。他能作詩文、小說、戲曲，是個才情極廣、學問淵博的作家，尤其是對通俗文學的貢獻很大，畢生致力於通俗小說和民歌的刊印，編輯宋、明人話本集為「三言」，即《喻世明言》（又稱《古今小說》）四十卷、《警世通言》四十卷、《醒世恆言》四十卷。這三書一百二十篇的內容非常廣泛，題材有取自古代史事或民間傳說，反映出宋、元城市經濟繁榮和民眾生活的情況和生活理想。

明代擬作話本最多的是淩濛初（西元一五八〇～一六四四年），字玄房，號初成，別號即空觀主人。他擷取古今可資聽談的事件編為小說，編著為《拍案驚奇》初刻三十六卷、又作二刻三十九卷，稱為「二拍」。二刻之後，附〈宋公明鬧元宵〉雜劇，全書共四十回。二書題材不同，初刻多述人事，二刻多言鬼神，其中也有改寫前人的話本的，但基本上完全出於創作，和馮夢龍的翻刻本不同，世人將二者合稱為「三言二拍」。三言、二拍中的作品，良莠不齊，抱甕老人便從中選出佳作四十篇（取三言二十九篇，取二拍十篇，另從他書取〈念親恩孝女藏兒〉一篇），輯為《今古奇觀》，於崇禎末年刊行，這樣的「精華選本」，受到社會歡迎，從明末流行到現在，因而使三言二拍湮沒了幾百年。

㈧清代舊小說的復興

清代章回小說較明代更發達，在內容上也脫出了神魔、淫穢的範圍，新發展出諷刺、言情、武俠、譴責……等意涵的創作，而作品的質、量，也遠遠超過前代。魏晉漢唐時代的古小說，也又行復活，作品也比以前更精彩。整體來說，當各體舊文學都漸漸步入總結束的情況下，小說卻顯示著無限充沛的活力，並營造出光輝耀目的成就。

有清一代的小說，可以晚清為界，分兩個階段來介紹：晚清以前，沿襲唐人傳奇和宋人平話，漸漸脫出，走向自我創作的新方向；晚清以後，西洋文化輸入，受時代環境的影響，小說的功能受到重視，有目的地創作和翻譯外國作品，小說文學呈現出前所未有的繁榮，帶動小說走上時代和世界的新途徑。以下分別說明。

清代早期的小說，清初有《聊齋志異》，中葉有《紅樓夢》、《儒林外史》，可為代表。

《聊齋志異》的作者蒲松齡（西元一六四〇～一七一五年），字留仙，一字劍臣，別號柳泉，學識淵博，因科場不利而一生窮困，著作很多，而以《聊齋志異》得享盛名。《聊齋志異》共十六卷，用文言文寫成四百三十一短篇，採用六朝志怪和唐傳奇的藝術傳統，把花妖狐鬼和幽冥世界等非現實的人物，予以人格化、社會化，透過豐富的想像所呈現的超現實力量，曲折自然地反映現實中各種矛盾，鮮明地表達作者的愛憎感情和美好理想。由於文筆簡鍊，刻畫細膩，構思奇幻曲折，其文學藝術的成就，使文言短篇小說創作達到新的高峰，所以獲得極高的評價，在中國文學史上佔有很高的地位。論者以為他失意科場，家境貧困，又長期生活在農村，親身體會到民間生活的疾苦，所以借花妖狐鬼之形，抨擊八股取士的黑暗腐敗。

《儒林外史》和《紅樓夢》雖然在形式上沿用「傳奇」和「平話」章回小說的形式，但已經擺脫了「說話人」說給人「聽」的立場，進而為寫給人「看」的寫作目的，這是研究小說的學者特別指出的進步⓭。

⓭ 胡懷琛《中國小說概論》說：「《紅樓夢》已脫離了「說話人」而獨立了，他已是直接寫給人家看，不是由「說話人」說給人家聽了。……凡是說給人聽的，每一段書的事情必須愈曲折、愈熱鬧愈好，所有人物也比較的多。《三國演義》、《水滸傳》都是如此。若《紅樓夢》就不是如此。他每一段的事情大概都是很簡單，很平淡，只是描寫得很細膩、真切。所謂「入情入理」，「繪色繪聲」，這只有寫在紙上好看，一放到口頭上說，就沒有甚麼可以說的了。……這是以前所沒有的，所以可稱為創作。」

《儒林外史》，今有五十六回和六十回兩種，作者吳敬梓（西元一七〇一～一七五四年），字敏軒，號文木山人，名門世家出身，而後家道中落，晚年貧困至死；曾是江寧文壇主將，以《儒林外史》一書留名。這部小說是他根據切身的體驗，從多方面揭露當時士大夫的醜惡，抨擊科舉制度和封建禮教，建立起諷刺文學的里程碑，同《水滸傳》、《紅樓夢》一樣，在中國小說史上，享有無比崇高的地位。從全書的架構來說，寫完了一個人，就接著轉寫另一個，這樣蟬聯成書，吳敬梓只是把許多短篇接合成一個長篇，沒有精密的佈局技巧。它的藝術特色，在於在思想內容上，經過實際銳利的透徹觀察，能秉持公心，指摘時弊；一方面對不合理的制度，以及各種虛偽無恥、醉心利祿的人們，作了嘲諷，一方面仍在傳統的思想下，把美好的理想寄託在那些「純儒」的身上。

《儒林外史》透過人物與環境的描寫，來表達思想的主題，是吳敬梓寫作藝術受到最多的讚賞。他以簡練純淨的文字，細緻地刻畫各種人物的心思嘴臉，如第十四回寫馬二先生遊西湖，在西湖沿上牌樓前坐著，欣賞湖上的婦女：

> 見那一船一船鄉下婦女來燒香的，都梳著挑鬢頭；也有穿藍的，也有穿青綠衣裳的，年紀小的，都穿些紅紬單裙子；也有模樣生的好些的，都是一個大團白臉，兩個大高顴骨；也有許多疤麻疥瘌的。一頓飯時，就來了有五六船。那些女人後面，都跟著自己的漢子，掮著一把傘，手裡拿著一個衣包，上了岸，散往各廟裡去了。……吃完了出來，看見西湖沿上柳陰下繫著兩隻船。那船上女客在那裡換衣裳：一個脫去元色外套，換了一件水田披風；一個脫去天青外套，換了一件玉

色繡的八團衣服；一個中年的脫去寶藍緞衫，換了一件天青緞二色金的繡衫；那些跟從的女客，十幾個人也都換了衣裳。這三位女客，一位跟前一個丫鬟，手持黑紗團香扇，替她遮著日頭，緩步上岸。那頭上珍珠的白光直射多遠，裙上環珮叮叮噹噹的響。馬二先生低著頭走了過去，不曾仰視。

這兩段文字，只用直接的敘述，寫馬二先生在西湖沿岸，一再「遠遠的」在欣賞湖上船裡的婦女，不但看到她們的衣裙顏色，髮型裝扮，舉止面貌，甚至連臉上的「疤麻疥癩」、身邊跟隨的人都注意到了，但當她們上岸走近來，他卻「低著頭走了過去，不曾仰視」，把一個寒酸文人的無聊酸腐、矯情假道學的性情心術，都活現出來了，讀來也讓人很明顯地感受到他諷刺的意味。

《紅樓夢》，原名《石頭記》，又名《金玉緣》，一百二十回；前八十回是曹雪芹所作，後四十回相傳是高鶚所續，是世界著名的不朽傑作，持續成為學者研究的對象，因而產生了「紅學」。作者曹雪芹（西元一七一五～一七六三年；也有一七二四～一七六四年的說法），名霑，字芹圃，以雪芹的別號通行，又號芹溪。五四以後，經過許多學者研究考證的結果，曹雪芹生長在清初一個富貴家庭裡，後來家道中落，晚年窮困至死，在世還不到五十年。他早年經歷過官僚家世的富貴榮華，晚年又在社會下層裡生活，所以對高位官僚和低層民眾的生活，都有確實深切的感受，這是他晚年寫作《紅樓夢》的基礎。所以劉大杰《中國文學發展史》說：

> 曹雪芹是以悲憤和回憶的心情，以豐富的生活體驗，來描寫一個貴族家庭興衰的歷史。……《紅樓夢》中的賈寶玉，其中可能暗寓著一點曹雪芹的影子。曹雪芹在他衰敗破落的窮困的晚年，在生活上在情感上完全離開了昔日的優越地位，用他的血和淚，用他整個的生命，用他最藝術的文筆，創造出光輝無比的《紅樓夢》。

所以《紅樓夢》讀後，讓人自然感覺到它的悲劇藝術美感。

《紅樓夢》的故事，以賈家榮、寧兩府，在僅僅八年間的盛衰變化為背景，全部人物共有四百四十八人，通過各種人物的活動，演述出宮廷貴族的利益輸送與矛盾，各種男女間的感情葛藤，家庭日常生活中的是非瑣事，而人物的性格典型，就在種種複雜事件的曲折關係中，自然顯現，給讀者非常明晰的印象，如賈母的姑息，王夫人的平庸，王熙鳳的精明陰險，黛玉的純稚嬌癡，寶玉的自專叛逆，寶釵的深沉謹慎，晴雯的爽直，襲人的智慮細密，……塑造了許多富有典型性格的藝術形象，其中尤二姐的懦弱，尤三姐的勇悍堅強，這對姊妹間的性格對比，給人的印象最具體明晰。而以賈寶玉、林黛玉、薛寶釵三人的愛情婚姻為中心線索，所以也有人把它列為「人情小說」，以為它是專寫兒女之情；也有人將它歸屬到「諷刺小說」，認為主題思想在表達「寶玉追求婚姻的自由和性格的解脫，對於舊家族不合理制度的反抗。」⓮

由於《紅樓夢》故事的動人，藝術技巧的高超，除了近代研究者日眾外，清代的續編也不少，如歸

⓮ 劉大杰《中國文學發展史》語。

鋤子的《紅樓夢補》、托名曹子芹的《紅樓後夢》、秦子忱的《紅樓續夢》、蘭皋主人的《紅樓重夢》等等，但都被評為「狗尾續貂」之作；還有不少以《紅樓夢》為依據的詩文創作，如〈紅樓夢賦〉、〈紅樓夢詩〉、〈紅樓夢詞〉、〈紅樓夢論贊〉、〈紅樓夢譜〉、〈紅樓夢圖詠〉、〈紅樓夢散套〉、《紅樓夢傳奇》等等，並且有英文、日文的譯本。「紅學」仍日在孳衍中。

曹雪芹在《紅樓夢》中，也表現出他精湛的藝術修養，他不僅是文學，對戲曲、繪畫、建築、器物，都有很深刻的見解。

(九)清中葉以後的長篇小說

自從《紅樓夢》出現以後，清代的小說變成了三派：

1.是作者炫才的作品：

如夏敬渠的《野叟曝言》一百五十四回，他把自己生平所學的、所夢想的，完全寫在這部小說中，塑造男主角文素臣為一個文武雙全、才學蓋世、富貴風流的才子。陳球的《燕山外史》八卷，以駢體文作小說，以逞炫詞華為主。比較為世人熟知的是李汝珍（約為西元一七六三～一八三〇年在世）的《鏡花緣》一百回，寫唐代武則天時的才女會試赴宴的故事。他處身在清朝漢學盛行的時潮中，對於音韻、經學都有研究，都寫入書中，令人感到沉悶乾枯；故事的內容，完全自己構想，藉以提出對社會的針砭，伸張女權，實現男女平等的觀念，在今日看來，也是他的卓見。

2.是狹邪小說：

也叫做倡優小說，即以妓院伶人為題材的作品。如陳森的《品花寶鑑》六十回，敘述名伶名士的風流韻事。魏子安以筆名眠鶴主人寫作的《花月痕》十六回，俞吟香題名鼇峰慕真山人作的《青樓夢》六十四回，寫妓女和多情才子的戀情。比較受到注意的是花也憐儂（真姓名為韓邦慶）作的《海上花列傳》，用蘇州方言寫成，由許多故事集合的合傳體，他自己說是從《儒林外史》脫化出來，佈局卻極為精巧，在人物描寫上相當成功，展示出方言文學的特色。

3.是俠義小說：

用通俗的平話寫作的武俠和公案故事，是一般民眾所愛好，如文康（姓費莫，名鐵仙，滿州鑲紅旗人）的《兒女英雄傳》，又名《金玉緣》，寫女俠十三妹何玉鳳和張金鳳同嫁安公子，作善降祥而家庭發達，是舊社會觀念的道德典型。又有說書人石玉崑作的《三俠五義》，原名《忠烈俠義傳》，一百二十回，寫宋真宗時包公忠誠正義，感化南俠展昭、北俠歐陽春、雙俠丁兆蘭、丁兆蕙以及五鼠等都來投誠受職，安定社會。此書出版十年後，學者俞樾覺得它「事蹟新奇，筆意酣恣，描寫既細入毫芒，點染又曲中筋節。」訂正了部分文字，在人物上再加艾虎、智化和沈仲元三人，和原有的四俠，共為七俠，改名為《七俠五義》，在江、浙間相當盛傳，取代了原作的席位。這兩本作品都用「平話」式的體裁，因為是以說書人的口吻寫成，文辭通俗流暢，故事情節也曲折多變有趣味，是民間所喜愛。所以當日俠義公案小說很多，近來改編為電視連續劇的《包公案》、《施公案》都是這時的作品。

(十)晚清小說的發展

晚清小說出現空前的繁榮局面。由於印刷業和新聞事業的發達，對於小說的社會功能，受西洋文化輸入的影響，也有了新價值的認識，同時政治國勢的挫敗，也促成以寫作小說來表示抨擊的風氣，所以作品極多，成冊的小說，估計至少在一千種以上。

當時在報章雜誌上談論小說的重要性的文章不少，以一九〇二年，梁啟超在《新小說》創刊號上，發表〈論小說與群治之關係〉一篇，影響最大。他認為小說對人心、社會，「有不可思議之力」，說：

欲新一國之民，不可不新一國之小說。故欲新道德，必新小說。欲新宗教，必新小說。欲新政治，必新小說。欲新風俗，必新小說。欲新學藝，必新小說。乃至欲新人心，欲新人格，必新小說。

當時的報紙競相刊登小說，還有專刊小說的雜誌，最早的是梁啟超於光緒二十九年（西元一九〇三年）創辦的「新小說雜誌」，李寶嘉主編的「繡像小說半月刊」（西元一九〇三年）、吳沃堯與周桂笙等創辦的「月月小說」（西元一九〇六年），曾樸也辦「小說林」（西元一九〇七年），此外還有「新新小說」、「小說月報」、「小說時報」、「小說世界」、「小說圖畫報」、「新世界小說社報」等等，小說的創作，的確是一片繁榮景象。

晚清小說的特質，因為作者對當時的政治社會的不滿，有意以小說來作為抨擊的武器，所以無論內容精神和寫作目的上，都和以往的小說不同，魯迅在《中國小說史略》裡特稱為「譴責」小說⑮。在繁

⑮ 魯迅《中國小說史略》特別把清末的諷刺小說稱為「譴責小說」。他說：「揭發伏藏，顯其弊惡，而於時政，嚴

富的作品中，下面介述大家熟知的幾部為代表：

《官場現形記》六十回，李寶嘉（西元一八六七～一九〇六年）作，他字伯元，別署南亭亭長，也用其他不同的筆名寫小說，作品很多，代表作是《官場現形記》和《文明小史》，而以《官場現形記》盛傳於世。《官場現形記》以刻畫官場醜態為題材，連綴許多貪官污吏的惡行和官場的趣聞笑話而成，可以明白他對滿清官吏的痛恨與譴責，被推為譴責小說的代表。

《二十年目睹之怪現狀》一百零八回，吳沃堯（西元一八六七～一九一〇年）作，字趼人，別署我佛山人，賣文為生，所作小說極多，以《二十年目睹之怪現狀》和《九命奇冤》最有名，而以《二十年目睹之怪現狀》享譽後世文壇。故事內容描寫名叫「九死一生」的男主角，二十年間在社會上的奇異見聞，其範圍及於政治社會的各形各色，以他豐富經驗和生動文筆的細膩描繪，達到暴露和批判的效果，自然歸類到譴責小說的範圍內。在組織架構上，用《儒林外史》的形式手法，沒有值得稱道的技巧。

《老殘遊記》二十章，劉鶚（西元一八五七～一九〇九年）作，他字鐵雲，筆名洪都百鍊生。一生著述很多，但小說只有《老殘遊記》一種，記述主人翁「鐵英（號老殘）」的言論見聞，以及景物的描寫，是一時興到之作，原無組織結構的寫作目的，但他自言是用以寄託他身世、家國、宗教的悲感心情，因此所記的重點，在於他所到之處的政治民生社會的實況，尤其是酷吏的濫權非為的可恨。因為文字簡練流利，景物和人物的描寫都獨出心裁，深刻動人，而掩蓋了結構散漫的缺點，獲得很高的評價。

加糾彈；或更擴充，並及風俗。雖命意在於匡世，似與諷刺小說同倫，而辭氣浮露，筆無藏鋒，甚且過其辭，以合時人嗜好，則其度量技術之相去遠矣，故別謂之譴責小說。」

《孽海花》三十回，曾樸（西元一八七二～一九三五年）作，他字孟樸，筆名東亞病夫，一九〇四年開始寫作《孽海花》，直到一九〇六年才寫完，翌年修改續補完成，成為晚清小說中較有影響的作品。故事內容敘述清末三十年間的遺聞軼事，以名妓傅彩雲和狀元洪鈞的風流韻事為線索，洪死後，彩雲成為上海名妓「曹夢蘭」，到天津後又改名為「賽金花」，藉由事件的發展，展現了晚清的政治、經濟、外交和社會生活的情況。他自己說：

> 這書的主幹的意義，祇為我看著這三十年，是我中國由舊到新的的一個大轉關，一方面文化的推移，一方面政治的變動，可驚可喜的現象，卻在這一時期飛也似的進行。我就想把這些現象，合攏了他們的側影或遠景和相連繫的一些細事，收攝在我筆頭攝影機上，叫他自然地一幕一幕的展現，印象上不啻目擊了大事全景一般。（〈修改之後要說的幾句話〉）

這段文字，就可以讓人明瞭他的寫作目的；也可以看到他平白流利的文筆，因為所敘大都近於實事，描寫官僚的醜態，活現入微，尤其庚子時期賽金花和德國聯軍統帥交往的勢力，雖嫌誇大，也很淋漓盡致。美中不足的是沒能按照原定寫六十回的計畫，展現當時社會的全貌，後來就有人做了後續的研究，為他說明⑯。

⑯ 請參閱郭箴一《中國小說史》第七章〈趙景深：曾孟樸的孽海花〉。

二、現代小說

「現代」的界限，是指西洋小說輸入以後，中國小說走上了新途徑。西洋小說輸入中國之後，又可分兩個階段，先是翻譯外國小說，然後是用迥異於以往的新技巧來創作。

㈠翻譯外國小說

把西洋小說翻譯到中國來，開始於清代同治末年，在「申報」上刊載。當時的翻譯方式，先是把外國的作品，完全改用中國人名、地名，和刪除不合於中國的人情風俗的情節，甚至加入一些中國式的風土人情，等於重新寫作，算為「自撰」。如把《歐文雜記》(*Irvings Sketch Book*)中的〈李伯大夢〉(*The Legend of Sleepy Hollow*)改成《一睡七十年》[17]，又曾把《格利佛遊記》(*Swifts Gulliver's Travels*)中的一段，改作《談瀛小錄》[18]；又有蠡勺居士譯《瀛寰瑣記》中的《昕夕閒談》，上下卷共五十五回，也在「申報」刊登，後來譯者刪改重定，印行單行本，譯者改名為「吳縣藜床臥讀生」。現在為人所熟識的《愛的教育》，當時曾由包天笑翻譯過，名叫《馨兒就學記》，把人名、地名、和風俗都改為中國的；吳趼人的《電術奇談》，據說也是取自一部日本小說為故事架構，其餘都換成中國式的。這種翻譯時期，胡懷琛稱之為「假扮」時代。

[17] 同治十一年四月二十三日在「申報」刊登。
[18] 同治十一年四月十五日至十八日在「申報」刊登。

大規模的介紹翻譯，在甲午中日戰爭（西元一八九四年）以後。

清光緒二十四年（西元一八九八年），梁啟超寫了一篇闡明翻譯小說重要性的文章〈譯印政治小說序〉，主張翻譯政治小說以為改造政治社會的宣傳武器。由於知識饑渴，譯者只求量多，不求質精，當時的譯家，備受肯定，最為知識分子所推重的，是嚴復、林紓等以古文筆法來翻譯的人；用古文翻譯，在當時社會仍重視文言文的時潮之下，有提高譯書聲價的作用，但梁啟超、李伯元、吳趼人等人，仍用白話，以章回小說的形式來翻譯。嚴復並沒有創作或翻譯過小說，在西洋小說的最早翻譯上，自然要首推林紓了。

林紓（西元一八五二～一九二四年），字琴南，筆名冷紅生，晚年自稱踐卓翁，所譯小說約一百七十一部，包括英國、美國、法國、比利時、俄國、西班牙、挪威、希臘、瑞士、日本和其他未知國，又未結集的有短篇十五種，英國莎士比亞、狄更斯，法國大仲馬、小仲馬、巴爾扎克，俄國易卜生等名家名作，都譯介給國人。但他本身不懂英文，從選擇原作，一直到口譯，都得依靠別人；這種「意譯」方式，選本不當，誤解原意的弊病，便不能避免。但這都不能抹殺他譯作所帶給當時社會的影響，他另具風格的譯筆，讓中國許多人歡喜地讀到外國的名家和名作，尤其是各國一流的作品，對中國文壇確實起了啟發的教育作用。

林紓之外，吳檮譯了不少日本的小說，陳冷血譯俄國虛無黨小說和偵探小說，包天笑所譯以兒童教育方面為多，都是很有貢獻的譯者。就當時整個翻譯界來說，最初以譯政治小說以助宣傳，其次是教育的，第三是科學故事，然後發展到文學，最後是以偵探小說為主流。魯迅兄弟（周樹人、周作人）所譯的短篇小說《域外小說集》，包含了童話、寓言，也是用古樸的古文來翻譯，但保留了原作的章節格式的「直譯」法，使長久習慣了中國固有形式的讀者，不能習慣接受，所以十年之中，只賣出十二冊，卻樹立起要「忠於原作」和作者風格的翻譯理念，其影響應不下於林琴南。

㈡早期新小說的創作

受了西洋小說的影響，五四運動後，小說也在新文學思潮的帶動下，開始用新的形式和手法來創作，因為取法西洋小說的手法，迥異於以往的格局形式，當時也被稱為「歐化」小說。

第一個新小說的作者是魯迅（西元一八八一～一九三六年），原名周樟壽，字豫才，後來改名樹人，筆名魯迅，早年留學日本學醫，後來棄醫從事文學。五四運動前後，參加《新青年》編委會，從事新文學運動。一九一八年五月，發表我國新文學史上第一篇白話小說〈狂人日記〉，借患「被迫害」的精神病人，來抨擊傳統思想，攻擊吃人禮教，表現了深刻的諷刺性，和相當出色的技巧，震撼當時文壇。一九二一年，發表中篇小說《阿Q正傳》，寫一個清末時的鄉下地痞，生活在永遠的失敗中，而以自我欺騙、任人侮辱的方式來存活，以象徵中華民族的病態，也表示對國家近百年來屢受列強欺侮的諷刺，一時轟動文壇。後來又結集短篇小說為《吶喊》、《彷徨》二冊，為新小說奠定了穩固的基石。一九二六年他離開北京以後，參與政治和社會運動，便不能專心寫小說，所以他的小說創作主要在二十年代，採用現實主義的創作方法，多取材於病態的社會生活，旨在揭出病苦，以謀救治。

從魯迅採用西方小說寫成的新小說，不同於我國舊小說的地方，如不用對句聯語做標題，內文使用新式標點符號，分段，人物對話都分開來寫，在故事進行上，已經運用新手法，如用明、暗雙線索來發展情節。這些都為後來的小說技巧提示了變化的思考。

一九二〇年十一月，周作人、沈雁冰、鄭振鐸、耿濟之、葉紹鈞、許地山、王統照等在北京和上海成立了「文學研究會」，以創造新文學，重估舊文學，和介紹西洋文學為宗旨。「文學研究會」接辦《小說月報》，提出「為人生而藝術」的文學主張，產生了不少小說家和小說。如葉紹鈞（西元一八九四～？年），字聖陶，以寫實的手法刻畫社會的黑暗，卻能借幻想來美化醜惡的人生。像〈曉行〉、〈悲哀的重載〉、〈母〉、〈苦菜〉等等篇章，描寫桎梏於苛捐雜稅下的農人，輾轉火窟中的妓女，被經濟壓迫而犧牲愛心的母親，或屏息於督學淫威之下的小學教師……。

一九二一年由一群留日的中國學生成立的「創造社」，文學主張是「為藝術而藝術」的浪漫主義。認為「文學乃藝術家內心之智慧的表現，都是他們天才自然的流露」、「文學創作本來只是出自內心的要求，不必有什麼目的。」小說家有郁達夫、張資平、郭沫若、馮沅君等。

郁達夫（西元一八九六～一九四五年），原名郁文，一九一三年留學日本學醫，後來棄醫改習法科。一九二一年發表小說〈沉淪〉，描寫性慾的衝動，在當時的社會情況，因為下筆「大膽」而震動文壇。內容寫一個留學日本的中國學生，在慾念的困苦中的挫折和自疚。作者維特式的自憐，誇張了主角對自然的愛好和心頭的痛苦，但整體的結構並不周全，到後來自殺一節也沒有好好的交代。從他的生平和作品來看，他的想像完全來自真實的生活。郁達夫在初期是個特別重要的作家，對創造社的貢獻最大。在〈沉淪〉中，借主人翁頹廢的生活，抒發青年感傷國家衰弱，身處異邦的屈辱，用縱情色慾來逃避現實，而內心潛藏著俟機而發的意識，是當時一般知識青年的共同心態，所以獲得普遍的迴響。創造社早期各人都崇尚主觀的浪漫主義，郁達夫敢於把自己的弱點在筆下暴露出來，把個人的心靈來表現文學的道德主題，論者以為他誠實認真的態度，擴大了現代中國小說心理和道德的範圍，但後來受左傾運動的影響，這種作風熱潮退卻，他的寫作生命也就日漸衰退。

㈢三十年代的小說

從一九二五年到一九三六年，在近代文學史上叫做「三十年代」；這十年間，國家發生的大事有：五卅慘案（西元一九二五年）、北伐成功（西元一九二五～二八年）、國共分裂（西元一九二七年）、日本佔領東三省，建立偽滿洲國（西元一九三一～三二年），至西安事變（西元一九三六年）。這種動亂時局，刺激知識分子的思想，參加政治，要救亡圖存，產生了一些新的文藝團體。一九三〇年三月，在上海成立「中國左翼作家聯盟」，簡稱「左聯」，由共產黨人周揚等人掌控，表面上以魯迅、瞿秋白為領導人，完全是一個戰鬥性的組織，又有幾個委員會分掌文化、社會和宣傳任務，基金很充足，經濟來源充裕，所以能出版《萌芽》、《文學月報》等九種主要刊物，外圍刊物也有《文藝新聞》、《現代小說》等六、七種，一時參加的作家有五十人，氣勢極盛；對蘇共文學理論深有研究的胡風（張光人），在一九三三年（民國二十二年）回上海加入左聯，任宣傳部長，與馮雪峰成為魯迅的得力助手。當時的文壇在左聯作家的控制下，並發動許多激烈的運動；另外一些獨立的作家也努力維持自己的寫作園地，認真地為文學做出貢獻。這十年是中國現代文學的全盛時期，尤以小說的成果最大，茅盾、老舍、沈從文、謝冰瑩等人的作品，都有超越前人的表現。

茅盾（西元一八九六～一九八一年），原名沈德鴻，字雁冰，筆名茅盾、郎損、玄珠等，提倡「為人生而文學」的現實主義，一九二七年開始發表以小資產階級知識分子在「大革命」中的生活為題材的中篇連續性質小說《幻滅》、《動搖》、《追求》，組成長篇《蝕》三部曲，成為一個名小說家，從此走上小說創作之路。一九三〇年從日本回國，在上海同魯迅一起參加左聯的領導工作。茅盾一生推動共產黨的文化工作，創作十分豐富，在三十年代前後所作的長篇、中篇小說有《虹》、《路》、《三人行》、《子夜》、《春蠶》、《秋收》、《殘冬》等等作品。《蝕》三部曲講的是從一九二六年至一九二八年，其間動亂時期的故事。《幻滅》寫一些青年在革命前夕，充滿著興奮之情獻身革命，結果受到挫折，以致希望幻滅。《動搖》是進一步探索革命的熱忱和現實的衝突，政治對年輕奮鬥的影響，但為了革命左右兩派卻互相殘殺，致使知識青年感慨迷惑，終而發生動搖。《追求》寫參加革命的一班青年人，在失望之餘，仍然不放棄希望，轉而追求個人的事業與婚姻，最後發現結果也不美滿。《蝕》是一部真正反映出當時的歷史，富自然主義色彩的小說，處處看到作者認識到「人力無法勝天」的想法。這和共產主義的基本信條當然有所牴觸，所以受到共產黨文學批評者的攻擊。其實，茅盾的小說一直是本著馬克斯主義的立場來看中國，他是共產中國最具代表性的作家。

三十年代的主要長篇小說家，老舍和茅盾有相同的重要性。老舍（西元一八九九～一九六六年），本名舒慶春，又名舍予，筆名老舍，北京生長的旗人，一九二四年前往英國留學，而且在倫敦大學東方學院教中文華語。他曾模仿狄更斯寫了第一篇滑稽小說《老張的哲學》，接著寫出《趙子曰》、《二馬》，都是長篇的諷刺小說。作品甚多，短篇小說有：《趕集》、《櫻海集》、《蛤藻集》、《火車集》、《貧血集》、《東海巴山》。長篇小說有：《駱駝祥子》、《火葬》、《貓城記》、《離婚》、《牛天賜傳》、《四世同堂》等，也寫作劇本，獲得「人民藝術家」的稱號。代表作《駱駝祥子》寫於中日戰爭前夕，用悲劇的筆法描寫一個善良的小人物的奮鬥和失敗，是一部結構嚴謹、感人甚深的寫實主義小說。

巴金（西元一九〇四年～？），原名李堯棠，別號芾甘，筆名王文慧、歐陽鏡蓉、黃樹輝、巴比、巴金等❶⑲。長篇小說《滅亡》和《新生》，是在一九二九年旅居巴黎期間寫成。他的代表作是《激流三部曲》——《家》、《春》、《秋》，尤其以《家》最盛傳。《激流三部曲》是現代中國小說最長又最具雄心的巨構，也是他精心投注的作品。故事以五四運動後的四川成都為背景，寫一個舊社會家庭的沒落過程，通過眾多人物形象，表現出老一輩的舊思想的專制，和新一代或在腐敗墮落、或在痛苦中的反抗叛逆，最後老舊的封建有如秋天的葉落枝枯，孕育起新一代的生機。其餘還有長篇小說《愛情三部曲》——《霧》、《雨》、《電》；還有《火》、《憩園》、《寒夜》等，也有佳評；又有不少短篇小說和翻譯、散文、童話、雜文、報告文學等作品，是享譽文壇的作家。

三十年代是中國現代小說的黃金時期，享譽文壇的作家眾多，如許地山（落花生）、謝冰瑩、廬隱、沈從文、蔣光慈、葉紹鈞、郭沫若、凌叔華、蘇雪林、冰心等等。這個時段的知識分子，遭逢政治制度

---

⑲ 此說取自秦亢宗主編的《中國小說辭典》（北京出版社）。另據夏志清原著，劉紹銘編譯的《中國現代小說史》說：巴金，原名李堯棠，字芾甘，筆名巴金是拆無政府主義者「巴枯寧」和「克魯泡特金」二人的名字拼合而成。後說較明晰，也可以知道他思想的取向。

劇變、時代社會急遽轉換的時期，又大多數都曾經留學英、美、法、日本和蘇俄，看到其他國家的開發和進步，對於中國的過去，不能以平常心對待，甚至感到羞恥，不惜採取強烈的態度來加以批判，或加以諷刺。所以，他們除了以現實生活的情況或心態為小說的題材外，在形式和技巧上，吸收運用西方小說的手法，並完全使用白話來寫作，都很成功。

但當時仍有用舊小說的章回體，來寫以才子佳人或武俠為題材的小說，所謂「鴛鴦蝴蝶派」的作品，還在創作，也仍廣受讀者歡迎。所以三十年代的中國小說，有反映時代脈動的新小說，和被認為是逃避現實的舊小說，兩者除了都使用白話為書寫工具外，可以說全無相同之處。但在小說技巧來說，繼承歷代小說傳統的舊形式，雖然對西方文學所知甚少，對社會問題也不關心，仍然有其純文學的價值在。

(四)抗戰時期的小說

三十年代小說家在對日戰爭期間，仍繼續以犀利的筆鋒撰寫小說，來暴露敵人的暴虐慘酷，來鼓舞民心士氣，他們也創作了許多抗日小說。當然，現代小說對小說文學最大的影響，也就在於以現實的時代社會為題材，寫出作者和讀者對時勢事件的批判和心聲，所以小說便成為描寫時代人心的紀錄。日本侵華的九一八、七七事變、抗日戰爭，甚至二次世界大戰，都有可供了解的小說。像蕭軍（西元一九〇七年～？）在民國二十四年（西元一九三五年）所作的長篇小說《八月的鄉村》，就是以九一八事變，日本侵佔東三省，設立滿洲國的史事為題材，寫東北地區一支抗日軍隊，對抗日本軍和滿洲軍的情況。前面說的巴金描寫抗日戰爭的小說，有《抗戰三部曲》——《火》、《炎》、《災》，寫上海青年發動抗日救國工作，洋溢著愛國的熱情，到了後方也仍參加抗日，有的甚而犧牲了生命。他又有《還魂草》寫中國人在日本帝國主義的侵略下，造成家破人亡的痛苦災難。九一八事變後，張恨水（西元一八九五～一九六七年）所寫作品，大都是在抗日戰爭中小市民的悲歡離合，如《熱血之花》、《大江東去》、《石頭城外》等；在抗戰勝利前後，寫有《紙醉金迷》、《五子登科》、《八十一夢》等反映當日社會弊病的作品。日本統治臺灣期間，魚肉人民，臺籍小說家賴和（西元一八九四～一九四三年），也作有《不如意的年禮》，描寫日本警察在除夕前，嫌年禮少，就胡亂抓人。

㈤兩岸分治後的小說

民國三十八年（西元一九四九年），中共在大陸成立中華人民共和國，實行共產主義；中華民國政府撤退到臺灣，實施民族、民權、民生的三民主義：中國開始分裂分治，從此由於政治制度不同，社會情況有異，又在將近四十年不相往來的隔離下，民眾反映在小說中的生活狀況和思想，也就很不一樣。

1. 共產政權下的小說

大陸小說在共產黨文藝政策的主導下，先有第一階段的「工農兵小說」，和第二階段在反右派運動與文化大革命之後的「反省小說與傷痕小說」。

所謂「工農兵小說」，即以工人、農民、軍兵為主題的小說。周而復（西元一九一四年～）的《上海的早晨》共四部，描寫上海解放前後，資本家被工人檢舉鬥爭的故事。趙樹理（西元一九〇六～一九七〇年）的長篇小說《三里灣》，寫富裕中農馬多壽在五十年代，中共實施「集體農場」的政策下，把土地和四個兒子五份分家，先後都順應大勢所趨，加入了「合作農場」，成為「農村改造」時期的優秀作品。杜鵬程（西元一九二一年～）的長篇小說《保衛延安》，描寫國共在民國三十六年（西元一九四七年）的戰爭，胡宗南將軍率領十萬國軍進攻中共的延安，彭懷德指揮共軍作戰，保衛延安，塑造了連長周大勇和戰鬥員的善戰形象。

民國三十一年（西元一九四二年）毛澤東在陝西延安召開文藝座談會講話，強調文藝要為政治服務，禁絕小資產階級的文藝作品，自此之後，大陸小說在「政治掛帥」、「文藝為政治服務」的背景下，都成為共產黨的宣傳工具。

著名的女作家丁玲（西元一九〇七年～）因不滿共產政權，尤其是婦女在解放之後所受到的待遇，遠不如生活在國民政府統治之下[20]。先在一九四一年寫了短篇小說《在醫院中》，暴露延安生活的窮困與腐敗；又在一九四二年的三月九日，發表了一篇社論〈三八節有感〉，為在共產黨統治下的婦女鳴不平，她因此受到制裁；同時王實味的〈野百合花〉、艾青的〈瞭解作家、尊重作家〉、羅烽的〈還是雜文時代〉、蕭軍的〈論同志的「愛」與「耐」〉，也都引起毛澤東的不滿，開始對文藝界加以整肅、鬥爭。胡風因主張文藝要真實的反映人生與社會的美好、醜惡、光明與黑暗，提出為挽救毛澤東「文藝講話」的公式化理論，要還給作家創作的自由，到一九五五年被整肅下獄，受牽連的作家很多，就是「胡風事件」。中共又在一九五七年四月發動「百花齊放，百家爭鳴」運動，鼓勵知識分子說出改革國家的心聲；但不到兩個多月，毛澤東又發動大規模的「反右派運動」，清算共黨的文藝工作者、知識分子和黨政幹部兩千多人，

[20] 參見夏志清著、劉紹銘編譯《中國現代小說史・第一個階段的共產小說》。

民主黨派人士一萬三千多人，青年學生五萬五千人，共計四十七萬人被列為「右派分子」，下放或下獄；著名的共產黨分子，像丁玲也被列為右派，下放到黑龍江、山西的農村，經歷二十年勞改監禁的生活，至一九七八年才得平反。

一九五八年三月，毛澤東為了要在十五年內超過英國，提出倍增鋼鐵與農業的產量。五月開始推進「大躍進」的計畫，實行：集體農場，人民公社，土法煉鋼，興建水庫，人民像螞蟻雄兵似的無酬不休地工作，結果煉出的是廢鐵，浪費了難以數計的人力、物料與金錢，卻造成嚴重的饑荒與經濟的衰退，據說有三千萬人餓死。十二月，毛辭去國家主席，由劉少奇接任。一九五九年九月彭懷德上書，為民困請命，被毛罷黜判罪。劉少奇改變了一些政策，提高農產品價格，恢復自由市場，關閉賠錢的國營企業；毛認為：劉是走資派，並感到權力受到威脅。一九六一年初，北平副市長吳晗作京劇《海瑞罷官》，演明嘉靖時海瑞的直言敢諫；後來卻被認為是替彭懷德翻案之作。至一九六六年，毛支持左派進擊中共中央，發動「無產階級的文化大革命運動」，鼓動紅衛兵等左派分子在全國各地展開批鬥公審，清算抄家，篡奪權位，隨意給人罪名，甚至以真槍實彈互相殘殺。劉少奇也被批鬥死於獄中。到處動亂失控，形成了至恐怖的「暴民政治」，有上億的人受到「批鬥或勞改或投獄或處死」的傷害。直到了一九七六年九月九日，毛澤東病死；十月六日，江青、王洪文、張春橋、姚文元「四人幫」被捕，「文化大革命」才宣告結束，造成全國無法彌補的傷害：倫理敗壞，建設毀損，經濟倒退，國家貧困而落後，大陸人稱為「十年動亂」或「十年大浩劫」。

在文化大革命期間，許多文藝作家受到紅衛兵的批鬥羞辱，下放牛棚。像巴金、蕭珊夫妻即遭批鬥，沈從文喝煤油自殺未成，老舍跳水自殺而死，劇作家田漢也死於獄中。所以從「反右派運動」至「文化大革命」的二十年期間，人人噤若寒蟬，文藝創作的生命完全被激烈的鬥爭所扼殺，幾乎沒有什麼值得一提的小說作品。「十年浩劫」結束，作家開始回顧這一段噩夢連連的慘痛，便出現了反省小說與傷痕小說。

「反省小說與傷痕小說」都是和「階級鬥爭」、「清算黑幫」有關的作品。像馮驥才在一九八一年獲獎的中篇小說《啊！》，就是一篇反省小說，內容描寫「百花齊放，百家爭鳴」時代，一些知識分子因在討論會上，發表了對國家的看法，被列為「右派」，文化大革命時期，互相鬥爭更為激烈，再現了林彪與四人幫肆虐的年代，人人自危，吉凶難料；其中寫吳仲義雖安分守己，謹慎小心，但害怕自己被批鬥，在「坦白」時揭發了哥哥的問題，以致他的哥哥被判勞改，母親因此打擊而去世，他也整天懷疑自己有把柄落在別人的手裡，後來還是被當作「漏網右派、現行反革命分子」被批鬥，受盡侮辱和迫害。故事以生動逼真的描寫，映現出當時人們誠惶誠恐的不安心情和凶險莫測的恐怖氣氛。馮驥才的小說，還有長篇歷史小說《義和拳》（與李定興合著）、《神燈》，中篇小說《鋪花的歧路》、《感謝生活》、《三寸金蓮》、《神鞭》，短篇《雕花煙斗》、《船歌》等。

傷痕小說以古華（原名羅鴻玉）的《芙蓉鎮》最有代表性。故事通過一個湖南小鎮——芙蓉鎮的歷史變遷，反映六、七十年代大陸的政治風暴。芙蓉鎮因地處三省交界，客商來往，絡繹不絕，繁華富庶，墟日熱鬧非凡。但自一九五八年「大躍進」後，一蹶不振。一九六三年後，漸有發展。美麗溫柔的胡玉音，所經營的米豆腐攤很受歡迎，大家叫她「芙蓉姐」。鎮上居民也安居樂業；但國營食堂來了女經理李國香之後，日子就不再安寧了。

李國香私生活不檢點，但靠著她當縣財貿書記的舅舅，在政治上很得意，又因打擊小攤販有功，成為縣商業戰線上的「女闖將」。她第一次來到芙蓉鎮，注意到「芙蓉姐」的豆腐攤，打報告上去，說芙蓉鎮有嚴重的資本主義傾向，在商業局的大力取締下，胡玉音的豆腐攤在糧店主任谷燕山、大隊支書黎滿庚的執行折扣下，僥幸保留下來。李國香以抓階級鬥爭有功，調任縣商業科長，一九六四年，再次來到芙蓉鎮領導「四清運動」，於是圍繞著胡玉音的豆腐攤掀起一場急風暴雨的大鬥爭，谷燕山停職反省、黎滿庚被撤職，胡玉音避難外出投親，回來時丈夫已因被劃上「新富農」而被迫自殺，她家的新樓屋也成為「階級鬥爭現場展覽會」，她被定為黑五類分子。李國香升任縣常委兼芙蓉公社書記，流氓無產者王秋赦入黨當上芙蓉大隊黨支書。鎮民從「人人為我，我為人人」，變成「人人防我，我防人人」。天一落黑，各人關門睡覺，全鎮肅靜。一九六六年「文化大革命」開始，小鎮更鬧了個天翻地覆：紅極一時的李國香被北方來的紅衛兵揪鬧遊街；但一九六八年底，她又靠著結合為縣革委會第一副書記的舅舅，又當上縣委常委、公社革委會主任，芙蓉鎮又在她的掌控之下。胡玉音和關心她的右派分子秦書田因相愛而同居，但因撞見李國香和王秋赦的勾搭而被判刑，秦書田判了十年，胡玉音判了三年，她因懷孕，監外執行。他們心裡堅持「要像牲口一樣」活下去。終於熬到「四人幫」垮臺，一九七九年春，秦書田、胡玉音徹底平反摘帽，秦書田擔任縣文化館副館長，芙蓉鎮人民改變容顏。李國香憑著關係遠走高飛，王秋赦被撤職後發了瘋。古華這部長篇寫實小說，在一九八一年問世，就引起轟動，並獲得「全國首屆茅盾文學獎」。大陸批評家說：這是個可憎可恨、可悲可嘆的時代！

2.三民主義下的小說

國民黨撤退到臺灣，小島在光復初期，民生凋敝，資源貧乏，人民生活困苦，在政府實行「三七五減租」和「耕者有其田」的政策下，農業改良，又發展工商業和教育，努力建設，經過三、四十年的全民經營，經濟突飛猛進，國民所得大幅提高，社會繁榮富裕；又實行民主，解除戒嚴，開放黨禁報禁。而奢靡的生活形態，也衍生了道德敗壞和犯罪日多的社會問題。隨著政治的發展，臺灣的小說，先有響應政治的「反共小說」，而後有愛情、武俠、鄉土等等小說。

國民政府遷臺之初，「反共抗俄」以期「反攻復國」是全民之所望，孫陵在民國三十八年（西元一九四九年）十一月主編《民族報》副刊時，提出「反共文藝」的主張，蔣中正總統也在文藝政策上多所費心，如推行「文化清潔運動」、提出「戰鬥文藝」，又以「民族仁愛、革命武德、慷慨奮鬥、合群互助、言行一致、樂觀無畏、冒險創造、積極負責、求精求實、雪恥復仇、獻身殉國、成功成仁」十二種精神為文藝政策的理想和創作方向。這時小說的作家與作品很多，著名的作家與作品也不少。這裡只舉幾位作為例子：

張愛玲（西元一九二〇～一九九八年），筆名梁京。她出生於上海世家，抗戰時在香港大學接受西方教育，香港被日本佔領後，逃回上海，開始寫作，以中篇小說《傾城之戀》成名。一九五二年，她避居香港，把她在上海所觀察到的共產黨暴政的印象，寫成兩本小說《秧歌》、《赤地之戀》，她以人性的眼光去描寫共產黨的恐怖，以「一個普通的人，怎樣在一個完全陌生的制度下，無援無助地，去為著保存一點人與人之間的愛心和忠誠而掙扎的過程。」㉑

她的長篇《赤地之戀》一九五四年在臺灣出版；中篇的《秧歌》一九五六年在香港出版，都是寫在中共統治下農村生活的恐怖。《秧歌》的故事，寫上海附近一個鄉村裡的「勞動模範」金根，妹妹金花嫁給鄰村一個農民，金根的妻子月香在上海幫傭三年回到鄉下來。鄉村在共產黨接收之後，起了很大的變化，他們的女兒阿招不斷嚷著肚子餓，親友絡繹而來向月香借錢，丈夫也懷疑月香把私房錢貼了娘家；有一次他們午飯時的粥煮得稠了些，恰巧村幹王霖來訪，金根就表現出極大的恐懼；人心總是充滿著緊張。年關近了，村民被饑餓迫得忍無可忍時，王霖還來叫每家交出豬半頭、年糕四十斤給軍屬拜年。金根無錢可出，拒絕捐獻。農民要求開倉貸款過年，引起暴動，共兵開槍，金根在衝突紛亂中受重傷，女兒阿招被踐踏死。月香扶著金根向小姑金花求助，金花不敢收留，金根趁月香不在時離開，要找一個地方悄悄死去，不要連累妻子；月香悲憤之下，放火燒糧倉，自己也葬身火窟。不久之後，村民還是奉命備齊了年禮，扭著「秧歌」向一家家「軍屬」拜年。《秧歌》是一部中國農民在共產政治之下受苦受難的故事。後來張愛玲移居美國，獨居至死。

臺灣在高唱反共抗俄口號時期，思想控制較嚴，寫作的空間有限；愛情小說甚為盛行，如瓊瑤（原名陳喆，西元一九三八年生）的《窗外》、《煙雨濛濛》、《庭院深深》等等，常以纏綿悱惻的畸戀為主題。愛情小說的作者，以女作家為多，如郭良蕙的《心鎖》，漸漸表現出思想尺度的轉變；李昂的《殺夫》，女性弱者的反抗主題，引起了相當大的討論；廖輝英的《不歸路》，提出婚外情的問題。婚姻和女性問題，在臺灣文壇上漸漸凸顯。

㉑ 參取夏志清原著、劉紹銘編譯《中國現代小說史》中語。

「武俠小說」在臺灣特別的興盛。「武俠小說」這個名稱，始自唐人傳奇，以往對於「武俠小說」的定位，認為是：內容複雜，對封建時代社會、政治的黑暗有所反映，但往往把人民群眾反抗邪惡勢力的希望寄託在「清官」、「俠客」、「義士」身上，宣揚封建階級的威力和正統㉒。但是，風行於五十年代的臺灣「武俠小說」寫的是完全虛構的故事，幻想一些非目前時代的人，因緣際會，得到異人傳授或「武林秘笈」，練就超絕世人、無人能敵的不凡武功，成為一個武藝超人，做武林「盟主」；又在社會上濟弱扶貧，懲貪除惡，除了快意恩仇之外，也加入了綺麗的愛情。不但為青少年、甚至壯年人解悶消煩，尋得現實中所不可能的滿足，墮入白日的幻夢中。當武俠小說風行時期，各報的副刊都有連載的「武俠小說」，一套幾十本都可以在出租店借到，武俠影片也很受觀眾的歡迎。當時因寫「武俠小說」而享譽臺灣文壇的作者，如金庸所著《書劍恩仇錄》、《天龍八部》、《神雕俠侶》、《射雕英雄傳》，搬上銀幕、螢光幕的也不少。近年來，武俠小說也風行於大陸。

臺灣在二次大戰之前，受日本統治了五十年，同胞備受壓抑和欺凌，形成一種非常強烈的排外心態，「省籍情結」也成為政客的一個訴求，和政治上的話題。無論臺灣人或外省人，心底都存著深濃的漂泊感，在臺灣是「外省人」的人，回到大陸故鄉，也因被稱為「臺胞」而成為他鄉客，還有留學生的思鄉作品。所以「鄉土小說」、「異鄉人小說」就自然產生。

「鄉土小說」源於二十年代初期，或寫某一地區的習俗與生活，或以揭露當時黑暗的社會現象，並且使用含有地方色彩的語詞。臺灣的鄉土小說是從民國六十六年（西元一九七七年），王拓提倡「鄉土文

㉒ 參取秦亢宗主編的《中國小說辭典》〈武俠小說〉條內文字。一九九〇年，北京出版社。

學」，主張反帝、反殖民、反買辦，關心社會大眾，開始有專寫臺灣社會的黑暗面的鄉土小說。王拓的《金水嬸》，寫金水嬸在貧困中為了教養兒子，天天挑著擔子沿街叫賣，兒子大了，做經理，當船長，令人羨慕；她為兒子做生意要本錢向人借債；但債主來索還時，兒子卻不管；丈夫金水為此跟人吵架，發病身亡；兒子也不管她無依無靠，她只好自己去臺北幫傭還債。故事寫養子不孝白辛苦的親情破滅。

「異鄉人小說」，如林海音（西元一九一九年～）的《城南舊事》，她原籍臺灣苗栗，生於日本，長於北京；她這本小說追述童年在北京的生活，深寄懷念之情。於梨華（西元一九三六年～）的《又見棕櫚・又見棕櫚》寫留學美國的青年牟天磊，在離開臺灣十年之後回臺省親，大學時的戀人已經嫁人，而他在美國和有夫之婦的戀情亦告結束，經歷留學邊打工邊讀書的艱苦生活，以及離鄉思親的孤單寂寞，回到了臺灣，竟發現心中一向對中華文化所保有的懷念，現在已經起了很大的變化，快速西化到和美國已很相似，他反而像一個陌生人，最後他婉拒了臺大的教職，再回去他並不喜歡的美國，過他漂泊無根的生活。

㈥現代小說的邁進

白話文學隨著時代潮流的推動，已經完全取代了文言文，在各體的現代文學中，小說的發展最強勁，又隨著世界文化的日益交流，創作小說的觀念與手法也不斷更新，小說還持續在擴展它繁榮的局面，作家之眾，作品之多，已經無法全部蒐羅，上文所介紹的作家和作品，只能按類別之需酌舉一二而已。因為風氣所及，許多不以寫作小說為專業的作者，也會結集出興趣所成的佳作，但因為作品不多，不為社會所注目而已，像方祖燊教授和筆者都有小說集㉓。

有關小說美學與理論的研究，也隨著社會大眾對小說的喜愛、學習意願的需求，漸有新歷程的理論產生，如順應「文藝美學」的時代潮流，便有如《中國小說美學》㉔這類指導「小說欣賞」的專著出現。比較重要的新觀念的小說研究著作，有臺灣師大方祖燊教授所著的《小說結構》㉕；這書是以論析「創作原理」為基本，而以古今中外的小說名著為輔助例證，教人從小說界說、中國新舊小說歷史、西方小說流派、小說各種類型、寫實與想像、長短篇小說特質，與如何創作小說？如小說布局的變化，小說的視點、小說人物的塑造，小說語言的運用，小說環境與氣氛的營造，小說範例的評析，末附中外小說年表等等，使人能獲得有關小說的全面性的認知。由於作者對小說的深入研究，加上自己也從事小說的創作原理…

㉓ 筆者早年以探討婚姻為主題的短篇小說，結集為《幸福的女人》（臺北文豪出版社）。方祖燊的小說，在《方祖燊全集》第十一卷《中短篇小說選集》中，收有「傳奇小說」十篇，「歷史小說」九篇，「私小說」七篇，和「報告小說」一篇。

㉔ 《中國小說美學》，北京大學葉朗教授著，一九八二年出版，是他在北大和北京師範學院講授「中國小說美學」課程的講義為基礎而成。內容主要參取了以往歷來各家對小說名著的「評點」（如馮夢龍、金聖嘆、毛宗崗、張竹坡等人對《水滸傳》、《三國演義》、《紅樓夢》等批評意見），配合現代新小說，和中國大陸時潮的觀點，所匯聚而成，著重在「小說鑑賞」方面。臺灣「天山出版社」印行（書內無出版年月記錄）。

㉕ 《小說結構》，方祖燊著，十八開本，六九六頁，近七十萬字，有精裝、平裝兩種版本，民國八十四年（西元一九九五年）十月，由臺北東大圖書股份有限公司出版。是方氏前後經過三十年努力而寫成，也是他在國立臺灣師範大學國文研究所講授「中國小說研究專題」的用書。

作，學術理論與文藝作品互相參證，確實是小說研究範圍的空前著作，也是中國小說在發展過程上的具體代表。此外，朱一玄編《明清小說資料選編》上下（齋魯書社出版），可資研究小說者一讀。

目前情況，中國小說的創作和研究，都呈現著勃發的生命力，自可期待新名家、新巨著的出現。

第七章　詞

「詞」是沿承樂府詩和唐人近體詩之後，新興的歌唱文體；許多學者的說法，它是興起於中唐，孳衍於五代，燦盛於兩宋，餘波盪漾直到了清末。

第一節　詞的名稱和起源

「詞」字本義和「歌詞」本是不相關涉的；大凡漢唐時代可歌可唱的文辭，都用「辭」字。如：郭茂倩的《樂府詩集》裡收的「相和歌辭」、「郊廟歌辭」、「清商曲辭」，都用「辭」字。許慎《說文解字》收錄「詞」「辭」兩個字，辭在「辛」部，字義是「分爭辯訟」；詞在「言」部，字義為「意內而言外」。段玉裁對這兩字進一步注解是：

辭，謂篇章也。

詞者，文字形聲之合也。……詞者，从「司、言」，此摹繪物狀及聲助語之文字也。

可見「詞」字的本義，指的是語意與文法上所謂的「詞彙」，和「歌辭」的意義並無關係。不過「辭、詞」二字，從漢代以來就因同音而混用，所以《詞源．跋》說：「詞與辭通用。」

唐代當這種新歌體產生時候，就把它稱為「曲子詞」，後來簡稱為「曲子」或「詞」。五代名詞家和凝（西元八九八～九五五年）所作歌曲，流傳汴、洛，契丹稱他為「曲子相公」。把「詞」稱為「曲子」，著重的是它的音樂功能；叫做「詞」，著眼的是它的歌辭部分。後人慣用「詞」這名稱，寖漸確立為文學上的一種獨立的體製了。

除了「詞」這個名稱之外，後來還有「詩餘」、「樂府」、「長短句」的異名。「詩餘」之名，起於北宋❶，認為詞是從唐人的律詩絕句變化出來的新體製。用「樂府」稱「詞」，用意在宣示它是「配樂歌唱的歌辭」的「音律」特性。這也要以廣義的角度來看待「樂府」❷這個詞。「長短句」是從詞體的形式來取義的，特別是要和唐人「五言、七言」的律絕，齊言的句式有所區分。現代，我們通用「詞」這個名稱，其他異名只是詞史的記錄，文學史的參考而已。

關於詞體的起源，一般人因它有「詩餘」、「長短句」之稱，都認為詞是由唐詩的律、絕變化出來的。

❶ 懷玖《論詞的特性和詩詞分界》：「詩餘之名，起於北宋，原意大概是詩降而為詞，故曰詩餘。古人所謂詩餘的『詩』字，實在指的只是唐人律絕。」又引謝章鋌《賭棋山莊詞話》，說：「夫所謂詩餘者，非謂凡詩之餘，謂唐人歌絕句之餘也。」

❷ 樂府有廣義和狹義之分：狹義是指自漢至唐的樂府詩，是文學體裁的專用名詞；廣義的樂府，包括一切配樂歌唱的歌辭，歷代的詩、詞、曲都可以稱為樂府。

現代學者根據以往文獻探究，認為詞之起源，可得三說：

一、是唐人創製的「新體詩」

鄭振鐸在〈詞的啟源〉中說：

詞與五、七言詩之間是不發生什麼關係的。……她與五、七言並沒有相繼承的統系。在文體的統系上說起來，詞乃是六朝樂府的後身，卻不是五七言的代替者。詩歌有兩種：一種是可歌的，一種是不可歌的。可歌的便是樂府，便是詞，便是曲；不可歌的便是五七六言的古律詩。可歌的詩歌，其發展便跟隨了音樂的發展而共同進行著。音樂有了變遷，他們便也有了變遷。漢人樂府不可歌了，便有六朝樂府代之而起；六朝樂府不可歌了，便有詞代之而起。

他又更進一步提出，詞是唐代人新創的一種詩體。鄭振鐸又說：

詞有它自己的來歷，有它自己的發源，有它的生命。卻非樂府的後身。……新詩體是一種嶄新的東西，是與舊詩體毫不相牽涉的一種外來或民間所產生的東西。

他主要的觀點是：「詞是一種可歌的新詩體」；在它產生時候，曲譜與歌詞已具於一體之內；每一支歌詞都已經先有了曲譜；這些曲譜有的是新製的，有的是歷來流傳的；歌詞的「詞」大都不過是依著曲譜來填寫的；但也有先作了詞，再給配製新曲子來唱的。這一些樂曲，有的是胡夷之歌，有的是里巷之曲；後來文人喜歡它，擬仿而另翻新調，自己譜曲，自行填詞，成為一種風尚。

「詞」是唐人新創的歌詩，持此說者，還有胡適〈詞的起源〉、漚盦〈詞的起源與音樂之關係〉、姜亮夫〈「詞」的原始與形成〉❸等。

我們從曲調來看：「『詞』純為『由樂定詞』，『因聲作歌』。」明王應麟《困學紀聞》早已指出：「倚聲製詞，起於唐之季世。」所「倚」的聲譜，就是唐代流行的曲調，包括：

⑴胡夷樂曲：如來自涼州、胡渭州、甘州、伊州等邊地的歌曲。可就《新唐書・禮樂志》所說：「天寶樂曲，皆以邊地為名。」得到實證。

⑵民歌小調：像劉禹錫的【竹枝詞】、李珣的【南鄉子】，和採蓮時所唱的【采蓮歌】，因女蠻入貢而作的【菩薩蠻】，漁夫隱逸的【漁歌子】等。

二、由古樂府演化

這是從文辭的內容，看詞的沿承的特色。胡應麟《莊嶽委譚》說：

> 世所盛行宋元詞曲，咸以昉于唐末，實陳隋始之。蓋齊梁月露之體，矜華角麗，固已兆端。至陳

❸ 此說詳見趙為民、程郁綴選輯《詞學論薈》。

隋二主，並富才情，俱湎聲色，所為長短歌行，率未入詞中語也。煬帝之〈春江〉〈玉樹〉等篇尤近。詞體濫觴，實始斯際。

王國維《戲曲考源》也有：「詩餘之興，齊梁小樂府先之」的話。近人蕭滌非〈論詞之起源〉中，進而提出：自漢樂府「采詩以觀民風」的制度廢行，晉六朝的樂府詩的內容大抵都是情歌艷曲，文人相習，「情詞」便成為唐宋詞的主體內容。他因而斷言：「詞實淵源於南朝樂府。」

三、出於唐詩的律詩絕句

這是唐人繼古樂府之後，主要曲調的來源。唐詩律絕的形式，都是五、七言的齊言，初唐的歌詩仍保留著齊言體的句式，到中唐時候漸漸變為長短句。宋朱熹《朱子語類》說：

古樂府只是詩，中間卻添了許多泛聲，後來人怕失了那泛聲，逐一添個實字，遂成長短句，今曲子便是。

又胡震亨《唐音癸籤》引遯叟說：

古樂府詩，四言五言，有一定之句，難以入歌。中間必添「和聲」，然後可歌，如「妃呼豨」、「伊何那」之類是也。唐初歌曲，多用五七言絕句，律詩亦間有采者，想亦有賸字賸句于其間，方成腔調。其後即以所賸者作為「實字」，填入曲中歌之，不復用和聲。則其法愈密，而其體不能不入於柔靡矣。此填詞所由興也。

唐人的歌曲文辭，就這樣由齊言演變成長短句。這種情況，是「詞」所以叫做「詩餘」，叫做「長短句」的原因。但有一些學者反對「詩餘」之說，他們十分強調「詞」絕不是由固有詩體演化而來的理念。如鄭振鐸在《插圖本中國文學史》中說：

論者每以「詞」為「詩餘」。他們是主張詞由詩變的；其實不然。詞和詩並不是子母的關係。詞是唐代可歌的新聲的總稱。這新聲中，也有可以五七言詩體來歌唱的；但五七言的固定句法，萬難控御一切的新聲，故嶄新的長短句便不得不應運而生。長短句的產生是自然的進展，是追逐於新聲之後的必然的現象。

總的來說，「詞」是唐代新起的歌詩，先有腔調，後有文學；興起於民間，先就「胡夷之曲」「里巷之曲」等舊調，改填新「詞」；然後，有人作了新曲譜再填寫新詞，也有新詞寫成了再配上新譜。由唐至宋，「詞體」主要都沿著這樣「倚聲填詞」的情況發展下來，形成長短句與歌調互相配搭的形式。到今天，詞的歌腔早已失傳，只留下文辭可供誦讀，成為文學史上的一環。

第二節　詞的形式及變化

樂譜失傳以後，世人都以「長短句」為「詞」的特有形式。其實一首歌辭中有長短句，已見於先秦的《詩經》與漢代樂府詩中：

爰采唐矣，沬之鄉矣；云誰之思，美孟姜矣。期我乎桑中，要我乎上宮，送我乎淇之上矣。（《詩經・鄘風・桑中》）

出西門，步念之；今日不作樂，當待何時？（樂府〈西門行〉一解）

夫為樂，為樂當及時；何能坐愁怫鬱，當復待來茲！（二解）

飲醇酒，炙肥牛，請呼心所歡，可用解愁憂。（三解）

可見可歌的文辭，在四言的《詩經》中已雜入長短句；在漢樂府中，雜言已是常見的現象。在唐初，詞和詩還未嚴分界限，受近體詩形式的影響，主要還是齊言體的作品；到中晚唐，詞體漸趨成熟，作詞者漸多，詞的文辭句式才逐漸顯現它獨具的面貌和情味。盛唐時，玄宗皇帝作〈好時光〉一首，原是五言律詩：

寶髻宜宮樣，臉嫩體紅香。眉黛不須畫，天教入鬢長。莫倚傾國貌，嫁取有情郎。彼此當年少，莫負好時光。

但當伶人合樂歌唱之時，便變成：

寶髻偏宜宮樣，蓮臉嫩，體紅香。眉黛不須張敞畫，天教入鬢長。莫倚傾國貌，嫁取箇，有情郎。彼此當年少，莫負好時光。

〈好時光〉就以它合樂之後，長短句的形式流傳，成為一支盛行的歌，成為一個「詞牌」。加字的地方，就是曲譜中的「泛聲」。這個例子，把詞以樂調為主的情況，所以和詩不同的地方，都具體地顯示了出來。

律、絕是唐人的新詩體，句式、平仄、押韻的規矩都極其嚴格，所以稱為「近體詩」，是以凸顯它的創發性。由初唐到盛唐，把近體詩入樂來歌唱的，以絕句為多。因為絕句短篇，又不須像律詩有三四句、五六句兩組對聯的拘限，成篇自由，配譜也方便；如果嫌四句的文情太少，依譜再續寫四句，或聯結為數首也很方便。由「旗亭」故事❹，可知唐詩歌唱的情形。

❹ 事見王灼《碧雞漫志》：開元中，詩人王昌齡、高適、王之渙詣旗亭飲，梨園伶官，亦招妓聚燕。三人私約曰：「我輩擅詩名，未第甲乙，試觀諸伶謳詩分優劣。」一伶唱昌齡二絕句，一伶唱適絕句。之渙曰：「佳妓所唱如非我詩，終身不敢與子爭衡；不然，子等列拜床下。」須臾，妓唱之渙詩。之渙揶揄二子曰：「田舍奴，我豈妄哉！」以此知唐伶妓以當時名士詩句入歌曲，蓋常事也。

以樂曲為主的唐代新體詩，大家依腔「填詞」，同一支歌曲，填作出許多內容不同的文辭，都用相同的曲調名稱流傳下來，就是「詞牌」。「牌」，就是「曲譜」的意思；後來曲譜失傳，只有歌辭保存了下來；現在，我們只能賞讀這些歌辭的文學情味，想要「填詞」就得依照前人詞作的句式、平仄與押韻的規則，寫成不能歌唱的新篇。詞發展到這樣的境地，「詞牌」也就失去了它音樂的意義，而成為湊合寫作歌辭的一種規則而已。現舉記名李白所作的【憶秦娥】、【菩薩蠻】二首為例：

簫聲咽，秦娥夢斷秦樓月。秦樓月，年年柳色，灞陵傷別。　樂遊原上清秋節，咸陽古道音塵絕，音塵絕。西風殘照，漢家陵闕。（〈憶秦娥〉）

依詞譜所載，【憶秦娥】這個詞牌的句式平仄是：

◎◎●韻　◎○◎●○○●韻　○○●疊三字　◎◎◎◎句　◎◎○◎韻　◎○◎●◎○●韻

◎○◎●○○●韻　○○●疊三字　◎○◎●句　◎◎○◎韻

據清康熙五十四年殿印的《御製詞譜》（又叫《欽定詞譜》）卷五，【憶秦娥】共有十一體。這是正體，仄韻，雙調四十六字。前後段各五句，三仄韻，一疊句。下闋首句由上闋首句的三字，變為七字句，調之「么篇換頭」。其他十個變體，有五個仍是四十六字，有一個四十一字，有二個四十字，又三十八字、三十七字各一個。變體的句式、平仄、韻協，都有所不同。這裡的平仄符號：◎表示可平可仄，○表示必須用平，●表示必須用仄；至於◎中有宜平可仄，或宜仄可平的情況省略。——現在這種只為方便填詞的平仄韻，已完全和歌唱的聲腔節奏沒有任何關聯了，已喪失掉「倚聲」填詞的原意了。

每個詞牌的命名，就是原始曲調所以撰作的原因。這原調的歌辭和曲調名是一致的，即「以調為題」。如上述【憶秦娥】的歌辭，起首即以追憶秦娥、蕭史吹簫成仙的佳話開頭❺，引發本篇「懷古傷今」的感慨；作者的文思（主題），在上闋第一、二句就清楚地表示出來。後來填詞的人，只用這個樂譜來抒寫自己當時的情思，便和秦娥蕭史的故事了無關涉。而且懂得樂律的人，也有故意在樂曲上自求變化，所以流傳到今日的【憶秦娥】詞牌，有十一體之多，而且歷代填作這個牌調的文辭，無慮千百篇，都和「憶秦娥」這三個字一點兒關係都沒有；因為大家填作的內容不同，並且受到世人的喜愛，所以這個詞牌又有：【秦樓月】、【雙荷葉】、【蓬萊閣】、【碧雲深】、【花深深】等等名稱。像馮延巳所作三十八字的【憶秦娥】：

風淅淅，夜雨連雲黑滴滴，窗外芭蕉燈下客。　除非魂夢到鄉國，免被關山隔憶憶，一句枕前爭忘得。

❺見劉向《列仙傳》：「蕭史者，秦穆公時人，善吹簫。穆公有女，字弄玉，好之。公遂以女妻焉。（史）日教弄玉吹（簫）似鳳聲。鳳凰來止其屋。公為作鳳臺。夫婦一日皆隨鳳凰飛去。」

這篇作品，前後闋的前半都和原調相同，只是消去第三句「疊字句」，第四第五兩個四字句，減去一字，各合成「七字句」。馮延巳是晚唐詞壇的大家，即使是當時流行的牌調，在他筆下，都能靈活變化，毫無拘限。

再看【菩薩蠻】這個詞牌，託名李白的作品：

平林漠漠煙如織，寒山一帶傷心碧。暝色入高樓，有人樓上愁。　玉階空佇立，宿鳥歸飛急。何處是歸程？長亭更短亭。

【菩薩蠻】這個詞牌四十四字的譜式是：

◎○◎●○○●仄韻　◎○◎●○○●韻　◎●●○○換平韻　◎○◎●○韻　◎○○●●換
仄韻　◎●◎○●韻　◎●●○○換平韻　◎○◎●○韻

【菩薩蠻】的創作，相傳是在唐宣宗大中（西元八四七～八五九年）初年，女蠻國入貢，高高的髮髻戴著金冠，身上披掛著串串的珠玉，是女蠻人的特殊裝扮。當時的歌壇就作了【菩薩蠻】一曲，由女弟子舞隊表演❻，成為流行一時的曲調，很多文士們依譜填詞，佳詞迭出。唐宣宗愛唱【菩薩蠻】詞，名詞

❻ 有關【菩薩蠻】曲調的創製，請參《宋史・樂志》、唐蘇鶚《杜陽雜編》、孫光憲《北夢瑣言》等。

人溫庭筠受命填作了十四首，這支名曲因此又有：【重疊金】、【子夜歌】、【菩薩鬘】、【花間意】、【梅花句】、【花溪碧】、【晚雲烘日】等別名，都由這一首詞而得名。【菩薩蠻】共有四十四字、四十八字、五十四字三種體製，都是雙調，句式和韻協都有變化。《御製詞譜》所收五十四字一體，係宋代女詞人朱淑真所作，可見詞調的流傳，雖然是「倚聲填詞」，擅場音律的人，還是能在原調裡稍作變化的。

上面所舉【憶秦娥】和【菩薩蠻】兩調的變化，句數、句式和韻協雖有很大的差異，但基本上仍然還是原來的腔律，別名是因為另有著名的歌辭佳作。

詞調在音樂上有許多新變的手法，自撰新腔、變化舊曲而成新調等，詞調隨著時間而漸漸增多，到清康熙五十四年，王奕清等合編的《御製詞譜》四十卷，共收八百二十六調，二千三百零六體。詞調的繁富，實在令人驚嘆。這個數目還需要增補更新，因為在不斷出土的故物中，和學者的探究下，又發現好些詞調是《御製詞譜》所沒有的。

曾在唐宋間盛行一時的詞，今日音樂聲腔的歌法早已失傳，保留著歌辭，成為文學上的史料而已。所以今人學詞，也只是誦讀前人的文辭，想要效法以往「填詞」，所依循的，也只是各調的句式、平仄和韻協，現代人即使精研詞學詞譜，教人如何填詞？亦是先由熟讀前人的名篇入手，然後體會「動字、形容字、虛字、俗字、疊字、代字、去聲字」等「字法」，「單句、對句、領句、疊句、設想句、層遞句、翻轉句、呼應句、透過句、擬人句」等「句法」和「章法」……等等，完全是從文字形式上來談論「詞的作法」❼。正如明王世貞所說：

❼ 見唐圭璋〈論詞之作法〉。

詞興而樂府亡，曲興而詞亡，非樂府與詞之亡也，其調亡也。（《藝苑卮言》）

歌調隨著時代而更替，新腔取代舊腔，是自然而必然的現象；而「詞」在樂調失傳之後，也就以「文學」形式流傳下來，成為一個階段的文體。

第三節　詞的內容特質

詞的樂調失傳，文學便成為歌辭的主要功能；要如何欣賞不同時期、不同風格的詞家作品，已是現代人讀詞的基本要求。

詞的內容，以抒情為本質，含蓄婉媚是它原始的風格，有別於詩的莊重典雅，也不同於曲的明白俚俗。清人李漁在《窺詞管見》中說：

作詞之難，難於上不似詩，下不類曲，不淄不磷，立於二者之中。要須辨其氣韻，大抵空疏者作詞，易近於曲；博雅者填詞，不離乎詩。淺者深之，高者下之，處於才不才之間，斯詞之三昧得矣。

因為詩、詞、曲三者原本都是歌辭，聲腔既失，只留下了文辭，一般人便都藉彼此的差異相比較，以求辨別，因為詩衰而被詞所取代，不但樂譜、形式有了新變，所寫的情思自然也就有不同。王國維《人間詞話》中，即已指出：

詞之為體，要眇宜修，能言詩之所不能言，而不能盡詩之所能言。詩之境闊，詞之言長。

明確的指出詩所寫的題材寬、境界廣，和詞著重溫婉醞藉，情韻雋永，是最大的分別。大抵詞的內容，在描寫人生精美細緻的情思，用輕靈纖巧的文詞、迴環宕折的手法、寄情幽隱，給人深婉沉摯的美感。這就是詞的內容特質。唐杜甫〈羌村〉詩有「夜闌更秉燭，相對如夢寐」之句，宋代晏幾道【鷓鴣天】詞說：「今宵賸把銀釭照，猶恐相逢是夢中。」相同的情思，不同的言詞表達。晏詞實在是曲折委婉，更令人喜愛！

今人唐圭璋、鍾振振認為詞的起源時代是隋朝❽，但沒有任何作品保留下來。最早的詞人和作品，也沒有明確的文獻可供考察。宋人黃昇推崇為「百代詞曲之祖」的李白，傳世的【桂殿香】、【菩薩蠻】、【憶秦娥】等十三首詞，雖經學者詳細考證之後，認為是附名李白的作品。但因為它的藝術意境高妙，在大家的爭議之中，大多仍歸於李白的作品。以下來賞讀【菩薩蠻】一首：

平林漠漠煙如織，寒山一帶傷心碧。暝色入高樓，有人樓上愁。玉階空佇立，宿鳥歸飛急。
何處是歸程？長亭連短亭。

❽見唐圭璋主編《唐宋詞鑑賞辭典．前言》。

這詞作者選擇一個春寒的黃昏時空的景象，來寄託他懷鄉思歸的客愁。起首以遠眺所見，來況喻他愁思的鬱結迷茫。眼底一大片樹林的平原上，籠罩在濛濛的煙靄中，就提示了一個昏茫空寂的場景，也就是他落寞心緒的移情表達；所以四面碧綠的山色，也都透現著傷心的意味。暗暝的暮色漸漸漫到這高樓上來了，有一個人站在這高樓上，浸染在無限的愁思中。前闋四句，用由遠到近，由景及人的手法，逐層迫近，到人的呈現，並以一個「愁」字點出心情，為前闋的結束，佈置得非常合理而自然。後闋承接上文，交代他佇立的時間已久，但登高望鄉的目的卻未能達到，所以用一個「空」字寫出深深的失望。接著「宿鳥歸飛急」一句，寫他依然遠望，只見回巢的鳥兒快速地飛過；在這春寒的黃昏裡，觸目的景物儘多，但作者都故意忽略過去，特意集中只寫歸巢的鳥兒，目的就在於告訴讀者，他多麼「羨慕」鳥兒，能夠迅速回到窩裡；鳥飛和人久立，是一個很強烈的對照。下面兩句接得合理自然：我的歸程，在何處呢？只見長亭、短亭接連不斷展現在面前。這份無法回鄉深沉的傷感，他特別用一個「設問」，用自問自答的方式，來強化悲傷的語氣；又呈現一片茫茫空寂的景況，重回上闋開頭的景與情。詞人落魄無所歸宿的哀感，濃濃地渲染開來。

第四節　詞的分期

歸屬於李白的詞，反面意見仍然較多，所以能確定有詞作傳世的詩人，只能推延到中晚唐時期的白居易、韋應物、王建、劉禹錫、張松齡、張志和兄弟等人，定為最早期的詞家。後人論詞，便自晚唐以後，依時代畫分為四個時期：一、中晚唐、五代；二、兩宋（北宋、南宋）；三、元、明及清代。詞在這漫長的流衍過程中，由合樂的歌辭，演變為遺佚了歌譜，失去了原本的歌唱功能；形式也由短篇的小令，衍生出長篇的慢詞；尤其在詞語內容方面，隨著時代環境的變遷，作家際遇情思的不同，都呈現出極不相同的面貌。以下分述各個時期不同的內容特色。

一、中晚唐、五代詞壇

㈠早期詞壇

白居易、劉禹錫等為最早時期的詞家。他們的詞作，除白居易有五首外，其餘都只有一、二首；其中備受世人傳誦的，是白居易的【憶江南】和張志和的【漁歌子】。

江南好，風景舊曾諳。日出江花紅勝火，春來江水綠如藍。能不憶江南！（白居易【憶江南】三首之一）

白居易曾做過蘇州、杭州刺史，在西湖築堤蓄水，灌溉民田；他所作【憶江南】共三首，都寫他懷念蘇、杭的美景。這個詞牌只有簡短的五句，要籠括出江南美好的春景，是相當不容易的。這詞牌的句式，分別是：開頭三言一句，其後五言、七言各二句。本篇首尾二句是提示和結語，主要的情思在中間三句，尤其兩個七言句，是題意的重心，說明他所曾熟知江南的好風光：春天朝陽照映下的花光，像燃燒著的火燄，解凍的春水，勻藍得像靛染出來那樣澄明。他只用了兩個對偶句子，就讓人真的好像看到江南春景的明媚動人。

西塞山前白鷺飛，桃花流水鱖魚肥。青箬笠，綠簑衣，斜風細雨不須歸。（張志和【漁歌子】）

其實這個詞牌句式，只是把一首七言絕句的第三句，省去一字，變為兩個三言句而已。這長短五個句子，寫生活在水上的漁夫，自足於如畫的美景天地裡，真正做到無所冀求，逍遙適意，令人無限嚮慕。張志和詞，僅存五首，內容都在歌詠漁家生活，而以上面所引這一首古今盛傳。

㈡晚唐溫庭筠

唐代早期的詞人，都是詩人，只能算是從事詞體的「試作」。真正可以列名在詞史上的名家，是晚唐的溫庭筠。所以後蜀趙崇祚輯編的《花間集》，收晚唐至後蜀廣政三年（西元九四〇年）間十八位名詞家的作品，溫庭筠就排在首位；這也是最早的一本詞的總集。《花間集》中收溫庭筠詞共六十六首，也是這部詞集中作品最多的一家，後人因而稱他為「花間鼻祖」，可見他在詞的奠定時期的地位。

溫庭筠（西元八一二～八六六年），原名岐，字飛卿。他自小即因文思敏捷有名。在宦途上很不順遂，屢遭宦官迫害；又因長期出入風月場所，不修邊幅，被批評為「士行塵雜」，定位為品行不檢點的文人。但他「能逐絃吹之音，為側艷之詞」，就是說能夠依著音樂的節奏，寫作艷麗輕佻的歌辭。唐朝科舉，以賦取士，溫庭筠應考時，就官方所限定的八個韻字，他叉手八回，就寫成八韻的賦，是他才思敏悟的實證；當時因而稱他「溫八叉」。他的詩也很有名，和李商隱並稱為「溫李」。他的詞名更盛，和韋莊並稱「溫韋」，開五代、兩宋詞壇的盛況。

溫庭筠是專力作詞的詩人，詞的形式因而奠定。他的作詞風格，愛用富麗的器物入文，字面上多華麗，又吸取了民歌的語言優點，凝成金碧輝煌、富貴濃香的藝術特色；但題材偏窄，內容大多描寫女子細緻曲折的心理變化和生活情態。他的表現方式，用客觀、冷靜的立場，來描述他所寫的對象，意境和修辭技巧精妙，其中卻沒有熱烈的感情和作者的個性。下面舉他最盛傳的【菩薩蠻】一首來看看：

小山重疊金明滅，鬢雲欲度香腮雪。嬾起畫蛾眉，弄妝梳洗遲。照花前後鏡，花面交相映。新貼繡羅襦，雙雙金鷓鴣。

這首詞的主題，在寫一個閨中女子的寂寞心情：寫她早上醒來，起床後梳妝打扮這一段時間的行動。她是被斜入室內的陽光照醒的。作者先從入室的陽光寫起，它照在畫了重疊金碧小山的屏風上，閃動著的輝光，讓她醒過來了。接著用一個「特寫鏡頭」的手法，描述她剛醒時的嬌慵和長相的美麗：像雲絮般的鬢絲，飄移在她雪白的腮頰上。接後兩句，寫她起床梳洗化妝：細心地洗面、畫眉、梳妝。前句用「嬾」字，寫她的行動並不乾脆俐落，是「懶慢」地；後句用「遲」字，一則寫她起床時實在是「晚了」，一則再寫她的動作的「遲緩」。所以「遲」字和「嬾」字呼應，又「雙關」到首句，她醒得很「遲」了。這四句把這個女子的生活情況，做了很清楚的描寫，她生活富裕，風韻動人，沒有伴侶。下闋著意寫她裝扮的細心：梳妝畫眉都做好了，還要用前後照鏡子，再作調整，發覺鏡中人面如花，和頭上的花兒交相輝映，透現出她對自己的美貌自足、自憐的心情。末後二句，寫她換上新熨平彩繡的絲質短襖，上面是一雙雙用金線繡出來的鷓鴣。

這篇作品的最成功處，是完全用實景和行動的白描手法，來表述人物的心理狀態。獨處的閨人，日子是百無聊賴，所以睡到紅日滿室，起床後連梳洗打扮都懶懶地、遲緩地（慢吞吞）做。尤其是以衣服上「雙雙金鷓鴣」來收結，她的寂寞，她的期盼，隱藏在她心底的思緒，都在文辭收結了後，讓人還覺得餘味無窮。讀者彷彿被作者引領著，成為她的旁觀者。又如【夢江南】：

梳洗罷，獨倚望江樓。過盡千帆皆不是。斜暉脈脈水悠悠，腸斷白蘋洲。

作者也是以旁觀者的立場來寫這首詞。全詞只用三言一句，七言、五言各二句，就描述出她從早上眺望歸帆，期待她的所愛回來，一整天的佇立凝望，結果仍然是失望，只有無言地面對落寞的殘陽，照在清冷的沙洲上，暗自傷悲而已。「過盡千帆皆不是」寫盡她的期盼，也寫盡了她的失望；文辭簡淺，卻蘊含著無限深情，是這篇作品的動人處。

㈢五代詞人

1.韋 莊

韋莊（西元八五一～九二〇年），字端己，唐都杜陵（長安東南）人。唐僖宗廣明元年（西元八八〇年），入長安應舉，突遇黃巢之亂，陷身重圍三年，至中和三年（西元八八三年）時年三十三歲，脫身往河南洛陽，他將當時動亂、婦女被殺的慘況，寫成長詩〈秦婦吟〉說：「家家流血如泉湧。」「西鄰有女真仙子，一寸橫波剪秋水。……紅粉香脂刀下死。」「長安寂寂今何有？廢市荒街麥苗秀。昔時繁盛皆埋沒，舉目淒涼無故物。」

韋莊不久南遊江南，他的詞跟溫庭筠一樣，寫的仍然是兒女的愛情。但他的手法，是用清疏淡雅的詞句來白描，脫離了溫庭筠以來《花間》詞人的作風。韋莊用主觀的立場、通俗質樸的言語，來敘寫他對女子的纏綿，不需濃艷的色彩和珍奇寶物的陪襯，而直接表達的真實感情，更見親切深婉動人，這種作風，使他在當時詞壇上卓然獨樹一幟，深受世人所喜愛。

人人盡說江南好，遊人只合江南老。春水碧於天，畫船聽雨眠。　壚邊人似月，皓腕凝霜雪。未老莫還鄉，還鄉須斷腸。（【菩薩蠻】）

這詞寫他到江南後的鍾愛心情，起筆就說：江南是個有口皆碑的好地方，離鄉在各地漫遊的人，江南是可以選擇來終老的地方。江南究竟有什麼好，值得大家如此推重呢？韋莊就為你道來：這兒的風光好美，特別是在春天時候，水鄉澤國的江南，水的澄碧，比藍天更明麗。他用一個句子來籠括出天地之間的春景，曠闊怡人，接著又用一句寫江南生活的享受：在多雨的春天，乘著畫舫欣賞煙雨迷濛，讓雨聲催你酣眠入夢，多麼逍遙愜意！

下闋前兩句，承接著上文江南的景色美、生活美，寫江南女子的美麗多情：當壚賣酒的佳人，美得像月中仙女下凡來；韋莊用月來作譬喻，使人對她們的「亮麗」如見。她們還為你殷勤添酒，情意感人。作者連續用了兩個「譬喻」來寫這賣酒的美女，上句用月亮來直接形容，「明喻」手法容易見意；下句用「隱喻」，說酒家女的手像由霜雪所凝成那樣地細嫩白皙。作者這句話的本意，主要不是寫她的手腕之美，而是經由他所以會看到她白嫩的手腕，表示她對來買酒者的細心殷勤，所以這兩個譬喻，寫的是江南不但「人美」，「人情更美」。皓腕句，應該這樣來意會。由三到六句所寫他親自感受過的江南「四美」，最後二句結語，意義便自然明晰了：像這樣安定美麗的江南，是最好的居住之所，所以他勸人說：還未到老年，就不要回鄉（年老了要回鄉，也是為了要落葉歸根罷了），要是未老就離開江南回鄉去了，你一定會想念這兒的美好而傷心難過。這樣收結全文，前後文意脈絡一貫，首尾呼應，八個句子，句句都統一在一個主題思想之下，是作者非常完善的佈局手法。

但坊間有些詞的賞析的書，據唐僖宗時黃巢佔據長安，大肆燒殺，韋莊見故鄉殘破不堪，結尾的兩句是勸他自己說：「未老莫還鄉，還鄉須斷腸。」說出他不要回鄉的原因。不過，也有認為前面各句都沒有牽涉到家鄉的戰亂，結尾忽然跳出和上文完全不相關的事，讓人感到很「突兀」，認為這種解釋不太妥當。

《花間集》十八詞家中，除了韋莊之外，其餘都籠罩在溫庭筠的作風之下，前人給他們「詞格卑弱」的總評❾。溫、韋詞風的不同，王國維《人間詞話》各用一句他們自己詞作的句子來象徵：

畫屏金鷓鴣❿，飛卿語也，其詞品似之。絃上黃鶯語⓫，端己語也，其詞品亦似之。

這樣的意境評斷，也是世人所遵從的說法。

2.南唐詞人——李璟、馮延巳、李煜

五代的文藝重心，在西蜀和南唐；趙崇祚所編集的《花間集》，使西蜀的作家和作品得以保存。詞發展到南唐，它的價值和成就都在西蜀之上，因為沒有搜編的人，大多散佚，流傳下來的不多，就現存所見，南唐的李璟、李煜父子、馮延巳，詞作都有佳評，而李煜更是詞壇不朽的名家。

李璟（西元九一六～九六一年），字伯玉，史稱南唐中主。流傳下來的詞只有三首（或說有四首），

---

❾ 說見劉大杰《中國文學發展史·詞的興起·溫庭筠與李煜》。

❿ 語見溫庭筠【更漏子】：「柳絲長，春雨細，花外漏聲迢遞。驚塞雁，起城烏，畫屏金鷓鴣。香霧薄，透簾幕，惆悵謝家池閣。紅燭背，繡簾垂，夢長君不知。」

⓫ 語見韋莊【菩薩蠻】：「紅樓別夜堪惆悵，香燈半掩流蘇帳。殘月出門時，美人和淚辭。　琵琶金翠羽，絃上黃鶯語。勸我早歸家，綠窗人似花。」

而以【攤破浣溪紗】一首盛傳於世，宋代王安石推為南唐詞中的代表作。《十國春秋》說李璟作這首詞時，是在宋太祖建隆初（西元九六〇年）；因宋人進逼，他移居豫章（江西南昌），讓李煜留守金陵（江蘇南京）。這詞是記他憂心故都的局勢，心繫愛子的安危，幽思深情，使人感動。詞說：

菡萏香銷翠葉殘，秋風愁起綠波間。還與韶光共憔悴，不堪看。　細雨夢回雞塞遠，小樓吹徹玉笙寒。多少淚珠何限恨！倚欄干。

「雞塞」指雞鳴山，上有雞鳴寺，寺背就是金陵城。這詞以殘荷敗葉，秋風惹愁，即景生情起筆。面對頹敗秋容，想到人也隨著韶光逝去而年華漸老，有不堪其情之感。王國維《人間詞話》說起筆二句，「大有眾芳蕪穢，美人遲暮之感。」就明白指出他因景興情的手法。下闋寫他夢魂猶牽縈著故都，夜不安寢，淺睡即被「細雨」所驚醒，起床想藉吹笙來暫遣愁思，曲終只覺淒寒的笙聲迴盪在冷清的小樓中。忍不住的淚珠，流不盡心裡無限的憂恨。末句以「倚欄干」三字收結，用一個無意識的舉動，表達複雜難言的心情，給讀者很寬廣的思想空間，自行設想他幽隱的思緒，是很精妙的手法。李璟詞的風格，自然率直的文辭，表露個人特殊的處境，和傷時感事的沉鬱心情。

五代詞家中，作品留存最多的是馮延巳（西元九〇三～九六〇年），大約一百首左右。他一名延嗣，字正中。他也用白描的手法來寫情詞，比韋莊更曲折、更深入、也更含蓄。【謁金門】是他傳世的名作：

風乍起，吹縐一池春水。閒引鴛鴦芳徑裡，手挼紅杏蕊。　鬥鴨闌干獨倚，碧玉搔頭斜墜。終日望君君不至，舉頭聞鵲喜。

這詞寫一個女子等待約會的情人，久候而他終於失約的心境過程。起筆以春風吹漾起池水的漣漪，來「象徵」她心湖的漾動，是這闋詞精妙動人的名句。他寫這詞的時候，是南唐中主李璟的近臣，李璟曾經跟他開玩笑說：「吹縐一池春水，干卿何事？」馮延巳說：「未如陛下『小樓吹徹玉笙寒』。」這段君臣互相欣賞文辭佳句的對話，一直是詞壇上歷代相傳的佳話；「吹縐一池春水，干卿何事」，也就成為世人時常加以衍義來引用的熟語。馮延巳在篇首就先交代出篇中的女子，懷抱著一份不平常的心情出現了。後面承接「一池春水」，寫她逗弄水面上的鴛鴦；這句也暗示她內心嚮往愛情的意念，讀者自然意會，有不著痕跡之妙。「手挼紅杏蕊」，是一種無意識的「出神」舉動，她滿心都在想著她的情人，不覺地竟把紅杏花蕊揉碎了。上闋字面上似乎都寫景況，而情思也明晰地呈現出來了。

下闋前半續寫她在期待中，無聊地四處流連：獨自個斜靠在鬥鴨欄干邊，頭上的碧玉髮簪也順著她斜倚的身子而滑掉下來。接著「終日」兩字，把時間點明，一整天的期望等待，他終竟沒有來。「望君君不至」，兩個「君」字用了句中頂真。她的失望與嗔怨，在這七字句中彷彿如見如聞！「舉頭聞鵲喜」，寫她在極度失望之餘，忽然聽到喜鵲兒的叫聲。全詞在情思扭轉下結束。古人風俗，鵲鳴是專為人報喜而來，所以她雖然等不到她所期盼的人，卻因為喜鵲兒的鳴聲，認為就有喜事到來，那就不需愁煩嗔怨了。下闋仍是用實際的景況，來寫這個女子的心情，特別是最後兩句，由傷心扭轉為快樂，也給讀者一份驚喜的餘味。

馮延巳是五代的大詞家，和溫、韋是共承一鼎的三足，對於北宋早期詞人有很大的影響。清劉熙載《藝概》說：「馮延巳詞，晏同叔得其俊，歐陽永叔得其深。」王國維《人間詞話》除給他「堂廡特大，開北宋一代風氣」的肯定外，又認為他作品中，寫大自然蟲鳥草樹的佳篇妙句，唐詩中的韋應物、孟浩然都不能超過他。他在詞中創造了一種「深美婉約」的藝術境界，所以王國維用「和淚試嚴妝」來形容他的新風格。

五代最後一個大詞家，是南唐後主李煜（西元九三七～九七八年），字重光；初名從嘉，號鍾隱，他是南唐中主李璟的第六個兒子。他的詞，處處反映他的人生際遇。宋建隆二年（西元九六一年）六月，李璟卒，嗣位，是為南唐後主。開寶八年（西元九七五年）十一月，李煜投降；九年正月解送汴京（河南開封），封違命侯，親逢亡國的悲痛。他每一個人生階段，都是他作詞的題材，情感奔放真率，自然感人，成為中國詞壇上千古不朽的大詞人。他的詞大多已散佚，或和他人作品混雜，明、清二代都有《二主詞》刻本，現存大約三十多首。但後人仍可就他前後生涯的巨變，看到他詞作的內容和風格的分野。即以南唐亡國為界線，將他的詞分為前、後二期：

亡國之前：貴為一國之君，生活幸福，愛情美滿，作品溫馨綺麗。

晚妝初了明肌雪，春殿嬪娥魚貫列。鳳簫吹斷水雲間，重按霓裳歌遍徹。臨風誰更飄香屑？醉拍闌干情味切。歸時休放燭花紅，待踏馬蹄清夜月。（【玉樓春】）

這是李煜前期生活的真實寫照，題材是一個春天的晚上，宮中宴樂的情況。起頭寫宮中的妃嬪，為了要赴晚宴而刻意打扮得亮麗迷人，大夥兒行列整齊地進入宴會的殿堂裡。宮裡各種樂器吹奏起來，樂聲飛傳到天地交接的地方，重奏起唐代的〈霓裳羽衣曲〉，也演奏了整套的〈大曲〉。

下闋寫宴會要結束了，走到殿外，春風吹來，不知誰撒下了香屑，灑了一身，之前因宴會而酒醉，後面是人在春夜飄著香屑的風中而沉醉，如此良宵如此樂事，他興奮地拍打著欄干，覺得生活的情味實在好極了。最後兩句，寫他雖然要回寢宮去休息了，但覺得宴會之歡，意猶未盡，交代侍從在歸路上不要點燃蠟燭，他打算讓馬兒踏著月色，慢慢地走回去。末二句，讓人好像看到一幅詩境般的圖畫，明月的幽輝下，李煜優閒地坐在馬上，侍從們牽著馬兒，慢慢地前行；也彷彿聽到馬蹄踏步的聲音，好像也分享到他此時無憂無慮的幸福快樂。

亡國之後，情懷完全改變；作品多為大眾所熟知，如：

春花秋月何時了？往事知多少？小樓昨夜又東風，故國不堪回首月明中。　雕欄玉砌應猶在，只是朱顏改。問君能有幾多愁？恰似一江春水向東流。（【虞美人】）

這是南唐亡國後，李煜被俘到汴京後所作。起頭連用兩個「設問」句，對往事、對未來，多少懊恨悲傷，都讓讀者自行去意會了！三、四兩句，追述昨夜在明月春風之下，遙思故國的心情，「不堪回首」寓寄了無窮悲痛。下闋承上闋而下，雖說不堪回首，但又自然想起，想故國在這春夜的明月下，宮殿樓臺應該還是和從前一樣吧！畢竟事物可以久長，只是物是人非而已；而現在的他，容顏愁苦，不再是昔日的年輕俊美了。人生到此，能承擔著多少亡國的哀愁呢？他用東流的春水作譬喻來回答自己，是悠悠的長流的江水無窮無盡啊！這首詞用「設問」起，又用「設問」結，前面是不答的「激問」，後面用自答的「提問」，在不同的「設問」手法下，他讓讀者感到內心深沉的悒鬱。

歷代對李煜詞的評價，都認為他亡國之後，沉浸在哀傷悲痛的愁苦情感，所寫的後期作品，形象鮮明，情感奔放，修辭手法和內容境界，都有非常高的藝術成就。劉大杰《中國文學發展史》認為李煜突破了自中晚唐以來，詞的內容主要在寫歌舞、女子和離情別意，題材狹窄又風格不高。李煜作詞，純用白描手法來記述他的實際人生。正如王國維所說：

> 詞至後主，眼界始大，感慨遂深。（《人間詞話》）

早已說明了李煜突破了以往詞作的藩籬，擴大了詞的境界，為詞注入了新的生命。他的言語，淺易通俗，卻自然精鍊，追懷感歎，使人低迴不已。清人余懷〈玉琴齋詞序〉說他的詞是「一字一珠，非他家所能及也」，可為眾多佳評的代表。

二、兩宋（北宋、南宋）詞壇

兩宋是詞的黃金時代，尤其是北宋，繼承著晚唐、五代許多詞家的努力發揚，締造出炫目的成績。

宋初天下復歸一統，社會繁華，詞因歌曲的大量需求而興隆發展，上自宮廷，下到鄉村，商業繁榮的大城市，酒肆歌樓林立，造成全民作詞的盛況。儘管宋詞散佚甚多，近人所輯編的《全宋詞》和《全宋詞補輯》，仍多達一千四百三十餘家，作品有二萬零八百餘首（含殘篇）；而詞是宋代文學的表徵，也早已是世人所共認。

詞在兩宋三百二十年（西元九六〇～一二七九年）的歷史過程中，也隨著時間的衍流，不斷更新變化，詞人各自表現出他們不同於他人的藝術風格，時時呈現出它的新形貌。論者都以政權的變革，把宋代詞壇劃分為北宋、南宋兩個階段。

㈠北宋詞壇

論者以「詞至北宋而『大』，南宋而『精』」，為兩宋詞的發展作定評。

北宋詞的所謂「大」，指的是它發展迅速，無論體製式樣、思想內容、文辭手法，都多所改變。宋詞是音樂與歌詩相互結合的藝術，由朝廷到民間各階層所同歌唱、所共愛好。

詞的分類，有「小令」、「中調」、「長調」三種；見於詞牌名稱的分類，有「令」、「引」、「近」、「犯」、「攤破」、「慢」等，都是因音樂或形式而產生的專用名稱。自唐到宋初，詞家所作，大都是短篇的「小令」，長篇的「慢」詞，到柳永之後才創造出來。所以，研究宋詞的人，就以對詞有革新的詞家來作分期的依據，把北宋詞壇分為三期：

1. 初期——沿承五代南唐的詞風

即宋初詞壇，沿承五代南唐的餘風，在趙氏政權安定之後，詞壇先是相當沉寂，質量都很貧弱，經過四、五十年的休養涵育，社會繁榮隆盛，才有韓琦、寇準、晏殊、晏幾道父子、宋祁、范仲淹、歐陽脩等人，使詞壇顯現新生的氣象。真摯清雋婉約，是這時期的特色，而少奔放豪情。他們都是富貴的高官，作詞只是生活上偶爾的感懷，也反映出他們位居要津的胸襟氣度，和文辭才華的修養。留下這個時段的佳篇。

北宋最先的詞人是晏殊（西元九九一～一〇五五年），字同叔。由神童召試，賜同進士出身，做到宰相，詞集名叫《珠玉詞》，有一百多首詞存世。詞風近於馮延巳。他一生富貴順遂，絕無憂恨悲苦的心情，他作詞的題材，是捕捉住剎那的靈思感觸，構思新鮮婉美的意境，也能呈現出他個人的性情本色。在流傳下來百餘首詞中，盛傳的名篇佳句甚多。如：

> 小徑紅稀，芳郊綠遍。高臺樹色陰陰見。春風不解禁楊花，濛濛亂撲行人面。　翠葉藏鶯，朱簾隔燕，爐香靜逐遊絲轉。一場愁夢酒醒時，斜陽卻照深深院。（【踏莎行】）

篇旨是寫晚春的景象觸惹起的春愁，在室外盈天漫地的春色中，映照著他在朱簾、爐煙裊升的室內，空靈縹緲的心境，就顯示了他傷春的惆悵。他的「無可奈何花落去，似曾相識燕歸來」（【浣溪沙】），幾乎是時時傳誦在人口中的佳句。

和乃父分稱「大小晏」的晏幾道（約西元一〇四八～約一一一三年）也以「落花人獨立，微雨燕雙飛」名句盛傳於世。他的《小山詞》二百多首，善寫懷思過往歡樂的歎息哀愁，給人虛幻恍惚的意境。

又如宋祁的【玉樓春】：

東城漸覺風光好，縠縐波紋迎客棹。綠楊煙外曉寒輕，紅杏枝頭春意鬧。　浮生長恨歡娛少，肯愛千金輕一笑？為君持酒勸斜陽，且向花間留晚照。

宋祁（西元九九八～一〇六一年）在宋代文化史上的主要貢獻，是用了十多年的時間，和歐陽脩等共同修撰《新唐書》，是史家，也是詩人，但他卻因這首詞而久享盛名。特別是上闋末句「紅杏枝頭春意鬧」，膾炙古今，並且因此獲得「紅杏枝頭春意鬧尚書」的雅號。這首詞的主題，寫他熱愛生命的欣然心境。起筆以春光引人切入，上闋，首句「漸」字就表示他對春天的留意和期待。第二句以後，抓住一處處的重點來寫春景的迷人：水紋像縐紗漾著笑靨迎向划船的遊客。曉寒輕籠著如煙般堆積的綠楊，開滿了枝頭的紅杏花，是春光最喧哄熱鬧的景象。王國維《人間詞話》特別讚賞最後一句，說：「紅杏枝頭春意鬧，著一『鬧』字而境界全出。」上闋從春野風光，歸到紅杏枝頭，以「鬧」字收結，給人無窮的玩味！下闋寫惜春心情，而及於惜時，更對餘生之愛惜。斜陽勸酒，花間夕照，都是珍重晚年生命的譬喻。

范仲淹（西元九八九～一〇五二年）雖然不以詞名傳世，但所作【漁家傲】（塞下秋來風景異）一首，寫他為國守邊的勞苦，豪放蒼涼；【蘇幕遮】：

碧雲天，黃葉地，秋色連波，波上寒煙翠。山映斜陽天接水，芳草無情，更在斜陽外。　黯鄉魂，追旅思，夜夜除非，好夢留人睡。明月樓高休獨倚。酒入愁腸，化作相思淚。

寫他的離愁別恨，在闊大的意境中，卻蘊涵著纏綿悱惻的相思，抒情婉約。「酒入愁腸，化作相思淚」是誇張的修飾語，卻恰好表現出他的深情。是一首聲情交融的佳構。他是這個時期兼具婉約與豪放兩種風格的少數詞人。

歐陽脩（西元一〇〇七～一〇七二年）和晏殊，同是宋初詞壇的領袖。存世作品有較為莊雅的《六一詞》，較為艷冶的有《琴趣外篇》、《樂府雅詞》二種。他的詞風，融匯花間與南唐，而尤近於馮延巳。晚年退隱潁州西湖（在安徽阜陽縣北），終日徜徉在湖光山色間，所寫的十三首【採桑子】，描繪大自然令人沉醉的秀麗景色，最是令人神馳的不朽篇章。

畫船載酒西湖好。急管繁絃，玉盞催傳。穩泛平波任醉眠。　行雲卻在行舟下，空水澄鮮，俯仰流連，疑是湖中別有天。

輕舟短棹西湖好。綠水逶迤，芳草長堤。隱隱笙歌處處隨。　無風水面琉璃滑，不覺船移，微動漣漪。驚起沙禽掠岸飛。

群芳過後西湖好。狼藉殘紅，飛絮濛濛，垂柳欄干盡日風。　笙歌散盡遊人去，始覺春空，垂下簾櫳。雙燕歸來細雨中。

在各篇首句連用「西湖好」做起筆之後，前兩首寫遊湖泛舟，所見「行雲卻在行舟下，空水澄鮮」、「無風水面琉璃滑，不覺船移」的悠然閒適；後篇寫在家中觀賞暮春「狼藉殘紅，飛絮濛濛，垂柳欄干盡日風」美景，讀來也覺得神遊而醉眠了。歐陽脩的詞，抒情真摯，描述自然，善於想像，對自然界的事物，都能感會到新生命的玄秘，又有著五代南唐的幽婉華艷，和他領導古文運動要宗經明道、改革西崑體華艷的詩風，很不相同，論者以為詞是他嚴肅的外衣之下，內在的真性情⓬。

此外，還有林逋（和靖）、梅堯臣、聶冠卿、謝絳等人。

2. 中期——革新、創造期

這個時期的主要人物是柳永，他在中國詞史上，是第一個詞風改革的主導者。五代、南唐簡短的形式，清婉深細的手法，即使文才傑出如馮延巳、李煜、歐陽脩、晏氏父子等大詞人，都未能脫出它的範圍之內，直到張先、柳永出來，因為時代社會的遽變，詞人生活的本質有異，詞的形式和用語，才呈現完全不同的面貌，就是「慢詞」的出現⓭，和口語入詞。慢詞的產生，導因於都會複雜生活的需求，經

⓬ 劉大杰認為歐陽脩也是個風流自賞、放達率真的人。《中國文學發展史》第十九章裡說：「歐陽脩的私生活，並不是乾枯無味的……像歐陽脩這種完全是詩人氣質的人，寫有幾首艷詞，正好是他一點私人生活的顯露，原是非常可愛的。」

⓭ 《樂府餘論》說：「慢詞蓋起於宋仁宗朝，中原息兵，汴京繁庶，歌臺舞席，競賭新聲。永以失意無俚，流連坊曲，遂盡取俚俗語言，編入詞中，以便伎人傳習，一時動聽，散播四方。其後蘇軾、秦觀、黃庭堅等相繼有作，慢詞遂盛。」

濟繁榮，歌樓酒肆林立，短篇的小令不足以傳達複雜的感情，和繁榮與歡樂的描寫，為了滿足生活新形勢的表現，詞體的轉變和開展，是必然的配合。

張先（西元九九〇～一〇七八年），字子野。詞集名《張子野詞》，存詞一百八十多首。他擅場小令，亦作慢詞。他的詞風，秀麗勁峭，好用色彩華麗的詞藻，善寫幽隱情思、物象朦朧之美，而有「張三中」、「張三影」的雅號⑭。我們就來看看【天仙子】這一首吧。

水調數聲，持酒聽，午醉醒來愁未醒。送春春去幾時回？臨晚鏡，傷流景，往事後期空記省。

沙上並禽池上暝，雲破月來花弄影。重重簾幕密遮燈，風不定，人初靜，明日落紅應滿徑。

張先在詞牌下有原注：「時為嘉禾小倅，以病眠，不赴府會。」交代他寫這首詞時，是在嘉禾（今浙江省嘉興）做官。倅，幕僚。他這時五十二歲，約在宋仁宗慶曆元年（西元一〇四一年）。他作這詞的那一天，因為生病，不能到府衙上班；詞中寫他喝酒聽歌，午後醒來，一直到入夜之後的心情感觸。

⑭ 宋胡仔《苕溪漁隱叢話》引《古今詩話》說：「有客謂子野曰：『人皆謂公張三中，即心中事、眼中淚、意中人也。』子野曰：『何不目之為張三影？』客不曉。公曰：『雲破月來花弄影；嬌柔懶起，簾幕捲花影；柳絮無人，墮飛絮無影。此余生平所得意也。』」他自己最得意的「三影」名句，分別見於【天仙子】（雲破月來花弄影）、【舟中聞雙琵琶】（嬌柔嬾起，簾壓捲花影）、【歸朝歡】（柳絮無人，墮風絮無影）篇中，寫得清麗細緻，確是用力鍛鍊出來的佳句。

【天仙子】的主題，是臨景傷春，由「送春春去幾時回」這一個「設問」句提點出來。他所說的「送春」，所要「送」的是人生的青春，自然的春景只是「移情」手法而已。首句以悲傷的〈水調〉曲起筆，就把寫作時的心情提示出來了。「持酒聽」，是要忘愁的行為，所謂「一醉解千愁」。當他午後醉醒過來，心情卻依舊愁鬱。第二句用「醒」字「拈連」起酒和愁，他的愁不是酒可以澆滅的，愁思的沉重，便可想見了。接著他問「送春春去幾時回」？藉一個無理的問題，來強化他所以愁鬱的原因：在大自然來說，今年的春天過去了，明年會再來；但人生的春天是一去永不回來的。所以這個問句，是不能回答的，是他無限感傷的心情的一種表達。下接「臨晚鏡，傷流景」，「晚」字包含了時間的日晚、春晚，和人生的晚年之意，在這晚春的日暮，對鏡細看自己晚年的形貌，特別感到「往事後期空記省」：時光永遠是不停地流逝，回首往事，瞻望未來，都是徒然（空）回思（記）預想（省），因為人生世事，是誰都無法控馭的。

上闋寫由午後到傍晚的愁悶無聊，下闋承接到上闋的時間，遠望看到沙洲上一雙雙鳥兒已經歇息，更覺得自己的孤單；近處的池子也沒入昏茫的暮色之中，正如他的心情一樣啊！慢慢看到濃雲散去，明月出來了，月光照在花叢上，花兒隨著明月冉冉的上升，而變換出不同的姿影。「雲破月來花弄影」這一個千古名句，朱光潛說是用「擬人移情」的手法，來寫花兒因見月亮出來，而搔姿弄影，欣然歡喜，其實這是作者自己在一整天愁悶之下，忽然感到光明在目，是移人之情寄託到景物上去。帶著這樣的心情，回到屋內，把簾幕一重重地垂下，密密地把燈光遮住，讓自己置身在明亮之中，把黑夜留在屋外。他聽到屋外的風聲不住地吹，人也漸漸睡靜了，他想經過這一夜狂風之後，明天大概就會落花滿徑了。用一個「預言示現」作結，再回應到「送春」的主題。

嘆老嗟卑，是文士不得志的憤懣。張先用「雲破月來花弄影」來自勉，不但構詞新穎，寄意亦新，所以成為世人愛賞的佳句。

張先是北宋最早作慢詞的人⑮，但慢詞到柳永才普遍盛行，所以前人論詞，每以柳永為宋詞轉變的第一人。

柳永，字耆卿，初名三變，排行第七，人稱柳七。宋仁宗景祐元年（西元一〇三四年）進士及第，官至屯田員外郎，世稱柳屯田；又自稱「奉旨填詞」⑯。他是第一位大量作慢詞的人，在詞的發展史上有重大的貢獻。柳永仕途坎坷，懷才不遇，在大都會中過著頹廢的生活，在倡樓妓院放浪絃歌，這也成為他寫作歌辭的題材和原動力。詞集名《樂章集》，已不全。柳永感情深摯，發為歌辭，便情致纏綿，尤擅寫羈旅愁思、離情別緒，善用俗語入詞，促進詞的通俗化、口語化，開元人以俚諺俗語入曲的先河。

【雨霖鈴】一首，是離情的名作。

---

⑮ 陳廷焯《白雨齋詞話》說：「張子野詞，古今一大轉移也。前此則為晏、歐，為溫、韋，體段雖具，聲色未開；後此則為秦、柳，為蘇、辛，發揚蹈厲，氣局一新，而古意漸失。子野適得其中，有含蓄處，亦有發越處，但含蓄亦不似溫、韋，發越亦不似豪蘇膩柳。」

⑯ 柳永早年時，詞即在民間傳唱，也傳入宮廷。宋仁宗也喜愛柳詞，常在宴會中，讓侍從歌之再三。柳永曾作【鶴沖天】詞，中有「忍把浮名，換了淺斟低唱」之句，仁宗看了十分不悅，柳永因此在科考放榜時遭到落榜；仁宗說：「此人風前月下，好去淺斟低唱，何要浮名？且填詞去。」柳永因此自稱為「奉旨填詞」。

寒蟬淒切，對長亭晚，驟雨初歇。都門帳飲無緒，方留戀處、蘭舟催發。執手相看淚眼，竟無語，凝噎。念去去、千里煙波，暮靄沈沈楚天闊。　多情自古傷離別，更那堪、冷落清秋節。今宵酒醒何處？楊柳岸、曉風殘月。此去經年，應是良辰、好景虛設。便縱有、千種風情，更與何人說？

這詞的主題寫「秋別」。開頭三句，就把離別的季節、地點、時間、氣候提點出來，都為後文的離情作準備。在寒蟬的噪鳴聲裡，日色已晚，陣雨洗出了秋的寒涼，這都讓在長亭送別的人更感到淒然！在帷帳中宴飲，可是誰也沒心情喝餞別酒，只覺得離情依依，船家已經催促要啟航了。彼此手握著手、互相凝望著對方眼中的淚水，喉頭哽咽，竟說不出話來。「執手」兩句，好像一個特寫鏡頭，時間也彷彿在剎那間凝住了。場景的敘述也就暫停在這兒。接下來就轉到心思意念的描寫，由領字「念」帶起：在握手道別，馬上要分離之際，他想到上了船後，他就前行在漫漫的煙靄波濤裡，南方的天宇在暮色裡分外昏茫！「去去」以下，寫的是他預想到離別了所愛的人，是那樣的茫然孤單。

下闋仍是他的心思：自古多情人總為離別而傷悲，又在這冷落淒清的秋天裡分別，真教人受不了！今夜當我在船上從醉中醒過來時節，我將會在什麼地方呢？在自問之後，又自答：到時張目所見，只有兩岸搖蕩在晨風中的楊柳，和天上的一輪殘月而已。他特意使用了「設問」手法，來加強旅途上無人的淒寂境況；楊柳殘月，用實景使心情具象化，更使人易於瞭解。「此去」以下，作更久遠的設想：這一別，將會有好長的一段日子，這期間，即使也有美景良辰，但不能和你共賞，也必然是虛度罷了。我心裡縱然有無限的情愛關懷，又能向誰訴說呢？「便縱有」以下的結語，是說：我心底的兒女思情，除了你，再無可以訴說的人了！真是婉轉多情的收結，教人玩味不盡。

這是柳永詞中極其膾炙的名作，修辭精妙，是它成功的主要原因。在篇章的佈置來說，從開始敘述到握別，就把分別凝住了。以後都用「預言示現」手法，設想分別之後的無限淒涼，感情極為沉痛。這樣的安排，使人想到：分別的痛苦只在一時，別後的相思痛苦卻無限；而且不必等到真的別後，在臨別之時就能預期可知了。痛苦的抽象感情，他都藉著和離別有關的事物，具象化起來，可說是化「一」為「無限」，教人領會到他感情之深摯，把「情景交融」的技巧，發揮得淋漓盡致！

前人對柳永詞的特色，以一個「俗」字作總評，因為他善用口語俚言作歌辭，和高官位重文士的雅言不同，在當時也受到詆訶。徐度《卻掃篇》有這樣一段記載：

耆卿以歌詞顯名於仁宗朝。……其詞雖極工緻，然多雜以鄙語，故流俗人尤喜道之。其後歐、蘇諸公繼出，文格一變，至為歌詞，體製高雅，柳氏之作，殆不復稱於文士之口，然流俗好之自若也。劉季高侍郎，宣和間，嘗飯於相國寺之智海院，因談歌詞，力詆柳氏，旁若無人者。有老宦者聞之，默然而起，徐取紙筆，跪於季高之前，請曰：「子以柳詞為不佳者，盍自為一篇示我乎？」劉默然無以應。

因為歌辭的寫作目的，是讓大眾來傳唱，雜入俗語俚詞，在高明作家的筆下，更能化幽深為淺易，大眾也因能了然詞意，易起共鳴，所以，柳永詞在當時的流佈區域和層面非常廣，甚至傳到遙遠的西夏⑰，不免遭到高雅文人的嫉忌；尤其是教坊樂戶的伎女，最愛唱柳永詞，也被士大夫所不齒。我們對於柳永詞的「俗」，應解釋為「通俗」，而非「庸俗」；也要欣賞柳永詞正因善用口語，使他更能曲折委婉而出之自然。

其實柳永詞的「通俗」美，是許多人不會欣賞的地方，正如清人劉熙載所說：「惟綺羅香澤之態，所在多有，故覺風期未上耳。」⑱；而「俗」也只是他風格的一方面而已，詞家也未嘗忽略他「雅」的一面⑲，特別是他的慢詞，「長調尤能以沉雄之魄，清勁之氣，寫奇麗之情，作揮綽之聲。」⑳蘇東坡也說：

世言耆卿曲俗，非也。如【八聲甘州】㉑云：「霜風淒緊，關河冷落，殘照當樓。」此語於詩句，

---

⑰ 宋葉夢得《避暑錄話》說：「柳永為舉子時，多游斜狹，善為歌詞；教坊樂工，每得新腔，必求永為詞，始行於世。余仕丹徒，嘗見一西夏歸朝官云：『凡有井水飲處，即能歌柳詞。』」

⑱ 語見《藝概》：「耆卿詞細密而妥溜，明白而家常，善於敘事，有過前人。惟綺羅香澤之態，所在多有，故覺風期未上耳。」

⑲ 夏敬觀《手評樂章集》說：「耆卿詞，當分雅、俚二類。雅詞用六朝小品文賦作法，層層鋪敘，情景兼融，一筆到底，始終不懈。俚詞襲五代淫詖之風氣，開金、元曲子之先聲，比於里巷歌謠，亦復自成一格。」

⑳ 語見鄭文焯〈與人論詞遺札〉。

不減唐人高處。

柳永詞無論在長調的創製、俗語俚詞的運用、鋪敘細膩的修辭技法，都使詞的範圍擴大，他使用口語所作的詞，以【玉樓春】為例：

有箇人真堪羨，問卻佯羞回卻面。你若無意向咱行，為甚夢中頻相見？　不如聞早還卻頭，免使人魂夢亂；風流腸肚不堅牢，只恐被伊牽惹斷。

這樣的詞，流利清新，似乎是元人散曲的格調一樣，元曲的俚俗特質，柳永實在前導先河。無論體製、用詞和風格，柳永都為宋代詞壇開創了一個新局面，宋代詞人，或多或少都受到柳永的影響，像周邦彥、秦觀（少游）、賀鑄、黃庭堅等名家，都可發現有繼承柳永作風的詞作。

蘇軾（西元一〇三六～一一〇一年），字子瞻，號東坡居士。詞集名叫《東坡樂府》。他處身在經濟

㉑ 柳永【八聲甘州】一詞寫羈旅行役遊子的思家情懷。詞文如下：「對瀟瀟暮雨灑江天，一番洗清秋。漸霜風淒緊，關河冷落，殘照當樓。是處紅衰翠減，苒苒物華休。惟有長江，無語東流。　不忍登高臨遠，望故鄉渺邈，歸思難收。歎年來蹤跡，何事苦淹留？想佳人、妝樓顒望，誤幾回天際識歸舟。爭知我、倚闌干處，正恁凝愁。」文辭緊握住天涯行役人的心底眼中來著筆，反覆變化，刻畫出思家和兩地相思的心情；而全詞並無詞藻的雕飾，隨意寫出，極其自然。

繁榮的昇平盛世，但仕途的境遇，因反對王安石的新法，而浮沉不定，經常是憂患失意，但他為人清廉端正，胸懷開闊，氣度寬洪，對所遭逢的困逆，能以淡然安泰的心情對待，形成豪爽明朗的性格，樂觀自足的人生觀。這種心思性情，都表現在他的文學作品之中，尤其是在他的詞裡，豪放不羈的風格，開創出和柳永完全不同的格調。

基於傑出的文藝天賦，蘇軾視詞為小道，隨意之所至，把詩賦、經典的話語寫到詞裡，用散文句法作詞，又不重視詞的音樂目的；他也懂音律，但不專為歌唱而作詞㉒，所以世人以「曲子裡縛不住」來形容他才情放逸而不重視協律的作詞風格。在內容方面，他以詞調笑，以詞詠古，以詞寫壯懷，以詞敘幽情，悼亡送別，說理抒情，描寫山水，感懷身世，無不可寫；文詞句語，彷彿是順手拈來，而意會豐沛，曲盡情懷。總之，他放大了詞的內容，提高了詞的意境，作詞獲得創新與解放。蘇軾詞現存三百五十多首，盛傳的名篇不少。【念奴嬌】（大江東去）、【水調歌頭】（明月幾時有）、【定風波】（莫聽穿林打葉聲）、【江城子】（十年生死兩茫茫）等，至今仍是世人琅琅在口。下面舉他的詠物名篇【水龍吟．次韻章質夫楊花詞】來看看：

似花還似非花，也無人惜，從教墜。拋家傍路，思量卻是，無情有思。縈損柔腸，困酣嬌眼，欲開還閉。夢隨風萬里，尋郎去處，又還被、鶯呼起。　不恨此花飛盡，恨西園、落紅難綴。曉

㉒《歷代詩餘》引晁以道的話說：紹聖初，與東坡別于汴上，東坡酒酣，自歌〈古陽關〉，則公非不能歌，但豪放不喜剪裁以就聲律耳。試取東坡諸詞歌之，曲終，覺天風海雨逼人。

來雨過，遺蹤何在？一池萍碎。春色三分：二分塵土，一分流水。細看來，不是楊花點點，是離人淚。

這首詞的題目注明是「次韻」，就是要依照章質夫的原作【水龍吟】所用的韻部，並且在用韻的地方，要用他原篇的韻字，連次序都要一樣，這比「和韻」更難，容易陷於為湊韻而以辭害意；但蘇軾這篇次韻詞，卻得到「更勝原作」的佳評，正是他才情傑出的明證。在我分析這首「詠楊花詞」時候，有人對我說：「這是詠胡太后事。」他說南北朝時北魏胡太后有一首情詩〈楊白花〉：

陽春二三月，楊柳齊作花。春風一夜入閨闥，楊花飄蕩落誰家。含情出戶腳無力，拾得楊花淚沾臆。秋去春來雙燕子，願銜楊花入窠裡。

胡太后是北魏宣武帝妾，子明帝即位，稱太后臨朝，逼通楊華（本名白花）；楊華懼禍，逃到梁朝。胡太后愛他，思念不已，因作〈楊白花歌〉，教宮女歌唱，音調非常悽惋。他說：蘇軾這首詞，若從歌詠「胡太后愛戀楊華作〈楊白花歌〉」之情之事，就很容易解釋。楊花指楊華，所以是「似花而非花」。以胡太后的口吻心情，說他「拋家傍路」遠颺，似乎無情但卻教人思量，縈損人柔腸，困酣人嬌眼，她只好醉了在夢裡去尋他，卻被鶯呼起；她不恨他遠去無蹤，只是而今又見楊花隨塵土飛走，隨流水流逝，所以說這「點點楊花都是離人淚」。可是這一種說法，前人從未曾說過。我這裡仍從純粹「詠柳傷春」之意來分析它。

他這首詞上闋全用「擬人」手法，把楊花想像為「離人怨婦」，又集結了歷來寫楊柳的名詞佳句，把她刻畫得幽怨纏綿。起首就表達他憐惜的心情，說楊花（古人把如棉的柳絮叫做楊花）應否定位為「花」是有爭議的；不但向來「妾身未分明」，而且沒有人愛惜她，都任由她飄飛墜落。她離開了枝頭（家），落在路邊，思量起來，看似無情，其實是自有深意的。「無情有思」四個字，化用了杜甫〈白絲行〉詩「落絮游絲亦有情」句；韓愈〈晚春〉詩「楊花榆莢無才思，惟解漫天作雪飛」句，並且反用其意。蘇軾用詩意的目的，在於說明：一般人雖然並不看重楊花，但也讓詩人花了心思，對她的情思作過思考。「縈損」以下，寫柳在一般人的意想中，是很多情溫柔嬌媚的形象；漫天飛舞的楊花，就是那個想藉著夢境，去追尋萬里之外的情郎，卻又被春鶯叫醒了。

下闋轉入惜春的心情。楊花漫飛，已是暮春時候，楊花飛盡，就意味著春天終成過去了，西園花落盡，是春歸的具體景象。一場春雨之後，楊花也就完全不見了，那裡能找到她的遺蹤呢？蘇軾回答他自己的「設問」，說：楊花變成了池子裡的浮萍。接著，他把「春色」設定為「三分」：二分變成塵土（回應上闋「拋家傍路」），一分隨水流逝（回應下闋「一池萍碎」）。但水裡的楊花，其實是作者的傷春情語。這樣結束，使人餘味不盡。這樣細膩刻畫的手法，情調幽怨纏綿的高妙藝術境界，在蘇軾豪壯雄渾的詞風中，呈現出另一種風格。所以清沈謙《填詞雜說》評這首詞「直是言情，非復賦物。」

由柳永到蘇軾，北宋詞風出現二度的轉變，都是中國詞壇上不朽的名家，但二人各有不同的貢獻：柳永詞音律諧協，宜於歌唱，詞語平易通俗，易於瞭解，但在文人傳統的觀念裡，總嫌他內容庸淺，認為格調不高。李清照〈詞論〉就以「詞語塵下」來評說他。劉大杰也認為蘇軾「使北宋的詞風更為轉變，無論詞的內容與境界，都為之開拓與提升的，是北宋的代表詞人」；柳永便因為詞語淺俗比不上蘇軾了。其實蘇軾輕視詞的音樂效用，而喜用詩化、散文化的語句。李清照〈詞論〉也說他「皆句讀不葺之詩耳」，也就是說東坡有些詞，不頁合詞的音律。其實二人對詞的革新與開拓上，各有不朽的成就。有柳永在前的倡導，讓在他後面的人，知道可以用新的手法來作詞，應是尤其難能可貴的貢獻。俞文豹《歷代詩餘》引《吹劍錄》說：

東坡在玉堂（翰林院）日，有幕士善歌，因問：「我詞何如柳七？」對曰：「柳郎中詞，只合十七八女郎，執紅牙板，歌『楊柳岸、曉風殘月』。學士詞，須關西大漢，銅琵琶、鐵綽板，唱『大江東去』」。東坡為之絕倒。

這段記載，就已說明了柳、蘇詞各有特色，後人也以柳永「婉約」、蘇軾「豪放」來作大概的分別，其實，柳永婉約中有豪放，蘇軾豪放中也有婉約，是無分高下的。才情超凡的作家，是形式所難羈絆的。

劉大杰《中國文學發展史》以蘇軾為北宋詞人的代表，認為蘇軾在宋詞的地位，正如李白之於唐詩，可謂推崇備至，並歸納出蘇詞的特點有四：

(1)詞與音樂初步分離：使詞的文學生命重於音樂的生命。
(2)詞的詩化：清新奇逸的詩化詞，表現出積極的創造精神。

(3)詞境的擴大：無論什麼題材、思想和情感，都可用詞來表現；擴大了詞的範圍。用豪放飄逸的作風，改變詞的婉約與柔靡；提高詞的意境。

(4)個性分明：蘇軾詞寫他自己的性格、生活感情，用他自己的語調句法。

在詞的革新時期，以詞名世的詞人，如黃庭堅、秦觀、賀鑄、王安石、晁補之、毛滂等等，雖受柳永和蘇軾的影響，也都各自有其自成一家的特色。

3. 後期——注重格律，精煉文辭

柳永詞以通俗風行，時人多病其風格卑弱；豪放飄逸的蘇軾詞，時人又嫌它不合音律，矯枉過正，「要非本色」。作詞開始注重格律，精心細琢詞語，也漸漸成為詞壇的風氣，以周邦彥為這個時期的代表。

周邦彥（西元一〇五六～一一二一年），字美成，自號清真居士，詞集就叫做《清真詞集》，後來陳元龍為詞集作注釋，改名《片玉集》[23]，一書二名並存於世，經今人吳則虞校點，共收詞二百零六首。宋徽宗崇寧四年九月，置大晟樂府，就以周邦彥為提舉，掌管其事。他召集詞人樂師，議論古音古調，創作新樂，就叫做「大晟樂」，按調填詞，名叫「大晟詞」，每新製一詞，即家傳戶誦。和他共事的人，有晁端禮為協律郎，万俟雅言為製撰官，他因著這樣的工作環境，將所住的地方命名為「顧曲堂」，時常填新詞、度新曲，是自然事，所以作品很多，也備受世人的推崇，王國維把他比作唐詩的老杜（杜甫）。陳廷焯《白雨齋詞話》說：

㉓ 劉肅〈片玉集敘〉說：「猶獲崑山之片珍，琢其質而彰其文也，因命之曰《片玉集》。」

詞至美成，乃有大宗，前收蘇（軾）、秦（觀）之終，後開姜（夔）、史（達祖）之始。

可見他在宋詞中的傳承地位。《七家詞選》稱他「最為詞家正宗」。他的詞，詞語渾厚和雅，富艷精工，極鋪陳之能事，尤善於融化詩句；又嚴守音律，不獨平仄要遵守，仄聲的上、去、入也不容相混。前人常將他和柳永並稱「柳周」，因為二人都愛作慢詞，長於鋪敘，好寫艷情，精於音律，是外表的相似；但在藝術的表現上，柳較自由而周嚴謹，柳用通俗的詞語，周較典雅，是內涵精神的不同。

周邦彥的成就，一是在詞的音律上，做了很多整理和創作。討論古音，審定古調之外，又新增慢曲、引、近，或移宮換羽，造成三犯、四犯的曲調，並都作出新篇詞，見於他的集子中。無論新調舊曲，都有字句和音律的法度型式，為後人訂出可遵從的軌範。其次在文辭的表達上，他力求一字一句的精巧工麗，又能融鑄古人佳句為新詞；內容除了表現他豐富的生活之外，善寫景物的「詠物詞」，也是他詞作的一個特色，詠物也就成為作詞的一派。以下就以他的詠物名篇【六醜】為例。

正單衣試酒，悵客裡、光陰虛擲。願春暫留，春歸如過翼，一去無跡。為問花何在？夜來風雨，葬楚宮傾國。釵鈿墮處遺香澤。亂點桃蹊，輕翻柳陌。多情為誰追惜？但蜂媒蝶使，時叩窗槅。

東園岑寂，漸蒙籠暗碧。靜繞珍叢底，成歎息。長條故惹行客，似牽衣待話，別情無極。殘英小、強簪巾幘，終不似、一朵釵頭顫裊，向人欹側。漂流處、莫趁潮汐。恐斷紅、尚有相思字，何由見得？（〈薔薇謝後作〉）

這是周邦彥自度的新曲調。《蓮子居詞話》說：

六醜詞，周邦彥所作。上問「六醜」之義，對曰：「此犯六調，皆聲之美者，然極難歌。高陽氏有子六人，才而醜，故以比之。」楊用修易為「箇儂」，殆未喻清真之義耶。

這是集結六個曲調美聽的部分音譜而成的「犯調」，可見周邦彥精通音樂的造詣。

這詞的主題是以具象的落花寫惜春的心情。上闋從春歸寫到花謝，感歎無人在意憐惜。起筆寫他換上單衣，天候轉暖，想到自己客中，未加留意，就讓美好的春光平白地過去了。期望春光暫留，但春卻如飛地去得無影無蹤。他去向薔薇花問：春天在那裡？而在昨夜的一場風雨之後，這春天的美人已經殘落了，只在殘瓣殞落的地方留下了香氣，凌亂地散落在桃、柳樹下的小徑上。由「葬」字下二句，將花「擬人」；「亂」字以下二句，用了「互文」法。那他的惜花之情，要投向何處呢？只有花兒派來了蜂兒蝶兒，不時輕敲我的窗檽來相邀約。

下闋寫他赴約到東園去，園裡已籠罩在一片濃葉的陰碧之中。他靜靜地遶行在他珍愛的薔薇樹叢邊，花已無蹤，只有他的嘆息聲，多麼深沉的憑弔！薔薇故意伸出她的長枝，勾住他的衣服，好像要和他道別，讓他感覺到她的無限深情。於是，他撿起一朵小小的落花，勉強插在髮巾上，總覺得，殘花不能和花兒在枝上搖曳著，側身靠向人來的情韻相比。最後，他叮嚀落花，隨水慢行，也許有人把相思的詩句附寄在她身上傳送出去。這樣運用「典故」，翻出新意來結束，見得他對花又另有一種深情，值得玩味！

周邦彥在【六醜】的牌調下，注明了篇題〈薔薇謝後作〉（《片玉集》題作〈落花〉），可見他的寫作目的交代得很清楚的——用憑弔薔薇落盡，來寄託惜春的心情，由於修辭手法曲折錘鍊，除了把落花、蜂、蝶「擬人」之外，更藉薔薇樹的長枝，向他「牽衣話別」的無限深情；插戴殘英而想慕她盛放在枝梢上的可愛，最後對將隨流水逝去的斷紅，殷殷叮嚀，「疼惜」的心情，入微又盡致！細緻鋪陳，迴環往復，渾厚典雅，是周邦彥作詞的特色，陳廷焯因此給他「詞法莫密於清真」的佳評㉔。南宋的姜夔、史達祖、吳文英、王沂孫、張炎、周密等人都是繼承周邦彥的道路，講究格律形式、文字雕琢。

北宋詞壇，在柳永、蘇軾的二度變革後，周邦彥其實又做了第三度的改變，後世以文辭的風味來評定，以柳永為「婉約派」，蘇軾為「豪放派」，周邦彥為「集大成」者。北宋詞家，各以他們的才情和主觀理想作詞。詞的題材、修辭手法和藝術境界，在不斷開拓提升下，終於擺脫了原來為佐酒追歡的消遣娛樂而作詞的目的，變成也可以用來言志抒懷，思考世情物理，探究人生意義，獲得和詩並駕齊驅的文學地位。

㈡南宋詞壇

宋欽宗靖康二年（西元一一二七年）五月，金人攻陷汴京，徽宗、欽宗被擄，史稱「靖康之難」，北宋滅亡。康王趙構南渡長江，即位臨安（今浙江杭州），是為宋高宗，與金國以淮河、漢水為界。偏安南方的新政權就是「南宋」。

㉔見《白雨齋詞話》卷二。

隨著政局的劇變，人們的精神和物質生活都在痛苦之中，詞風也跟著時代而轉變，但仍承北宋柳永、蘇軾、周邦彥的形式與風格，但內容與情思則另具不同的面貌，慷慨悲壯、沉鬱深邃、淒苦哀傷、直率俚俗、恬淡秀逸、典雅綺麗，是其內容與風格的特色。清朱彝尊《詞綜發凡》說：「詞至南宋始極其工。」所謂「工」，就是更細膩，無論音律、文辭，都求精鍊穩貼。南宋著名的詞人有：

李清照（西元一〇八四～一一五六年前後），她親歷了北宋滅亡的動亂，夫亡家破，孑然孤苦，所以和南唐後主李煜的詞相近，同以性情真率，同被推為詞壇的首席，因為二人同樣是天資高而閱歷少，同遭國破家亡的變亂，由早年的幸福美滿，而遽變為後期的悲傷淒苦。她以動人的抒情手法表述出來，得到極高的藝術成就。她的詞散佚很多，後人所輯集的《漱玉詞》，只有五十多首而已。她作詞，注重音律，令、慢皆工，擅場白描，善用口語，字句意境都力求精鍊。南渡以後的作品，變為沉鬱淒愴，眷懷故國的悲恨，對其後的愛國詞人，都有深刻的影響。所作【聲聲慢】，古今膾炙。

尋尋覓覓，冷冷清清，淒淒慘慘戚戚。乍暖還寒時候，最難將息。三杯兩盞淡酒，怎敵他晚來風急。雁過也，正傷心，卻是舊時相識。　滿地黃花堆積，憔悴損，如今有誰堪摘？守著窗兒，獨自怎生得黑？梧桐更兼細雨，到黃昏點點滴滴。這次第，怎一個愁字了得？

李清照這首詞，用慢詞的紆徐形式、細膩的敷陳手法、入聲的哽咽韻腳，尤其是開頭連用七組疊字的雙聲疊韻的音效，把內心哀苦的淒厲抒發出來，使人讀來也心情悲愴激動。起筆她連用了七組疊字，不只在形式上很特異，要人了解她獨守空閨，到處張惶尋找可以排除孤寂的東西，卻依然只有一屋的冷清，心頭更覺淒慘悲戚，是這七組疊字的文意層次。她在秋來的寒意裡，雁兒飛過，更倍增孤淒。秋菊殘落了一地，摘了也沒有可以共賞的人了。一個人整天站在窗前，白天好長，天怎麼黑得這樣慢啊?!好不容易挨到黃昏了，梧桐樹上響起了秋風細雨的聲音，更惹動無限離情傷感。這一整天的種種心情事態，那能用一個「愁」字包涵得了呢！

這首詞以「悲秋」來刻畫她獨居無伴的寂寞哀傷，只寫從白天到傍晚這一段時間，獨守一室的冷清，獨對窗外雁過菊殘的秋景；任何時間、任何事物，在她眼底心中，都只有一個愁字罷了。這樣幽怨哀苦的感情，她用平淺而富有音樂性的字句表述出來，有非常強的感染力。

李清照和李煜的詞，都以其人生的特殊際遇為題材，又都深居於深宮閨苑，少和外界社會接觸，故性情真率，詞境清新，加上超凡的天賦才情，文辭藝術極其淒婉動人，獲得「詞家二李」的尊號，隱然高踞詞壇最尊崇的地位。

李清照在南宋度過了中晚年，但她畢竟是幽處深閨的女子，所以她的詞中也就缺少了南宋初男性詞家所共有的愛國主義思想，像岳飛、張元幹、張孝祥、辛棄疾、陸游、陳亮、劉過等，用詞來歌唱出他們慷慨悲壯的愛國熱情，也就不太顧及嚴格的音律，或詞藻的雕琢，詞又呈現出詩歌散文融合的現象，以辛棄疾為代表。

辛棄疾（西元一一四〇～一二〇七年），字幼安，號稼軒。詞集名叫《稼軒長短句》，共有六百二十三首，在《全宋詞》中佔全書的三十分之一，是兩宋詞人存詞最多的人。他出生在宋室南渡不久的紹興十年，青少年時期生活在金兵佔領的北方地區，北方的情勢，激發著他，想要為國家有所作為，二十多歲時，組織了一支兩千多人的隊伍，投奔耿京領導的農民起義軍，擔任「掌書記」，積極抗金。後來歸宋，但南方的偏安氣氛，又足以壓抑摧折他的壯志。他的人生，也就在屢遭排斥、打壓、被免職、彈劾中過，終於宏圖莫展，壯志難酬，憂憤成疾而死。他作詞的題材，就是他一生動蕩的身世，鬱勃的懷抱，凝鍊為深厚雄闊、蒼渾沉鬱的氣度，表現在詞中，便是題材廣闊，內容豐富，意境深遠。世人常以他豪放悲壯的詞風，將他和蘇軾並稱「蘇辛」。其實辛詞的成就，不完全由於他的才氣、性情和學問，更重要的是他所處身的時代和際遇，使他能「於剪紅刻翠之外，屹然別立一宗，迄今不廢。」㉕

辛棄疾不是一個「為文學而文學」的詞人，是一個有文學天才的政治家和軍事家㉖，他是一個能文能武的大將才，並且詩、文、書法也都有名於當時，的確是個藝壇傑出的人才。但他的謀猷勳業，都已水過無痕，僅以詞留給世人，仍然是詞林裡的一株奇樹，是宋代詞壇上一位卓絕的人物。

辛棄疾詞的特色，可歸納出三點：

⑴用詞的形式來表現他整個人生，無論抒情、敘事、說理、寫景，都極其自然，可說是到了「無意不可入詞」的地步。

⑵善於鎔鑄古書中的語句，又善於運用口語入詞。

⑶辛詞雖以豪雄見稱於後世，但清遠曠逸、婉約纏綿的佳作也不少，「風格多變」，才是恰當的定評。

㉕ 語見《四庫全書提要》。

㉖ 梁啟超評辛棄疾說：「稼軒先生之人格與事業，未免為其雄傑之詞所掩，使後人僅以詞人目先生，則失之遠矣。」

辛詞在豪放雄健的形式下，內容頗多感時傷事，富有政治意識，又多含民族的思想感情，所以也有人給他「愛國詞人」、「民族詞人」的稱號[27]，認為他是「用藝術的外衣，包裹起他的偉大忠貞、愛民族、愛國家的誠懇情感」。但就詞這種文體的本質來說，軟性「溫婉」的情感是正宗，硬性的「豪雄」意韻，終是變體。

前人雖將辛棄疾和蘇軾並列為「豪放」派，但二人仍有其不同處，前人已多有評說，如：

世以蘇辛並稱，蘇之自在處，辛偶能到；辛之當行處，蘇必不能到。二公之詞，不可同日語也。（周濟《介存齋論詞雜著》）

蘇辛並稱，然兩人絕不相似。魄力之大，蘇不如辛；氣體之高，辛不逮蘇。（陳廷焯《白雨齋詞話》）

東坡之詞曠，稼軒之詞豪。（王國維《人間詞話》）

蘇詞空靈超妙，辛詞沈著切實。（鄭騫《景午叢編．漫談蘇辛異同》）

鄭騫認為周、陳是從詞的風格意境上立論，王國維是從性情襟抱上著眼。他更對上述三家的評語，作了清楚的說明：

曠者，能擺脫之謂；豪者，能擔當之謂。能擺脫故能瀟灑；能擔當故能豪邁。……而曠之與豪，

[27] 見杜呈祥《辛棄疾評傳》。

並非絕對不同的兩種性情，他們乃是一種性情的兩面，……都是屬於陽剛性的。所以蘇辛兩家，是同幹異枝、同源異流。

下面以【摸魚兒】一首，來看辛詞的特色：

更能消幾番風雨？匆匆春又歸去。惜春長怕花開早，何況落紅無數！春且住。見說道、天涯芳草無歸路。怨春不語。算只有殷勤，畫檐蛛網，盡日惹飛絮。長門事，準擬佳期又誤。蛾眉曾有人妒。千金縱買相如賦，脈脈此情誰訴？君莫舞。君不見、玉環飛燕皆塵土！閒愁最苦。休去倚危欄，斜陽正在、煙柳斷腸處。

此詞牌下原注：「淳熙己亥，自湖北漕移湖南，同官王正之置酒小山亭，為賦。」淳熙己亥，是宋孝宗淳熙六年（西元一一七九年）。這時是暮春時候，辛棄疾由湖北轉運副使改任湖南轉運副使，在他的一個同事為他備辦餞別筵席上，寫作了這首詞。

詞的上闋寫暮春景物：在經不起幾番風雨之後，春天就匆匆的過去了。用「設問」句起筆、加上「更能消」為起頭，留春不住的無奈是很明顯的。接著他寫自己一向的「惜春」心情，總是怕春花太早就開放；因為花兒既開，花落便已在旦夕之間。何況眼前已看到了處處落紅了！所以，他呼叫：春啊！你暫停一下吧！但曾聽人說過：春草已蔓生到了天邊，遮斷了歸路。就是說：春天實在是過去了。春總是默然無語。只有畫檐間的蛛網，沾惹著滿天飛揚的柳絮，能夠讓人感受到一點兒春末的餘痕。

下闋借用故事來寫他的心情：陳皇后失寵於漢武帝，別居在長門宮，她用千金買得司馬相如作的〈長門賦〉，感動了武帝，又得寵幸。但是，自比為陳皇后的辛棄疾來說，卻是「佳期又誤」，希望落空。美人總是招人妒忌！內心的難言淒苦，能向誰訴說呢？但妳們也不要得意忘形，即如像楊貴妃、趙飛燕那樣地專寵，最後不也是化為塵土？那麼，又何必以不受寵為恨呢！但是，內心仍是被閒愁所苦，因此，不要再登高樓去望遠了，只看到夕陽正在逐漸沉沒到密密的垂柳叢中；那最後的餘光都要隱沒了！

這詞全用譬喻手法，表達他傷時感懷的思想主題，是一首具有深刻政治背景的作品。宋孝宗即位後，也曾對金兵採取攻勢，可惜張浚輕敵冒進，草草用兵，情勢因而逆轉，破壞了光復中原的希望，所以說「惜春長怕花開早」、「留春不住」。孝宗又被主和派所把持，政治和外交都很軟弱，辛棄疾深深感到復國的前途無望，所以說「天涯芳草無歸路」。他的忠誠，就像蛛網、飛絮一樣，有什麼用呢！他又自比為招忌失寵的美人，只能忍受不斷的排擠打擊，但心情總是苦悶不安，只覺得前景是一片昏茫！他用大自然的景象和故事來造境，語詞深婉，筆力雄健，造境淒美，雖欲自解而實悲憤，寫出他要堅持理想，卻又孤立無援的痛苦，情意纏綿，深切感人，所以梁啟超說它「迴腸盪氣，至於此極！」到了晚年，深受挫折的英勃之氣也消散了，詞風歸於清疏平淡，就有下面這樣的作品：

萬事雲煙忽過，百年蒲柳先衰。而今何事最相宜？宜醉宜遊宜睡。早趁催科了納，更量出入收支。乃翁依舊管些兒：管竹管山管水。（【西江月】）

辛棄疾的際遇和才情，胸襟和理想，造就出他的粗莽豪縱而不失細膩，他廣泛的風格，不是一般人所能學步而能的，是南宋豪放詞人的領袖。歸於辛派的詞人有五、六十人之多，較重要的有朱敦儒、陸游、范成大、張孝祥、劉過、史達祖、姜夔、陳亮、劉克莊、吳文英等。他們的詞，在文辭上改變了以婉約為正統的風尚，繼承、發展蘇軾的作詞路徑，開闊了詞的內容、充實了詞的思想、豐富了詞的語言、提高了詞的意境。

姜夔（約西元一一五五～約一二二〇年），字堯章，自號白石道人，詞集就叫做《白石道人歌曲集》，存詞約八十多首。姜夔是南宋詞壇上的另一派的領袖，論者以周邦彥繼承者來看待他，就是注重音律，文辭工麗，而更過之；他一生無官，精善音樂、書法、古刻、詩文都有名，而以詞名傳世。他品性高雅瀟灑，足跡遍遊湘、鄂、贛、皖、江、浙等地的名山勝水，用一種隱者的情態來過活，所以他的生活充滿藝術的意味，詞中表現出「無所牽繫」的心情。張炎《詞源》評他的詞「如野雲孤飛，去留無際」，近人俞平伯也說他是「閒雲野鶴」。他的詞取法於周邦彥，也受辛棄疾的影響，注重音律，能論詞的音律和自度曲，尤其在字句的修辭上細意琢鍊，所以比周邦彥更為綿密。近人劉緝熙給他最高的評價，說：

他脫盡了倡優之氣，有綿密之巧，清雅之妙。故南宋詞家之大領袖非姜莫屬。自茲以降，以迄清季，未有不受其範圍者。所以詞到了姜夔已登峰造極。（〈詞的演變和派別〉）

他的詞境，也因文辭的細意推敲，以含蓄的手法出之，張炎又以「清空、騷雅」來評它，說：

白石詞如【疏影】、【暗香】、【揚州慢】、【一萼紅】、【琵琶仙】、【探春慢】、【淡黃柳】等曲，不惟清空，且又騷雅，讀之使人神觀飛越。(《詞源》卷下)

清空就是不要太過膠著於所寫的對象，以免板滯或晦澀，應多攝取事物的神理，始能超然物外；但又能在內容上使人理解，就是騷雅而神觀飛越。不過，也由於想像飄忽和刻意描寫，不免使人有「霧裡看花」之感。且看他【暗香】這一首：

舊時月色，算幾番照我，梅邊吹笛？喚起玉人，不管清寒與攀摘。何遜而今漸老，都忘卻，春風詞筆。但怪得，竹外疏花，香冷入瑤席。　江國，正寂寂。嘆寄與路遙，夜雪初積。翠樽易泣，紅萼無言耿相憶。長記曾攜手處，千樹壓、西湖寒碧。又片片、吹盡也，幾時見得？

這首詞原有小序，說：

辛亥之冬，予載雪詣石湖。止既月，授簡索句，且徵新聲。作此兩曲。石湖把玩不已，使工妓隸習之，音節諧婉，乃名之曰【暗香】、【疏影】。

辛亥，是宋光宗紹熙二年(西元一一九一年)。姜夔在這年冬天裡的大雪中，到杭州探訪老詩人范成大(號石湖居士，時年六十六歲)，住了一個月左右。這期間，范家花園裡的幾枝梅花在雪中綻放。范成大向他求作新歌和新曲；他就以雪中梅花為題，作了兩支新曲和兩闋新辭，取名為【暗香】、【疏影】，以應范成大之請。

歷來對【暗香】這首詞的含意，有不同的解說，多數認為是姜夔是借梅花來寄託他對情人的懷念。相傳他在青年時代，和合肥的一位彈琵琶的歌女相戀，並為他寫過不少深情的詞。在這首詞中，他覺得梅花就是情人的化身；梅花的特質是「冷香、幽韻」㉘，這也就是他情人在他心目中的氣質神韻，所以讓他永念不忘。

上闋以「舊時」二字開頭，就用「示現」手法，追述他眷懷往事的心情：記得從前在冬雪的夜裡，我倆常在月下的梅樹邊吹笛，也不管雪夜氣寒，把她叫醒，起來一起去攀摘。現在我即使有何遜的才情㉙，因為年紀漸老，早已忘卻那種吟風賞梅的興致了！無奈在竹林外的稀疏花朵，偏把幽冷的香氣，吹送到我的坐席間來；又觸動了我原本要忘卻的往事情懷。下闋先寫當前處境的寂寞，在江南水鄉，梅花開在沉寂的雪夜裡，想摘一枝寄給思念的人，路途迢遙又堆積了夜雪。對著翡翠酒杯，眼淚忍不住流下來，紅梅花也無言地相對，都沉浸在深沉的懷念中。最不能忘記的是，和她攜手同遊西湖孤山上的梅林，千樹盛開的梅花籠罩著寒涼碧綠的湖水，湖水花光相映照，好美的情景！花瓣又一片片被風吹落了，什麼

㉘ 清劉熙載評姜夔詞的用語。見《藝概》。

㉙ 何遜是六朝時梁代詩人，曾作有〈詠春風〉詩和〈詠早梅〉詩。詠梅詩中有「銜霜當路發，映雪擬寒開」、「應知早飄落，故逐上春來」之句。

時候才能再見得到呢？最後用梅花落盡，象徵二人共守的美好日子已成過去㉚。又用「設問」句來結束，是一種強烈情感的渴盼、是不能預期的期待、也是深沉的喟嘆口氣。

在佈局手法上，上闋用「追述示現」開頭，下闋又再用「追述示現」，然後結束，表達出對往事的懷戀，有很好的效果。

三、元、明、清詞壇

㈠元代詞壇

兩宋詞一直持守著音樂功能，可以歌唱，所以李清照〈詞論〉，對不注重音律的蘇軾詞，評以「音律不葺之詩耳」。尤其自周邦彥以後的南宋詞家，都十分講究詞的樂律。但入元以後的詞，漸漸失去了音樂功能，詩詞變為一體，完全是文學罷了！因為歌曲的傳唱，被新興的「曲」體所取代了。

詞在南宋後期，無論音律和文辭技巧，都已經進步到成熟的頂點，元人滅金亡宋，統一了南北，元初作詞的多是南宋遺民，如周密、張炎、劉辰翁等，所作總在寄興亡的感慨，借物抒情，論者以為是南宋的延長而已。而新政權的統治者蒙古人不懂漢人的詞，所以新的音樂取代了舊音樂，新的文辭代替了舊文辭。詞的衰歇，實先從南宋盛行自度曲開始，宋亡後，新體的曲很快就盛行，正如明人王世貞《藝

㉚ 姜夔有【隔梅溪令】詞，說：「漫向孤山山下，覓盈盈，翠禽啼一春。」可見他對和所愛共遊西湖的美麗回憶，一再追尋。

苑卮言》所說：

胡元入主中華，……緩急之間，詞不能按，則更為新聲以媚之。

詞以管樂伴奏，音節拗澀徐緩；北曲流利而節拍急促，以弦樂伴奏，這是詞曲的不同處。吳梅《詞學通論》說：

入元以來，詞曲混而為一。而詞之譜法，存者無多；且有詞名仍舊，而歌法全非者，是以作家不多。即作亦如長短句之詩，未必如兩宋之可按管絃矣。

把元詞的衰歇，指陳得很清楚了；元人都全力作新體的曲，自然就不會有大詞人出現了，只有張翥、邵亨二人，以效法南宋詞家而見稱於當時。

㈡明代詞壇

明人作詞，在「文必秦漢，詩必盛唐」的時代文學思潮影響下，不以宋詞為作詞的規模，以作詩的方法來作詞，又因曲的盛行，也以作曲法來作詞；故明詞實在是乏善可陳。近人鄭騫在〈論詞衰於明、曲衰於清〉一文中，分析明詞衰歇的原因，說：

就是受了文壇新舊兩方的夾攻。所謂舊，是詩文的復古；所謂新，是曲的盛行。㉛

㈢清代詞壇

清代的政權掌控在滿族的手中，是元蒙以後，漢族的統治權的再度喪失；在政局漸漸安定之後，文藝學術也受到重視，學術研究和文藝創作的復興，是清代社會的一大特色。詞在士大夫愛好文藝、崇尚風雅的時潮下，也改變了明代的衰歇，不但恢復創作，並且發展到學術研究的途徑去。所以清代詞壇，應該從創作和研究兩方面來看，誠如清末譚獻說：「清有學人之詞，才人之詞，詞人之詞。」文學史家也稱清代為「詞的中興」。

1. 創作方面

清代作詞的人多，風格好尚，各自不同。清初詞人，並無派別之見，而以其作品的特色，成為當時撰作的取向；後來有以作詞的理念自相標榜來歸類，就有「詞派」的產生。介述如下：

⑴納蘭性德（西元一六五四～一六八五年）

原名成德，字容若，滿洲正白旗人，詞集名叫《飲水詞》。擅場以小令的形式，寫生活的感受，缺少社會的實際體會，內容都是內心感情的抒發，其特色是情感發自真誠，文辭出於自然，所謂「一片天真」，和南唐李後主的情況相類似，有人稱他為清朝的李後主。

和納蘭性德作風相同的，還有王士禎、毛奇齡、彭孫遹、佟世南、顧貞觀等，他們作詞，不注重聲

㉛ 見所著《景午叢編》上集。

律、不著意於修辭典故，用白描的手法、語詞，寫自己的性情心境。

⑵陳維崧（西元一六二五～一六八二年）

江蘇宜興（古陽羨）人，字其年，號迦陵，詞集名叫《迦陵詞》。共作詞一千六百多首，所用詞調四百一十六個，高踞清代詞壇的首席。他以淵博的學問，縱橫的才氣來創作，詩文俱佳，作詞效法宋代的蘇、辛而成就更大，剛柔並妙，長短俱佳，所作長調近千首，近人吳梅《詞學通論》說他：

氣魄之壯，古今殆無敵手。【滿江紅】、【金縷曲】多至百餘闋，其他詞家有此雄偉否？雖其間不無粗率之處，而波瀾壯闊，氣象萬千，即蘇、辛復生，猶將視為畏友也。

後人因為他的成就與盛名，稱為「陽羨派」的領袖。和陳維崧風格相近的，還有曹貞吉、孫枝蔚、尤侗、蔣士銓等。

⑶浙　派

最初由浙江人朱彝尊（西元一六二九～一七〇九年）所提倡，他字錫鬯，號竹垞，詞集有《江湖載酒集》、《靜志居琴趣》、《茶煙閣體物集》、《蕃錦集》四種。他和陳維崧齊名，是當日詞壇「雙柱」。他作詞有「不師秦七、不師黃九，倚新聲玉田差近」宣言，明白表明他作詞是取法南宋的張炎，追求詞律精巧，辭句工麗，以矯正元、明曲子中的偏弊，成為浙派的宗匠。一時互相唱和者，有龔翔麟、沈皞日、李良年、李符、沈岸登，合稱為「浙西六家」，還有汪森、錢芳標、丁澎等互通聲氣，到厲鶚而更聲勢益盛，成為朱彝尊之後的詞壇領袖。淩廷堪《梅邊吹笛譜目錄・跋後》說：

朱竹垞専以玉田為模楷，品在眾人上。至厲太鴻出而琢句鍊字，含英咀商，淨洗鉛華，力除俳鄙，清空絕俗，直上摩姜、史之壘矣。

厲鶚詞的長處在審音守律，求聲調之和美，琢鍊詞藻，求字句的清俊，全心在形式的講求上，內容便覺空乏，是其短處；但卻是當日詞壇的風尚。

(4)常州派

張惠言（西元一七六一～一八〇二年）所倡立。他字皋文，詞集名叫《茗柯詞》，只有四十六首。他認為作詞必須有寄託，以比興手法，寫溫柔含蓄的感情，並要防範淫濫內容，以提高詞的格調。他以為浙派只重形式擬古，寄興不高。除了在作詞上態度嚴謹外，又輯選《詞選》一書，序中明白指出作詞應要「緣情造端，興於微言，以相感動……非苟為雕琢曼飾而已。」

稍後周濟也和張惠言持相同的意見，著有《介存齋論詞雜著》，編有《宋四家詞選》，標舉周邦彥、辛棄疾、吳文英、王沂孫四家，認為浙派只取徑姜夔、張炎太狹隘，應該宗奉北宋；常州派因此顯盛，跟從者眾，浙派衰萎。事實是浙派和常州派同樣都宗南宋，所作詞也都因擬古無深意。

(5)晚清詞人

不拘限於浙派、常州派影響的，是蔣春霖（西元一八一八～一八六八年），字鹿潭，詞集名叫《水雲詞》。他生在外患頻仍的道光、咸豐的離亂之世，一生落拓，以詞寫他的辛酸的身世和感遇，比興和寄託，都自然顯見於其中。近人吳梅《詞學通論》說他：

> 至鹿潭而盡掃葛藤，不傍門戶，獨以風雅為宗，……鹿潭律度之細，既無與倫，文筆之佳，更為出類。而又雍容大雅，無搔頭弄姿之態。有清一代，以水雲為冠，亦無愧色焉。

他被肯定為清代詞壇的壓軸作家了。

蔣春霖以後，詞壇仍在浙派、常州派的籠罩下，作詞也是一種風尚，作者亦不少；清末民初，王國維也有詞集，叫做《苕華詞》。他們在清代樸學盛行的時潮下，本於對詞的愛好，在詞籍的校刊整理上，也做出了保留文獻的成績。

2. 詞學方面

有關詞學的理論，自創作極盛的宋代以來，各家論詞的意見，就已存在，如李清照就作有〈詞論〉專文，旨在評說名詞家的作品；王灼的《碧雞漫志》，主要在輯釋詞調，探討聲歌的演變、詞家的風格。直到清代，作詞雖有中興現象，但經歷了明詞的衰歇，入清曲作也式微，愛好詞的人，把和詞有關的各種事情，分別加以整理，使詞走向了學術範疇，是清代詞壇的特殊貢獻。

清代詞學所做的貢獻，包括詞譜的校訂、詞韻的研究，使人獲得如何作詞的蹊徑。詞譜又可分教人如何唱詞的譜，如《九宮大成譜》、《碎金詞譜》，和教人填作文辭的譜，如康熙皇帝敕命的《欽定詞譜》

（亦稱《御製詞譜》），萬樹的《詞律》、《天籟軒詞譜》；詞韻有戈載的《詞林正韻》等。又有詞選的刊行，讓人明白怎樣的詞才是佳作，如二百八十卷的《歷代詩餘》、三十六卷的《詞綜》，是總集，張惠言的《詞選》是選集，王鵬運的《四印齋詞叢》、朱祖謀的《彊村叢書》、陶湘的《宋金元名家詞》是專集彙刻。至於詞話、詞壇記事之書尤其多，如沈謙的《填詞雜說》、王又華的《古今詞論》、王士禎的《花草蒙拾》、謝章鋌的《賭棋山莊詞話》、陳廷焯的《白雨齋詞話》、劉熙載的《藝概・詞概》、徐釚的《詞苑叢談》、張宗橚《詞林紀事》、周濟的《介存齋論詞雜著》、況周頤的《蕙風詞話》、王國維的《人間詞話》、方成培的《香妍居詞麈》專講音律等等，不勝盡舉。今人唐圭璋蒐羅自宋王灼《碧雞漫志》至今潘蘭史《粵辭雅》等六十家詞話，編為《詞話叢編》十二本四四五八頁（臺北廣文書局，民國五十六年五月初版）。這些工作，都是使詞復興的催動力量，加上清代學術時潮的復古精神，使晚唐以來的詞，經歷了漫長的輝煌發展，在新文化昌盛之前，畫下了極完美的句點。

第八章 散曲

第一節 金、元的興亡

女真族完顏部阿骨打，在西元一一一六年建立了金國，建都會寧（今松江省阿城縣南），是為金太祖。一一二五年，金太宗滅遼，將遼之燕京（今北平西南的析津府）向東北擴建，是為中都。第二年（西元一一二六年），金兵攻佔北宋汴京（河南開封）。北宋滅亡，康王南渡稱帝，是為宋高宗，建都臨安（浙江杭州），史稱「南宋」，隔淮河、漢水與金人對峙。

蒙古族鐵木真統一塞外大漠的南北，在西元一二〇六年即帝位，號成吉思汗，建立蒙古汗國，他在一二一五年攻破金中都，逼金人遷都汴京；至一二三四年，他的第三子窩闊台聯合南宋攻滅金國，並以強大兵力北向俄羅斯，西向歐洲的波蘭、匈牙利；他的孫子忽必烈，在一二六〇年即位於開平（在今察哈爾），重建中都宮城為大都（北平），於一二七一年遷都大都，國號為「元」，至一二七六年攻陷南宋首都臨安，一二七九年滅了南宋，至此建立了橫跨歐、亞二洲的大帝國。一三六八年閏七月，元順帝為明朱元璋擊敗，退出大都逃回蒙古。

第二節　散曲的產生與特質

金、元這些從北方來的異族，統治了中國二百四十三年（西元一一二六～一三六八年），也將他們的文化帶進了中國，特別在音樂、歌曲和戲劇方面，和漢族原有的文藝融化結合，而呈現出與以往大不相同的作品，這就是後人概括所稱的「元曲」。

「元曲」只是一個統括詞，實在要細分為「散曲」和「戲曲」兩部分。兩者在形式和性質上都迥不相同，應該要就它們各自的獨立性，分開來介述。以往都以「元曲」二字來概括，不能讓人對它們建立起清晰的認識。本文特以二者不同的基本性質，分章獨立介述。

「散曲」是元代的新體詩，蛻變自宋詞的「音樂文學」，和詞的相同點極多，如以「樂譜名稱」作標題，叫做「牌調」；一個牌調內的句數字數都有規定，句式絕大多數是參差不齊的「長短句」，每句都有平仄和押韻的規則，必須嚴格遵守。所以「詞」和「曲」的意義是相同的。以「音樂文學」的立場來作說明：寫來歌唱的詞句就是「詞」，配詞的樂譜便是「曲」；換句話說：詞的歌譜即是曲，曲的文句便是詞。其實宋、元時代，都把歌曲混稱為詞或曲❶，後人為了辨別宋、元兩代的歌唱文學各有不同的特色成就，將宋代的歌曲稱為「詞」，把元人的歌詞叫做「曲」，元「曲」便成為元代歌唱文學的專稱，並且成為一個文學藝術上的專門名詞。

前人也把散曲叫做「詩歌之曲」，以凸顯它和「戲劇之曲」的分別。所以散曲的特質，是純抒情性的，

---

❶ 清宋翔鳳《樂府餘論》說：「宋、元之間，詞與曲一也。以文寫之則為詞，以聲度之則為曲。」

作者純粹為了抒發一己的情懷思想來寫作歌辭，和寫一首詩，填一首詞的目的一樣，和「戲曲」的「代言」方式完全不同，這就是世人常把唐詩、宋詞、元曲來並稱的原因。前面在介述詞的時候，已經具體陳述了詞和詩的不同，以下也要就曲的特色來加以說明。

㈠宮調——散曲的樂調

散曲原是由樂譜和歌辭相配而成，所以，元人作曲，每一曲的樂譜必標明它是某一「宮調」的。「宮調」就是這支樂譜音域的高低範圍，和現在作曲家在譜前標示C、D、E、F、G、A、B的西洋調號相同。元人北曲所用的「宮調」共有六宮、十一調，合稱為「十七宮調」，當時常用的只有九個，每一宮調都有它聲情的特色❷，作曲家，要表達怎樣的情思，必須選取能夠配合的宮調，如「仙呂宮唱清新綿邈，南呂宮唱感嘆傷悲，大石調唱風流蘊藉，商調唱悽愴怨慕……」等等。

㈡曲牌——散曲的歌譜

散曲是由詞演變而來，所以詞和曲都共有「倚聲」這個別名，就是按「譜」填詞，這個「譜」，不論是流傳的舊調，或創製的新作，都叫做「曲牌」。曲譜有兩種：

❷ 中國的音樂理論，在先秦時代已經產生，以五音和十二律相和，配成各種高低不同的聲音，分別以它們為基音，來製作出各種曲調，總名為「宮調」。詳細概念請參閱筆者在《詞曲選注》（臺北市學生書局出版）中〈散曲概說・曲的聲律和文詞〉一節裡的說明。

⑴曲譜：又叫文字譜，讓填作新詞的人，按照這個調子的形式規律，如句數、句式、平仄、韻叶來寫歌辭。

⑵宮譜：就是音樂譜，是歌唱時所用各種樂器配樂的根據。

所以，曲牌和詞牌的作用相同，以曲調的名稱流傳，和文辭的內容意義並無必然的關聯。像許多人用【賣花聲】這個曲牌來填詞，內容都不涉及賣花的意思。

㈢襯字——文情聲情的加強

填詞的人，除了按照調譜的字句來寫歌辭之外，又可以在每個句子的開頭或句中，隨意加入一些字或詞，這些自由增加的字詞，叫做「襯字」，也是曲這種文體所特有；襯字不佔譜，不拘平仄，能使文義條暢，歌唱時產生清新有變化的情味，但不可影響原句的意義。北曲使用襯字很寬，加入字數多少也不加限制，南曲用襯較嚴，有「襯不過三」的規定❸。

㈣務頭——佳詞妙音的營造

「務頭」也是曲體文學所特有，但元人對務頭的真意，並不曾詳細具體地說明過，後人的解釋不但紛紜，各陳己見而已，其中以清李漁所釋：即指一曲的文辭，能使人看來「動情」，曲能聽來「發調」之

---

❸ 王季烈《螾廬曲談》說：「(襯字) 必須加於板式繁密之處，且須加於句首或句之中間；至句末三字之內，與板式疏落之處，決不可妄加襯字；又襯字每處至多不宜過三字。」

句，較得其理❹；近人吳梅又以「平上去三音聯串之處」為一曲的務頭，偏向音律方面來解釋❺。

第三節　散曲的意義和種類

把「散」字和「曲」字組合為詞，目的在強調「詩歌的曲」和「戲劇的曲」的分別。散曲是「單位獨立」的，就是一個、或一組曲牌的歌，便是一個獨立體，不須像劇曲那樣，要和前後的曲調或曲套相聯貫。

明王世貞《藝苑卮言》說：「曲者詞之變。」這是專就散曲來說的；但是散曲的體製，卻由詞變出更多的花樣，不但顯示出兩者是有所不同，也顯示出在演變過程中的進步。散曲的體類，大分為小令和散套，其下又各分若干小類，以下分別介述。

㈠小　令

❹ 李漁《閒情偶寄》說：「填詞者必講務頭，然務頭二字，千古難明。……予謂務頭二字，既然不得其解，只當以不解解之。曲中有務頭，猶棋中有眼，有此則活，無此則死。進不可戰，退不可守者，無眼之棋，死棋也。看不動情，唱不發調者，無務頭之曲，死曲也。一曲有一曲之務頭，一句有一句之務頭，字不聱牙，音不泛調，一曲中得此一句，即使全曲皆靈；一句中得此一二字，即使全句皆健者，務頭也。」

❺ 吳梅《詞餘講義》說：「務頭者，曲中平上去三音聯串之處也。……大抵陽去與陰上相連，陰上與陽平相連，或陰去與陽上相連，陽上與陰平相連亦可。每一曲中，必須有三音相連之一二語，或二音相連之一二語，此即為務頭處。」但上、去分陰陽，不見於元周德清的《中原音韻》，吳梅的說法，只能與明、清崑曲的傳奇相配合。

「小令」雖然是沿承自詞的名稱，但它在散曲的取義，是對成套的「散套」而言，表示體製比較短小的歌調。它的起源，是流行於坊市的通俗小調，元人也叫它做「葉兒」❻；最初由燕（河北）、趙（河北南部、山西北部）一帶流布起來。

小令雖然短小，卻是其他長篇曲作的基礎，無論散套、劇套，都由小令滙疊而成。小令的特色，據許之衡《曲律易知》說：

> 小令者，僅取曲之短調，填一二支，其作法與作詞無異。每牌自為片段，固無所謂律也。

這是說，小令是一首獨立的清唱曲，在音樂上無須和其他曲牌聯貫。但所選的曲牌，句數、句式、平仄、韻叶等規律還是必須要嚴守的。所以清劉熙載說：

> 曲家高手，往往尤重小令。蓋小令一闋中，要具事之首尾，又要言外有餘味，所以為難，不似套數，可以任我鋪排也。（《藝概‧曲概》）

就指出填作短篇的小令，不但格律要守，內容也要首尾俱全，立意清新，給人餘味無窮的感覺，才是好作品。

❻ 元芝庵《唱論》說：「街市小令，唱尖新倩意。」明王驥德《曲律》說：「渠所謂小令，蓋市井所唱小曲也。」

小令是以一「首」來說，不論字數，因為散曲小令，並不限於只用一個曲牌的。小令又分：

⑴不演故事的：包括尋常小令、摘調、帶過曲、集曲、重頭五種。

⑵演故事的：包括同調重頭、異調間列兩種。

抒情寫景，是散曲小令的基本內容，所以「演故事」是變體之作，而且不用科（動作）、白（說白），歷來作品也很少。「不演故事」的五種特性，說明如下：

⑴尋常小令：也叫做單調小令，即以一個曲牌為單位，是最簡單也最常見的體製。

⑵摘　調：即摘取套曲中聲律優美、文辭雅麗的一、二支曲調來唱誦。

⑶帶過曲：用同一宮調內二到三個不同的曲牌，來寫比較繁多的情思。如【十二月帶過堯民歌】是用兩個曲牌帶過，【醉高歌帶過喜春來、紅繡鞋】是三個曲牌的帶過曲。全用北曲或南曲的，叫做北帶北或南帶南，也可以並用南北曲，叫做南北兼（或互）帶。帶過曲原先是為北曲小令而設，後來南曲也仿用。

⑷集　曲：即截取兩個以上不同曲牌中的若干句，組成一首新曲，並給它一個新的名字，如中呂的【月雲高】，是用【月兒高】的前八句，和【駐雲飛】的後兩句所合成。這是南曲創造新曲調的一種方法。

⑸重　頭：同一曲牌重複填寫兩次以上；重頭的次數並無一定限制，可作到數十首，各首可以獨立，可用不同的韻部，可以換題目。如馬致遠用【湘妃怨】四首，分別寫西湖春夏秋冬四季的景色。

(二)散　套

散套也叫做「套數」、「大令」或「樂府」。和劇曲的套與套間必須密切聯繫相對而言，即每一套是一個獨立體，所以謂之「散」。

散套有一定的結構形式，就是用同一個宮調內的若干個曲牌，聯成一支長歌。一套內的曲牌有三種性質：

(1)引子：開頭的首曲，一支曲調。

(2)正曲：引子之後，作者抒情述志的部分，不限曲調數目。

(3)尾聲：用一支曲調結束全套。

相對於主體的正曲而言，引子和尾聲是輔助性質；或可以省略引子，開門見山就直入本題，但必須有尾聲，來表明是一個套式。文辭的安排，也要配合這個形式，就是以簡言籠括全篇主題做開始，接著放手鋪陳情思，到最後要完整地收結文意，就是要「首尾俱備」，「止於不可不止」。所以散套的形式，是文情、聲情都要兼顧的規模。套中各曲，必須一韻到底，不能換韻。

散套的種類，也就是聯曲成套的方式有三種：

(1)北曲散套：全用北曲曲牌所組成的套。

(2)南曲散套：全用南曲曲牌所組成的套。

(3)南北合套：並用南北曲來組成套，調和南北曲的聲情，創始於元人沈和（字和甫，杭州人）。合套有特定的規式，就是一南一北，相間而成，以南曲或北曲起首都可以；但以北曲部分為主，而且北曲部分是一個完整的套式。

以上是以聯套的聲腔來分類，近人又有以有無「尾聲」的形式結構來分，只是偶見的結構改變而已，不是正規常用的套式❼。

第四節 什麼是南北曲

曲有南、北派的分別，是包含聲腔和文辭的不同來區分的。

南、北是地域的不同，這也是所以形成聲腔、文辭有別的基本原因。中國的北方，自隋、唐以來，便雜入了胡樂；宋、元的女真、蒙古，先後入主中原，在金、元統治下的北方，受胡樂、胡語的影響，形成了「北曲」；而南方仍在宋朝的統治下，音樂保存著詞的曲調，稱為「南曲」。日人鹽谷溫《中國文學概論》說：

> 汴京陷落，為中國聲曲史上劃一時期，實後世南、北曲之分歧點：宋樂隨汴京流入於金，為金、元北曲之先驅，其傳入南方者，遂為南曲之淵源。

---

❼ 羅錦堂《中國散曲史・散曲概論》分散套為：尋常散套、重頭加尾聲之套、尋常散套無尾聲、重頭無尾聲之套四種。文後又說：「沒有尾聲，看起來特別使人注意罷了。」

即以北宋滅亡為南、北曲的分途點。明人王世貞《藝苑卮言》更指出女真、蒙古人帶來語言上的變動，說：

大江以北，漸染胡語，時時采入，而沈約四聲，遂缺其一。東南之士，未盡顧曲之周郎；逢掖之間，又稀辨撾之王應。稍稍復變新體，號為南曲。

他認為南曲是南方人從舊詞中變出的一種新體詩歌。

南、北曲的聲腔在金、元時代形成之後，在文學、聲律上也呈現出明顯的差異，歷代有許多曲家整理出一些二者比較的說法，如明陸深《谿山餘話》說：

歌詞代各不同，而聲亦易亡，元人變為曲子，今世踵襲，大抵分為二調，曰南曲，曰北曲。胡致堂所謂綺羅香澤之態，綢繆婉轉之度，正今日之南詞也。登高望遠，舉首高歌，而逸懷豪氣，超乎塵垢之表者，近於今日之北詞也。

他借胡致堂評柳永、蘇軾詞有婉約、豪放的不同，來說明南、北曲給人的不同感受。而在聲律、詞情上的差異，明魏良輔《曲律》說：

北曲字多而調促，促處見筋，故詞情多而聲情少；南曲字少而調緩，緩處見眼，故詞情少而聲情多。

這是從歌辭語句中字數的多少，影響到歌者歌唱的技巧，而使得南、北曲的聲腔、文辭呈現出不同的韻味。明徐渭有更詳細的描述，說：

聽北曲使人神氣鷹揚，毛髮洒淅，足以作人勇往之志，信胡人之善於鼓怒也，所謂其聲噍殺以立怨是已。南曲則紆徐綿渺，流麗婉轉，使人飄飄然喪其所守而不自覺，信南方之柔媚也，所謂亡國之音哀以思是已。《南詞敘錄》

這是從南北曲使聽者所產生的感情共鳴來解說。

總的來說，北曲豪放慷慨，雄壯樸實；南曲紆徐柔婉，清峭艷麗，可為二者不同的概括。

第五節　散曲比詞進步的地方

由於樂譜聲腔的失傳，今人所看到散曲和詞的文字形式，同是以「牌調」為標題，句式也是參差的「長短句」，也講求語句的平仄配置和句末押韻，因此常被人以「詞曲」來並稱，認為只因二者的寫成時代有先後，所以要分為兩種文體。其實明人早就有「曲者詞之變」、「詞不快北耳而後有北曲」❽的指陳，曲不同於詞是有識者所共認。曲既由詞「發展」而來，自然比詞有所改進，其最大的精神是解放了詞的謹嚴，舉其不同的举举大者有：

(1)曲有襯字，而詞沒有。因為襯字的加入，形成句子可作長短變化的彈性自由，因而，文情思想的表達更透徹；只要無礙於按拍，可以任意變化句子的長短。如元白賁有【百字折桂令】小令一首，即用【折桂令】多加襯字，由原來五十三字的譜式，增為全篇一百字的作品。

(2)叶韻解放。一曲中可以平、上、去三聲叶韻，增加音調的旋律變化，歌唱時更悅耳動聽。任訥《散曲概論》說：「凡百韻語一經平上去互叶，讀之便覺低昂婉轉，十分曲合語吻，亦即十分曲達語情，此亦為他長短句所不可及，而獨讓之與金、元之曲者。」

(3)口語入文，成為佳妙的通俗文學。任訥《散曲概論》說：「元曲之高，在不尚文言之藻彩，而重用白話，於方言俗語之中，多鑄繪聲繪影之新詞，以形成其文章之妙。」劉大杰《中國文學發展史》也說：「口語方言用在詩詞中，便覺得不自然，而用在曲中便覺得活潑美麗，情趣橫生。」

(4)句讀自由變化。曲的句子，由一字起，到二字、三字、四字、五字、六字、七字止。五、七言句法雖沿承自詩句，但五言常用上三下二，七言常用上三下四的讀法。

(5)某些曲牌會有不同的句法，句數多少也可以自由增減。以【折桂令】為例，末句之後，可照末句的句式任意增句，常見小令增到三、四句，雜劇有增到六、七句的。

(6)寬鬆對偶的限制，手法、名目多新變❾。曲的對偶樣式有：重疊對、扇面對、救尾對、合璧對、

---

❽ 王世貞《藝苑卮言》語。

連璧對、鼎足對（三句對）、聯珠對、隔句對、鸞鳳和鳴對、燕逐飛花對，甚至疊句和疊用同一字為單句的，都列為對句的形式⑩。也就是讀曲要先知曲的特性，才能真正欣賞到曲情曲韻，和曲家作品之所以動人處。

第六節　散曲名家作品舉例

散曲是元代的新體詩，浸漸成為一代文學的代表成就，作者之眾，作品之多，自可想見。但因它是興起自民間，以歌樓酒肆為傳唱之所，而作者又多是潦倒的文士，或販夫走卒之類的無名之輩，起初並沒有受到重視，結集起來的作品不多；即使輯印成書的，也未被珍惜保存；尤其作者的姓名和生平，沒有多少文獻資料流傳下來，使得後來研究元曲作品的人，要耗費很多搜尋、考證的時間和力量。據任訥《散曲叢刊・散曲概論》的統計，考得元代散曲作家有名氏的二百二十七人，還有許多佚名的作品。隋樹森輯《全元散曲》，計得有名氏的散曲作家二百一十二人，所收作品分別是：小令三千四百三十三首，套數三百七十八套，另有小令殘曲八首，殘套二十八套；佚名小令五百二十首，套數七十五套，小令殘曲二首，殘套六套。書末又附有不計入總數的南曲小令四首、套數七套，和殘句若干。這都是近代學者

⑨ 詞曲的對偶，原本沿承自律詩，而詞和曲都變詩的齊言為長短句，所以對偶要趁到相鄰的句子字數要相同，所以在詞的範圍內，甚少討論到對偶問題。但曲的對偶，不但受到注目，而且花樣翻新，產生了不少新名堂。曲的對仗，可平仄相對，也可同聲相對（即平對平、仄對仄）。

⑩ 本節所列曲體文學各種對偶的詳細說明和實例，請參閱黃麗貞《實用修辭學・對偶》，臺北市國家出版社。

蒐集的成果。

以下依朝代介紹一些名家的作品。

一、元代散曲

元代散曲，就其作品內涵精神，和文詞的運用來看，劉大杰等文學史家都以元成宗大德四年（約西元一三〇〇年）為前、後期的分期點：

㈠前期：從金末到元成宗大德四年（約自西元一二三四～一三〇〇年）

前期是指蒙古人滅金，在北方建立政權開始，到完全統一中國前後這段時間，發展的地區在北方，所以作品的特色，充分表現出北方文學的直率和質樸的自然美，在語言的運用上，都有鮮明的通俗性和口語化的特色，題材又富有時代社會的精神，豪放爽朗是這個時期的主要風格，所謂「本色派」是也；也有少數典雅的作品。代表的作家有關漢卿、王和卿、胡祗遹、白樸、馬致遠、張養浩、貫雲石、睢景臣等。以下酌舉他們的作品來看看。

1. 關漢卿

生卒年不能確考，約當金朝末年至元成宗大德年間在世（約西元一二三〇～一三〇六年左右），號已齋叟。他是元初的雜劇大家，所作散曲只有五十七首，套數十四套（其中一套殘缺），但作品精彩本色，在前期的散曲史上，佔著很重要的地位。他的散曲題材，有不少是描寫兒女私情，以他一生在優伶妓女群中過日子的生活情況來說，那些作品應該是他自許為風流浪子的真實紀錄，但也有他的人生階段的心情變化的紀實⓫。

（【一半兒】）

碧紗窗外靜無人，跪在床前忙要親。罵了個負心回轉身。雖是我話兒嗔，一半兒難當一半兒耍。

這曲寫年輕情侶約會偷情的心理和行動，簡單幾句，就把約會雙方相異而複雜的心情，描寫得淋漓盡致，措辭口吻又諧謔風趣，讀來叫人不禁莞爾。全曲五句，末句還必須要用「一半兒」兩次，是這個曲牌的規式，也是它所以命名的原因。關漢卿用前兩句來寫男子的行動，而他的內心情慾，也就清楚地表現出來了；後三句寫女子的回應，她是心裡愛而口說「不」，少女的表面矜持，也表露無遺了。句句讀來是口語，一個約會的場景也很清晰地呈現出來。

【一枝花】攀出牆朵朵花，折臨路枝枝柳。花攀紅蕊嫩，柳折翠條柔。浪子風流，憑著我折柳攀花手，直熬到花殘柳敗休。半生來折柳攀花，一世裡眠花臥柳。

【梁州第七】我是個普天下郎君領袖，蓋世界浪子班頭。願朱顏不改常依舊，花中消遣，酒內忘

⓫ 請參看筆者對關漢卿散曲所作的專題研究，刊登在民國八十一年六月「國語日報」副刊「書和人」，又收入《文學新論》中。

憂；分茶攧竹，打馬藏鬮，通五音六律滑熟，甚閒愁到我心頭。伴的是銀箏女，銀臺前理銀箏笑倚銀屏；伴的是玉天仙，攜玉手並玉肩同登玉樓；伴的是金釵客，歌金縷捧金樽滿泛金甌。你道我是老也暫休，占排場風月功名首，更玲瓏又剔透。我是個錦陣花營都帥頭，曾玩府遊州。

【隔尾】子弟每是個茅草崗沙土窩初生的兔羔兒乍向圍場上走，我是個經籠罩受索網倉翎毛老野雞蹅踏的陣馬兒熟。經了些窩弓冷箭蠟槍頭，不曾落人後。恰不道：「人到中年萬事休」，我怎肯虛度了春秋。

【黃鍾尾】我是個蒸不爛煮不熟搥不扁炒不爆響噹噹一粒銅豌豆，恁子弟每誰教你鑽入他鋤不斷斫不下解不開頓不脫慢騰騰千層錦套頭。我玩的是梁園月，飲的是東京酒，賞的是洛陽花，攀的是章臺柳。我也會吟詩，會篆籀；會彈絲，會品竹；我也會唱鷓鴣，舞垂手；會打圍，會蹴踘；會圍棋，會雙陸。你便是落了我牙，歪了我口，瘸了我腿，折了我手，天賜與我這幾般兒歹症候，尚兀自不肯休。則除是閻王親喚取，神鬼自來勾，三魂歸地府，七魄喪冥幽，天哪，那其間才不向這煙花道兒上走。（【南呂・一枝花】散套）

這是關漢卿最為人傳誦的散套，寫的就是他的生活實況和心情，這曲主要是在寫他人到中年，猶自戀棧著風月場中的生活心態，篇題是〈不伏老〉。他用很通俗的「行話」（風月場中的流行話），極度誇張自己的浪子行為。他在第一曲裡就說自己「半生來折柳攀花，一世裡眠花臥柳」。接著用兩曲來寫他所過的浪子生涯，他又有許多過人的玩家才能，可以在這種生活圈子裡逞才炫耀；又自誇是「郎君領袖」、「浪子班頭」、「錦陣花營都帥頭」，在妓院裡，是個「經籠罩、受索網」的「老野雞」，「陣馬兒熟」（以爛熟的狩獵技術來比喻狎妓的經驗），絕不是那些剛出道的年輕小伙子可以匹敵的。雖然說「人到中年萬事休」，但他是絕不讓歲月空過的。尾曲他再特別強調仍要繼續過他一向浪漫不羈的生活，直到生命的結束。

關漢卿的散曲，兼具婉麗細膩、和豪辣灝爛的作風。〈不伏老〉散套，論者都說是他生活形態和人格特質的自白，極情描述，又淋漓盡致，正如明朱權《太和正音譜》所評：「關漢卿之詞，如瓊筵醉客。」情思、文辭，都似忘情恣縱，無所拘牽。襯字之多，古今無兩，如把尾曲開頭兩個七言句，化為二十三字、三十字，直是奇文⑫。修辭手法的運用自如，更是不著痕跡，首曲【一枝花】，開頭兩組對偶，又以對偶收結，接後各曲中，對偶也不少。【梁州第七】的中間，著意在上下句和一句中使用字、詞的「隔離複疊」（銀字、玉字、金字；伴的是），使句子讀來鏗鏘有聲；尾聲又複疊了「不」字、「會」字、「了」字，並且以排比法來構詞造句，卻又妙似天然。加上語詞口語俚俗，可見他對當日勾欄生活情況的熟悉，給人真正是老練行家的感覺，確是「本色」之作。

關漢卿在散曲上的成就，論者多歸為清麗派，以本色見長於元初曲壇，但他畢竟是以雜劇享譽中國文壇的大家，請參看本書第九章〈戲劇〉的討論。

2. 白　樸（西元一二二八～一三〇七年？）

字仁甫，又字太素，號蘭谷。也是以雜劇名世的大家，散曲原無專集，清人在元人流傳下來的各選

⑫ 任訥《曲譜》說：「漢卿〈不伏老〉【南呂．一枝花】套數，奇情異彩，元代無兩。其【黃鍾煞】一調有以二十許字作一句讀的，真奇文也。」

本中，輯得小令三十六首，散套四套，合為一卷，附在他的詞集《天籟集》之後，題名《天籟集摭遺》；隋樹森《全元散曲》收有小令三十七首，四散套。白樸散曲，亦兼具清麗與豪放之美，在元初崇尚本色的曲壇中，另有他自己的風格。

長醉後妨何礙，不醒時有甚思？糟醃兩個功名字，醅渰千古興亡事，麴埋萬丈虹霓志。不達時皆笑屈原非，但知音盡說陶潛是。（【寄生草】）

這首小令的題目是「勸飲」⓭。作者認為人生有許多無法排遣的苦惱，借酒忘懷是上策，可知主題思想是消極避世的。這是由於白樸幼年的遭遇，對他人生觀所產生的影響。白樸的父親白華，在金朝做樞密院判官，以儒者知兵見重於當時。白樸是白華三子中的老二，他七歲的時候，元兵攻陷汴京，白華跟隨金哀宗逃亡，白樸的母親也在亂兵中失散，孤單的白樸，幸得世叔元好問收留養育。元、白兩家自唐代元稹、白居易以來就建交，子孫世代相契。而元好問對晚輩的子侄，又特別愛白樸，把他當作親子侄來教養，所以白樸從小就奠下學問文才的基礎，情懷思想，也深受元好問的影響。金亡後，白華父子定居在滹陽（河北正定縣），專心教導兒子，所以白樸是他同輩中的翹楚，日漸有文名。但是幼年的離亂和失母，成為他心靈上無法磨滅的陰影，心境時常悒鬱無歡，雖不隱居避世，也甘守貧困，放浪形骸，優遊終老在文章山水中。他自小所受的教育，養成高尚的品格，生活態度嚴肅，從他的散曲裡可以讀到他豪

⓭ 白樸此曲，也有單題一個「飲」字的，見《堯山堂外紀》。

放、俊爽、秀逸的襟抱和文辭。生存在異族強權的時代社會中，他這首小令，表達了他強烈的厭棄心情；這也是當時民眾所共有的消極反抗態度，周德清《中原音韻．十定格》給它「命意、造語、下字，俱好」的評語。

【寄生草】是一個完全用「對偶」形式構成的曲牌，首、尾各是一組對偶，圍抱著中間一個「鼎足對」。填作這個曲調，要能嚴守格律才是佳作，即使元代的曲家，不能合律的人也不少。尤其是「鼎足對」三句，必須寫同一事件理念，酒能教人忘卻功名的追求，忘卻政治的良窳，忘卻人生的美夢，都是針對喝酒可以忘憂這件事情來說的，也是前一組對偶，「長醉、不醒」的說明。最後更提出兩個和酒有關的古人來作證明，一個是要保持清醒而自沉的屈原，一個是以酒養真的陶淵明，喝酒道理的正反面，不必明言而理自明，留給讀者去意會。元、明、清曲家對這曲都給予以佳評，近人任訥〈作詞十法疏證〉更認為：「此詞軒昂磊落，不同凡響，烈士壯心，寓懷言外，足以表現元曲之精神。……此詞用典使事，揮灑自若，絕不墮詩詞窠臼，足以表元曲之文學手腕。」肯定它是元曲小令的表率。

> 黃蘆岸白蘋渡口，綠楊堤紅蓼灘頭。雖無刎頸交，卻有忘機友：點秋江白鷺沙鷗。傲殺人間萬戶侯，不識字煙波釣叟。（【沈醉東風．漁父詞】）

這是一首造語爽朗明快的放逸佳作，以漁夫的口吻，寫他生活在一個色彩繽紛的天地裡，遠離塵世，與白鷺沙鷗相知共樂，傲視王侯，讀來也隨著句意而煩惱消釋。劉大杰《中國文學發展史》給它「蕭疏放逸之至」的批評，甚為貼切。

忘憂草，含笑花，勸君聞早（趁早）冠宜掛。那裡也能言陸賈？那裡也良謀子牙？那裡也豪氣張華？千古是非心，一夕漁樵話。（【慶東原．嘆世】）

這曲令人感覺到白樸強烈的隱逸思想。雖然借古人史事來傷時嘆世，是詩詞的傳統手法，但白樸在短短八個句子中，謀篇布意，精密周全，修辭手法尤其恰妥切當。起筆一組三字句的「對偶」，也用了「雙關」和「借代」法：忘憂草，是萱草的別稱，含笑是一種濃香的小花，表面上寫兩種植物，但草可讓你忘憂，花會對你含笑，其實也是借這兩樣最平常的植物，來代表整個大自然的一切，這就提示出「退隱之樂」的篇旨，就是寄情花草是最快樂無憂的生活；所以接著勸人趁早要掛冠（辭官），明白點明了題意。做官有什麼不好呢？為什麼寧可把生命耗在花草上呢？於是用一組「鼎足對」，舉出三個古人的故事為例：漢代的陸賈，跟隨漢高祖定天下，又曾出使南越，說服南越尉趙陀歸漢，可見他的辯才，著有《陸賈新語》，所以說「能言陸賈」；西周的姜子牙（世人稱他姜太公），輔佐文王、武王，計畫伐紂滅商，受封為齊國的始祖，相傳兵書《六韜》是他所作，所以說「良謀子牙」；西晉的大文豪張華，著有《博物志》和《張司空集》，曾力勸晉武帝排除眾議，定滅吳之計，並在統一之後，都督幽州軍事，加強了對東北地區的統治，後來他自己連家族都被趙王倫和孫秀所殺，他曾作〈鷦鷯賦〉自喻豪志，為阮籍所激賞，從他的人生事業和文學才華上來評斷，所以說「豪氣張華」。這組「鼎足對」的格律是三個四字句，白樸在每一個句子前面，都加了相同的襯字「那裡也」，對於文義和語氣的加強，都非常有用，使人讀來感受到嘆息的沉重和拉長，正是古人所謂「言之不足則嗟嘆之」的詩歌情韻，也是元曲襯字功能的最佳範例。這三個歷史上的英才人物，如今安在哉？提出「千古是非心，一夕漁樵話」的結語，真的教人玩味無窮；人生的成敗是非，只給漁父樵夫作為一個晚上的閒談話題，真的讓人要重新思考它的價值意義了。

白樸是元代前期的曲家，在基本風格上仍保持質樸的本色，但因他自幼深受古典文學的薰陶，文雅是他所特有的特色，這也顯示出民眾文學入於文士之手後，所必然產生的變化，所以白樸在元曲前、後期風格的改變上，實具有先導的作用。

3. 馬致遠

字千里，號東籬，生平事蹟不可考，據鍾嗣成《錄鬼簿》把他列在「前輩已死名公」中，和白樸、關漢卿同一時期，是由金入元的曲家。據今人王忠林的考證，認為馬致遠的生年約在西元一二一〇～一二一五年間，卒年約在西元一三二一～一三二四年左右⓮。他的散曲，原無專集，任訥《散曲叢刊》從元人各選本中蒐輯出來，題名《東籬樂府》；後來隋樹森《全元散曲》所收共有小令一百一十五首，套數十六，殘套七，所輯較任訥為多，是元代前期散曲作家中保存下來作品最多的人。

馬致遠的散曲，近代研究學者評為元人第一⓯。劉大杰《中國文學發展史》中詳細地闡述他在散曲

⓮ 見王忠林著《元代散曲論叢》，高雄市復文圖書出版社。

⓯ 邵曾祺《元雜劇六大家略評》說：「馬致遠是元曲四大家之一，但他的名譽大半建立在散曲上面。」任訥《曲譜》也說：「雜劇推元四家，余謂散曲必獨推東籬，小山雖亦散曲專家，終別調矣；餘人則非專家。」

的貢獻，說：

馬致遠在曲壇的價值，是在他擴大曲的範圍，提高曲的意境。以他那種特出的才情，瀟灑的氣概，表現於曲中者，真是揮灑自如，機趣絕妙。他的長處是能適應各種題材的特性，而表現各種不同的風格。他的作品，雖多豪放之作，但也有極閒適恬靜的，也有極清麗細密的，因了他複雜的風格，更足表示他在曲壇的廣大。他在元代散曲的地位，正如李白之於唐詩，蘇軾之於宋詞，都是代表那一個時代的浪漫派大詩人。

他的風格，前人所以歸列為豪放派，認為他因受現實環境的困阨，便寄情聲色，放浪山林泉石，嘯傲風月而終老，在毫無羈絆的心情，可以撒開手力，盡情抒發，徹底表達真實的自我，奔放、飄逸、老辣、清雋可喜，便都自然流露出來。所作小令【天淨沙・秋思】一首，膾炙古今。

枯籐老樹昏鴉，小橋流水人家，古道西風瘦馬。夕陽西下，斷腸人在天涯。

此曲自元以來，即備受讚賞。元周德清《中原音韻》就推崇為「秋思之祖」，王國維在《宋元戲曲史》說它「純是天籟，彷彿唐人絕句」，推為「元曲小令之表率」，又在《人間詞話》中評說：

寥寥數語，深得唐人絕句妙境。有元一代詞家，皆不能辦此也。

但任訥在〈作詞十法疏證〉卻認為「此詞前三句以九事設境，全屬靜詞，末二句亦是含蓄幽遠之趣，詞境多而曲境少也。」論定不足為元曲小令之表率。這種以「靜詞」、「含蓄」來討論這曲的成篇手法，也是一般讀者的共有立場。筆者長久以來選這曲為教材，對這篇的詮釋，認為馬致遠這曲的寫作主旨，其目的其實不在寫景，而在抒寄他晚年將屆，渴望終止飄泊，安歇下來的心情，由枯籐老樹，到西下的夕陽，都是藉景寄情，動人的是主題篇意，「景中雅語」⑯只是他高妙的修辭手法而已。前三句的九樣具象的秋景，每一句是一個畫面：第一句寫他在路途中看到老樹上纏繞著老籐，烏鴉也棲息在樹上，表示他羨慕老籐有所依附，烏鴉有日暮棲息的地方的心情；第二句用跨過流水上的小橋就可走到的人家，更明顯地寫他羨慕別人一家共聚的心情；第三句寫的是他的現實情況，還在這古道上冒著西風往前行，和他相伴的馬兒，都已經疲憊羸瘦了。第四句寫他路過於此的當時，是黃昏之際；「夕陽西下」四字，承上接下，由前提的渴求安歇，對枯籐、昏鴉、人家的羨慕，對襯自己在這黃昏時刻，本應是要回家的「秋、暮」，卻仍然是在旅途上，所以，結語便分外悽愴了。直是情景交融的蒼涼曲境。

馬致遠除了用小令寫「秋思」之外，他的〈秋思〉散套也一樣膾炙盛傳。小令〈秋思〉，寫的是面對秋景黃昏，觸發老來仍在奔波的感傷；散套〈秋思〉，藉老年已到，抒述隱居避世的情懷。全套七調，以【夜行船】為首調：

⑯ 明王世貞《曲藻》評此曲說：「通首是景中雅語。」

【雙調・夜行船】百歲光陰一夢蝶，重回首、往事堪嗟。今日春來，明朝花謝。急罰盞、夜闌燈滅。

【喬木查】想秦宮漢闕，都做了衰草牛羊野。不恁麼、漁樵沒話說。縱荒墳、橫斷碑，不辨龍蛇。

【慶宣和】投至狐蹤與兔穴，多少豪傑。鼎足雖堅半腰裡折。魏耶？晉耶？

【落梅風】天教你富莫太奢，無多時好天良夜，富家兒，更做道你心似鐵，爭辜負了錦堂風月。

【風入松】眼前紅日又西斜，疾似下坡車。不爭鏡裡添白雪，上床與鞋履相別。休笑鳩巢計拙，葫蘆提一向裝呆。

【撥不斷】利名竭，是非絕。紅塵不向門前惹，綠樹偏宜屋角遮，青山正補牆頭缺。更那堪竹籬茅舍。

【離亭宴帶歇指煞】蛩吟罷一覺纔寧貼，雞鳴時萬事無休歇，何年是徹？看密匝匝蟻排兵，亂紛紛蜂釀蜜，鬧攘攘蠅爭血。裴公綠野堂，陶令白蓮社。愛秋來時那些：和露摘黃花，帶霜分紫蟹，煮酒燒紅葉。想人生有限杯，渾幾個重陽節！人問我，頑童記者，便北海探吾來，道：「東籬醉了也。」

這套曲得到前人極高的評價，元周德清評為「萬中無一」的「樂府」佳構，明王世貞《藝苑巵言》說它「放逸宏麗，而不離本色，押韻尤妙。」近人梁乙真《元明散曲小史》說：「此詞的好處，能於豪放、清逸、蕭爽之中，寓一種淵深樸茂之風；而作者『閒雲野鶴』般的特性，也很生動的表現出來，尤為東籬作品最有價值的文字。『百歲光陰成絕調』（盧冀野〈論曲絕句〉）遂讓馬東籬獨步千古。」像這樣的推崇，不免流於空泛。

這套曲的最大成功，完全在它動人的主題和內容，表面上馬致遠寫他處身在知識分子受到輕視的黑暗時代，才情無所發揮，以消極隱遁的生活態度，參悟人世無常的道理，自求煩苦心情的釋免。人在無能為力的現實環境中，擺脫困窘羈絆，用和平安泰的方式來生活，未嘗不是另一種愛惜生命的作為：這是馬致遠所要表達的思想；這也是當時漢人知識分子的共同心情，也是古今失意文人所共有的蒼涼感受，所以能引起普遍的共鳴。

在形式結構方面，這也是一個很完美的套式典型：首曲【夜行船】，攏起全文主旨：勸人珍惜餘光，及時行樂。次曲【喬木查】起，到【撥不斷】五首，由帝王、豪傑等人物，身後其實並沒有留下什麼在人間，除了給漁人樵夫做閒談資料之外，因此勸人要珍惜目前所有，好好地享受。進而說到自己已是暮年到來，也不知道什麼時候就會死去，何況一向就糊裡糊塗地在貧窮中過日子的。如今更決心要斷絕是非名利，在深山裡尋個隱蔽的地方住下來，只要有一間茅屋就覺得很愜意了。尾聲曲要收結聲律和文情，所用的是一支帶過曲【離亭宴帶歇指煞】，情思更是全曲最精彩的部分。馬致遠首先用一個「對偶」，以人生想要安歇的不容易，晚上也難得一覺安眠，來籠括凡人生命都是無盡的奔波煩憂。然後用一個「鼎足對」，以蜂、蟻、蠅三種低等小動物，來映照人類也一樣，得為生存而奔命。接著一個「對偶」兼「用典」，表示他欽敬能決心放下名利、世俗人情的裴度和陶淵明，知道珍愛晚景餘年，恬靜退隱。轉筆寫自己的晚景心情，以一個「鼎足對」寫秋天到來，大自然的繽紛美景，和生活上可以享用的豐盛。最後以人既到老年，歲月無多，不願再浪費時間精神去做人情的應酬。結句說「我醉了，不見客」，不著痕跡地引用了陶淵明「我醉欲眠卿可去」的典故，有餘味無窮的妙趣。

【夜行船】套的題目是〈秋思〉，字面上是寫「秋天的情思」，但馬致遠在全套七支曲文中，只在末曲中明寫了「和露黃花、帶霜紫蟹、紅葉煮酒」三樣秋天的事物，其餘都寫他對人生經歷的感懷，可見他所要表述的，不是自然季節之秋，而是寫「晚年」的人生之秋。「黃花、紫蟹、紅葉」三句，正是映現「人生之秋」的可愛情韻，直是無人可及的修辭妙境。

以上選讀了馬致遠的小令和散套各一篇，篇題同是〈秋思〉，而且都是受到讚賞的代表作。小令寫他希望晚年能安歇下來，不再飄泊，散套寫人到晚年，應該放開一切，留給自己一段閒逸不受干擾的適意生活，這也是任何時代的世人所共有的心聲，尤其在元人統治下的漢人知識分子；可見馬致遠的散曲，反映的不止是他個人的情思，而是一個時代社會的思潮。在他留存的作品中，我們可以看到他所寫的寬廣題材，優美的語言，豪邁瀟灑的氣概，在風格上，豪放、閒適恬靜、清麗細密，兼而有之，的確是一個不世出的文學大家。

4. **貫雲石**（西元一二八六～一三二四年）

蒙古維吾爾族⑰人，本名小雲石海涯，元世祖忽必烈開國重臣阿里海涯之孫，父親貫只哥是湖廣、江西的平章政事，他就以父名的「貫」字為姓，組成一個漢族形式的姓名「貫雲石」，又取字浮岑，號成齋、疏仙、酸齋，別號石屏、蘆花道人，以散曲有名於世，所作今存小令八十六首，散套九套。作品風

⑰「維吾爾」是蒙古語的現代譯名，元時譯為「畏吾兒」或「畏吾」。在唐時稱「回紇」，散居新疆東南部。

格清新俊逸，疏放流麗。當時有徐再思，號甜齋，也以散曲享盛名，世人並稱他倆的作品為《酸甜樂府》。

棄微名去來，心快哉！一笑白雲外。知音三五人，痛飲何妨礙，醉袍舞袖嫌天地窄。（【清江引】一）

競功名有如車下坡，驚險誰參破。昨日玉堂臣，今日遭連禍，爭如我避風波走入安樂窩。（【清江引】二）

避風波走入安樂窩，就裡乾坤大。醒了醉還醒，臥了重還臥。似這般得清閒的誰似我。（【清江引】三）

這三首作品是用「重頭」的方式來寫作。重頭的特色，是連續用同一個曲牌來寫一個共同的主題，但各曲又有自我的個別主題。上引三首【清江引】，作者標明先後次序，可見是同一時候所作。

貫雲石從小受蒙古民族的武藝教育，十多歲時好騎馬射箭，雄武有力，後來喜歡讀書，能一目五行並下，自創新意寫作文辭。長大後，承襲先人官爵，做兩淮萬戶府「達魯花赤」⑱，守永州。後來宦情日薄，把官爵全都讓給弟弟忽都海涯，去跟姚燧讀書。後來因太子（後來的元仁宗）慕賢，以「說書秀

⑱「達魯花赤」，蒙古語，長官之意。元朝在各行省，凡路、府、州、縣，各提舉司、各總管府、萬戶府、千戶所、元帥府，及宣撫、安撫、招討各司，都設有達魯花赤。萬戶府的達魯花赤，應是一方的首長。達魯花赤在元官制規定由蒙古人擔任。

才」徵召他入宮，教他兒子（後來的元英宗）讀書。仁宗登位後，他歷官翰林侍讀學士、中奉大夫、知制誥等職，並修撰國史。後來覺得案牘煩勞，有違當初辭爵本意，便以病辭官，埋名隱居江南，在杭州以賣藥度日。今人羊春秋選注《元明清散曲三百首》選注第一首，說：這曲當作於仁宗延祐元年（西元一三一四年），貫雲石辭官歸隱時⑲。按三首文意，都寫脫離宦海、歸隱林泉，毫無牽繫，逍遙自適的歡悅心情。尤其是第二首的末句，就是第三首的首句，用「頂真」手法來串接的用心至為明顯。在措辭上，口語平淺，又給人豪情萬丈的廣闊胸襟，和一無粘滯的瀟灑飄逸，更透現出飽經世故、參破宦情的警策，最能顯現出元曲的神味。而對兒女戀情的題材，他又呈現出另一種萬種柔情的細膩。如：

挨著靠著雲窗同坐，偎著抱著月枕雙歌，聽著數著愁著怕著早四更過。四更過情未足，情未足夜如梭。天哪，更閏一更兒妨甚麼！（【紅繡鞋】）

俚俗、白描的口語，造成生動、活潑、情味盎然，是這首曲子給人的感受。在七個句子中，前三句不斷重複用「著」字，表達正在進行的行動；三、四、五三句的「頂真」手法，字、詞的「複疊」運用，同樣的聲音加強了文意的律動。這種題材和措辭手法，是最富元曲本色情味的作品。

元朝在政治上，是漢族文人最受摧殘的黑暗時代，「九儒十丐」的階級分類，更使知識分子抬不起頭來，但從元代散曲作者的名錄中，我們又不免為漢族文化的感化力而自傲。像貫雲石這樣的蒙元貴族，

---

⑲ 羊春秋選注《元明清散曲三百首》，湖南省長沙市岳麓書社出版。

因醉心漢人文藝，竟然拋棄了他的爵位高官，和當時一般漢人的落魄文士一樣，過貧乏的隱居生活，以求精神的放誕逍遙。翻檢元代的散曲家，留名的蒙古人、女真人甚至來自西域的「色目人」，也不止一二：維吾爾族的蒙古人，就有薛昂夫、全普庵撒里；不忽木是蒙古康里部的貴族，他父親燕真是元朝建國的功臣；伯顏是蒙古八鄰部人；阿魯威和孛羅御史不清楚是那一個蒙古的族部；女真人的有奧敦周卿、人稱蒲察李五的李直夫和蒲察善長；來自西域的有阿里耀卿、阿里西瑛父子，做過江西元帥的蘭（亦作藍）楚芳，也是西域人；薩都剌是隨蒙古軍東來的回回人等等，都以散曲有名於當時。像貫雲石那樣改用漢族形式的姓名的人，在當時應也不少。像薛昂夫，名超吾，又取漢姓馬，字九皋，「馬九皋」還用了「先秦時善相馬者九方皋」的典故；李直夫也明明是特意取用漢人姓名。這些非漢族的作者，他們的作品風格，和漢族之作，有很明顯的不同，像貫雲石的質樸直率、豪邁駿逸，和當時漢人所作的消極、沉鬱的時潮很不相同，所以明代朱權《太和正音譜》給他的評語是「貫酸齋之詞，如天馬脫羈」，最是貼切不過。非漢人的作者，實在給元代的散曲增加了不一樣的姿彩。

5. 張養浩（西元一二六九～一三二九年）

字希孟，號雲莊。他的散曲是在五十歲辭官歸隱在雲莊別業以後，寫他遊山玩水，回憶往事的感懷，所以取名《雲莊休居自適小樂府》，簡稱《雲莊樂府》。《全元散曲》收他的小令一百六十一首，二散套。張養浩是元代的名儒名臣，他的散曲有兩種不同的風味：一是厭倦了官場的鬥爭黑暗，感慨仕途的艱險，而有「說著功名事，滿懷都是愁」的悲嘆；一是擺脫了長久以來的痛苦生活，回到山水景色中的逍遙自在，這是《雲莊樂府》中佔著多數的作品，顯露出飄逸婉麗的風格，所以朱權《太和正音譜》給他「玉樹臨風」的評語。如：

鶴立花邊玉，鶯啼樹杪絃，喜沙鷗也解相留戀。一個衔開錦川，一個啼殘翠煙，一個飛上青天。詩句欲成時，滿地雲撩亂。（【慶東原】）

像這樣融和在大自然的欣悅心情，真是令人悠然神往，加上修辭手法的精妙（對偶和鼎足對），使人不禁玩味再三。又如：

長江浩浩西來，水面雲山，山上樓臺。山水相逢，樓臺相對，天與安排。詩句成風煙動色，酒杯傾天地忘懷。醉眼睜開，遙望蓬萊，一半兒雲遮，一半兒煙霾。（【折桂令・過金山寺】）

寫水天浩瀚的景象，使人心神飛動，明王世貞《藝苑卮言》說它是「景中壯語」，豪放情味的確和前一首的柔婉不同；元周德清《中原音韻・作詞十法》將它列為「定格」，並說：「此詞稱賞者眾。」清李調元《雨村曲話》說它是「金山寺俊語」，可見它的藝術成就，一直受到讀者的喜愛。再看他另一類的作品：

在官時只說閒，得閒也又思官，直到教人做樣看。從前的試觀，那一個不遇災難：楚大夫行吟澤畔，伍將軍血污衣冠，烏江岸消磨了好漢，咸陽市乾休了丞相。這幾個百般，要安，不安，怎如

俺五柳莊逍遙散誕。（【沽美酒帶太平令】）

這曲主旨在抒發他厭倦官場，所以毅然歸隱的心情。前三句用質直的口語，指出一般人對官場既厭煩又留戀的矛盾；後面「排比」出四個古人：屈原、伍員、項羽、李斯的悲慘下場，具體地揭示了仕途的險惡，足見官場的不能戀棧。結語以自己真能放下，享受到不慕名利的逍遙散誕。

在這類感慨世情的作品中，其實還可見到他內心深處仍然關切著民生疾苦的真情，這是他所以在退隱十年之後，朝廷七次徵召不就，卻在六十已過的老人，還毅然應命，由山東濟南，迢迢跋涉到陝西去救援旱災的饑荒，終於為賑災勞累致死的原因。試看他在赴任的路上所作的各首懷古的【山坡羊】，便可以真切地領會得到。如〈潼關懷古〉所寫：

峰巒如聚，波濤如怒，山河表裡潼關路。望西都，意踟躕，傷心秦漢經行處，宮闕萬間都做了土。興，百姓苦；亡，百姓苦。

這曲將戰爭所帶給人民的痛苦，藉著他經過潼關這個自古以來兵家必爭之地抒發出來，只因政權的更迭，老百姓都必然要在他們爭奪城池的戰爭中受難。在這篇「憑弔古蹟」的作品中，張養浩不循一般人那樣地空言「懷古傷今」，完全擺開了一己的私情，為古今遭受戰火摧殘的慘痛的無辜百姓說話，最能顯示出他浩然無私的大愛襟懷。

㈡後期：從元成宗大德四年到元末（約自西元一三〇〇～一三六八年）

宋朝滅亡（西元一二七九年）後，南北文學合流，作家受到南方文學影響，逐漸離開通俗之路，走向雕琢婉麗，至大德時為盛，故以大德四年之後六十餘年時間為後期。一般人為了解的方便，也把曲家的風格，分為婉約（或稱為「清麗」）和豪放兩派，這是就其大體來說的，其實，所有作者都兼有兩者的作品。元人散曲的分期，也是如此，誠如羅錦堂《中國散曲史》解釋他把元人散曲分為清麗和豪放兩派，說：

前期的作家，大半為北方人，他們的情性渾厚而直爽，宜乎豪放。後期的作家，大半是南方人，他們的情性瀟洒而尚美，宜乎清麗。兩者互有所長，同時亦各有所短。前者的毛病是患麤、患野、患晦澀、患無韻，後者的毛病是患巧、患纖、患浮滑、患少骨。若能於清麗之中寓豪放，雄渾之中寫得娟秀，才算是上乘之作。所以我們欣賞某一個作家的作品時，決不能把他先歸之於那一派後，再去讀它、衡量它，而是要站在折中的立場去評斷他的優劣。

但他書中仍把前後期的元散曲家，各再分為婉約、豪放二派，不免給人自相矛盾的感覺。不若劉大杰《中國文學發展史》只分作前、後期，並說明元代後期的散曲特色是：

走到了拘韻度、講格律的典雅階段。初期曲中的俚俗、生動、質樸、直率的種種特色，到了這時都漸漸地消失了。

這也是所有詩歌文體的共同發展過程，先由民間歌曲興起，漸漸成為時代的主流，欣賞和討論相關問題的意見日多，便形成不少規律制約。散曲發展到元代後期，如張可久等文人以創作為專業；有關曲學鑑賞批評的觀點也就自然應運而生，像周德清所著的《中原音韻》，就是因為「病世之作樂府，有逢雙不對，襯字尤多失律俱謬者，有韻腳用平上去不一而唱者，有句中用入聲，拗而不能歌者，有歌其字，音非其字者，令人無所守」⑳，所以特為作曲的人樹立共守的規範。這本著作雖然以曲韻為主，但後附〈作詞十法〉中，專以散曲為論評對象，並且完全以音律、韻腳、對偶、修辭等形式為評論標準，忽略了作品的內容㉑。這就是元代散曲的轉變脈絡。

後期散曲的作家，有張可久、喬吉、鄭光祖、徐再思、曹明善、睢景臣、李致遠、鍾嗣成等。以下介紹張可久和徐再思為代表。

1. 張可久

字小山，生平已不可考。從他的作品中，知道他是江南的落魄文人，漫遊遍及江南各地，和盧摯、

⑳ 引自賈仲明《續錄鬼簿》。

㉑ 例如書中評【殿前歡・醉歸】說：「妙在馬字上聲，笑字去聲，一字上聲，秀字去聲，歌至才思字音促，黃字急接，且要陽字好。氣概二字，若得去上尤妙。」又評【水仙子・夜雨】：「惜哉此詞，語好平仄不稱也。」

馬致遠、貫雲石等多相酬唱，把他懷才不遇的抑鬱，和漫遊的感懷，都由曲辭中題詠出來；晚年隱居西湖，作品更多，吟賞山水的情韻，最令人神往。他專力於散曲的創作，在世時已享有盛名，和馬致遠稱為「曲中雙絕」。在世時已刊行了《今樂府》、《吳鹽》、《蘇堤漁唱》、《小山北曲聯樂府》等散曲集，但都沒有完整地留存下來。隋樹森《全元散曲》輯得他的小令八百五十五首，套數九套，是元代散曲創作最豐富的人。他的作品，題材豐富，抒情寫景，錘鍊自然而獨具風格，又善於嘲笑社會，可謂尺幅千里。他把馬致遠的細密，更加發揮，不落俳諧，又工於字句的鍛鍊。貫雲石說讀他的散曲，「臨風清玩，擊節而不自知，何其神也！」㉒明朱權《太和正音譜》給他的批評是：

張小山之詞，如瑤天笙鶴。其詞清而且麗，華而不艷，有不吃煙火食氣，真可謂不羈之才。若披太華之清風，招蓬萊之海月，誠詞林之宗匠也。當以九方皋之眼相之。

給予極高的評價。但近世的文學研究者，很多比較偏愛質樸俚俗的本色作風，而貶抑雅麗琢鍊藝術手法㉓。而張可久正是以他的排去俚言，崇尚雅正，使得散曲能與詩詞並列，確立了元曲與唐詩、宋詞並駕齊驅

㉒ 語見貫雲石《今樂府·序》。

㉓ 如劉大杰《中國文學發展史》認為張可久散曲「琢鍊之工，對仗之巧，作者是費了不少的心力。這類句子，俯拾即是。……我們固然不能否認他的技巧，畢竟喪失了曲的本色。」又說：「他的作品，極力地運用詩詞中的句法，以雕琢字句為能事，以騷雅蘊藉為最高境界，形成他那種華麗的作風，失去了前期散曲中的本色美。」

的地位；他的作品，明人宋濂、方孝孺等文士視為「樂府正音」。張可久和馬致遠是元代散曲雅麗、質直兩派的代表，已成為文學史上的定論。下面舉析他的作品來看看：

小玉闌杆月半掐，嫩綠池塘春幾家？烏啼芳樹丫，燕銜黃柳花。（【凭闌人・暮春即事】）

江水澄澄江月明，江上何人搊玉箏？隔江和淚聽，滿江長嘆聲。（【凭闌人・江夜】）

【凭闌人】是七言和五言各兩句的一個短調小令，這樣要在二十四個字內完成一首文意完足的歌辭，又要兼顧牌調的格律叶韻規則，已經不容易。張可久在這兩支短調小令中，真的展現出他文詞琢鍊的能耐。前一曲寫暮春清晨的如畫美景：每句是一個畫面，合四句構成一整幅春景圖；字面上只寫了幾個點，卻把春晨由天空到地面的池塘裡，樹上的鳥兒，飛在半空裡的燕子都包羅入來，而且有聲有色，動靜配置得恰如其分；又聲韻上給人悅耳輕快的感覺，起韻用「掐」字，險而妥貼。後一首寫作者在靜謐的月夜裡，停船在江上，聽到有人彈箏，而以他聽得淚下、又聽到各處傳來悲嘆聲，來凸顯曲調之悲，和彈箏者的技巧。尤其在每一個句子裡，都嵌進了「江」字，在二十四字的一篇裡，共用了五個「江」字，很明顯是故意運用了字的「隔離複疊」修辭法。這就是劉大杰評他「以雕琢字句為能事，以騷雅蘊藉為最高境界」的原因。但張可久也有極本色的作品，如：

人皆嫌命窘，誰不見錢親？水晶環入麵糊盆，才沾粘便滾。文章糊了盛錢囤，門庭改作迷魂陣，

清廉貶入睡餛飩。葫蘆提倒穩。（【醉太平】）

這一曲全用俗語方言寫成，文辭也尖辛潑辣，嘻笑怒罵，對元代污濁的社會風氣，腐敗的官場政治，極盡尖銳的諷刺，是「清麗典雅」之外的另一種風格。周德清《中原音韻・作詞十法》在音律和修辭上給它很高的評價，將它列為「定格」㉔。

2. 徐再思

字德可，《錄鬼簿》說他：「好食甘飴，故號甜齋。」他和貫雲石（號酸齋）同時，世人並稱他們的散曲為「酸甜樂府」；其實兩人的主要風格迥異。任訥《散曲叢刊・甜齋樂府》、隋樹森《全元散曲》收錄他的小令都是一百零三首；一九八五年俞忠鑫另作校注單行《甜齋樂府》一冊。他的作品有半數寫豔情題材，在淒婉清麗中又帶些豪放味。所以任訥評他的曲說：「興到之作，皆時見其兼至，不可逐詞以泥。」

那老子覷功名如夢蝶，五斗米腰懶折，百里侯心便捨。十年事可嗟，九日酒須賒。種著三徑黃花，栽著五株楊柳，望東籬歸去也。（【紅錦袍】）

㉔ 周德清說：「『窨』字若平，屬第二著；平仄好。務頭在三對，末句收之。」所謂三對，就是「文章」以下三句是「鼎足對」。

這是以陶淵明的一生事跡，來寓寄自己的人生哲學，就是把自己化入他人的生活裡。文中除了首尾二句，其餘各句都著意使用了「數字」，而這些都是陶淵明的生平事跡，而化入自然，有不著痕跡之妙。

> 相思有如少債的，每日相催逼。常挑著一擔愁，准不了三分利。這本錢見了面才算得。（【清江引・相思】）

這曲開頭就給你一個新奇的「譬喻」，相思就好像欠債那樣，壓力沉重又難於解脫；又以「日日」相催逼來描述她深受糾纏的困擾。末句說要見面才知本錢是多少，就是自己付出了的感情，是否值得？輕鬆的句語，寫沉重的心情。

3. 喬　吉（西元一二〇八～一三四五年）

一作吉甫，字夢符（或作孟符），號笙鶴翁，又號惺惺道人。他儀容秀美，博學多能，以詞曲享譽於當時；雖然以雜劇和關漢卿等並稱為「元曲六大家」，但世人認為他在散曲上有更好的表現。散曲集在元、明時就有《惺惺道人樂府》、《文湖州集詞》及《喬夢符小令》三種；近代任訥輯為《夢符散曲》三卷，收小令近二百首，套曲十；隋樹森《全元散曲》輯錄小令二百零九首，套曲十一。所作內容多消極、頹廢，這和他一生潦倒，流浪江湖四十年有關，因而寄情詩酒。中年以後，寓居杭州，有題詠西湖的【梧葉兒】一百首。詞藻優美，風格清麗，是他散曲的特色。明朱權《太和正音譜》評他：「喬夢符之詞，如神鰲鼓浪。若天吳跨神鰲，噀沫於大洋，波濤洶湧，截斷眾流之勢。」明人李開先以為喬夢符是元代詞家的翹楚，認為以「天吳跨神鰲」來評他的作品，只能見他「雄健」一面，還未能盡道夢符作品的特點，他說：

以予論之，蘊藉包含，風流調笑，種種出奇，而不失之怪；多多益善，而不失之煩；句句用俗，而不失其為文，自可謂與之傳神。

故世人多欣賞他的散曲，認為他的曲詞是雅俗並用，較之張可久的騷雅蘊藉，尤得曲家的妙諦。劉大杰《中國文學發展史》把張可久和喬夢符，稱為元代後期散曲的「雙璧」。

喬吉更提出他的散曲創作理論，說：「作樂府亦有法，曰『鳳頭、豬肚、豹尾』六字是也。大概起要美麗，中要浩蕩，結要響亮；尤貴在首尾貫串，意思清新。斯可以言樂府矣。」可見他在散曲寫作的精深修養。

肝腸百鍊爐間鐵，富貴三更枕上蝶，功名兩字酒中蛇。尖風薄雪，殘杯冷炙，掩青燈竹籬茅舍。

（【賣花聲】悟世）

這首小令寫對富貴功名虛無難求的深刻感受，悟出退隱安貧，才能免除心中的煎熬。首句即以「百鍊的爐間鐵」為譬喻，來誇張內心的苦痛，富貴是一場幻夢，功名有如藏在肚裡的蛇，是沒辦法釋除的噏噬痛苦。世人為了功名和富貴，忍受風雪的侵凌，生活總是貧賤，還是安居在茅舍裡讀書，過清靜的日子吧！這種消極避世的思想，是元曲中極普遍的主題。

二、明代的散曲

明人散曲，繼承元代的餘緒，比寥落的詩、詞較有表現。朱氏朝廷的皇族中，寧獻王朱權有曲譜和曲評的《太和正音譜》，至今仍為研究曲學者的參考典籍，周憲王朱有燉作有雜劇三十多種外，又有散曲集《誠齋樂府》在明初曲壇享有盛名㉕，但其中多陳詞套語，少有新味；《太和正音譜》所錄「古今群英」中，明初谷子敬、賈仲明、王子一等十六人的作品，百不存一，「沉寂」是論者給明初曲壇的評語。直到中葉孝宗弘治（西元一五〇五年）以後，散曲作者又漸盛，形成另一個活躍的散曲高潮。在體製方面，沿承著元人的形式，所以要討論明人的散曲，都只能就其內容風格、文辭修飾手法來探討；又以作者的生活地區來分為北方派和南方派：

㈠北方派

康海、王九思、李開先、馮惟敏、常倫、韓邦靖、趙南星等北方作家，氣勢粗豪渾雄，內容多詠懷歎世，和關漢卿、馬致遠的本色作風為近。以康海和王九思為代表，二人因際遇相同，作品的格調也很一致。

㉕ 李夢陽〈汴梁元宵絕句〉有：「齊唱憲王新樂府，金梁橋外月如霜」句。

1.康　海（西元一四七五～一五四〇年）

字德涵，號對山，散曲集叫做《沜東樂府》。王九思（西元一四六八～一五五一年），字敬夫，號渼陂，散曲集有《碧山樂府》、《碧山續稿》、《樂府拾遺》各一卷。他們和李夢陽、何景明等並稱為七才子。劉瑾專政時，康海不接受劉瑾的招攬，後來李夢陽代尚書韓道貫草擬疏文，得罪了劉瑾下獄，李夢陽急切求救，康海為他出面求劉瑾，李夢陽因此釋免；後來劉瑾失勢，康海和王九思都被認為是劉瑾同黨，落職廢為平民，李夢陽卻坐視袖手。兩人從此放浪形骸，寄情山水，談宴度曲，但胸中充塞著牢騷憤懣，表現在歌辭中的是粗獷豪邁的風格。看康海的作品如：

舊時知己幾人存？此日飄零獨此身。西風又報黃花信，越思量越愴神，見如今玉碎花分。奏賦長楊殿，吟詩五柳村，怎生能尊酒論文？（【水仙子・懷友】）

「感慨遙深」是這曲給人的感受。「懷友」這個篇題，是用對比的手法來顯示人我的分隔。前面五句，直陳自己的心情，六、七兩句一聯，用漢代揚雄作〈長楊賦〉以見朋友在朝的青雲得意，又以晉陶淵明的退隱田園，作〈五柳先生傳〉以自況，來自比自己目下的寥落，因為彼此如此的懸殊分隔，便有「怎生能尊酒論文」的深沉感嘆。全篇語詞質直，末句更是情思激越，使人玩味無窮。又如：

數年前也放狂，這幾日全無況。閒中件件思，暗裡般般量。真個是不精不細醜行藏，怪不得沒

頭沒腦受災殃。從今後花底朝朝醉，人間事事忘。剛方，奚落了膺和滂；荒唐，周全了籍與康。（【雁兒落帶得勝令】）

後漢的李膺和范滂，剛直方正，盡職愛民，後來都因黨錮之禍而屈死；荒唐、放蕩的阮籍和嵇康，反而能夠受到成全；嵇康為救好友呂安，而終遭陷害殺身。康海從他們的際遇，和自己的情況相比，因而決定「從今後花底朝朝醉，人間事事忘」，憤激之情，溢於言表。由於他不能釋懷於往事，放浪、忘懷，是一種無可告訴的抗議，不是真正的消極退隱。鄭振鐸評他：「他盛年被放，一肚子牢騷，皆發之於樂府，故處處都盈溢著憤慨不平之氣。」[26]任訥也說：「其中極熱極怨，而表面以解脫之語蓋之，其志趣並非真正恬淡，根本有異於元賢。」這就是明人和元人散曲不同境界的豪放。

2. **王九思（西元一四六八～一五五一年）**

字敬夫，號渼陂，又號紫閣山人。他的散曲，也同樣地充滿了牢騷與感慨，王世貞認為他和關漢卿、馬致遠有同樣的豪爽情韻，有勝過康海的地方[27]。

吃緊的丹心在，打熬的兩鬢白。朱門休惹英雄怪，黃虀怎改貧窮態，青山且了登臨債。韓退之枉作〈送窮文〉，蘇子瞻苦犯吟詩戒。（【寄生草】）

---

[26] 見所著《插圖本中國文學史》。
[27] 王世貞《藝苑巵言》說王九思「秀麗雄爽，康大不如也。評者以敬夫聲價，不在關漢卿、馬東籬下。」

這曲的字裡行間，洋溢著憤世嫉俗的心情，語氣也極其激憤。頭、尾兩組對偶，拱抱著一組層次分明的鼎足對，不但格律嚴整，字詞也配應完密。

㈡南方派

南方的作家，受水秀山明的自然環境陶冶，風格清麗婉媚，修辭精細，題材喜寫閒適和閨情，是他們的特色，較近於元張可久的風格。屬於這一派的作家有陳鐸、王磐、金鑾、楊廷和、楊慎、黃娥、唐寅、祝允明、陳所聞、沈仕、梁辰魚、沈璟、施紹莘等，以王磐、施紹莘為首。

1. 王　磐（西元一四七〇？～一五三〇年）

字鴻漸，號西樓，散曲集叫做《王西樓樂府》，有小令六十五首，散套九套，數量雖不多，在明代散曲中有很高的地位。他一生好寄情於文學和煙雲水月之中，胸懷曠達，警策豪健，謔而不虐，是他的作品特色，題材也很廣泛，抒情、記事、譏諷時事，題詠山水，都寫得尖新動人。任訥說他能融合元人喬吉和張可久的長處，評以「其麗也，不僅工雅，兼能出奇；其清也，瀟疏放逸，且好為俳諧之作。」

> 喇叭，鎖哪，曲兒小，腔兒大。官船來往亂如麻，全仗你抬身價。軍聽了愁，民聽了怕，那裡去辨什麼真共假。眼見的吹翻了這家，吹傷了那家，只吹的水盡鵝飛罷。（【朝天子・詠喇叭】）

據《堯山堂外紀》說：正德年間，宦官當權，每日在河道上往來頻繁，每到一處，就吹號頭，糾集人伕來服役，人民不堪勞苦，王磐就寫了這一支歌來反映大眾的心聲。清代姚燮《今樂考證》也說：「詠喇叭，蓋言百姓之家，致於貧困，皆此宦監往來之故也。」都說明了這首小令是為諷刺當時的實事而作，在平白質樸的俚語中，以幽默寓沉痛。

平生淡薄，雞兒不見，童子休焦。家家都有閒鍋灶，任意烹炮。煮湯的貼他三枚火燒，穿炒的助他一把胡椒。到省了我開東道，免終朝報曉，直睡到日頭高。（【滿庭芳．失雞】）

在一向淡薄的生活裡，丟了雞兒，要說他真的不在意，就不會寫出這篇作品了。但事實是雞被人偷了，絕對是被宰了吃，那失主家還能怎樣？所以首句說「淡薄」，應該也是說自己不想計較，反過來還要津貼那家三個燒餅，又再給他調味料（胡椒），還說這樣免得我費事去請客。而且家裡沒雞兒在清早啼叫，又可以每天晚些才起床。把失雞的懊惱，寫成是很開心的事，叫人讀了不禁莞爾！全文用「自白」的口吻，更使人覺得親切。像這樣詼諧的筆調，他的外甥張守中在〈王西樓先生樂府序〉中說他：「洋洋焉不知老之將至，此其襟度有過人者，故所作沖融曠達，類其人也。」是真正了解這個人的貼切批評。

2. 梁辰魚、沈璟

到明中葉嘉靖、隆慶間，魏良輔、張野塘等創立了崑腔，大大提高了歌唱的藝術，受到王公紳貴的重視，成為曲壇的主腔，取代了已然十分衰落的北曲。梁辰魚是首先依新腔譜曲的人，創作了《浣紗記》傳奇和《江東白苧》㉘散曲集。

梁辰魚，字伯龍，號少白，又號仇池外史，生卒年不詳。他的作品，使新腔風行起來，當時王世貞有「吳閶白面冶遊兒，爭唱梁郎雪艷詞」㉙的詩句，可見他歌曲流傳的盛況。他的文辭優美，描摹細膩，文雅嫵媚，參用詞法來構詞造句，所以詞味多而曲味少，任訥《散曲概論》說他的曲：「文雅蘊藉，細膩妥帖，完全表現南方人的性格和長處」。時人因此有「南詞出而曲亡矣」的批評。但張旭初在《吳騷合編》裡推崇他是「曲中之聖」。

萬里濤回，看滔滔不斷，古今流水。千年恨都化英雄血淚。徙倚，故國秋餘，遠樹雲中，歸舟天際。山勢依舊枕寒流，閱盡幾多興廢。（【夜行船・擬金陵懷古】）

唐劉禹錫有〈金陵懷古〉詩，抒發「興廢由人事，山川空地形」的感慨。梁辰魚以「擬金陵懷古」為題，也一樣寫他懷古傷今的意緒，江山景色，古今無大異，但各有人事全非的悵惘。

稍後於梁辰魚的沈璟，字伯英，號寧庵，和梁辰魚是崑腔興起時期明代曲壇的兩大巨頭㉚，梁辰魚

㉘ 梁辰魚的散曲，有《江東白苧》、《續江東白苧》各二卷，約存小令套數各三十首左右。

㉙ 詩句見朱彝尊《靜志居詩話》。

㉚ 任訥《散曲概論》說：「自有崑腔，南曲之宮調音韻，一切準繩俱定。……起嘉、隆間以迄明末，將近百年，主持詞餘壇坫者，文章必推梁氏為極軌，韻律必推沈氏為極軌，此為崑腔以後兩大派。一時詞林，濟濟多士，要不出兩派之彀中也。」

重辭藻，沈璟重聲律，同樣是注重形式，不再看得到元人散曲的口語豪情作風，他們引導晚明的曲壇走向辭藻華美、音律不乖的道路。

一聲杜宇落照間，又寂寞春殘。楊柳簾櫳長日關，正梨花院落初閒。風朝雨晚，芳徑裡落紅千萬。停畫板，又早見牡丹初綻。（【集賢賓】傷春）

從這支曲子，可以看到沈璟工麗文辭的特色。

梁、沈主導曲壇的情況和影響，劉大杰《中國文學發展史》有很清楚的總括：

明代的散曲，到這時期，逐步走上格律辭藻的道路，豪情野氣，本色語以及通俗口語都看不見了。他們歡喜寫閨情，詠物，喜翻宋詞元曲，取前人現成的材料，只求律正與韻嚴，只求音樂的生命和辭藻的妍華，因此其作品多流於平庸與形式了。沈璟的作品，尤多此種缺點。王驥德批評他說：『吳江守法，斤斤三尺，不欲令一字乖律，而毫鋒殊拙。』只重視形式，沒有內容，文學作品便沒有生命。

3. 施紹莘（西元一五八一～一六四〇年）

字子野，號峰泖浪仙。他屢試不中，一生的才情得以散曲表現出來，所作叫做《花影集》，收小令七十二首，散套八十六套，格調高雅，能擺脫梁辰魚的辭藻、和沈璟的韻律的束縛，以清麗蒼莽獨立於時潮之外，成為晚明曲壇的大家，南詞北曲，都所擅場，所寫的題材廣泛，自言「隨時隨地，莫不有掤譜新聲，稱宜迭唱。」㉛懷古、贈別、山水景色、見聞瑣事，相思閨情，都寫得真實生色，所以吳梅推崇他為「有明散曲第一人」。作品中又以散套寫得更好。如：

且尋一個頑的耍的真知音風風流流的隊，拉了他們俏俏的俊的做一個清清雅雅的會，揀一片平的輭（軟）的襯花茵香香馥馥的地，擺列著奇的美的趁時景新新鮮鮮的味。兀的便醉殺了人也麼哥，兀的便醉殺了人也麼哥，任地上乾的濕的混帳啊便昏昏沈沈的睡。（【叨叨令】春遊述懷）

這曲狂放瀟灑，真有關漢卿【一枝花・不伏老】套的情味。在口語中，字詞的「複疊」，和【叨叨令】兩個疊句的規格，使全曲的聲情發揮了非常的功效，強化了文意情思的表達。

鄰雞叫，促織鳴，青燈一篝寒背枕。明月映人心，西風尖得緊。身孤另，棉被輕，半邊溫，半邊冷。（【南仙呂入雙調・鎖南枝】）

這曲寫遊子寒夜孤館難眠的愁思，都以具體的事物，寫抽象的感情。「鄰雞叫，促織鳴」，可見他徹夜輾

㉛ 詳細內容，見施紹莘《花影集・自序》。

轉不成眠；「明月映人心，西風尖得緊」，就是他倦遊已久，暮年已到的思鄉心情；最後四個三字句，寫內心的孤單淒涼，深深的愁緒都在不言中。

陳眉公《花影集・序》說：「子野詞太俊，情太癡，膽太大，手太辣，腸太柔，心太巧，舌太纖；抓搔痛癢，描寫笑啼，太逼真，太曲折。」這樣的評語，真是概括淨盡，推崇備至，也可見他在明代散曲的地位了。

㈢明代的小曲

崑曲流行以後，散曲在梁辰魚、沈璟講求修辭、韻律，以形式為重的風尚下，便成為一種專門學問，漸漸遠離群眾而僵化，民間便又產生了新鮮活潑的通俗小曲，並且得到文士的喜愛。沈德符《野獲篇・時尚小令》裡，對於明代民間小曲的興起和特色，已有詳細的說明：

元人小令行於燕、趙，後浸淫日盛。（明）宣（德）、正（統）至成（化）、弘（治）後，中原又行【鎖南枝】、【傍粧臺】、【山坡羊】之屬，李空同先生初從慶陽徙居汴梁，聞之以為可繼「國風」之後。何大復繼至，亦酷愛之。今所傳【泥捏人】及【鞋打釘】、【熬䯼髻】三闋為牌名之冠，故不虛也。自茲以後，又有【耍孩兒】、【駐雲飛】、【醉太平】諸曲，然不如三曲之盛。嘉、隆間乃興【鬧五更】、【寄生草】、【羅江怨】、【哭皇天】、【乾荷葉】、【粉紅蓮】、【桐城歌】、【銀紐絲】之類。自兩淮以至江南，漸與詞曲相遠。不過寫淫媟情態，略具抑揚而已。比年以來，又有【打棗乾】、【掛枝兒】二曲，其腔調約略相似，則不問南北，不問男女，不問老幼良賤，人人習之，亦人人喜聽之，以至刊布成帙，舉世傳誦，其譜不知從何而來，直可駭歎。又【山坡羊】者，朱、何二公所喜，今南北詞俱有此名，但北方惟盛愛數落【山坡羊】，其曲自宣、大、遼東三鎮傳來。今京師妓女慣以充絃索北調，其語穢褻鄙淺，並桑、濮之音亦離去已遠。而羈人遊士，嗜之獨深，丙夜開樽，爭相招致。

這段文字，清楚地說明了明代民間小曲，一如元人小令，在地方興起，然後在各階段流行的曲名，和人們愛好的流行情況；原本是南、北曲的歌調，如【山坡羊】、【耍孩兒】、【哭皇天】、【乾荷葉】、【駐雲飛】、【傍粧臺】、【鎖南枝】等，有的成為民間盛行一時的曲調後，或者繼續流行，或者被新起的曲調所代替，而傳統散曲的傳遞，漸漸喪失其本來面目，逐漸衰亡。而明人也以這些民歌小曲為可足自傲的成就，陳宏緒《寒夜錄》引卓人月的話說：

我明詩讓唐，詞讓宋，曲讓元，庶幾吳歌、【掛枝兒】、【羅江怨】、【打棗竿】、【銀紐絲】之類，為我明一絕耳。

袁宏道敘小修詩亦說：

故吾謂今之詩文不傳矣。其萬一傳者，或今閭閻婦人孺子所唱【劈破玉】、【打棗杆】之類，猶是無聞無識。今之新作，故多真聲。不效顰於漢魏，不學步於盛唐，任情而發，尚能過於人之喜怒哀樂嗜好情慾，是可喜也。

可見連文士們也以為那些民間小曲，有足以和傳統的詩文並列，甚至超過的價值，曲家王驥德《曲律》中也說它們「措詞俊妙，雖北人無以加之」；又說：「今所流傳【打棗竿】諸小曲，有妙入神品者」。以下舉例來印證大家的認定。

1. **馮夢龍（西元？～一六四六年）**

字猶龍，亦字子龍，號姑蘇詞客，又號顧曲散人、茂苑野史、墨憨子，別署龍子猶。著作非常豐富，特別對於民間文學的收輯整理，做出很大的貢獻。民歌方面有《童癡一弄——掛枝兒》、《童癡二弄——婉轉歌》，和散曲選輯的《太霞新奏》。他所作的小曲，音調哀怨頑艷，文詞細膩入微，內容輕妙有趣，為大眾喜愛，享有盛名。

> 對粧臺忽然間打個噴嚏，想是有情哥思量我。寄個信兒，難道他思量我剛一次？自從別了你，日日珠淚垂。似我這等把你思量也，想你的噴嚏兒常似雨！（【掛枝兒・噴嚏】）

藉著打一個噴嚏來寫相思的深情，運用了民間「打噴嚏有人想」的俗語，發揮奇妙的想像力，配合著俚俗的語詞，民間作品的質直分外明晰，尤其是末句「想你的噴嚏兒常似雨」，確是無可言喻的妙語。

君心忒忍，戀新人渾忘舊人，想舊人昔日曾新，料新人未必常新。新人有日變初心，追悔當初棄舊人。（【玉抱肚】）

這曲是從《山歌》的長調〈門神〉中摘錄出來。當時的民間小曲，兒女相思是主要的題材內容㉜；像這樣富含哲理的思想，用幾句平淺的話語說出來，真正表現出實際生活的體悟。

馮夢龍是本著一個有異於常人的理想，來做蒐集俗文學的工作，他認為從有文字開始，收錄的歌謠就在《詩經》傳流下來，後來被排斥在詩壇之外；但〈桑間〉、〈濮上〉的鄭衛之音，孔子也選錄下來，「以是為情真而不可廢也。」山歌因為不屑和大雅的詩文爭名，所以能表現文學最純真的感情面貌。這種思想，正是晚明新文學運動的具體表現。

2.未經收輯的作品

民間小曲一般都未為作者留下姓名，被馮夢龍收錄到《童癡一弄》、《童癡二弄》的【掛枝兒】和【山歌】裡去的，也佚失了作者的姓名。但還有不少好作品散見於其他書籍中，酌舉一二於下。

㉜ 劉大杰《中國文學發展史》說：「《山歌》是一部吳語區域的方言文學，全書共三百四十多首，除了……少數長篇外，其餘的都是詠的男女私情，關於男女情愛方面，無論想的說的，做的感的，吃的穿的，用的看的，都在私情裡表現出來，正如編者所說，是一部私情譜。」

要分離，除非天做了地！要分離，除非東做了西！要分離，除非官做了吏！你要分時分不得我，我要離時離不得你，就死在黃泉，也做不得分離鬼。（【劈破玉】）

【劈破玉】是一個流行在明中葉以後的民間曲調，調式一般是九句五十一字，和【掛枝兒】有近似的地方。這篇主題是一份生死不渝的「愛的宣言」。作者列舉了「天變成了地」、「東變成了西」、「官變成了吏」三件不可能發生的事，來強調自己的堅貞，明言活著和死後，都不要分離。不免教人聯想起漢代的民歌〈上邪〉：「上邪！我欲與君相知，長命無絕衰。山無陵，江水為竭，冬雷震震夏雨雪，天地合，乃敢與君絕。」和敦煌曲子詞【菩薩蠻】：「枕前發盡千般愿，要休且待青山爛。水面秤錘浮，直待黃河徹底枯。白日參辰現，北斗回南面。休即未能休，且待三更見日頭。」都一樣在質樸的文字裡，迸發著熱烈的情感，可說是古今如一的民間戀歌的特色，比文士筆下著意修飾的美語情詞，更見真摯動人。

富貴榮華，奴奴身軀錯配他。有色金銀價，惹的旁人罵。嗏，紅粉牡丹花，綠葉青枝，又被嚴霜打，便做僧尼不嫁他。（【駐雲飛・榮華富貴】）

這曲寫女子不肯以婚姻來換取榮華富貴的志氣。這在古代婦女以色事人的社會常態下，是一種難能的求偶思想，末句「便做僧尼不嫁他」，堅決的語氣，潑辣的口氣，令人油然心動。

三、清代的散曲

在文化學術復興的清代，詩、詞、散文、小說各種文體，都有不錯的成績，但曲體文學，卻相當衰疲，戲曲還有南洪北孔等名家之作，散曲更因受明末梁辰魚、沈璟的辭藻韻律的形式講求，而日益僵化，而大多數的南北曲也不能披之絃管，愛好散曲的人所作，大都以摹擬為能，雖有華美的辭藻，卻少有新意，亦少氣韻。但在披沙揀金之下，可足為代表的，有朱彝尊的《葉兒樂府》、厲鶚的《北樂府小令》、吳錫麒的《正味齋集南北曲》、許光治的《江山風月譜》、楊恩壽的《坦園詞餘》、尤侗的《百末詞餘》、沈謙的《東江別集》、劉熙載的《昨非集》、徐石麒的《黍香集》、趙慶熺《香消酒醒曲》；還有附在詞集之後的，如吳綺的《林蕙堂集附曲》、蔣士銓的《忠雅堂詞集附曲》、吳藻的《香南雪北詞附曲》等。朱彝尊、厲鶚、吳錫麒、許光治，都尊崇元代的張可久、喬吉，以清麗雅潔有名於當時，後人評朱、厲之作為「詞人之曲」。任訥《清人散曲提要》特別推崇趙慶熺之曲為「曲人之曲」㉝。酌舉他們的作品如下：

一行白雁清秋，數聲漁笛蘋洲，幾點昏鴉斷柳。夕陽時候，曝衣人在高樓。（朱彝尊【天淨沙】）

㉝ 任訥說：「趙氏以〈詠月〉套中【江兒水】一曲名於時。大概其作，能融元人北曲之法入南曲，故雖為南曲而不病萎靡，有若明人施紹莘，曲之風格，必如此始完全投合，斯乃曲人之曲也。」

這曲深得馬致遠【天淨沙】「枯籐老樹」的章法，而神意飛揚，在白雁、漁笛、昏鴉視覺和聽覺的配合下，營造出客子思鄉的淒涼意韻，正是喬吉、張可久的清麗作風。

支瘦筇，訪城東，板橋夕陽依舊紅。名士詞工，狎客歌終，醉臥錦胭叢。閒愁埋向其中，溫柔老卻吳儂。香消南國盡，花落後庭空。風，吹夢去無踪。（厲鶚【柳營曲・尋秦淮舊院遺址】）

這曲寫明亡之後，作者到秦淮河去重尋昔日盛況，所見卻不勝今昔悲涼。開頭用支撐一根瘦竹杖，到城東看到的只有夕陽是依舊的，滿目是「泣血」悲傷，就象徵出來了。接著寫以往常在這兒的名士、狎客、和名妓的風流，都成了歷史過客，「香消南國盡，花落後庭空」，用了「典故」來「雙關」目前，是很文學意味的筆法。最後說「夢被風吹散了」，用「拈連」修辭法來結束全文，有無限淒涼之感。

自古歡須盡，從來滿必收。我初三瞧你眉兒鬥，十三窺你妝兒就，廿三覷你龐兒瘦，都在今宵前後。何況人生，怎不西風敗柳！（趙慶熺【江兒水】散套〈詠月〉）

這是趙慶熺（西元一七九〇～一八四七年）備受讚賞的代表作品，借月亮的一度盈虧過程，來析明人生的哲理，就是「月不常圓」而已，所以主旨的語句，是在首和尾；中間部分，用「擬人」法，用人的眉和臉來形容月兒的變化，物情如此，即借用來印證人生，造意確實巧妙。

趙慶嬉的《香消酒醒曲》，只存小令九首，散套十一套，就得「曲人之曲」的評價，因為句法活潑新穎，不落元人窠臼，任訥說他「決不借重元人方言以為本色」，就自「有一種輕靈鬆蒨、新鮮活潑」，是施紹莘以後，「散曲中一人而已」㉞；【江兒水】中的三個三字句，甚至有評以「直可超越元人」㉟。

我待趁煙波、泛畫橈。我待御天風、遊蓬島。我待撥銅琶向江上歌，我待看青萍在燈前嘯。呀！我待拂長虹入海釣金鰲。我待吸長鯨貰酒解金貂。我待理朱絃作幽蘭操。我待著宮袍把水月撈。我待吹簫，比子晉還年少。我待題桃，笑劉郎空自豪。笑劉郎空自豪。（吳藻【雁兒落帶得勝令】自題飲酒讀騷圖）

吳藻，號蘋香女士，是清代譽遍大江南北的唯一女詞人，散曲的作風也近似施紹莘。這首【雁兒落帶得勝令】，是她自己畫了一幅扮作男妝的小影，叫做「飲酒讀騷圖」；然後對著圖讀〈騷〉痛飲，歌哭一番，表示自恨生為女兒身的心態。這曲就是寫在這幅圖上的「題詞」，所以篇中充滿逸興豪情，也可見她俊爽的性格。曲文中用了許多典故來自述心情：如「撈月」，指李白；劉郎，指劉禹錫。

在衰落的傳統散曲之外，清代另有一種寫閒適樂道的民間小曲，名為「道情」，源自元人散曲的「黃冠體」㊱，到清代鄭燮、徐大椿等人，擴充了內容，使它復活起來，開出一條嶄新的道路，成為散曲的

㉞ 語見任訥《散曲叢刊・曲譜》。
㉟ 語見羅錦堂《中國散曲史》。

支流。

鄭燮（西元一六九三～一七六五年），字克柔，號板橋，他具有多方面的藝術才華，人們稱他的詩、書、畫為「三絕」。所作「道情」共十首，都寫人生富貴無常，以歸於漁樵求自適。他在曲前有〔開場白〕，曲後有〔尾聲〕，結構比較完整。

〔開場白〕楓葉蘆花並客舟，煙波江上使人愁。勸君更盡一杯酒，昨日少年今白頭。自家板橋道人是也，我先世元和公，流落人間，教歌度曲，我如今譜得道情十首，無非喚醒癡聾，消除煩惱。每到山青水綠之處，聊以自遣自歌。若遇爭名奪利之場，正好覺人覺世。

老漁翁，一釣竿，靠山岩，傍水灣，扁舟往來無牽絆。沙鷗點點輕波遠，荻港蕭蕭白晝寒，高歌一曲斜陽晚。一霎時波搖金影，驀抬頭月上東山。（其一）

掩柴扉，怕出頭，剪面風，菊徑秋，看看又是重陽後。幾行衰草迷山郭，一片殘陽下酒樓，栖鴉點上蕭蕭柳。撮幾句盲辭瞎話，交還他鐵板歌喉。（其七）

〔尾聲〕風流家世元和老，舊曲翻新調。扯碎狀元袍，脫卻烏紗帽，俺唱這道情兒歸去了。

十首正曲中，分別寫老漁翁、老樵夫、老頭陀、老道人、老書生等的生活情況，表示他把世情看得冷淡

㊱「黃冠體」是明朱權《太和正音譜》所定樂府十五體中的一體，他並加說明：「黃冠體：神遊廣漠，寄情太虛，有餐霞服月之思，名曰道情。」道情所寫的內容，一是超脫塵世，一是警醒頑俗。

無聊，以安貧樂道為宗旨，文字清新，意境高遠而新鮮有趣。〔尾聲〕曲首句「風流家世元和老」，說他是唐人小說〈李娃傳〉裡男主角滎陽望族「鄭」公子家的後人。〈李娃傳〉在元時有石君寶改編的雜劇《李亞仙花酒曲江池》，給鄭公子取名為「鄭元和」。

徐大椿（西元一六九三～一七七二年）原名大業，字靈胎，號洄溪。著有《洄溪道情》三十八首，因感於時俗所唱道情，「卑靡庸濁，全無超世出塵之嚮」，所以切實擴張內容，有勸孝、勸葬親、戒爭產、戒賭博，以至賀壽、弔祭、悼亡、遊山、泛舟，及諷刺社會，「把一切詩文，皆以道情代之」。下面舉他〈時文嘆〉一篇來看。

讀書人，最不濟，爛時文，爛如泥。國家只為求才計，誰知道變作了欺人計。三句承題，兩句破題，擺尾搖頭，便是聖門高弟。可知道「三通」、「四史」是何等文章，漢祖、唐宗是那朝皇帝。案頭放高頭講章，店裡買新科利器，讀得來肩背高低，口角噓唏，甘蔗渣兒嚼了又嚼有何滋味？辜負光陰，白白昏迷一世。就教他騙得高官，也是百姓朝廷的晦氣。

針對當時八股先生內心的空虛，和科舉制度的為害，作直率的批判，寫得極通俗也極真實，也把時代影像紀錄下來了。

在民歌小曲方面，乾隆初流行在京都的《時尚南北雅調萬花小曲》，收錄各種曲調共一百多首；又乾隆末王廷紹編訂《霓裳續譜》，共六百二十二首，曲調約三十種；嘉慶時招子庸作《粵謳》一百二十多首，是流行廣東地區的情歌；嘉慶、道光間華廣生編的《白雪遺音》共二百多首。這些民歌俗曲，文字俚俗清新，感情真摯，可算是清代歌曲在傳統散曲衰落下的另一成就。

第九章　戲劇

戲劇是以動作、歌唱、對白扮演故事的綜合藝術，和其他各種文體有著非常不同的內涵；戲劇作者為演員在舞臺演出，讓觀眾觀賞為其主要創作目的，也跟其他文類專為讓人閱讀的撰寫目的不同。所以，戲劇是一種極具「自我」特色的文體，而中國戲劇的演進，隨著時代的變遷，也呈現出許多階段性的不同面貌，尤其是清末民初，受西方學術文化的衝激，在基本型態上起了極大的改變，本章就以新文化運動，話劇的興起為界線，分為「傳統戲曲」和「現代戲劇」兩個部分來介述。

壹、傳統戲曲

第一節　傳統戲曲的意義和孕育

中國的戲劇，在話劇產生之前，都是以「歌劇」為表演形式，就是「歌舞劇」。因為演員扮演的人物，故事情節的進行，主要是用歌唱來交代，歌曲是劇本的基本結構，曲辭是編劇的主體，所以一向稱為「戲曲」，可知「曲」在中國古典戲劇的重要性。盧冀野《中國戲劇概論》裡，對這個觀念有很清楚的說明：

在金元之間的時候，曲才成立，而戲恰演進到此，就借曲的宮調裝入，於是成功戲曲。所以散曲、戲曲雖然兩事，但有散曲才有戲曲的。……曲之名曲，不獨名之曰戲或劇者，以其有曲也。（屠長卿《曇花夢》僅有白文，祇可以謂之為戲）有曲，則文白相生；而曲為主。……實在，曲因作戲而其效益廣，其律益細。戲因有曲，而其體始成，其風始盛。我們知道把戲與曲分開，然後才能明瞭金元以前的戲是戲的雛型。

以往一般人大多以「元曲」來做古典戲劇的代稱，這樣就會使人混淆了詩歌性質的「散曲」，和舞臺藝術的「戲曲」❶。所以，本文將散曲、戲曲分別各立專章來介述。

探討戲曲的起源，都認為起源於古代的歌舞，但又各有不同的說法，可為代表者，王國維、劉師培、許之衡三人：

(1)王國維認為：「歌舞之興，其始於古之巫乎？」認為古代的巫，是一種以歌舞來娛神媚鬼的職業，特別是楚國南部，有信鬼好祠的風俗，屈原因親見俗人祭祀的情形，而作〈九歌〉之曲❷。《楚辭》中〈東

❶ 盧冀野《中國戲劇概論》說：「小令、套數，所謂散曲的，是詩歌的曲，算不了戲曲。在這一點上，近來的文學史作家，都沒有給他一個很明晰的界限。譬如元人的雜劇，往往就稱做元曲；其實元曲並不是元的戲曲所能包含。」他是極少數提出正確觀念的學者。

皇太一〉和〈雲中君〉裡所說的「靈」，也就是「巫」；群巫之中，必有仿做神的衣服形貌動作的人，來代表神來受祭拜，便都有了歌舞、扮演的行為。

(2)劉師培認為，《詩經》裡的〈頌〉，是祭祀時的樂歌和樂舞，說：「頌列於《詩》，猶戲曲列於詩詞中也。」歌、舞和音樂相配合，和戲曲有音樂和歌舞相應的情況相同。《禮記》中〈內則〉、〈文王世子〉等篇中，少年男女，教習舞技，還有文、武之分，是後來戲曲扮演古事的根源❸。

(3)許之衡《戲曲史・戲曲之起原》則以古代樂工伶倫作樂，後世因稱表演歌舞者為「優伶」，又由優伶而推進到歌舞、戲曲。

但這些推論，距離宋、元戲曲成熟的時代太遠，教人無法將它們和宋、金、元才成立的戲曲直接連接起來。

真正戲曲萌芽於春秋時代的優伶，似乎是較為可以接受的觀念；但從樂工變為優伶，是由莊重的歌舞，質變為滑稽調笑，並且開始有裝飾古人的扮演❹。從司馬遷《史記・滑稽列傳》中所記，優人之言，無不以調笑為主。巫是樂神的，優是樂人的；樂工只主管歌舞，而優伶侏儒❺除了歌舞，還要會耍弄滑

---

❷ 詳見王逸《楚辭章句》。

❸ 詳見劉師培所作〈原戲〉所舉的例證。

❹ 司馬遷《史記・滑稽列傳》：「優孟者，故楚樂人也。為孫叔敖衣冠，抵掌談語，像孫叔敖，楚王及左右不能別也。」又說：「優旃者，秦倡侏儒也。善為笑言，然合於大道。」

❺ 據王國維的考證，優伶與侏儒是「二而為一」的，古代的優人，本就以侏儒充任。

稽調笑。這是三者的分別。

合歌舞來表演一件事情的戲，開始於北齊；北齊在中國戲劇的歷史上，確實是一個重要的時代。《舊唐書・音樂志》所記載，出於北齊的「代面」，和崔令欽《教坊記》所記的「踏搖娘」❻，都是以歌舞來演一個故事的創始。

北齊「代面」演北齊蘭陵王長恭，才武而面美，常常戴著假面（即面具）去殺敵作戰，和後周的軍隊在金墉城下作戰，勇冠三軍，北齊人非常欽佩他，作了〈蘭陵王入陣曲〉，仿傚他指揮擊劍的形態。〈踏搖娘〉是一個有趣的滑稽故事：演北齊一個名叫蘇皰鼻的酗酒漢，沒做官而自號為郎中。每次喝醉了，就毆打他老婆，他老婆就向鄰居們哭訴。當時就有人編戲來嘲弄他們。演出時，由男子扮作女人，慢步入場，一面唱著歌；每唱完一段，旁觀者就一起同聲唱和：「踏搖和來，踏搖苦和來。」因為是且和且歌，所以叫做「踏搖」；因為那老婆說自己的冤屈，所以說苦。當兩人相遇時，就互相毆打，大家以此為笑樂。在這同時，還有從西域的「拔豆」國傳來的「撥頭」戲在流行❼，演一個人被猛獸所噬，他兒子上山去尋找到猛獸，和牠搏鬥，殺了牠，為父報仇。這些演故事的歌舞，都記錄在歷史文獻上，並且流傳到唐代❽。

❻ 記載「踏搖娘」的，除了《教坊記》外，亦見於《舊唐書・音樂志》和《樂府雜錄》。

❼ 「撥頭」也叫做「缽頭」，《樂府雜錄》說是外國語的譯音。《北史・西域傳》上有「拔豆國」，撥頭、拔豆，應是同音異譯。「撥頭」戲何時傳入，不能確考，盧冀野認為它「或者北齊時候已有此戲，『蘭陵王』、『踏搖娘』就是模仿這撥頭而來的罷。」

隋煬帝是一個恣情聲伎的君主，從《隋書・音樂志》的記載，描寫當日戲場的豪偉建築，和優伶之盛，可謂空前；他和唐明皇，同是中國戲曲史上的重要人物。

社會昇平的唐代，歌舞曲樂的發展更是極其繁盛，除了「代面」、「踏搖娘」、「撥頭」外，還有出於後漢的「參軍戲」❾，非常盛行，並流傳演變成為元雜劇中的「淨」腳。唐代也有新創的戲，如〈樊噲排君難戲〉、優人寓意深刻的「滑稽戲」，發揮了「諷諫」的作用，也表現出顯著的進步。後來王國維輯集的《優語錄》中，可以看到唐、宋優人滑稽戲的真實紀錄。如：

> 咸通❿中，優人李可及者，滑稽諧戲，獨出流輩；雖不能託諷匡正，然智巧敏捷，亦不可多得。嘗因延慶節，緇黃講論畢，次及倡優為戲，可及乃儒服博帶，攝齊（提起衣襬）以升講座，自稱三教論衡。其隅坐者問曰：「既言博通三教，釋迦如來是何人？」對曰：「是婦人。」問者驚曰：「何也？」對曰：「《金剛經》云：『敷座而坐。』或非婦人，何煩夫坐而後兒坐也。」上為之啟

---

❽《舊唐書・音樂志》說：「撥頭者，出西域胡人，為猛獸所噬，其子求獸殺之，為此舞以象之也。」《樂府雜錄》說：「昔有人父為虎所傷，遂入山尋其父屍，山有八折，故曲八疊；戲者被髮素衣，面作啼，蓋遭喪之狀也。」

❾《樂府雜錄》俳優條：「開元中，黃幡綽、張野狐弄參軍，始自漢館陶令石躭，躭有贓犯，和帝惜其才，免罪；每宴樂，即令衣白夾衫，命俳優弄辱之。經年乃放。」後來演變成為滑稽的表演，當時有李仙鶴因善演參軍戲，獲得唐明皇特授「韶州同正參軍」的官位俸祿給他。

❿唐懿宗年號，西元八六〇～八七三年。

> 齒。又問曰：「太上老君何人也？」對曰：「亦婦人也。」問者益所不喻。乃曰：「《道德經》云：『吾有大患，是吾有身；及吾無身，吾復何患？』倘非婦人，何患有娠乎？」上大悅。又問文宣王何人也？對曰：「婦人也。」問者曰：「何以知之？」對曰：「《論語》云：『沽之哉！沽之哉！吾待賈者也。』何非婦人，待嫁奚為？」上意極歡，寵錫甚厚。翌日，授環衛之員外職。⓫

李可及使用了「諧音析字」法，使經書佛典上的話語出現了別解，因而強將佛祖聖人變性，造成趣味，這亦是俳優「滑稽多智」的明證。唐代滑稽戲始於開元，到晚唐時已經極盛。

唐代又有許多留名後世的樂曲，像改編自婆羅門的〈霓裳羽衣〉舞曲、〈六么〉（亦作綠腰）舞曲，成套的大曲、法曲等等，雖或演故事，都是有唱無白，還不到成熟戲曲的階段。但唐人的樂曲、詞調，被後來南北曲採入為曲牌。可見唐代的歌曲舞戲，對宋、元戲曲的深遠影響。

唐代滑稽戲和歌舞戲的不同，盧冀野造了一個表格作比較⓬：

滑稽戲	言語為主	諷時事	隨意動作	隨時、隨地扮演
歌舞戲	歌舞為主	演故事	應節舞蹈	永久扮演

唐代滑稽戲的盛行，延伸至五代，亦可從《優語錄》中看出。

⓫ 此節王國維輯自高休《唐闕史》。

⓬ 引取自《中國戲劇概論》。

第二節　宋、金戲曲的成熟

累積了隋唐以來歌樂舞戲的孳盛，詞體成熟了，歌舞戲也成熟了，滑稽戲延展到宋代更加繁衍，如由人操縱形象來表演的傀儡戲⑬、影戲⑭，多人表演的三教⑮、訝鼓⑯、舞隊⑰等；三教、訝鼓和舞隊，因演故事，是戲曲的支流。北宋時就發展出「雜劇」⑱。

---

⑬宋代傀儡戲極盛，種類也多，有懸絲傀儡、走線傀儡、杖頭傀儡、藥發傀儡、肉傀儡、水傀儡等。吳自牧《夢粱錄》說：「凡傀儡敷衍煙粉靈怪、鐵騎公案、史書歷代君臣將相故事話，或講史，或作雜劇，或如崖詞（用說唱形式來表演），大抵虛多少實。」傀儡戲是敷演故事的，和滑稽戲迥然不同。

⑭影戲是宋朝所創始，《事物紀原》說是始自宋仁宗朝，市人有作影人，為魏、吳、蜀三分戰爭之象。吳自牧《夢粱錄》說：「有弄影戲者，元汴京初以素紙彫簇，自後人巧工精，以羊皮雕形，以綵色裝飾，不致損壞。——其話本與講史書者頗同，大抵真假相半。公忠者雕以正貌，奸邪者刻以醜形，蓋亦寓褒貶於其間耳。」

⑮孟元老《東京夢華錄》說：「十二月，即有貧者三教（即儒、道、釋）人，為一伙，裝婦人神鬼，敲鑼擊鼓，巡門乞錢，俗呼為打夜胡。」

⑯相傳是創制自軍中的王子醇。舞者扮成男、女、僧、道各行各業的人物形象而舞。朱熹《朱子語類》說：「如舞訝鼓，其間男子、婦人、僧、道、雜色，無所不有，但都是假的。」

⑰隊舞是以歌舞者一隊為單位，有小兒隊、女弟子隊之分。小兒隊共七十二人，分柘枝隊、劍器隊等十種；女弟子隊共一百五十三人，分菩薩蠻隊、佳人芳剪牡丹隊、採蓮隊等十種。各種隊演出時的衣服裝飾，都和隊名配合，各不相混。其表演是重舞而少歌的。

宋雜劇確實起於何時，沒有記錄，初期純以詼諧為主，和唐人的滑稽沒有分別。到南宋理宗（西元一二二五～一二六四年）時，合歌曲來演出，雜劇便成為各種戲劇的總稱⑲，包含著滑稽戲、歌舞劇以及其他各種演唱藝術。王國維《宋元戲曲史》說：「宋雜劇至南宋時殆多以歌曲演之。」周密《武林舊事》記宋理宗時正月五日「天基聖節」宮中的「排當樂次」⑳，詳細地記錄了上壽、初坐、再坐、由第一次進盞以後，雜劇的演出，都在兩次的奏樂間，如「坐樂時，第一盞為【萬歲梁州樂】」，進致語，進小雜劇，做『君聖臣賢爨』，斷送（外加之意）萬歲聲。」第三盞演「三京下書」雜劇，第四盞演「揚飯」雜劇，第六盞演「四偌少年遊」雜劇，雜劇之後，都有【斷送】樂曲，可知這時的雜劇只是表演很簡短的故事、趣事或頌辭的歌舞而已，不是一個真正的戲曲劇本。

宋雜劇劇本，據宋末周密《武林舊事》所載，「官本雜劇段數」共有二百八十本，但只留下這個數目，卻沒有一個劇本留存下來，所以無從考知這些雜劇所演的內容。但就所記的曲目來看，如【六么】、【伊州】、【新水】、【薄媚】、【降黃龍】、【逍遙樂】、「諸宮調」等等，都是當時的一種樂曲名。這些曲目，以「大曲」組成的有一百零三本，以「法曲」組成的有四本，以「諸宮調」組成的有二本，以普通詞調組成的有三十九本，另可確知是由曲組成的，共一百五十多本。又在樂曲之上或下，加上所演故事的名稱，如「鶯鶯『六么』」、「西子『薄媚』」等；「鶯鶯『六么』」就是以【六么】為主要樂曲，反覆

---

⑱《宋史・樂志》說：「真宗（西元九九八～一〇二二年）不喜鄭聲，而或為雜劇詞，未嘗宣布於外。」

⑲王國維《宋元戲曲史》說：「兩宋戲劇，均謂之『雜劇』。」

⑳即慶典的秩序單。

若干遍，歌唱《西廂記》——張生跳牆故事。曾慥《樂府雅詞》上載有董穎【薄媚（西子詞）】大曲，即以【薄媚】為調，以歌舞演唱西施的故事；這和當時趙令畤以十首【商調．蝶戀花】來歌詠鶯鶯的故事，歐陽脩用十首【採桑子】來歌詠西湖的景色，完全是一樣的功能性質，就是不能算是真正的戲曲。

宋雜劇的結構，據《都城紀勝》所記：「教坊十三部，唯以雜劇為正色……每四人或五人為一場。先做尋常熟事一段，名曰『艷段』，次做正雜劇，通名為兩段……又有雜扮或名雜班，又名紐元子，又謂之拔和，乃雜劇之散段。」可知宋雜劇係以四段演完，正雜劇兩段在中間，前有艷段㉑，後有散段，四段並非串演一個完整故事，彼此不相連續；正雜劇所演的內容，以諷刺滑稽為主㉒。宋洪邁《夷堅志》說：「俳優侏儒，固技之下且賤者，然亦能因戲語而箴諷時政，有合於古矇誦工諫之義，世目為雜劇者是已。」又吳自牧《夢粱錄》說：「雜劇全以故事，務在滑稽唱念，應對通徧。」由上述記載，可以對當日雜劇的內容有一個概念。宋張端義《貴耳集》說：「史同叔為相日，府中開宴，用雜劇人。作一士人念詩曰：『滿朝朱紫貴，盡是讀書人。』旁一士人曰：『非也，滿朝朱紫貴，盡是四明人。』自後相府有宴，二十年不用雜劇。」又可見雜劇優人的幽默諷刺。四明，是浙江省地名，即「同鄉」之意。

宋雜劇雖然是還不成熟的戲曲，但四段一場的結構，很明顯是元雜劇一本四折的結構本源。

西元一一二六年，女真族攻陷了汴京，徽、欽二帝被擄，在北方建立了金朝的政權，產生了叫做「院本」的戲劇。元陶宗儀《輟耕錄》載院本名目有六百九十多種，又說：

㉑ 艷段亦作焰段，簡短的劇本。艷段和正雜劇的區別，在於正雜劇的故事性較強，體製較完整，演出時間較長。

㉒ 呂本中《童蒙訓》說：「作雜劇者打猛諢入，卻打猛諢出。」諢，就是滑稽詼諧的言辭。

金有雜劇、院本、諸宮調，院本、雜劇其實一也。國朝院本、雜劇，始釐而二之。

王國維也肯定院本是金人所作㉓，和宋官本雜劇相似而複雜過之。是行院（藝人所居住的地方）所演的劇本，所以叫做「院本」。陶宗儀《輟耕錄》所記院本名目，所用大曲、法曲等樂曲，和周密的《宋官本雜劇段數》很多相同，可知二者無大差異。

在演出的腳色方面，比起唐代只有參軍、蒼鶻，院本的腳色明顯地增加，陶宗儀《輟耕錄》說：院本的腳色有五人：副淨、副末、引戲、末泥、孤裝。明寧獻王朱權《太和正音譜》說色目有九種：正末、副末、狚（即旦）、孤（裝官）、靚（淨）、鴇、猱、捷譏、引戲。雖然和後世的腳色名稱不完全相合，又缺乏可供研探的文獻資料，和後來雜劇、傳奇、皮黃等各種劇種的腳色日漸繁多的情況相較，登場人物的進步痕跡是顯而易見的。

北宋末，又發展出更接近真正戲曲的歌唱故事體製，就是「諸宮調」。趙令時的【商調・蝶戀花】十曲，唱〈會真記〉故事，雖然已經是歌唱的故事，是用一支曲調反來覆去地唱，在音樂的感覺上是很單調的。諸宮調特別針對這種缺點獲得極大的進步，它採取同一宮調內的幾支曲子，合成一套，又聯合許多套，構成一個整體；這些套內用多少支曲子，整體內要用多少套，完全可以任由作者彈性處理，可以隨意表演或長或短的故事，在音樂上更能呈現出變化繁多的美感；而且在歌曲之間，可以夾雜著散文的說白和敘述，成為很完備的「講唱」形式。因為說唱的時候，是用琵琶等樂器來伴奏，所以亦叫做「搊

㉓ 鄭振鐸《插圖本中國文學史》認為並不一定全是金代的作品。

彈詞」。相傳「諸宮調」是在元祐年間（西元一〇八六年前後），由澤州的孔三傳所創始，因為雅俗共賞，很快就流行起來，並且有許多人以這種表演為專業㉔。可惜南宋時代的諸宮調底本，都散佚不全㉕，現在留存最完備的諸宮調作品，是金章宗時北方的文人董解元所作的《西廂記諸宮調》。「解元」當然不是他的名字，是當日社會對文人的一個普遍的尊稱而已，他的生平里籍自然也無從查考了；鍾嗣成《錄鬼簿》說他是金章宗（西元一一九〇～一二〇八年）時人。《西廂記諸宮調》也因為元時王實甫改編為《西廂記》雜劇，世人便以作者來稱這兩部作品為《董西廂》和《王西廂》；《西廂記諸宮調》也叫做《西廂搊彈詞》或《弦索西廂》。

《董西廂》的故事是以唐元稹的〈會真記〉為藍本，但他把小說悲劇的愛情收場，改為圓滿的團圓，張生不再是一個始亂終棄的薄倖郎，而是堅持他對鶯鶯一見鍾情的真誠，和他的摯愛一起為追求愛情幸福而努力，「有情人終成眷屬」，正符合一般人的心理。又加入了一些配角人物，使情節變得曲折複雜，強化戲劇張力，凸顯人物的性格。這都表現出作者豐富的想像力和組織力，他的成功，也為後來的《王西廂》奠下了基礎。但因《王西廂》是在舞臺演出的成熟劇本，而使得《董西廂》長久以來被湮沉，直到戲曲研究登上學術殿堂，大家終於挖出這部稀罕的講唱曲本，也確實看到了成熟的代言體戲曲的過渡

㉔ 吳自牧《夢粱錄》說：「說唱諸宮調，昨汴京有孔三傳，編成傳奇靈怪，入曲說唱。今杭城有女流熊保保及後輩女童，皆效此說唱。」

㉕ 《武林舊事》所載「官本雜劇段數」，中有〈諸宮調霸王〉、〈諸宮調卦鋪兒〉二本，只有存目；再有《劉知遠諸宮調》殘本，作者佚名。

橋樑寶典。它對《王西廂》成功的啟導，我們留到下文和《王西廂》一起介述。

另有僅存四十二頁殘本的《劉知遠諸宮調》，和從《雍熙樂府》等選本和曲譜中輯得王伯成著的《天寶遺事諸宮調》五十六套曲文零調，仍可看出諸宮調體製渾厚質樸的語言本色，和想像豐富的詩才。

第三節　南宋戲文

自從清末民初王國維把戲曲研究提升到學術領域，教世人開始正視戲曲的文學成就，經過一個世紀的學者專注的探究，戲曲的發展脈絡里程，漸漸獲得清晰的認識，確定中國真正成熟的戲曲，也就是中國正式的戲劇，是從南宋的「戲文」始；在中國各種文體中，戲劇的產生最晚，中國也是古典戲劇產生最晚的國家。

戲文的曲調是用南曲來演唱的，所以也叫做「南曲戲文」，省稱為「南戲」；是由宋雜劇、唱賺㉖、宋詞以及里巷歌謠等歌舞綜合發展而成，在宋室南渡之際，在浙江溫州地方興起，所以也叫做「溫州雜劇」或「永嘉雜劇」。在女真、蒙古入主中國北方以後，雜劇在北方盛行，而戲文仍在南方廣泛流傳，到明代成化、弘治以後，戲文進一步發展演變為「傳奇」，對明、清兩代的戲曲影響極大。宋人所作的戲文，今所知的劇本有一百七十種左右，但全本留傳的，僅有在《永樂大典》中發現的「戲文三種」，即：《小

㉖ 唱賺是結合若干曲調為一套曲，前有引子，後有尾聲，中間有以「賺」為名的曲調。唱賺所用的腳本就叫做「賺詞」。南宋耐得翁《都城紀勝》說：「凡賺最難，以其兼慢曲、曲破、大曲、小唱、耍令、蕃曲、叫聲諸家腔譜也。」

孫屠》、《張協狀元》、《宦門弟子錯立身》。近人錢南揚有《宋元戲文輯佚》，並著有《戲文研究》，對以往認識戲文的一些模糊觀念，有詳細的探討。

經過考證，現在可知宋代最早的戲文有《王煥》、《樂昌分鏡》、《王魁負桂英》、《趙真（亦作貞）女蔡中郎》四種。《王煥》劇本今不傳，劇情大致和元雜劇《逞風流王煥百花亭》相同，寫書生王煥同妓女賀憐憐的離合故事。《樂昌分鏡》的全名是《樂昌公主破鏡重圓》，劇本今不傳，僅傳曲詞殘篇，劇情原出唐孟棨《本事詩·情感》，敘述南朝陳將亡時，徐德言預料必與妻子樂昌公主在遇亂兵中失散，因此打破銅鏡，各執一半，約定正月十五日在市上賣鏡，為聯絡方法。陳朝滅亡，樂昌公主被俘虜入楊素府內，正月十五日，依約遣人在市場賣半鏡，徐德言拿出自己的半鏡來拼湊，果然相合，因此題詩：「鏡與人俱去，鏡歸人不歸。無復嫦娥影，空留明月輝。」樂昌公主看到詩，哭泣絕食。楊素知道了這事，就讓她和丈夫團圓，並且贈送他們很多錢財，夫妻因得回到江南終老。《王魁負桂英》又叫《王魁》，也僅存少數曲詞殘文。故事取材自宋代民間傳說，據宋羅燁《醉翁談錄》等書所載，故事敘述妓女桂英資助書生王魁讀書赴考，王魁得中狀元，棄桂英另娶，桂英憤而自殺，死後鬼魂活捉王魁。後來元人尚仲賢作《海神廟王魁負桂英》雜劇㉗；明王玉峰又據戲文改編為《焚香記》傳奇，而改為團圓結局。《趙真女蔡中郎》，劇本亦失傳，亦無殘文，明徐渭《南詞敘錄》說劇情寫蔡伯喈「棄親背婦，為暴雷震死」；是著名傳奇《琵琶記》的劇情藍本。

有關宋元戲文的資料，近代學者就元、明以來的文籍紀錄如《永樂大典》、徐渭《南詞敘錄》所載，

㉗ 此劇已佚，僅存曲詞一折，寫桂英自殺前向海神像控訴王魁情節。見《元人雜劇鈎沉》。

沈璟《南九宮譜》、張祿《詞林摘艷》、佚名《雍熙樂府》等選錄或殘文，細加探究，要探索出這個中國最早的劇種的真實形態，和它的沿承、流變的脈絡，還在努力進行。

第四節　元雜劇

由宋、金雜劇、諸宮調的歌舞、說唱表演故事的粗具規模，醞釀到元代，便產生了「雜劇」。元雜劇和戲文，是在同時發展的戲曲，但雜劇的流行地區是北方，是蒙古人強力政權統治的區域，因為文體形式新創，和社會環境因素的影響，名家輩出，傑作如林，是元代劇壇的主體，也是元人文學成就的代表。比起同時在南方流行的戲文，篇章文字的結構組織，和戲曲的藝術表現，還未能和北方的雜劇抗衡，強弱相異的情勢至為明顯。直到元末明初，雜劇的盛勢潮流漸衰，戲文也在長期的涵育之後，出現了《琵琶》、《拜月》等佳作，又獲得振興的時機，才慢慢地繁盛起來。

元雜劇是中國已臻成熟的戲曲，是最早成形的戲劇形式，所以專用了「雜劇」這個詞；對於宋代還未成熟的雜劇，世人都並用它的朝代名稱，叫它做「宋雜劇」，表示二者的分別。

一、雜劇的結構

㈠劇本形式

雜劇劇本以「本」為單位，通例每本四折；「折」，就是一個段落，即以四段來完成一個故事。故事的情節發展，由各種腳色扮演其中人物，以歌、舞的形式，將事件逐漸交代。劇本的編撰，分唱辭和說白，每折唱辭是以北曲的「套」的形式來組成㉘，所以也叫做「北雜劇」；說白是夾雜在唱辭之中，並有必須「動作」（科）的提示，這些動作，要以優美的「舞」的姿態來表示，所以雜劇是合「歌、舞」來表演故事的「歌舞劇」。腳色出場，就變成劇中人物，唱辭和說白，都是劇中人物的言語心情，腳色就是劇中人的「代言」人。戲曲達到這樣由腳色來「代言」扮演，完全泯除了作者或說話人的「講說」，才成為真正成熟的戲劇。純粹「代言體」的確立，是元雜劇所以被認為是中國戲劇最早的形式的原因。

雜劇每一段只用「折」字來區斷，其下沒有標題。四折的情節進行，第一折先讓劇中人自述身世來歷，性情襟抱，漸漸切入劇情，展開故事情節。第二、三折漸次進入高潮，是情節最感人處，也是文辭最佳妙的部分，文情並茂之處常在第三節。第四節收束前面的情節事件，做完整的交代收場。所以四折的安排，有如文章的「起、承、轉、合」，高明作家的好作品，往往自然地讓人感覺到他處理劇情條理井然的手法。

現存元雜劇一百六七十本中，有《趙氏孤兒》、《五侯宴》、《東牆記》、《降桑椹》四種各有五折，是少數違反四折一本的例外。但學者對於這幾本的例外也有所質疑。可見元雜劇「一本四折」，和一折中不能換宮調、換韻部，同是很普遍的嚴規。

雜劇在通例四折的形式外，也視劇情發展的事實需要，在各折的前面，可以酌加短場，叫做「楔子」。

㉘「套」曲的型式，是用同一宮調內的若干支曲子來組成，各曲都要用同一部韻，一曲內不可重韻。雜劇一折的曲子，都在十曲以上。

「楔子」的意義，借用木工「入榫」的用詞，即在榫頭插入榫洞時，因有隙縫，要插入小小的木片墊穩；雜劇的小情節，是劇情中必須交代清楚，就要加入「楔子」短場，使劇情緊密。「楔子」不能解釋為開頭的「序幕」，因為不一定加在第一折之前㉙。在《元曲選》一百個劇本中，有「楔子」的有六十九本，佔全數三分之二以上；其中有三本用了兩個楔子，實際上在一百本雜劇中共用了七十二個楔子。「楔子」如此普遍運用，可見它在劇情進行中的重要性。這短場的作用，其實和一折的功能一樣，由於它所要交代的事情，不能歸併到各折之內，但又不能將它擴大成為一折。《元曲選》中使用楔子的位置，在劇首的有五十二本，在第二折之前的有十二本，在第三折前的有六本，在第四折前的有二本；《羅李郎》、《抱粧盒》、《馬陵道》三本各有兩個楔子。可見「楔子」是當用即用，但不濫用，插入的位置，完全看劇情需要，由編劇家自由運用。

楔子既不是一折，所以不必由主唱的主腳來唱，由「沖末」主唱的最多；而且多用說白來敘明事情，唱辭只有一二支小令，又慣例用【仙呂．賞花時】（五十三本）、【正宮．端正好】（十七本）兩個曲牌。

每本雜劇在第四折結束之後，都有「題目」和「正名」，分別各用一句或兩句字數相同的句子，來攏括全劇的內容；每句字數不拘，慣例是六言、七言、八言為多，而且押韻。題目在前，正名在後，並且從正名中摘取一段為劇本的「簡名」，如：

題目　沈黑江明妃青塚恨

㉙ 日人鹽谷溫《中國文學概論》解釋雜劇楔子說：「小說之引端曰楔子，以物出物之義，謂以此事楔出彼事也。見金聖歎小說評。」因未分清楚雜劇和小說的不同，而有所誤解。

正名　破幽夢孤雁漢宮秋

就摘取《漢宮秋》為簡名。又如：

題目　安祿山反叛兵戈舉

陳玄禮拆散鸞鳳侶

正名　楊貴妃曉日荔枝香

唐明皇秋夜梧桐雨

就摘取《梧桐雨》為簡名。

㈡場上演出

1.主　唱

每本雜劇的每一折規定由男主腳（正末）或女主腳（正旦）一人來獨唱，但不可以說它是「獨腳戲」，因為主腳除了主唱之外，還有許多配腳一起以說白交代劇情的進行，才能完成劇本的演出。元雜劇大部分的劇本，四折都由一人全部唱完，分折由男、女主腳唱的不多，所以特稱由男主腳主唱的叫做「末本」，女主腳主唱的叫做「旦本」，而且「末本」約佔元人雜劇的近五分之四。「旦本」戲的「旦」，是指劇中人來說的，不是演員本身的性別，男性「反串」是中國傳統戲曲的普遍情況。一劇中主唱的末或旦，所扮飾的劇中人也不一定是同一個人，而是各折中要主唱的人物；主要人物如果在某折中不唱而仍要出場，就改由別的腳色來扮飾，因為主腳也要改扮該場主唱人物。像《梧桐雨》就全由正末扮演唐明皇；《單刀會》的正末，則在第一折扮喬國老，在第二折扮司馬德操，第三、第四折扮關羽，分別擔任各折的主唱。但不能在一劇中同時扮演男和女。

2. **演員腳色**

雜劇已然是成熟的戲曲，登場人物就叫做「腳色」，後來簡用「角色」。王國維《古劇腳色考》曾詳細考列古代的腳色及其演變，有參軍、末尼、引戲、旦、沖末、老旦、孤、捷譏、癡大、倈、厥、丑、生等。到元雜劇的登場腳色，已有不同，分述如下：

⑴男腳：男主腳叫做正末，曲辭主唱者；常只用「末」字。淨：以粉墨塗面的人，由古代的參軍衍流下來。凡男腳都叫做末，配腳有副末、沖末、二末、小末。

⑵女腳：凡女腳都叫做「旦」，正旦是主唱者；常只用「旦」字。其次有老旦、大旦、小旦、倈旦、色旦、搽旦、外旦、貼旦。

⑶丑：元以前並未見丑的名稱，但《老生兒》有丑腳，《陳州糶米》至有三丑同場。或以為是來自「鸞」字的省文。

⑷典型人物：雜劇中某種人物以固定的名稱來表示，由各種腳色來扮演，不應列為腳色名稱：

a. 孛老：扮演老年男子。

b. 卜兒：扮演老婦人。

c. 倈兒：扮演兒童。

d. 孤：扮演官吏。

e. 邦老：扮演強盜匪賊。

f. 細酸：秀才的謔稱。

g. 曳刺：契丹語，兵卒。亦作拽剌。

又有把當場身分和腳色合用的，如「魂旦」是扮女鬼，「禾旦」是扮農家女，「魂子」是扮鬼魂。腳色舊時俗稱為「戲子」，宋元時叫做「路歧」，現在通稱為「演員」，當紅的尊稱「明星」，都是以演戲為職業者。雜劇的腳色雖然有男女之別，但好的演員可以演好各色各樣的人物，如關漢卿時有朱姓的女演員，藝名珠簾秀的，不但姿容姝麗，「雜劇當今獨步；駕頭（扮皇帝）、花旦、軟末泥（扮文弱書生）等，悉造其妙」㉚，又是散曲作家和詩人。胡紫山《朱氏詩卷・序》說她擅場各種人物的扮演。可見演員的內、外素養，自古就受到重視。

3. 化妝和衣裝

腳色上場，要扮飾各式各樣人物，化粧是所必須。「塗面」式的化粧，在宋時已經盛行；但由古代戴假面具，何時轉變為塗面，還沒有文獻可以詳加稽查。在南宋戲文和元雜劇的劇本中，知道當時把藝人的化粧叫做「抹土擦灰，或擦灰抹土」㉛，把穿著戲服叫做「穿關」；劇本內亦常有出場時的穿著提示㉜。

4. 砌末

㉚ 語見元夏庭芝《青樓集》。

㉛ 語見戲文《宦門弟子錯立身》、高文秀《遇上皇》雜劇。

㉜ 明代內廷本元雜劇本末都附有各折詳細的穿關。參考陳萬鼐《元明清劇曲史・元雜劇篇》。

雜劇上演時所用的物件，現代人稱為「道具」。王國維《宋元戲曲史》說：

> 演戲時所用之物，謂之砌末。焦理堂《易餘籥錄》卷十九曰：《輟耕錄》有「諸雜砌之目，不知所謂？」按元曲《殺狗勸夫》：祇從取砌末上，謂所埋之死狗也；《貨郎旦》外旦取砌末付淨科，謂金銀財寶也；《梧桐雨》正末引宮娥挑燈拿砌末上，謂七夕乞巧筵所設物也；《陳摶高臥》外扮使臣引卒子捧砌末上，謂詔書纁帛也；《冤家債主》和尚交砌末科，謂銀也；《誤入桃源》正末扮劉晨、外扮阮肇帶砌末上，謂行李包裹，或采藥器具也，又淨扮劉德引沙三王留等將砌末上，謂春社中羊酒紙錢之屬也。余謂焦氏之解砌末是也。

又據臺灣大學鄭騫教授請教於蒙古友人，才確知「砌末」是蒙古語的譯音，指「細小的物件」。這都和今人把舞臺上的布幔、桌椅等列為砌末的說法有異。

㈢雜劇的分類

最早將元雜劇加以分類的是明代的朱權，他在《太和正音譜》中分雜劇為十二科：

(1)神仙道化：寫凡人超脫塵世修道成仙的故事。

(2)隱居樂道：又叫「林泉丘壑」。寫隱居山林、修心養性、談佛說道的生活。

(3)披袍秉笏：又叫「君臣雜劇」。以朝中大臣為主角；古時臣子上朝時，都手持朝笏，身穿朝服，因此得名。

⑷忠臣烈士：表現史傳上忠臣烈士為主要內容。

⑸孝義廉節：民間傳說或歷史故事。有分析人倫感情和人際關係的功能。

⑹叱奸罵讒：以叱罵奸臣為主要內容。

⑺逐臣孤子：主要描寫歷史上被逐臣子或孤兒的故事。

⑻鏺刀趕棒：又叫「脫膊雜劇」。主要表演使刀弄棒的武戲；因常要赤膊交戰而得名。宋代說話中，兵器叫做「扑刀杆棒」，原名大概由此名詞訛變而來。

⑼風花雪月：以男女間的愛情為主題。

⑽悲歡離合：寫男女愛情或家庭的坎坷離合。

⑾煙花粉黛：又叫「花旦雜劇」。以年輕女子為主角的愛情故事。舊時稱青樓中歌舞女子為「煙花」；「粉黛」是泛稱年輕貌美的女子。

⑿神頭鬼面：又叫「神佛雜劇」。是表現神仙度脫和出家修道的故事。比較偏向消極和迷信。

朱權這十二科的分類，主要是從題材內容來著眼，而且常被世人所引述，實在有不少重疊、相近和不妥貼的情況，看出他是以其個人的道教信仰，和道德思想為思考重點。對照元末夏庭芝的《青樓集》中所載的十種類別：駕頭、閨怨、鴇頭、花旦、披秉、破衫兒、綠林、公吏、神仙道化、家長里短，有明顯的不同。尤其在時代觀念的演進下，早期的類目名稱，已不切實用，今人羅錦堂《現存元人雜劇本事考・雜劇分類》，重新分為八大類：

⑴歷史劇：其下又分：以歷史事蹟為主，以個人事蹟為主，而其事與史事相關聯者二目。包含舊名為「披袍秉笏」、「忠臣烈士」、「叱奸罵讒」等類，及「逐臣孤子」、「鏺刀趕棒」的部分。

⑵社會劇：其下又分：朋友、公案、綠林三目。大凡描寫社會各種事實情態的作品。

⑶家庭劇：凡屬於倫理範圍中，有關父子、兄弟、夫婦，和舊名為「孝義廉節」、「悲歡離合」的一部分。

⑷戀愛劇：其下又分：良家男女之戀愛、良賤之間之戀愛二目。包含舊名的「風花雪月」的兒女私情、「煙花粉黛」妓女相知等作。

⑸風情劇：以男女間風流韻事為主題之作，寫艷情的喜劇成分，不同於態度莊重的戀愛，包含舊名「風花雪月」、「煙花粉黛」的部分。

⑹仕隱劇：其下又分發跡變泰、遷謫放逐、隱居樂道三目。大約相當於舊名「逐臣孤子」、「隱居樂道」兩類。

⑺道釋劇：其下又分道教劇、釋教劇二目，即舊名「神仙道化」的作品。

⑻神怪劇：即舊名「神頭鬼面」類。

羅錦堂對於他的重新分類，也在該書〈序〉中有所說明：「然朱氏（十二科）所分，既嫌瑣碎，又與近代觀點不合，無論其為轉述當時通行之分類，或為朱氏自出機杼，其不適宜則一也。今重行分析，定為八類，取現存之一百六十一本雜劇，各歸所屬，依次敘述之；有一劇可以入兩類者，則就其主要關目及全劇所顯示之中心情調，酌歸一類，不設互見之例，以省煩瑣。」可知這種八類的分法是以「近代觀點」

為基本立場，必然就和朱權的時代和個人信仰立場有異。胡適對羅錦堂的分法，也有覺得不盡周全妥善的意見㉝。因為元人在作劇之時，各陳所見，各抒己懷，作者、作品又眾多紛陳，從事分類的人，也免不了有個人的主觀立場。也就是說，元雜劇的分類，目前仍有待商榷。

㈣雜劇名家及其作品

雜劇起於北方，以大都（今北京）為中心。以它的發展過程來看，一般將它分為三期，或前、後二期兩種說法：三期說由王國維開始，二期說者多數是現代文學史家和戲曲史家的意見，而三分、二分又各有不同的界限時間。本文採用劉大杰《中國文學發展史》的二分說，以西元一二七九年，元滅南宋統一中國為前、後期的分界線㉞。

前期的雜劇，是北方獨有的一種新興文學，作者都是北方人。蒙古統治者入主中原，由於文化知識低於漢人，在文學思想上是一個自由放任的時代，又因廢棄科舉，文士在生計窮苦之下，因應城市經濟繁榮，歌臺舞榭的日增，以寫作新興文體的劇本，來討生活；這些劇作，也只要提供給一般市民為娛樂欣賞，就是說可以任情放手來發揮，所以作品中用入北方俚俗的口語，和摻雜女真、蒙古的外族語言，

㉝ 陳萬鼐《元明清劇曲史・元雜劇篇》記述陳氏在臺北中央研究院胡適紀念館，看到胡適對羅錦堂的分類提出意見：如「仕隱劇」實際是「歷史劇」；「風情劇」可併入「戀愛劇」；「歷史劇」分歷史事蹟和個人事蹟兩目，也不妥；以為亦可添「折獄」（偵探）一類。

㉞ 元雜劇的分期說，詳參《元雜劇研究概述》，天津教育出版社。

形成文字質樸，情感直率的風格，又以現實社會生活為題材，活潑、親切、自然便成為前期劇作的特色；也是雜劇的黃金時代。蒙古人滅了南宋，南北統一，雜劇南移，原有的精神和色彩也就跟著改變了。以下按二期來介述。

1.前　期

作家有關漢卿、王實甫、馬致遠、白樸、鄭廷玉、吳昌齡、紀君祥、武漢臣、李文蔚、康進之、王伯成、張國賓、石君寶、李好古、楊顯之、岳伯川、高文秀等等，而以關、王、馬、白為最著名，和後期的鄭光祖、喬吉合稱「元曲六大家」。

(1)關漢卿

金朝末生於祁州（河北安國縣）的關漢卿，祖籍是山西解縣，因為長期居住在大都，大家也就說他是大都人，號己齋叟。元鍾嗣成《錄鬼簿》說他是「太醫院戶」；明蔣一葵《堯山堂外紀》說他「金末、為太醫院尹，金亡不仕。」因此有許多人研究關漢卿曾經做過什麼官？其實在金元時代，「太醫院」是一種職業的名稱，而且是世襲的，不是一個官職，鍾嗣成是元時人，所說「太醫院「戶」」是正確的紀錄。元朝建立政權之後，關漢卿在大都參加玉京書會，編寫劇本、演戲、教戲，和優伶倡伎往來，是當時遠近知名的藝界名人，所以賈仲明《錄鬼簿》說他「驅梨園領袖，總編修師首，捻雜劇班頭。」明朱權《太和正音譜》說他「初為雜劇之始」，明臧晉叔《元曲選・序》說：「關漢卿輩爭挾長技自見，至躬踐排場，面傅粉墨，以為我家生活，偶倡優而不辭。」明朱有燉〈宮詞小纂〉說：「初調音律是關卿，《伊尹扶湯》雜劇呈。傳入禁垣宮裡悅，一時咸聽唱新聲。」可知關漢卿在當日劇壇的聲望和影響力。

關漢卿因為生活環境的實際，要創作劇本以應演出的需求，而他日常生活的周圍，正好讓他發揮他戲曲歌舞的才華，尤其對現實社會有親臨的體察，成為他寫作時取用不盡的題材。他生平所作的劇本，共有六十多本，是元代劇作家作品最多的一個；在研究者的陸續發掘研究之下，完整地留存至今的劇本，已知有十八本：《單刀會》、《西蜀夢》、《玉鏡臺》、《單鞭奪槊》、《裴度還帶》、《哭存孝》、《五侯宴》、《陳母教子》、《魯齋郎》、《蝴蝶夢》、《謝天香》、《緋衣夢》、《救風塵》、《拜月亭》、《切鱠旦》、《金線池》、《竇娥冤》、《調風月》。殘本或存目的作品有《呂蒙正風雪破窑記》等四十九本。

關漢卿雖然享譽於當時，但由於舊時社會對戲曲藝術家的傳統輕視，他也只能坦然安於自己所處的現實環境，側身書會中盡情發揮一己的才藝修養，用享受的心情來過生活，他在〈不伏老〉散套的幾個曲子中，淋漓地表述自己的生活心態；這樣的心曲，也使他衝破了傳統文人的寫作範疇，從他所熟識的下層社會，和市井型態裡擷取劇作的題材、人物和事件。也因為他對下層社會生活的熟識，了解他們的疾苦和願望，又以一個知識分子敏銳的情感思想，深切地探索到他們的內心世界，使他的劇作深刻動人。在他的雜劇中，複雜的世態人情，個性分明的人物，英雄節婦，固然偉大，倡優妓女，亦有其可敬可愛的情性。市井小民受害於權豪勢要的欺壓摧殘，又無可告訴的悲憤無奈，至今令人讀來也覺得扼腕驚悸。臧晉叔《元曲選・序》說關漢卿的劇作：

> 隨所妝演，無不摹擬曲盡，宛若身當其處，而幾忘其事之烏有，能使人快者掀髯，憤者扼腕，羨者色飛。

把人生百態映現在舞臺上，使觀者動容，情節曲辭，又通俗有趣，是雅俗共賞的戲劇，為中國戲劇開創了一個嶄新的時代。

關漢卿的雜劇，他在世即廣受歡迎，在元代的佳評之外，明代以來，更逐漸肯定他的成就。明人韓邦奇最激賞他的作品，把他比作司馬遷。朱權《太和正音譜》說：「關漢卿之詞，如瓊筵醉客。觀其詞語，乃可上可下之才。蓋所以取者，初為雜劇之始，故卓以前列。」「瓊筵醉客」這個評語，成為後人所共用，但詞意抽象，難以具體說明。據上海戲劇學院陳多教授〈「瓊筵醉客」別解〉一文㉟，認為足以表現關漢卿的創作風格，是在「村儒野老塗歌巷詠的鄙俚淺近的基礎上，經文化人加工而風格有所轉換，並得以進入上層社會」，他有「可以和馬致遠、白樸等大家媲美的『可上』之雄才，又不避『可下』之村俗風格，甘為下里巴人作劇；於是只得被視為有似於高踞瓊筵而時時科頭拍袒、使酒罵座的狂客了。」對流傳已久的評語，作了精細的探研，以「高踞瓊筵使酒罵座的狂客」為關漢卿文辭風格的說明。筆者以為朱權這四個字的評語，也有以飽餐了美酒佳餚來比喻關漢卿的文藝修養，因而在寫作時可以縱情揮灑，文思詞藻，無所拘牽，有如醉客的狂放不羈。這種不受羈絆的才情，也會有不太欣賞的人，所以朱權又以「觀其詞語，乃可上可下之才」來評說他，只肯定他是「初為雜劇之始」的人。但後世能欣賞他的「詞語」的人，卻越來越多，王國維《宋元戲曲史》就評以：

> 關漢卿一空倚傍，自鑄偉詞，而其言曲盡人情，字字本色，故當為元人第一。以唐詩喻之，則漢

㉟ 一九九三年臺北「關漢卿國際學術研討會」論文。

卿似白樂天；以宋詞喻之，則漢卿似柳耆卿。明寧獻王（即朱權）曲品，躋馬致遠於第一，而抑漢卿於第十。蓋元中葉以後，曲家多祖馬鄭而祧漢卿，故寧獻王之評如是，其實非篤論也。

自王國維此說之後，關漢卿是元雜劇第一家，便漸成定論；也可以說，真正的天才，總是不會被埋沒的。

自從十九世紀初，王國維把戲曲研究導入學術殿堂以來，至今經歷了將近一世紀，中、外的戲曲學者，對關漢卿展開了熱烈的研究，專著、論文，不勝枚舉，還在繼續廣搜深入之中：一九八八年十月，由李漢秋、袁有芬編選的《關漢卿研究資料》㊱出版，蒐集了古今有關關漢卿的生平、思想、現存和殘佚雜劇劇本的研究簡述、散曲作品、研究者的歧見彙錄等；一九九三年，臺北臺灣大學舉辦了「關漢卿國際研討會」，除了又產生了各個不同角度的意見論文外，論者有以「中國的莎士比亞」來凸顯他日益受到重視的成就。在這前後，仍看到各家陸續的研究，絡繹相繼。

在關漢卿現存的雜劇中，口碑最多的是《竇娥冤》。《竇娥冤》的全名是《感天動地竇娥冤》，四折一楔子的旦本劇。故事衍化自漢劉向《說苑》裡「東海孝婦」，但內容豐富細膩得多，是一個反映元代社會的寫實悲劇。劇情寫竇娥三歲喪母，父親竇天章是個無生產力的書生，向放高利貸的蔡婆借了二十兩銀子，次年就要償還她四十兩，竇天章沒能償還，就把纔七歲的女兒竇端雲送給蔡婆做童養媳，抵償欠債；蔡婆也另給他十兩銀子做盤纏，去應科舉考試。蔡婆給小女孩改名為竇娥。到她十七歲時，和蔡婆的兒子成親，不上二年，丈夫卻病死了，竇娥就和蔡婆兩個一老一少的寡婦，相依度日。某日，蔡婆出門去

㊱《關漢卿研究資料》一冊，四六三頁，上海古籍出版社出版。

向賽盧醫討債，賽盧醫心存不軌，要把蔡婆騙到郊外勒殺，無賴漢張驢兒父子剛好路過碰上，賽盧醫倉皇逃逸；張驢兒父子因此以救命恩人自居，要蔡婆婆媳分別招他父子回家做夫婿，否則就要勒死她。蔡婆無奈，把他倆帶回家去，但竇娥堅持不肯改嫁。張驢兒便暗中去逼迫賽盧醫賣毒藥給他，打算毒死蔡婆，要逼迫竇娥就範。剛好蔡婆害病，想吃羊肚湯，竇娥煮好了湯，要端給蔡婆時，張驢兒搶來嚐味，說「少鹽欠醋無滋味」，就趁竇娥去拿鹽醋時，他暗中在湯裡放入毒藥；不料蔡婆忽然作嘔不想吃，就讓給張老頭吃，張老頭因此被毒死，張驢兒反誣是竇娥下毒，要她答應和他成親，竇娥自認自己沒下毒，寧願和張驢兒到官衙分辯。昏官桃杌聽信了張驢兒「兒子不會殺父」的謊言，竇娥雖然被昏官用刑拷打得血肉淋漓，再三昏厥，仍堅決否認殺人。桃杌便下令打蔡婆，竇娥耽心婆婆受不了拷打，立刻招認，桃杌當即判斷，明日就押赴市曹正法。

第二天，竇娥披枷帶鎖被押送去刑場，她為自己的冤屈怨天罵地，滿心悲憤，還請求劊子手往後街走，以免在前街被婆婆看到她披枷帶鎖而傷心難過；見到了婆婆，還勸她不要為她的受刑而悲傷。臨刑時，要求監斬官讓她站在一張乾淨的草席上，又要在旗鎗上掛上丈二的白布，誓言如果她是冤枉受死，她在刀過頭落之時，熱血都噴射到白布上，半點兒也不讓它灑落到地面上；並且在那三伏的暑天，降下大雪，掩蓋她的屍首；老天爺會讓楚州亢旱三年，來懲罰使百姓有口難言的昏官。這些誓言，在她受死之後都實現了。

三年後，竇天章受皇帝授權，帶著可以先斬後奏的勢劍金牌，到各地巡察刑案。正好來到楚州，看到三年亢旱的景象。在夜裡重看案卷，看到竇娥的案件，犯人是毒殺公公、又和他同姓的婦人，認為罪大惡極，不必再看，就壓到案卷的底下，不料在自己困倦昏沉之際，竇娥的鬼魂就把她的案卷放在上頭，並在父親的夢中，向他哭訴自己屈死的悲苦。竇天章聽了女兒的冤情，也泣不成聲。第二天就把張驢兒、賽盧醫、蔡婆等人提解到衙門，審明真相，判張驢兒死刑，賽盧醫充軍，已升任州守的桃杌，削職永不敘用；竇娥臨去，還請父親收養蔡婆，照顧她終老。

這本雜劇的構思，受漢代「東海孝婦」故事的啟發。那是東海郡一個孝順婆婆的寡婦周青，婆婆因事自縊死，周青被誣告殺害婆婆，臨刑時，她指著車上的長竿對人說：我若是真有罪，被斬之後，血往下流，否則，血就沿著竹竿逆流上去。行刑之後，血果然逆流而上。於是東海一帶，三年枯旱不雨，後來于公替她雪冤，才又下雨。這個故事，《漢書・于定國傳》、劉向《說苑・貴德》和干寶《搜神記》都有記載。元人把這個故事編為雜劇劇本的，王實甫和王仲元各有《厚陰德于公高門》，梁進之有《東海郡于公高門》，明代葉憲祖取這個故事的基本主題和人物，改編成《金鎖記》傳奇，寫竇娥丈夫未死，臨刑時天降大雪，官府疑有冤情，發回更審，最後父女、夫婦團圓，崑曲常演〈法場〉一折，京劇也有《六月雪》和整本的《金鎖記》，各地方戲曲也都有改編的演出。而仍以關漢卿《竇娥冤》最盛傳。但他只借取冤案和案後三年大旱，以及冤獄得以平反的故事框架，來反映元代社會的腐敗情況，如蔡婆的高利貸，顯示了社會普遍貧窮，為了償還高利的累積欠債，要典賣女兒，甚至於像賽盧醫那樣要以殺人來逃債；又如官吏貪瀆昏瞶，草菅人命，人民無可告訴，可以看到關漢卿劇情對元代社會種種矛盾的概括性，讓劇中人物的矛盾不幸，來傾吐他的悲憤和震撼人心的吶喊，他豐厚的劇作內涵，和時代精神意義，是劇本成功的思想和藝術力量。

在人物的塑造方面，最成功的是竇娥的性格，通過她坎坷的命運體現出來。但竇娥在全劇中，完全沒有愛情婚姻的糾葛，也不是美貌多情的俏佳人，經由她三歲喪母，七歲被父親抵債作陌生人家的童養媳，成親不久就守寡，原本也能安於命運，在平淡無趣的日子中和老婆婆相依為命，這樣尚可溫飽的日子，其實並沒有更好的將來，卻因張驢兒父子的到來，完全破壞，甚至奪去了她的性命。關漢卿並未直接描寫竇娥的外在形貌，而以劇情的發展，就把竇娥的內在性格，很有層次地寫得有血有肉，真實善良；她為貧窮的家庭，對父親把她抵債而丟給陌生的蔡婆，好像是不敢有怨言的弱者，但當面對張驢兒父子的逼迫，當她忍受昏官的毒打，當她為救蔡婆而招認殺人罪，她的剛強勇毅，就顯示出她叫人欽敬的一面。她赴刑場的途中，她臨死前的憤怒，是關漢卿替無告的人民，宣洩出心中對官吏昏庸的怒吼。竇娥的冤死雖然因父親的出任巡按官職得到平反和復仇，但留給觀眾和讀者的，仍是難以消除的深沉悲痛！

【感皇恩】呀！是誰人唱叫揚疾，不由我不魄散魂飛。恰消停，纔蘇醒，又昏迷。捱千般打拷，萬種凌逼，一杖下，一道血，一層皮。（第二折）

【滾繡球】天地也，做得箇怕硬欺軟，卻原來也這般順水推船。地也，你不分好歹何為地？天也，你錯勘賢愚枉做天！哎，只落得兩淚漣漣。（第三折）

【一煞】你道是天公不可期，人心不可憐，不知皇天也肯從人願。做甚麼三年不見甘霖降，也只為東海曾經孝婦冤。如今輪到你山陽縣，這都是官吏每無心正法，使百姓有口難言。（第三折）

【收江南】呀！這的是衙門從古向南開，就中無個不冤哉。（第四折）

從這各折的曲辭中，可見關漢卿透過竇娥的形象，來表達他的作劇主題，由於刻畫布置的成功，使這個劇本膾炙盛傳。

《竇娥冤》是中國戲曲傳到外國的最早劇本之一，在一八二一年，就在倫敦出版了G. T. 斯湯頓的英譯本，之後先後有法文、德文、日文的譯本，而且同一種文字都不止被譯一次。

關漢卿雖然也有散曲作品，但他的創作全力是完全傾注在雜劇上的，在現存所能看到的劇作中，仍以戀愛的主題為最多，如《謝天香》、《金線池》、《望江亭》、《玉鏡臺》等，有天馬行空，儀態萬方的氣概。而最受世人矚目的是充滿悲劇氣氛的《竇娥冤》，結構完整的喜劇《救風塵》，表現關羽的慷慨激昂的《單刀會》，風光綺膩的《拜月亭》，都是超越其他劇作家的佳構。而劇中人物以女性為多，慈母、俠妓、智妻、貞婦、癡婢等等，任何人物，在他筆下無不深刻感人，活潑雋妙，這是王國維所以評他「其言曲盡人情」，「應列為元人第一」的原因。

(2)馬致遠

獲得元人散曲第一家的馬致遠，雜劇也備受推崇，明朱權《太和正音譜》評他的曲辭「如朝陽鳴鳳，典麗清雅，宜列群英之上。」今人任訥《曲譜》說他是「散曲、雜劇兼長，則古今群英，以東籬為領袖，可謂至當矣。」這和王國維列關漢卿為元人第一的評斷不同，盧冀野認為馬致遠是很有影響力的曲家，他說：

王國維謂馬致遠於詩似李義山，於詞似歐陽永叔。明寧獻王朱權曲品，躋致遠於第一。蓋元中葉以後，曲家多以馬為宗，其影響於金元雜劇者，誠非鮮也。

這些批評都是就曲辭來說，不是就戲曲的整體價值而言。

馬致遠是元成宗元貞年間（西元一二九五～一二九六年）的書會才人，明賈仲明的弔詞裡說他是「姓名香，貫滿梨園」的「曲狀元」，和關漢卿、白樸、鄭光祖合稱「元曲四大家」。所作雜劇現知有十五本，傳世的有《漢宮秋》、《黃粱夢》、《薦福碑》、《任風子》、《陳摶高臥》、《青衫泪》、《岳陽樓》等七種，殘曲《誤入桃源》一種。而以《漢宮秋》享譽古今曲壇。

《漢宮秋》的全名是《破幽夢孤雁漢宮秋》，也有省作《孤雁漢宮秋》，是四折一楔子、末本的歷史劇。故事演漢元帝命毛延壽到天下各地搜尋民間美女來做後宮妃嬪，其中有美人王嬙，字昭君，生得十分光彩豔麗，不肯順從毛延壽的賄賂勒索，所以毛延壽就在她的畫像上點了瑕疵，她因此不能被皇帝召幸。某一天夜裡，元帝聽到她為遣悶彈奏的琵琶曲，見了面才震驚於她的美豔，深加寵幸，封為明妃；並下令處斬毛延壽。毛延壽畏罪逃往匈奴，挑唆匈奴王單于發兵強索昭君；漢家滿朝文武不敢抵敵，只好應允，元帝親送昭君到灞橋話別。昭君改著番裝，隨匈奴軍前行，到了邊界，投黑龍江自殺。單于驚惶，因禍起毛延壽，便把他送回漢朝去治罪。元帝送別了昭君回宮，在淒冷的宮中，面對昭君的畫像，煩惱哀傷，勉強入夢，醒來又聽到長空孤雁的哀鳴，愁思倍增；最後殺了毛延壽，祭奠昭君。全劇就結束在元帝的無奈悲嘆中，留給觀眾和讀者淒然的意緒。

《漢宮秋》的題材雖然取自歷史，但他站在文學和戲劇的立場，稍稍改動了一些情節，如毛延壽逃往匈奴，挑撥單于要索昭君，昭君投江自殺等，都是重要劇情的關鍵；尤其是昭君投江，和歷史真實相違，但卻是這本劇作之所以成功的基本，使昭君無論在愛國和愛情的精神上，都凸顯出非常強烈的性格特質，和戲劇的藝術意境，比起她自願和番遠嫁異域，又先後和父子兩代單于成婚，求歸故國不能的悲慘命運，更令人同情和欽敬，也增強了戲劇的衝突和張力，加上以悲劇的詩情收場，更強化了整個劇本的悲劇藝術氣氛。馬致遠編撰《漢宮秋》，不但在劇情人物上表現出他豐富的文學想像力，曲辭的優美動人，更是使劇本成為文學傑作的重要因素。像第三折寫元帝為昭君送行：

【殿前歡】則甚麼留下舞衣裳，被西風吹散舊時香。我委實怕宮車再過青苔巷。猛到椒房，那一會想菱花鏡裡妝，風流相，兜的又橫心上。看今日昭君出塞，幾時似蘇武還鄉？

【雁兒落】我做了別虞姬楚霸王，全不見守玉關征西將。那裡取保親的李左軍，送女客的蕭丞相？

【得勝令】他去也不沙架海紫金梁，枉養著那邊庭上鐵衣郎。您也要左右人扶持，俺可甚糟糠妻下堂？您但提起刀鎗，卻早小鹿兒心頭撞。今日央及煞娘娘，怎做的男兒當自強！

【川撥棹】怕不待放絲韁，咱可甚鞭敲金鐙響。你管燮理陰陽，掌握朝綱，治國安邦，展土開疆；假若俺高皇，差你個梅香，背井離鄉，臥雪眠霜。若是他不戀恁春風畫堂，我便官封你一字王。

【七兄弟】說甚麼大王不當戀王嬙，兀良，怎禁他臨去也回頭望！那堪這散風雪旌節影悠揚，動關山鼓角聲悲壯！

【梅花酒】呀！俺向著這迥野悲涼，草已添黃，色早迎霜。犬褪得毛蒼，人搠起纓槍，馬負著行裝，車運著餱糧，打獵起圍場。他他他，傷心辭漢主，我我我，攜手上河梁。他部從入窮荒，我鑾輿返咸陽。返咸陽，過宮墻；過宮墻，遶迴廊；遶迴廊，近椒房；近椒房，月昏黃；月昏黃，夜生涼；夜生涼，泣寒螿；泣寒螿，綠紗窗；綠紗窗，不思量！

【收江南】呀！不思量，除是鐵心腸；鐵心腸，也愁淚滴千行！美人圖今夜掛昭陽，我那裡供養，便是我高燒銀燭照紅妝。

【鴛鴦煞】我煞大臣行說一個推辭謊，又則怕筆尖兒那火編修講。不見那花朵兒精神，怎趁那草地裡風光？唱道竚立多時，徘徊半晌。猛聽的塞雁南翔，呀呀的聲嘹亮，卻原來滿目牛羊，是兀那載離恨的氈車半坡裡響。

這是《漢宮秋》最受讚賞的一折，這一折內，意義和文辭都含義豐富，使人玩味無窮。

在意義上，馬致遠借昭君和番的歷史事件，來寄託他處身在異族統治的悲痛無奈，漢人主政者不爭氣，人民淪為亡國奴，比起漢元帝要把心愛的美人送到國外，要由一個弱女子擔負起免於戰爭的救國重任，是當時男性至尊的社會的恥辱。劇中有多處的曲辭或賓白，道盡了漢元帝內心的痛苦，也是馬致遠對古今軟弱帝王的諷刺。其次是借漢元帝責備滿朝文武的話：「您但提起刀槍，卻早小鹿兒心頭撞（形容心臟亂跳的害怕心情）。今日央及煞娘娘，怎做的男兒當自強！」要央求一個女子去為國家和番解危，「怎做的男兒當自強」，是罵人也罵了自己的話。

在曲辭上，本文所節選的，是漢元帝眼見改扮了胡妝的昭君，馬上就要出塞遠行，心裡好比楚霸王死別虞姬，應該更加傷痛；作者對此際的心情，用怨責官員來做深刻的描述，【七兄弟】裡：「兀良，怎禁他臨去也回頭望！那堪這散風雪旌節影悠揚，動關山鼓角聲悲壯！」幾句，真是一個有聲有色，催人淚下的特景鏡頭。接著【梅花酒】一曲，由昭君已然遠去了，留下塞外一片荒涼的秋景，先營造起悲慘的實景氛圍，然後以「預言示現」的手法，寫他設想回宮的心情；又併用字、句「複疊」和接連「頂真」的修辭法，給人以一步接一步的緊迫節奏，順著他的路途，也感應著他無法言喻的悲慘淒涼！在快節奏之後的【收江南】，文辭語氣改為和緩，在激昂情緒過去之後，轉為低吟的啜泣：「呀！不思量，除是鐵心腸。鐵心腸，也愁淚滴千行！」把起伏轉折的感情，發揮得淋漓盡致，最能使人感受到元人的曲韻詞情「奔放恣肆」的意境。

《漢宮秋》以外的其他雜劇，馬致遠的劇作題材，不少（現存七本中有四本）是脫離現實的「神仙道化」，這也是他是在元蒙統治之下的一個知識分子，人生理想無所寄託的苦悶失望；他也喜歡寫文人的風流韻事。所以文學史家以「屬於文人學士階層」來評定他的戲曲特色。

(3)王實甫

生卒年不詳的王實甫，卻是個名垂不朽的雜劇名家，在年輩上，他比關漢卿、白樸為後。所作雜劇十四種，流傳至今者有《西廂記》、《破窑記》、《麗春堂》三種，只存殘曲者有《芙蓉亭》、《販茶船》二種；他也作散曲，小令只存【十二月帶堯民歌．題情】一首，散套二、殘套一。而以《西廂記》在文學史上久享盛名；明賈仲明《錄鬼簿》說「《西廂記》天下奪魁。」

《西廂記》的全名是《崔鶯鶯待月西廂記》，是以《董西廂》為藍本，把董解元的說唱諸宮調，改為可以在舞臺上搬演的代言體；並且用五本來細緻鋪敘崔張的愛情波折，是元雜劇中少有的長篇。雖然明、清人有王實甫作完第四本《草橋店驚夢》而死，第五本《張君瑞慶團圓》是關漢卿所續的說法，經過學者的一再考證，認為一人作完為可信。但現在流傳的《西廂記》，共有五本二十一折，並且有好幾處有合唱曲辭，有違元雜劇一本四折，每折由一人獨唱的規矩，是研究者還在探究的問題。

王實甫《西廂記》之所以成功，是在《董西廂》的基礎上做了許多藝術的加工，特別在人物性格和心理的描寫上，使劇中每個人物都各如其分，栩栩如生，張生的陷情而不能自拔，鶯鶯的故作矜持，老夫人的固執傳統，法聰和尚的世故，最是紅娘的靈慧巧黠，使元雜劇甚至其後的戲曲、小說，形成了「紅娘」劇潮，或丫環主導故事情節發展的小說；「紅娘」甚而成為後世撮合姻緣者的代名詞，張生和鶯鶯也成為青年男女自由尋求愛情婚姻的代言人。父母之命、媒妁之言的傳統結合觀念受到挑戰，有情人終成眷屬，是這套雜劇所以成功感人的主要力量，原始題材——唐元稹〈會真記〉張生對鶯鶯的無故絕情，始亂終棄，經過王實甫的把《董西廂》的改編再加細膩鋪陳，搬上舞臺，崔張姻緣才成為年輕男女的愛情偶像；對於後來相繼出現的才子佳人的愛情劇，有很大的啟導作用。

《西廂記》的語言藝術，是古今人所一致讚嘆的。明朱權《太和正音譜》以「花間美人」來比喻他的清雅艷麗，又說他「鋪敘委婉，深得騷人之趣。極有佳句，若玉環之出浴華清，綠珠之采蓮洛浦。」賈仲明的弔詞中說他「作詞章，風韻美，士林中，等輩伏低」。劉大杰《中國文學發展史》的評語更具體詳明：

在華美中有本色，在細膩中有粗豪，適合不同人物的身分和性格。劇中的曲辭，真是美不勝收。寫初見，寫相思，寫矛盾的心理，寫愛情的苦悶，寫幽會的情境，寫別離的哀怨，無不清美絕倫，哀怨欲絕，深入內心，動人魂魄。

肯定《西廂記》是非常出色的戀愛韻文。第四本第三折的〈長亭送別〉，最是感人膾炙。下面節選這一折中的曲辭來賞讀：

【正宮・端正好】碧雲天，黃葉地，西風緊，北雁南飛。曉來誰染霜林醉？總是離人淚。

【滾繡球】恨相見得遲，怨歸去得疾。柳絲長玉驄難繫。恨不得倩疏林挂住斜暉。馬兒迍迍的行，車兒快快的隨。卻告了相思迴避，破題兒又早別離。聽得一聲去也，鬆了金釧；遙望見十里長亭，減了玉肌。此恨誰知？

【叨叨令】見安排著車兒馬兒，不由人熬熬煎煎的氣。有甚麼心情花兒靨兒，打扮的嬌嬌滴滴的媚。准備著被兒枕兒，只索昏昏沉沉的睡。從今後衫兒袖兒，都搵做重重疊疊的淚。兀的不悶殺人也麼哥！兀的不悶殺人也麼哥！久已後書兒信兒，索與我恓恓惶惶的寄。

這一折是由扮鶯鶯的正旦主唱，所以所有離情別緒，都要透過鶯鶯來表達，在作者立場來說，對張生的心情描寫，自然有了隔了一層的難度。上面三曲是本折的開頭。鶯鶯上場，先給觀眾介紹這個場景的時、空特色。又從秋天淒涼蕭颯的時、空，切入離別的場面主題。首曲「曉來誰染霜林醉？總是離人淚」，從《董西廂》「莫道男兒心似鐵，君不見滿川紅葉，盡是離人眼中血」變化過來，各有感人的巧思。【滾繡球】一曲，寫難捨的離情，以叫樹梢把斜陽掛住，要讓時間暫停的癡語，使「不捨」之情更覺感人。又以極誇張來寫離別使人消瘦，令人會心解頤。

【小梁州】我見他閣淚汪汪不敢垂，恐怕人知。猛然見了把頭低，長吁氣，推整素羅衣。

這曲寫大家坐在離筵上，鶯鶯和張生被夫人安排隔著桌子對面而坐，礙於老夫人和法聰在場，彼此不便交談，但心裡又有許多離情要說。作者透過主唱的鶯鶯的觀察，感知了張生的無言悲苦，和她自己的相應悲傷：她忽然發現張生的淚水已經在眼眶裡打轉，卻還是強忍著不讓它流下來，怕別人知道他情感的脆弱。但張生的眼淚，卻教她忍不住自己的眼淚，她也不要別人看到，趕緊低下頭來，暗地裡嘆氣一下，裝作整理身上的衣服，來掩飾自己難忍的悲傷。作者只用了簡單的五個句子，就描繪出兩人內心無限的離情，實在是無人可及的高妙手法。

【四邊靜】霎時間杯盤狼藉，車兒投東，馬兒向西。兩意徘徊，落日山橫翠。知他今宵宿在那裡？有夢也難尋覓。

【耍孩兒】淋漓襟袖啼紅淚，比司馬青衫更濕。伯勞東去燕西飛。未登程，先問歸期。雖然眼底人千里，且盡生前酒一杯。未飲心先醉，眼中流血，心裡成灰。

【三煞】笑吟吟一處來，哭啼啼獨自歸。歸家若到羅幃裡，昨宵繡衾香暖留春住，今夜翠被生寒有夢知。留戀應無計，見據鞍上馬，閣不住淚眼愁眉。

【一煞】青山隔遠行，疏林不做美，淡煙暮靄相遮蔽。夕陽古道無人語，禾黍秋風聽馬嘶。我為什麼懶上車兒內？來時甚急，去後何遲？

【收尾】四圍山色中，一鞭殘照裡，遍人間煩惱填胸臆，量著這大小車兒如何載得起！

這幾曲寫夕陽已經快要隱沒在山頭，離別在即，哭出了血淚，淚水濕透了衣襟；兩人再喝一杯離別酒，心緒像灰那樣冷。再也不能留戀了，含淚看著他上馬而去，樹梢不曾留住夕陽，煙靄迷茫了視線，其他人都已經離去，她一個人站在這郊野，聽著遠去的馬兒嘶叫，和秋風吹動禾黍的聲響。看著張生在群山圍抱的曠野，孤單地在夕陽餘暉裡策馬向前，她覺得全世間的煩惱都充塞在她的心頭，想到要上車回家，不知那麼一點點大的小車子，怎能承載得起這樣沉重的離愁呢！

(4) 白　樸

白樸少年時候的際遇，影響著他的人生態度和創作，在散曲章裡，已做了相當詳細的說明。他的雜劇，也享有盛名，名列「元曲四大家」中。今所知的劇作有十六種，傳世的有《梧桐雨》、《牆頭馬上》、《東牆記》三種；《流紅葉》、《箭射雙雕》兩種各存殘曲一折。白樸的文詞，一直受到讚賞，明朱權《太和正音譜》說他「詞源滂沛」，用「鵬搏九霄」來形容他毫無滯礙的文情。《梧桐雨》一劇，是人人熟知的名作。

《梧桐雨》的全名是《唐明皇秋夜梧桐雨》，四折一楔子，末本。劇情本事由白居易〈長恨歌〉、陳鴻〈長恨歌傳〉改編出來。敷演唐明皇和楊貴妃終日沉湎歡樂，倦理朝政。安祿山失誤了軍機，明皇未加治罪，反讓他任漁陽節度使。安祿山和貴妃私通。七夕，明皇和貴妃在長生殿對天盟誓：願生生世世為夫婦。不久，安祿山造反，兵臨潼關，明皇帶貴妃倉皇逃亡四川。行軍到馬嵬驛，護駕軍兵譁變，軍隊殺死了貴妃的哥哥——宰相楊國忠，又逼迫明皇賜貴妃自縊死，並且讓馬踐踏屍首。全劇的頂點在第四折，寫安史之亂平定了，明皇返回長安，遜位為太上皇。他住在清冷的西宮裡，終日無事，日夜思念貴妃，到處都是觸目惹愁的景物，短暫的夢裡又見到貴妃，請他到長生殿赴宴，卻在秋夜雨打梧桐聲中醒過來，而終夜不眠，倍覺哀傷；全劇就在這樣淒冷無奈的氣氛中結束，留給觀眾讀者無限哀戚的心情。這樣的收場，摒棄了〈長恨歌〉、〈長恨歌傳〉明皇派道士上天入地去尋求貴妃的鬼魂，勉求團圓的結束，使《梧桐雨》成為一本很完美的悲劇。王國維《人間詞話》說：「白仁甫《秋夜梧桐》劇，沉雄悲壯，為元曲冠冕。」吳梅《瞿盦讀曲記》說：「此劇結構之妙，較他種更勝，不襲通常團圓套格，而以夜雨聞鈴作結，高出常手萬倍。」都一致讚許白樸不落俗套的手法。

劇名叫做《秋夜梧桐雨》，對雨打梧桐的描寫，當然是白樸所特別著重的地方，我們來看他的描繪：

【叨叨令】一會價緊呵，似玉盤中萬顆珍珠落；一會價響呵，似玳瑁筵前幾簇笙歌鬧；一會價清呵，似翠巖頭一派寒泉瀑；一會價猛呵，似繡旗下數面征鼙操。兀的不惱殺人也麼哥！兀的不惱殺人也麼哥！則被他諸般兒雨聲相聒噪。

【倘秀才】這雨，一陣陣打梧桐葉凋，一點點滴人心碎了，枉著金井銀床緊圍繞，只好把潑枝葉做柴燒，鋸倒。

【叨叨令】全用譬喻修辭法來寫「緊、響、清、猛」各樣不同的雨聲。【倘秀才】接著寫這些個雨聲令人愁煩，卻遷怒到梧桐樹，恨不得把它鋸來燒掉。接著又用【滾繡球】一曲，回憶往事的歡欣，和附曲【三煞】、【二煞】寫四季不同的雨景情韻，最後尾曲又再寫秋夜的雨聲引惹起的煩擾心情：

【黃鐘煞】順西風低把紗窗哨，送寒氣頻將繡戶敲。莫不是天故將人愁悶攪！度鈴聲響棧道。似花奴【羯鼓調】，如伯牙【水仙操】。洗黃花，潤籬落，漬蒼苔，倒墻角，渲湖山，漱石竅。浸枯荷，溢池沼，沾殘蝶粉漸消，灑流螢焰不著。綠窗前促織叫，聲相近鴈影高。催鄰砧處處擣，助新涼分外早。斟量來這一宵，雨和人緊厮熬，伴銅壺點點敲。雨更多，淚不少。雨濕寒梢，淚染龍袍，不肯相饒，共隔著一樹梧桐直滴到曉。

第四折之後，劇情已沒有再延伸的餘地，白樸全力借秋夜的雨聲雨情，來寫唐明皇老年的孤淒寂寞，在全劇的脈絡來說，自然是因為楊貴妃的死亡，沒有可以替代的人，在人生階段來說，沒有將來美好希望的老年情境，應是更重要的因素，這也是把結尾收場，安排在衰殘的「秋夜」的用心；比較一下他在【三

【煞】裡所寫的其他季節的雨情：

潤濛濛楊柳雨，淒淒院宇侵簾幕。細絲絲梅子雨，粧點江干滿樓閣。杏花雨紅濕闌干，梨花雨玉容寂寞，荷花雨翠蓋翩翻，豆花雨綠葉蕭條：都不似你驚魂破夢，助恨添愁，徹夜連宵。莫不是水仙弄嬌，蘸楊柳灑風飄。

白樸在這一折中，是著意在舞弄他的文筆，炫耀他的文學才思，也確實讓人領略到他的才華功力。這一折真的可以作為一篇美文來欣賞。

《墻頭馬上》也以「結構完整，曲辭俊語如珠」，足與《梧桐雨》並稱受到肯定；劉大杰等人甚至認為「就戲曲的價值上說，《墻頭馬上》實在《梧桐雨》之上」。又五折、旦末分折唱、並間有梅香唱的變體雜劇《東墻記》，雖有俊語，但劇情近似《西廂記》，比較不受重視。可見白樸的戲曲文辭，是世所矚目的。

2. 後　期

元朝統一中國，雜劇也隨著政治的南侵，得到向南發展的機緣；南方民間原來流行著戲文，聲勢獨盛的雜劇，也漸漸在南方普遍起來。根據統計，元滅南宋之前，雜劇作者主要是北方人，南宋滅亡以後，作雜劇的很多是南方人了；即使是北方籍的作者，如宮天挺、喬吉、鄭光祖、秦簡夫、曾瑞卿等等，也移居到南方了；楊梓、金仁傑、范康、蕭德祥、沈和甫、王曄、陸登善等，都是浙江人。雜劇劇團隨著政治局勢，南下江南，以求擴充發展；作家也想望江南的明媚富庶，移居或南下遊歷，於是造成雜劇重心的南移。但不復前期雜劇的鼎盛情況了，後期寫作劇本最多的鄭光祖，只有十九本作品，喬吉也只寫了十一本，比起前期關漢卿的六十多本，或如鄭廷玉之流的二十多本，是遠遜得多了。而南方作家的作品，在氣質、語言、音樂等方面，都喪失了雜劇前期的風采與精神；也就是說，元代後期的雜劇，成就並不很高，也顯現出雜劇的逐漸衰頹。以下介紹後期的代表作家和作品。

(1)鄭光祖

鄭光祖，字德輝，生卒年不詳。畢生致力雜劇的創作，和關漢卿、白樸、馬致遠並稱「元曲四大家」，今知曾作雜劇十九本，存世的有《倩女離魂》、《王粲登樓》、《㑳梅香》、《三戰呂布》、《伊尹耕莘》、《周公攝政》、《智勇定齊》七種。他的風格近於王實甫，喜歡寫戀愛的題材，不能擺脫前期大家的影響，而辭藻艷麗嫵媚，因此成為自有特色的大家。以《倩女離魂》、《㑳梅香》為代表作品。

《㑳梅香》的全名是《㑳梅香騙翰林風月》，也叫《翰林風月》，四折一楔子，旦本，正旦扮丫鬟，「紅娘劇」之一。劇中人物樊素和小蠻，原是唐代詩人白居易的姬妾，白敏中是白居易的堂弟，裴度是唐代的名相，鄭光祖卻無端把他們的身分強加改變，小蠻變為裴度家的小姐，樊素是婢女，白敏中和小蠻早有婚約。白敏中去洛陽即住在裴家，某日彈琴，被小蠻和樊素在花園聽到，故意掉落一個紫香囊，讓白敏中撿到為信物。裴母有意悔婚，白敏中得知後病倒，病中賦詩一首托樊素轉給小蠻；小蠻也回他一首詩，約定夜間相會。被裴母撞見，一氣之下，將白敏中趕出裴家。不久，小蠻奉旨和新科狀元成婚；新婚之日，認出新科狀元原來就是白敏中，於是皆大歡喜。劇情架構極似王實甫《西廂記》，又擅改歷史人物胡亂牽合，受到不少惡評；但語言清俊，意趣盎然。世人也多從劇中言詞欣賞這本雜劇：明代曲家何良俊《曲論》說：「語不著色相，情意獨至，真得詞家三昧也。」清蔣一葵《堯山堂外紀》說：「止是尋常說話，略帶訕語，然中間意趣無窮，此便是作家。」清李調元《雨村曲話》說：「《㑳梅香》雖不出《西廂》窠臼，其秀麗處究不可沒。」從這些批評便可知它所以流傳下來的原因；明清的戲曲理論家，有特別崇尚「辭藻」派的。

《倩女離魂》的全名是《迷青瑣倩女離魂》，四折一楔子，旦本。故事題材出自唐陳玄祐的傳奇小說《離魂記》。演張倩女和王文舉自幼訂婚，王文舉長大後家道中落，張母便有意悔婚，以「不招白衣女婿」的理由，教二人以兄妹相稱；等王文舉中舉做了官，才能成親。文舉只好從命赴京應試。倩女卻從文舉動身後便病重臥床不起，因為她的靈魂離開軀體，跟隨文舉去了京城。文舉中舉為官，夫婦歸來，倩女的離魂又回到臥病的軀體，重合為一，病也就痊癒了。

這是和王實甫《西廂記》同一理想主題的愛情劇，反映少年男女追求婚姻自由的代表作品；而情節詭奇，富有浪漫色彩；離開肉體的靈魂，卻能和真有實體的人一樣，可以如常生活、生兒育女，雖然是理之所無，卻是情之所有，很成功地塑造出女主角張倩女對愛情堅定不移的動人形象。在文辭的描寫上，用筆細膩，妥貼地融化前人的詩句入曲，鑄成清麗流利的語言，典雅情濃，為人所喜愛，備受識者推重。明、清以倩女離魂的題材譜曲的作品，有南戲《王文舉月夜追倩魂》、傳奇《離魂記》、雜劇《倩女離魂》等，都比不上鄭光祖之作而失傳。明人孟稱舜《古今名劇合選・柳枝集》說它：

酸楚哀怨，令人腸斷。昔時《西廂記》，近日《牡丹亭》，皆為傳情紀調，兼之者此劇乎。《牡丹亭》格調原祖此，讀者當自見也。

可見鄭光祖的變化前承，啟迪後世的深刻影響力。所以王國維說它：「此劇如彈丸脫手，後人無能為役。」明白地指出鄭光祖有後繼者不能勝前賢的功力。以下節取第一折倩女為王文舉上京送行的曲辭來賞讀：

【元和令】盃中酒，和淚酌；心間事，對伊道。似長亭折柳贈柔條。哥哥，你休有上梢沒下梢。從今虛度可憐宵，奈離愁不了！

【上馬嬌】竹窗外響翠梢，苔砌下深綠草。書舍頓蕭條，故園悄悄無人到。恨怎消？此際最難熬！

【游四門】抵多少彩雲聲斷紫鸞簫，今夕何處繫蘭橈。片帆休遮，西風惡，雪捲浪淘淘。岸影高，千里水雲飄。

……

【後庭花】我這裡翠簾車先控著，他那裡黃金鐙懶去挑。我淚濕香羅袖，他鞭垂碧玉梢。望迢迢，恨堆滿西風古道，想急煎煎多情人去了，和青湛湛有情天亦老。俺氣氳氳喟然聲不定交，助疏刺刺動羈懷風亂掃，滴撲簌簌界殘妝粉淚拋，灑細濛濛浥香塵暮雨飄。

【柳葉兒】見淅零零滿江干樓閣，我各刺刺坐車兒懶過溪橋，他矻蹬蹬馬蹄兒倦上皇州道。我一望望傷懷抱，他一步步待迴鑣。

和王實甫《西廂記・長亭送別》的場面相比，相同的景與情，言語各異，而動人的情思則各勝擅場。

(2)喬　吉（西元一二八〇～一三四五年）

喬吉又作喬吉甫，字夢符，號笙鶴翁、惺惺道人，終身落拓，專門從事雜劇和散曲創作，散曲和張可久齊名，是元代後期的散曲代表作家，明、清人合稱他和張可久為「元散曲兩大家」。所作雜劇今知有十一種，存世的僅有《金錢記》、《兩世姻緣》、《揚州夢》三種，都寫文人的風流艷事；題材、結構都無新意特色，但曲辭工麗，使它們凸出於平凡中，得到文人的喜好，論者以為他的散曲較有成就。雜劇以《兩世姻緣》為代表。

《兩世姻緣》的全名是《玉簫女兩世姻緣》，四折、旦本。劇情本事取自唐人小說〈離魂記〉和范攄《雲溪友議》。演洛陽妓女韓玉簫和書生韋皐相愛，韓母勉強韋皐去應科舉試，韋皐和玉簫約定三年後來迎娶，但因中舉後自請領兵去平定吐蕃，逾期未歸，玉簫思念成病，自畫圖像，憔悴而死。韋皐得知後，十分傷感。十八年後，班師回朝經過荊襄，在節度使張延賞的宴會上，見到轉世的玉簫被張延賞收為義女，因面貌相同，二人又覺得似曾相識，產生情意，韋皐要娶張玉簫為妻，激怒了張延賞；韋皐率兵包圍張府。韓玉簫的媽媽知道糾紛事，趕來出示韓玉簫的畫像，表明他倆的相愛往事，認為張玉簫就是韓玉簫投胎轉世。最後由皇帝主婚，二人成就了兩世姻緣。

雖然文學評論對喬吉的劇作，都說他「寫的都是才子佳人式的戀愛喜劇，是以雋新的辭藻取勝的陳套題材」，但像《兩世姻緣》中強調「為愛而死，又為愛而生」的思想主題，兩情真摯不渝，直到隔世還要實踐相守，這種深情構思，對後來的戲曲家有一定的啟發作用，像明代湯顯祖的名作《牡丹亭》，杜麗娘的為夢愛而死，又因有愛而復生，就是相同的理念。劇中曲辭，後人也多讚賞。

【商調・集賢賓】隔紗窗日高花弄影，聽何處囀流鶯。虛飄飄半衾幽夢，困騰騰一枕春酲。趁著那游絲兒恰飛過竹塢桃溪，隨著這蝴蝶兒又來到月榭風亭。覺來時倚著這翠雲十二屏，恍惚似墜露飛螢。多咱是寸腸千萬結，只落的長嘆兩三聲。

【逍遙樂】猶古自身心不定，倚遍危樓，望不見長安帝京。何處也薄情，多應戀金屋銀屏。想則想于咱不志誠，空說下磣磕磕海誓山盟。赤緊的關河又遠，歲月如流，魚雁無憑。

【金菊香】怕不待幾番落筆強施呈，爭奈一段傷心畫不能，腮斗上淚痕粉漬定。沒顏色鬢亂釵橫，和我這眼皮眉黛欠分明。

【柳葉兒】兀的不寂寞了菱花鏡，自覷了自害心疼。將一片志誠心寫入了冰綃幀（同幀），這一篇相思令，寄與多情，道是人憔悴不似丹青。

這四曲刻畫韓玉簫對久別的韋臯的思念，對心理的描寫十分細膩、曲折：春夢、倚樓、寫真、寄詞，情思委婉多變，設想細密，淋漓地寫出玉簫的苦悶難熬。明曲家孟稱舜特愛【集賢賓】，說它「其詞如清夜聞猿，使人痛絕。」清人楊恩壽《詞餘叢話》也說：

《兩世姻緣》雜劇，先得我心，詞亦駘蕩生姿，鮿生當閣筆矣。

喬吉的聲律美詞，成就了他劇作的文學價值。

其他還有作風近於關漢卿的秦簡夫，有描寫社會現實的《東堂老》等三種，作風近於馬致遠的宮天挺，有寫生死友情的《范張鷄黍》等兩種，都是後期重要的作家。整個元代雜劇，還有不少佚名作家的佳作。

㈤元雜劇的成就

以往把元人的散曲和雜劇統稱為「元曲」，是把著眼點完全放在曲辭上，而評論元劇的人，也以曲辭來定其優劣。這種偏差觀念，隨著時代思想的改變，已經改從戲劇文學的整體來重新評價。元雜劇的基本結構是在舞臺上演出的歌舞劇，演員在舞臺上的技藝，也已經在搜尋發展中，而文學的探究，也在曲辭、賓白的有形文字之外，進而探討劇本的寫作主題思想，劇中人物的塑造，劇本的架構，語言藝術的修辭的手法，故事、人物所反映的時代意義等等，使得傳統戲曲的研究範疇，作了很寬廣的開拓，而戲曲文學的獨具特質，才漸漸呈現出來。王國維是最先在戲曲研究注入新觀念的人㊲，他在〈元劇之文章〉裡，讚許元劇的語言，是具有「寫情則沁人心脾，寫景則在人耳目，述事則如其口出」的「意境」。劉大杰《中國文學發展史》又更從思想內容來著眼：

> 元劇的文學價值，在於它以歌劇的形式，表現了豐富的社會內容。政治的黑暗，貪官污吏的橫暴，

㊲ 請參筆者所撰〈曲學功臣王國維〉一文，刊在《幼獅月刊》第四十五卷第五期。民國六十六年五月。

司法制度的昏暗，強盜流氓謀財害命的罪惡，婚姻自由的渴望與追求，高利貸的毒害，種族的歧視，民間的苦痛生活和善良願望，在元人雜劇裡，通過各種典型人物的描寫，把這些思想內容，深刻而又真實地表現在舞臺上。在《竇娥冤》……等等劇本裡，體會出元劇的豐富的思想內容和高度的藝術價值。在語言藝術上，表現了質樸、通俗、口語化的特色。

其實，思想內容和語言藝術之外，故事情節的題材，劇情的結構等等，也是戲曲的文學研究日漸擴張的範疇，和舞臺藝術的研究，已然形成傳統戲曲學術研究的兩個方向了。

元人雜劇也很早就被國際學者所矚目，武漢臣的《老生兒》、馬致遠的《漢宮秋》、關漢卿的《竇娥冤》、佚名的《貨郎旦》、張國寶（亦作賓）的《合汗衫》、李行道的《灰闌記》、王實甫的《西廂記》、佚名的《連環計》、鄭廷玉的《看錢奴》、佚名的《來生債》等等，分別有法文或英文或日文的譯本；現在除上述以外的譯本，一定還有很多。

第五節　明代的雜劇和傳奇

在南宋時代發展起來的戲文，在北方元雜劇極度盛行的情況下，因為文士們仍專注於詩詞的創作，它便以其原始的形式，默默地在民間流行。也因此沒有足稱好的作品產生，僅存名稱的《趙貞女蔡二郎》、《王煥》、《樂昌分鏡》、《王魁》、《陳巡檢梅嶺失妻》五種，也或只存幾支曲子的殘文而已。元代的戲文，經過錢南揚、趙景深、陸侃如等學者的搜輯，證實元代戲文也同樣在流行。但戲文獲得發展的機運，是在元末明初，《琵琶記》出現以後。

明代的戲曲，是雜劇和戲文並存，戲文盛大之後，稱為傳奇。

一、明初的雜劇

朱元璋建立明代政權後，定都南京，到明成祖朱棣遷都北京，雜劇仍是北方獨霸的天下，人們也仍慣聽北曲雜劇，而且劇本文辭和舞臺表演，雜劇的藝術也較高。所以在明代中葉以前，戲文仍只局限在東南地區。皇族官紳的府邸中，也都傳演北曲雜劇，像朱元璋的第十六子寧獻王朱權（西元一三七八～一四四八年），作有雜劇十二種，現存《大羅天》、《私奔相如》二種，又著有專論北曲聲律的《太和正音譜》；朱元璋的孫子周憲王朱有燉（西元一三七九～一四三九年），作有三十一種雜劇，都傳下來，其中較有名的是《曲江池》和《義勇辭金》，又著有散曲集《誠齋樂府》，也流傳下來。

其他著名的北曲雜劇作家，有賈仲明、王九思、康海、陳鐸、楊慎等，足為代表的是王九思和康海。王九思（西元一四六八～一五五一年），字敬夫，號渼陂，是明代文壇「前七子」之一，詩文集叫《渼陂集》，散曲集叫《碧山樂府》，現存雜劇《沽酒游春》、《中山狼》（一折）二種。康海（西元一四七五～一五四〇年），字德涵，號對山、沜東漁父，也是「前七子」之一，編有《武功縣志》，詩文集叫《對山集》，散曲集叫《沜東樂府》，現存雜劇《中山狼》、《王蘭卿》二種。明人作《中山狼》雜劇的，除王九思、康海外，還有汪廷訥和陳與郊，都是取材自明代馬中錫小說《中山狼傳》，故事寫東郭先生誤救中山狼，幾乎被狼所害。汪、陳所作都已失傳，王九思所作的一折，題名《中山狼院本》。

康海因救李夢陽被認為是劉瑾的同黨，後來劉瑾失敗，康海坐此削職為民，而李夢陽袖手坐視，所以相傳他作此劇，是以「忘恩負義的禽獸」來譏責李夢陽的，劇末有曲辭：「俺只索含悲忍氣，從今後見機莫癡。呀，把這負心的中山狼做傍州例。」王九思也因為和劉瑾相交，得遽升高位，劉瑾失敗，也降調貶職，並勒令致仕，所以在他的《沽酒游春》裡，也有充滿憤憤不平的曲辭：「三三兩兩廝搬弄，管什麼皂白青紅，把一個商伯夷，生扭做虞四凶。兀的不笑殺了懵懂，怒殺了天公！……自古道聰明的卻貧窮，昏子謎做三公……甘心兒不聽景陽鐘。」

王九思和康海都是北方（陝西）人，所以曲調辭情，都富有北方人的豪邁氣質，比起大多數南方籍的雜劇作家，較有元人風味，這是二人在眾多雜劇作家中，顯得凸出的原因。

二、雜劇的新變

明初戲曲的格律聲色，完全是元末的式樣，直到魏良輔、梁辰魚等人將崑腔改造，力加推廣盛行之後，歌壇劇院，便都適應時潮，伶工歌伎，專習南曲，崑腔風靡一時。北曲演唱成絕響，作北雜劇者也南北曲互雜，翻為新腔；在形式體製上，也不遵守雜劇一本四折、男、女主腳主唱的規範，變為每個腳色都可以展現歌唱技能，而且一支曲子可以分唱或合唱。所以，這時的雜劇，雖然仍叫做雜劇，已經混和了南北曲的新形體。王九思的《中山狼院本》，全劇用【雙調．新水令】一套演唱完，呈現出前無古人的創舉，世人以為他已為後來的「一折短劇」奠下了楷模；雜劇的改進也就由此開始了。

真正解放了元雜劇的體式的是《盛明雜劇》二集中所載許時泉（潮）的「雜劇八種」㊳，即：〈武陵春〉、〈寫風情〉、〈午日吟〉、〈南樓月〉、〈赤壁遊〉、〈龍山宴〉、〈同甲會〉、〈蘭亭會〉，內容都寫往昔文人名士如陶淵明、王羲之、蘇東坡等的風流韻事；但是以一折譜一事，又集這些不同事件的各折合為一集，當然是雜劇的新形式。雜劇發展到這個地步，也是一種自然，也是必須的突破與進步，為愛好雜劇者所樂用，形成另一種雜劇創作的新風氣，其後沈璟便取法這種形式，寫作了《十孝記》和《博笑記》，便是集結了每事一折的雜劇。《十孝記》是以黃香、郭巨、緹縈、閔子騫、王祥、韓伯俞、薛包、張孝、張禮、徐庶等十人的孝親故事，分敘成編的。《博笑記》包含〈巫孝廉〉、〈乜縣丞〉、〈虎叩門〉、〈假活佛〉、〈賣嫂〉、〈假婦人〉、〈義虎〉、〈賊救人〉、〈賣臉人捉鬼〉、〈出獵治盜〉等十個情節不相干的「一折短劇」所組成[39]。

這些新形式的短劇，情節簡單，手法必須十分精鍊，故事的主題和結構，也不可能完整而繁複多變化，寫人物也不能像元雜劇那樣，藉情節事件來細加刻畫，而以歷史事件和人物，發抒作者個人的胸臆，成為只供案頭賞讀的「文士劇」，或叫做「案頭劇」。戲曲的劇本，既不宜於舞臺上搬演，便只剩下了文學價值，這當然是雜劇的末途了。

明代文人短劇的代表作家，是徐渭（西元一五二一～一五九三年），初字文清，後改字文長，號天池山人、青籐道士、田水月等。所作戲曲理論《南詞敘錄》，和雜劇《四聲猿》，對後來的戲曲理論和創作，

---

[38] 羅錦堂《錦堂論曲‧短劇略論》中，以為「雜劇八種」即楊慎已失傳的《太和記》的「舊物」。

[39] 《博笑記》的十折短劇，大都取材市井生活中的傳聞異事，用喜劇手法，嘲諷社會的虛偽、欺詐現象，以達到勸戒行善的目的。

都有很大影響，詩文集叫《徐文長全集》。《四聲猿》包含〈漁陽弄〉、〈翠鄉夢〉、〈雌木蘭〉、〈女狀元〉四個故事，各段的折數也不相同。

〈漁陽弄〉的全名是〈狂鼓吏漁陽三弄〉，也省稱為〈漁陽三弄〉。寫三國時禰衡死後，不久要上天做天官了，陰司判官召來曹操鬼魂，要禰衡把當日半裸體，擊鼓罵曹的事，實地再演出來；目的是借禰衡之口，抒洩自己對於當代權貴的憤慨，激昂慷慨，痛快淋漓。〈翠鄉夢〉的全名是〈玉禪師翠鄉一夢〉，也叫做〈玉禪師〉，共二折。寫宋代杭州妓女紅蓮勾引玉通和尚，犯了色戒，轉世為妓女柳翠，後來得到師兄月明和尚引度，重歸佛道。劇情以和尚、妓女兩種絕不相類的人物，來表達「色即是空，空即是色」的禪理，啟示凡人都可以得道成仙。〈雌木蘭〉的全名是〈雌木蘭替父從軍〉，共二折，從樂府詩〈木蘭辭〉變化出來，歌頌木蘭女扮男裝，在邊疆建功立業，十二年間無人知她是女子，最後成功回鄉。〈女狀元〉的全名是〈女狀元辭凰得鳳〉，共五折，全用南曲譜寫。寫五代時黃崇嘏女扮男裝，考中狀元，丞相要招她為婿，她說出真情，丞相娶她為子媳。〈雌木蘭〉和〈女狀元〉，都在伸張女權，以一武一文的主題，闡明女子有武藝可以為國建功，有文才也可以為官治民，一反歷來重男輕女的傳統思想，所以〈雌木蘭〉的唱辭裡，便有：「這做女兒則十七歲，做男兒倒十二年。經過了萬千瞧，那一個解雌雄辨？方信道辨雌雄的不靠眼。」在這些劇裡，想像的豐富，結構、剪裁的手法，曲辭、賓白都流暢雄奇，曲學家王驥德《曲律》評說：

吾師徐天池先生所為《四聲猿》，而高華爽俊，穠麗奇偉，無所不有，稱詞人極則，追躅元人。……

徐天池先生《四聲猿》故是天地間一種奇絕文字，〈木蘭〉之北，與〈黃崇嘏〉之南，尤奇中之奇。……山陰徐天池先生瑰瑋濃鬱，超邁絕塵。〈木蘭〉、〈崇嘏〉二劇，刳腸嘔心，可泣神鬼，惜不多作。

可謂推崇備至。徐渭之外，汪道昆作有〈高唐夢〉、〈洛水悲〉、〈五湖遊〉、〈遠山戲〉四種一折短劇，題材都是一些風流韻事；陳與郊作有〈昭君出塞〉、〈文姬入塞〉二種一折短劇，把文姬回國的心理苦楚，寫成非常感人的獨幕悲劇。徐復祚作〈一文錢〉二折，王衡作〈鬱輪袍〉七折，孟稱舜作〈桃花人面〉五折，都是明代新變雜劇的佳作。

短劇到了清代，因時代政治的劇變，文人藉以抒寫懷抱，或寄亡國的悲痛，變體的雜劇，到此特盛。鄭振鐸在《清人雜劇初集》中，將清代雜劇分為始盛、全盛、次盛、衰落四個時期，而有「雜劇之於清季，實亡而未亡也」的話。像吳偉業、徐石麒、尤侗、桂馥等等，都是雜劇名家。而這個時代的劇本，多取古代文人學士及才子佳人的韻事為題材，借以抒發個人的牢騷憤懣，缺少現實生活的反映，成為只供案頭賞讀的作品。楊潮觀作短劇三十二種，合稱《吟風閣》，是清代短劇集大成的代表作家，案頭場上各得其宜。盧冀野評楊潮觀的雜劇，「如橄欖之在口，以少許勝多許，而其味彌雋永，與西方的獨幕劇性質相同，不過此有曲文，更饒詩意」。蔣士銓所作《紅雪樓九種曲》中，並收雜劇和傳奇，寫白居易〈琵琶行〉故事的《四絃秋》，十分出色，較元馬致遠的《青衫淚》更勝一籌。雜劇到此，已漸近衰亡，但清末民初吳梅和其弟子盧冀野等，仍有《霜厓三劇》（吳梅家刻本，包括《湘真閣》、《無價寶》、《惆悵爨》），和《飲虹五種》，延續了雜劇的餘波，也為雜劇畫下了完美的句點。

三、明代的傳奇

從明初南戲振興到傳奇盛行的兩百多年內，可以確認是這個時期的戲文劇目約有五十餘本，僅存的二十多個劇本，作者也多不能詳知。這個時期的戲文所以衰落，一方面是雜劇仍在盛況的餘波，甚至由民間登上了帝王的劇場，聲勢仍極盛；一方面是戲文的劇本的內容，受宋代以來程朱理學的時代思潮，和「八股」科舉風氣所囿限，劇情主題都是「教忠教孝」，如邱濬的《五倫全備忠孝記》、邵燦的《香囊記》，都是為宣傳倫理道德的說教之作，文辭也堆砌辭藻，毫無情致。

直到魏良輔改良的崑山腔出現，新腔帶動劇本的創作，戲文終於取代了北曲雜劇，成為劇壇的主流。世人為了凸顯這個時代的戲曲成就，就把明代的戲文形式的劇作，稱為「傳奇」。

㈠傳奇的名稱和結構形式

傳奇原是唐代短篇小說的名稱，宋、金以後，轉為戲曲的通稱，明代中期，才成為當時用南曲譜成長篇戲曲劇本的專稱。

興起自民間的宋、元南曲戲文，是明代傳奇的前身，當元雜劇盛行之時，它也同樣在流行，所以它的結構形式，繼承自戲文，和元代的北曲雜劇有極大的不同，最明顯的分別有：

元雜劇	明傳奇
一個劇本叫做「本」。	一個劇本叫做「部」。
一幕叫做「折」。	一幕叫做「齣」。
一本四折，可在折前加楔子。	一部齣數不限，長短自由。
每折由末或旦一人獨唱。	場上腳色都可以唱；一支曲子，可以獨唱、同唱、接唱、合唱、接合唱。
每折限用一宮調聯套，全套一韻到底。	可以換宮調，可以換韻。
開場即展開劇情。	第一齣只由配腳介紹全劇的大綱，叫做「開場」、「家門」、「提綱」。
腳色上場，先說白後唱曲。	腳色上場，先唱曲後說白。
全劇結束後有兩句或四句的「題目」和「正名」。	每一齣之後，都有四句的「下場詩」。
演員的動作叫做「科」。	演員的動作叫做「介」。
沒有規定如何結束劇情。	規定要以團圓結束劇情，謂之「吉慶終場」。
主要腳色有末、旦、外、淨等。末是男主腳；配腳有副末、沖末、二末、小末。女腳除主腳正旦外，配腳有老旦、大旦、小旦、倈旦、色旦、搽旦、外旦、貼旦、旦兒等。	「腳」色簡作「角」色。主要角色有生、旦、外、貼、丑、淨、末等；男主角叫做「生」。末是「副末」，丑是從雜劇的淨腳分出來。扮男性的生角，正生之外，還有小生、文生、武生、官生、副淨、雜等；旦角也在正旦之外，還有貼旦（常簡作占）、小旦、老旦[40]。

[40] 傳奇腳色名稱，隨著時代漸次增多，王季烈《螾廬曲談》所列崑曲角色：正生、正旦之外，還有老生、冠生、小生、老旦、刺殺旦、閨門旦、作旦、貼旦、正淨、白淨、副淨、丑、外、末等。

㈡傳奇的演進

1.明初的「五大傳奇」

現存三本早期的戲文：《小孫屠》、《張協狀元》、《宦門弟子錯立身》，雖極鄙俚，已具備了傳奇的雛型。元中葉以後，雜劇作家南移，戲文在外來的刺激和激烈的競爭下，加上南移的雜劇作家，也撰寫戲文，戲文因此汲取了雜劇的優點，漸漸改進，得到藝術上的進步，和組織上的健全，民眾的欣賞力也日漸提升。到元末明初，高明的《琵琶記》問世，表現出戲文在改革後的成果；還有以往稱為「四大傳奇」的荊（《荊釵記》）、劉（《白兔記》）、拜（《拜月亭記》，或叫《幽閨記》）、殺（《殺狗記》），後人合稱為「五大傳奇」。

(1)《琵琶記》

全劇四十二齣，是明初傳奇盛傳古今的巨作。高明（西元？～一三五九年），在世不到六十年。《琵琶記》的故事是改編自戲文《趙貞女蔡二郎》；原作寫東漢蔡伯喈（名邕）「棄親背婦，為暴雷震死」，千里尋夫的趙貞女，求見丈夫不得，反被馬踹死，這樣悲慘的婚變，這樣忘情無義的男主角，卻把他強安在東漢大儒蔡伯喈的頭上，南宋詩人劉克莊已有「身後是非誰管得，滿村聽唱蔡中郎」的詩句，表示了無奈之感，所以高明要為蔡伯喈翻案，將原作「棄親背婦」的反面形象，改為「全忠全孝」的正面人物，並且保留了女主角正面形象，結局更符合了喜劇團圓的規範，成為一部宣揚「子孝妻賢」的倫理教化劇，有非常強力的「淑世」作用；作者在劇本的〈家門〉裡，也明言他的作劇目的，是「不關風化體，縱好也徒然。」這樣有助於社會風俗人倫教化的劇作，當然備受執政者的矚目，所以明太祖朱元璋就大力推崇，說：

五經四書，布帛菽粟也，家家皆有；高明《琵琶記》如山珍海錯，富貴家不可無。㊶

把《琵琶記》的價值，提高到五經四書之上，是「美味的高級滋養品」，更命教坊改成北曲聲腔，以便推廣。《琵琶記》在明初社會的轟動，自可想見。

《琵琶記》故事演蔡伯喈新婚才兩個月，就因父親的命令，去京城應考科舉，把年老的雙親，交給妻子趙五娘奉養；又拜託鄰居長者張太公照顧。他中了狀元，卻被丞相強招為婿，寄回家的信又被送信人蓄意丟棄；信息傳不到陳留家鄉。接著陳留發生旱災，五娘典賣淨盡，無法支撐生活，最後只能準備稀粥給二老，自己強吞糠團充飢。公婆先後去世，五娘持琵琶沿途賣唱，到京城尋夫，終於夫妻團圓。這個劇本在結構手法上，以雙線發展劇情，使分在兩地的夫妻，在貧富的強烈對比下，分外凸顯出五娘的賢慧艱苦，細膩的感情心理描寫，尤其感人，文辭的藝術手法，備受稱讚。

但在劇情的發展方面，作者高明的翻案手法，並不高明，因為戲文原作是以蔡伯喈的負情無義，來襯托趙五娘的堅強賢慧，而《琵琶記》既要保留趙五娘的勇毅堅強，又要蔡伯喈由反面變為正面，情節勉強湊合得矛盾百出，一個中了狀元的孝子，後娶的宰相千金牛小姐也賢慧達禮，為何只隨便託個路人

㊶ 語見徐渭《南詞敘錄》。

來傳信，不能派遣家僕去迎接父母來同享富貴，或者讓專使送達生活費，卻讓父母窮餓而死，怎能說是「全忠全孝」的故事？而且讓一個毫無生產能力的少年妻子，代他盡兒子的責任去奉侍父母，也就放任不管，讓她受盡艱苦，最後還要讓她隻身千里迢迢，賣唱去京城尋夫，是真正的「背親棄婦」，不孝不義至極的人！作者為要變譴責為同情，雖然為蔡伯喈找到「三不從」的藉口：說什麼「辭試」父不從，「辭官」君不從，「辭婚」丞相和皇帝都不從，也讓人覺得不盡合理，缺乏說服力。所以清代李漁在《閒情偶寄》中就指出：「元曲之最疏者，莫過於《琵琶》，無論大小關目，背謬甚多。」也就是說：高明的翻案劇情並不成功。

《琵琶記》的凸出成就，是趙五娘這個人物的塑造，在封建時代的倫理觀念裡，她的堅強勇毅，忘己為人，在無助的艱苦歲月中，面對無可告訴的悲苦，還能竭盡心力，奉侍公婆，十指挖土而鮮血淋漓，用羅裙包土以堆墳，為尋夫而沿街賣唱，都是她發自內心的真誠，體現了中國傳統婦女的美德，令人深心感動，所以劇中寫趙五娘悲劇心情的關目文辭，活現出一個孝婦賢妻的典型，使人不禁悲感共鳴，成為舞臺上搬演不衰的折子戲；西元一八四一年即有法文譯本，其後又譯為日文。

其他「四大傳奇」的劇情故事，也都是以舊作戲曲為底本。

(2)《殺狗記》

全劇三十六齣，徐畛作，改編自元蕭德祥《殺狗勸夫》雜劇。演孫榮和兄嫂孫華、楊月真同住，孫華嫌弟弟終日讀書，自己喜歡和兩個無賴柳龍卿、胡子傳花天酒地，又受柳、胡二人挑撥，把弟弟趕出家門。孫榮住在破窯裡，嫂嫂暗中送給他糧食，也被孫華禁止。某天雪夜裡，孫華又和柳、胡二人吃醉回家時，半路醉倒在雪地裡，柳、胡二人竊取了他身上的錢財，就讓他醉臥在雪地上，各自回家去。孫華醒來回家，黑夜裡在門前被絆倒，起來看到是流血的屍體，怕被人認為他殺了人，楊氏教他去央求柳、胡二人來搬埋屍體，二人閉門拒絕，楊氏說那只有去找弟弟幫忙了。孫榮聽說，立即趁夜把屍體揹到郊外去掩埋了。第二天一早，柳、胡二人竟去檢舉孫華昨夜殺人，以免他追究他們的盜竊。官府就逮捕了孫華兄弟來審問，楊氏便到衙門，說明是她向鄰居王婆買了一條狗殺了，讓牠穿上衣服，假裝殺人，希望丈夫兄弟和睦相愛，擺脫冒充好兄弟的無賴漢。劇中文辭，都鄙俗樸拙，很受晚明格律派的劣評，但後人卻以為淺明的口語，流暢如話，寫一件舊社會中常見的題材，最具有戲曲這種俗文學的本色特性，給予不錯的批評。

(3)《白兔記》

作者佚名，全劇三十二齣，又名《劉知遠白兔記》，依據《劉知遠諸宮調》改編而成，故事是根據歷史人物事件和傳說，並有所增飾。劇情演劉知遠少年貧困，被同村李文奎收留牧馬，李見他在熟睡時蛇鑽七竅，認定他是天生的貴人，便招他為婿，把女兒三娘嫁給他。知遠夜守瓜園，和半夜出現的瓜精搏鬥，瓜精鑽入地中，他掘地得到藏有甲冑兵書寶劍的石匣。李文奎去世後，知遠夫婦備受三娘兄嫂李洪一夫婦欺侮，知遠便出走去太原投軍，岳節使對他十分倚重，招贅為婿。他離家時李三娘已經懷孕，孤身更受兄嫂淩虐，在磨房分娩，自己咬斷臍帶，便把孩子取名為「咬臍兒」。因兄嫂有意殺害嬰兒，她便拜託鄰家老翁把孩子送到太原，交給知遠撫養。十六年後，咬臍兒率眾打獵，射傷了一隻白兔，他跟隨著去追趕，到一個村莊看到一個婦人在井邊打水，交談之下，才知自己的身世，回去告知知遠；知遠微服回鄉會見三娘，夫妻母子團圓，並且懲治了李洪一夫婦。劇情以劉知遠的變態發跡，來凸顯李三娘的堅貞孤苦，以交錯對照的手法來發展緊湊的劇情，枝蔓很少，曲辭也質樸無華，善用俗語，呂天成《曲品》評說：「《白兔》詞極古質，味亦恬然，古色可挹。」在人物描寫上，李三娘堅忍善良，活現出婦女在封建時代的悲慘命運，是《白兔記》的成功處，尤其是在〈第十八齣．挨磨〉中，唱她在磨坊產子的悲痛心情，真實感人，長久地活在戲曲的舞臺上。

(4)《拜月亭記》

相傳是元末施惠所作。故事是依據關漢卿《閨怨佳人拜月亭》雜劇，和《南詞敘錄．宋元舊篇》的《蔣世隆拜月亭》戲文改編而成，也題作《幽閨記》。全劇四十齣，演金末兵荒戰亂中，書生蔣世隆和妹妹瑞蓮在逃亂中走散；又兵部尚書王鎮的女兒瑞蘭和母親王夫人，也被人潮沖散，各在呼叫尋覓中，瑞蘭誤應了世隆，瑞蓮誤應了王夫人，在兵亂中，兩個少女也只好跟著錯認的人同行，王夫人認瑞蓮為義女，瑞蘭和世隆在旅店中結為夫妻。先是世隆曾救了金朝被滿門抄斬的陀滿海牙之子陀滿興福，把他藏在山寨安身。後來王尚書遇見女兒，不肯承認世隆為婿，強逼她丟下重病的丈夫，把她帶走；接著又和夫人重逢，一家團聚。世隆和陀滿興福相遇，相偕去應考，中了文、武狀元。瑞蘭日夕思念病中的世隆，靜夜裡在花園拜月祝禱，祈禱夫妻重圓。因此，她堅拒父親為她和義妹瑞蓮撮合新科文、武狀元的婚姻，終於在知道王尚書所招贅的，就是蔣世隆，夫妻兄妹得慶團圓。

劇本主要是由關漢卿四折的雜劇擴展而成，必然增加許多情節，作者所穿插編組的加工，使劇情更見曲折細緻，完整充實，時代動亂的面貌，心理感情的刻畫，更淋漓盡致，極不同於早期戲文的散漫；

而曲辭說白，配合劇中人物的身分，貼切自然，本色美妙。在人物的描寫上，王瑞蘭雖然是在戰亂中和蔣世隆草草成親，但既成夫妻，就執著於她的純樸真誠，對當時的風俗禮教，有反抗，也有堅持，而能合情合理的發展，毫不覺勉強。

(5)《荊釵記》

本劇的作者有紛歧的說法，應是元末編劇家根據前代民間劇本改編而成。全劇四十八齣，演貧苦書生王十朋，有才學中了鄉試。同鄉錢流行的女兒玉蓮，愛重十朋才華，拒絕了富家孫汝權的金釵聘禮，堅持嫁給十朋，王家沒有聘禮，十朋母親拔下自己所插的荊釵，權宜下聘。玉蓮出嫁那天，繼母不備粧奩，亦不送女兒出門，以示決絕。半年後，十朋和汝權一同上京應試，十朋中了狀元，派到饒州做僉判，万俟宰相要招他為婿，十朋堅拒，他因此立即被貶官到廣東潮陽，不能回家。落第的汝權回鄉，謊稱十朋已入贅万俟丞相家，又偷改了十朋的家書，父母就逼玉蓮改嫁汝權，玉蓮就投江自殺；被陞官福建巡撫的溫州太守錢載和的官船所救，認作義女同行。十朋母親便上京去找兒子，十朋聽說玉蓮已自殺，便和母親去赴任。巡撫派人為玉蓮尋夫，又誤傳死訊，便立志守寡。五年後，十朋陞官吉安太守，錢載和的朋友見十朋無妻，玉蓮寡居，要撮合他們，兩人都不肯。後來十朋去玄妙觀為亡妻祈福，剛好玉蓮也來到，二人相望覺得奇怪，錢載和就設宴召請十朋，玉蓮拔下髮上的荊釵給十朋看，於是夫妻終得團圓。

王十朋和孫汝權都是南宋初的歷史人物，都是為官清正。作者改為一正一反，來宣揚家庭倫理、夫妻情義的理想。論者以為「《荊釵》以情節關目勝；然純是委巷俚言，粗鄙之極。而用詞卻嚴，本色當行，時離時合。」呂天成《曲品》說：「《荊釵》以真切之調，寫真切之情，情文相生，最不易及。……真當仰配《琵琶》，而鼎峙《拜月》乎！」都肯定它無論是情節、主題、文辭各方面的成就。但近代也有劣評的意見，如吳梅認為它是「明曲中之下乘」，劉大杰也說「在傳奇中的地位，它是遠遜於《琵琶記》了。」從上述明初五大傳奇的劇情故事來看，作者都刻意塑造女主角的賢德、多情、堅貞，可謂都以宣揚「婦德」的倫理教化為作劇目的。筆者早年特別針對這五本傳奇的思想特色，寫了專題論文〈五大傳奇的淑世意識〉㊷詳加探析。

2. 崑腔興起與傳奇

⑴崑腔興起之前的傳奇

元末明初五大傳奇顯示出戲文的振興以後，約有五十年時間，劇壇少見新傳奇的編撰，直到成化、弘治年間邱濬（西元一四二〇～一四九五年）出來，以文人之筆來寫作了《投筆記》、《舉鼎記》、《羅囊記》、《五倫全備》四部傳奇，才打破了傳奇的消沉空氣；前三種是否他的作品，尚有存疑，足以為代表的便是《五倫全備》了。內容寫五倫全、五倫備兄弟的孝悌，因為他是為宣揚倫理、教化民眾來作劇，不是為娛樂而編曲，文辭充滿道學氣㊸，但對於沉寂的傳奇劇壇，有其提倡風氣的作用。

稍後邵燦的《香囊記》，也繼承著這種作劇思想㊹。劇演宋時張九成、九思兄弟的母慈子孝、兄友弟

㊷　見民國七十一年六月《（臺灣）師大國文學報》第十一期。

㊸　王世貞《藝苑巵言》說：「《五倫》是文莊元老大儒之作，不免腐爛。」文莊是邱濬的謚號。

㊹　《香囊記》第一齣【沁園春】有：「因續取《五倫》新傳，標記《紫香囊》。」明言他著意模仿《五倫全備》的用心。

恭、友義臣忠的倫理美德，和高明作《琵琶》、邱濬作《五倫》是同一創作思想，認定戲曲的社會教化力量，遠超過其他任何經典古文，甚至聲色犬馬的娛樂影響；加上他本身的舊學根柢深厚，又著意賣弄到曲辭說白之中，用典故、講經義，以駢文、對偶行文，這樣的劇本，自非一般人所能瞭解，更遑論喜愛了。連喜愛傳奇戲曲的徐渭，也給予以劣評，說他：

以時文為南曲，元末國初未有也。其弊起於《香囊記》。邵文明（燦）習《詩經》，專學杜詩，遂以二書語句，勾入曲中，賓白亦是文語，又好用故事，作對子，最為害事。夫曲本於感發人心，歌之使奴童婦女皆喻，乃為得體。經子之談，以之為詩且不可，況此等乎？直以才情欠少，未免輳補成篇。吾意與其文而晦，曷若俗而鄙之易曉也。（《南詞敘錄》）

這種作劇思想雖受批評，但卻對劇壇產生很深遠的影響，作者把他的學問炫耀在曲文之外，以戲劇為社會教化的工具，甚至政治宣揚的工具，一直延沿到清代以來的京劇。

在《五倫》、《香囊》的風氣影響之外，加上明代「八股文」的科舉時潮，明人所作的傳奇，像薛近兖的《繡襦記》、王濟的《連環記》、鄭若庸的《玉玦記》、王世貞的《鳴鳳記》、張鳳翼的《紅拂記》等等，在曲文上都注重辭藻的雕琢，和典故的堆砌，劇作家都以駢儷文來寫作戲曲，崑腔產生以後，更形成所謂「辭藻派」。

崑腔的創立，是中國戲曲史、文學史上的非常大事。在魏良輔改造出新腔之前，戲文的腔調有：弋陽腔、餘姚腔、海鹽腔、崑山腔，分別在不同的區域流行，其中弋陽腔的聲勢最廣遠盛大，崑山腔的勢力最薄弱。而自北雜劇南移以來，蘇、崑一帶是南、北曲匯集的地區，彼此互相競爭，取人長以補己短，以爭取民眾的認同。嘉靖、隆慶間，魏良輔在這樣現實需求和充分成熟的條件下，改造了崑山土腔成為大眾喜愛的新唱法[45]。

(2)崑腔的創立及其特色

崑腔的創立，有若干不同的說法，據《古代小說戲曲論叢・崑曲的創立與魏良輔和梁辰魚》[46]的綜合整理，認為祖籍江西豫章的魏良輔，是一個賣藝人，在他流寓各地的生活中，加上職業的需要，很自然地學會了弋陽腔、海鹽腔、和研究了崑山的南曲小唱。余懷《寄暢園聞歌記》記魏良輔先時曾學習北曲失敗，然後轉向南曲的改革經過：

良輔初習北音，絀於北人王友山。退而鏤心南曲，足跡不下樓十年。當是時，南曲率平直無意致。良輔轉喉押調，度為新聲，疾徐高下，清濁之數，一依本宮。取字齒唇間，跌換巧掇，恒以深邈助其悽唳。吳中老曲師如袁髯、尤駝者，皆瞠目以為不及也。

---

[45] 明沈寵綏《度曲須知》卷上：「嘉、隆間有豫章魏良輔者，流寓婁東、鹿城之間，生而審音，憤南曲之訛陋也，盡洗乖聲，別開堂奧。」

[46] 作者佚名。

這段文字很清楚的記明了魏良輔如何把當時他所熟稔的南曲——弋陽、海鹽、崑山等地方「平直無意致」的歌唱法，改造成為注意宮調、聲腔、板眼，字正腔圓，又重視「曲情理趣」的歌腔，而使得和他在一起的老曲師，都表示了驚訝佩服。當然，這樣的成果，絕不是他一個人所能獨力完成的，據《寄暢園聞歌記》、《梅花草堂筆談》的記載，和他一同研商合作的，有張少泉、周夢山、潘荊南、季敬坡、戴梅川、包郎郎等；又有善吹簫、工擫管（吹笛子）的張梅谷、謝林泉、陳夢萱、顧渭濱、呂起渭等樂工名手，為他以簫、管伴奏，這些專才的藝人，在魏良輔的改造過程中，有音樂與曲調配合的實證，都給他極大幫助，使他終於在所謂「足跡不下樓十年」，長久的潛心體悟下，創立了「流麗悠遠，出乎三腔之上，聽之最足蕩人」[47]的新崑腔，在歌唱藝術上做了很大的提升。

新崑腔中也吸取了北曲的優點，它因此更廣受歡迎，能把北曲的優長注入南曲中的是張野塘。清葉夢珠《閱世編》卷十記載：

因考弦索之入江南，由戍卒張野塘始。野塘，河北人，以罪謫發蘇州太倉衛，素工弦索，既至吳，時為吳人歌北曲，人皆笑之。崑山魏良輔者善南曲，為吳中國工。一日至太倉聞野塘歌，心異之，留聽三日夜，大稱善，遂與野塘定交。時良輔五十餘，有一女，亦善歌，諸貴爭求之，良輔不與，至是遂以妻野塘。野塘既得魏氏，並習南曲，更定弦索音，使與南音相近，並改三弦之式，身稍細而其鼓圓，以文木製之，名曰弦子。時王太倉相公方家居，見而善之，命家僮習焉。

[47] 引自徐渭《南詞敘錄》語。

張野塘只是一個愛唱北曲的武夫，既到蘇州，只有精善歌曲的魏良輔能欣賞他，甚至把諸貴爭求、善唱南曲的女兒嫁給他；張野塘也因為結了歌曲姻緣，有機會逞現他的音樂素養，對新崑腔歌法和伴奏樂器的改進，做出具體有用的貢獻，不但南北曲聲調融匯，樂器也匯合[48]，以吳語方音為準，一字有平、上、去、入四聲和陰陽的區分。每個字唱時，精析頭、腹、尾三部分，強調咬字、拍板擊節的準確，唱得婉折柔麗，悠揚動人。這種別開生面的歌腔，讓當時家居的王太倉[49]喜好，並令家僮演習，說明了新腔已在上層社會得到重視。

(3)崑腔以後的傳奇

革新後的崑腔，最初只用於府宅宴會上清唱小曲。首先用新腔來編製戲曲的是梁辰魚（約西元一五二五～約一五九四年），字伯龍，號少白、仇池外史。他用細緻的手法演述《吳越春秋》裡范蠡和西施的愛情故事寫成《浣紗記》傳奇。劇寫春秋時吳越相互攻伐，越被吳所敗，越王勾踐臥薪嘗膽，力求奮發，又用范蠡計，向吳王夫差進獻浣紗女西施，並離間吳國君臣，終於滅了吳國。范蠡助越王復國功成，即棄官帶著西施泛舟而去。劇中人物，主要顯揚越國君臣的奮發精神，而以范蠡和西施為中心人物，並對伍子胥的忠義深加歌頌，對夫差的奢靡和伯嚭的貪婪有所批評。在結構上因串插事件過多，頭緒紛繁，情節不盡緊湊；但排場熱鬧、曲調鏗鏘，是他的擅勝處。文辭仍受《琵琶記》的典雅，《香囊記》等的駢

[48] 南曲原以鑼鼓為節奏，間或以器樂伴奏，魏良輔等人，採用北曲絃索琵琶、三絃、月琴和南曲簫管混合伴奏，以鼓皮擊節。見徐渭《南詞敘錄》。

[49] 王太倉，名錫爵，是當朝的禮部尚書兼文淵閣大學士。

儷風氣的影響，曲詞文雅而僵化，說白也像駢文。但他常常親自「教人度曲」，和歌兒們「遞傳疊和」，造成旋風盛況，崑曲也因這部傳奇而風靡劇壇，壓倒海鹽、餘姚等腔，與弋陽腔互爭聲勢，起初在長江中下游的廣大城鎮傳唱，隨著官僚富賈的行蹤擴伸，數十年間，成為劇壇專寵，輝煌於全國劇壇達一百五十年。

崑曲傳奇劇作，也因應時潮而風起雲湧，量多質佳，如王世貞的《鳴鳳記》，寫嚴嵩和他的反對者之間的政治鬥爭，以時代社會的現實為題材，寫成四十一齣的長戲，一掃當代劇作專寫戀愛題材的習氣。高濂的《玉簪記》，雖然是以才子佳人的愛情為題材，寫書生潘必正和女尼姑陳妙常的戀愛結合，不顧世俗、宗教的阻撓，執著於青春的愛情之火，和一般愛情劇不同，有很細緻的心理描述。一般才子佳人的劇情，仍是文士之所愛，如薛近兗的《繡襦記》，把白行簡的〈李娃傳〉傳奇小說故事，參取了戲文《李亞仙》、元雜劇《鄭元和風雪打瓦罐》、《李亞仙花酒曲江池》的經驗，極力描述李亞仙的堅貞愛情，而鄭元和拒絕入贅名門，對愛情的嚴肅認真，與小說中老父為了兒子愛戀娼女，有辱門楣，把兒子活活打死，又棄而不顧的門第觀念、官僚作風，在思想主題上很不相同。又王玉峰的《焚香記》，也改變了「王魁負桂英」這個相傳已久的主題，王魁中舉之後，拒絕丞相韓琦的招親，成為「王魁守義，貴不易妻；桂英堅志，死不改節」，可以說是翻新舊作的成功作品。其他如鄭若庸的《玉玦記》，張鳳翼的《紅拂記》，都是流行廣遠的佳作。

(4)沈璟的格律和湯顯祖的辭藻

晚明的曲壇，劇作家在曲辭上產生了格律、辭藻之爭。

對曲辭的格律、聲韻提出嚴格要求的代表人是沈璟；他籍貫江蘇吳江（今蘇州附近），所以他的理論觀點就叫做「吳江派」。沈璟（西元一五三三～一六一〇年），字伯英，號寧庵、詞隱。罷官家居三十年，致力於戲曲聲律的研究，精通音律，善於南曲，他的作曲主張，以「合律」為第一要義，並不重視戲曲的內容思想，所編《南九宮十三調曲譜》（簡稱《南九宮調》），為填詞家選曲定牌的準則，說明南曲的唱法，對於南曲的音律，有精深的研究，所以成為當代製曲家的金科玉律，風靡一時。當時劇作家，如顧大典、葉憲祖、卜世臣、呂天成等，都受他的影響，因此形成「吳江派」系統，呂天成《曲品》尊他為「曲中之聖」。

沈璟所作傳奇劇本，共有十七種，合稱《屬玉堂傳奇》，今存《義俠記》、《博笑記》、《埋劍記》、《桃符記》、《紅渠記》、《雙魚記》六種，其中以寫武松故事的《義俠記》較為流行，但遠不如《水滸》小說中的活潑生動。他對當時劇本文辭充滿了駢文辭賦，提出「本色論」來加以糾正，反對雕琢辭藻，要求文字質樸，但因過於講求聲律，而束縛思想內容，所作傳奇劇本，沒有出色的成就。最服膺沈璟的呂天成，號鬱藍生，所作《曲品》兩卷，是現存最早的傳奇作家略傳和目錄，為後人提供了很有價值的材料，所作《煙鬟閣傳奇》十種、雜劇八種，都沒有流傳下來；卜世臣也是吳江派的信徒，所作《冬青記》和《乞麾記》也都不傳。

在晚明的傳奇作家中，湯顯祖是名聲盛傳不衰的大家。湯顯祖（西元一五五〇～一六一六年），字義仍，號海若、若士、清遠道人。中進士之後，因為不趨附權貴，只做過幾任小官，又因關心民間疾苦，受到彈劾，便棄官歸家，三年後被免職，此後就在自建的「玉茗堂」內專心創作戲曲。所作戲曲有：《紫釵記》(《紫簫記》改本)、《還魂記》、《邯鄲記》、《南柯記》,四部劇作都有描寫夢境的情節,所以合稱「玉茗堂四夢」。他的創作思想,受晚明李贄、袁宏道、屠隆、徐渭、梅鼎祚等的影響,重性靈反對復古摹擬,重內容反對格律束縛,主張文章「不在步趨形似」。「以意、趣、神、色為主」,是他的戲曲創作主張,和講求曲律的沈璟,一主文,一主律,在當時曲壇上形成兩派對峙大勢,不但使劇壇放出異彩,其影響並持續到傳奇的衰落。湯顯祖是江西臨川人,他的理論觀點就叫做「臨川派」。

「四夢」最早寫成的是《紫簫記》,後來重寫為《紫釵記》。故事據唐蔣防傳奇小說〈霍小玉傳〉改編,寫唐代李益流寓長安,在元宵節撿到霍小玉失落的紫玉釵,就用這紫玉釵托媒求婚,婚後李益去洛陽應試,中狀元,隨軍出征立功,返長安後,婉拒盧太尉的招贅。李益離去後,小玉生活漸漸困窘,不得已出售紫玉釵,被盧太尉買到,就以這釵為憑,說小玉已另嫁。幸有黃衫客聽說了此事,派胡奴用駿馬把李益送到小玉處,真相大白,夫妻團圓。《邯鄲記》故事取材於唐沈既濟傳奇小說〈枕中記〉,寫呂洞賓在邯鄲道上的旅店中,用磁枕讓盧生入夢,夢中行賄中舉,出將入相,經歷了官場風波,享盡了榮華富貴,高壽而卒,夢醒時仍身在邯鄲的旅店中,盧生因此悟道,跟呂洞賓學道成仙。《南柯記》故事取材於唐李公佐傳奇小說〈南柯太守傳〉,寫淳于棼失意無聊,在夕陽中喝酒入夢,夢中到了槐安國,和金枝公主成婚,任南柯郡太守,因功拜為左丞相,公主病死,他因驕奢淫佚,放逐回來,夢醒過來,夕陽未下,餘酒猶溫,因此悟道。《邯鄲》、《南柯》二記是他晚期之作,最終以主角悟道,一歸佛、一歸道,來寄託他富貴功名終歸一夢的思想,也反映出晚明的官場、社會的黑暗病態,人情險詐。

「四夢」中的《還魂記》,最膾炙古今,被推為明人傳奇的壓軸之作,在崑劇舞臺上上演不輟。全劇五十五齣，是明代傳奇中少有的長篇，因劇中最關鍵的情節，是男女主角夢中在牡丹亭下幽歡，全名叫做《牡丹亭還魂記》，所以又簡稱為《牡丹亭》。劇寫南宋時南安太守杜寶有獨生女麗娘，已到十六歲的懷春年紀，他延請老儒陳最良為師，教她讀書。麗娘不受拘束，在侍女春香的慫恿下，到後花園去遊賞，感慨春景無人欣賞，好像少女的青春易逝，竟在白日的夢中，和書生柳夢梅歡媾，從此悒鬱成病而死，臨終前自己畫下遺容，教春香藏在花園中的太湖石畔。杜寶就把她葬在後花園，調任離去。三年後，果然有書生柳夢梅其人，在赴試途中，病倒在南安，被看墓園的女尼所救，在宅院裡養病。病好在園中撿到麗娘畫像，覺得似曾相識，深為愛慕，便懸掛起來，麗娘在他日夕對畫呼喚下，鬼魂夜來相聚；並告知可以把她開棺救活起來，復活後相偕逃離，結為夫婦。後來柳夢梅應試中舉，麗娘要柳夢梅去尋找杜寶，被杜寶以盜墓罪吊起拷打，麗娘現身證明自己復生，杜寶仍不認同女兒的婚姻，最後由皇帝下令完婚。

《還魂記》的劇情，根據明代話本小說《杜麗娘慕色還魂》的故事，再加擴充渲染，增飾許多關目場面，是作者豐富想像的結晶，杜麗娘死後三年，得以還魂復活，在事實是絕無可能，但愛情寫得堅定真誠，表達青年男女對自由的愛情婚姻的嚮往；但最後仍回復到社會禮制的規範，加上精妙的曲文，人物性格、心理刻畫的細膩感人，使劇作的文學藝術價值，異常彰顯，深受社會的喜愛㊿。在崑劇舞臺上，

㊿ 傳說婁江女子俞二娘讀了《牡丹亭》，感傷自己的身世，斷腸而死（《靜志居詩話》）；杭州女伶商小玲失戀後，因演《牡丹亭》，被劇情感動，傷心而死（《劇說》）；內江某女子，因讀《牡丹亭》，愛湯顯祖的才華，表示要嫁給他，湯顯祖以年老婉辭，她自憾其生也晚，投江而死（《劇說》）等等，都是盛傳於當時社會的感人傳聞。

〈驚夢〉、〈尋夢〉、〈寫真〉、〈拾畫〉、〈魂遊〉、〈鬧宴〉等齣，不斷傳演，至今仍盛，特別是〈驚夢〉一齣，在傳統戲曲早已衰落的今日，仍是世人所熟知愛賞，演員也以能扮演好杜麗娘一角為其演藝之傲，可謂是中國傳統戲曲不朽的巨著。下面也欣賞最佳妙的〈驚夢〉這一齣：

【遶池遊】（旦）夢回鶯囀，亂煞年光遍。人立小庭深院。（貼）炷盡沈煙，拋殘繡線，恁今春關情似去年。〔烏夜啼〕[51]（旦）曉來望斷梅關，宿妝殘。（貼）你側著宜春髻子，恰凭欄。（旦）剪不斷，理還亂，悶無端。（貼）已吩咐催花鶯燕借春看。（旦）春香，可曾叫人掃除花徑？（貼）吩咐了。（旦）取鏡臺衣服來。（貼取鏡臺衣服上）雲髻梳罷還對鏡，羅衣欲換更添香。鏡臺衣服在此。

【步步嬌】（旦）裊晴絲吹來閒庭院，搖漾春如線。停半晌，整花鈿，沒揣菱花，偷人半面，迤逗的彩雲偏。（行介）步香閨怎便把全身現。（貼）今日穿插的好。

【醉扶歸】（旦）你道翠生生出落的裙衫兒茜，艷晶晶花簪八寶填，可知我常一生兒愛好是天然。恰三春好處無人見。不隄防沈魚落雁鳥驚諠，則怕的羞花閉月花愁顫。（貼）早茶時了，請行。（行介）你看，畫廊金粉半零星，池館蒼苔一片青。踏草怕泥新繡襪，惜花疼煞小金鈴。（旦）不到園林，怎知春色如許！

【皂羅袍】（旦）原來姹紫嫣紅開遍，似這般都付與斷井頹垣！良辰美景奈何天，賞心樂事誰家院。恁般景致，我老爺和奶奶再不提起。（合）朝飛暮卷，雲霞翠軒，雨絲風片，煙波畫船，錦屏人忒看的這韶光賤！（貼）是花都放了，那牡丹還早。

[51]〔烏夜啼〕係詞牌名，係念白，旦、貼旦接念的對白。引文內念白處都改以小號字表示。

【好姐姐】（旦）遍青山，啼紅了杜鵑，荼蘼外煙絲醉軟。春香呵！牡丹雖好，他春歸怎占的先！（貼）成對兒鶯燕呵！（合）閒凝眄，生生燕語明如剪，嚦嚦鶯聲溜的圓。（旦）去罷！（貼）這園子委是觀之不足也！（旦）提他怎的！（行介）

【隔尾】（旦）觀之不足由他繾，便賞遍了十二亭臺是枉然，到不如興盡回家閒過遣。（作到介）（貼）開我西閣門，展我東閣床，瓶插映山紫，罏添沈水香。小姐，你歇息片時，俺瞧老夫人去也。（下）

這是劇中第十一齣〈驚夢〉的前半，也有人將它叫做「遊園」。作者用曼妙的春光，來映現杜麗娘青春迷夢的少女情懷。表面上只寫麗娘和春香去後花園閒遊了一回，但曲辭念白中，在在都映現出她不平靜的心思。一開始就說她是在春鶯的啼叫中被喚醒過來的；春香也質疑她「今春關情似去年」：這都顯示她的心靈已經和以往不同了。在【步步嬌】、【醉扶歸】二曲中，寫她自傲於自己的麗質天生，「不隄防沉魚落雁鳥驚諠」一語，真是概括傳神至極！【皂羅袍】、【好姐姐】二曲，她從蒼苔一片的後花園裡，看到到處的春花爛熳，錦繡般的春色，鶯燕交鳴，她的「青春夢」真的被喚醒了！所以後半齣寫回到閨房後，獨自怨嘆生在官宦人家，父母總為她挑揀名門，把青春都耽誤了。接著就在睏倦中入夢，就在幻夢中虛擬出一場幽會。這就是湯顯祖的豐富想像，以實寫虛（藉實景來象徵隱微的思想）的奇妙手法，而文辭中修辭法的活潑妥貼，如【步步嬌】裡以「晴絲」雙關「情思」，又比喻出「搖漾如線」的少女春思；「菱花」（借代為鏡子）會「偷人半面」，用了「擬人」法來誇張她梳妝之後的魅力迷人；「步香閨怎便把全身現」句，寫她出門之際的含羞心態，和「停半晌，整花鈿」的愛美心情。在短短的八句曲辭中，就把一個少女倏忽多變的心理情況，淋漓地刻畫出來了。

但湯顯祖的文學藝術手法，在晚明重視格律的劇壇，受到普遍訾議。王驥德《曲律》說：「湯若士婉麗妖冶，語動刺骨，獨字句平仄，多逸三尺，然其妙處，往往非人力所及。」沈德符《顧曲雜言》說：「湯義仍《牡丹亭》一出，家傳戶誦，幾令《西廂》減價。奈不諳曲譜，用韻多任意處，乃才情自足不朽也。」雖然抨擊他「不諳曲譜」，卻仍不能不讚許《牡丹亭》是文學才情的結晶；能夠編撰幾部長編傳奇劇本的人，當然是懂得曲譜的52，只是湯顯祖下筆，是特別講究文學語言藝術的立場，合律與否，便在其次。當時有人改動他的劇本，讓他非常不悅。他在〈答凌初成書〉裡說：「不佞《牡丹亭記》，大受呂玉繩（天成）改竄，云便吳歌。不佞啞然笑曰：昔有人嫌摩詰之冬景芭蕉，割蕉加梅，冬則冬矣，然非王摩詰冬景也。」又在〈與宜伶羅章二書〉說：「《牡丹亭》要依我原本，呂家改的，切不可從。雖是增減一二字，以便唱，卻與我原作的意趣大不同了。往人家搬演，俱宜守分，莫因人家愛我的戲，便過求酒食錢物。」他更明白地表示「正不妨拗折天下人嗓子」53。

雖然湯顯祖和沈璟被稱為晚明傳奇戲曲的「雙璧」，文學史上對「沈、湯」之爭也用了很多筆墨來說明，但晚明劇壇，「臨川派」只有湯顯祖一個人。鄭振鐸《插圖本中國文學史》說：湯顯祖無疑是高出的天才，但他只是一位「獨善其身」的詩人，孤高地實踐個人的理想；他雖然不著意宣傳，要領導別人，

---

52 姚士粦《見只編》說：「湯海若先生，妙于音律，酷似元人院本。自言篋中收藏，多世不常有，已至千種，有《太和正音譜》所不載。比問各本佳處，一一能口誦之。」

53 見〈答孫俟居書〉。

但他天才的晶瑩，自然就吸引了很多人，跟隨在他後面；相較於著意提倡自己理念的沈璟，影響更大。「他的影響，不僅籠罩了（傳奇）黃金時代的後半期，且也瀰漫在後來的諸大作家，（清代）如萬樹，如蔣士銓，以至于如黃韻珊等等。」鄭氏的指陳，對於湯顯祖的成就和影響，概括得十分清楚了。

湯顯祖的劇作，也不是完美無瑕疵的，早期所作的《紫簫》、《紫釵》，王驥德《曲律・雜論》評說：「第修藻艷，語多瑣屑，不成篇章。」吳梅特別推許後期所作的《邯鄲》和《南柯》，認為它們「直截了當，無一泛語，增一折不得，刪一折不得」[54]。但《牡丹亭》仍是他藝術成就的代表作，誠如王驥德所說：「其才情在淺深、濃淡、雅俗之間，為獨得三昧。」「臨川派」的風格精神，是明末清初的戲曲家所步武，如蔣士銓即作有《臨川夢》傳奇，以歌頌湯顯祖生平，敢於藐視權貴，保持高風亮節為作劇題材，便是想望臨川風采的表示。

(5)清代的傳奇

清初的傳奇作家，以李玉、李漁、洪昇、孔尚任為代表。

a.李玉，字玄玉，號蘇門嘯侶、一笠庵主人，生卒年不能確考，約生於明萬曆十九年（西元一五九一年）左右，卒於清康熙時。他生逢崑曲傳奇鼎盛的年代，又出生在戲曲名家輩出的地區——（江蘇）吳縣，使他成為優秀的傳奇作家，所作傳奇共三十四種，總稱為《一笠庵傳奇》，現存的有十八部[55]，而

---

[54] 語見《戲曲概論》。

[55] 《一笠庵傳奇》十八部，即《一捧雪》、《人獸關》、《永團圓》、《占花魁》、《清忠譜》、《千忠戮》（又作《千鍾祿》）、《眉山秀》、《牛頭山》、《萬里圓》、《兩鬚眉》、《太平錢》、《麒麟閣》、《意中緣》、《五高風》、《昊天塔》、《風雲會》、

以《一捧雪》、《人獸關》、《永團圓》、《占花魁》蜚聲劇壇，合稱「一人永占」。他作品中有取材於當時社會的實事，反映政治的腐敗，社會的動亂，把眼光注目到下層民眾的身上。他作劇的目的主要為舞臺的演出，因而文辭通俗，善於凸顯劇中人物的性格，枝蔓的情節極少，在組織技巧上更勝過湯顯祖。清人給李玉相當高的評價，如高奕《新傳奇品》評他的作品如「康衢走馬，操縱自如」，讚美他手法的嫻熟。他又編訂了《北詞廣正譜》，是研究北曲曲律的重要著作。

b.李漁（西元一六一一～一六七九年），初名仙侶，號天徒；早年字笠鴻、謫凡、隨菴主人，居杭州西湖時，號湖上笠翁，居南京時署名新亭客樵，寫小說則用覺道人、笠道人、覺世稗官等筆名。他是個全才的文學藝術家，戲曲、詩、詞、文章、小說、文學理論、書、畫都有作品流傳下來，而以戲曲大家留名。他是唯一古今中國戲曲史上獨到的戲曲理論家，和完全喜劇作家。戲曲理論見於《閒情偶寄》中，他以長期浸淫戲曲的欣賞、編寫過幾十部劇本的經驗，和訓練家庭戲班演員的教育觀念，凝結出空前絕後的實際理論，後代世人因此不斷對它反覆研讀探討，已被摘出另名為《笠翁戲劇論》。所作傳奇三十多部，流傳下來的十部，稱為《笠翁十種曲》㊻。笠翁的喜劇，情節極為曲折精妙，使人驚羨於他的巧思，和精密的排場；他認為戲曲是為在舞臺上演出而編撰，所以曲辭賓白，都務求淺顯近俗。雖然他處身在案頭短劇盛行的清初，通俗的題材和語言，受到「庸俗」的批評，但是他以「戲」為主的基本編劇態度，

《七國記》、《一品爵》。

㊻《笠翁十種曲》：即《奈何天》、《比目魚》、《蜃中樓》、《憐香伴》、《風箏誤》、《慎鸞交》、《凰求鳳》、《巧團圓》、《玉搔頭》、《意中緣》。

雖見鄙於文士，而大受演者、觀眾的歡迎，使他享有「名滿天下，婦人稚子，莫不知有李笠翁」57的盛名。而他少用典故、不尚辭藻，以娛樂觀眾為作劇目的的作風，也改變了明末追逐詞藻，不顧內容的弊病。《風箏誤》等劇中的若干折子，如〈前親〉、〈後親〉、〈驚醜〉等，仍在崑劇舞臺上上演；並且很早就有英、法、德、日、俄、拉丁等外文翻譯本，日本人尤其對他愛重，把他比作唐詩中的杜甫。筆者早年曾寫成《李漁研究》58一書，有極詳盡的介紹。

「南洪北孔」，是康熙末葉，傳奇劇壇的雙璧，洪昇的《長生殿》和孔尚任的《桃花扇》，是清代傳奇的兩大傑作。

c. 洪昇（西元一六四五～一七〇四年），字昉思，號稗畦，所作戲曲有傳奇《長生殿》、《回文錦》、《迴龍院》、《鬧高唐》等，雜劇有《四嬋娟》，現存《長生殿》和《四嬋娟》二種，而以《長生殿》享古今盛名。康熙二十八年（西元一六八九年），《長生殿》演出適逢佟皇后喪期，觸犯了封建時代禁忌，他和在場觀劇的友人和演員，都受到懲處，革除學籍，時人為此為他寫了「可憐一曲《長生殿》，斷送功名到白頭」的詩句。

《長生殿》是以唐明皇、楊貴妃的愛情故事，延伸及於唐代天寶之亂的歷史分析；雖然取材於〈長恨歌〉、〈長恨歌傳〉、《太真外傳》等文籍，但構思主題，要把以往楊貴妃是「亡國禍水」的觀念扭轉過來，也抹去她和安祿山曖昧關係的謠傳，使她變成一個對唐明皇堅貞忠愛、又有才華的女子，所以他倆

---

57 李漁的朋友王安節語。

58 《李漁研究》，一九六四年初版，一九九五年重版，臺北市國家出版社。

的愛情，從生到死，從人間到天上，從現實世界到幻想世界，劇作思想、人物形象，非常統一。二百多年來，《長生殿》中的〈定情賜盒〉、〈驚變〉、〈密誓〉、〈埋玉〉、〈聞鈴〉、〈哭像〉等單齣折子，仍經常在崑劇舞臺上演出。

d.孔尚任（西元一六四八～一七一八年），字聘之、季重、岸塘、東塘，雲亭山人，孔子六十四世孫。康熙南巡至曲阜時，孔尚任應召講經，受到賞識。《桃花扇》是他以南明遺民的心情，借名士侯方域和秦淮名妓李香君的愛情，來抒發他故國興亡的深沉隱痛。所以劇中對於南明的政壇情勢，文人在瀕臨亡國之際，仍過其徵歌逐色的生活，其中時、地、事件，都有所根據，忠奸不背於歷史，瑕瑜並見於一人，因而逼真生動，演成四十齣的歷史傳奇劇，以傳奇體式的浪漫作風，複雜的結構，借侯、李的愛情，概括出南明的亡國史。論者以為《桃花扇》是七分史實、三分文學的歷史愛情悲劇，令人感到悲涼沉鬱。

劇中人物，以李香君的塑造最成功：她是秦淮河上有才藝、姿容的名妓，和復社名士侯方域相戀，侯方域以題詩的宮扇相贈為定情信物。閹黨馬士英、阮大鋮透過畫家楊龍友，表示願意出資為兩人結合，藉此以結交方域，方域願意應允，卻被香君所怒斥，方域也受她激勵而拒絕。武昌總兵左良玉率軍移食南京，朝野震動，方域因和左良玉是故交，寫信去勸阻；阮大鋮藉此誣陷方域內通左良玉，方域投奔在揚州督師的史可法。李自成攻陷北京，馬、阮迎立福王，迫害復社人員；又要把香君嫁給漕撫田仰為妾。香君在堅拒下昏倒傷了額頭，流血滴在方域給她的扇上，楊龍友就把扇上血跡描成折枝桃花，即成「桃花扇」。清軍南下，攻陷南京，明朝滅亡。方域、香君都避難到棲霞山，在白雲庵相遇，拿出桃花扇來敘舊，卻被道師撕碎了扇，二人因此悟道，各自出家。

劇中人物除了侯、李之外，還穿插了說書名藝人柳敬亭、老曲師蘇崑生，孔廟的老贊禮，協助劇情的發展，孔尚任也在第四十齣的主要劇情結束了後，特別安排了末齣〈餘韻．哀江南〉，讓他們在明朝滅亡之後，在南京龍潭江畔見面，三人各以不同的唱腔：老贊禮彈弦為巫腔，柳敬亭唱盲女彈詞，蘇崑生敲板唱弋陽腔，分別訴說亡國之後，所見到社會的衰敗，和對金陵的懷念心情，是作者「長歌當哭」的心底隱痛。我們姑且排除這一齣不是孔尚任所作之說❺❾，來欣賞其中老曲師蘇崑生所唱「弋陽腔」這一段。

【北新水令】山松野草帶花挑，猛擡頭秣陵重到。殘軍留廢壘，瘦馬臥空壕。村郭蕭條，城對著夕陽道。

【駐馬聽】野火頻燒，護墓長楸多半焦。田羊群跑，守陵阿監幾時逃？鴿翎蝠糞滿堂拋，枯枝敗葉當階罩。誰祭掃？牧兒打碎龍碑帽。

【沉醉東風】橫白玉八根柱倒，墮紅泥半堵牆高。碎琉璃瓦片多，爛翡翠窗櫺少，舞丹墀燕雀常朝。直入宮門一路蒿，住幾個乞兒餓殍。

【折桂令】問秦淮舊日窗寮，破紙迎風，壞檻當潮，目斷魂消。當年粉黛，何處笙簫？罷燈船，

---

❺❾《桃花扇．餘韻．哀江南》的作者，今人曾永義教授有〈桃花扇哀江南曲的作者問題〉一文，根據劉階平、齊如山等人的發現質疑，整理考證，認為不是孔尚任所作，作者是明末遺老賈鳧西。詳細請參閱國語日報新排《古今文選》第四十期附錄。

端陽不鬧；收酒旗，重九無聊。白鳥飄飄，綠水滔滔。嫩黃花有些蝶飛，新紅葉無個人瞧。

【沽美酒】你記得跨青溪，半里橋，舊紅板，沒一條，秋水長天人過少。冷清清的落照，剩一樹柳彎腰。

【太平令】行到那舊院門，何用輕敲？也不怕小犬吠哰哰。無非是枯井頹巢，不過些磚苔砌草。手種的花條柳梢，盡意兒採樵。這黑灰是誰家廚竈？

【離亭宴帶歇指煞】俺曾見金陵玉殿鶯啼曉，秦淮水榭花開早，誰知道容易冰消！眼看他起朱樓，眼看他讌賓客，眼看他樓塌了！這青苔碧瓦堆，俺曾睡風流覺。將五十年興亡看飽。那朱衣巷不姓王，莫愁湖鬼夜哭，鳳凰臺棲梟鳥。殘山夢最真，舊境丟難掉。不信這輿圖換稿。謅一套哀江南，放悲聲唱到老！

這是一套北曲，寫樵夫走入南京城，看到整個是戰爭之後的破敗情況；走到明孝陵，一片荒蕪穢亂；走到明故宮，宮闕毀壞，成為乞丐棲身之所；回到他以往常到的秦淮河，同樣是破落荒涼，淒清冷寂。以「山河依舊，國破家亡」的淒楚氣氛來結束全劇，留下震撼人心的悲劇詩境。

崑腔興起以後，成為全國各地劇場的主要唱腔，傳奇劇本也因為處處崑腔風行的需求，大量創作。由明朝中葉到清初，傳奇作家之盛，劇本之多，不勝盡舉。即以清初來說，李玉、李漁、南洪北孔之外，阮大鋮雖然名列「八奸」之一，但所作九種傳奇多可取，《燕子箋》、《春燈謎》等《石巢四種》，在劇壇史上也能得到佳評[60]；吳炳作有《療妒羹》等五種；范文若作有《花筵賺》等九種；袁于令作有《劍嘯閣傳奇》等七種；蔣士銓作有雜劇和傳奇十多種，《藏園九種曲》中有六部傳奇。還有吳偉業、尤侗、嵇永仁、楊潮觀等等，崑腔傳奇堪稱風雲際會，盛極一時。

第六節　京劇——從亂彈中脫穎而出的「皮黃」

一、亂彈的興起

當崑腔勢力無限鼎盛的明清之際，其實還有許多地方腔調和崑腔並行，只是總敵不過崑腔的聲勢。因為崑腔柔麗悠揚，「優雅」的韻味，深得士大夫的喜愛。據清李斗《揚州畫舫錄》所記：「兩淮鹽務，例蓄養『花、雅』兩部，以備大戲。雅部即崑山腔。」換言之，崑腔以外的劇種為花部。「花部」，就是京腔、秦腔、弋陽腔、高腔、羅羅腔、梆子調、二黃調[61]之類的統稱，也叫做「亂彈」[62]；所以叫做「亂彈」，是這些民間腔調的樂律唱法，都比較粗獷，語言較通俗，與崑腔的嚴格細緻不同，北京、揚州等地的士大夫，稱崑腔以外的劇種為「花部」、「亂彈」，實寓褒貶之意。

---

[60] 盧冀野《中國戲劇概論》說：「《石巢四種》的大概，其結構之無依傍，全由想中自得，不借助於傳聞習說；與《玉茗堂四夢》之自出心裁是一樣的。」

[61] 二黃調本是湖北黃陂、黃岡二地的牧歌式歌唱演進而來，上傳湖南、廣西、廣東，下傳到安徽，總名叫「湖廣調」。

[62] 清代玩花主人選的《綴白裘》十二集中，內有崑腔四百三十齣，高腔、亂彈腔、梆子腔等五十九齣，則「亂彈」原本是一種唱腔的名稱，和用稱各地腔調的「總稱」不同。

崑腔經過長時期的盛行，人情有喜新厭舊的必然性；也因它規矩極謹嚴，文字艱深，宜於士大夫的欣賞，而非大眾之所喜愛，所以清乾隆時代，崑腔漸衰，亂彈因接近民眾，漸漸擡頭，有取而代之之勢。在張堅的《夢中緣》傳奇〈序〉說：「長安之梨園稱盛，……而所好惟秦聲，囉弋，厭聽吳騷，聞崑曲，輒鬨然散。」《燕蘭小譜》上也有「崑曲非北京人所喜」的話。

花部的聲腔劇種，大多由崑、弋兩腔衍繹而來。在魏良輔改造崑腔以前，起自江西的弋陽腔，本來就流行較廣，嘉靖時一度衰絕，經過譚綸在萬曆時修改，又慢慢復興，流播到中國南北各地，滲入各地的土腔，衍化成安徽的青陽腔、四平腔、徽腔；傳到北京，就衍生出高腔、京腔；山西、陝西的梆子腔也滲入了弋陽腔的成分。徽腔經由「四大徽班」傳入北京，和湖北的漢調融合，形成今日的京劇；又在湖北境內融為「皮黃」，湘劇、桂劇、粵劇，也都滲進了弋陽腔的成分。崑腔盛行全國各地，各地的方音土腔，也會有所汲取。所以，崑、弋兩腔對中國各種劇種聲腔，都有所影響，這從各地方戲曲的劇本上，有不少是從傳奇劇目中取材改編而來可見。

二、京劇的崛起——皮黃的獨盛

皮黃在花部各腔中能夠脫穎而出，成為傳統戲曲的主流，因為它在發展過程中，吸收了各種腔調的優點，又在首都北京普遍盛行，所以獲得「京劇」這個專稱。

徽腔、漢調是在乾隆十五年（西元一七九〇年）進入北京，由在安徽享有盛名的徽班「三慶班」帶頭；隨後入京的，又有「四喜」、「和春」、「春臺」，合稱「四大徽班」。「四大徽班」的主腔是二黃調，是在「吹腔」和「高撥子」的基礎上，演變成「四平調」的進一步發展而成，在北京廣受歡迎。到嘉慶、道光年間（西元十九世紀初），湖北漢戲藝人李六、王洪到北京參加徽班的演出，又把漢戲中的西皮調❻❸融入，所以京劇的主要唱腔有二黃、西皮兩個系統，舊時也稱「皮黃」，由此奠定了京劇的基礎。這時崑劇雖然已逐漸衰微，但因它的優雅高藝術水平，得到統治者的支持，加上它悠長的歷史背景，在京城的舞臺上仍佔有較重要的地位，更有其他地方戲腔的競爭，徽班為了適應生存條件，廣泛地吸收了其他戲曲藝術的長處，提升了相當完整的藝術風格。

「四大徽班」在京劇的發展過程上十分重要。乾隆帝南巡到揚州，官方雖然提倡崑、弋而禁亂彈，但徽班諸腔兼備，並未受到影響，因匯集眾長，變化多端，所以盛行在江南，又風靡京師，嘉慶時即成為當時劇壇盟主。「四大徽班」這個名詞，也代表了各個徽班自具特色，所謂「三慶的軸子」，就是擅長演出整本大套；「四喜的曲子」就是擅唱崑曲；「和春的把子」，就是擅長器械武術的演出；「春臺的孩子」，春臺班是兼訓練學徒的科班，所以童伶特別多，孩子在師父的督促下，加上本身前途的向上心，又因戲班人多，場上特別熱鬧，受到歡迎。這個以演員技藝號召的發展情況，也奠下了京劇「腳色重於劇本」，重視舞臺較多於文學，和以往不同的欣賞立場。

京劇原以北京這個地方得名，亦叫做「京戲」，後來國民政府成立，北京改稱北平，所以京劇也改名為「平劇」，國民政府撤退到臺灣，對平劇深有研究的大師齊如山先生，又建議改稱「國劇」，以彰顯它在傳統戲曲的傳承中的代表性地位。但中共統治大陸後，北平又改稱北京，便沿用「京劇」或「京戲」

❻❸ 西皮調源於甘肅、陝西一帶的秦腔，流傳到湖北襄陽地區，與當地民間曲調結合演變而成。

的舊稱；而以腔調而言，這個劇種也常稱為「皮黃戲」或「二黃戲」。

三、京劇的特色

京劇從亂彈的平民藝術起家，拔易了崑曲的旗幟，躡據了崑曲的地盤。它的特色，約而言之：

㈠腔　調

融匯了各種腔調，以補救二黃本身的過於簡單。二黃曲調蒼涼深沉，長於抒發悲鬱激憤之情；西皮調活潑剛勁，長於表現昂揚歡快之情。

㈡曲　文

詞句主要是以七字或十字的上下句反復相連：七字句分為二二三，十字句分為三三四，以三小段來唱，結構相當呆板。即七字句是先唱兩個字，停一停，接唱兩個字，又停一停，再接唱三個字，加過門，再唱下句；十字句則先唱頭三字，再唱次三字，最後唱四個字。若詞句的方式改變，便不能上口。

㈢樂　器

有大鑼、小鑼、小鐺鑼、大鼓、班鼓、大鈸、小鈸、檀板、堂鼓、大鐃、鑔鍋、碰鐘（星子）、胡琴、三絃、月琴、笛、笙、大嗩吶、小嗩吶等十多種。伴奏分為「文場」和「武場」。「文場」即吹奏的管絃樂器，主要是胡琴為主，配上月琴、三絃，是唱工的主伴奏，以及笛、笙、嗩吶演奏曲牌音樂。「武場」即打擊樂器，主要是鼓板、大鑼、小鑼。

四劇　本

內容大半從歷史小說取材，傳統的劇目約有一千多個，常演的約有三四百個以上，有的是創作，有的從崑腔或秦腔戲改編過來，或脫胎於元雜劇，主題思想多因襲，懲惡勸善以大快人心者居多，宣揚忠孝節義的社會倫理教化功能，是京劇作家和觀賞者一致的共識。

五表　演

繼承徽戲、漢戲為基礎，吸收崑曲及其他地方戲的長處，逐漸形成了一套比較完整的表演手段和表演方法，分為「唱、念、做、打（舞）」（亦叫做「唱、念、做、表」）幾種藝術功夫，以實際生活為基本，化為簡煉、鮮明、誇張的虛擬手法，形成一套嚴格的規範程式，使每一項的表演，都在音樂化、舞蹈化、節奏化的藝術要求下，達到「形神兼備」的境界。

六腳　色

叫做「行當」，名目比雜劇、傳奇增多，劃分也較嚴格，早期分為：生、旦、淨、末、丑、武行、流行（龍套）七行，後來歸成生、旦、淨、丑四大行，各行之中，又再細分若干行當。

(1)生行：扮演劇中男子，分為老生（包括安工老生、衰派老生、靠把老生、紅生等，演中年或老年男子）、小生（包括扇子生、窮生、雉尾生，演青年或少年男子）、武生（包括長靠武生、短打武生，演勇武男子）、娃娃生（演小男孩）等。

(2)旦行：扮演劇中女子，分為正旦（又稱青衣，演端莊女子，重唱和念）、花旦（包括閨門旦、貼旦、潑辣旦、玩笑旦等，演活潑、嬌媚或潑辣女子，重做和念）、武旦（演勇武女子或女妖，專重武功和打出手）、刀馬旦（演女將或女俠，兼重念、做和武功，一般由花旦或武旦兼工）、老旦（演老年婦女）等。

(3)淨行：又稱「花臉」，扮演粗獷豪爽的男子，分為銅錘（又稱黑頭，重唱工）、架子花（包括奸白臉、架子花臉，重做和念）、武淨（又稱武二花，重武功）等。

(4)丑行：又稱小花臉或三花臉，扮演詼諧或邪惡的人物，分為文丑（包括方巾丑、小丑、丑婆子等）、武丑（又稱「開口跳」）等。

各行當的劃分，基本上依據人物的自然屬性（如年齡、性別）、社會屬性（如身分、文、武職業等），也有以人物性格來定：如諸葛亮比周瑜年輕，但周瑜歸小生行，諸葛亮歸老生行，關羽雖然要勾臉，但不歸屬淨行，特定為生行的「紅生」。各行的唱、念、做、打都各有一套既各不相同又互相通聯的程式規範，既是對劇中人物形象進行類型概括的結果，也是對演員進行技藝訓練的基礎。演員在場上演出，要熟練行當程式，更重要的是體悟人物的性格，和劇情的發展而善加創造，不可「千人一面」。優秀的演員，往往在突破行當的限制，或兼入各行，自創新式，如「花衫」這個腳色行當，就是梅蘭芳和王瑤卿綜合青衣、花旦、刀馬旦的特點，熔為一爐，發展出來的一個新的旦腳類型。

㈦化　妝

京劇尤其注重演員上場的裝扮，以凸顯出人物的造型，尤其是淨腳，臉部的化妝，叫做「臉譜」，原是由唐代樂舞「代面」逐漸演變出來，到宋、元時代已有臉上塗抹顏料的化妝方法。京劇演員扮演某種類型人物，已經形成一定的圖案，藉以顯示某一個或某一類人物的性格特徵或其他特點。一般以紅色代表忠勇，黑色代表粗直，白色代表奸邪；傳統劇目裡，淨腳扮演的主要人物如關羽、包拯、張飛、曹操等，各有特定的臉譜，觀眾一看臉譜，即知出場者是何人。丑腳鼻上勾畫的白粉塊，也屬臉譜之一種，俗稱「豆腐塊臉」；又有「碎臉」、「老臉」、「油白臉」、「粉白臉」等等，名目繁多。塗抹的方法，也有「勾臉」、「揉臉」的分別。至於穿戴的頭飾、冠冕和衣裙衫褲等戲服，和種種附加配件，更是繁多不勝舉列。

四、以演藝名世的京劇優秀演員

京劇自乾隆、嘉慶形成以來，大量優秀的演員，唱腔、表演的技巧，使得劇目和劇中人物的造型，成為「行當」、「程式」類型化，也是促使京劇快速發展、廣遠流佈的主要動力，因而給人「京劇以演員為主」的感覺。有創意的演員，也不甘於枯守在「行當程式」或師傅傳承的規範中，而力求創新、突破，各自成為「流、派」，給劇壇帶來了很大貢獻，也產生了很大的影響。老生如程長庚、余三勝、張二奎、盧勝奎、譚鑫培、汪桂芬、余叔岩、馬連良等等；小生如徐小香、程繼先、姜妙香、葉盛蘭等等；武生如俞菊笙、楊小樓、蓋叫天、尚和玉等等；旦腳如梅巧玲、余紫雲、田桂鳳、王瑤卿、梅蘭芳、程硯秋、荀慧生、歐陽予倩、張君秋等等；老旦如龔雲甫、李多奎等等；淨腳如穆鳳山、黃潤甫、何桂山、裘盛戎等等；丑腳如劉趕三、楊鳴玉、王長林、肖長華等等。其中以梅蘭芳的貢獻，為古今戲曲演員留下光輝的史頁。

梅蘭芳（西元一八九四～一九六一年），本名瀾，字畹華，出身京劇世家，祖父梅巧玲，是著名的花旦，伯父梅雨田，是著名的琴師。他八歲學戲，十一歲登臺，擅演青衣、花旦、刀馬旦各種腳色的劇目，在二十年代和程硯秋、荀慧生、尚小雲並稱京劇「四大名旦」。早年曾試演「時裝戲」《一縷麻》、《鄧霞姑》等，後來又創演《天女散花》、《洛神》等「古裝戲」。在長期的舞臺經歷的全心體驗中，對唱腔、念白、舞蹈、音樂、服裝、化妝等和演藝相關的各方面，都有不斷的創新，形成獨特的藝術風格，世稱「梅派」，對京劇藝術有極大的影響。他自幼習藝，功底深厚，文武、崑亂兼長，臺風優美，扮相極佳，嗓音圓潤，唱腔流暢，又不時創出新腔，使京劇旦腳的聲樂藝術不斷提升到新境界。又對劇本的文辭和表演技巧，在深長的研究後，加以改進。代表作有《宇宙鋒》、《貴妃醉酒》、《奇雙會》、《霸王別姬》、《抗金兵》、《遊園驚夢》等。在二十年代至五十年代間，曾多次赴日本、美國、蘇聯等國進行文化交流，和世界著名藝人卓別靈、斯坦尼斯拉夫斯基等交往，美國並授予名譽博士學位，是享譽國際的中國藝術演員。中共建政以後，曾任中國文學藝術界聯合會副主席、中國戲劇家協會副主席、中國京劇院院長、中國戲曲研究院院長。論著編有《梅蘭芳文集》、自述傳記《舞臺生活四十年》、編集常演劇目《梅蘭芳演出劇本選集》。並有子女克紹箕裘：子葆玖，旦腳；女葆玥，老生。

當時能在劇目中加工創新，形成獨特風格而成「派」的，還有楊小樓（西元一八七七～一九三八年）的「楊派」、汪桂芬（西元一八六〇～一九〇六年）的「汪派」、譚鑫培（西元一八四七～一九一七年）的「譚派」、蓋叫天的「蓋派」、金少山（西元一八九〇～一九四八年）的「金派」，「譚派」的主要傳人余叔岩（西元一八九〇～一九四三年），又以創新的藝術風格，形成「余派」，言菊朋（西元一八九〇～一九四二年）也從「譚派」的傳承下另闢蹊徑成為「言派」，王瑤卿的弟子荀慧生，又在楊小樓、余叔岩的指點下，形成了「荀派」等等。至於不以「派」見稱的名腳，也各以擅長的演技和劇目，享譽劇壇者極多，京劇演員以演藝的成就，獲得世人的肯定，扭轉了以往輕視戲曲演員的刻板觀念，這不能不承認是京劇藝術的一項成果。

五、京劇的發展

《夢厂偶聞》說：「道光末，二黃腔忽盛行，其聲比弋，則高而急，其辭皆市井鄙俚，無復崑、弋之雅。同時，山西梆子又復盛行，而崑曲遂衰。」可見皮黃從亂彈中脫穎出來獨盛的時候，亂彈的其他聲腔並沒有消亡，很多劇本是可以兼用不同唱腔來演出的；並且文辭平淺質直，容易得到民眾的歡迎。清焦循《花部農譚》說：

梨園共尚吳音，花部者，其曲文俚質，共稱為亂彈者也，乃余獨好之。蓋吳音繁縟，其曲雖諧於律，而聽者使未睹本文，無不茫然不知所謂。……花部原於元劇，其事多忠孝節義，足以動人，其詞質直，雖婦孺亦能解，其音慷慨，血氣為之動盪。郭外各村，二、八月間遞相演唱，農叟漁父聚以為觀，由來已久矣。

在當時人都認為花部的各種腔劇，是卑下之作，焦循卻體認到鄙俚質直，正是它通俗的主因，可謂「獨具隻眼」。但他所說的是「共稱亂彈」的花部，不是專指皮黃之作。據日人青木正兒《中國近世戲曲史》就《綴白裘》、《燕蘭小譜》、《花部農譚》、《劇說》等書，摘擷出來當時的「花部」所演的戲曲劇本，無論全本或散段，並沒有明指是皮黃專用的劇本；但如註明是梆子腔的全本戲《蜈蚣嶺》、《清風亭》，註明亂彈的《淤泥河》，散齣的《慶頂珠》，都是常在後來京劇舞臺上上演的劇目。也就是說，皮黃腔和其他亂彈腔有共用劇本的情形。

青木正兒又說：

……今之《貴妃醉酒》一本乾隆時戲曲改作者。……其次，近時流行之皮黃中，一本崑劇而改作者不少，今略舉其顯著之劇目：《六月雪》一本《金鎖記》；《大劈棺》一本《蝴蝶夢》；《喬醋》採自《金雀記》；《白蛇傳》採自《雷峰塔》；《翠屏山》採自《翠屏山》；《擊鼓罵曹》採自《四聲猿》；《八義圖》採自《八義記》；《紅梅閣》採自《紅梅記》；《烏龍院》採自《水滸記》；《獨占花魁》採自《獨占花魁》；《別母亂箭》採自《表忠記》；《馬前潑水》採自《爛柯山》；《景陽岡戲叔》採自《義俠記》；《瓊林宴》採自《瓊林宴》；《拾黃金》採自《三元記》。或取其一二齣，或有節略數齣而改作一長齣者。

可見京劇的來源，取自舊劇者多，創作新劇者少。近人蔣伯潛《小說與戲劇．「雅部」的沒落與皮黃的代興》裡說：「現代平劇的來源大概不外乎這兩方面。現在同一齣戲裡，也有用不同的腔調來歌唱的：例如《挑華車》是皮黃兼崑曲的戲；《翠屏山》是皮黃兼梆子的戲。」這是清末民初的京劇劇本情況。

抗日戰爭中，上海和西南地區（重慶、桂林等地）的京劇界，曾配合抗日戰爭編演過一些新戲，如田漢編的《岳飛》、《江漢漁歌》，歐陽予倩編導的《梁紅玉》、《桃花扇》，周信芳編演的《徽欽二帝》等。中共主政後，大陸在「百花齊放，推陳出新」的指示下，對傳統戲曲劇本和表演，進行「保留精華，剔除糟粕」的整理工作，改編和移植了傳統劇目，如《白蛇傳》、《將相和》、《黑旋風李逵》、《西廂記》、《趙氏孤兒》等，又新編演了一些歷史故事劇，如《闖王進京》、《滿江紅》、《正氣歌》、《司馬遷》、《譚嗣同》等，一九五八年以後，又為「反映現代生活和革命歷史題材」，新編了《白毛女》、《紅色風暴》、《紅燈記》《蘆蕩火種》、《黛諾》等「革命現代京劇」[64]；又特別為適應「革命現代戲」的內容，對京劇原有藝術形式如唱腔、音樂、服裝、表演、身段，以及人物造型和景物造型等舞臺美術，都作了大膽的「現代化」的改造。到「文化大革命」後，由毛澤東妻江青所控制，俗謂之「樣板戲」，但「四人幫」垮臺後，京劇又回復了傳統的形態。

[64]「革命現代戲」，較早叫做「現代劇」。共有七個劇本，無論是用京劇、越劇、話劇的形式來演出，只能從這七個本子選擇來演出。

國民政府撤退到臺灣，京劇也隨著帶過來，好些原來喜愛京劇的觀賞者，如齊如山、俞大綱、張大夏、王叔銘、張大千、夏元瑜等等，在臺灣宣導起來，國防部又在海陸空三軍的政治作戰部下，以文宣名義，分別設立陸光（陸）、海光（海）、大鵬（空）三軍劇校，訓練新生代演員，並且每年舉辦大規模的競賽，除了評選出演技優秀的演員外，也開闢了新編劇本的創作空間，如魏子雲編撰的《平寇興唐》、《新荀灌娘》等，貢敏編了《貞觀圖》、《天下一家》等，直到一九九五年，認為軍中京劇隊的勞軍任務已經告一段落，三軍劇隊改組為「國立國光劇團」，改隸教育部，承接延續宣揚傳統戲曲藝術的任務。其實，京劇在臺灣，在四十年代由齊如山倡議改稱為「國劇」，提升了它在傳統戲曲的「正統」代表性地位之後，也因地區性音樂特色，和方言不同的隔閡，本地人和本土生長的新生代，能欣賞京劇的人日少，加上時代、社會的急速變遷，國劇也就被冠上「國粹」的尊名。一九七九年，出身於「小大鵬」的郭小莊，以「國劇的新生」為號召，提出整體改革京劇藝術的呼籲，創立「雅音小集」，以期京劇的創新與現代化，對原本的京劇劇本的結構、演出劇場、演出的唱、做、表、作等，都做了不少改變的嘗試，企圖吸引年輕觀眾的參與。但國劇藝術畢竟與現實生活有很大的距離，它走入歷史凝為文化藝術的一點，是必然的走向。海峽兩岸的情況，莫不同然。

其實，認為京劇已然沒落，早在「五四」運動之後。歐陽予倩在〈談二黃戲〉一文中，他先指出京劇的缺點，如二黃是「無論何種腔調，一齊拉攏，兼容並包，……往往在一齣戲裡，加入許多別的腔調來作陪襯……不過二黃戲本身的弱點也因此暴露無餘，牠衰亡之道，也由於此。……二黃戲的腔調是很簡單的，因為簡單，就夠不上說表情……表情又極薄弱，應用的範圍又復太廣，籠統假借，沒有嚴密的規則，牠容易流傳也在此，沒有價值也在此。」最後又說：

> 總而言之，二黃戲由（崑曲的）典麗進於通俗，由束縛的進於自由的，由貴族的進於平民的；尤以編製的簡單、明瞭、緊湊、經濟，比崑劇好些。可惜二百年來，毫無進步，一來舊時伶人未免過於敝帚自珍，不肯公開研究；二來有學問的人，不屑專心研究使牠發展，而俗伶乏識，不能將原有的缺陷補起，反將原來的好處湮沒……以至於二黃的真價益貶。老樹上不發新葉，牠的壽命也就自然短促了。如今二黃已經近到破產了，固然不妨當古物一般將牠保存，不過也決無須惋惜，因為牠雖有些好處，已是過時之物，現代的社會決不以這種藝術為滿足。我們很熱烈的期望有新藝術產生，決不希望費些無謂的光陰去在朽木上加以雕漆。

歐陽予倩（西元一八八九～一九六二年）是一位終身獻身於戲劇的工作者，是一位話劇、京劇演員，編劇、導演、戲劇教育家，在戲劇界有盛名。早年留學日本歸國後，活躍在話劇和京劇界。他在京劇舞臺上，以嗓音清越，中氣充沛，唱工考究，和梅蘭芳並稱「南歐北梅」，抗日戰爭之前，即自編自演新京劇《饅頭庵》、《寶蟾送酒》、《人面桃花》、《桃花扇》等。可見他在〈談二黃戲〉文中所說，是真正行家之見。但他也認為京劇藝術應該好好地保存，特別是「臉譜、馬鞭及舞蹈式的動作」這些「習慣上的符號……應當照牠原樣一絲不走的保存；並且添編新作，也要完全用牠的公式。」盧冀野在《中國戲劇概論》談到「皮黃的衰落」，也有同樣的看法。又蔣伯潛在《小說與戲劇》中也說：「現在大家都提倡著『改良平劇」的口號，然而到了現代，平劇已告一段落，幾百年來，承接著戲劇正統的平劇，在文藝勃興的現代，已成為結束上期戲劇的一個關鍵。雖然時俗的愛好還不曾失去它底力量，但是就藝術原則上看來，話劇的代替平劇是合理的必然趨勢。」

事實是在大家談論京劇衰落這個問題的同時，話劇已經輸入中國了。

六、京劇劇本舉例

京劇因演員傑出的唱、演技藝而盛行，也使得許多劇本的故事和曲辭，流行在愛好者的言談口吻之中，雖然還未得見像關漢卿、湯顯祖、李漁等的雜劇、傳奇名著，不斷成為文學研究者的研究專題，而且都因演員而有名，寫作這個劇本的人反而被忽略。所以，京劇由盛行到衰落，沒有著名的劇作家留名下來，反而是演出這個劇本的演員被推崇，即使寫戲曲史或文學史的人，寫到皮黃從亂彈中脫穎而出之後，就敘述成功的演員像程長庚、譚鑫培、馬連良、梅蘭芳等等，和初期的「四大徽班」或著名的劇團，也就是說，京劇劇本的文學成就一直都被忽略。

以《貴妃醉酒》為例，也叫做《百花亭》，寫楊貴妃在百花亭設筵，要與唐明皇同樂；卻久候不見明皇聖駕到來，知道他到了別的後宮去了。在怨憤的心情下，命高力士、裴力士侍奉，獨自在筵前飲到大醉，悵然回宮。據《納書楹曲譜》所載，《醉楊妃》原是乾隆時花部的地方戲，後來在徽劇、京劇、漢劇、川劇等劇中都有這個劇目；京劇中更是一齣歌舞並重的戲碼。到了梅蘭芳演出這齣戲的時候，特意整理加工，剔除了不健康的表演和對白，以凸出楊貴妃內心的哀怨；他在演技上創造了「臥魚」這個特殊的醉倒身段，成為此後演出這個戲碼的行當程式，《貴妃醉酒》除了成為梅蘭芳的「招牌戲」之一外，不但其他演員都沒沒無聞，更無人去考查最早寫這個劇本的原作者，反而記下了在演出上將它加工改造的梅蘭芳。

再看《淤泥河》，也叫《羅成叫關》，故事取材於小說《說唐全傳》，寫唐初秦王李世民被誣下獄，他弟弟齊王李元吉為要剪除哥哥的勢力，在奉命征討蘇烈（蘇定方）時，保薦世民的部將羅成為先鋒，藉以暗害羅成。羅成出戰得勝，元吉又再派他出戰，羅成再戰歸來，元吉關閉城門，不讓他進城；羅成咬破指頭寫下血書，給他在城內的義子羅春，叫他轉奏朝廷，又再隻身赴敵，馬陷在淤泥河裡，被亂箭射死。這齣戲最早收錄在《綴白裘》裡，叫做《淤泥河》，後來京劇、徽劇、秦腔、漢劇、湘劇、粵劇、川劇、滇劇等都有這齣戲，作劇者都佚名。京劇是小生的重頭戲，有大段唱功，因演這齣戲而成名的京劇演員，有德珺如、朱素雲、葉盛蘭等。

歐陽予倩在〈談二黃戲〉中，認為京劇的故事，多取材於歷史小說，或從其他劇種改作，甚至脫胎於元雜劇，評以「思想不免因襲」，而「剪裁與編製，也多有別見會心之處」，又從總括是「懲惡勸善」的主題內容立場下，把若干劇本略作分類，如：

勸孝友的：有《孝感天》、《天雷報》、《生死板》、《桑園寄子》等。

講貞操的：有《三擊掌》、《桑園會》、《祭江》、《孟姜女》、《宇宙鋒》、《三娘教子》等。

講義烈崇尚氣節的：有《黃金臺》、《取滎陽》、《監酒令》、《徐母罵曹》、《罵楊廣》、《南陽關》、《八義圖》、《關羽》、《岳飛》等。

講愛國的：有《澠池會》、《將相和》等。

表義憤的：有《馬閻羅》、《八大錘》、《黨人碑》等。

勸善的：有《硃砂痣》、《打金枝》、《大賜福》、《雙冠誥》等。

懲惡的：有《審潘洪》、《曹操逼宮》、《司馬逼宮》、《司馬師逼宮》、《迴龍閣》、《鍘美案》、《打龍袍》、《天雷報》等。

家庭戲：有《四進士》、《六月雪》、《釣金龜》、《狀元譜》、《鐵蓮花》等。

愛情戲：有《紅鸞禧》、《占花魁》、《祝英台》、《玉堂春》、《花田錯》、《彩樓配》、《穆柯寨》等。

這是經過筆者從文中摘擷出來，分行排列的，不但類別不精確，而且還多遺漏；文中還談到諸葛亮、關羽、岳飛、李白、黃忠、趙雲，《賣馬》中的秦瓊，《換子》中的徐策，《殺廟》中的韓琦，是京劇中英雄崇拜的表現等等。文章後半又以《慶頂珠》、《捉放曹》、《擊鼓罵曹》、《烏龍院》為例，談到「二黃戲在編劇藝術上有價值的」手法，是當時從文學角度來看京劇的難得探討了。

以下賞讀《擊鼓罵曹》一齣，《擊鼓罵曹》也叫《打鼓罵曹》、《群臣宴》，取材於《三國演義》小說。寫三國時名士禰衡，性情高傲，經孔融保薦給曹操，沒受到曹操禮遇，並且因他言語無禮，讓他做鼓吏來羞辱他。禰衡就在曹操和群臣歡宴時，擊鼓罵曹，曹操就派他去說降劉表，為借刀殺人之計。川劇、漢劇、徽劇都有這齣戲。京劇是以老生演禰衡，唱、做、念並重，擊鼓時的「鼓套子」技巧要求很高。

經余叔岩、楊寶森加工演出成功，成為「余派」、「楊派」的代表作。歐陽予倩很欣賞這齣戲的唱辭，指出「丞相已用恩非小，屈為鼓吏怎敢辭勞」為最好。他對作劇者稍改原作的用意，有很好的分析：

此劇的賓白，大體直鈔《演義》，只有曹操讓他去說降劉表，照《演義》是禰衡不肯去，曹操叫人扶掖之而行，並令百官送之，禰衡下馬，荀彧等端坐不為禮，禰衡大哭。在戲中卻是禰衡自己認錯，長揖而去。我常懷疑他為什麼要這樣作？……仔細想了一想，覺得《擊鼓罵曹》這齣戲的作者，別有會心。據《禰衡傳》，說他少有才辨而氣尚剛傲，矯時慢物。像禰衡這種人，可以作詩人，可以作藝術家，決不宜作政治家、軍事家。況在當時群雄割據之秋，狂士更從何處立足？然而禰衡既恃多才，也未嘗不想有以自見。所以他的朋友孔文舉，才薦他出去。此戲的作者，根據這點，以為禰衡恃才傲物，無自知之明，而有自見之心，所以出場幾句唱詞，就說「平生志氣運未通，似蛟龍困在淺水中；有朝一日春雷動，得被風雲上九重。」上兩句寫他的狂，下二句直說他彈冠待薦。他明知曹操是姦臣，孔融薦他，他居然見了曹操，又居然由著曹操送他投劉表，又由著劉表送他投黃祖，可見禰衡不過年少氣盛，恃才傲物，於出處之間，並沒有分寸。所以戲中竟說他向曹操表示服從，不僅是因為場子上的便利（若作荀彧等送行，便要多作一場）。平心而論，禰正平（禰衡字正平）的名言「大兒孔文舉，小兒楊德祖」云云，不過是他恃才看不起人的一種表示。他年紀本輕，平生於經國大計，只怕並不甚麼留心，所以也沒有甚麼發表，曹操因此也不過以狂士待之。正平自命堅貞，如何能忍？勢必出於一罵，罵的詞句，我以為還沒有陳琳的檄文來得中竅要。並且我還揣想，假使曹操居然以國士之禮待禰衡，禰衡還是引曹操為知己呢？還是仍然大罵一頓呢？就擊鼓罵曹作者的眼光看來，若是曹操加禰衡以禮貌，禰衡必為曹操所用。

歐陽予倩不但跳脫了京劇欣賞者，一向把焦點放在演員身上的習慣，改從劇本的文學立場來看，而且又從作者以歷史人物、盛傳的故事情節，故意稍加改變的編劇手法，來看劇作家的寄託用心，對於京劇欣賞，不能不說是啟導了一個新方向；由於歐陽予倩也從事話劇的編演工作，自然就把他得自西方戲劇的觀念，用到傳統戲曲上。也為京劇提示了另方面欣賞、研究的思想途徑。

第七節　歌仔戲

中國幅員廣大，言語、歌曲更是繁雜眾多，劇種聲腔，即一省之內，也會各不相同，就福建一省來說，根據《中國戲曲劇種手冊》[65]所作的調查，就有莆仙戲、梨園戲、高甲戲、閩劇、平講戲、庶民戲、詞明戲、大腔戲、閩西漢劇、北路戲、梅林戲、右詞南劍調、小腔戲、三角戲、閩西采茶戲、南詞戲、閩西山歌戲、薌劇、打城戲、竹馬戲、游春戲、肩膀戲等二十二種；福州、泉州、漳州、廈門等大都市，都有足為代表性的劇種。這一節以目前成書的地緣因素，特別稍稍介紹臺灣所特有的劇種——歌仔戲，作為本章前半「傳統戲曲」的結束。

[65] 李漢飛主編《中國戲曲劇種手冊》，中國戲劇出版社。

一、歌仔戲的興起和發展

歌仔戲是臺灣地方性的傳統戲曲，它的源頭是來自大陸的閩南地區。明末清初，大批漳州、泉州、廈門等地的福建省人民，隨著鄭成功渡海移居臺灣，把閩南地方的歌調66帶過來。早期臺灣流行廈門出版的俗曲唱本《歌仔冊》。「歌仔」，就是歌謠，是一種民間的歌唱說唸，後來發展成在迎神賽會中的演唱，叫做「歌仔陣」，根據行政院文化建設委員會近二十年來委託專家所作調查，沒辦法肯定歌仔戲成立時期，但可知清初以後的二百年間（約西元一六八三～一八九五年），最早在臺灣流行的是泉州梨園戲，特別在宜蘭、苗栗、桃園、南投等地方盛行。

「歌仔陣」在臺灣日治時期，仍是蘭陽地區的農家子弟的業餘遊樂團體，在農舍或廟埕裡組團演唱歌仔，或在迎神賽會時搭起板凳演戲。後來用動作把唱唸的曲文含意表演出來，漸漸形成早期歌仔戲的搬演，宜蘭地區稱之為「本地歌仔」。後來先後受到來自大陸的傳統戲曲，如四平戲、亂彈戲、福州戲、上海正音戲（即來自上海的京劇）、九甲戲、梨園戲等劇種的影響，吸取了它們的某些身段、行頭、劇目、音樂曲調、舞臺佈置等等為養分，因而促使歌仔戲在表演藝術上快速成長67。民國三十七年（西元一九

66　《方祖燊全集(八)・文學批評與評論集・戲劇的分類》說：「（歌仔戲）起於福建龍溪和閩南地區，集龍溪錦歌、安溪採茶調、同安車鼓弄，原為清唱形式。」

67　陳志亮《薌劇源流》說：「據原四平戲藝人張招治先生說：四平戲班改唱歌仔調是在她年當二十歲左右。……照推算當是一九二四年前後。京劇和歌仔合班則發生在四平戲改唱歌仔戲以後幾年。由於京班演員和樂師大量流入

四八年）享譽閩南漳泉一帶的「都馬劇團」由廈門遷臺，「都馬調」因曲調悅耳，雅俗共賞，被歌仔戲吸收廣泛運用，成為歌仔戲的重要樂曲。

日治時期，歌仔戲的主要表演場所是臨時搭建的野臺或寺廟前的戲臺。在臺灣光復初期即邁入劇院，建立了完備的商業劇場體系，至民國四十七年（西元一九五八年），歌仔戲的發展至為迅速，全省歌仔戲劇團共有二百三十五團，在全省各地的地方戲劇比賽中，展現出過人的活動力，劇場表演藝術日益精緻；又在廣播電臺發展出沒有舞臺的「廣播歌仔戲」，劇本的長度漸漸拉長，內容也從人情戲擴展到歷史劇，聲勢鼎盛。民國五十三年（西元一九六四年），臺灣電視公司又將歌仔戲搬上電視螢幕，又在六十一年（西元一九七二年）成立了「臺視聯合歌劇團」，電視歌仔戲躍升為電視節目的要角，成為許多家庭主婦熱愛的節目。

使歌仔戲發揮出驚人的魅力，「臺視歌仔戲劇團」的坤伶楊麗花[68]居功最偉，她不但是電視螢幕的巨星，也在政府或私人藝術機構的安排下，經常率領劇團到全省各地作巡迴公演。歌仔戲從此在各種文化

歌仔戲當師傅，因而引起京班大批改組和合併，繼而出現了散班和連人帶戲籠投靠歌仔戲謀生的情況。當時京班雖然多在歌仔戲開場前獨立地演出京劇折子戲，但更多是在傳授京劇的表演藝術和客串武打角色。歌京合併以後，歌仔戲劇目驟然擴大，尤其是宮闈戲、武打戲日益增加。因之……歌仔戲系統地搬用京劇各行當的表演程式和鑼鼓介頭、吹牌以及花臉、文武鬚生等行當所必須的唱調等等。歌京合班的結果，雖然加深歌仔戲的京劇化，但卻也進一步推動了歌仔戲的藝術發展。」

[68] 楊麗花以反串男性劇中人物為主。

藝術活動中大量演出。但是，由於社會文化的時潮轉變，「絕大部分的歌仔戲團，仍艱苦地守著野臺，作各種婚喪、喜慶、寺廟酬神的演出。」㊾

二、歌仔戲的藝術特色

㈠舞臺表演

最早在宜蘭「本地歌仔」時期的演出，服裝道具大抵就地取材，旦腳要紮綢巾，插珠花頭飾，其餘腳色則以日常服飾登場，後場樂器不用鑼鼓，用「四管」和敲擊樂器㊿。

歌仔戲舞臺演出，原本是沿承自以往傳統戲曲的藝術特質，在腳色地位也以旦腳和小生為主，劇本內容主要也是生旦的愛情故事。在表演藝術上，即或在發展過程中，因離鄉背井，和受日本異族的壓迫統治，把心中的鬱抑之情，藉著戲曲的絃管和文辭來發洩，形成「哭調」的聲腔特性；臺灣光復以後，各方面都獲得照顧，生活改善，「哭調」也成為過往陳跡，歌聲多流麗歡悅。此外，和其他各傳統劇種的舞臺表演藝術，事實並無異致，充分顯示出臺灣歌仔戲和大陸各地的傳統戲曲，是一脈相承的關係51。

㊾ 數語引自林鋒雄《中國戲劇史論稿・歌仔戲在台灣地區的文化地位》。

㊿ 「四管」即殼仔絃、大廣絃、月琴和笛子。敲擊樂器則有用龜殼或木魚加上小鑼組成的「吩咍咯仔」、「五子仔」、「四寶」等。此段說明，參取自林鋒雄《中國戲劇史論稿・歌仔戲在台灣地區的文化地位》。

51 林鋒雄在《中國戲劇史論稿・歌仔戲在台灣地區的文化地位》中說：「在依循傳統歌舞戲發展的道路上……在吸

㈡文辭特色及舉例

歌仔戲是從說唱「歌仔」，發展到分腳色在舞臺上搬演故事，成為一個劇種，在文辭的結構上，也有其自我的特色，「四句聯」和「七字調」可為代表。

「四句聯」是曲辭（唱辭和唸白）的形式結構，以四個句子為一單位，每個句子的字數一般是七個字，也可以變化，增加「襯字」甚至到十個字一句，但四個句子的正字字數要相同，構成一首絕句詩的形式。

「七字調」是歌仔戲中最主要的曲調，以每句七字為結構形式；也以四句為一單位，每一單位的第二、第四句要押韻，構成一首首七言絕句的格律。它是以口傳方式流傳下來的民間歌謠，在「有限度的自由」、「有原則的變化」的基本範圍下，作者和歌者可以自由變化，只要守住「七字」一句的基本結構形式；所以「七字調」有「全能曲牌」、「俗謠之王」的稱號。近二十年來，在臺灣「本土化」的時潮下，熱心於歌仔戲的調查研究的學者輩出，已有專門研究「七字調」的音樂和演唱方法的著作出來[72]。以下舉歌仔戲「四大齣」之一的《山伯英台》一段來看：

（我）英台百花（呀）看了後（啊），（我）看哥（唉）真美（啊）白泡泡（啊）。（呀）這蕊牡丹收各種傳統戲曲身段再加修飾，和創造生活化的表演程式中，取得平衡，是歌仔戲舞臺表演身段的特性。」

[72] 民國七十四年（西元一九八五年）四月，樂韻出版社出版了張炫文所著《七字調的音樂研究》。

（哪）（來）開真透，（我）摘來甲哥（你）插項頭。

括弧內是自由增加的襯字，在四個七字句中，其實句句都押韻了；又使用俚俗的口語，如「白泡泡」，是白皙細嫩；「蕊」就是朵，用稱花的單位詞；「開透」，即盛開了；「甲」，給的意思，充分顯示出民間文學的特色。

貳、現代戲劇

中國戲劇自宋代的戲文成型以後，發展到京劇為止，始終和歌舞結合成為「歌劇」的形式，「有辭皆歌，無動不舞」就成為戲曲藝術的概括詞，直到西方的話劇輸入，才完全廢除歌唱，只用對話，沒有上下場，使用幕布和佈景，當時叫做「文明戲」；這是中國戲劇的完全改變。

第一節　話劇的萌芽與演進

我國話劇的萌生，起於清光緒三十二年（西元一九〇六年）留日學生曾存吳、李叔同等人在日本東京成立「春柳社」，稍後有歐陽予倩、陸鏡若、馬絳士等人加入。辛亥革命（西元一九一一年）後，春柳社從日本遷回上海，用春柳劇場名稱，公演民主革命的話劇。

民國七年（西元一九一八年）六月，《新青年》四卷六期出版了「易卜生專號」，把易卜生的戲劇介紹過來，對新文學作家們的思想、作風產生了很大的影響，胡適的《終身大事》，是發表較早的戲劇，有明顯摹仿易卜生的色彩。民國十年（西元一九二一年）五月，沈雁冰、陳大悲、歐陽予倩、鄭振鐸、汪仲賢、熊佛西等十三人，在上海組織了「民眾戲劇社」並出版《戲劇月刊》，是文學改良後第一個戲劇刊物。《戲劇月刊》一共出了十期，介紹了不少戲劇理論和技術，聲言戲劇不純是娛樂消閒品，是推動社會前進的一個輪子，是搜尋社會病根的X光源；月刊上也刊登一些話劇作品，對後來的劇運的影響很大。

第二年，陳大悲又和蒲伯英等創辦「人藝」戲劇新學校，熊佛西後來出任國立北京藝術學校戲劇系教授，主編《戲劇與文藝》（一九二九年）。在中國新劇啟蒙運動中，歐陽予倩有首屈一指的貢獻。他在日本參加演出過《茶花女》、《黑奴籲天錄》。回國後，和陸鏡若組織「新劇同志會」，創作劇本《潑婦》等，在上海、杭州等地演出話劇。他也跟京劇名腳小喜祿學青衣，也是京劇的名腳和劇作家。他對中國新、舊戲劇都有很大的貢獻。

話劇係受西方的影響而產生，民國元年（西元一九一一年）以後，以上海為發源地，漸次向北平、漢口、蘇州、杭州、長沙、南昌、濟南、蕪湖、福州、廣州、成都、臺北等地發展，於是各地先後有話劇社團的組織，參加者以藝術學校的師生及知識青年為主。《戲劇月刊》創辦以後，葉紹鈞等人的「文學研究會」，郁達夫等人的「創造社」，對話劇理論也都有文章，和話劇劇本的發表。郁達夫在〈戲劇論〉中聲稱，「咒詛現代的社會組織，表同情於孤苦無告的被虐者，高唱博愛同胞的人道主義，帶有革命、民主的色彩，就是近代劇所共有的精神。」由於文教界人士的提倡，劇本寫作和舞臺的演出，漸漸蔚成風尚，便奠定了話劇的發展基礎。

民國二十年（西元一九二一年）的「九一八」事變以後，話劇在反抗日本侵略的民族思潮上，做出了很大的貢獻，全國各地掀起了戲劇運動，也因此促進了我國戲劇的發展，共產黨也藉話劇來傳播統戰思想，劇作家日多，作品也豐富，戲劇刊物和理論著作也逐漸出現，足見民眾對戲劇的重視。民國十年（西元一九二一年）冬，上海中華職業學校的職工組成「上海戲劇協社」，有應雲衛、洪深、江仲賢、歐陽予倩等人為社員。一九二三年起公演話劇，有胡適的《終身大事》等。民國十三年（西元一九二四年），田漢在上海創辦《南國》半月刊，第二年發起組織「南國電影」劇社，開始拍攝電影。後來創立「南國藝術學院」，培養話劇與電影的演員與作家。

國民政府遷到臺灣，國防部所統領的三軍各級話劇團隊，是最龐大的戲劇組織，職業劇人，經常為勞軍巡迴演出，也向社會公演，培植了許多戲劇人才，一時著名的劇作家、導演、演員、舞臺設計以及音樂、美工、燈光等人才，都出自軍中劇隊；民間也有自組的業餘劇團。不少大專院校也設有戲劇科系，受過專業訓練的畢業生，成為特出的戲劇人才，在軍中劇隊以及臺灣、香港的電影界與廣播電視界，都有出色的表現。

自從電影流行，電視機的快速普遍，由演員在舞臺上現場演出的話劇，在時代社會的激變下，自然衰落，被電影所取代，電視劇流行以後，電影也稍見衰疲，目前是電視劇當道的時候。

第二節　話劇的分類

話劇既是從西方輸入，所以和傳統歌劇形式的戲曲完全不同，最大的特點是以劇中人物的對話來交代劇情，歌曲即使插入，也只是附屬作用。隨著時代事物的新變，話劇的分類也從最初的室內舞臺演出，走向室外，或以電子媒體來傳播，我們對中國現代戲劇，必須要有「泛話劇」的演進觀念；也就是說，話劇相應於時代、事物的發展過程中，已有多元多樣的面貌，從以下的歸類，可以得到概念：[73]

(一)以幕次多少來分

(1)獨幕劇：全部情節在一幕內演完。

(2)多幕劇：劇情比較複雜，故事不是在單一的時、空下發展的，就要分幕演出。

(二)以演出地點來分

(1)舞臺劇：舞臺是專為戲劇而設的地方，古今中外的演劇舞臺有各形各樣的形式，配合演出的需要，可以更換佈景、控制燈光等等。常設的舞臺，也有觀眾席位場地的相對設置。

(2)街頭劇：也叫做「廣場劇」，在廣場或街頭演出，是臨時性的表演場所，也可能搭建臨時性的舞臺。

(3)廣播劇：演員在電臺的播音室內，用對白交代劇情，也因應劇情，配上音樂、音響來製造視聽效果；或插入解說旁白，幫助聽眾瞭解情境和人物的心理狀態。

(4)電影和電視劇：電影是先在攝影棚內拍攝，經過剪接、配音，製成錄影帶，在電影院內上演。有了電視機以後，除了可以在螢光幕上播放預先攝製的錄影帶之外，也可以以現場佈置劇情情境的舞臺，

---

[73] 以下分類，主要綱目，係參取方祖燊所著《方祖燊全集(八)‧文學批評與評論集‧戲劇的分類》。

作現場直接傳播到電視機頻度可以接收得到的地方。

話劇的演出地點，是隨著時代事物的變遷而改進，舞臺劇、街頭劇、電影，是在大陸上就發展起來了，廣播劇、電視劇是國民政府遷到臺灣之後才開始的；大陸上也在世界時代潮流的變遷下跟進。因應不同的演出地點，劇作家也必須配合場地特性來編劇，如街頭劇必然偏向通俗化、大眾化、簡單化、口語化；舞臺劇因受現場有限空間和設備的限制，劇情的發展也就要細心考慮。電視劇和電影，還要注明鏡頭、場景、音樂、音效、人物的服裝和動作表情等等。

(三)以劇本情緒來分

(1)悲劇：劇情的發展，使人產生感傷、擔憂、憎惡、憤怒、同情等心理，如善良、英勇的主角受到迫害甚至死亡。

(2)喜劇：能夠引起觀眾、讀者產生快樂喜悅情緒的劇情。有哲理性喜劇、諷刺性喜劇。

(3)鬧劇：一作笑劇。題材主要在描寫小市民的生活，演員運用滑稽的動作和誇張手法，荒謬對話，奇裝異服，背離情理的思考，製造笑料，只為博取觀眾一笑，沒有思想內容。

(四)以劇本內容來分

(1)歷史劇：以歷史事件和人物為劇作題材。

(2)生活劇：以小市民的日常生活為劇作題材。

(3)社會劇：劇作家藉劇本來討論社會問題。

(4)愛情劇：主要是寫青年人的愛情故事。

(5)性格劇：用劇情描寫主角人物的兩面或多面性格。如陽翰笙《兩面人》，寫抗戰期間祝名齋，為保存財產周旋在抗日軍隊和日本間諜之間的兩面作風。

(6)象徵劇：劇情故事帶有象徵意義。

(7)幻想劇：為表達一個思想主題而幻設一個故事。如姚一葦《紅鼻子》，表現人性善惡的掙扎。

(8)神話劇。

(9)寓言劇。

(10)諷刺劇。

(11)反共劇：臺灣早期的劇本，多數有反共色彩。

話劇是常用來反映時代思潮的文學，也是一種極有助於宣傳言論思想的工具，大致而言，可作以上的分類；如今社會不斷呈現出多元多樣的變化，話劇的分類也必然隨時在更新。像電影和電視劇的演出，受限於機器和地點，也沒有具體的分「幕」問題；尤其是以劇本的「內容」來作的分類，必然跟著新的作品而改變[74]。

---

[74] 尹雪曼總編纂的《中華民國文藝史·戲劇》中，對大陸上的作品，並未加以分類；政府遷臺後所列的〈劇作的品類〉，「依其內容性質」，只歸列出：反共劇、歷史劇、社會劇、其他四類。

第三節　話劇作品例釋

話劇既曾盛行一時，劇作家和作品自然是無法盡列，自「五四運動」到民國二十年間，由胡適《終身大事》發端，葉紹鈞有《展覽會》等、陳大悲有《幽蘭女士》等、田漢有《獲虎之夜》等、歐陽予倩有《回家以後》等、郭沫若有《三個叛逆的女性》、丁西林有《青春之戀》等。這時期的劇本，都是文辭優美，內容大多深刻雋永，主題大多側重社會問題，與灌輸民主意識，可供上演和閱讀。民國二十年以後，劇作則以愛國抗日為主題思想，馬彥祥的《討魚稅》改編自京劇《打漁殺家》，其中故意強調貧富差距、白薇的《打出幽靈塔》的意識左傾，鼓吹婦女革命。夏衍是共產黨統戰戲劇的負責人，劇作題材，不論是取材於歷史或現代，都深具鬥爭性的政治作用，所作《賽金花》一劇，演清光緒二十六年（西元一九〇〇年），因義和團「扶清滅洋」，引致八國聯軍攻入北京；當時聯軍統帥暱寵名妓賽金花；夏衍所作，就是這件事，作了露骨的諷刺。在上海演出獲得佳評，但到南京上演時，因執政者不喜歡他的諷刺，演到中途，張道藩把痰盂摔上舞臺，而停演禁演。大陸「文化大革命」期間，夏衍所編劇被列為「毒草」；《紅旗》雜誌更批判《賽金花》是歪曲歷史、顛倒黑白的賣國作品。曹禺的《雷雨》等很受觀眾歡迎。

政府遷臺後，李曼瑰的《女畫家》寫一個女子被丈夫拋棄，努力自強，成為畫家。張永祥的《風雨故人來》，寫一個逃犯因為得到愛情幸福而自新。姚一葦的《碾玉觀音》取材於宋人小說，表現藝術家追求理想，以及中國人的愛情、倫理觀。寫一個寄人籬下的青年藝人，因彫刻玉觀音，刻出表妹的形象，洩露愛情的祕密，而被姑母趕走。表妹跟他私奔，但不久被找到，她被逼回家，嫁人、生子。藝人四方流浪，雙目失明。在飢寒交迫的夜裡，吹簫遣懷，昏倒在雪中，被妻所救，但為著兒子前途，不敢相認。盲人就刻了一個玉觀音給女主人為紀念，玉觀音刻成，他就死亡。姚一葦也探討戲劇理論，並以哲學為創作基礎，刻畫人性，強調國人的情操，以不流俗套，自成一格。以寫喜劇見長的丁衣，對白多幽默諷刺，所作電視劇、廣播劇、電影劇本約有一百多部，常有新的構思嘗試，表現出新奇的舞臺效果。他的《故鄉人》寫一個分散在臺灣、大陸兩地的家庭，劇中人互不相見，但彼此的生命與思想息息相關，舞臺分為兩半，這半是大陸，另半是臺灣，情節同時進行，演出極為感人。

早期話劇的劇本還刊印出版，但讀者已不多，到電影、電視劇風行之後，劇本的文學也未受到重視，未見有印行問世的。雖然教育部和國防部都設有「戲劇獎」、「文藝金像獎」，獎勵創作，無助於劇本的輯集，以利作學術上之研究，為劇作家作文學成就的評論。以下以早期的曹禺和郭沫若二人為例，作為本章的結束。

一、曹　禺（西元一九一〇～一九九六年）

曹禺原名萬家寶，湖北潛江人，生於天津。在天津南開中學就讀時，即演出易卜生的《國民公敵》、《玩偶之家》（即《挪拉》）等劇。一九三一年「九一八」事變後，組織宣傳隊宣傳「抗日救亡」工作。一九三一年在清華大學西洋文學系畢業時，即寫成《雷雨》劇本。以後便全力投入話劇和電影劇本的寫作。他本身就是一個好演員，他的舞臺經驗，自然在劇本創作中呈現出來，使劇本在演出時獲得很好的舞臺效果。所作話劇劇本，在解放之前，有《雷雨》、《日出》、《原野》、《北京人》、《家》、《蛻變》等，都為時人所樂道。

而《中華民國文藝史・戲劇》裡總評《雷雨》、《日出》、《原野》三部作品說：

曹禺讀過一些外國劇本，善於把外國劇本改為切合中國的劇情，再加上一些政治思想。他的編劇技巧較佳，其劇本的對白也很流利，所以很受一般觀眾的讚賞。如果對於外國劇本有研究的人，再看曹禺這三部劇本，則知道曹禺是一位善於盜用外國劇情的作者。

接著又逐一指出這三個劇本所藍本的外國作品，分別是：

《雷雨》一劇，完全以易卜生的《群鬼》為藍本，再加上俄國奧斯綽夫斯基的《大雷雨》的一點情節。《雷雨》和《群鬼》中的人物，周樸園相當於阿爾文將軍（只是一死一活而已），繁漪相當於阿爾文夫人，四鳳相當於愛琴娜，周沖相當於歐士華德。兩劇最大的不同，即《雷雨》加上勞資糾紛的階級鬥爭。

《日出》一劇，始脫於法國小仲馬的《茶花女》。陳白露相當於瑪格麗特，方達生相當於阿芒。兩劇最大的不同者，《日出》除男女愛情外，並強調代表舊社會人物的沒落，而代表新社會的人物將取代他們的地位，同時以日出象徵工人階級的興起。

《原野》一劇，很顯然的是受了美國歐尼爾的《瓊斯皇帝》的啟示而寫成，只是作者加強了農民如何向土豪鄉紳復仇的描寫。

不過，讀過外國劇本的人實在是少數，加上他已「改為切合中國的劇情」，曹禺在話劇史上，是一個名家的地位75。尤其是在一九三四年發表在「文學季刊」上的《雷雨》，暴露大家庭的罪惡，攻擊舊社會的黑暗，立即獲得注意，認為他結構嚴密、對話精鍊，寫作技巧很有藝術的意境。《日出》寫舊社會大都市裡一群生活在暗夜中的人們，劇名即作劇主旨，在把工人比做太陽的化身，從而加強了勤勞的觀念，帶來了東方的曙光。《原野》描寫古老農村中農人向土豪復仇的悲劇。

中共掌政之後，曹禺成為共產黨員，在「文聯」裡主管話劇的創作，一九五四年，話劇《明朗的天》獲得全國一等獎。又擔任中央戲劇學院副院長、北京人民藝術劇院院長，但他在一九五二年「文藝大整風」時，檢討自己是「不熟悉工人，不熟悉農民，不熟悉士兵，也不知道馬克斯列寧主義。……我到過淮河，參加過土地改革，在那短促的時間，我曾犯了些錯誤，靠了群眾的幫助，得到了及時的糾正，我還不曾寫出一個字來。」直到一九六一年，才遵從上級的交代，和于是之、梅阡等合作，由他執筆寫出

75 趙聰在《民國文人．曹禺》條下評說：「中國話劇作家，以作品之謹嚴，演出之效果，享譽之隆盛而言，至今還無人能夠超過曹禺。話劇這一文學形式，本非國產，乃是來自外洋，因此就不能不向西方劇作家的大牌有所取法。取法乎上，僅得乎中，自然無法和外洋相比，一比就會相形見拙。可是若與中國的話劇作家比，那又不同，曹禺總是佼佼者。如說曹禺膚淺，則郭沫若、田漢、老舍、洪深等就更膚淺了。」《民國文人》，陳映襄主編，長河出版社。

話劇《贍劍篇》，藉由越王勾踐的故事，教育人民餓著肚子努力生產，以吳王夫差影射赫魯雪夫。這篇宣導共產主義思想的作品，他仍然超越了同樣題材的一百多個劇本，展現出他「名家」大手筆的風範。

曹禺在話劇的貢獻，除了因《雷雨》的出現，使話劇獲得國人普遍的接受，而且《雷雨》也是演出次數最多的話劇劇本。

二、郭沫若（西元一八九二～一九七八年）

郭沫若原名郭開貞，中國現代著名文學家（詩集有《女神》、《星空》、《瓶》、《前茅》、《恢復》等）、歷史學家和古文字學家。一九三七年，「七七」事變後，從日本回國參加抗戰，期間創作了《屈原》、《虎符》等六部歷史劇；中共建立政權後，又創作了《蔡文姬》、《武則天》兩劇。郭沫若的劇作，大多是以歷史神話為題材，他最早的劇作是《棠棣之花》、《湘累》、《女神之再生》等三部詩劇，並作為第一輯收入《女神》。二十年代，所作歷史劇《卓文君》、《王昭君》、《聶嫈》，後來輯為單行本《三個叛逆的女性》。

他所作的歷史神話題材劇本有：

《廣寒宮》（一九二二年）

《孤竹君之二子》（一九二二年）

《棠棣之花》（五幕史劇，一九四一年）

《屈原》（一九四二年）

《虎符》（一九四二年）

《高漸離》（一九四二年）
《孔雀膽》（一九四二年）
《南冠草》（一九四三年）
《蔡文姬》（一九五九年）
《武則天》（一九六〇年）

郭沫若的史劇創作可分為三個階段：一是二十年代，以反對封建傳統、鼓吹叛逆性格為主調；其形式較為短小，有大量詩的成分。二是四十年代，以古人古事來表達「時代的憤怒」，形式已是成熟的多幕大型話劇，戲劇衝突異常尖銳，戲劇性強，貫穿著飽漲的激情；這是他創作的成熟期。三是五、六十年代，這時的兩個劇本，本意都在作翻案文章，以新觀點去評價歷史人物，不再像四十年代所作，以古人來「影射」今人，而是恢復歷史人物的本來面目，使人從中吸取歷史經驗和優良傳統。所以，他的劇作，既有強烈的時代氣息，更有著鮮明的個人特色，他把詩人的浪漫映入史劇中。他說：「生命與文學不是判然兩物，生命是文學底本質，文學是生命底反映；離了生命，沒有文學。」他的史劇強烈地表現著他的情緒、他的感覺、他對現實人生的看法，他似乎迫不及待地借劇中人物來發言，來傳達他所感受到的「時代的要求」。所以他的史劇並不拘泥於歷史事實的「確鑿」，而在「不能完全違背歷史事實」的框架上，經過「失事求似」的創造，以「發展歷史的精神」。

《三個叛逆的女性》，郭沫若從歷史中選擇她們來塑造出「在家不必從父，出嫁不必從夫，夫死不必從子」的婦女新形象。卓文君和司馬相如私奔的故事，在封建道德家看來是「淫奔」，是大逆不道的，而在另一些人看來，則只是風流韻事，談不上什麼嚴肅的意義。劇中卓文君以「人的資格」來向父親發言，是對封建禮教的大膽挑戰，和對愛情婚姻自主權的爭取。《三個叛逆的女性》是作者早期的史劇，篇幅較短小，結構較為簡單，但仍明顯的顯露出尖銳的戲劇衝突，和濃烈的詩的氣氛。

五幕劇《屈原》的手法是在一天之內概括出屈原的一生，緊張的戲劇衝突是它結構上的凸出特點，衝突的中心是關乎內政、外交的不同路線，這個衝突推動了全劇劇情的發展，展示了人物的多方面性格。全劇波瀾迭起，節奏鮮明，充滿了詩的激情，塑造出屈原這個偉大詩人的形象，也是作者本身詩人的激情滲透到劇作當中。

結語

在悠久燦盛的中華文化中，文學的成果最為炫目，前人用「浩如煙海」來形容其叢積之多，或以「詞山、曲海」來況喻詞、曲兩種體裁的厚實淵深，也都只是難以言喻的一種形容罷了。在上面的三十多萬字之中，筆者所作的分類和意欲達成的目標是：

一、依各類文學體裁產生的先後程序為分類，也就是把文學發展史的觀念涵蓋進來；各類文體間的傳承、新變等相關情況，自然也就顯現出來。

二、各類文體的介述，從文體名稱的義涵特質、特殊的形式結構、在發展過程中所產生的流派，和傳遞中所起的變化，都盡量簡要指陳。

三、各類文體中各時期、各派別的名家，擇舉他們或篇或書的名作，就作者的成篇原因，並就其文藝修辭手法略加賞讀，這樣也就顯示出該種文學體裁之所以成為當代的文藝表徵、和名家之所以為名家、名作之所以為名作的具體明證。

四、文學是「時代、社會、人生」的反映，是一般人對文學所共持的觀念，也是不少撰寫「文學概論」的人所特重，並常專立章節來闡述的；筆者的撰寫設想，是以各時代名家的作品來作這種觀念的實際呈現。如《詩經》便是結集民間各地詩人的生活心情、和朝廷詩人們的歌唱，屈原用〈離騷〉來抒發他思君憂國的愁懷，杜甫用詩來批評腐朽的政治、反映民眾的願望、表達他忠愛國家的心情，柳宗元用優美的遊記散文，寫出他在被貶的閒愁中，自我排解的心態，馬致遠的〈秋思〉散套，映現出元代知識份子無奈的沈悶心情，現代文學中，古華的小說《芙蓉鎮》，反映出六、七十年代大陸的政治風暴，民眾所受到的傷害烙痕，即或是一首短短的小令詞、曲，也都是作者對他所處的時代、社會，所置身的人生際遇的反映。通過賞讀作品的直接感受，文學裡所呈現出來的時代、社會、人生，自然讓人獲得更為真切的意會。

希望這樣的撰述構想，能夠實際傳達給讀到這本書的人。全書完稿，自己再三細讀，仍有「眼高手低」的愧疚，個人所知有限，敬請方家不吝賜教。

主要參考書目

中國文學發展史　劉大杰　華正書局

插圖本中國文學史（四冊）　鄭振鐸　香港商務印書館

中國文學史（一、二、三）　大家科學院文學研究所　人民文學出版社

中國文學八論　劉麟生、方孝岳等　泰順書局

中國文學論叢　梁啟超等　明倫出版社

中國文學通論　（日）兒島獻吉郎著、孫俍工譯　臺灣商務印書館

中國俗文學史（上、下）　鄭篤　臺灣商務印書館

中國文學研究新編　粹文堂編輯　明倫出版社

二十五史　開明書店鑄版　開明書店

從施耐庵到徐志摩　蔡忠義　清流出版社

樂府詩集　郭茂倩　商務印書館

十三經注疏　王弼、鄭玄等　藝文印書館

四書集註　朱熹　廣東出版社
諸子集成　楊家駱主編　世界書局
文心雕龍　劉勰　文光圖書公司
詩話叢刊　李調元等　弘道文化公司
詞話叢編　唐圭璋編　廣文書局
曲話　梁廷枏等　藝文印書館
詩賦詞曲概論　丘瓊蓀　臺灣中華書局
中國文學概論　（日）鹽谷溫（良工譯）　重光書店
文學概論　洪炎秋　文化大學出版部
方祖燊全集　方祖燊　文史哲出版社
國學概論（上、中、下）　程發軔　國立編譯館
舊詩作法淺說　徐碧波　華聯出版社
鍾嶸詩品箋證稿　王叔岷　中研院文哲研所
玉臺新詠　徐陵　臺灣中華書局
藝概　劉熙載　廣文書局
中國詩論　葛連祥　自資印行
詩經正詁　余培林　三民書局

漢魏樂府風箋　黃節箋釋　香港商務印書館
漢魏南北朝樂府　李純勝　臺灣商務印書館
樂府詩選　余貫榮選注　華正書局
曹子建詩註　黃節注　藝文印書館
李太白全集　李白　香港廣智書局
杜甫全集　杜甫　香港廣智書局
唐代詩學　正中書局編審委員會　正中書局
唐詩研究　胡雲翼　華聯出版社
古唐詩合解　王翼雲注　香港永經堂書局
唐詩三百首註譯　邱燮友　三民書局
宋詩百首淺釋　梁煒選注　香港萬里書店
陸游評傳　劉維崇編著　正中書局
詩　蔣伯潛　世界書局
中國民歌研究　胡懷琛編　香港百靈出版社
中國新文藝大系（詩歌一、二集）　朱自清編　喜美出版社
論現代詩　覃子豪　藍星詩社
早期新詩的批評　周伯乃　成文出版社

五四時代的新詩作家和作品　舒蘭　成文出版社
抗戰時期的新詩作家與作品　舒蘭　成文出版社
六十年來新詩的發展　邱燮友　臺灣師大講義
大陸新詩析評　高準　文史哲出版社
漢魏六朝專家文研究　羅常培　獨立出版社
昭明文選　蕭統　啟明書局
柳柳州全集　柳宗元　新興書局
歐陽脩全集　歐陽脩　香港廣智書局
蘇東坡全集（上、下）　蘇軾　河洛圖書出版社
惜抱軒全集　姚鼐　香港廣智書局
方望溪全集　方苞　香港廣智書局
古文辭類纂　姚鼐著、王文濡評注　華正書局
桐城文派評述　姜書閣　臺灣商務印書館
歸有光全集　歸有光　香港廣智書局
袁中郎全集　袁宏道　香港廣智書局
古文評註　過商侯　第一文化社
中國散文史　陳柱　臺灣商務印書館

中國新文藝大系（散文二冊）　郁達夫編　喜美出版社
新月散文選　葉公超、梁實秋主編　雕龍出版社
早期新散文的重要作家　陳敬之　成文出版社
魯迅散文全編　錢理群、王得后編　浙江文藝出版社
冰心散文集　冰心　上海開明書店
雅舍散文　梁實秋　九歌出版社
詞曲　蔣伯潛　世界書局
中國散文史　陳柱　臺灣商務印書館
古文觀止　謝冰瑩等編譯　三民書局
古文觀止新編　啟業書局編　啟業書局
楚辭章句補註　王逸著、洪興祖補注　世界書局
離騷九歌九章淺釋　繆天華　東大圖書公司
賦史大要　（日）鈴木虎雄、殷石臞譯　正中書局
駢文概論　金秬香　臺灣商務印書館
中國駢文史　劉麟生　臺灣商務印書館
駢文與散文　蔣伯潛　世界書局
中國韻文概論　傅隸樸　中華文化委員會

中國小說史略　魯迅　魯迅全集出版社

中國小說史料　孔另境編　臺灣中華書局

中國小說史　葛賢寧　中華文化委員會

中國小說史　郭箴一　臺灣商務印書館

唐人小說　王之正　遠東圖書公司

唐代小說研究　劉開榮　臺灣商務印書館

漫話明清小說　「文史知識」編輯　大陸中華書局

明清小說思潮論稿　王國健　廣州出版社

現代小說論　周伯乃　三民書局

中國小說辭典　秦亢宗主編　北京出版社

中國歷代小說論著選　黃霖、韓同文選注　江西人民出版社

中國現代小說史　夏志清著、劉紹銘編譯　傳記文學出版社

中國新文藝大系（小說三冊）　郁達夫編　喜美出版社

中國小說美學　葉朗　天山出版社

詞的認識欣賞與寫作　林圳　香港世界出版社

填詞門徑　顧佛影　時代書店

詞學通論　吳梅　臺灣商務印書館

迦陵談詞　葉嘉瑩　純文學出版社
詞學論薈　趙為民、程郁綴輯　五南圖書公司
詞學論要　沈英名　正中書局
御製詞譜　康熙敕製　聞汝賢教授印行
白香詞譜　舒夢蘭選輯　文光圖書公司
人間詞話　王國維　臺灣開明書店
溫庭筠詩詞選　劉斯翰選注　香港三聯書店
南唐二主詩詞　大光出版社編　香港大光出版社
歐陽脩詞箋註　黃畬箋注　文史哲出版社
晏殊晏幾道詞選　陳永正選注　香港三聯書店
陸放翁全集　陸游　香港廣智書局
陸游作品評述彙編　明倫出版社編輯部　明倫出版社
斷腸詞　朱淑貞　大方出版社
周邦彥詞選　劉斯奮選注　香港三聯書店
姜夔張炎詞選　劉斯奮選注　香港三聯書店
詩詞精選　佚名　大東書局
唐宋詞鑒賞辭典　唐圭璋主編　新地文學出版社

宋詞評註　陶唐編著　臺灣商務印書館

全金元詞　唐圭璋編　洪氏出版社

中華詩詞藝術　趙仲才　西北大學出版社

詞壇偉傑李清照　黃麗貞　國家出版社

詞曲史　王易　廣文書局

詞曲論稿　羅忼烈　木鐸出版社

散曲叢刊　任訥　復華書局

曲海揚波　任訥　臺灣中華書局

中國散曲史　羅錦堂　文化大學出版部

元代散曲論叢　王忠林　復文圖書出版社

元明清散曲三百首　羊春秋選注　湖南岳麓書社

元曲新賞　賈新輝主編　地球出版社

中國戲劇史（上、中、下）　周貽白　中華書局

中國戲劇發展史　佚名　學藝出版社

戲劇知識　柳煙橋主編　香港世界出版社

劇本論　向良培　香港商務印書館

中原音韻及正語作詞起例　周德清　學海出版社

閒情偶寄　李漁　長安出版社
元六大家評傳　譚正璧　波文書局
太和正音譜　朱權　學海出版社
南北曲小令譜　汪經昌　中華書局
曲學例釋　汪經昌　中華書局
螾廬曲談　王季烈　商務印書館
中國戲曲叢談　趙景深　齊魯書社
北曲新譜　鄭騫　藝文印書館
北曲套式彙錄詳解　鄭騫　藝文印書館
元曲選校注（八冊）　臧晉叔編　河北教育出版社
元曲選外編（三冊）　中華書局編輯部　中華書局
六十種曲　毛晉編　復興書局
明人雜劇選　梅初編　順先出版公司
清人雜劇（初、二集）　鄭振鐸編　香港三聯書店
中國古典戲曲論著集成　姚燮等　中國戲曲研究社
戲文概論　錢南揚　木鐸出版社
中國戲曲史漫話　吳國欽　木鐸出版社

元曲百科辭典　袁世碩主編　山東教育出版社
中國戲曲曲藝詞典　上海藝術研究所主編　上海辭書出版社
中國曲學大辭典　齊森、陳多、葉長海主編　浙江教育出版社
中國戲曲劇種手冊　李漢飛編　中國戲劇出版社
戲曲小說叢考（上、下）　葉德均　北京中華書局
經典京劇劇本全編　陳予一主編　國際文化公司
中國古典文學論文精選叢刊（戲劇類一、二）　曾永義主編　幼獅文化公司
全元散曲（上、下）　隋樹森編　中華書局
全清散曲（三冊）　凌景埏、謝伯陽編　齊魯書社
金元北曲詞語匯釋　黃麗貞　國家出版社
關漢卿的散曲　黃麗貞　國語日報社
南劇六十種曲研究　黃麗貞　臺灣商務印書館
戲學全書　許志豪、凌善清編著　上海書店
戲曲藝術論　張庚　丹青圖書公司
琵琶記　高明　里仁書局
牡丹亭　湯顯祖　里仁書局
桃花扇　孔尚任　里仁書局

笠翁十種曲　李漁　浙江教育出版社
李漁研究　黃麗貞　國家出版社
詞餘講義　吳梅　蘭臺書局
齊如山全集　齊如山　齊如山遺著編印委員會
民國文人　陳映襄主編　長河出版社
戲劇論集　姚一葦　臺灣開明書店
元曲六大家評傳　譚正璧編著　波文書局
郭沫若　郭沫若　海風出版社
中國戲劇史論稿　林鋒雄　國家出版社

古籍今注新譯叢書

文學的・歷史的・哲學的・宗教的　古籍精華　盡在三民

哲學類

新譯四書讀本
新譯論語新編解義
新譯學庸讀本
新譯孝經讀本
新譯易經讀本
新譯乾坤經傳通釋
新譯易經繫辭傳解義
新譯禮記讀本
新譯儀禮讀本
新譯孔子家語
新譯老子讀本
新譯老子解義
新譯莊子讀本
新譯莊子本義
新譯莊子內篇解義
新譯列子讀本
新譯管子讀本
新譯墨子讀本
新譯公孫龍子
新譯晏子春秋
新譯鄧析子
新譯荀子讀本
新譯尹文子
新譯尸子讀本
新譯韓非子
新譯呂氏春秋
新譯韓詩外傳
新譯淮南子
新譯春秋繁露
新譯新書讀本
新譯新語讀本
新譯潛夫論
新譯論衡讀本
新譯申鑑讀本
新譯人物志
新譯張載文選
新譯近思錄
新譯傳習錄
新譯明夷待訪錄

文學類

新譯詩經讀本
新譯楚辭讀本
新譯文心雕龍
新譯世說新語
新譯昭明文選
新譯古文觀止
新譯古文辭類纂
新譯樂府詩選
新譯古詩源
新譯千家詩
新譯詩品讀本
新譯花間集
新譯南唐詞
新譯唐詩三百首
新譯宋詞三百首
新譯元曲三百首
新譯明詩三百首
新譯清詩三百首
新譯唐人絕句選
新譯拾遺記
新譯搜神記
新譯唐才子傳
新譯唐傳奇選
新譯宋傳奇小說選
新譯明傳奇小說選
新譯容齋隨筆
新譯明散文選
新譯人間詞話
新譯白香詞譜
新譯幽夢影
新譯菜根譚
新譯小窗幽記
新譯呻吟語摘
新譯郁離子
新譯歷代寓言選
新譯賈長沙集
新譯揚子雲集
新譯曹子建集
新譯阮籍詩文集
新譯嵇中散集
新譯陸機詩文集
新譯陶淵明集
新譯江淹集
新譯初唐四傑詩集
新譯駱賓王文集
新譯王維詩文集
新譯孟浩然詩集
新譯李白詩全集
新譯杜甫詩選
新譯杜詩菁華
新譯高適岑參詩選
新譯昌黎先生文集
新譯柳宗元文選
新譯白居易詩文選
新譯元稹詩文選
新譯李賀詩集
新譯杜牧詩文集
新譯李商隱詩選
新譯范文正公選集
新譯蘇洵文選
新譯蘇軾文選

新譯蘇軾詞選
新譯蘇轍文選
新譯曾鞏文選
新譯王安石文選
新譯柳永詞集
新譯李清照集
新譯辛棄疾詞選
新譯陸游詩文選
新譯歸有光文選
新譯薑齋文集
新譯顧亭林文集
新譯袁枚詩文選
新譯聊齋誌異選
新譯閱微草堂筆記

教育類

新譯爾雅讀本
新譯顏氏家訓
新譯曾文正公家書
新譯三字經
新譯百家姓
新譯幼學瓊林
新譯增廣賢文・千字文
新譯格言聯璧

歷史類

新譯史記
新譯漢書
新譯後漢書
新譯三國志
新譯資治通鑑
新譯史記——名篇精選
新譯尚書讀本
新譯逸周書
新譯左傳讀本
新譯公羊傳
新譯穀梁傳
新譯春秋穀梁傳
新譯戰國策
新譯國語讀本
新譯說苑讀本
新譯新序讀本
新譯吳越春秋
新譯西京雜記
新譯列女傳
新譯越絕書
新譯燕丹子
新譯東萊博議
新譯唐六典
新譯唐摭言

宗教類

新譯金剛經
新譯高僧傳
新譯碧巖集
新譯百喻經
新譯楞嚴經
新譯梵網經
新譯六祖壇經
新譯禪林寶訓
新譯維摩詰經
新譯經律異相
新譯無量壽經
新譯妙法蓮華經
新譯景德傳燈錄
新譯大乘起信論
新譯釋禪波羅蜜
新譯八識規矩頌
新譯永嘉大師證道歌
新譯華嚴經入法界品
新譯地藏菩薩本願經
新譯悟真篇
新譯无能子
新譯坐忘論
新譯列仙傳
新譯抱朴子
新譯神仙傳
新譯性命圭旨
新譯老子想爾注
新譯周易參同契
新譯道門觀心經
新譯養性延命錄
新譯樂育堂語錄
新譯沖虛至德真經
新譯長春真人西遊記
新譯黃庭經・陰符經

地志類

新譯山海經
新譯水經注
新譯佛國記
新譯大唐西域記
新譯洛陽伽藍記
新譯徐霞客遊記
新譯東京夢華錄

政事類

新譯商君書
新譯鹽鐵論
新譯貞觀政要

軍事類

新譯孫子讀本
新譯孫臏兵法
新譯司馬法
新譯尉繚子
新譯三略讀本
新譯六韜讀本
新譯吳子讀本
新譯李衛公問對

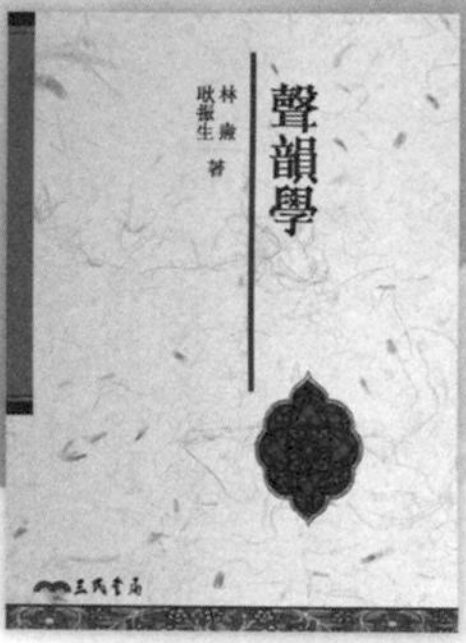

聲韻學

林燾、耿振生／著

在國學的範疇裡，「聲韻學」一向最為學子所頭痛，雖然從古至今，諸多學者、專家投身其中，引經據典，論證詳確，然或失之艱深，或失之細瑣，或失之偏狹；有鑑於此，本書特別以大學文科學生和其他初學者為對象，不僅對「聲韻學」的基本知識加以較全面的介紹，更同時吸收新近的研究成就，使漢語音系從先秦到現代標準音系的演變脈絡清楚分明，各大方言及歷代古音的構擬過程簡明易懂，堪稱「聲韻學」的最佳入門教材。

中國文字學

潘重規／著

本書作者以浸淫國學數十載的功力，分析比較中國文字的構造法則、文字流傳解說的歷史，進一步肯定推崇《說文解字》在文字學上的地位與價值。繼而分別說明文字書寫工具的源起與沿革；上下縱論中國文字的演變，從鐘鼎彝器甲骨文乃至於歷代手寫字體，莫不加以詳細而清晰之闡述。書後更附上各時代文字的拓本碑帖圖片，以及三篇各自獨立的相關論文。藉由本書，讀者將可充分了解中國文字之優越性，以及中國文化之淵深廣博。

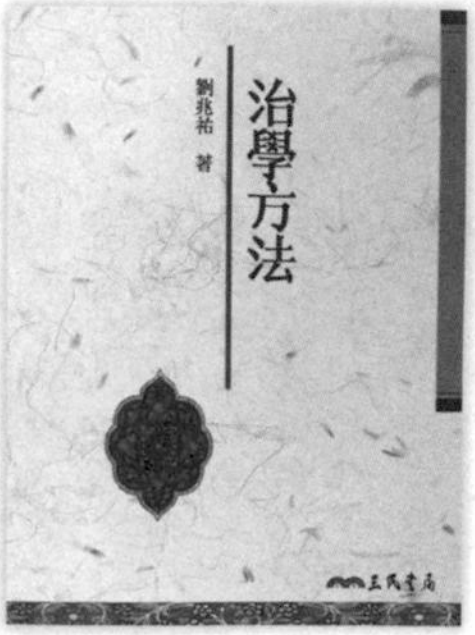

治學方法

劉兆祐／著

本書作者在大學中國文學系（所）任教長達三十餘年，所講授課程，多與研究方法及文史資料之討論有關，教學經驗豐富，且著述繁夥。本書即就其講稿增訂而成。全書共分〈緒論〉、〈治學入門之必讀書目〉、〈研讀古籍的方法〉、〈善用工具書〉、〈重要的文史資料〉、〈治國學所需具備的基礎學識〉、〈撰寫學術論文的方法〉等七章，旨在為研治文史學者提供正確的治學方法。大抵治文史學者所應知的方法都已論及，適合大學及研究所同學閱讀。如能讀畢此書，必能獲得治學的正確途徑。

當代戲曲【附劇本選】

王安祈／著

「當代戲曲」指一九四九年以降海峽兩岸的戲曲創作，是當代政治、社會、文化背景下戲曲劇作家情感、思想、美學觀的整體呈現。本書詳論大陸「戲曲改革」的效應及所引發的戲曲質性轉變，並論及臺灣七〇年代末以來的戲曲現代化嘗試；另有劇作的個別評析，及重要劇作唱詞選段和全本的收錄。作者試圖以編劇藝術、劇作析論為核心，呈現對當代戲曲的審美觀與詮釋態度。

細說桃花扇——思想與情愛

廖玉蕙／著

本書探討《桃花扇》研究的狀況與檢討、《桃花扇》的運用線索、人物形象與史實的關係、關目的因襲與劇作的創新等，另有附錄兩則，為資料的辨正。作者博覽、表記運用，一直探討到孔尚任寫作歷史劇的虛構點染，對號稱清代傳奇雙璧之一的《桃花扇》作出全新的詮釋。

民間故事論集

金榮華／著

這是臺灣地區第一部專門討論國內外民間故事的論文集。書中介紹及討論中外故事三十餘則，探源察變，考訂異同，從中國的故事、古代神話、比較民間文學、韓國民間故事，到民間故事的整理、分類和情節單元的編排，有系統地帶領讀者領略民族經驗與智慧之美。